James McBride • Das verrückte Tagebuch des Henry Shackleford

James McBride

Das verrückte Tagebuch des Henry Shackleford

Roman

*Aus dem Amerikanischen
von Werner Löcher-Lawrence*

btb

Die Originalausgabe erschien 2013 bei Riverhead Books, New York,
unter dem Titel »Good Lord Bird«

Verlagsgruppe Random House FSC® N001967
Das für dieses Buch verwendete FSC®-zertifizierte Papier *Munken Premium*
liefert Arctic Paper Munkedals AB, Schweden.

1. Auflage
Copyright © 2013 by James McBride
Copyright © der deutschsprachigen Ausgabe 2015 by btb Verlag
in der Verlagsgruppe Random House GmbH, München
Umschlaggestaltung: Semper Smile, München
nach einem Umschlagentwurf von © Oliver Munday
Redaktion: Frauke Brodd / write and read
Satz: Uhl + Massopust, Aalen
Druck und Einband: GGP Media GmbH, Pößneck
Printed in Germany
ISBN 978-3-442-75489-2

Besuchen Sie unseren LiteraturBlog www.transatlantik.de!
www.btb-verlag.de
www.facebook.com / btbverlag

Für Ma und Jade,
die immer für eine Mordsgeschichte
zu haben waren.

Inhalt

Prolog – 9

TEIL I: FREIE TATEN (KANSAS)
1. Lerne den Herrn kennen – 15
2. Der Großer-Gott-Vogel – 30
3. Die Armee des Alten Mannes – 45
4. Das Massaker – 53
5. Nigger Bob – 67
6. Wieder gefangen – 79
7. Black Jack – 90
8. Ein böses Omen – 112
9. Ein Zeichen von Gott – 124

TEIL II: SKLAVENTATEN (MISSOURI)
10. Ein wahrer Revolverheld – 135
11. Pie – 147
12. Sibonia – 165
13. Der Aufstand – 175
14. Eine schreckliche Entdeckung – 189
15. Zerdrückt – 199
16. Der Ausbruch – 212

TEIL III: DIE LEGENDE (VIRGINIA)

17. Die Geschichte nimmt ihren Lauf – 225
18. Begegnung mit einem berühmten Mann – 244
19. Stinken wie ein Bär – 257
20. Die Bienen einsammeln – 272
21. Der Plan – 285
22. Der Spion – 306
23. Die Nachricht – 325
24. Der Eisenbahn-Mann – 334
25. Annie – 345
26. Die vom Himmel gesandten Dinge – 362
27. Die Flucht – 371
28. Der Angriff – 387
29. Jede Menge Verwirrung – 396
30. Den Stock leeren – 414
31. Letzter Widerstand – 429
32. Aus dem Staub machen – 439

Prolog

Seltene Neger-Unterlagen gefunden
von A. J. Watson

Wilmington, Del. (AP), 14. Juni 1966 – Der Brand einer der ältesten Neger-Kirchen der Stadt hat die völlig verrückten Schilderungen eines Sklaven ans Licht gebracht, in denen eine wenig bekannte Zeit der amerikanischen Geschichte im Mittelpunkt steht.

Die Erste Vereinte Abessinische Neger-Baptisten-Kirche an der Ecke 4th und Baindbridge Street wurde in der letzten Nacht durch ein Feuer zerstört. Als Grund sehen Experten eine defekte Gasheizung. Verletzt wurde niemand, aber unter den verkohlten Resten befanden sich angesengte Notizbücher eines verstorbenen Diakons der Kirche, die landesweit akademisches Interesse erregen.

Charles D. Higgins, Gemeindemitglied seit 1921, starb im vergangenen Mai. Higgins war Koch und Amateurhistoriker und hat offenbar den Bericht eines anderen älteren Gemeindemitglieds, Henry »Zwiebel« Shackleford, aufgezeichnet. Shackleford behauptete, der einzige überlebende Neger des Überfalls des amerikanischen Gesetzlosen John Brown auf Harpers Ferry, VA, im Jahr 1859 zu sein. Brown, ein weißer Abolitionist, plante, das landesweit größte Waffenarsenal in seine Gewalt zu bringen und damit einen Krieg gegen die Sklaverei zu entfachen. Sein misslungener Angriff löste eine landesweite Panik aus und führte somit zum amerikanischen Bürgerkrieg. Brown wurde gehängt, der Großteil seiner neunzehn Komplizen kam ebenfalls zu Tode, darunter vier Neger.

Bis heute wurde kein ausführlicher Bericht über Brown oder seine Männer gefunden, geschweige denn ahnte man etwas von seiner Existenz.

Die Papiere befanden sich in einer feuersicheren Metallkiste, die unter den Bodendielen hinter der Kanzel verborgen war, unter dem Stuhl des Diakons, wo Higgins mehr als dreiundvierzig Jahre treulich jeden Sonntag Hof hielt. Mit in der Kiste befanden sich ein Umschlag mit zwölf Konföderierten-Dollar, die seltene Feder eines Elfenbeinspechts, einer so gut wie ausgestorbenen Vogelart, und eine Notiz von Mr Higgins' verstorbener Ehefrau, die lautet: »*Wenn ich dich je wieder zu Gesicht bekomme, kriegst du einen derartigen Tritt in den Arsch, dass du hochkant und heulend aus meiner verdammten Tür fliegst.*«

Mr Higgins hatte keine Kinder. Neunundzwanzig Jahre arbeitete er als Koch für Mrs Arlene Ellis aus Chadds Ford, PA. Er war das älteste Gemeindemitglied der Ersten Vereinigten Baptisten, von denen er liebevoll »*Mr Geschichtenerzähler*« *und* »*Diakon Shimmy Wimmy*« *genannt wurde. Wie alt genau er bei seinem Tod war, ist unbekannt, aber verschiedene Mitgläubige schätzten ihn auf fast hundert. Auch bei den örtlichen Stadtratsversammlungen gelangte er zu einiger Bekanntheit, da er diese des Öfteren in Bürgerkriegsaufmachung zu besuchen pflegte und den Rat dazu bringen wollte, den Dupont Highway in* »*John Brown Road*« *umzubenennen.*

Seine ordentlich gebundenen Notizbücher behaupten, dass er die Informationen zu Shacklefords Leben 1942 in einer Reihe Interviews sammelte. Laut eigener Aussage lernte er Shackleford kennen, als sie beide in den frühen Vierzigern als Sonntagsschullehrer in der Ersten Vereinigten tätig waren, bis Shackleford 1947 aus der Kirche geworfen wurde, weil er, wie Higgins schreibt, »*ein schnelles kleines Etwas namens Peaches ungehörig an komischen Stellen berührt hatte ...*«

Offenbar, folgt man Higgins' Aufzeichnungen, hatten die Kirchenmitglieder Shackleford bis dahin für eine Frau gehalten. Er sei ein kleiner Mann gewesen, schreibt Higgins, »*mit mädchenhaften Zügen, lockigem Haar ... und dem Herzen eines Spitzbuben*«.

Higgins behauptet, Shackleford sei zur Zeit der Niederschrift einhundertdrei Jahre alt gewesen, obwohl: »*Es könnte mehr sein, da er mir wenigstens dreißig Jahre voraus war.*«

Obwohl Shackleford im Kirchenregister des Jahres 1942 aufgeführt ist, welches das Feuer ebenfalls überlebte, ist keines der gegenwärtigen Gemeindemitglieder alt genug, sich an ihn zu erinnern. Die Gemeinde hat verkündet, den Bericht über Shackleford von einem Experten für Neger-Historie prüfen zu lassen und die Notizbücher dann an einen Verlag zu verkaufen. Die Einnahmen sollen für die Anschaffung eines neuen Gemeinde-Transporters verwendet werden.

TEIL I

FREIE TATEN

(Kansas)

1

Lerne den Herrn kennen

Ich wurde als farbiger Mann geboren, vergiss das nicht. Aber siebzehn Jahre hab ich als farbige Frau gelebt. Pa war ein Vollblut-Neger aus Osawatomie im Kansas-Territorium, nördlich von Fort Scott, nicht weit von Lawrence. Pa war Barbier, obwohl ihn das nie richtig befriedigt hat. Das Evangelium zu predigen, das war seine Leidenschaft. Er hatte keine feste Kirche wie eine von denen, wo du nur mittwochs abends Bingo spielen darfst und die Frauen sitzen rum und schneiden Papierpuppen aus. Er rettete die Seelen eine nach der anderen beim Haareschneiden in Dutch Henrys Kneipe. Die lag an einer Kreuzung vom California Trail, der in Süd-Kansas am Kaw River langführt.

Pa kümmerte sich hauptsächlich um Abschaum, Aufschneider, Sklavenhändler und Trinker, die über den Kansas-Trail zogen. Mit seiner Statur machte er nicht viel her, aber dafür putzte er sich gerne raus. Am liebsten trug er einen Zylinder, Hochwasserhosen, ein Hemd mit hohem Kragen und Stiefel mit Absätzen. Der Großteil seiner Kleider war Zeugs, das er irgendwo fand oder von weißen Toten klaute, die in der Prärie von der Wassersucht hingerafft worden waren oder denen ein Streit den Garaus gemacht hatte. In seinem Hemd waren Einschusslöcher so groß wie ein Vierteldollar, und sein Hut war ihm zwei Nummern zu klein. Seine Hose bestand aus zwei verschiedenfarbigen Exemplaren und war an der Stelle zusammengenäht, wo sich die Hinterbacken trafen. Seine Haare waren kraus genug, um ein Streichholz dran anzureißen, und die meisten Frauen hielten möglichst Abstand von ihm, meine Ma eingeschlossen, die ihre Augen für immer schloss, als sie mich in dieses Leben beförderte. Es heißt, dass sie ein sanftes Halbblut war. »Deine Ma war die einzige Frau in der Welt, die Manns genug war, meinen heiligen Gedanken zu lauschen«, tönte Pa, »denn ich bin ein Mensch mit vielen Talenten.«

Was immer das für Talente sein sollten, größer machten sie ihn nicht, denn aufrecht und rausgeputzt wie nur was, komplett mit Stiefeln und zehn Zentimetern Zylinder, kam Pa gerade mal auf knapp eins vierundvierzig, und davon war noch einiges Luft.

Doch was er an Größe vermissen ließ, machte er mit seiner Stimme wett. Mein Pa konnte jeden Weißen niederschreien, der je über Gottes grüne Erde lief, ohne Ausnahme. Seine Stimme war hoch und schrill, und wenn er was sagte, dachtest du, der hat 'ne Maultrommel verschluckt, denn die Worte kamen platzend und knallend aus ihm raus. Und wer mit ihm redete, dem wusch er gleich auch noch das Gesicht mit seiner Spucke. Wobei, das war noch nicht alles, da war noch sein Mundgeruch. Sein Atem stank nach Schweinsgedärm und Sägemehl, weil er viele Jahre in einem Schlachthof gearbeitet hatte, und die meisten Farbigen gingen ihm deshalb aus dem Weg.

Aber die Weißen, die mochten ihn. Oft hab ich abends gesehen, wie er sich mit Freudensaft volllaufen ließ, und dann ist er auf Dutch Henrys Theke gesprungen, hat mit seiner Schere in der Luft rumgeschnipselt und durch Rauchschwaden und Ginwolken gebrüllt: »Der Herr wird kommen! Und es wird ein großes Zähneknirschen und Haareausreißen geben!« Und mit diesem Geschrei warf er sich mitten zwischen die miesesten, übelsten, sturzbesoffensten Missouri-Rebellen, die du je erlebt hast. Und wenn sie ihn meist auch verprügelten und ihm die Zähne eintraten, waren sie ihm doch genauso wenig böse, weil er ja im Namen des heiligen Geistes über sie herfiel, wie sie's einem Tornado gewesen wären, der sich 'ne Schneise durch die Kneipe geschlagen hätte, denn der Geist des Erlösers Der Sein Blut Vergoss war 'ne ernste Sache damals draußen in der Prärie und der einfache weiße Pionier wusste von der Hoffnung und allem. Die meisten von ihnen waren mit reichlich Hoffnung in den Westen gekommen, ohne dass es da so geklappt hätte, wie's hätte klappen sollen, und so war alles, was ihnen aus dem Bett half, um ein paar Indianer umzubringen, besser, als vom Schüttelfrost oder einer Klapperschlange das Licht ausgeblasen zu kriegen. Helfen tat auch, dass Pa den besten Rachenputzer im ganzen Kansas-Territorium brannte. Er war zwar ein Prediger, aber deswegen keinem Schluck oder dreien abgeneigt, und was immer für 'n Rabauke ihm auch die Haare ausgerissen und ihn ausgeknockt hatte, anschließend half er ihm wieder hoch und sagte: »Trinken wir einen«, und die Bande zog los, heulte den Mond an und soff Pas Fusel. Pa war stolz auf seine Freundschaft mit der weißen Rasse, wobei er sich auch da auf die Bibel berief. »Sohn«, sagte er, »denk immer an das Buch Hiesekal, das zwölfte Kapitel und den siebzehnten Vers: ›Reiche das Glas deinem durstigen Nachbarn, Käpt'n Ahab, und lass es ihn leeren.‹«

Ich war längst ein erwachsener Mann, als ich erfuhr, dass es gar kein Buch Hiesekal in der Bibel gab. Und auch keinen Käpt'n Ahab. Tatsache ist, dass Pa keinen Buchstaben vom anderen unterscheiden konnte, und er zitierte nur Bibelverse, die er bei den Weißen aufgeschnappt hatte.

Es stimmt, dass es eine Bewegung in der Stadt gab, die meinen Pa hängen wollte, weil er sich mit dem heiligen Geist füllte und über die nach Westen ziehenden Siedler herfiel, die bei

Dutch Henry haltmachten, um ihre Vorräte aufzufrischen: Spekulanten, Trapper, Kinder, Händler, Mormonen und sogar weiße Frauen. Die armen Siedler hatten genug, weswegen sie sich sorgen mussten: Klapperschlangen kamen unter den Bodendielen vor, Hinterlader gingen ohne Grund los, und wenn sie ihren Kamin falsch bauten, erstickten sie nachts. Da brauchten sie nicht auch noch einen Neger, der im Namen Des Großen Erlösers Der Die Krone Trug über sie herfiel. Tatsächlich wurde 1856, da war ich zehn Jahre alt, in der Stadt offen drüber geredet, ob sie meinem Pa nicht das Hirn rausblasen sollten. Und sie hätten's auch getan, denk ich, wär in dem Frühjahr nicht ein Besucher gekommen, der es ihnen abnahm.

Dutch Henrys Kneipe lag direkt an der Grenze zu Missouri. Sie diente gleichzeitig als Postamt, Gerichtshaus, Gerüchteküche und Gin-Kaschemme für Missouri-Rebellen, die aus dem Kansas-Territorium kamen, um zu trinken, Karten zu spielen, Lügen zu erzählen, Huren zu besuchen, den Mond wegen der Nigger anzuheulen, die drauf aus waren, die Welt zu übernehmen, und drüber zu lamentieren, dass die Rechte des weißen Mannes von den Yankees im Scheißhaus versenkt wurden, und so weiter. Ich achtete nicht weiter auf das Gerede, mein Ziel war's in jenen Tagen, Schuhe zu putzen, während mein Pa Haare schnitt, reichlich Fladenbrot zu verdrücken und so viel Ale in meinen kleinen roten Schlund zu trichtern wie nur möglich. Aber als der Frühling kam, gingen bei Dutch Gerüchte über einen gewissen blutrünstigen Weißen namens Old John Brown um, einen Yank aus dem Osten, der ins Kansas-Territorium gekommen war, um mit seinem Gefolge, den Pottawatomie Rifles, Unruhe zu stiften. Wenn man den Leuten glauben wollte, hatten Old John Brown und seine blutrünstigen Söhne vor, jeden Mann, jede Frau und jedes Kind der Prärie in den Tod zu schicken. Old John Brown stahl Pferde. Old John Brown brannte Häuser nieder. Old John Brown tat Frauen Gewalt an und schnitt den Leuten die Köpfe ab. Old John Brown tat dies, Old John Brown tat das, und bei Gott, wenn sie endlich von ihm aufhörten, kam er dir wie der Furcht erregendste, mörderischste, übelste Hurensohn vor, von dem du je gehört hattest, und ich beschloss, sollte ich ihm je über den Weg laufen, o mein Gott, dann würde ich ihn selbst einen Kopf kürzer machen, einfach wegen dem, was er den guten weißen Menschen, die ich kannte, angetan hatte und noch antun würde.

Nicht lange, nachdem ich diesen Beschluss gefasst hatte, kam ein alter, wackliger Ire bei Dutch Henry reingewankt und setzte sich auf Pas Barbierstuhl. Da war nichts Besonderes an ihm dran, in jenen Tagen liefen Hunderte Prärieärsche durchs Kansas-Territorium, die in den Westen mitgenommen werden wollten und oder auf 'n Job als Viehtreiber aus waren. Der Bursche war wirklich nichts Besonderes. Er war bucklig, dünn, kam frisch aus der Prärie, stank nach Büffeldung und hatte so 'n nervöses Zucken im Kiefer. Sein Kinn war voller struppiger Zotteln und sein Gesicht so voller Falten und Furchen zwischen Mund und Augen, dass man gebündelt 'n Kanal draus hätte machen können. Die dünnen Lippen hielt er ständig hochgezogen. Jacke, Weste, Hose und Schleife sahen aus wie von 'ner Mäuseplage heimgesucht, und die Stiefel waren völlig hinüber. Die Zehen ragten allesamt vorne raus. Der Mann machte einen bemitleidenswerten Eindruck, rundum, selbst nach Präriemaßstäben, aber er war weiß, und als er sich zum Haareschneiden und Rasieren auf Pas Stuhl setzte, hängte der ihm den Latz um und machte sich an die Arbeit. Wie üblich kümmerte sich Pa ums obere Ende und ich mich ums untere und putzte dem Kerl die Stiefel, die in dem Fall eben mehr aus Zehen als aus Leder bestanden.

Nach ein paar Minuten ließ der Ire den Blick schweifen, und als er sah, dass niemand zu nah war, fragte er Pa leise: »Sind Sie ein Mann der Bibel?«

Nun, Pa war ein Verrückter, wenn's um Gott ging, und die Frage munterte ihn gleich auf. »Klar, Boss, das ganz sicher. Ich kenn alle Arten Bibelsprüche.«

Der alte Kauz lächelte. Ich kann nicht sagen, ob's ein echtes Lächeln war, weil sein Gesicht so was von hart war, dass es gar nicht lächeln konnte. Aber die Lippen zogen sich was breiter. Die Rede vom Herrn gefiel ihm sichtlich, und recht hatte er, saß er doch nur mit dessen Gnade noch an Ort und Stelle, denn er war der Mörder John Brown höchstpersönlich, die Plage des Kansas-Territoriums. In Dutchs Kneipe. Fünfzehnhundert Dollar hatten sie auf seinen Kopf ausgesetzt, und das halbe Kansas-Territorium war scharf drauf, ihm das Licht auszupusten.

»Wunderbar«, sagte er. »Aber sagen Sie mir: Welche Bücher der Bibel mögen Sie am liebsten?«

»Oh, alle gleich«, sagte Pa. »Aber Hesiekial ganz besonders. Ahab, Trotter und Pontifex, den Kaiser.«

Der Alte Mann runzelte die Stirn. »An die erinnere ich mich nicht«, sagte er, »und ich hab die Bibel wieder und wieder gelesen, von vorne bis hinten.«

»So genau kenn ich sie nicht«, sagte Pa. »Aber was für Verse Sie auch mögen, Fremder, also, wenn's Ihnen Spaß macht, lassen Sie 'n paar hörn, ich mag das.«

»Das macht mir in der Tat Spaß, Bruder«, sagte der Fremde. »Hier ist einer: ›Wer auch immer den Ruf Gottes nicht mehr hört, soll selber rufen.‹«

»Gütiger! Das issen Renner!«, sagte Pa, sprang in die Luft und schlug die Stiefel zusammen. »Noch einen!«

»Der Herr strecket seine Hand aus, berühret alles Böse und tötet es.«

»Das wärmt mir die Seele«, rief Pa, hüpfte gleich wieder rum und klatschte in die Hände. »Mehr!«

Der alte Kauz kam langsam in Schwung. »Lass einen Christen die Sünde erleben, und er geht ihr an die Kehle«, sagte er.

»Weiter, Fremder!«
»Befreie den Sklaven von der Tyrannei der Sünde!«, schrie der alte Kauz jetzt fast.
»Predige, Fremder!«
»Und zerstreue die Sünder wie Stoppeln, damit der Sklave für immer frei ist!'«
»*Ja, Sir!*«
Sie legten also mitten in Dutch Henrys Kneipe los, und keine zwei Meter um sie rum waren zehn Leute, Händler, Mormonen, Indianer, Huren (und Old John Brown selbst), die sich zu Pa hätten rüberlehnen und ihm ein, zwei Worte zuflüstern können, um ihm das Leben zu retten, hatte die Frage der Sklaverei das Kansas-Territorium doch in einen Krieg gestürzt. Lawrence war geplündert worden, der Governer geflohen. Es gab kein Gesetz, das den Namen verdient hätte. Jedem Yankee-Siedler zwischen Palmyra und Kansas City wurde von den Missouri-Raubeinen der Schädel eingeschlagen, doch davon hatte Pa keine Ahnung, er hatte sich nie weiter als ein, zwei Kilometer von Dutchs Kneipe entfernt. Aber keiner sagte ein Wort, und Pa, so verrückt er war, wenn's um Gott ging, sprang rum, schnipste mit der Schere und lachte. »Oh, der heilige Geist kommet hernieder! Das Blut Christi! Ja, so isses. Zerstreu die Stoppeln! Zerstreu sie! Ich fühl mich, als wär ich dem Herrn selbst begegnet!«

Die Kneipe um ihn rum verstummte.

Dutch Henry Sherman war ein Deutscher, ein mächtiger Kerl, der Pa in seinen Stiefeln um sechs Handbreit überragte. Seine Hände hatten die Größe von Metzgerbeilen, die Lippen schimmerten kalbsrosa, und seine Stimme war wie 'n Donnergrollen. Wir gehörten ihm, ich, Pa, meine Tante, mein Onkel und ein paar Indianer-Squaws, an denen er sich gütlich tat. Was er im Übrigen auch mit weißen Männern tat, wenn er dabei auf seine Kosten kam. Pa war Dutchs allererster Sklave, und so genoss er ein paar Privilegien, konnte kommen und gehen, wann er wollte, aber jeden Mittag, pünktlich um zwölf, kam Dutch, um sein Geld abzukassieren, das Pa treulich in einer Zigarrenkiste hinter dem Barbierstuhl aufbewahrte. Und wie's der Zufall wollte, war es gerade zwölf.

Dutch kam, langte hinter dem Stuhl nach der Geldkiste, leerte sie und wollte sich schon wieder wegdrehen, als sein Blick auf den Alten Mann auf Pas Stuhl fiel und ihm irgendwas nicht gefiel.

»Sie kommen mir bekannt vor«, sagte er. »Wie heißen Sie?«
»Shubel Morgan«, sagte der Alte Mann.
»Was machen Sie hier in der Gegend?«
»Ich suche Arbeit.«
Dutch legte eine kleine Pause ein und betrachtete den Alten Mann. Er roch den Braten. »Ich hab hinten Holz, das gehackt werden muss«, sagte er. »Ich geb Ihnen fünfzig Cent für 'n halben Tag.«
»Nein, danke«, sagte der Alte Mann.
»Fünfundsiebzig.«
»Nee.«
»Und wenn ich einen Dollar zahle?«, fragte Dutch. »Ein Dollar ist 'ne Menge Geld.«
»Ich kann nicht«, knurrte der Alte Mann. »Ich warte auf den Dampfer, der den Kaw runterkommt.«
»Der Dampfer kommt erst in zwei Wochen«, sagte Dutch.
Der Alte Mann runzelte die Stirn. »Ich sitze hier und genieße mit einem Christenbruder die Heilige Schrift, wenn es Ihnen nichts ausmacht«, sagte er. »Warum kümmern Sie sich 'n nicht um Ihren eigenen Kram, mein Freund? Hacken Sie Ihr Holz doch selbst, wenn Sie nicht wollen, dass der Herr Sie als fette, fußkranke Sau betrachtet.«

Dutch hatte in jenen Tagen immer eine Pepperbox bei sich. Einen hübschen kleinen Bündelrevolver mit vier Läufen. Ein fieses Ding so ganz aus der Nähe. Vorn in der Tasche hatte er ihn, um schnell ranzukommen. Nicht im Halfter. Vorn in der Tasche. Und schon zog er ihn raus, den Lauf auf den Boden gerichtet (alle vier zeigten sie nach unten), und sprach den faltigen Alten Mann mit einer Waffe in der Hand an.

»Nur ein feiges Yankee-Muttersöhnchen kann so reden«, sagte er. Einige Männer standen auf und gingen raus, aber der Alte Mann saß reglos da und war ruhig wie nur was.

»Sir«, sagte er, »das ist eine Beleidigung.«

Ich sollte hier gleich sagen, dass ich auf Dutchs Seite stand. Er war kein schlechter Kerl. Tatsache ist, er hat sich gut um mich gekümmert, um Pa, meine Tante und meinen Onkel, und um die Indianer-Squaws natürlich, die er für seine Spielchen brauchte. Im Übrigen hatte er zwei jüngere Brüder, William und Drury, die er flüssig hielt, schickte Geld an seine Ma in Deutschland und fütterte und kleidete all die Squaws und Huren, die sein Bruder William vom Mosquite Creek und der Gegend da unten anschleppte. Das waren nicht wenige, denn sein Bruder war keinen Cent wert und freundete sich mit allen und jedem im Kansas-Territorium an, nur mit seiner Frau und seinen Kindern nicht. Gar nicht zu reden davon, dass Dutch einen Stall, eine Scheune, etliche Kühe und Hühner, zwei Maultiere, zwei Pferde, einen Schlachthof und ebendiese Kneipe am Hals hatte. Damit hatte er reichlich zu tun, und er schlief nachts nicht mehr als zwei, drei Stunden. Tatsache ist, wenn ich's so im Nachhinein bedenke, dass Dutch Henry selbst 'ne Art Sklave war.

Er tat einen Schritt zurück von dem Alten Mann, hielt seinen Revolver dabei immer noch auf den Boden gerichtet und sagte: »Steh von dem Stuhl auf.«

Der Babierstuhl stand auf einem hölzernen Podest. Der Alte Mann stieg langsam davon runter. Dutch sah zum Barmann hinter der Theke und sagte: »Gib mir 'ne Bibel«, was der auch tat, und mit der Bibel in der einen und dem Revolver in der anderen Hand trat Dutch vor den Alten Mann hin.

»Ich lass dich jetzt hier auf die Bibel schwörn, dass du für die Sklaverei und die US-Verfassung bist«, sagte er. »Wenn du das tust, du alter Sack, kannst du hier so wieder rausspazieren. Solltest du aber 'n verlogener, blaubäuchiger Freistaatler sein, zieh ich dir eins mit dieser Pistole hier über den Schädel, dass dir das Gelbe aus den Ohren kommt. Leg die Hand drauf«, sagte er.

Ich sollte in den kommenden Jahren noch ziemlich was von Old John Brown erleben, er machte ein paar mörderische, fürchterliche Dinge. Aber eins, was er nicht gut konnte, war so tun, als ob, besonders nicht mit der Hand auf der Bibel. Er saß in der Klemme, legte die Hand auf das Buch und wirkte zum ersten Mal richtig angespannt.

»Wie heißt du?«, sagte Dutch.

»Shubel Isaac.«

»Ich dachte, Shubel Morgan?«

»Isaac ist mein Mittelname«, sagte er.

»Wie viele Namen hast du?«

»Wie viele brauch ich?«

Das Hin und Her weckte einen alten Säufer namens Dirk auf, der an einem Tisch gleich in der Ecke geschlafen hatte. Dirk richtete sich auf, linste durch den Raum und platzte raus: »Na, Dutch, der sieht ja ganz wie Old John Brown aus.«

Als er das sagte, standen Dutchs Brüder William und Drury und ein junger Bursche namens James Doyle (alle drei sollten an einem anderen Tag ihren letzten Atemzug tun) von ihrem Tisch bei der Tür auf, richteten ihre Colts auf den Alten Mann und kreisten ihn ein.

»Stimmt das?«, fragte Dutch.

»Stimmt was?«, sagte der Alte Mann.

»Dass du Old Man Brown bist?«

»Hab ich das gesagt?«

»Dann bist du's also nicht«, sagte Dutch. Er schien erleichtert. »Wer bist du dann?«

»Ein Kind meines Schöpfers.«

»Für ein Kind bist du zu alt. Bist du jetzt Old John Brown oder nicht?«

»Ich bin der, den der Herr in mir sieht.« Dutch warf die Bibel auf den Boden, drückte den Revolver fest in den Nacken des Alten Mannes und spannte den Hahn. »Hör auf, rumzuschwätzen, du gottverdammter Knollenkopf! Old Man Brown, bist du das oder nicht?«

In all den Jahren, die ich ihn kannte, hat sich Old John Brown nie richtig aufgeregt, auch nicht, wenn's um Leben und Tod ging (seinen oder den von Leuten neben ihm), es sei denn, Gottes Name kam ins Spiel. Und als er jetzt sah, wie Dutch Henry die Bibel auf den Boden warf und wegen nichts und wieder nichts so gotteslästerlich fluchte, da reichte es ihm. Der Alte Mann ertrug's einfach nicht. Sein Gesicht verspannte sich, und seine nächsten Worte hörten sich nicht mehr wie die von 'nem Iren an, sondern er sprach mit seiner wirklichen Stimme. Hoch. Dünn. Straff wie 'n Messdraht.

»Sie beißen sich auf die Zunge, wenn Sie so gotteslästerlich fluchen«, sagte er kühl, »denn durch die Kraft Seiner Heiligen Gnade ist mir aufgetragen, in Seinem Namen Wiedergutmachung zu erwirken. Damit ist die Pistole, die Sie da halten, keinen Cent wert, der Herr wird Sie Ihnen aus der Hand nehmen.«

»Hör mit dem Geschwätz auf und sag mir deinen Namen, gottverdammt.«

»Fluchen Sie nicht in Gottes Namen, Sir.«

»Scheiße! Ich fluche in seinem schwanzschlaffen, gottverdammten Namen, wann immer es mir gottverdammt noch mal gefällt! Ich schieb ihn 'ner toten Sau in den Arsch und anschließend in deinen Scheiße fressenden Yankee-Schlund, du gottverdammter, auf links gezogener Nigger!«

Das brachte den Alten Mann in Stimmung, und schneller, als du's sagen könntest, riss er sich den Barbierumhang runter und holte den Kolben eines Sharps-Gewehrs unter der Jacke vor. Er bewegte sich mit der Geschwindigkeit einer Klapperschlange, aber Dutch hatte seine Pistole schon an seiner Kehle und musste nichts tun, als den Abzug zu drücken.

Was er auch tat.

Nun, die Pepperbox ist 'ne kleinliche Pistole und nicht so zuverlässig wie ein Colt oder ein normales Repetiergewehr. Sie funktioniert mit Pulverhütchen und muss trocken sein, und all das Geschwitze und Gefluche hatte Wasser auf Dutchs Pranken gespült, anders kann ich's mir nicht erklären, denn als Dutch abdrückte, brüllte der Revolver bloß: »Koah!«, und es gab eine Fehlzündung. Ein Lauf explodierte und pellte sich auf. Dutch ließ die Waffe auf den Boden fallen und schrie wie 'n Kalb. Fast hätte es ihm die Hand weggerissen.

Die anderen drei Burschen mit ihren auf Old Brown gerichteten Colts hatten sich einen Moment abgewandt, um das Hirn vom Alten Mann nicht ins Gesicht zu kriegen, das doch, wie sie dachten, jeden Augenblick durch die Kneipe spritzen musste, aber jetzt glotzten sie in den Lauf des Sharps-Gewehrs, das der alte Knabe ganz rausgezogen hatte.

»Ich habe doch gesagt, dass Ihnen der Herr die Waffe aus der Hand nehmen wird«, sagte er. »Der Herr der Heerscharen zerstört alle Plagen.« Er drückte Dutch sein Sharps in den Nacken, zog den Hahn zurück, sah die anderen drei Burschen an und sagte: »Legt die Pistolen auf den Boden, oder der hier verabschiedet sich.« Sie taten, was er sagte, worauf er sich der Kneipe zuwandte, das Gewehr immer noch auf Dutch gerichtet, und rief: »Ich bin John Brown, Captain der Pottawatomie Rifles, und ich bin mit dem Segen Gottes hier, um alle Farbigen in diesem Territorium zu befreien. Jeder, der sich mir entgegenstellt, wird Kugeln und Pulver fressen.«

Also, da muss mindestens 'n halbes Dutzend Männer mit Sechsschüssigen in der Kneipe rumgestanden haben, aber keiner griff danach, denn der Alte Mann war kühl wie Rauch und völlig geschäftsmäßig. Er sah sich in der Gaststube um und sagte: »Jeder Neger hier, alle, die sich hier verstecken, kommt raus. Ihr seid frei. Folgt mir. Habt keine Angst, Kinder.«

Nun, ein paar Farbige waren schon da, einige sollten was holen, andere bedienten ihre Master, die meisten hatten sich unter den Tischen verkrochen, zitterten und warteten, dass das Schießen losging, und als sie jetzt die Worte des Alten Mannes hörten, nun, da kamen sie hervor und liefen raus, jeder Einzelne von ihnen. Ab durch die Tür. Du sahst nur das hintere ihrer Köpfe und wie sie ihre Ärsche in Sicherheit brachten.

Der Alte Mann sah ihnen hinterher. »Die müssen vom Herrn noch errettet werden«, brummte er. Aber er war mit seiner Befreiungstat noch nicht am Ende und drehte sich zu Pa hin, der in seinen Stiefeln zitternd dastand und »O Herr, o Herr…« murmelte.

Der Alte Mann nahm das als 'ne Art Freiwilligenmeldung, waren Pas »Herrn« doch direkt auf seinen »Herrn« gefolgt, was ihm offenbar als Zustimmung reichte. Er schlug ihm auf den Rücken und freute sich wie ein Schneekönig.

»Mein Freund«, sagte er, »da haben Sie eine weise Wahl getroffen. Sie und Ihre tragische Achtelblut-Tochter sind willkommen, das Ziel unseres seligen Erlösers anzunehmen, frei und rein zu leben und nicht den Rest Ihres Lebens mit diesen sündigen Wilden in dieser Höhle des Unrechts zu verbringen. Sie sind frei. Gehen Sie aus der Hintertür, während ich mein Gewehr auf diese Heiden gerichtet halte, dann führe ich Sie im Namen des Königs von Zion in die Freiheit!«

Also, ich weiß nicht, was Pa in dem Moment dachte, aber trotz all dem Gebrabbel über Könige, Heiden, Zionse und so weiter und dem durch den Raum schwenkenden Sharps-

Gewehr, war ich irgendwie beim Wort »Tochter« hängen geblieben. Sicher, ich trug 'n Kartoffelsack wie die meisten farbigen Jungs damals, und meine helle Haut und mein lockiges Haar machten mich zum Gespött von einigen Gleichaltrigen in der Stadt, was ich da, wo's ging, mit meinen Fäusten wettzumachen versuchte. Aber alle bei Dutch, selbst die Indianer, *wussten*, dass ich ein Junge war. Ich hatte in dem Alter noch nicht mal eine Schwäche für Mädchen, wurde ich doch in 'ner Kneipe großgezogen, wo die meisten Frauen Zigarren rauchten, scharfen Schnaps tranken und wie die Männer zum Himmel stanken. Trotzdem, selbst die Versoffensten von ihnen, die keinen Baumwollkäfer von 'ner Baumwollflocke unterscheiden konnten, kannten den Unterschied zwischen mir und einem Mädchen. Ich machte den Mund auf, um den Alten Mann in dem Punkt zu verbessern, doch da erfüllte ein hohes, lautes Jammern den Raum, gegen das ich nicht ankam. Erst nach ein paar Augenblicken wurde mir klar, dass das Bellen und Jammern aus meiner eigenen Kehle kam, und ich will hier gestehen, dass ich mein Wasser verloren hatte.

Pa schien in Panik. Er stand da und zitterte wie 'ne Kornhülse. »Massa, mein Henry da iss kein ...«

»Wir haben nicht die Zeit, Ihre Gedanken zur geistigen Abhängigkeit zu besprechen, Sir!«, schnitt der Alte Mann Pa das Wort ab und hielt immer noch das Gewehr auf die Leute gerichtet. »Wir müssen uns bewegen, mein mutiger Freund. Ich werde Sie und Ihre Henrietta in Sicherheit bringen.« Also, mein richtiger Name ist Henry Shackleford, doch der Alte Mann machte aus Pas »Henry da ...« kurzerhand eine »Henrietta«. So funktionierte der Kopf des Alten Mannes nun mal. Was immer er glaubte, glaubte er, und dabei spielte es keine Rolle, ob's wirklich stimmte oder nicht. Er veränderte die Wahrheit einfach so, dass sie ihm reinpasste. Da war er ein echter Weißer.

»Aber mein S...«

»Nur Mut, mein Freund«, sagte er zu Pa, »denn wir haben einen Widder in der Hecke. Erinnern Sie sich an das Buch Joel, den vierten Vers im ersten Kapitel: ›Was die Raupen lassen, das fressen die Heuschrecken; und was die Heuschrecken lassen, das fressen die Käfer; und was die Käfer lassen, das frisst das Geschmeiß.‹«

»Was soll das heißen?«, fragte Pa.

»Dass ihr zwei bei lebendigem Leib gefressen werdet, wenn ihr hierbleibt.«

»Aber mein Kind hier iss kein ...«

»Ssssch!«, sagte der Alte Mann. »Wir können nicht mehr warten. Wir reden später, wenn wir ihr gemeinsam die Heilige Schrift näherbringen.«

Er packte meine Hand und zog mich, das Sharps-Gewehr immer noch im Anschlag, zur Hintertür. Ich hörte Pferde die Gasse hinten runterstürmen. Als er zur Tür kam, ließ er meine Hand einen Moment lang los, um sie aufzustoßen, und da ging Pa auf ihn los.

Gleichzeitig stürzte Dutch zu einem der Colts auf dem Boden, schnappte ihn sich, zielte auf den Alten Mann und schoss.

Die Kugel verfehlte ihr Ziel, traf die Seite der Tür und riss einen zwanzig Zentimeter langen Holzspleiß aus ihr raus, der wie ein Messer in den Raum zeigte, waagerecht und in Brusthöhe. Pa rannte in ihn rein. Tief in die Brust traf er ihn.

Pa stolperte zurück und stürzte zu Boden, wo sein letztes Licht verlosch.

Mittlerweile war das Hufgedröhne direkt hinter uns, und der Alte Mann trat die Tür weit auf.

Dutch Henry saß auf dem Boden und brüllte: »Niggerdieb! Du schuldest mir zwölfhundert Dollar!«

»Stell sie dem Herrn in Rechnung, Heide«, sagte der Alte Mann, fasste mich bei der Hand, trat auf die Gasse raus, und weg waren wir.

2

Der Großer-Gott-Vogel

Wir ritten wie die Wilden aus der Stadt, verließen den ausgetretenen California-Trail und preschten mitten in die Ebenen von Kansas. Es waren drei, der Alte Mann und zwei junge Kerle, die auf Pintos vorausritten. Der Alte Mann und ich stürmten auf einem Schecken mit einem blauen und einem braunen Auge hinter ihnen her. Das Pferd gehörte Dutch, also war der Alte Mann auch ein Pferdedieb.

Wir ritten ein paar Stunden, so schnell es ging, und während wir dahinrasten, tauchten in der Ferne Pappelwälder auf, und heißer Wind schlug mir ins Gesicht. Das Kansas-Territorium sieht flach und weit aus, aber wenn du mit 'm Pferd da durchgaloppierst, ist es ein hartes Stück Arbeit. Mein Arsch kriegte ganz schön was ab da oben auf dem Pferderücken, und ich hatte ja auch noch nie auf einem gesessen. Ich wurde auf die Größe eines kleinen Brotlaibs zusammengestaucht, und als ich irgendwann dachte, dass ich es nicht mehr aushielt, kamen wir auf eine Erhebung und machten in einem einfachen Lager halt. Es war eine Lichtung entlang einer Felswand mit einem davor aufgespannten dreieckigen, von Stöcken gehaltenen Zelt und den Überbleibseln einer Feuerstelle. Der Alte Mann stieg vom Pferd und half auch mir runter.

»Es ist Zeit, die Pferde zu tränken und auszuruhen, mein

Kind«, sagte er. »Aber wir können nicht lange bleiben, die andern kommen bald.« Er sah mich einen Moment an, und sein zerknittertes Gesicht wurde noch zerknitterter. Ich nahm an, dass er sich schuldig fühlte, weil er mich gekidnappt und meinen Pa zu Tode gebracht hatte, denn er wirkte etwas komisch um die Augen und starrte mich lange an. Endlich begann er in seiner von Flöhen zerfressenen Jackentasche rumzuwühlen. Er fuhr drin rum und holte was raus, das wie ein mit Federn überzogener Ball aussah, staubte ihn ab und sagte: »Ich nehm an, du fühlst dich nicht wohl wegen dem, was sich da eben zugetragen hat, aber im Namen der Freiheit sind wir alle Soldaten des Kreuzes und damit Feinde der Sklaverei. Vielleicht glaubst du jetzt, dass du keine Familie mehr hast oder nie wieder was von der siehst, die du noch hast, aber du bist Teil der Menschenfamilie und in der hier so willkommen wie jeder andere. Ich möchte, dass du das hier behältst, mein Kind, als Zeichen deiner neuen Freiheit und Familie. Schließ dich uns Freiheitskämpfern an, auch wenn du ein Mädchen bist und wir dich so schnell wieder loswerden müssen wie nur möglich.«

Er hielt mir das Ding hin. Ich wollte es nicht, was immer es war, aber weil er 'n Weißer war und so verdammt rumtat deswegen, denk ich, musste ich's nehmen. Es war eine Zwiebel. Vertrocknet, verdreckt, mit Federn, Spinnweben, Fusseln und anderem Müll aus seiner Tasche bedeckt. Das Ding sah übler aus als getrocknete Maultierscheiße. Der Alte Mann trug einiges an Müll und Krempel mit sich rum, und in späteren Jahren sollte ich sehen, wie er genug Kram aus seinen Taschen pulte, um 'n Zwanzig-Liter-Fass damit zu füllen, aber da das bei Dutch ein Erkundungsausflug hatte sein sollen, war er mit leichtem Gepäck gereist.

Ich nahm die Zwiebel und hielt sie in der Hand, verschreckt und unsicher, und weil ich nicht wusste, was er wollte, nahm ich an, ich sollte das Ding essen. Natürlich wollte ich nicht, aber ich war auch hungrig von dem langen Ritt und, ja, sein Gefangener, und so biss ich rein, und das Ding schmeckte übel wie der Teufel. Wie ein Stein rutschte es mir den Schlund runter, trotzdem hatte ich's im Handumdrehen verputzt.

Die Augen des Alten Mannes weiteten sich, und zum ersten Mal sah ich blanke Panik über sein altes Gesicht ziehen, was ich für Unmut hielt, wobei ich später lernte, dass sein Blick eigentlich alles bedeuten konnte, was sich aus ihm rauslesen ließ.

»Das war mein Glücksbringer, was du da gerade verschlungen hast«, brummte er. »Seit vierzehn Monaten hatte ich die Zwiebel in der Tasche, und kein Messer hat sich in mich gebohrt, keine Kugel mein Fleisch berührt. Ich denke, der Herr muss es als ein Zeichen meinen, dass ich sie verliere. Die Bibel sagt: ›Du sollst keine nutzlosen Dinge zwischen dich und mich bringen.‹ Aber selbst ein gottesfürchtiger Mann wie ich hat die Taschen voller Sünden, die ihm den Kopf geißeln, und auch die Lenden, um die Wahrheit zu sagen, denn ich hab zweiundzwanzig Kinder, von denen zwölf noch leben, Kleine Zwiebel. Aber mein Glück lebt jetzt zwischen deinen Ohren, du hast meine Erlösung und meine Sünden verschluckt, hast sie gegessen, so wie Jesus die Sünden der Welt verspeist hat, damit du und ich leben können. Das soll mir eine Lehre sein, mir altem Mann, der ich erlaubt habe, dass frevelhafte Objekte zwischen mir und dem Herrn der Heerscharen standen.«

Ich begriff nichts von dem, was er mir da erzählte, und ich sollte noch feststellen, dass Old John Brown den Herrn in so gut wie jede Ecke seines täglichen Lebens einarbeiten konnte, seine Gänge zum Abort eingeschlossen. Das war einer der Gründe, warum ich mich nicht zu den Gläubigen zählte, war doch mein Pa in Sachen Gott auch ein Verrückter, und das Glauben und Irrsein schienen zusammenzugehen. Aber ich konnte einem weißen Mann nicht widersprechen, besonders nicht, wo er mein Kidnapper war, und so hielt ich den Mund.

»Da du mir den Weg des Herrn gewiesen hast und jetzt mein Glücksbringer bist, Kleine Zwiebel, will ich dir auch Glück bringen und sage mich hiermit von all den Tricksereien und Glückspfändern los, die nichts als Teufelswerk sind.« Damit grub er aufs Neue in seinen Taschen und holte einen Fingerhut, eine Wurzel, zwei leere Blechdosen, drei indianische Pfeilspitzen, einen Apfelschäler, einen vertrockneten Baumwollkäfer und ein verbogenes Taschenmesser hervor. All das stopfte er in einen Beutel und gab ihn mir.

»Nimm diese Dinge, auf dass sie dir Glück bringen, bis du die Seele triffst, die dir den Weg des Schöpfers zeigt, Zwiebel. Denn der Prophet mag kommen in Gestalt eines Mannes, Jungen oder einer Kindfrau, wie du eine bist, und jeder Mensch muss die Weisheit des Allmächtigen erhalten, indem er auf seinen eigenen Propheten des Wortes trifft, der das Zeichen der Erlösung bereithält. Das gilt auch für dich, Kleine Zwiebel.« Und dann fügte er noch an: »Auf dass du deine eigene Kleine Zwiebel auf deinen Reisen triffst, damit sie *dein* Glücksbringer sein kann, der dir diese Dinge abnimmt und dich wirklich frei macht wie mich.«

Damit zog er noch was aus der Tasche, eine komische, lange schwarz-weiße Feder, und steckte sie mir auf den Kopf, direkt in mein krauses schwarzes Haar. So verweilte er einen Moment, dachte nach und sah mich an. »Die Feder eines Großer-Gott-Vogels. Das ist was Besonderes. Und ich fühl mich auch nicht schlecht, weil ich dir mein so besonderes Ding schenke. Die Bibel sagt: ›Nimm das, was besonders ist, aus deiner Hand und gib es den Bedürftigen, denn so gehst du auf Gottes Pfad.‹ Das ist das Geheimnis, Kleine Zwiebel. Aber dass du es weißt, du solltest nicht zu sehr an heidnische Dinge glauben, und dehne das Wort des Großen Herrschers nicht zu weit. Du dehnst es hier und dehnst es da, und bevor du dich versiehst, ist es das reine Teufelswerk. Als Kämpfern für Sein Gerechtes Heiliges Wort sind uns ein paar Schwächen gewährt, wie Glücksbringer und so weiter. Aber das sollten wir nicht zu sehr ausnutzen, verstehst du?«

Ich hatte keine Ahnung, wovon zum Teufel er redete, aber da er 'n Verrückter war, nickte ich.

Das schien ihm zu gefallen, und er reckte den Kopf zum Himmel und sagte: »Lehre deine Kinder die Lehren unseres Herrn der Heerscharen, und sie sollen nicht von ihnen abweichen. Ich höre Dich, oh, Großer Heumacher, und ich danke Dir, dass du uns jede Minute jeden Tages Deinen Segen schenkst.«

Ich weiß nicht, aber Gott muss in dem Moment wohl »jaja« oder »richtig« gesagt haben, denn plötzlich wirkte der Alte Mann zufrieden und schien mich auf der Stelle zu vergessen. Er wandte sich ab und holte eine riesige Stoffkarte aus seiner Satteltasche. In seinen kaputten Stiefeln trappelte er zu dem Zeltdach rüber, ließ sich drunter auf die Erde sinken und vergrub den Kopf ohne ein weiteres Wort in der Karte, sah aber noch mal raus und bedeutete mir wie aus einem Nachgedanken mit einer Geste, mich neben ihn zu setzen, was ich tat.

Inzwischen waren auch die beiden anderen Reiter von ihren Pferden gestiegen, kamen ran und sahen auf den ersten Blick wie die Söhne des Alten Mannes aus. Sie waren fast so hässlich wie er. Der erste war ein riesiger, bärenstarker Kerl, um die zwanzig. Er war noch größer als Dutch, eins fünfundneunzig ohne seine Stiefel, und trug mehr Waffen bei sich, als ich es je bei einem Mann gesehen hatte: Zwei schwere siebenschüssige Revolver hingen ihm an einem Ledergurt auf den Schenkeln, dazu kamen ein Schwert, ein kleinkalibriges Gewehr, eine Schrotflinte, ein Klappmesser und ein Sharps-Gewehr. Wenn er sich bewegte, klapperte er wie 'n Eisenwarenladen. Alles in allem bot er einen ziemlich Furcht erregenden Anblick. Sein Name war Fredrick, wie ich später erfuhr. Der zweite war kleiner, stämmiger, hatte rotes Haar und einen verkrüppelten

Arm, und er war ein gutes Stück älter. Er hieß Owen. Beide sagten nichts, sondern warteten, dass der Alte Mann was sagte.

»Tränkt die Pferde und macht uns ein Feuer«, sagte er.

Die Worte des Alten Mannes brachten sie in Bewegung, während ich auch weiter neben ihm unter dem Zeltdach saß. Ich war fürchterlich hungrig, obwohl ich gekidnappt worden war, und ich muss sagen, die ersten Stunden Freiheit unter John Brown waren wie meine letzten unter ihm: Als Sklave hatte ich nie einen solchen Hunger gehabt.

Der Alte Mann lehnte sich mit dem Rücken gegen die Felswand und hielt den Blick auf die Karte gerichtet. Das Lager war leer, aber wohl mal heftig genutzt worden. Etliche Waffen und Sachen lagen rum, es roch ziemlich überreif, und der Gestank zog schwarze Mückenwolken an. Eine der Wolken ließ sich auf mir nieder, und die Viecher piesackten mich schrecklich. Ich schlug auf sie ein und sah ein paar Mäuse durch einen Felsspalt hinter dem Alten Mann huschen, direkt über seiner Schulter. Eine plumpste aus der Spalte auf die Karte vor ihm. Er studierte sie eine Weile, und sie studierte ihn. Der Alte Mann hatte so seine Art, mit jedem Tier aus Gottes Schöpfung umzugehen. Später sollte ich sehen, wie er ein kleines Lamm nehmen und voller Güte und Zuneigung zum Schlachten bringen konnte. Ein Pferd konnte er zähmen, einfach indem er es sanft tätschelte und mit ihm sprach, und noch das sturste, bis zum Hals im Matsch steckende Maultier holte er auf festen Boden, als wär's nichts. Vorsichtig nahm er die Maus und setzte sie zurück in den Spalt zu ihren Mäusegeschwistern, und da saßen sie, ruhig wie kleine Hunde, und linsten dem Alten Mann über die Schulter, wie er die Karte betrachtete. Wahrscheinlich ging's ihnen wie mir: Sie wollten wissen, wo sie waren, und so fragte ich ihn.

»Middle Creek«, brummte er. Er schien nicht in Redelaune und fuhr seine Jungs an: »Gebt dem Kind was zu essen.«

Der Große, Frederick, kam ums Feuer zu mir. Mit seinen Waffen klang er wie 'ne Marschkapelle, sah freundlich zu mir runter und sagte: »Wie heißt du?«

Das war ein Problem, da mir so schnell kein Mädchenname einfallen wollte.

»Henrietta«, verriet der Alte Mann, immer noch über seine Karte gebeugt. »Eine Sklavin, aber jetzt frei«, sagte er stolz. »Ich nenn sie von heute an Kleine Zwiebel, aus meinen eigenen Gründen.« Er zwinkerte mir zu. »Der Pa der Kleinen wurde direkt vor ihren Augen von diesem Rohling Dutch Henry getötet. Der Kerl ist so ein Lump, ich hätt ihn durchlöchert, wenn's nicht so eilig gewesen wär.«

Ich merkte, dass der Alte Mann kein Wort drüber verlor, dass er selbst gerade so davongekommen war, aber die Erinnerung, wie Pa von dem Holzspleiß durchbohrt worden war, trieb mir das Wasser in die Augen. Ich wischte mir über die Nase und brach in Tränen aus.

»Ist ja gut, Zwiebel«, sagte der Alte Mann. »Wir bringen dich gleich wieder in Ordnung.« Er beugte sich zu seiner Satteltasche, suchte drin rum und holte noch ein Geschenk raus, ein zerknülltes, flohzerfressenes Kleid und eine Haube. »Das hab ich für meine Tochter Ellen gekauft, zum Geburtstag«, sagte er, »in einem Laden. Aber ich glaub, sie würde es gern einem hübschen Mädchen wie dir geben, als Freiheitsgeschenk.«

Da endlich wollte ich dem Irrtum ein Ende setzen, denn wenn es mir auch nichts ausmachte, eine flohzerfressene Zwiebel zu essen, die in seiner Tasche gelebt hatte, wollte ich doch nie und nimmer dieses Kleid und die Haube anziehen. Auf Gottes Erde nicht, weder so noch so. Aber mein Arsch stand auf dem Spiel, und wenn er auch klein ist, bedeckt er immerhin meine Rückseite, und deshalb mag ich ihn. Und der Alte Mann war ein Gesetzloser und ich sein Gefangener. Ich saß in der Zwickmühle, und die Tränen schossen aufs Neue hervor, was toll war, denn es rührte sie alle, und ich kapierte gleich, dass Heulen und Schreien dazugehörte, wenn du 'n Mädchen spielen wolltest.

»Ist ja gut«, sagte der Alte Mann wieder, »danke nur dem lieben Gott für seine Güte. Mir schuldest du nichts.«

Also nahm ich das Kleid, entschuldigte mich, ging in den Wald und zog mir den Unsinn an. Die Haube bekam ich nicht richtig auf den Kopf gebunden, kriegte sie dann aber doch irgendwie fest. Das Kleid reichte mir bis runter auf die Füße, denn die Kinder des Alten Mannes waren alle stämmige Riesen. Selbst noch die kleinste seiner Töchter war mit Schuhen fast eins achtzig und überragte meine Wenigkeit mit Kopf und Schultern. Ich selbst kam, was die Größe anging, eher auf meinen Pa raus, und so zog ich alles so an, wie's gerade ging, trat hinter dem Baum vor und brachte ein »Danke, Master« raus.

»Ich bin nicht dein Master, Zwiebel«, sagte er. »Du bist frei wie ein Vogel am Himmel.« Der Alte Mann sah zu Frederick rüber: »Fred, nimm mein Pferd und zeig der Zwiebel, wie man reitet. Der Feind wird bald schon hergaloppiert kommen. Der Krieg ist erklärt, wir haben keine Zeit zu verlieren.«

Es war das erste Mal, dass ich das Wort *Krieg* hörte. Zum ersten Mal überhaupt, aber in dem Moment dachte ich mehr an meine Freiheit. Ich überlegte, ob ich zu Dutch zurücksollte.

Fred führte mich zu Dutchs altem Pinto, auf dem ich mit dem Alten Mann hergekommen war, sagte, ich soll aufsteigen, und führte mich von seinem Pferd aus bei den Zügeln. Dabei redete er. Fred war 'n Dauerquassler. Er war doppelt so alt wie ich, aber nicht so ganz da, wenn du verstehst, was ich meine. Er war nicht der Schnellste und hatte 'ne Blase im Kopf. Was er redete, war nichts als Geschwätz, weil er nicht eine Minute bei der Sache bleiben konnte. So ritten wir eine Weile dahin, er brabbelte, und ich blieb stumm, bis er was wissen wollte: »Magst du Fasan?«

»Ja, Massa«, sagte ich.
»Ich bin nicht dein Massa, Zwiebel.«
»Ja, Sir«, sagte ich, weil ich's so gewohnt war.
»Nenn mich nicht Sir.«
»Ja, Sir.«
»Okay, dann nenn ich dich Missy.«
»Okay, Sir.«
»Wenn du mich weiter Sir nennst, nenn ich dich weiter Missy.«
»Ja, Sir.«

So ging das ein paar Minuten mit »Sir« und »Missy«, bis ich am Ende so kochte, dass ich ihm am liebsten eins mit 'm Stein auf den Schädel gegeben hätte, aber er war weiß und ich nicht, und so fing ich einfach wieder an zu heulen.

Meine Tränen erschreckten ihn. Er zügelte sein Pferd und sagte: »Tut mir leid, Henrietta. Ich nehm jedes Wort zurück, was ich gesagt hab.«

Ich wischte mir übers Gesicht, und wir ritten langsam noch etwa einen Kilometer am Bach lang, bis ans Ende des Pappeldickichts. Da traf die Lichtung auf Felsen und ausladende Bäume. Wir stiegen ab, und Fred sah sich um. »Wir können die Pferde hier lassen«, sagte er.

Ich sah eine Möglichkeit, mich davonzumachen. Alles in mir dachte an Flucht, und so sagte ich: »Ich muss mal aufs Klo, aber 'n Mädchen muss da für sich sein.« Die Worte, zum anderen Geschlecht zu gehören, blieben mir fast im Hals stecken, allerdings war Lügen damals noch was ganz Natürliches für mich. Mal ehrlich, alle versklavten Neger waren ganz natürliche Lügner, denn kein Geknechteter hatte je was davon gehabt, dem Master zu sagen, was er wirklich dachte. Vieles im Leben eines Farbigen war reines Schauspiel, und die Neger, die ruhig ihr Holz sägten und die Klappe hielten, lebten am längsten. Ich würde ihm nicht erzählen, dass ich ein Junge war. Aber alle unter Gottes Sonne, Mann oder Frau, weiß oder farbig, mussten mal aufs Klo, und ich hörte den Ruf der Natur wirklich, und da Fred kaum schneller dachte als 'n Topf dicke Suppe, dachte ich, das wär vielleicht 'ne Gelegenheit.

»Klar muss da ein Mädchen für sich sein, Kleine Zwiebel«, sagte Fred und band unsere Pferde an einen niedrig hängenden Ast.

»Ich hoffe, Sie sind ein Gentleman«, sagte ich. Weiße Frauen aus Neuengland hatte ich so reden hören, wenn ihre Wagenzüge bei Dutch hielten und sie das Klohäuschen draußen benutzen wollten, aus dem sie gewöhnlich hustend und würgend wieder rausgestürmt kamen, das Haar gekräuselt wie gebratener Speck. Der Gestank da drin konnte Käse ranzig werden lassen.

»Das bin ich ganz sicher«, sagte er und ging ein Stück weg, während ich zwecks meiner Erleichterung hinter einen nahen Baum lief. Als der Gentleman, der er war, ging Fred bestimmt dreißig Meter weg, hielt mir den Rücken zugewandt und starrte lächelnd in die andere Richtung. Solange ich ihn kannte, war er immer nur nett zu mir.

Ich duckte mich hinter den Baum, tat, was ich tun musste, und kam auch schon wieder vor. Ich rannte, flog, sprang auf Dutchs schielende Pinto-Stute und trieb ihr die Fersen in die Seiten. Die Gute würde den Weg nach Hause schon kennen.

Das Problem war, dass das Pferd keine Ahnung hatte, was ich von ihm wollte. Fred hatte es bei den Zügeln geführt, aber jetzt saß ich allein drauf, und das Tier wusste nur, dass ich kein Reiter war. Und so bäumte es sich auf, buckelte so heftig, wie es konnte, und schickte mich im hohen Bogen durch die Luft. Ich flog, schlug mit dem Kopf auf einen Stein und verlor die Besinnung.

Als ich wieder zu mir kam, stand Fred über mir und lächelte jetzt auch nicht mehr. Der Sturz hatte mir das Kleid über den

Kopf gestülpt, und meine neue Haube war nach hinten gerutscht. Ich sollte wohl erwähnen, dass ich als Kind Unterwäsche weder gekannt noch getragen habe. Ich war in einer Kneipe voller Abschaum, Armverdreher und Schläger groß geworden, und mein Geschlecht lag offen zutage. Schnell warf ich das Kleid wieder drüber, bis runter zu den Füßen, und setzte mich auf.

Fred schien verwirrt. Gott sei Dank war er tatsächlich nicht ganz klar im Kopf. Sein Hirn war leicht matschig, und er fasste nicht ganz, was er da gesehen hatte. »Bist du 'ne Schwuchtel?«

»Also, wenn du schon fragst«, sagte ich. »Ich weiß nicht.«

Fred blinzelte und sagte langsam. »Vater meint, ich hab die Schlauheit nicht mit Löffeln gefressen, mich bringt vieles durch'nander.«

»Mich auch«, sagte ich.

»Vielleicht fragen wir Vater das, wenn wir zurückkommen.«

»Was?«

»Das mit den Schwuchteln.«

»Das würd ich nicht«, sagte ich schnell, »weil er doch auch so schon den Kopf voll hat mit dem Krieg und allem.«

Fred überlegte. »Du hast recht. Und Pa kann auch Dummheit nicht so gut haben. Was sagt die Bibel zu Schwuchteln?«

»Ich weiß nicht. Ich kann nicht lesen«, sagte ich.

Das munterte ihn auf. »Ich auch nicht!«, sagte er fröhlich. »Ich bin der Einzige von meinen Brüdern und Schwestern, der's nicht kann.« Es schien ihn zu freuen, dass ich so dumm war wie er. »Komm mit«, sagte er. »Ich zeig dir was.«

Wir ließen die Pferde zurück, und ich folgte ihm durch dichtes Gebüsch. Nach einem Stück legte er den Finger auf die Lippen, und wir schlichen schweigend weiter. Hinter den Büschen, auf einer Lichtung, blieb er reglos stehen. Völlig stumm stand er da und lauschte. Jetzt hörte ich ein klopfendes Geräusch, und wir bewegten uns drauf zu, bis Fred sah, wonach er Ausschau gehalten hatte, und mit dem Finger in die Höhe zeigte. Ganz oben in einer dicken Birke saß ein Specht und klopfte wacker vor sich hin. Es war ein kräftiger Bursche. Schwarz und weiß und mit 'n bisschen Rot drumherum.

»Schon mal so einen gesehen?«, fragte er.

»Ich kann keinen Vogel vom andern unterscheiden.«

Fred starrte zu ihm rauf. »Das iss ein Großer-Gott-Vogel«, sagte er. »Er ist so hübsch, dass einer, wenn er einen sieht, ›Großer Gott!‹ sagt.«

Er beobachtete ihn. Die dumme Erzählerei faszinierte ihn, und ich überlegte, ob ich's noch mal mit dem Davonlaufen probieren sollte, aber er war zu nahe. »Ich kann so gut wie jeden Vogel fangen, mit der Hand oder 'ner Falle«, sagte er. »Aber der da, das ist ein Engel. Es heißt, dass dich eine Feder vom Großer-Gott-Vogel dein Leben lang Dinge kapiern lässt. Genau das fehlt mir, Zwiebel. Was kapiern, die Erinnerung und so was.«

»Warum fangen Sie dann keinen?«

Er achtete nicht auf mich, sondern sah durch den dichten Wald, während der Vogel immer weiterhämmerte. »Kann ich nicht, die Dinger sind scheu, und Vater sagt, ich soll nicht an Glücksbringer und so heidnisches Zeugs glauben.«

Was sagt man denn *dazu*? In meiner Tasche steckte der Beutel mit Glücksbringern und Talismännern, den mir sein Pa gegeben hatte, mit 'ner Feder, die aussah, als stammte sie von genau der Kreatur, die wir da gerade anstarrten.

Ich dachte allein ans Davonlaufen, und da er sowieso schon nicht der Hellste war, überlegte ich, ihn noch mehr durch'nanderzubringen, um ihn davon abzulenken, dass ich ein Junge war, und vor allem leichter entkommen zu können. Also griff ich in meinen Jutebeutel, holte die Feder von seinem Pa raus und hielt sie ihm hin. Das haute ihn um.

»Woher hast du die?«

»Darf ich nicht sagen. Aber ich schenk sie Ihnen.«

Damit war er völlig platt. Also die Wahrheit war, dass ich nicht wusste, ob das Ding von einem Großer-Gott-Vogel stammte oder nicht. Sein Pa hatte gesagt, dass es so war, aber ich wusste nicht, ob der Alte Mann die Wahrheit sagte, schließlich war er ein Kidnapper, und die Weißen waren in jenen Tagen voller Tricksereien. Dazu kam, dass ich selbst ein Lügner war, und einer von uns traut dem anderen nicht. Es schien allerdings wahr genug zu sein, die Feder war schwarz und hatte 'n bisschen Weiß und Rot in sich. Aber sie hätte auch von einem Adler oder Kolibri sein können. Was auch immer es war, das Ding gefiel Fred ungeheuer, und er wollte sich dafür revanchieren. »Jetzt zeig ich dir was ganz Besondres«, sagte er. »Komm mit.«

Ich folgte ihm zurück zu den Pferden, wo er seine Siebenschüssigen, sein Schwert, den Pistolengurt und die Gewehre auf die Erde warf und eine Decke, eine Handvoll getrocknetes Korn und einen Eichenstock aus der Satteltasche zog. »Wir dürfen hier nicht schießen«, sagte er, »weil uns der Feind hören könnte. Also zeig ich dir jetzt, wie man 'n Fasan fängt, ohne einen Schuss abzufeuern.«

Er führte mich zu einem ausgehöhlten Baumstumpf und legte das Korn in einer geraden, zum Stumpf führenden Linie aus. Ein paar Körner warf er rein, suchte einen Platz nicht zu weit weg aus und setzte sich hin. Mit seinem Messer schnitt er zwei Kucklöcher in die Decke, eins für sich und eins für mich, und warf sie über uns. »Alles Federwild in der ganzen Welt hat Angst vorm Menschen«, flüsterte er, »aber mit 'ner Decke über dir bist du keiner mehr.«

Ich wollte ihm sagen, dass ich mich sowieso nicht wie einer fühlte, ganz gleich, wie's ging, aber ich hielt die Klappe. Da saßen wir also unter der Decke und starrten durch unsre Kucklöcher. Nach 'ner Weile wurde ich müde, lehnte mich an ihn und schlief ein.

Ich wurde wach, weil Fred sich rührte, linste durch mein

Loch, und tatsächlich war da ein Fasan gekommen, um sich an Freds Korn gütlich zu tun. Er folgte den Körnern gerade so, wie's gefiel, bis zum Baumstumpf. Als er den Kopf reinsteckte, zerbrach Fred den Eichenstock, den er in der Hand hielt. Der Vogel erstarrte bei dem Knacken, und ruckzuck warf Fred die Decke über ihn, packte ihn und drehte ihm den Hals um.

Wir fingen noch zwei weitere Fasanen auf die Weise und ritten zurück zum Lager. Als wir ankamen, stritten sich Owen und der Alte Mann wegen der Karte und schickten uns mit unserem Fang Abendessen machen, und während wir die Vögel am Lagerfeuer vorbereiteten, machte ich mir wieder Sorgen, Fred könnte ausplappern, was er gesehen hatte, und sagte: »Fred, Sie erinnern sich doch an unsern Handel?«

»Was für 'n Handel?«

»Ach, nichts«, sagte ich. »Aber Sie sollten wahrscheinlich keinem sagen, was ich Ihnen gegeben hab«, murmelte ich.

Er nickte. »Dein Geschenk lässt mich jede Sekunde mehr begreifen, Zwiebel. Mit jedem Wort. Ich bin dir dankbar und werd's keiner Seele verraten.«

Er tat mir leid, beschränkt, wie er war, und weil er mir vertraute, ohne zu wissen, dass ich fliehen wollte. Sein Pa hatte mir die Feder gegeben und gesagt, keinem was davon zu erzählen, und ich gab die Feder seinem Sohn und sagte *ihm*, nichts davon zu erzählen. Sie wussten nicht, was sie glauben sollten, dachte ich mir. In jenen Tagen erzählten die Weißen den Niggern mehr, als sie sich unter'nander anvertrauten, weil sie wussten, die Neger konnten nichts tun, als »ähm« und »hmm« sagen und mit ihrem Kram weitermachen. Das machte die Weißen in meinem Kopf zum Objekt von Tricksereien, bei denen die Farbigen ihnen zwei Schritte voraus waren, da sie alle Möglichkeiten durchdachten und ausknobelten, wie sie sich unbemerkt durchmogeln konnten und was sie tun mussten, damit ihre Lügen zu den Wünschen der Weißen passten. In meinen Augen war jeder normale Weiße ein Narr, und Fred zählte ich mit dazu. Aber ich täuschte mich, denn so 'n kompletter Narr war er nun doch nicht. Genauso wenig wie sein Pa. Der größte Narr war am Ende meine Wenigkeit, weil ich die beiden für Narren hielt. So geht's, wenn du ein Urteil über andere Leute fällst. Du lässt dich in den Ruin reißen, und es sollte mich noch einiges kosten.

3

Die Armee des Alten Mannes

Kaum, dass wir die Fasane gebraten hatten, trudelte der Rest von Old John Browns Männern ein. Die Armee des Alten Mannes, von der ich schon so viel gehört hatte, war nichts als ein abgerissener Haufen der dürrsten, dürftigsten, traurigst aussehenden Burschen, die ich je gesehen hatte. Sie waren allesamt jung und so mager wie 'n Pferdehaar in 'nem Glas Milch. Es gab einen jüdischen Ausländer, einen Indianer und verschiedene andere Taugenichtse, allesamt völlig hässliche, arme Kerle. Sie mussten irgendwas geplündert haben, denn sie kamen mit einem Wagen angefahren, der wie 'ne Kurzwarenhandlung klapperte und klackerte, mit Töpfen, Tassen, Tellern, Möbeln, Kartentischen, Spindeln, Lederstreifen und allem möglichen Kram, der an den Seiten hing.

Sie hatten alles dabei, nur nichts zu essen, und der Geruch der Vögel zog sie zum Feuer. Im Kreis standen sie drumherum, und einer von ihnen, der Jude, der Weiner hieß, ein dünner, drahtiger, hagerer Bursche, hatte eine Zeitung dabei, die er Owen gab. »Behalt's bis nach dem Essen für dich«, sagte er und starrte ins Feuer, »sonst will der Captain auf der Stelle los.«

Aber der Alte Mann hatte ihn längst gesehen, kam und schnappte sich die Zeitung. »Mr Weiner, die Nachrichten aus Lawrence sind ohne Zweifel dringlich«, sagte er. »Aber keine Sorge, ich hatte dazu schon eine Vision.« Damit wandte er sich den anderen zu und sagte: »Männer, bevor ihr euch die Mägen vollschlagt, lasst uns unserem Heiligen Fürsorger für diese Speise danken, denn schließlich verbreiten wir die Freiheit in Seinem Namen.«

Im Kreis standen die Männer da und senkten die Köpfe, während der Alte Mann mit dem Hut in der Hand sein zerfurchtes altes Gesicht über die gebratenen Vögel und das Feuer senkte. Dreißig Minuten später war das Feuer aus, das Essen kalt wie Dicks Eishaus, und der Alte schwatzte noch immer. Ich sollte wohl 'n paar Beispiele für Old John Browns Gebete geben, aber ich schätze, sie würden für dich, den lieben Leser, wenig Sinn ergeben, der du ohne Zweifel hundert Jahre später mit Stacy-Adams-Schuhen an den Füßen und einem falschen Fellmantel um die Schultern unten in einer warmen Kirche diese Worte liest und nichts anderes zu tun brauchst, um deinen Arsch zu wärmen und deinen Kaffee zu kochen, als rüber zur Wand zu gehen und 'n Schalter umzulegen. Es war eher der Anblick des betenden Alten Mannes als das, was er sagte, eher ein Gespür in der Luft als 'ne klare Empfindung. Du musstest dabei sein: Der Geruch der verbrannten Fasanen wehte durch die Luft, und rundum breitete sich die Prärie von Kansas aus, mit ihrem Büffeldung, den Mücken und dem Wind, der von der einen Seite an dir zerrte, während der Alte Mann dir von der anderen 'n Ohr abkaute. Was das Beten betraf, verbreitete er nichts als Schrecken. Gerade, wenn er einen Gedanken zu beenden schien, kam ihm ein neuer in die Quere, und schon krachte der nächste in ihn rein, und der übernächste, bis am Ende alles zusammenrumste und sich vermischte und keiner mehr wusste, was und wer was war und warum er das betete, und das Ganze war wie einer der Tornados, die über die Ebenen peitschten und Salbeisträucher, Baumwollkäfer und Gehöfte mit sich rissen und wie Staub durch die Gegend wirbelten. Die Anstrengung des Betens brachte den Alten Mann in Schweiß, der ihm den ledrigen Nacken runterlief und das Hemd durchweichte, während er von Feueropfern und Blut vom Licht Jesu und so weiter sprach. Und die ganze Zeit kribbelte mein Kleid wie verrückt, und die Mücken piesackten mich und fraßen mich bei lebendigem Leib. Endlich murmelte Owen: »Pa! Wir müssen den Trail rauf! Da kommt ein Trupp geritten!«

Das brachte den Alten Mann zu Sinnen. Er hustete, brachte noch ein paar »Gegrüßet seist du, Maria« und »Dank Dir, o Herr« raus und fand ein Ende. »Ich sollte euch ein volles Gebet schenken«, brummelte er, »und nicht nur ein paar gestammelte Worte an unseren Großen Erlöser, der mit Seinem Blute bezahlt hat und dem wir zum Dienste verpflichtet sind.« Der Alte Mann drückte sich in seinen Gebeten gern was geschwollen aus.

Die Männer ließen sich zu Boden sinken und aßen, während Old John Brown die Zeitung las. Als er fertig war, verfinsterte sich sein Gesicht, er zerknüllte die Seiten in seiner großen, faltigen Faust und rief: »Nein, nein, sie haben unseren Mann angegriffen!«

»Wen?«, fragte Owen.

»Unseren Mann im Kongress!« Er strich die Zeitung wieder glatt und las laut draus vor. Nach allem, was ich verstand, hatten sich zwei Männer oben in der Regierung in Washington, D. C., wegen der Sklaverei in die Haare gekriegt, und der eine hatte den anderen bewusstlos geschlagen. Wie es schien, hatte es einen Mann namens Sumner aus Massachusetts erwischt, einer aus South Carolina hatte seinen Stock auf Sumners Schädel zerschlagen und kriegte jetzt per Post jede Menge neue Stöcke von Leuten, denen das bestens gefiel.

Der Alte Mann warf die Zeitung auf die Erde. »Macht die Pferde los und brecht das Zelt ab. Heute Abend noch schlagen wir zurück. Beeilt euch, Männer, wir haben Arbeit!«

Die Männer hatten es nicht so eilig mit dem Aufbrechen,

waren sie doch gerade erst angekommen und damit beschäftigt, was zwischen die Zähne zu kriegen. »Wozu die Eile?«, sagte einer. »Einen Tag kann die Sache noch warten.« »Der Neger wartet schon zweihundert Jahre«, sagte der Alte Mann. Der andere schnaubte. »Lasst sie warten. Wir kriegen schon so nicht genug zu essen.« Er war so schäbig angezogen wie der Rest, aber dick, trug einen sechsschüssigen Revolver und eine richtige Reithose. Er hatte einen fetten, faltigen Hals wie 'n Truthahngeier und kaute auf einem Stück Fasan, während er redete.

»Wir sind nicht zum Essen hier, Reverend Martin«, sagte der Alte Mann.

»Dass sich zwei Verrückte im Kongress streiten, bedeutet gar nichts«, sagte der Reverend. »Wir haben hier unsere eigenen Kämpfe.«

»Reverend Martin, Sie sehen das von der falschen Seite«, sagte der Captain.

Der Reverend mampfte vor sich hin und sagte: »Ich habe vor, besser lesen zu lernen, damit ich nicht immer Ihre Deutung der Dinge hören muss, Captain. Ich bin mir nicht mehr so sicher, was ich davon halten soll. Jedes Mal, wenn ich wegreite und komm später ins Lager zurück, seh ich 'n anderes Gesicht hier rumlungern und mitessen. Wir haben auch schon so nicht genug für die Männer.« Er nickte zu mir hin. »Wer ist das da?«

Ich stopfte mir so viel Vogel in den Schlund, wie ich konnte, hatte ich doch vor, bald zu fliehen.

»Reverend Martin, das iss Zwiebel«, meldete sich Frederick stolz zu Wort.

»Wo kommt sie her?«, wollte der Reverend wissen.

»Wir haben sie aus Dutch Henrys Kneipe gestohlen.«

Die Augen des Reverends wurden größer, und er starrte den Alten Mann an. »Warum wollen Sie sich von allen Quertreibern im Land gerade mit dem anlegen?

»Ich will mich nicht mit ihm anlegen«, sagte der Alte Mann. »Ich wollte nur sein Territorium auskundschaften.«

»Und raus kommt nur Ärger. Für nichts würde ich Streit mit Dutch anfangen. Ich bin nicht in dieses Land gekommen, um mich mit Leuten wie dem zu schießen.«

»Keiner schießt sich hier«, sagte der Alte Mann. »Wir reiten für die Erlösung, und die Bibel sagt es: ›Trage die Wahrheit auf deinem Gesicht, und der Herr wird dich erhören.‹«

»Kommen Sie mir nicht mit der Bibel«, schnaubte der Reverend. »Die kenne ich besser als jeder andere hier.«

Aber da griff er übel daneben, denn in meinen ganzen hundertelf Jahren auf Gottes grüner Erde habe ich nie einen Mann getroffen, der die Bibel besser aufsagen konnte als Old John Brown. Der Alte Mann drückte den Rücken durch und schleuderte dem Reverend ein halbes Dutzend Bibelverse ins Gesicht, und als der versuchte, mit ein paar eigenen zurückzuschießen, überschwemmte ihn der Alte Mann mit einem weiteren halben Dutzend, die noch besser waren als die ersten. Mähte ihn einfach um. Der Reverend zog den Kürzeren.

»Ist ja schon gut«, fauchte er. »Aber Sie fordern den Ärger raus. Dutch hat 'n Haufen Missouri-Rothemden bei sich, und jetzt haben Sie ihm einen Grund gegeben, sie von der Leine zu lassen. Er wird uns hart zusetzen.«

»Soll er doch kommen«, sagte der Alte Mann. »Zwiebel gehört zu meiner Familie, und ich habe vor, ihr die Freiheit zu erhalten.«

»Zu meiner gehört sie nicht«, sagte der Reverend. Er saugte an einem Fasanenknochen, warf ihn weg und leckte sich die Finger. »Ich kämpfe für ein freies Kansas, und nicht, um fetthaarige Nigger wie sie zu stehlen.«

»Ich dachte, Sie wären ein Freistaatler, Reverend«, sagte der Alte Mann mit eisiger Stimme.

»Ich *bin* ein Freistaatler«, sagte der Reverend. »Aber das hat nichts damit zu tun, sich erschießen zu lassen, weil man einem den Nigger geklaut hat.«

»Sie sollten nicht mit dieser Truppe reiten, wenn Sie nicht dafür kämpfen und predigen wollen, dass die Farbigen freikommen«, sagte Old Man Brown.

»Ich bin aus gemeinsamem Interesse mit Ihnen geritten.«

»Nun, mein Interesse ist es, die Farbigen in diesem Territorium zu befreien. Ich bin durch und durch ein Abolitionist.«

Während die beiden stritten, hatten die meisten Männer ihr Essen beendet, hockten da und hörten ihnen zu.

»Das ist Dutch Henrys Nigger. Gekauft und bezahlt!«

»Das hat er bald vergessen.«

»Solche Art Unrecht vergisst der nie.«

»Dann leer ich ihm die Erinnerung, wenn er kommt.«

Ottawa Jones, der Indianer, trat zum Captain und sagte: »Dutch ist kein Schlechter, Captain. Er hat einiges Gute für mich getan, bevor er seine Kneipe aufgemacht hat. Da war er nicht für die Sklaverei. Er sollte die Möglichkeit haben, seine Meinung zu ändern.«

»Du verteidigst ihn ja nur, weil du selbst mal ein, zwei Sklaven hattest«, meldete sich ein anderer.

»Du Lügner«, sagte Jones.

Das rief noch mehr Zwist hervor. Einige waren mehr für die eine, einige für die andere Seite, einige für Old Man Brown und einige für den Reverend. Der Alte Mann hörte ohne ein weiteres Wort zu und brachte schließlich alle mit einer Geste zum Schweigen.

»Ich will den Sklavenhaltern einen Schlag verpassen. Wir wissen, was sie getan haben. Sie haben Charles Dow umgebracht. Joe Hamilton haben sie vor den Augen seiner Frau zu unsrem Schöpfer geschickt, Willamena Tompkin vergewaltigt. Sie sind Mörder, Vergewaltiger, Plünderer. Sünder allesamt. Sie zerstören das ganze Territorium. Die Bibel sagt: ›Begegne deinem Feind mit seinem eigenen Feuer. Dutch Henry ist ein Feind. Aber ich gestehe ihm zu, dass ich ihn in Ruhe lasse, wenn er mir nicht in die Quere kommt.«

»Ich richte mich nicht gegen Dutch«, sagte Reverend Martin. »Ich hab keinen Streit mit ihm.«

»Ich auch nicht«, sagte ein anderer Mann. »Dutch hat mir Kredit für 'n Pferd gegeben, und das hier ist ein Trupp mit zu viel Ecken. Ich bin nicht den ganzen Weg von Connecticut hergekommen, um mit Juden zu reiten.«

Weiner, der Jude, der neben Jones stand, machte einen Schritt auf den Mann zu, mit geballten Fäusten. »Peabody, wenn du dein Maul noch mal so schräg aufmachst, zerreiß ich dich in der Luft.«

»Das reicht«, sagte der Alte Mann. »Morgen Abend reiten wir gegen Osawatomie. Da sitzen die Sklaverei-Befürworter. Wer immer mitreiten will, ist willkommen. Wer nicht, kann nach Hause zurückkehren. Aber reitet nach Norden, durch Lawrence. Ich will keinen nach Süden reiten und Dutch warnen sehn.«

»Wenn Sie gegen Dutch ins Feld ziehen wollen, nur zu«, sagte der Reverend. »Ich stell mich nicht dazwischen. Aber mir sagt niemand, wohin ich reiten soll, besonders nicht wegen einer krausköpfigen, Vögel fressenden Niggerin.« Er legte eine Hand auf den Revolver auf seiner linken Seite. Peabody und noch ein paar andere traten zu ihm, und plötzlich, einfach so, hatte sich die Armee des Alten Mannes zweigeteilt. Die eine Hälfte stand bei ihm, die andere hinter dem Reverend.

Da raschelte was hinter dem Alten Mann, und die Augen des Reverends wurden groß wie Silberdollar, als Fred auf ihn zuging, wütend seine Maschinerie ziehend. Er handhabte die mächtigen Siebenschüssigen wie Spielzeug und drückte sie dem Reverend schneller, als du denken konntest, auf die Brust. Ich hörte, wie beide Hähne gespannt wurden.

»Wenn Sie noch so 'n Wort über meine Freundin Zwiebel hier verliern, pump ich Ihnen 'ne Ladung in die Brust«, sagte er.

Die Stimme des Alten Mannes hielt ihn auf. »Frederick!«

Fred erstarrte, die Pistolen gezückt.

»Lass ihn.«

Frederick trat zurück. Der Reverend schnaubte und blitzte mit den Augen, ließ sein Metall aber stecken, und das war klug so, denn auch Owen war ein Stück vorgekommen, genau wie die beiden anderen Söhne Browns. Die Browns waren ein rauer Haufen. Jeder Einzelne von ihnen heilig wie Jesus höchstpersönlich. Sie fluchten nicht, und sie tranken nicht. Stießen kein böses Wort aus. Aber wer ihnen in die Quere kam, dem half nur Gottes Gnade, denn sie ließen sich nicht von ihrem Weg abbringen. Was sie einmal entschieden hatten, wurde gemacht.

Der Reverend sammelte seine Waffen und Habseligkeiten ein und stieg auf sein Pferd. Peabody und die anderen taten es ihm nach. Sie verließen das Lager in Richtung Norden, so wie es ihnen der Captain gesagt hatte.

Der Alte Mann, der Indianer Ottawa Jones und der Jude Weiner standen beisammen und sahen zu, wie Reverend Martin und seine Männer davonritten.

»Sie sollten dem Reverend eine Kugel in den Rücken jagen, solange Sie noch die Möglichkeit dazu haben«, sagte Weiner. »Der ist kaum fünf Minuten außer Sicht, schon dreht er nach Süden um zu Dutch und erzählt ihm alles, so laut er kann.«

»Lasst ihn reden«, sagte der Alte Mann. »Ich will, dass alle wissen, was mein Ziel ist.«

Aber es war ein Fehler, den Reverend an dem Tag ziehen zu lassen, und am Ende sollte er dafür einen hohen Preis bezahlen.

4

Das Massaker

Der Plan des Alten Mannes, Osawatomie anzugreifen, verschob sich wie das Meiste, was er tat, und wir verbrachten die nächsten paar Tage damit, durchs County zu ziehen und Sklaverei-Befürworter zu beklauen, damit wir was zu essen hatten. Der Alte Mann war immer pleite, und alles verspätete sich. Ich meine, er musste eine Menge Männer sattkriegen, zwölf insgesamt, und das ist wirklich 'ne Menge. Manchmal denk ich, Old John Brown hätte den ganzen Ärger nicht angezettelt, hätte er nicht ständig so viele Mäuler zu stopfen gehabt. Zu Hause hatte er auch noch zwölf Kinder, ganz zu schweigen von seiner Frau und verschiedenen Nachbarn, die sich nach allem, was ich gehört habe, mit ihm zusammengetan hatten. Das waren reichlich Leute, und so was kann jeden auf alles wütend werden lassen. Weiner versorgte uns in seinem Laden in Kinniwick, aber nach zwei Tagen hatte seine Frau die Nase voll vom Kampf gegen die Sklaverei und warf uns raus. »Wenn ihr so weitermacht, enden wir selbst als Sklaven«, knurrte sie.

Diese ersten paar Tage des Umherziehens ließen mich einige Dinge besser verstehen. Aus Sicht des Alten Mannes geschahen überall im Kansas-Territorium ständig neue Gräueltaten, und die Sache im Kongress brachte das Fass zum Überlaufen. Aus seiner Sicht wurden die Yankee-Siedler regelmäßig von den Kickapoo Rangers, den Ranting Rockheads, den Border Ruffians, Captain Pate's Sharpshooters und einer Reihe anderer blutdürstiger, gemeiner Trunkenbolde und Teufel geplündert, die nichts anderes im Sinn hatten, als Abolitionisten umzubringen. Es reichte schon, dass sie einen im Verdacht hatten, einer wär einer. Etliche von den Kerlen waren persönliche Helden von mir, um die Wahrheit zu sagen, schließlich war ich bei Dutch aufgewachsen und kannte viele Rebellen. Für sie waren die Yanks des Alten Mannes nichts anderes als 'n Haufen hochnäsiger Landbesetzer, Krämer und Abenteurer, die nach Westen zogen, Land klauten und keine Ahnung hatten, was hier eigentlich lief. Dazu kam noch, dass die Yanks nicht fair kämpften, weil sie umsonst Waffen und Nachschub aus dem Osten kriegten, womit sie auf die armen Präriebewohner losgingen. Und überhaupt fragte keiner den Neger, was er von der ganzen Sache hielt, und auch den Indianer nicht, wenn ich richtig drüber nachdenke. Was die beiden dachten, zählte nicht, wenn sie nach außen hin auch der Grund für alles waren. Tatsächlich ging's nur um Land und Geld, wovon keiner der Streithähne je genug zu kriegen schien.

Natürlich hatte ich damals diese Gedanken nicht. Ich wollte nur zurück zu Dutch. Da hatte ich eine Tante und einen Onkel, und wenn ich denen auch nicht zu nahestand, schien doch alles besser, als zu verhungern. Denn es war so 'ne Sache mit dem Arbeiten für Old John Brown, und wenn das gelogen ist, will ich tot umfallen: Ich schob 'nen irren Kohldampf bei ihm. Als Sklave war ich nie hungrig gewesen, erst als ich frei war, aß ich aus Mülleimern. Dazu kam, ein Mädchen zu sein, bedeutete zu viel Arbeit. Den ganzen Tag rannte ich rum, musste dies oder das für die jungen Knauser holen, ihre Wäsche waschen und ihnen die Haare kämmen. Die meisten von ihnen waren dumm wie Stroh, und es gefiel ihnen, dass so 'n kleines Mädchen dies und das für sie tat. Die ganze Zeit ging's:

»Hol mir Wasser, Zwiebel«, »Nimm den Jutebeutel und bring ihn rüber«, »Wasch dies Hemd im Bach für mich, Zwiebel«, und: »Mach mir Wasser warm, Kleine.« Frei zu sein, war einen Scheiß wert. Von allen verlangte nur der Alte Mann keine Mädchenaufgaben von mir, und das hauptsächlich, weil er zu viel mit seiner Beterei beschäftigt war.

Ich hatte die Nase voll von dem Dreck und war fast erleichtert, als er nach ein paar Tagen verkündete: »Heute Abend greifen wir an.«

»Willst du uns nicht sagen, wo und wen?«, brummte Owen.

»Schärf du nur dein Schwert.«

Nun, solche Sprüche funktionieren, wenn du einem Neger Befehle gibst. Aber die Männer waren weiß, und es war einiges Murren zu hören, weil sie nicht genau wussten, wen oder was sie angreifen sollten und so weiter. Die Armee des Alten Mannes war noch ganz neu, wie ich rausfand. Von denen war noch nie einer im Krieg gewesen, keiner von ihnen, nicht mal der Alte Mann. Das Einzige, was sie bisher getan hatten, war, Essen und Vorräte klauen, aber jetzt wurde das Spiel ernst, und immer noch wollte er ihnen nicht sagen, wo sie kämpfen würden. Er beachtete sie einfach nicht weiter, wenn sie fragten. In all den Jahren, die ich ihn kannte, hat er nie einem seine Pläne verraten. Andererseits, wenn ich so zurückdenke, kannte er sie vielleicht selbst nicht mal. Er neigte dazu, mitten am Nachmittag sein Pferd anzuhalten, die Hand ums Ohr zu legen und »Psst!« zu sagen. »Ich bekomme gerade Nachrichten von unserem Großen Erlöser, der die Zeit für uns anhält.« So saß er dann minutenlang mit geschlossenen Augen auf seinem Pferd und meditierte, bevor es weiterging.

Nachdem er den Angriff für den Abend verkündet hatte, verbrachten die Männer den Tag damit, ihre Schwerter mit Steinen zu schärfen und alles vorzubereiten. Ich dagegen hoffte auf eine Fluchtmöglichkeit, aber Fred saß mir im Nacken. Er schürte das Feuer und zeigte mir, wie man eine Klinge scharf kriegte und ein Gewehr putzte. Er ließ mir keine zwei Minuten für mich und hielt mich nahe bei sich. Fred war ein guter Lehrer in diesen Sachen, aber eben auch eine fürchterliche Nervensäge. Er hatte mich adoptiert, und es gefiel ihm, zu sehen, wie schnell sein kleines Mädchen reiten lernte, sich nicht mehr an den Mücken störte und überhaupt so anpassungsfähig war, »fast wie 'n Junge«. Das Kleid juckte fürchterlich, aber wenn aus den Tagen kalte Nächte wurden, war es warm und bequem. Und hier sollte ich es sagen (wobei ich nicht stolz drauf bin), dass es mich auch aus dem Kampf raushielt. Irgendwer würde bestimmt einen Kopf kürzer gemacht werden, und daran hatte ich kein Interesse.

Der Nachmittag dämmerte, und der Alte Mann verkündete: »Die Stunde ist nahe, Männer.« Kaum, dass er das gesagt hatte, begannen sich die Leute einer nach dem anderen zu entschuldigen, sie müssten weg. Der eine hatte sich um sein Vieh zu kümmern, der andere sein Korn zu schneiden, einer hatte ein krankes Kind zu Hause, ein anderer musste erst sein Gewehr holen, und so weiter. Selbst Ottawa Jones sagte in letzter Sekunde noch ab und versprach, später wieder zu uns zu stoßen.

Der Alte Mann ließ sie alle mit einem Achselzucken gehen. »Lieber habe ich fünf hingebungsvolle, trainierte Kämpfer als eine Armee von verschreckten Einfaltspinseln«, höhnte er. »Nehmt nur die Kleine Zwiebel hier. Ein Mädchen und auch noch ein Neger, und sie erledigt ihre Aufgaben wie ein Mann. Das«, sagte er und zeigte stolz auf Fred und Owen, »ist Hingabe.«

Abends waren von dem Dutzend nur noch acht übrig, meine Wenigkeit nicht mit eingerechnet, und diesem Rest war der Schwung verloren gegangen. Das Ganze hatte einen neuen Anstrich bekommen, es wurde ernst, und dazu kam der Hunger. Der Alte Mann aß kaum was, und so hatte er kein großes

Bedürfnis nach Essen, aber der Rest starb fast vor Hunger, genau wie ich. Je näher die Stunde des Angriffs kam, desto hungriger wurde ich, bis schließlich Mitternacht vorbeizog, sich der Hunger in Angst verwandelte und ich ihn komplett vergaß.

Bis in die frühen Morgenstunden versammelte der Alte Mann, was von den Pottawatomie Rifles geblieben war, zum Gebet um sich. Ich würde sagen, im Durchschnitt betete er etwa zweimal die Stunde, Essenszeiten nicht mit eingerechnet und auch nicht seine Gänge zum Klo, bei denen er direkt vorm Hinhocken im Wald, um die Unreinheiten aus seinem Körper zu kriegen, schnell noch ein kurzes Gebet sprach. Sie traten um ihn rum, und der Alte Mann fing an. Ich erinnere mich nicht, was er sagte (die schreckliche Barbarei, die drauf folgen sollte, blieb mir weit besser im Kopf), ich weiß nur noch, wie ich barfuß dastand und der Alte Mann mit ungewöhnlich langen Formeln aus dem Alten und Neuen Testament den Geist Jesu anrief, vom Evangelium des Johannes redete und so weiter. Eine Dreiviertelstunde bellte und betete und heulte er Gott an, bis Owen rief: »Pa, wir müssen los. In drei Stunden wird's hell.«

Das holte den Alten Mann zurück. Murrend kam er aus seiner Versunkenheit. »Natürlich unterbrecht ihr meine Erläuterungen unserem geliebten, dahingeschiedenen Erlöser gegenüber, dessen Blut unsere Leben trägt«, sagte er. »Aber ich denke, er wird die Ungeduld seiner Kinder verstehen und ist eingenommen von ihrer Jugend und ihrer Sorglosigkeit. Kommt, Männer.«

Sie setzten sich in einen Wagen, an den hinten zwei Pferde gebunden waren, und ich schwang mich zu ihnen rein. Acht Seelen von den Pottawatomie Rifles waren noch übrig, und erst, als wir dahinrollten, erfuhr ich, dass fünf davon Söhne des Alten Mannes waren: Owen und Fred natürlich, dann Salmon, Jason und John Jr., und dazu kam noch ein Schwiegersohn,

Henry Thompson. Die anderen beiden waren James Townsley und Theo Weiner, der Jude.

Wir hielten uns vom California Trail fern, der quer durch Kansas verlief, holperten etwa eine Stunde über einen alten Holzfällerpfad und bogen dann auf einen Weg, der zu einer Gruppe Häuser führte. Nicht einer der Männer atmete mal durch oder zögerte, während es weiter voranging, aber sie machten ein großes Getue drum, wo denn wohl Dutch wohnte, weil sie annahmen, dass es sein Haus war, das wir angreifen wollten. Es gab einiges an Verwirrung drüber, wo es sich befand, es war dunkel, der Mond war kaum zu sehen, und um den California Trail schossen täglich neue Siedlungen aus dem Boden und veränderten die Landschaft. Natürlich kannte ich Dutchs Haus und alles andere ein, zwei Kilometer drumherum, aber ich konnte auch nicht sicher sagen, wo wir gerade waren. In seiner Gegend waren wir nicht, das wenigstens war klar. Das hier war nicht der California Trail, und wir befanden uns eindeutig auf der anderen Seite des Mosquite Creek. Ich glaube, wir wären bis Nebraska gefahren, wenn der Alte Mann es zugelassen hätte. Wobei er auch nicht wusste, wo wir waren.

Ich sagte kein Wort, während wir hierhin und dorthin fuhren und uns zurechtzufinden versuchten, und als ich nach einer Weile zum alten Captain hinsah, um zu hören, was er meinte, sah ich, dass er eingeschlafen war. Ich nehm an, sie wollten ihn nicht aufwecken. Schnarchend lag er da, während uns die anderen eine Stunde lang im Kreis dirigierten. Ich war froh, dass er nichts mitkriegte, und hoffte, er würde die ganze Sache verschlafen und am Ende vergessen. Später sollte ich erfahren, dass Old John Brown tagelang wachbleiben konnte, ohne einen Krümel zu sich zu nehmen, dann schlief er fünf Minuten, wachte auf und erfüllte jede Aufgabe unter Gottes Sonne, das Töten von Männern und Tieren eingeschlossen.

Schon erwachte er wieder, setzte sich auf und bellte: »Haltet bei der Hütte auf der Lichtung da drüben. Hier wartet unsere Arbeit.«

Dabei war er so orientierungslos wie wir alle, und wie es aus diesem Waldstück mit der Heimstatt da vor uns wieder rausging, wusste er genauso wenig, wie 'n Vogel wusste, wie er aus dem Klo kommen sollte, wenn die Tür zu war. Aber er war der Anführer, und er schien gefunden zu haben, was er wollte.

Er starrte die Hütte im düsteren Mondlicht an. Es war ganz und gar nicht Dutchs Haus, aber keiner, nicht mal Owen oder Frederick, verlor 'n falsches Wort drüber. Keiner wollte ihm widersprechen. Um die Wahrheit zu sagen, lag Browns Gehöft, wo er und seine Söhne sich niedergelassen hatten, vielleicht fünfzehn Kilometer von Dutchs Haus entfernt, und wenigstens einige von den Jungs mussten sehen, dass wir hier falsch waren, aber keiner sagte ein Wort. Sie hatten Angst, ihrem Vater in die Quere zu kommen. Die meisten von ihnen hätten eher Jesus Christus widersprochen als ihrem Alten Mann, außer Owen, der von allen am wenigsten gläubig war und am selbstsichersten. Aber auch Owen schien in diesem Moment unsicher. Dieser ganze rätselhafte, nächtliche kriegerische Angriff war die Idee seines Pas, nicht seine, und so folgte er ihm wie die anderen, bis an die Kante.

Old John Brown war sicher, und er sprach mit der Stärke eines Mannes, der sich kannte. »Auf geht's«, flüsterte er. »Steigt ab und bindet die Pferde hinten los.« Die Männer gehorchten.

Es war dunkel, aber klar. Der Alte Mann sprang hinten vom Wagen und führte uns hinter ein Dickicht, dabei schielte er immer zu der Hütte rüber.

»Ich glaube, wir werden ihn überraschen«, sagte er.

»Bist du sicher, das ist Dutchs Haus?«, fragte Owen.

Der Alte Mann überhörte die Frage. »Ich rieche Sklaverei da drin«, erklärte er. »Lasst uns schnell zuschlagen, mit der Rache Gottes. Nur mit den Schwertern, keine Gewehre.«

Er drehte sich zu mir und sagte: »Kleine Zwiebel, du bist ein mutiges Kind, und ich weiß, du willst für die Freiheit kämpfen, aber heute Nacht ist nicht die Zeit dafür. Bleib hier. Wir sind bald zurück.«

Nun, das musste er mir nicht zweimal sagen. Ich ging nirgends hin. Ich blieb beim Wagen stehen und sah ihnen nach.

Der Mond linste hinter den Wolken her, und so konnte ich sehen, wie sie sich der Hütte näherten und eine Reihe bildeten. Einige griffen zu ihren Gewehren, als sie sich der Tür näherten, ganz gleich, was der Alte Mann gesagt hatte.

Als sie fast bei der Tür waren, gut dreißig Meter von mir weg, drehte ich mich weg und lief los.

Ich kam nicht mehr als fünf Schritte weit und rannte in zwei vierbeinige Mischlinge rein, die sich auf mich stürzten. Einer warf mich um, der andere bellte Himmel und Hölle zusammen und hätte mich zerrissen, wäre nicht was auf ihn geknallt und er hingeschlagen. Der andere Köter verschwand heulend im Wald.

Ich sah Fred mit seinem Schwert über dem erlegten Hund stehen, und der Alte Mann und die anderen beugten sich über mich. Der Alte Mann blickte grimmig drein, und der Anblick seiner schmalen grauen, sich in mich bohrenden Augen ließ mich wünschen, auf die Größe einer Erdnuss zusammenzuschrumpfen. Ich dachte, er würde mich schlagen, aber er drehte sich um und sah die anderen an. »Die glückliche Zwiebel hier war klug genug, sich nach Wachhunden hinter uns umzusehen, worauf keiner von euch gekommen ist. Ich denke, man kann es nicht verhindern, dass jemand für seine Freiheit kämpft. Also komm mit, Kleine Zwiebel. Ich weiß, du willst es. Bleib hinter uns und sei schnell und still.«

Das stellte meine Wünsche auf den Kopf, aber ich tat, was er sagte. Sie trotteten erneut auf die Hütte zu. Ich folgte ihnen in sicherer Entfernung.

Owen und Fred traten zur Tür, die Waffen gezogen, und klopften höflich. Der Alte Mann blieb ein Stück zurück.

Eine Stimme drinnen sagte: »Wer ist da?«

»Wir versuchen Dutchs Kneipe zu finden«, rief Old John Brown. »Wir haben uns verirrt.«

Die Tür öffnete sich, Owen und Fred traten den Mann zurück ins Haus und drängten hinter ihm rein. Der Rest stolperte ihnen hinterher.

Ich ging an ein Seitenfenster und sah nach drinnen. Die Hütte bestand aus nur einem Raum, der von einer einzigen Kerze erleuchtet wurde. Der Alte Mann und seine Söhne standen über niemand anderem als James Doyle, der in der Kneipe gewesen war und seine .45er auf Old John Brown gerichtet hatte. Dazu kamen noch Doyles drei Söhne und seine Frau. Die Doyles standen an die Wand gedrückt da und sahen dem Schicksal ins Auge. Die Jungs des Alten Mannes hielten sie mit ihren Sharps-Gewehren und an die Kehlen gedrückten Schwertern in Schach. Der Alte Mann trat von einem Bein aufs andere, in seinem Gesicht zuckte es, und er suchte in seinen Taschen rum.

Ich nehme an, er wusste nicht, was er tun sollte, denn er hatte noch nie Gefangene gemacht. Sicher gut fünf Minuten wühlte er in seinen Taschen rum, bis er schließlich ein vergilbtes, zerknülltes Stück Papier rauszog und mit hoher, dünner Stimme verlas, was drauf stand: »Ich bin Captain Brown von der Nordarmee. Wir sind aus dem Osten hergekommen, um die versklavten Menschen dieses Territoriums nach dem Gesetz unseres Erlösers, des Herrn Jesus Christus, der Sein Blut für euch und mich vergossen hat, zu befreien.« Damit zerknüllte er das Papier wieder, steckte es zurück in die Tasche und sagte zu Doyle: »Welcher von euch ist Dutch Henry?«

Doyle war kreidebleich. »Der wohnt hier nicht.«

»Das weiß ich«, sagte der Alte Mann, obwohl er's nicht

wusste. Er hatte es gerade erst kapiert. »Sind Sie mit ihm verwandt?«

»Keiner von uns hier.«

»Sind Sie für die Sklaverei oder dagegen?«

»Ich habe keine Sklaven.«

»Das habe ich nicht gefragt. Habe ich Sie nicht in Dutch Henrys Kneipe gesehen?«

»Ich bin da nur durchgekommen«, sagte Doyle. »Er wohnt ein Stück die Straße runter, erinnern Sie sich nicht?«

»Ich erinnere mich nicht an jeden Schritt, den ich mache, um die Aufgaben des Allmächtigen zu erfüllen, die er mir aufträgt«, sagte der Alte Mann. »Fast jede Minute vermenge ich mich mit Seinem Geist. Allerdings erinnere ich mich, dass Sie einer von den Halunken waren, die mich über den Haufen schießen wollten.«

»Aber ich bin nicht Dutch«, sagte Doyle. »Dutchs Kneipe liegt gut drei Kilometer östlich.«

»Ein Heidenpfuhl ist das«, sagte der Alte Mann.

»Ich hab nicht auf Sie geschossen«, bettelte Doyle. »Ich hätt's gekonnt, aber ich hab es nicht.«

»Nun, Sie hätten es tun sollen. Sind Sie mit Dutch verwandt?«

»Ganz und gar nicht.«

»Ich frage Sie jetzt noch einmal: Sind Sie für die Sklaverei oder dagegen?«

»Sie werden hier keinen Sklaven finden«, sagte Doyle. »Ich habe keinen.«

»Wie schade, denn dies ist ein großes Gehöft«, sagte Old Brown. »Das macht einige Arbeit, so was am Laufen zu halten.«

»Wem sagen Sie das?«, erwiderte Doyle. »Ich muss mehr pflügen, als ich und meine Jungs schaffen können. Da könnte ich gut ein paar Nigger brauchen. Auf dem Kansas-Territorium bringen Sie's ohne Hilfe zu nichts. Zum Beispiel gestern…«

Er verstummte, weil er begriff, dass er einen Fehler gemacht hatte. Der Gesichtsausdruck von Old John Brown änderte sich. Jahre fielen von ihm ab, und was Junges kroch in ihn rein. Er drückte den Rücken durch und schob das Kinn vor. »Ich bringe die Gerechtigkeit des Erlösers, um Sein Volk zu befreien und Gottes Rache an den Mördern und Kidnappern des Negervolks zu üben, an Sklavenhaltern und Sklavenhändlern und denen wie dir, die im Namen dieser infernalischen Einrichtung rauben und stehlen. Und an allem, was damit zusammenhängt, an allen, die damit zu tun, Beute gemacht und sich an den Unverschämtheiten beteiligt haben. Ohne jede Ausnahme.«

»Heißt das, Sie mögen mich nicht?«, sagte Doyle.

»Aus dem Haus«, sagte der Alte Mann.

Doyle wurde weiß wie 'n Laken und verteidigte sich. »Ich hab Ihnen bei Dutch nichts getan«, sagte er. »Ich bin nur ein Farmer, der versucht, etwas Geld zu verdienen.« Dann drehte er plötzlich den Kopf und sah zum Fenster, in dem mein Kopf steckte und das kaum eine Armlänge von ihm weg war. Er sah mein Kleid und meine Haube, und ein Ausdruck von Verwirrung zog über sein zu Tode erschrecktes Gesicht. »Hab ich dich nicht schon mal gesehen?«, fragte er.

»Spar'n Sie sich Ihre Begrüßungen für ein andermal auf. Ich rede hier«, sagte Brown, »und ich frage Sie zum letzten Mal: Sind Sie ein Freistaatler oder ein Mann der Sklaverei?«

»Was immer Sie sagen«, antwortete Doyle.

»Entscheiden Sie sich.«

»Mit einem Gewehr unterm Kinn kann ich nicht denken!«

Der Alte Mann zögerte, und Doyle war fast aus dem Schneider, aber da platzte es aus seiner Frau raus: »Ich hab's dir gesagt, Doyle! Das ist der Lohn dafür, dass du mit den verdammten Rebellen rumziehst.«

»Still, Mutter«, sagte er.

Aber es war zu spät. Die Katze war aus dem Sack. Brown

nickte seinen Jungs zu, die Doyle packten und ihn und seine zwei älteren Söhne aus dem Haus warfen. Als sie auch den dritten, den jüngsten, rausbefördern wollten, warf sich die Mutter Old Brown entgegen.

»Er ist gerade mal sechzehn«, bettelte die Missus. »Er hat nichts zu tun mit den Rebellen-Fanatikern. Er ist doch noch ein Kind.«

Schrecklich bettelte sie den Alten Mann an, aber der hörte nicht zu. Er schien gar nicht da zu sein. Als wär er an einem anderen Ort in seinem Kopf. Er sah an ihr vorbei, hinter sie, als sähe er den Himmel oder irgendwas weit Entferntes. Er kriegte was regelrecht Heiliges, wenn's ans Töten ging. »Nimm deine Hand und zerschlage eine Axt damit«, sagte er. »Das sind die Prediger zwölf sieben oder so.«

»Was heißt das?«, fragte sie.

»Er kommt auch mit.«

Da fiel sie auf die Knie und heulte und bettelte und kratzte so sehr, dass sie den Alten Mann für einen Moment aus seinem Tötungsnebel holte, und er sagte: »Also gut, wir lassen ihn. Aber ein Mann wird auf die Tür zielen, und wer immer den Kopf raussteckt, kriegt eine Kugel zu fressen.«

Er ließ einen Mann an der Tür zurück und teilte den Rest auf: Eine Hälfte ging mit Doyle zum Dickicht rüber, die andere brachte seine Söhne ein paar Meter davon weg. Ich folgte Fred, Owen und dem Alten Mann, die Doyle ins Dickicht führten und mit dem Rücken vor einen großen Baum stellten. Doyle war barfuß, wackelte wie 'n krummbeiniges Huhn und fing an wie ein Baby zu jammern.

Der Alte Mann achtete nicht weiter drauf. »Ich frage Sie jetzt zum letzten Mal: Sind Sie für die Sklaverei oder die Freiheit?«, sagte Brown.

»Das warn doch nur Worte«, sagte Doyle. »Ich hab's nicht so gemeint.« Er begann zu zittern, zu heulen und um sein Leben zu betteln. Seine Söhne, ein Stück weiter, konnten ihn nicht sehen, aber sie hörten ihn blöken wie 'n niedergestrecktes Kalb und fingen ebenfalls an zu heulen und zu jammern.

Der Alte Mann sagte nichts. Er war wie hypnotisiert und schien Doyle nicht zu sehen. Ich ertrug's nicht und wollte aus dem Dickicht raus, war aber nicht schnell genug. Doyle sah mich im Mondlicht und erkannte mich plötzlich. »He«, rief er, »sag ihnen, dass ich in Ordnung bin! Du kennst mich! Sag's ihnen. Ich hab dir doch nie was getan.«

»Still«, sagte Brown. »Ich frage Sie zum letzten Mal: Sind Sie für die Sklaverei oder nicht?«

»Tun Sie mir nichts, Captain«, sagte Doyle. »Ich bin doch nur ein Mann, der Weizen sät und Bohnen zieht.«

Genauso gut hätte er 'm toten Hund ein Lied singen können. »Das war nicht das, was Sie Lew Shavers und den beiden Yankee-Frauen gesagt haben, über die sie bei Lawrence hergefallen sind«, sagte der Alte Mann.

»Das war ich nicht«, murmelte Doyle leise. »Die kannte ich nur.«

»Sie waren also nicht da?«

»Doch. Aber das … war ein Fehler. Ich habe das nicht getan.«

»Dann bitte ich Gott um Vergebung für Sie«, sagte Brown und wandte sich Fred und Owen zu. »Macht es kurz.«

Bei Gott, sie hoben die Schwerter und ließen sie in den Kopf des armen Mannes niedergehen. Doyle brach zusammen, wollte aber so unbedingt leben, dass er gleich wieder hochkam, Freds Schwert immer noch im Schädel. Owen erwischte ihn ein zweites Mal, er schlug ihm den Kopf fast ab, und jetzt blieb Doyle liegen, zuckte aber immer noch, seine Beine strampelten zur Seite hin, und obwohl der Kopf halb abgetrennt war, brüllte er wie 'n angestochenes Schwein, was seine keine zehn Meter entfernten Söhne natürlich hören konnten, und dass ihr Pa da ermordet wurde und schrie, ließ sie selbst wie Kojoten heulen, bis die Schläge der Schwerter, die ihre Köpfe trafen, durchs Dickicht schallten und sie verstummten. Es war getan.

Sie standen im Gebüsch, alle keuchten und waren eine Minute lang wie ohne Kraft, und dann ertönte ein schreckliches Heulen. Ich zuckte fürchterlich zusammen und dachte, es käm aus den Toten selbst, aber da sah ich eine Seele davonrennen, und es war einer von Browns eigenen Söhnen, John. Er rannte auf die Lichtung mit der Hütte und schrie wie ein Verrückter.

»John!«, brüllte der Alte Mann, rannte ihm hinterher, und die anderen folgten ihnen.

Eine andere Chance würde ich nicht kriegen. Ich wandte mich zu der Stelle, wo der Wagen stand und die beiden Pferde angebunden waren. Eines von ihnen, die alte Pinto-Stute von Dutch, war von einem der Männer hergeritten worden. Ich sprang auf sie und trieb sie an, so schnell sie laufen wollte, zurück zu Dutch. Erst als ich das Buschwerk hinter mir hatte, sah ich mich um, ob mir einer folgte. Ich war allein, ich hatte sie hinter mir gelassen. Ich war weg.

5

Nigger Bob

So schnell, wie meine Stute laufen wollte, ritt ich zum California Trail, aber nach 'ner Weile ging der Guten die Puste aus, und sie trottete nur noch voran. Ich ließ sie stehen, denn es wurde langsam hell, und dass ich sie ritt, würde nur zu komischen Fragen führen. Nigger durften in jenen Tagen nicht allein ohne Papiere rumreisen. Die Stute trottete voran, ich ging zu Fuß und hielt mich vom Weg fern. Es waren noch ein, zwei Kilometer bis zu Dutchs Kneipe, als ich einen Wagen kommen hörte. Ich sprang ins Gebüsch und wartete.

Der Trail wand sich hin und her und verschwand in einer Senke, bevor er auf das offene Waldgelände stieß, wo ich war, und um die Kurve, aus der Senke raus, kam ein Wagen, der von einem Neger gefahren wurde. Ich beschloss, das Risiko einzugehen und ihn anzuhalten, und wollte gerade aus den Büschen springen, als ein Trupp von sechzehn Rothemden um die Kurve hinter ihm geritten kam. Es waren Missouri-Rothemden, und sie ritten wie eine Armee in einer Zweierkolonne.

Die Sonne schien mittlerweile auf die Ebene, und ich lag hinter Brombeerbüsche und dicke Bäume gekauert da und wartete, dass sie vorbei waren. Aber sie hielten direkt an meiner Lichtung, nur 'n paar Meter von mir entfernt.

Hinten im Wagen saß ein Gefangener, ein älterer weißer Mann mit Bart, einem schmutzigen weißen Hemd und Hosenträgern. Die Hände hatte er frei, aber seine Füße waren an einen runden Metallhaken gefesselt, der aus dem Boden des Wagens ragte. Der Alte saß an der hinteren Klappe des Wagens und wirkte angespannt, während der Rest eine Flasche Freudensaft rumreichte und zu ihm hinsah.

Vorne ritt ein mürrisch dreinkuckender Kerl mit einem Gesicht wie verschimmeltes Brot, voller Pockennarben. Ich denke, es war ihr Anführer. Er stieg vom Pferd, wankte etwas, war klar bedusselt, drehte sich plötzlich um und stampfte geradewegs auf mich zu. Einen Schritt von mir blieb er stehen, hatte Schwierigkeiten mit dem Gleichgewicht und war mir so nah, dass ich ihm direkt ins Ohr kucken konnte. Wie 'ne abgeschnittene Gurke sah es aus. Zum Glück war der Kerl so besoffen, dass er mich nicht bemerkte, lehnte sich an den Baum, hinter dem ich mich versteckte, leerte seine Blase und stampfte zurück auf die Lichtung. Aus seiner Tasche hing ein zerknülltes Stück Papier, und jetzt wandte er sich an den Gefangenen.

»Okay, Pardee«, sagte er. »Wir verurteiln dich gleich hier.«

»Kelly, ich hab dir schon gesagt, dass ich kein Yank bin«, sagte der Alte.

»Das wer'n wir sehn«, murmelte Kelly. Er hielt das zerknüllte Stück Papier in die Sonne. »Ich hab hier mehre' Beschlüsse, die sagen, Freistaatler sind Lügner und gesetzes… gesetzesbrechende Diebe«, sagte er. »Lies laut vor, und dann unterschreibs' du alles.«

Pardee schnappte sich den Zettel und versuchte ihn zu entziffern, hielt ihn nah vor sich hin, auf Armeslänge weg und wieder nah vor sich hin. Am Ende wollte er ihn Kelly zurückgeben. »Meine Augen sind nicht mehr das, was sie mal warn«, sagte er. »Lies ihn mir vor.«

»Du muss ihm nich bis ins Kleinste folgen«, bellte Kelly. »Setz einfach dein' Namen drunter, und fertig isses.«

»Ich setz meinen Namen nirgends drunter, wenn ich nicht weiß, was es ist«, brummte Pardee.

»Mach kein' Ärger, du blöder Idiot. Ich mach's dir doch leicht.«

Pardee hielt das Blatt wieder vor sich hin und fing an zu lesen.

Er nahm sich Zeit. Fünf Minuten vergingen. Zehn. Die Sonne brannte vom Himmel, und die Schnapsflasche war bald leer und flog zwischen die Bäume. Eine andere tauchte auf und wurde rumgereicht. Zwanzig Minuten vergingen, und Pardee las immer noch.

Einige Männer schliefen ein. Kelly saß auf der Erde und spielte mit seinem Pistolengurt rum, voll wie tausend Mann. Endlich sah er Pardee an. »Worauf wartes' du, den Dampfer?«, fuhr er ihn an. »Unterschreib schon, sind nur 'n paar Erklärungen.«

»Ich kann die nicht alle auf einmal lesen«, sagte Pardee.

Ich dachte mir, dass er wahrscheinlich gar nicht lesen konnte. Aber er tat so, als ob. Die Männer begannen ihn zu verfluchen. Mindestens zehn Minuten taten sie das. Er las weiter. Einer stand auf, ging zu ihm und blies ihm Zigarrenrauch ins Gesicht, ein anderer schrie ihm ins Ohr, und dann spuckte ihm einer mit einer Hakennase mitten ins Gesicht. Pardee ließ das Blatt sinken.

»Hatch, ich schlag dir die Zähne ein, wenn ich hier wieder freikomme«, knurrte Pardee.

»Lies schon fertig!«, sagte Kelly.

»Ich kann nicht lesen, wenn dein Cousin mir mein Denken vermasselt. Jetzt muss ich noch mal von vorne anfangen.«

Wieder hielt er sich das Blatt vors Gesicht. Die Männer wurden immer wütender. Sie drohten damit, ihn zu teeren und zu federn. Sie versprachen, eine Auktion zu veranstalten und ihn von ihrem Neger-Fahrer verkaufen zu lassen, aber Pardee las immer weiter. Ohne aufzusehen. Schließlich stand Kelly auf.

»Ich gib dir 'ne letzte Chance«, sagte er. Er wirkte ganz ernst.

»Okay«, sagte Pardee und reckte das Papier in Kellys Richtung. »Ich bin fertig. Ich kann das nicht unterschreiben. Das ist ungesetzlich.«

»Aber es iss von ei'm Bonna-fiede-Richter unterschrie'm!«

»Und wenn's Jesus Christus persönlich wär, ich unterschreib nicht, wovon ich nicht weiß, was es ist. Ich versteh kein Wort davon.«

Jetzt drehte Kelly durch. »Ich geb dir noch 'ne letzte Chance, du Sabbermaul, du leberkranker Freistaatler. Unterschreib!«

»Behandelst du so einen Mann, der zwei Jahre mit dir zusammen Vieh getrieben hat?«

»Nur deswegen kanns' du überhaupt noch atmen.«

»Du verlogene, o-beinige Kakerlake. Du willst doch nur mein Land!«

Das rüttelte die Leute wach. Plötzlich drehte sich das Blatt. Landspringer, also Leute, die Land für sich wollten, das schon ein anderer auf sich hatte eintragen lassen, die galten in Kansas als fast noch schlimmer als Pferde- und Niggerdiebe.

»Stimmt das, Kelly?«, fragte einer. »Du versuchst, sein Land zu kriegen?«

»Natürlich nich«, sagte Kelly erhitzt.

»Seit wir hier sind, versucht er mein Land in die Finger zu kriegen«, sagte Pardee. »Nur deswegen nennt er mich einen Yank, der Blutsauger!«

»Du blaubäuchiger, verlogener Stallbewohner!«, röhrte Kelly, riss Pardee das Blatt aus der Hand und gab es dem Fahrer.

»Nigger Bob, lies das laut vor«, sagte er und sah zu Pardee hin. »Und was immer dieser Nigger jezz liest, wenn du nicht zustimms' und es unterschreibs', schick ich dir 'ne Ladung innen Nacken, und das war's.«

Damit wandte er sich wieder dem Neger zu. »Los, lies schon, Nigger Bob.«

Nigger Bob war ein kräftiger, großer, gesunder Neger, nicht älter als fünfundzwanzig. Er saß immer noch auf dem Bock des Wagens und nahm das Blatt mit zitternden Händen, die Augen groß wie Silberdollar. Der Nigger war in Panik. »Ich kann nicht lesen, Boss«, stammelte er.

»Lies es einfach.«

»Aber ich weiß nicht, was da steht.«

»Los, lies schon!«

Die Negerhände zitterten noch mehr, er starrte auf das Blatt. Endlich plapperte er los: »Eene, meene, muh. Eins-zwei-drei.«

Ein paar von den Männern fingen an zu lachen, aber Kelly war in Rage, wie auch einige andere, weil sie die Geduld verloren.

»Kelly, hängen wir Pardee einfach auf und reiten weiter«, sagte einer.

»Wir teeren und federn ihn.«

»Was tust du so lange rum, Kelly? Los doch.«

Kelly hob die Hände und brachte die Leute zum Schweigen. Er machte dicke Backen, druckste rum und wusste nicht, ob's ihm unten oder oben rauskommen wollte. Dass er immer noch randvoll war, half ihm auch nicht. Er sagte: »Stimm' wir ab. Alle, die dafür sind, Pardee aufzuhängen, weil er 'n Nigger liebender Freistaatler-Yankee iss und 'n Agent der Neuengland-Gelbbauch-Einwanderer-Gesellschaft, he'm die Hand.«

Acht Hände reckten sich in die Höhe.

»Und wer iss dagegen?«

Wieder hoben sich acht Hände.

Ich zählte sechzehn Leute. Unentschieden.

Kelly stand schwankend da, volltrunken, in der Zwickmühle. Endlich trottete er rüber zum zitternden, auf dem Bock hockenden Nigger Bob. »Weil Pardee 'n Abolitionist iss, lassen wir Nigger Bob entscheiden. Wofür stimms' du, Nigger Bob? Aufhängen oder nicht?«

Da sprang Pardee hinten auf dem Wagen wütend auf. »Hängt mich schon auf!«, brüllte er. »Ich häng lieber, als dass 'n Nigger über mich abstimmt!« Er versuchte vom Wagen zu springen und knallte voll aufs Gesicht, weil sie ihm die Füße festgebunden hatten.

Die Leute wurden immer lauter. »Du kotzender Abolitionisten-Scheißer«, sagte Kelly lachend und half Pardee hoch. »Du hätts die Erklärung lesen solln, wie ich's dir gesagt hab.«

»Ich kann aber nicht lesen!«, rief Pardee.

Das ließ Kelly erstarren. Er zog die Hände von ihm zurück, als hätte er 'n Schlag abgekriegt. »Was? Du has' gesagt, du kanns' lesen!«

»Ich hab gelogen.«

»Und was iss mit dem Landtitel in Big Springs? Du has' gesagt, das wär...«

»Ich hab keine Ahnung. Du wolltest es so unbedingt!«

»Du Hohlkopf!«

Jetzt war Kelly der, über den die Leute lachten! »Warum hass du nichs gesagt, du verdammter Blödmann?«, knurrte er. »Wem gehört das Land also?«

»Keine Ahnung.« Pardee schnaubte. »Aber jetzt weißt du's. Und jetzt lies mir die Erklärung vor, und ich unterschreib sie.«

Kelly druckste schon wieder rum. Hustete. Putzte sich die Nase. Tat nervös rum. »Ich bin kein großer Leser«, nuschelte er, schnappte sich das Blatt und sah den Trupp an. »Wer kann hier lesen?«

Keiner meldete sich, bis einer aus der letzten Reihe sagte: »Ich kuck hier nich weiter zu, wie du mit dei'm Pillermann rumspiels', Kelly. Old Man Brown versteckt sich da irgendwo, und ich will ihn finden.«

Damit galoppierte er davon, und die Männer folgten ihm. Kelly beeilte sich, auf sein Pferd zu kommen, und als er es rumdrehte, sagte Pardee: »Gib mir wenigstens meine Pistole zurück, du Schwachkopf.«

»Die hab ich in Palmyra verkauft, Eselsfresse. Ich sollte dir deine Aboli… Abolitionisten-Zähne einschlagen, weil du das mit dem Landtitel versaut hass«, sagte Kelly und ritt den anderen hinterher.

Pardee und Nigger Bob sahen ihm nach.

Als er außer Sicht war, stieg Nigger Bob vom Bock hinten auf den Wagen und befreite Pardee ohne ein Wort von seinen Fesseln.

»Fahr mich nach Hause«, schnaubte Pardee. Er sagte es über die Schulter, saß hinten im Wagen und rieb sich die Fußgelenke.

Nigger Bob setzte zurück auf den Bock, rührte sich aber nicht weiter. Saß nur da und sah stur nach vorn. »Ich fahr Sie nirgendwohin«, sagte er.

Das haute mich um. Noch nie in meinem ganzen Leben hatte ich einen Neger so mit einem weißen Mann reden hören.

Pardee kniff verblüfft die Augen zusammen. »Was sagst du da?«

»Sie haben's gehört. Der Wagen gehört Mr Settles, und ich bring ihn zu ihm zurück.«

»Aber du fährst über Palmyra, und da wohne ich!«

»Ich fahr nirgends mit Ihnen hin, Mr Pardee. Sie können gehen, wohin immer Sie wollen, aber der Wagen gehört Master Jack Settles, und der hat mir nicht erlaubt, jemanden damit rumzufahren. Ich hab getan, was Mr Kelly sagte, weil ich musste. Aber jetzt muss ich nichts.«

»Steh von dem Bock auf und komm her.«

Bob hörte nicht auf ihn. Er saß da und starrte in die Ferne.

Pardee griff nach seiner Pistole, doch sein Halfter war leer. Er stand auf und blitzte Nigger Bob an, als wollte er ihm den Arsch versohlen, aber der Neger war größer als er, und ich denke, er überlegte es sich noch mal. Pardee sprang vom Wagen, stürmte ein Stück den Weg runter, klaubte einen großen Stein auf, kam zurück zum Wagen und schlug den Splint aus einer der Radnaben. Schlug ihn einfach so raus. Der Splint hielt das Rad an der Achse. Bob blieb die ganze Zeit ruhig sitzen. Bewegte sich keinen Zentimeter.

Pardee warf den Splint in die Büsche. »Wenn ich zu Fuß gehen muss, fährst du auch nirgends hin, du schwarzer Dreckskerl«, sagte er und stapfte davon.

Bob sah ihm hinterher, bis er außer Sicht war, kletterte vom Bock und sah sich das Rad an. Ich wartete ein paar lange Minuten, bevor ich endlich aus dem Wald trat. »Ich kann das reparieren helfen, wenn Sie mich 'n Stück den Weg rauf mitnehmen«, sagte ich.

Er sah mich verdutzt an. »Was machst du denn hier, Kleine?«, sagte er.

Himmel, das erwischte mich kalt. Ich hatte ganz vergessen, wie ich angezogen war. Schnell versuchte ich mir die Haube vom Kopf zu ziehen, aber sie war fest verknotet. Also zog ich am Kleid, das hinten zugebunden war.

»Lieber Gott, Kind«, sagte Bob. »Das musst du nich machen, um von Nigger Bob mitgenommen zu werden.«

»Es ist nicht, wonach es aussieht«, sagte ich. »Wobei, wenn Sie so nett sein könnten, mir aus diesem Ding zu helfen...«

»Ich fahr jetzt los«, sagte er und wich zurück.

Aber das war meine Chance, und ich wollte sie nicht einfach so verpassen. »Einen Moment nur. Helfen Sie mir. Bitte, machen Sie nur den...«

Großer Gott, er sprang auf den Wagen, saß auch schon oben und trieb den Gaul an, Splint hin oder her. Nach zehn Metern wackelte das Rad aber schon ganz fürchterlich, löste sich von der Achse, kippte zur Seite, und der Wagen sackte weg. Mit einem Satz war Bob vom Bock und fluchte laut.

»Ich hab zu tun, Kind«, sagte er und starrte auf das daliegende Rad. Mich wollte er nicht ansehen.

»Ich bin kein Mädchen.«

»Was immer du denkst, was du bist, Schatz, ich glaub nich, dass es sich ziemt, dieses Kleid vorm alten Nigger Bob auszuziehn, ei'm verheirateten Mann.« Er machte eine Pause, sah sich um und fügte hinzu: »Es sei denn, du wills' es unbedingt.«

»Das ist ganz schön unverschämt.«

»Du bist die, die 'n Gefallen will.«

»Ich versuch doch nur nach Dutchs Kreuzung zu kommen.«

»Warum?«

»Da wohne ich. Ich bin das Kind von Gus Shackleford.«

»Das iss gelogen. Der alte Gus iss tot, und er hatte keine Tochter, nur ein' Jungen, und der war nichts wert.«

»Wie können Sie das sagen, wo Sie ihn gar nicht kennen.«

»Ich kenn *dich* nich, Kind. Du bist ganz schön frech. Wie alt bist du?«

»Das ist egal. Bringen Sie mich zu Dutch, er gibt Ihnen sicher was für mich.«

»Nicht mal für zwanzig Dollar würd ich zu Dutch fahrn. Da bringen sie dich als Nigger um.«

»Er wird Ihnen nichts tun. Er ist hinter Old John Brown her.«

Als ich den Namen aussprach, sah Bob sich um, sah den Weg rauf und runter und versicherte sich, dass da keiner angeritten kam. Wir waren allein.

»*Dem* John Brown?«, flüsterte er. »Iss der wirklich hier in der Gegend?«

»Klar. Er hat mich entführt und mir das Kleid und die Haube aufgezwungen. Aber ich bin dem blutrünstigen Irren weggelaufen.«

»Warum?«

»Sie sehn doch, wie er mich angezogen hat.«

Bob sah mich genauer an, seufzte und ließ einen Pfiff hören.

»Hier wimmelt's nur so von Killern«, sagte er, »frag den roten Mann. Da sagt jeder alles, um zu überleben. Was sollte John Brown schon von dir wollen? Braucht er noch 'n extra Mädchen in der Küche?«

»Ich soll tot umfalln, wenn ich lüge: Ich bin kein Mädchen!« Endlich schaffte ich es, mir die Haube vom Kopf zu ziehen.

Das ließ ihn stocken. Er sah mich näher an, schob sein Gesicht vor meins und kapierte es endlich. Seine Augen wurden ganz groß. »Was zum Teufel iss in dich gefahrn?«, sagte er.

»Soll ich Ihnen meinen Pimmel zeigen?«

»Erspar mir das, Junge. Ich glaub's dir auch so. Ich will dir genauso wenig zwischen die Beine kucken, wie ich den Kopf in Dutchs Kneipe stecken will. Warum treibs' du dich hier so rum? Wollte John Brown dich nich mit nach Norden ne'm?«

»Ich weiß nicht. Er hat grade sieben, acht Kilometer von hier drei Männer umgebracht. Ich hab's mit meinen eigenen Augen gesehen.«

»Weiße Männer?«

»Wenn einer weiß aussieht und weiß riecht, iss er sicher kein Bussard.«

»Bist du sicher?«

»James Doyle und seine Jungs«, sagte ich. »Mit 'm Schwert haben sie die umgebracht.«

Bob ließ einen leisen Pfiff hören. »Gloria«, murmelte er.

»Bringen Sie mich jetzt zurück zu Dutch?«

Er schien mich nicht zu hören, sondern war offenbar tief in Gedanken. »Ich hab schon mitgekriegt, dass John Brown in der Gegend iss. Er iss was andres. Dankbar sollts' du sein, Junge. Du hast ihn also getroffen?«

»Getroffen? Warum, denken Sie, lauf ich wie 'ne Schwuchtel rum. Er ...«

»Scheiße! Wenn ich bei Old John Brown unterkäm und er mir die Freiheit brächte, Himmel, dafür würd ich zehn Jahre lang jeden Tag als Mädchen rumlaufen. Ich würd komplett zum Mädchen wer'n, bis ich nich mehr könnte. Für den Rest meines Lebens würd ich ein Mädchen sein. Alles iss besser, als ein Sklave zu sein. Am besten gehs' du zurück zu ihm.«

»Er ist ein Mörder!«

»Dutch etwa nich? Er ist hinter Brown her. Hat 'n ganzen Trupp zusammengestellt, um nach ihm zu suchen. Jedes Rothemd im Umkreis von hundert Kilometern und mehr sucht die Ebene nach ihm ab. Du kanns' jetzt nich mehr zurück zu Dutch.«

»Warum nicht?«

»Dutch iss nich dumm. Der verkauft dich nach Süden und heimst sein Geld ein, solang's geht. Ein Nigger, der an der Freiheit geschnuppert hat, iss für die Weißen hier nichts mehr wert. Für 'n hellbraunen Jungen wie dich kriegt er in New Orleans 'n guten Preis.«

»Dutch würde mich nicht verkaufen.«

»Willst du wetten?«

Das ließ mich nachdenklich werden. Zu sentimental war Dutch sicher nicht.

»Wissen Sie, wohin ich kann?«

»Das Beste iss, du gehs' zurück zu Old John Brown. Wenn du mir nichts vorlügst über ihn und seine Bande und dich, meine ich. Es heißt, sie sind Furcht erregend. Stimmt's, dass er zwei Siebenschüssige trägt?«

»Einer von ihnen, ja.«

»Puh, Mann, das reizt mich«, sagte er.

»Lieber schieß ich mir das Hirn raus, als wie 'n Mädchen rumzulaufen. Ich kann's nicht.«

»Dann spar dir die Kugel auf und geh zurück zu Dutch. Der verkauft dich nach New Orleans, und schon isses mit dir vorbei. Ich hab noch nie gehört, dass 'n Nigger von da fliehen konnte.«

Das erledigte mich. So hatte ich mir das alles nicht gedacht.

»Ich weiß aber nicht, wo der Alte Mann jetzt ist«, sagte ich. »So ganz allein würde ich ihn nie finden. Ich kenn mich in der Gegend nicht aus.«

Bob sagte zögernd: »Wenn ich dir helf, ihn zu finden, meinst du, er bringt mich dann auch in die Freiheit. Dafür zieh ich mich auch wie 'n Mädchen an.«

Also eigentlich klang das viel zu kompliziert, aber ich wollte mitgenommen werden. »Ich kann nicht sagen, was er tun wird. Er und seine Söhne haben 'ne große Armee und mehr Waffen, als Sie je gesehn haben, und ich hab's ihn sagen hören: ›Ich bin durch und durch ein Abolitionist, und ich will jeden Farbigen in diesem Territorium befreien.‹ Viele Male hat er das gesagt. Also nehm ich an, dass er Sie auch nimmt.«

»Was iss mit meiner Frau und meinen Kindern?«

»Das kann ich nicht sagen.«

Bob dachte lange nach.

»Ich hab 'n Cousin unten beim Middle Creek, der sich gut auskennt in der Gegend«, sagte er. »Der wird wissen, wo das Versteck vom Alten Mann iss. Aber wenn wir hier noch lange rumsitzen, kommt gleich der nächste Trupp, und die sind vielleicht nich so betrunken wie die Letzten. Komm, hilf mir, das Rad wieder dranmontiern.«

Wir machten uns an die Arbeit, rollten einen umgefallenen Baumstumpf unter den Wagen, und Nigger Bob trieb das Pferd an, um den Boden freizubekommen. Wir banden ein Seil an einen Baum, und das Pferd zog, es war wie eine Winde. Wir stapelten Holz und Steine unter den Wagen, um ihn oben zu halten, und ich suchte das Dickicht nach dem Splint ab, fand ihn, half, das Rad wieder auf die Achse zu schieben und den Splint einzusetzen. Die Sonne hatte fast ihre höchste Stelle erreicht, als wir endlich fertig waren. Es war heiß, und uns lief der Schweiß runter, aber das Rad drehte sich wie neu. Ich sprang auf den Bock neben ihm, und schon ging es los.

6

Wieder gefangen

Schon auf den nächsten drei Kilometern stießen wir auf alle möglichen Patrouillen. Das gesamte Territorium war in Alarm versetzt. Bewaffnete Trupps kreuzten den Weg in allen Richtungen, und jeder Wagen wurde von einem Reiter mit Gewehr begleitet. Kinder saßen als Ausguck vor Gehöften und Hütten, und die Pas und Mas wiegten sich mit einem Gewehr im Arm im Schaukelstuhl vor der Tür. Panische Yankees kamen uns entgegen, die Wagen vollgepackt mit ihren Habseligkeiten. So schnell ihre Maultiere laufen konnten, wollten sie zurück nach Osten, um ihre Ärsche in Sicherheit zu bringen. Die Morde des Alten Mannes versetzten alle in Angst und Schrecken. Aber Bob kam gut durch, denn er fuhr mit dem Wagen seines Masters und hatte die nötigen Papiere.

Wir folgten dem California Trail am Pottawatomie Creek lang in Richtung Palmyra und bogen am Marais des Cygnes River zum North Middle Creek ab. Kurz darauf hielt Bob den Wagen an, stieg ab und spannte das Pferd aus. »Von hier an müssen wir zu Fuß weiter«, sagte er.

Über einen gepflegten Weg ging's runter zu einem gut gebauten Haus auf der Rückseite des Flusses. Ein alter Neger sah nach den Blumen am Tor und lockerte die Erde auf, als wir kamen. Bob begrüßte ihn, und er winkte uns rein.

»Guten Tag, Cousin Herbert«, sagte Bob.

»Was iss gut dran?«

»Der Captain.«

Als das Wort »Captain« fiel, warf Herbert mir einen schnellen Blick zu und sah nervös zum Haus seines Masters rüber, ging zurück auf die Knie und machte mit dem Erde Auflockern weiter, den Blick zu Boden gesenkt. »Ich weiß nichts von ei'm Captain, Bob.«

»Komm schon, Herbert.«

Der alte Kerl sah nicht von der Erde auf, fuhr mit den Fingern durch die Krumen, zupfte an den Blumen und sprach mit leiser Stimme, ohne innezuhalten: »Verschwinde von hier. Old Brown iss heißer als 'ne Sau in der Suhle. Was hast du mit dem zu schaffen? Und was für 'n x-beiniges Mädchen iss das? Die iss viel zu jung für dich.«

»Wo iss er?«

»Wer?«

»Tu nich rum. Du weiß', von wem ich rede.«

Herbert sah kurz auf und gleich wieder zurück zu seinen Blumen. »Von hier bis Lawrence reiten Trupps rum und suchen das Land nach ihm ab. Sie sagen, bei Osawatomie hat er gleich zehn Weißen das Licht ausgeblasen. Hat ihnen die Köpfe glatt mit Schwertern abgeschlagen. Jeder Nigger, der seinen Namen nennt, wird in Einzelteilen ins Jenseits befördert. Also verschwinde, schick das Mädchen nach Haus und fahr zurück zu deiner Frau.«

»Sie gehört dem Captain.«

Das veränderte die Dinge. Herberts Hände blieben einen Moment bewegungslos, während er nachdachte, aber er sah immer noch nach unten und grub schließlich weiter. »Was hat das mit mir zu tun?«, fragte er.

»Sie gehört dem Captain. Er bringt sie aus dem Land, aus der Sklaverei.«

Der alte Mann hielt eine Minute inne und sah zu mir auf.

»Nun, dann kann sie bei seiner Beerdigung am Daumen lutschen, und jetzt verschwindet. Alle beide.«

»Das iss ja 'ne tolle Art, deinen Cousin dritten Grades zu behandeln.«

»Vierten Grades.«

»Dritten, Herbert.«

»Wie das?«

»Meine Tante Stella und dein Onkel Beall hatten 'ne gemeinsame Cousine zweiten Grades namens Melly, erinners' du dich? Sie war Jamies Tochter und 'ne Cousine zweiten Grades von Odgin. Das war Onkel Bealls Neffe aus seiner ersten Ehe mit der Schwester deiner Mom, Stella, die letztes Jahr verkauft wurde. Stella war die Cousine zweiten Grades von meiner Cousine Melly, was Melly zu deiner Cousine dritten Grades macht, was deinen Onkel Jim hinter meinen Onkel Fergus und Jim und Tante Doris treten lässt, aber vor Lucas und Kurt, der dein Cousin ersten Grades war. Was bedeutet, dass Onkel Beall und Tante Stella Cousins ersten Grades sind, und das macht mich zu dei'm Cousin dritten Grades. Und dein' Cousin dritten Grades behandels' du so?«

»Selbst wenn du gleichzeitig Jesus Christus und mein Sohn wärs'«, fuhr Herbert ihn an, »ich weiß nichts von 'nem Captain, und schon gar nich vor ihr«, sagte er und nickte in meine Richtung.

»Was regs' du dich wegen ihr auf? Sie iss noch 'n Kind?«

»Genau das isses«, sagte Herbert, »und ich werd weder Teer noch Federn wegen diesem hellbraunen Ding fressen, das ich nich mal kenne. Sie sieht nich aus wie der Alte Mann, wie immer er auch aussieht.«

»Ich hab nich gesagt, dass sie mit ihm verwandt iss.«

»Was immer sie iss, zu dir gehört sie nich, ei'm verheirateten Mann.«

»Pass auf dich selbst auf, Cousin.«

Er wandte sich an mich. »Sind Sie farbig oder weiß, Miss, wenn ich fragen darf?«

»Was macht das schon?«, fuhr Bob ihn an. »Wir müssen den Captain finden. Dieses kleine Mädchen gehört zu ihm.«

»Iss sie farbig oder nich?«

»Natürlich iss sie farbig. Siehs' du das nich?«

Der alte Mann hörte mit seiner Graberei auf und starrte mich einen Moment lang an, grub dann weiter und schnaufte: »Wenn ich's nich besser wüsste, würd ich sagen, sie wär mit dem alten Gus Shackleford verwandt, dem sie, wie's heißt, vor vier Tagen in Dutchs Kneipe das Licht ausgeblasen ha'm, weil er mit John Brown geredet hat, Gnade seiner Seele. Aber Gus hatte 'n Jungen, diesen nichtsnutzigen Henry. Der hat Gus zu Tode gesorgt, der Junge. Sich wie 'n Weißer benommen und so. Der muss mal richtig den Hintern versohlt kriegen. Wenn ich den kleinen Nigger je außerhalb von Dutchs in die Finger kriegen sollte, werd ich ihm die Hinterbacken so mit 'ner Rute bearbeiten, dass er kräht wie 'n Hahn. Ich denke, es warn seine Teufeleien, die seinen Pa ins Paradies befördert haben, denn er iss faul wie der Teufel. Kinder heute, das iss die Hölle, Bob. Die hören auf nichts mehr.«

»Bist du jetzt fertig?«, sagte Bob.

»Fertig womit?«

»Dich aufzuplustern und Zeit zu verschwenden«, sagte Bob. »Wo iss der Captain? Weißt du's oder nicht?«

»Nun, Bob. Mit 'm Glas Pfirsiche kommst du bei diesem Wetter 'n ganzes Stück weit.«

»Ich hab keine Pfirsiche, Herbert.«

Herbert richtete sich auf. »Du nimms' den Mund fürchterlich voll für einen, der für sein' Cousin nie auch nur 'n Penny übrig hatte. Fährs' mit dei'm reichen Master mit sei'm fürchterlich tollen Wagen rum. Mein Master issen armer Mann, wie ich. Such dir 'n größeren Narren.«

Damit wandte er sich wieder der Erde in seinem Blumenbeet zu.

»Wenn du's mir nich sagen wills', Cousin«, sagte Bob, »geh ich rein und frag dein' Master. Der iss doch 'n Freistaatler, oder?«

Der alte Mann sah zur Hütte rüber. »Ich weiß nicht, was er iss«, sagte er trocken. »Als Freistaatler iss er hergekommen, aber die Rebellen stimm' die Weißen schnell um.«

»Ich sag dir was, Cousin. Diese Kleine hier gehört John Brown, und er sucht nach ihr, und wenn er sie findet, und sie erzählt ihm, dass du ihr nicht geholfen hast, könnte er gut herreiten und dir sein Schwert in den Rücken stecken. Wenn der Captain sich für so 'n blutigen Scherz entscheidet, hält ihn nichts auf. Wer hilft dir dann?«

Das saß. Der alte Mann verzog das Gesicht ein bisschen, sah zu den Wäldern hinter der Hütte rüber und grub weiter in seinem Beet. Er redete mit gesenktem Kopf. »Umkreis die Hütte und geh gradeaus weiter in den Wald«, sagte er. »In der zweiten Birke hinterm Kornfeld hinten findest du 'ne alte Whiskeyflasche zwischen den Ästen klemmen. Folg dem Hals der Flasche fünf Kilometer nach Norden, genau in die Richtung, in die sie zeigt. Halt die Sonne auf deiner linken Schulter, dann kommst du an eine alte Steinmauer, die mal einer gebaut und zurückgelassen hat. Folg der Mauer zum Lager, mach dich aber bemerkbar, bevor du da reintappst, der Alte Mann hat Spähposten. Die drücken den Abzug und sagen den Hähnen, sie soll'n sich beeilen.«

»Du bist in Ordnung, Cousin.«

»Verschwinde hier, bevor du mir den Tod brings'. Old Brown macht kein' Spaß. Sie sagen, er hat die Schädel von denen, die er umgebracht hat, gebraten. Das sind die Wilkersons, die Fords, die Doyles und einige drüben in Missouri. Hat ihre Augäpfel wie Weintrauben gegessen. Die Hirne wie Gekröse.

Aus den Skalps hat er Lampen gemacht. Er ist der Teufel. Ich hab Weiße noch nie so in Panik gesehn«, sagte er.

So lief das mit dem Alten Mann seinerzeit. Wenn er was gemacht hatte, wurde fünf Minuten nach dem Frühstück schon 'n Haufen Lügen darübergekippt.

Herbert hielt eine Hand vor den Mund, kicherte und sagte: »Ich will meine Pfirsiche, Cousin. Vergiss mich nicht.«

»Du kriegs' sie.«

Wir verabschiedeten uns und gingen in Richtung Wald. Als wir ihn erreichten, blieb Bob stehen. »Kleiner Bruder«, sagte er. »Ich verlass dich hier. Ich würd ja gern mitgehn, aber ich krieg's mit dem Zittern. Wenn's stimmt, dass Old John Brown Augäpfel isst und Köpfe abschlägt und so was, glaub ich nicht, dass ich zu ihm kann. Ich mag meinen Kopf, schließlich sitzt er oben auf mei'm Körper. Und ich hab 'ne Familie und kann sie nicht einfach so verlassen, wenn sie kein sicheres Geleit haben. Viel Glück, denn das brauchs' du. Bleib ein Mädchen, bis der Alte Mann tot ist, und mach dir wegen dem alten Nigger Bob keine Sorgen. Ich treff dich später wieder.«

Also, ich konnte ihm nicht versichern, ob der Alte Mann ihm nun den Kopf abschlagen oder ihn leben lassen würde, und mir blieb nichts, als allein weiterzugehen. Ich folgte den Anweisungen vom alten Herbert und lief durch hohe Tannen und Gebüsch. Kurz drauf sah ich ein Stück von der Steinmauer. Es war die, an der der Alte Mann gelehnt und seine Karte studiert hatte, nach meiner Entführung, aber das Lager war weg. Ich folgte der Mauer, bis ich den Rauch eines Feuers sah, wechselte auf die andere Seite und wollte hinter den Alten Mann kommen und laut rufen, damit er und seine Männer mich erkannten. Ich schlug einen weiten Kreis, schlängelte mich durch Bäume und Büsche, und als ich sicher war, weit hinter ihnen zu sein, setzte ich mich unter eine mächtige Eiche, um mich zu sammeln. Ich wusste nicht, was für 'ne Entschuldigung ich mir einfallen lassen sollte, und brauchte etwas Zeit zum Nachdenken. Und schon war ich eingeschlafen, denn all das Rumstreifen und durch den Wald Laufen hatte mich müde gemacht.

Als ich aufwachte, war das Erste, was ich sah, ein Paar alter abgetretener Stiefel, aus denen mehrere Zehen ragten. Ich kannte die Zehen, denn erst vor zwei Tagen, als wir am Feuer gesessen und gequatscht hatten, hatte ich gesehen, wie Fred an den Dingern rumgenäht hatte. So wie ich dalag, sahen die Zehen nicht zu freundlich aus.

Ich sah hoch in den Lauf von zwei Siebenschüssigen, und hinter Fred standen Owen und noch 'n paar mehr Männer aus der Armee des Alten Mannes, und keiner von ihnen sah besonders glücklich aus.

»Wo iss Pas Pferd?«, fragte Fred.

Tja, sie brachten mich zum Alten Mann, und es war so, als wär nichts gewesen. Der Alte Mann begrüßte mich, als käm ich vom Einkaufen wieder. Er sagte kein Wort von dem fehlenden Pferd oder dass ich weggelaufen wär, nichts von alledem. Old John Brown kümmerte sich nicht um die Einzelheiten seiner Armee. Ich sah Männer davongehen, ein Jahr wegbleiben, und dann kamen sie wieder, setzten sich ans Feuer und aßen mit, als wären sie gerade mal vom Jagen zurück. Der Alte Mann sagte kein Wort dazu. Seine abolitionistischen Pottawatomie Rifles waren alles Freiwillige, und sie kamen und gingen, wie's ihnen gefiel. Tatsächlich gab der Alte Mann nie irgendwelche Befehle, es sei denn, sie waren im Kampf. Meist sagte er nur: »Ich geh da lang«, seine Söhne sagten: »Wir auch«, und der Rest schloss sich an: »Wir auch«, und los ging's. Was das Befehlen und die Anwesenheit anging, funktionierte die Abolitionisten-Armee nach der Regel, ist einer da, sind alle da.

Er stand in Hemdsärmeln am Feuer und briet ein Schwein, drehte den Kopf und sah mich.

»'n Abend, Zwiebel«, sagte er. »Hast du Hunger.«

Ich sagte, ja, und er nickte und sagte: »Komm her und lass uns reden, während ich das Schwein brate. Hinterher kannst du mit mir zu unserem Erlöser beten und ihm für unsern großen Sieg danken, um dein Volk zu befreien.« Dann fügte er hinzu: »Die Hälfte deines Volkes, weil nach deiner hellen Farbe nehme ich an, eine Hälfte ist weiß oder so. Was aus sich raus die Welt noch tückischer für dich macht, süße liebe Zwiebel, denn du musst drinnen und draußen kämpfen, gehörst du doch halb hierzu und halb dazu. Aber keine Sorge, der Herr hat kein Problem mit deinem Zustand, denn bei Lukas zwölf fünf steht: ›Nehmet nicht nur die Brust eurer Mutter in die Hand, sondern die beider Eltern.‹«

Ich hatte keinen Schimmer, was er damit meinte, natürlich nicht, aber ich dachte mir, vielleicht besser das mit dem Pferd zu erklären. »Captain«, sagte ich. »Ich hab's mit der Angst gekriegt, bin weggelaufen und hab Ihr Pferd verloren.«

»Da bist du nicht die Einzige mit dem Weglaufen.« Er zuckte mit den Schultern und drehte das Schwein fachmännisch weiter. »Hier gibt es eine ganze Reihe, die sich nicht trauen, Gottes Philosophie in Taten umzusetzen.« Er ließ den Blick schweifen, und einige seiner Männer sahen verlegen weg.

Die Armee des Alten Mannes war gewachsen. Da saßen wenigstens zwanzig Männer rum, und an den Bäumen lehnten Unmengen Waffen und Schwerter. Das kleine, vor der Mauer aufgespannte Zelt von vor ein paar Tagen war nicht mehr da. Jetzt stand da ein richtiges Zelt, das wie alles geklaut war, denn vorne drauf war ein Zeichen, auf dem stand: »Knox' Fischerei-, Werkzeug- und Schürfladen«. Am Rand des Lagers zählte ich vierzehn Pferde, zwei Wagen, eine Kanone, drei Holzherde, genug Schwerter für wenigstens fünfzig Mann und eine Kiste mit der Aufschrift »Kauschen«. Die Männer sahen erschöpft aus, nur der Alte Mann schien taufrisch. Ein eine Woche alter weißer Bart hing an seinem Kinn und brachte es der Brust näher. Seine Kleider waren verdreckt und noch übler zerrissen, und seine Zehen lugten so weit aus den Stiefeln raus, dass die wie Latschen aussahen. Aber er bewegte sich schnell und koboldhaft wie ein Frühlingsbach.

»Das Töten unserer Feinde war gottgewollt«, sagte er laut zu keinem im Besondren. »Wenn die Leute hier die Bibel läsen, würden sie nicht so leicht den Mut verlieren als Krieger Gottes. In Psalm zweiundsiebzig vier heißt es: ›Er wird das elende Volk bei Recht erhalten und die Kinder der Armen erretten und die Unterdrücker zermalmen.‹ Und das, Kleine Zwiebel«, sagte er ernst, zog das durchgebratene Schwein vom Feuer und sah die Männer an, die den Blick abwandten, »das sagt dir alles, was du wissen musst. Versammelt euch für einen Moment, Männer, während ich bete, und dann wird mir meine mutige Kleine Zwiebel helfen, diese zerlumpte Armee zu nähren.«

Owen trat vor. »Lass mich beten, Pa«, sagte er. Die Männer sahen völlig ausgehungert aus, und ich denke, er hätt's nicht ausgehalten, hätte der Captain jetzt noch 'ne Stunde mit dem Allmächtigen geschwatzt. Der Alte Mann knurrte, gab aber nach, und als wir gebetet und gegessen hatten, drängte er sich mit den anderen um die Karte, während Fred und ich aufräumten.

Fred, so wenig er im Kopf hatte, war ungeheuer glücklich, mich zu sehen. Aber er schien besorgt. »Wir haben was Schlimmes gemacht«, sagte er.

»Ich weiß«, sagte ich.

»Mein Bruder John, der weggelaufen ist, wir haben ihn nicht wiedergefunden. Meinen Bruder Jason auch nicht. Wir finden sie beide nicht.«

»Wo sind sie hin, denks' du?«

»Wo immer sie sind«, sagte er mürrisch, »wir holn sie zurück.«

»Müssen wir?«

Er sah flüchtig zu seinem Pa rüber, seufzte und wandte den Blick ab. »Ich hab dich vermisst, Kleine Zwiebel. Wo wars' du?«

Ich wollte es ihm schon erzählen, als ein Reiter ins Lager gepreschst kam, den Alten Mann rief und mit ihm redete. Kurz drauf trommelte uns der Alte Mann zusammen und trat ans Feuer, während wir uns um ihn versammelten.

»Gute Nachrichten, Männer. Mein alter Feind Captain Pate plündert mit einem Trupp die Häuser entlang der Sante Fe Road und will Lawrence angreifen. Er hat Jason und John dabei. Wahrscheinlich wollen sie die beiden in Fort Leavenworth einsperren. Wir holen sie uns.«

»Wie groß ist seine Armee?«, fragte Owen.

»Es sind hundertfünfzig bis zweihundert Mann, wie ich höre«, sagte Old Man Brown.

Ich sah mich um. Mich eingerechnet zählte ich dreiundzwanzig Mann.

»Wir haben nur Munition für einen Tag«, sagte Owen.

»Das macht nichts.«

»Was nehmen wir, wenn sie uns ausgeht? Barsche Worte?«

Aber der Alte Mann hatte sich bereits in Gang gesetzt und suchte seine Satteltaschen zusammen. »Der Herr reitet mit uns, Männer! Denkt an die Armee Zions! Sitzt auf!«

»Morgen ist Sonntag, Vater«, sagte Owen.

»Und?«

»Wie wär's, wenn wir bis Montag warten und uns Pate dann schnappen. Wahrscheinlich ist er grade unterwegs nach Lawrence und wird die Stadt nicht an einem Sonntag angreifen.«

»Im Gegenteil, genau *dann* wird er angreifen«, sagte der Alte Mann, »weil er weiß, dass ich gottesfürchtig bin und am Tag des Herrn eher ruhen werde. Wir reiten über Prairie City und schneiden ihm bei Black Jack den Weg ab. Lasset uns beten, Männer.«

Er war nicht aufzuhalten. Die Männer bildeten einen Kreis um ihn, der Alte Mann fiel auf die Knie und streckte die Hände aus, die offenen Handflächen zum Himmel gerichtet. Sein Bart am Kinn war wie 'n Vogelnest, er sah aus wie der alte Moses und legte los.

Dreißig Minuten später lag Fred schnarchend auf der Erde, Owen starrte ins Nichts, und die anderen liefen rum, rauchten, spielten mit ihren Satteltaschen und schrieben Briefe nach Hause, während der Alte Mann immer weiter zum Gesalbten sprach, die Augen fest geschlossen. Endlich fuhr Owen dazwischen: »Pa, wir müssen los! Jason und John sind gefangen und unterwegs nach Fort Leavenworth, erinnerst du dich?«

Das brach den Bann. Der Alte Mann, nach wie vor auf den Knien, öffnete verärgert die Augen. »Jedes Mal, wenn ich mit meinen Dankesworten an meinen Erretter ins Gleichgewicht komme, werde ich unterbrochen«, knurrte er und rappelte sich hoch. »Aber ich denke, der Gott der Götter hat Verständnis für die Jugend, die Ihm nicht bis zum notwendigen Ende huldigt und Ihm für den Segen dankt, den Er so großzügig verteilt.«

Damit stiegen wir auf und ritten nach Norden, um Captain Pate und seine Truppe anzugehen. Und ich war wieder voll in Browns Armee und ein Mädchen.

7

Black Jack

Wie die meisten Dinge, die Old John Brown plante, verlief auch der Angriff auf Captain Pates Sharpshooters nicht so, wie er sich's ausgemalt hatte. Zum einen kriegte der Alte Mann immer falsche Informationen. Wir ritten an einem Samstag im Oktober los, um Captain Pate zu stellen, und hatten ihn im Dezember immer noch nicht gefunden. Wohin wir auch kamen, die Geschichte änderte sich ständig aufs Neue. Wir näherten uns Palmyra, ein Siedler auf dem Weg rief: »Drüben in Lawrence gibt's 'n Kampf mit den Rebellen«, und schon ritten wir nach Lawrence, nur um da festzustellen, dass besagter Kampf schon zwei Tage zurücklag und die Rebellen längst wieder weg waren. Kurz drauf rief eine Frau von ihrer Veranda: »Ich hab Captain Pate drüben bei Fort Leavenworth gesehen«, und der Alte Mann sagte: »Jetzt haben wir ihn! Los, Männer!« Wieder schossen wir los, voller Schneid, und ritten zwei Tage, nur um festzustellen, es stimmte nicht. Hin und her zogen wir, bis die Männer komplett kaputt waren. Bis in den Februar ging das so, der Alte Mann war verrückt auf einen Kampf und kriegte keinen.

Wir sammelten so aber noch 'n Dutzend weitere Freistaatler ein, die im Süden von Kansas an der Grenze zu Missouri rumwanderten, und waren am Ende etwa dreißig Mann. Wir wurden gefürchtet, aber die Wahrheit ist, dass die Pottawatomie Rifles nicht mehr als ein Haufen hungriger Jungs waren, die mit großen Ideen im Kopf nach gekochtem Maisbrei und Sauerteigbrot suchten, um was in den Magen zu kriegen. Es war Ende Februar, und der Winter erwischte uns voll. Es wurde zu kalt zum Kämpfen, Schnee bedeckte die Prärie, das Eis war einen halben Meter dick. Wasser fror über Nacht in Krügen ein, und mächtige, mit Eiszapfen behängte Bäume klackerten wie riesige Skelette. Die in der Armee des Alten Mannes, die es ertrugen, blieben im Lager und drängten sich im Zelt zusammen. Der Rest, ich, der Alte Mann und seine Söhne eingeschlossen, versuchte sich aufzuwärmen, wo immer es ging. Es ist eine Sache, zu sagen, du bist ein Abolitionist, eine andere, wochenlang ohne richtige Verpflegung über die winterlichen Ebenen zu reiten. Das war nicht die Art, die Prinzipien des Alten Mannes zu testen. Einige von Old Browns Männern liefen bis zum Ende des Winters zu den Sklaverei-Befürwortern über.

Trotzdem war's ehrlich betrachtet nicht zu übel mit dem Alten Mann. Der faule Schlunz, der ich war, gewöhnte sich ans Draußensein, über die Ebenen zu reiten und nach Raufbolden Ausschau zu halten, Sklaverei-Befürworter zu beklauen und keine genauen Aufgaben zu haben, denn als er sah, wie ich rumgeschickt wurde, hatte der Alte Mann die Regeln für Mädchen in seiner Armee geändert. »Von jetzt an hat sich jeder Mann in dieser Truppe um sich selbst zu kümmern«, verkündete er. »Wascht eure eigenen Hemden. Flickt eure Sachen. Holt euch selbst was zu essen.« Er machte klar, dass es drum ging, die Sklaverei zu bekämpfen, und nicht, sich die Sachen vom einzigen, dazu noch farbigen Mädchen in der Truppe waschen zu lassen. Wo ich das alles nicht mehr zu tun hatte, war's leicht, gegen die Sklaverei zu kämpfen. Ja, das war's wirklich, wenn du nicht der Sklave warst und nur rumreiten und drüber klagen musstest, wie schief alles lief, wenn du nur die Sklaverei-Befürworter beklauen und dich aus dem Staub machen musstest. Da wachst du morgens nicht auf, um das immer gleiche Wasser zu holen und Holz zu hacken, die immer gleichen Stiefel zu putzen und die gleichen Geschichten zu hören. Der Kampf gegen die Sklaverei macht dich zum Helden, zur Legende in deiner eigenen Vorstellung, und nach 'ner Weile war der Gedanke, zurück zu Dutch zu gehen, um nach New Orleans verkauft zu werden, Leute zu rasieren, Schuhe zu putzen und das Gesicht auf'n rauen, alten Kartoffelsack zu betten statt auf das schöne, weiche, warme Wollkleid, das mir immer besser gefiel, ganz zu schweigen von den verschiedenen Büffelhäuten, mit denen ich mich wärmte, also der Gedanke erschien mir immer weniger verlockend. Ich wollte natürlich kein Mädchen sein, aber es hatte seine Vorteile. Zum Beispiel musste ich nichts Schweres heben, keine Pistole und kein Gewehr tragen, und alle bewunderten mich dafür, dass ich zäh wie 'n Junge war. Sie dachten, ich wär müde, wenn ich's nicht war, und dazu kam die allgemeine Freundlichkeit, mit der sie mich behandelten. Natürlich mussten farbige Mädchen in jenen Tagen härter arbeiten als weiße, doch das betraf normale Leute. In Old Browns Lager arbeiteten *alle*, ob nun farbig oder weiß, und tatsächlich trieb er uns manchmal so an, dass sich das Freisein nicht wirklich von der Sklaverei unterschied, weil wir alle unseren Zeitplan hatten: Der Alte Mann selbst wachte etwa um vier Uhr morgens auf, um eine Stunde zu beten und über die Bibel zu brabbeln. Dann setzte er Owen auf mich an, damit er mir die Buchstaben beibrachte. Dann kam Fred, der mir zeigte, wie es im Wald zuging, dann wieder Owen, damit ich lernte, wie man eine Kugel in einen Hinterlader stopfte und ihn abfeuerte. »Jede Seele muss lernen, Gottes Wort zu verteidigen«, erklärte mir der Alte Mann. »Dem dient alles: die Buchstaben, das Schießen, das Überleben. Mann, Frau, Mädchen, Junge, farbig, weiß oder Indianer, müssen diese Sachen lernen.« Er selbst brachte mir bei, wie man Körbe und Sitze flocht. Das ist einfach: Du nimmst Weißeiche, spleißt sie auf, und dann musst du sie nur noch verflechten. Nach einem Monat konnte ich jeden Korb machen, den du wolltest, ob's nun ein Kugelkorb, ein Kleiderkorb, ein Proviantkorb oder ein Fischkorb war. Ich fing große Welse, breit wie deine Hand. An langen Nachmittagen, während wir drauf warteten, dass uns der Feind über Weg lief, gingen Fred und ich Sorghum-Sirup aus Zucker-Ahorn machen. Auch das war keine Kunst. Du lässt das Zeugs einfach aus dem Baum fließen, schüttest es in einen Topf, erhitzt es über dem Feuer, schöpfst den Schaum runter, und das war's. Die meiste Arbeit ist das Schaumabschöpfen. Wenn du das richtig machst, kriegst du den besten Zucker, den's gibt.

Ich fing an, meinen ersten Winter mit der Armee des Alten Mannes zu genießen, besonders mit Fred. Er war so 'n guter Freund, wie ihn sich ein Junge, oder ein Mädchen, das eigentlich ein Junge war, nur wünschen konnte, und er war eher 'n Kind als ein Mann, was bedeutete, dass wir besonders gut zusammenpassten. Wir hatten immer was zu spielen. Die Armee des Alten Mannes klaute alles von den Sklaverei-Befürwortern, was du dir nur wünschen konntest: Fideln, Salzstreuer, Spiegel, Blechtassen, ein hölzernes Schaukelpferd. Was wir nicht behalten konnten, benutzten wir für unsere Schießübungen und zerstörten es komplett. Es war kein schlechtes Leben, und ich vergaß, ans Weglaufen zu denken.

Der Frühling kam, wie er's immer tat, und eines Morgens ritt der Alte Mann persönlich los, um nach Pates Sharpshooters zu suchen, und kam mit einem großen Planwagen zurück. Ich saß beim Lagerfeuer, flocht gerade einen Fischkorb, als er angefahren kam, hob den Blick und sah, dass das Ding ein Hinterrad hatte, von dem die Bremse abgerissen war. Ich sagte: »Den Wagen kenn ich doch«, und kaum, dass ich die Worte ausgesprochen hatte, purzelten Nigger Bob und fünf weitere Farbige hinten raus.

Er sah mich gleich, und als der Rest dem Alten Man zum Lagerfeuer folgte, um was zu essen, kam er zu mir.

»Wie ich sehe, spiels' du immer noch dein Theater«, sagte er.

Ich hatte mich über den Winter verändert, war rumgekommen und hatte 'n bisschen was gesehen. Ich war nicht mehr das zaghafte kleine Ding, das er im Herbst kennengelernt hatte.

»Ich dachte, du wolltest nicht in seine Armee«, sagte ich.

»Ich bin gekommen, um wie du im Freien zu leben«, sagte er glücklich, drehte sich um, sah, dass keiner in der Nähe war, und flüsterte: »Wissen sie, dass du…?«, und dabei wackelte er mit der Hand rum.

»Sie wissen gar nichts«, sagte ich.

»Ich verrat kei'm was«, sagte er, aber mir gefiel nicht, dass er das von mir wusste.

»Willst du mit uns reiten?«, fragte ich.

»Nur'n bisschen. Der Captain sagt, er hat nur noch 'n paar Dinge zu tun, dann bringt er uns in die Freiheit.«

»Er reitet gegen Captain Pates Sharpshooters.«

Das warf Bob um. »Scheiße. Wann?«

»Wann immer er sie findet.«

»Da mach ich nich mit. Da sind zweihundert Mann in Pates Armee, wahrscheinlich mehr. So viel Rebellen wolln bei ihm mitmachen, dass du denks', er verkauft Calpurnias Pfannkuchen. Er schickt sie weg. Ich dachte, Old Brown bringt die Leute in die Freiheit? Nach Norden. Hast du das im letzten Herbst nich gesagt?«

»Ich weiß nicht, was ich da gesagt hab. Ich erinnre mich nicht.«

»Das hast du gesagt! Dass er in die Freiheit reitet! Verdammt noch eins! Was für Überraschungen gibt's hier sons' noch? Was iss sein Plan?«

»Ich weiß nicht. Er sagt's mir nicht. Warum fragst du ihn nicht selbst?«

»Er mag dich. Du musst ihn fragen.«

»Ich werd ihn solche Sachen nicht fragen«, sagte ich.

»Willst du nich in die Freiheit? Warum ziehst du dann hier rum?«

Ich wusste es nicht. Bis irgendwann war mein Plan gewesen, zurück zu Dutch zu fliehen. Als sich das änderte, wurd's ein Leben von Tag zu Tag. Ich war noch nie einer gewesen, der weiter als hinter das nächste Stück Fleisch mit Soße und Brot gekuckt hatte. Bob dagegen musste an seine Familie denken, nehm ich an, für ihn ging's allein um den Weg in die Freiheit, der nicht mein Problem war. Ich hatte mich an den Alten Mann und seine Söhne gewöhnt. »Ich denk, ich lern hier mit Schwert und Pistole umgehen«, sagte ich. »Und die Bibel lesen. Das tun sie auch ständig.«

»Ich bin nich gekommen, um die Bibel von wem zu lesen oder gegen die Sklaverei zu kämpfen«, sagte Bob. »Ich will weg.« Er sah mich an und runzelte die Stirn. »Du wirs' dir da keine Sorgen machen müssen, so wie du's machst, so als Mädchen und so.«

»Du hast mir gesagt, dass ich es so machen soll.«

»Ich hab dir nich gesagt, dass ich sterben will.«

»Bist du wegen mir hergekommen?«

»Ich bin hier, weil du von ›Freiheit‹ geredet hast. Verdammt!« Er war wütend. »Meine Frau und meine Kinder sind noch in Knechtschaft. Wie soll ich das Geld verdienen, um sie freizukaufen, wenn der hier rumalbert und gegen die Leute aus Missouri kämpft?«

»Hast du ihn nicht gefragt?«

»Da gab's kein Fragen«, sagte Bob. »Mein Master und ich wollten in die Stadt. Ich hörte was, und da war er schon da und hielt mei'm Master die Flinte ins Gesicht. Er sagte: ›Ich nimm

Ihrn Wagen und befrei Ihrn farbigen Mann.‹ Er hat mich nicht gefragt, ob ich frei sein wollte. Natürlich bin ich mitgekomm', ich musste. Aber ich dachte, er befreit mich und bringt mich in den Norden. Keiner hat was von Kämpfen gesagt.«

Das war die Sache. Mit mir hatte es der Alte Mann genauso gemacht. Er dachte, alle Farbigen wollten für ihre Freiheit kämpfen, es kam ihm gar nicht in den Kopf, dass sie das anders sehen könnten.

Bo stand da und kochte. »Da komm ich vom Regen in die Traufe. Captain Pates Rebellen zerreißen uns in der Luft!«

»Vielleicht findet der Captain wen anders, gegen den er kämpfen kann. Wir sind hier nicht die einzigen Abolitionisten.«

»Er iss der Einzige, der zählt. Cousin Herbert sagt, es sind zwei Kompanien US-Dragoner im Land und suchen alles nach ihm ab. Das iss die US-Armee, von der ich rede. Aus dem Osten. Das iss kein Rebellentrupp, und wenn sie ihn haben, werden sie uns wegen allem anklagen, was er getan hat. Darauf kanns' du wetten.«

»Und was haben wir Falsches getan?«

»Wir sind hier bei ihm, oder? Wenn sie uns schnappen, kanns' du drauf wetten, was immer sie mit ihm machen, kriegen wir doppelt ab als Nigger. Wir stecken bis zum Hals drin in der Scheiße. Da dran hast du nich gedacht, wie?«

»Davon hast du nichts gesagt, als du mir geraten hast, ich soll mit ihm gehen.«

»Du hast mich nich danach gefragt«, sagte Bob. Er stand auf und sah zum Lagerfeuer rüber, von wo der Geruch nach Essen lockte. »Für die Freiheit kämpfen«, sagte er, »verdammt!« Er drehte sich um und sah den Haufen gestohlener Pferde, die an die äußere Abgrenzung gebunden waren, wo einzelne Späher standen. Es waren wenigstens zwanzig Pferde und obendrein noch ein paar Wagen.

Er starrte sie an und dann mich. »Wem gehörn die?«

»Er hat immer 'n paar gestohlene Pferde da.«

»Ich werd mir eins davon nehmen und verschwinden. Du kanns' mitkommen, wenn du wills'.«

»Wohin?«

»Über 'n Missouri und dann Tabor in Iowa suchen. Es heißt, von da geht ein Gospelzug nach Norden, die Underground Railroad. Damit komms' du bis nach Kanada. Issen fernes Land.«

»Du kannst mit einem Pferd nicht so weit.«

»Dann nehmen wir eben zwei. Den Alten Mann wird's nicht stör'n, wenn da ein, zwei fehlen.«

»Ich würde ihm kein Pferd wegnehmen.«

»Er wird nicht mehr lange lebn, Kind. Er iss verrückt. Er denkt, der Nigger und der weiße Mann sind gleich. Das hat er auf dem Weg hierher gezeigt. Er hat die Farbigen im Wagen ›Mister‹ und ›Missus‹ genannt und so weiter.«

»Und? Das macht er die ganze Zeit.«

»Sie werden ihn umbringen, weil er so blöd iss. Er iss nich richtig im Kopf. Siehs' du das nich?«

Na ja, da war was dran, denn normal war der Alte Mann nicht. Er aß kaum was und schien hauptsächlich auf seinem Pferd zu schlafen. Im Vergleich zu seinen Männern war er alt, zerknittert und drahtig, aber fast so stark wie jeder Einzelne von ihnen, Fred mal ausgenommen. Er marschierte stundenlang, ohne anzuhalten, mit Schuhen voller Löcher, und war im Ganzen grob und unnachgiebig. Nur abends schien er manchmal weicher zu werden. Wenn er an Frederick vorbeikam, der in seiner Rolle schlief, beugte er sich runter und zog die Decken so sanft gerade, wie es 'ne Frau tun würde. Und es gab kein Viehzeugs aus Gottes Schöpfung, ob Ochse, Kuh, Ziege, Maultier oder Schaf, das er nicht beruhigen oder so weit zähmen konnte, dass es sich anfassen ließ. Für alles hatte er Spitznamen und besondere Ausdrücke. Ein Tisch war ein »Erdsattel«, gehen war »trickeln« und gut »schäbig«. Und ich war »Zwiebel«. Das Meiste, was er sagte, sprenkelte er mit Bibelsprüchen, mit »nehmet« und »gedenket« und so weiter. Dabei verdrehte er die Bibel mehr als irgendeiner, den ich kannte, und da schloss ich auch mein' Pa mit ein, aber er folgte einer größeren Bestimmung, denn er kannte mehr Wörter. Nur, wenn's spannend wurde, zitierte der Alte Mann die Bibel wortgetreu, und das bedeutete Ärger, denn dann stand einer an der Tür zum Jenseits. Es war nicht leicht mit ihm, dem alten Brown.

»Vielleicht sollten wir ihn warnen«, sagte ich.

»Wovor?«, sagte Bob. »Davor, für Nigger zu sterben? Die Entscheidung hat er getroffen. Ich werd mich mit kei'm Rebell wegen der Sklaverei anlegen. Wir sind auch hinterher noch farbig, egal, wie's kommt oder geht. Aber die Kerle hier, die können jederzeit wieder zu den Sklaverei-Befürwortern wechseln, wenn sie wolln.«

»Wenn du den Alten Mann beklaust, will ich nichts davon wissen«, sagte ich.

»Halt einfach's Maul über mich«, sagte er, »und ich mach's mit dir genauso.« Damit stand er auf und ging zum Feuer, um was zu essen.

Am nächsten Morgen beschloss ich, den Alten Mann vor Bob zu warnen, aber kaum, dass ich drüber nachdachte, marschierte er in die Mitte des Lagers und rief: »Wir haben sie gefunden, Jungs! Wir haben Pate! Er ist ganz in der Nähe. Steigt auf! Es geht nach Black Jack!«

Die Männer taumelten aus ihren Rollen, griffen nach ihren Waffen und wankten zu den Pferden, stolperten über Töpfe, Kannen und Kram und wollten aus dem Lager reiten, aber der Alte Mann hielt sie auf und sagte: »Wartet noch eine Minute. Ich muss erst beten.«

Er erledigte es schnell, in zwanzig Minuten, bat Gott um

sein Wohlwollen, seinen Rat und seine Hilfe und so weiter, während die Männer dastanden und auf einem Fuß hüpften, um warm zu bleiben, was Bob die Gelegenheit gab, durchs Lager zu laufen und jeden kleinen Essensrest einzusammeln, auch wenn's wenig war. Ich sah ihn außerhalb des Kreises, keiner kümmerte sich um ihn, denn das Lager war voller Abolitionisten und Farbiger, die eine Waffe oder was zu essen brauchten. Dem Captain machte das überhaupt nichts, er stahl von den Sklaverei-Befürwortern, was er kriegen konnte, Schwerter, Gewehre, Spieße, Pferde, und hatte nichts dagegen, dass sich die Leute im Lager an der Beute bedienten, solange sie für die gute Sache der Abolitionisten waren. Trotzdem erregte Bob, der um ein paar an einen Baum gestellte Gewehre strich, während alle anderen hauptsächlich an was Essbares dachten, sein Interesse. Er dachte, Bob wollte sich bewaffnen, und so ging er nach seinem Gebet, als die Männer das Lager abbrachen und Spieße, Sharps-Gewehre und Schwerter auf einen Wagen luden, rüber zu ihm und sagte: »Gut, Sir. Ich sehe, dass Sie bereit sind, für Ihre Freiheit zum Schlag auszuholen.«

Das brachte Bob in die Klemme. Er zeigte auf die Gewehre und sagte: »Sir, ich hab keine Ahnung, wie man mit den Dingern umgeht.«

Darauf drückte der Captain ihm ein Schwert in die Hand. »Lassen Sie das durch die Luft fahren, mehr müssen Sie nicht können«, knurrte er. »Los jetzt. Vorwärts. Freiheit!«

Damit sprang er hinten auf einen offenen Wagen, der von Owen gesteuert wurde, und dem armen Bob blieb nichts, als ihm zu folgen. Ganz verängstigt saß er da, still wie 'n Mäuschen, als es losging. Nach ein paar Minuten stammelte er: »Gott, ich fühl mich schwach. Hilf mir, Herr Jesus. Ich brauch den Herrn, ich brauche ihn. Ich brauch das Blut von Jesus!«

Der Alte Mann nahm das als ein Zeichen der Freundschaft, nahm Bobs Hände in seine und stürzte sich in ein lautstarkes

Gebet über den Allmächtigen im Buch Mose, spülte es mit ein paar Versen aus dem Alten Testament runter, gab auch noch was aus dem Neuen Testament dazu und schüttelte das Ganze 'ne Weile durch'nander. Nach einer halben Stunde schlief Bob tief und fest, und der Alte Mann brabbelte immer noch weiter. »Das Blut Jesu macht uns zu Brüdern! Die Bibel sagt: ›Strecket die Hand nach Christi Blut, und ihr werdet sehen, wie er zu Hilfe kommet.‹ Vorwärts, ihr Soldaten Christi! Für eine glorreiche Erlösung!«

Er hatte einfach die größte Freude daran, die Bibel rauszuschreien, und je näher wir dem Schlachtfeld kamen, desto erlöster wurde er. Seine Worte ließen mein Innerstes erbeben, denn so hatte er auch in Osawatomie gebetet, wo er den Unglücklichen die Köpfe abgehackt hatte. Ich war nicht fürs Kämpfen, und so ging's auch einigen in seiner Armee. Als wir uns Black Jack näherten, dünnte die Herde, die bis auf fast fünfzig angewachsen war, wie vor Osawatomie aus. Der eine hatte ein krankes Kind, der andere musste sich um seine Felder kümmern, und einige ließen sich mit ihren Pferden einfach zurückfallen, wurden immer kleiner, drehten um und machten sich davon. Am Ende waren wir nur noch zwanzig, und die waren völlig erschöpft von Old Browns Beterei. Den ganzen Weg über hörte er nicht auf, und das Gebrummel ließ die Männer aufrecht einschlafen, was bedeutete, dass der Alte Mann bei unserer Ankunft in Black Jack als Einziger wirklich wach und kampfesheiß war.

Black Jack war ein Stück sumpfiges Marschland mit einer Schlucht und links und rechts schützendem Wald. Wir zogen zu einer Erhöhung außerhalb des Dorfes, bogen vom Pfad ab und stachen in den Wald. Der Alte Mann weckte die Männer auf dem Wagen und befahl den Reitern abzusteigen. »Folgt meinen Befehlen, Männer. Und kein Gerede.«

Es war ein heißer, heller Tag, noch früh am Morgen. Das

wurde kein nächtlicher Angriff. Zu Fuß erreichten wir nach etwa zehn Minuten eine Lichtung, und er kroch auf eine Erhebung, von der er aufs Tal von Black Jack runterkucken und sehen konnte, wo Pates Sharpshooters waren. Als er wieder runterkam, sagte er: »Wir sind in einer guten Position, Männer. Seht es euch an.«

Jetzt krochen alle nach oben und sahen über den Rand auf den Ort.

Bei Gott, da bewegten sich dreihundert Mann auf der anderen Seite einer ziemlichen Schlucht hin und her. Einige Dutzend lagen in Schussposition auf dem Grat, der den Ort schützte. Vom Grat sah man auf den Bach in der Schlucht runter. Dahinter lag der Ort. Da sie unter uns waren, hatten uns Pates Shooters noch nicht entdeckt, wir steckten in den Büschen über ihnen. Aber sie waren bereit, das war sicher.

Nachdem wir den Feind ausgekundschaftet hatten, schlichen wir zurück zu der Stelle, wo wir die Pferde angebunden hatten und wo sich die Söhne das Alten Mannes zu streiten begannen, wie's weitergehen sollte. Nichts davon klang angenehm. Der Alte Mann wollte am liebsten von einer der Erhebungen runter frontal angreifen, weil wir da von Felsen und dem Gefälle geschützt würden. Seine Söhne bevorzugten einen Überraschungsangriff bei Nacht.

Ich bewegte mich für 'ne Weile von ihnen weg. Ich war nervös, ging den Pfad ein Stück runter, hörte Hufschlag und sah eine andere Freistaatler-Gewehrtruppe auf unsere Lichtung galoppieren. Es waren etwa fünfzig Mann in sauberen Uniformen, alle bestens rausgeputzt. Ihr Captain ritt in einem eleganten militärischen Aufzug zu unseren Leuten vor, sprang vom Pferd und ging auf Old John Brown zu.

Der Alte Mann stand tief unter den Bäumen, weg von seinen Pferden und dem Wagen, falls ein Überraschungsangriff kam. Er trat hervor, um die Ankömmlinge zu begrüßen. Mit seinen wilden Haaren, dem Bart und den zerrissenen Kleidern musste er für den anderen, vom Scheitel bis zur Sohle glitzernden Captain wie ein in Lumpen gekleideter Wischmopp aussehen. Der Captain trat auf den Alten Mann zu und sagte: »Ich bin Captain Shore. Da ich fünfzig Leute habe, übernehme ich das Kommando. Wir können direkt aus der Schlucht angreifen.«

Der Alte Mann hielt nicht viel davon, Befehle entgegenzunehmen. »Das geht nicht«, sagte er. »Da sind Sie komplett ungeschützt. Die Schlucht führt ganz rum. Kommen wir von der Seite und schneiden ihnen den Nachschub ab.«

»Ich bin hier, um sie zu töten, nicht, um sie auszuhungern«, sagte Captain Shore. »Sie können sich ja an der Seite langschleichen, ich habe nicht den ganzen Tag Zeit.« Und schon stieg er zurück auf sein Pferd, wandte sich seinen Männern zu, sagte: »Greifen wir an«, und schickte sie auf ihren Pferden direkt runter in die Schlucht gegen den Feind.

Sie waren noch keine fünf Schritt in der Schlucht, als Pates Sharpshooters sie mit einem Kugelhagel begrüßten. Fünf, sechs haute es gleich von den Pferden, und aus dem Rest, der blöd genug gewesen war, dem Captain zu folgen, machten sie ebenfalls Hackfleisch. Wer es lebend runter von seinem Pferd schaffte, hastete zurück nach oben, auch Shore. Oben am Rand brach der Captain zusammen und ging in Deckung, und wer von seinen Leuten davongekommen war, rannte an ihm vorbei, die Lichtung und den Pfad runter.

Die Alte Mann sah ihnen verärgert zu. »Ich wusste es«, sagte er, befahl mir und Bob, die Pferde zu bewachen, und schickte ein paar Männer zu einem ein Stück entfernten Hügel, wo die Pferde des Feindes standen. Ein paar andere schickte er zum Ende der Schlucht, um den Sharpshooters den Fluchtweg zu versperren. Zum Rest sagte er: »Folgt mir.«

Nun, meine Wenigkeit würde ihm nirgendshin folgen, ich

war glücklich damit, bei den Pferden zu bleiben. Nur entschieden sich ein paar von Pates Männern, auf die Pferde zu feuern, was mich und Bob in Teufels Küche brachte. Plötzlich wurde überall geschossen, und die Armee des Alten Mannes brach auseinander. Um die Wahrheit zu sagen, kam so einiges von dem Feuer, das mir an den Ohren vorbeipfiff, von unsrer eigenen Seite, denn keiner, weder unsre eigenen Leute noch der Feind, behielt einen kühlen Kopf, alle luden und feuerten, so schnell sie konnten, und der Teufel zählte mit. Du hattest genauso gute Chancen, von deinem Nachbarn erwischt zu werden, der dir den Kopf wegschoss, wie dass dich eine Kugel des Feindes aus hundert Metern Entfernung traf. Eine Kugel ist eine Kugel, und es knallten und spritzen so viele von den Dingern gegen Bäume und Körper, dass es keinerlei Deckung gab. Bob kauerte sich unter die Pferde, die schwer beschossen wurden und in Panik die Vorderhufe in die Luft warfen. Bei ihnen zu bleiben, kam mir nicht sicher vor, und so folgte ich dem Alten Mann den Hügel runter, was mir noch das Beste schien.

Als wir halb unten waren, wurde mir bewusst, dass ich den Verstand verloren hatte, warf mich hin und kauerte mich hinter einen Baum. Aber das ging nicht, denn das Blei schlug nur so um mein Gesicht rum in die Rinde ein, und so fand ich mich hinter dem Alten Mann den Hang runter in die Schlucht rollen und mit ihm hinter etwa zehn von seinen Männern plumpsen, die in einer Reihe hinter einem langen Baumstamm Deckung gefunden hatten.

Das munterte den Alten Mann auf. Als er sah, wie ich hinter ihm landete, sagte er zu den anderen: »Sehet! ›Und ein Kind soll sie führen!‹ Die Zwiebel hier. Sehet, Männer! Ein Mädchen ist unter uns! Dank sei Gott, uns zum Ruhm zu inspirieren und uns Glück und gutes Gelingen zu bringen.«

Die Männer warfen mir einen Blick zu, und wenn ich auch nicht weiß, ob sie nun inspiriert waren oder nicht, so will ich doch Folgendes sagen: Es war nicht einer von Captain Shores Leuten drunter, nur Captain Shore selbst, der irgendwie den Mut zusammengekratzt hatte zurückzukommen. Seine saubere Uniform und die glänzenden Knöpfe waren voller Matsch und sein Gesicht ganz schön nervös. Seine Zuversicht war weg, seine Männer hatten Fersengeld gegeben und ihn sitzen lassen. Jetzt hatte Old John Brown mit seinen Jungs das Sagen.

Der Alte Mann sah seine Männer an, die da schießend in der Schlucht lagen, und bellte: »Feuer einstellen und runter!« Sie taten, was er sagte. Er nahm sein Fernglas, um die Positionen zu inspizieren, aus denen die Missourier von der anderen Seite rüberfeuerten, befahl seinen Leuten nachzuladen, erklärte ihnen genau, wohin sie zielen sollten, und sagte: »Feuert erst, wenn ich es sage.« Damit stand er auf, lief am Stamm auf und ab und erklärte ihnen ihre Ziele, während die Kugeln nur so um seinen Kopf zischten. Seine Männer luden und feuerten, Old John Brown war kalt wie 'n Eiswürfel im Glas. »Nehmt euch Zeit«, sagte er. »Nehmt sie genau aufs Korn. Zielt nicht zu hoch. Verschwendet keine Munition.«

Pates Sharpshooters waren nicht organisiert und hatten Angst. Völlig planlos verschossen sie 'ne Menge Munition und konnten nach 'ner Weile nicht mehr. Immer mehr zogen sich zurück, und der Alte Mann rief: »Die Missourier laufen weg. Wir müssen sie zur Aufgabe zwingen.« Er befahl Weiner und einem anderen namens Biondi, seitlich in die Schlucht runterzulaufen und auf ihre Pferde zu schießen. Das brachte Verwünschungen und mehr Feuer von der missourischen Seite, aber Old Browns Männer waren zuversichtlich, zielten genau und taten den Missouriern böse weh. Pates Männer steckten viele üble Schläge ein, und ein paar liefen ohne Pferde davon, um nicht gefangen genommen zu werden.

Eine Stunde später war das Feuer raus aus der Sache. Die Kämpfer des Alten Mannes waren organisiert, Pates Leute nicht, und als das Schießen aufhörte, waren es nur noch etwa dreißig. Trotzdem blieb der Kampf unentschieden. Keiner konnte den anderen überwinden. Beide Seiten lagen in Deckung, und wer dumm genug war, aufzustehen, kriegte die Eier weggeblasen, also tat's keiner. Aber nach etwa zehn Minuten wurde der Alte Mann ungeduldig. »Ich werde jetzt allein zwanzig Meter vorrücken«, sagte er, hockte sich hin und spannte seinen Revolver, »und wenn ich mit dem Hut winke, folgt ihr mir.«

Er wollte gerade loszulaufen, als ihn ein plötzlicher wilder Schrei in der Luft aufhielt.

Es war Frederick, der auf einem Pferd an uns vorbei runter in die Schlucht galoppierte und auf der anderen Seite hoch zu den Missouriern. Dabei schwenkte er sein Schwert und schrie: »Hurra, Vater! Wir haben sie umzingelt! Kommt, Jungs, wir schneiden ihnen den Weg ab!«

Nun, sein Verstand wog nicht mehr als 'ne Feder, und irrer, als er war, ging's kaum, aber der Anblick, wie er da auf sie zustürmte, riesig, wie er war, mit genug Schießeisen am Leib, um Fort Leavenworth zu bewaffnen, und wie er schrie, den Sack zuzumachen, das war zu viel für Pates Leute, und sie gaben auf. Sie reckten eine weiße Flagge in die Höhe und kamen mit erhobenen Händen hervor.

Erst, als sie entwaffnet waren, erfuhren sie, wem sie sich ergeben hatten. Sie hatten nicht gewusst, dass sie auf den Alten Mann geschossen hatten, und als der kam und raunzte: »Ich bin John Brown aus Osawatomie«, gerieten einige in Panik und sahen aus, als wollten sie in Tränen ausbrechen. So in voller Lebensgröße bot der Alte Mann einen Furcht erregenden Anblick. Nach Monaten in den kalten Wäldern waren seine Kleider so zerlumpt und zerfetzt, dass man die Haut drunter sehen konnte, und die Stiefel bestanden mehr aus Zehen als aus sonst was. Seine Haare und sein Bart waren lang, weiß und zottelig und reichten ihm fast bis auf die Brust. Er sah so wahnsinnig aus wie 'n Holzhammer. Aber der Alte Mann war nicht das Ungeheuer, für das sie ihn hielten. Er belehrte ein paar von ihnen wegen ihren Verwünschungen und schenkte ihnen ein, zwei Worte aus der Bibel, was sie endgültig schaffte. Sie beruhigten sich. Ein paar von ihnen scherzten sogar mit unseren Leuten.

Ich und Bob, wir kümmerten uns um die Verwundeten, während der Alte Mann und seine Jungs die Waffen von Pates Männern einsammelten. Eine ziemliche Menge Leute wälzte sich qualvoll auf der Erde. Einer hatte 'ne Kugel durch den Mund gekriegt, die ihm die Oberlippe und die Schneidezähne weggerissen hatte. Ein anderer, ein Junge, nicht älter als siebzehn oder so, lag stöhnend im Gras, und Bob sah, dass er Sporen trug. »Denken Sie, ich kann Ihre Sporn haben, wo Sie die doch nich mehr brauchn?«, fragte Bob.

Der Junge nickte, und Bob bückte sich, um sie ihm abzumachen, und dann sagte er: »Da iss aber nur einer, Sir. Wo iss denn der andere?«

»Wenn die eine Seite der Pferdes läuft, muss die andere mit«, sagte der Junge. »Du brauchst nur einen.«

Bob dankte ihm für seine Nettigkeit, nahm seinen Sporn, und der Junge hauchte sein Leben aus.

Am oberen Rand der Schlucht hatten die Männer die Gefangenen versammelt, insgesamt siebzehn. Captain Pate selbst war auch dabei, und Pardee, der sich an Bob die Zähne ausgebissen hatte, nachdem ihm Kelly und seine Bande nicht weit von Dutchs Kneipe den Prozess gemacht hatten. Er sah Bob unter den Männern des Captains und ertrug es nicht. »Ich hätte dir den Arsch aufreißen sollen, du schwarzer Bastard«, knurrte er.

»Still jetzt«, sagte der Alte Mann. »Ich dulde kein Fluchen um mich rum.« Er wandte sich an Pate: »Wo sind meine Jungs John und Jason?«

»Ich hab sie nicht«, sagte Pate. »Sie sind in Fort Leavenworth, bei den Bundesdragonern.«

»Dann ziehen wir da jetzt hin, und ich tausche Sie gegen die beiden aus.«

So brachen wir denn mit den Gefangenen, ihren Pferden und dem Rest der Gäule, die Pates Männer zurückgelassen hatten, nach Fort Leavenworth auf. Wir hatten genug Vierbeiner für 'ne ganze Pferdefarm, vielleicht insgesamt dreißig, dazu noch die Maultiere und so viel von Pates Beute, wie wir tragen konnten. Ich selbst hatte zwei Hosen, ein Hemd, einen Topf Farbe, ein Paar Sporen und vierzehn Maiskolbenpfeifen ergattert, mit denen ich handeln wollte. Der Alte Mann und seine Söhne nahmen sich nichts, nur Fred verhalf sich zu 'n paar Colts und einem Springfield-Gewehr.

Es waren dreißig Kilometer nach Fort Leavenworth, und unterwegs schwatzten Pate und der Alte Mann mit'nander. »Wenn ich gewusst hätte, dass Sie das da unten in der Schlucht waren«, sagte Pate, »hätte ich Ihnen schnell das Licht ausgeblasen.«

Der Alte Mann zuckte mit den Schultern. »Da haben Sie Ihre Chance verpasst.«

»Wir kommen nie bis zum Fort«, sagte Pate. »Der Weg ist voller Rebellen, die hinter Ihnen her sind, um die Belohnung einzustreichen.«

»Sollen sie nur kommen, dann sorg ich dafür, dass mein erster Schuss in Ihr Gesicht geht«, sagte der Alte Mann ruhig.

Das stopfte Pate das Maul.

Aber Pate hatte recht, etwa nach der Hälfte des Wegs, bei Prairie City, tauchte ein bewaffneter uniformierter Wachposten auf. Er ritt auf uns zu und rief: »Wer sind Sie?«

Fred, der vorn ritt, antwortete: »Freistaatler!«

Die Wache machte kehrt, galoppierte den Weg zurück und kam kurz drauf mit einem Offizier und ein paar schwer bewaffneten US-Dragonern zurück. Es waren Bundessoldaten, die Army, mit leuchtenden Uniformen.

Der Offizier ritt auf den Alten Mann zu. »Wer sind Sie?«, fragte er.

»Ich bin John Brown aus Osawatomie.«

»Dann stehen Sie unter Arrest.«

»Warum?«

»Weil Sie Gesetze des Kansas-Territoriums verletzt haben.«

»Ich gehorche den falschen Gesetzen dieses Territoriums nicht«, sagte der Alte Mann.

»Dann werden Sie eben dem hier gehorchen«, sagte der Offizier, zog seinen Revolver und richtete ihn auf Old John Brown, der das Ding verächtlich ansah.

»Ich nehme Ihre Bedrohung meines Lebens nicht persönlich«, sagte er ruhig. »Sie haben Befehle, denen Sie folgen müssen. Ich verstehe, dass Sie eine Aufgabe auszuführen haben. Also drücken Sie schon den Abzug, wenn Sie wollen. Für einige in diesem Territorium sind Sie dann ein Held, aber wenn Sie eine Kugel in mich reinschicken, ist Ihr Leben keinen verbeulten Nickel mehr wert. Noch vor dem Abend werden Sie Wolfsfutter, denn ich habe eine Aufgabe von meinem Schöpfer, um die ich mich kümmern muss, von meinem Schöpfer, dessen Heim ich eines Tages zu meinem machen will. Ich habe Ihnen nichts getan und werde Ihnen auch nichts tun. Ich werde Sie dem Herrn überlassen, und das ist das weit schlimmere Ende als alles, was Sie mit dem Ding da in Ihrer Hand tun können. Verglichen mit dem Willen unseres Schöpfers ist es keinen Fingernagel wert. Mein Ziel ist, die Sklaven in diesem Land zu befreien, was immer Sie auch tun.«

»Mit wessen Vollmacht?«

»Der Vollmacht unseres Schöpfers, bis heute und in alle Ewigkeit als der Herr der Heerscharen und der Gott der Götter bekannt.«

Ich weiß nicht, was es war, aber immer, wenn der Alte Mann von Gott zu reden begann, schon die Nennung seines Schöpfers machte ihn zutiefst gefährlich. Eine Art Elektrizität überzog ihn dann, und seine Stimme wurde zu auf einer Straße knirschenden Steinen. Etwas in ihm richtete sich auf. Seine alte, müde Hülle fiel von ihm ab, und mit einem Mal stand da ein Mann wie eine Todesmühle. Es war sehr verstörend, das zu sehen, und den Offizier schien der Mut zu verlassen. »Ich bin nicht hier, um über diese Dinge mit Ihnen zu debattieren«, sagte er. »Sagen Sie Ihren Männern, sie sollen die Waffen niederlegen, und es gibt keinen Ärger.«

»Ich will auch keinen. Gehört zu Ihrer Arbeit neben dem Gefangennehmen von Männern auch der Austausch von Gefangenen?«, fragte der Alte Mann.

»Ja, das tut es.«

»Ich habe hier siebzehn Gefangene aus Black Jack. Ich hätte sie auf der Stelle töten können, da Sie mir das Leben nehmen wollten, aber ich bringe sie nach Fort Leavenworth, damit Sie über sie richten. Das sollte etwas wert sein. Ich will meine Söhne, die dort festgehalten werden, und nichts sonst. Wenn Sie diese Gefangenen im Austausch für sie nehmen, werde ich das einen fairen Handel nennen und mich selbst in Ihre Hände geben, ohne Kampf oder ein harsches Wort. Wenn nicht, werden die Würmer Sie verspeisen, Sir, denn ich stehe im Dienst einer höheren Macht, und meine Männer hier werden auf Ihr Herz zielen und auf das von keinem sonst. Auch wenn Sie in der Überzahl sind, ist Ihr Tod doch sicher, denn sie werden allein auf Sie zielen, und danach werden Sie den Tod Tausender Zeitalter erleiden und Ihrem Schöpfer die Unterstützung einer Sache erklären müssen, die Ihre Mitmenschen versklavt und Ihre Seele auf eine Weise verstrickt hat, von der Sie nichts ahnen. Ich bin auserwählt, Seine Aufgabe zu erfüllen, und ich werde es tun. Sie dagegen sind nicht auserwählt, und so gehe ich nicht mit Ihnen nach Fort Leavenworth oder verlasse dieses Territorium, bevor meine Jungs frei sind.«

»Wer sind sie?«

»Es sind Browns. Sie haben nichts mit einem der Morde hier in der Gegend zu tun. Sie sind gekommen, um sich auf diesem Land anzusiedeln, und haben alles verloren, einschließlich ihrer Ernten, die von genau den Rebellen niedergebrannt wurden, die Sie hier vor sich sehen.«

Der Offizier wandte sich an Pate. »Stimmt das?«, fragte er.

Pate zuckte mit den Schultern. »Wir haben die Ernte dieser Niggerdiebe verbrannt. Zweimal. Und wir werden auch ihre Häuser niederbrennen, wenn wir die Möglichkeit dazu bekommen, denn sie sind Gesetzesbrecher und Diebe.«

Das änderte die Haltung des Offiziers, und er sagte: »Das klingt nach einer ziemlich üblen Geschichte.«

»Sind Sie für die Sklaverei oder ein Freistaatler?«, fragte Pate.

»Ich arbeite für den US-Staat«, fuhr der Offizier ihn an. »Ich bin hier, um die Gesetze der Regierung der Vereinigten Staaten durchzusetzen, nicht die Missouris oder von Kansas.« Damit richtete er seinen Revolver auf Pate und sagte zu Brown: »Wenn ich Ihre Gefangenen nach Fort Leavenworth bringe, kann ich dann darauf vertrauen, dass Sie hier warten?«

»Wenn Sie meine Söhne im Austausch für sie bringen.«

»Das kann ich nicht versprechen, aber ich werde mit meinem vorgesetzten Offizier drüber reden.«

»Und wer ist das?«

»Captain Jeb Stuart.«

»Dann sagen Sie Captain Jeb Stuart, dass Old John Brown aus Osawatomie hier bei Prairie City auf seine Söhne wartet, und wenn sie im Austausch für die Gefangenen nicht in drei Tagen hier sind, brenne ich das Territorium nieder.«

»Und wenn sie kommen? Ergeben Sie sich dann?«

Der Alte Mann faltete die Hände hinter dem Rücken.

»Das werde ich«, sagte er.

»Woher weiß ich, dass Sie nicht lügen?«

Der Alte Mann hob die rechte Hand. »Ich erkläre Ihnen hier vor Gott, dass ich, John Brown, drei Tage nicht von hier weichen werde, während ich darauf warte, dass Sie meine Söhne zurückbringen. Und dass ich mich bei Ihrer Rückkehr dem Willen des Allmächtigen Gottes ergeben werde.«

Nun, der Offizier stimmte dem Handel zu und machte sich auf den Weg.

Natürlich log der Alte Mann. Er hatte nicht gesagt, dass er sich der US-Regierung ergeben würde, sondern nur was über den Willen Gottes, und das bedeutete, dass er nichts tun oder sich einer Sache beugen würde, die er nicht für richtig hielt. Er hatte nicht die Absicht, das Kansas-Territorium zu verlassen, sich in Gewahrsam zu begeben oder auf irgendwas zu hören, was ihm ein weißer Soldat sagte. Wenn es seiner Sache diente, erfand er eine Geschichte nach der anderen. Er war wie alle, die sich im Krieg befanden, und glaubte Gott an seiner Seite. Alle haben sie im Krieg Gott an ihrer Seite. Das Problem ist, dass der keinem erzählt, für wen Er ist.

8

Ein böses Omen

Der Alte Mann sagte, er würde drei Tage warten, dass die Bundesleute seine Söhne zurückbrächten. Am Ende war es nicht so lang. Am nächsten Morgen schon kam ein uns freundlich gesonnener, aus der Gegend stammender Mann atemlos auf seinem Pferd angeritten und erklärte dem Alten Mann: »Die Missourier haben einen Trupp losgeschickt, der Ihr Haus niederbrennen soll.« Es ging um Browns Farm, wo der Alte Mann und seine Söhne Land abgesteckt und Häuser gebaut hatten, bei Osawatomie.

Der Alte Mann überlegte. »Ich kann hier nicht weg, bis die Bundessoldaten mit John und Jason kommen«, sagte er. »Ich habe ihnen mein Wort gegeben. Ich kann nicht nach Haus und ihren Frauen mit leeren Händen gegenübertreten.« Ein paar von den Frauen seiner Söhne waren nicht zu gut auf ihn zu sprechen, weil er ihre Männer in diesen Krieg geholt hatte und sie wegen der Sklavengeschichte in Lebensgefahr brachte. Am Ende verloren einige von ihnen tatsächlich ihr Leben, bevor es vorbei war.

Er wandte sich an Owen. »Reite mit Fred, Weiner, Bob, Zwiebel und dem Rest der Männer nach Osawatomie. Sieh dir die Sache an und erstatte mir mit den Männern Bericht. Aber lass Zwiebel in Osawatomie bei deiner Schwägerin Martha oder den Adairs, sie hat genug Morden gesehen. Beeil dich.«

»Ja, Vater.«

Dann sah der Alte mich an. »Zwiebel, tut mir leid, dass ich dich aus dem Kampf nehme. Ich weiß, wie gern du für deine Freiheit kämpfst, nachdem ich dich in Black Jack erlebt habe.« Nichts anderes hab ich da in der Schlucht getan, als mich zu ducken und zu schreien, während er sich beschießen ließ, aber ich nehm an, er sah mich bei seinen besten Männern liegen und hielt das für Tapferkeit. So ging das mit dem Alten Mann. Er sah, was er sehen wollte, denn ich wusste ja, wie groß meine Panik gewesen war, und wenn du mein »Onkel«-Brüllen, mein mich zur Kugel Zusammenrollen und an den Zehen Lecken nicht gerade für mutig hältst, weiß ich nicht, was ich da unten Besondres getan haben soll. Egal, er war noch nicht fertig: »So mutig du bist, das hier ist Männersache, Bob, der passt dazu, aber für dich ist das Beste, du bleibst in Osawatomie bei meinen Freunden, den Adairs, bis sich die Lage beruhigt. Dann kannst du drüber nachdenken, nach Norden in die Freiheit zu gehen, wo es für ein Mädchen wie dich sicherer ist.«

Verdammt, ich hätte in dieser Minute schreien und jubeln können. Ich hatte genug Pulver gerochen und Blut gesehen. Was mich anging, konnten er und seine Leute sich bis zum Ende ihrer Tage Streit suchen, ihren Pferden die Sporen geben und sich in Schießereien stürzen. Mir reichte es, aber ich versuchte, meine Freude nicht zu sehr zu zeigen. Ich sagte: »Ja, Captain, ich nehm Ihre Wünsche an.«

Osawatomie lag einen ganzen Tagesritt von Prairie City, und Owen beschloss, seine Leute über den California Trail zu führen. Zwar war das Risiko da größer, auf Patrouillen von Sklaverei-Befürwortern zu stoßen, aber er wollte möglichst schnell wieder zurück zu seinem Pa kommen. Die Adairs, bei denen ich bleiben sollte, wohnten ebenfalls nahe am Trail Richtung Osawatomie, was ein Grund mehr war, ihn zu nehmen. Erst ging alles bestens. Während wir dahinritten, dachte ich drüber nach, wohin ich mich davonmachen sollte, wenn Owen und Old John Browns Männer zurückritten. Ich hatte auf unseren Streifzügen ein paar Jungssachen gesammelt und zwei, drei andere Dinge. Aber wo sollte ich hin? Nach Norden? Was gab's da? Ich wusste nichts vom Norden, nicht, wie er aussah, wie's dort ging und was ich da tun sollte. Ich ritt neben Fred, was mir immer ein gutes Gefühl gab, denn um mit Fred zu reden, musstest du nur halb da sein, weil er selbst nur halb da war, was ihn zu 'nem guten Gesprächspartner machte. Ich konnte über was nachdenken und gleichzeitig mit ihm über was anderes reden, und meist stimmte er dem zu, was ich sagte.

Ich und er hielten uns am Ende der Reihe, Weiner und Owen ritten ganz vorn, Bob in der Mitte. Fred wirkte ein bisschen trübsinnig.

»Ich hab Owen sagen hörn, dass du jetzt alle Buchstaben kennst«, sagte er.

»Stimmt«, sagte ich. Ich war stolz darauf.

»Ich frag mich, warum ich nicht einen im Kopf behalten kann«, sagte er düster. »Ich lerne ihn und vergess ihn gleich wieder. Alle könn' ihre Buchstaben im Kopf halten, nur ich nicht. Selbst du.«

»Buchstaben Können bedeutet nicht so viel«, sagte ich. »Ich lese nur ein Buch. Eine Bilderbuch-Bibel, die ich vom Alten Mann hab.«

»Könntest du mir mal was vorlesen?«

»Aber klar, gerne doch«, sagte ich.

Als wir anhielten, um die Pferde zu tränken und zu essen, holte ich mein Buch raus und ließ Fred ein paar Worte hören. Es war meine persönliche Version, denn ich kannte zwar meine Buchstaben, aber nur wenige Wörter und dachte mir aus, was ich nicht entziffern konnte. Ich las aus dem Johannes-Evangelium, wo er den Leuten erzählt, dass Jesus kommt und so großartig ist, dass er, Johannes, es nicht mal wert ist, ihm die

Sandalen zuzubinden. Die Geschichte, so wie ich sie erzählte, wuchs auf Elefantengröße an. Wann hast du das letzte Mal in der Bibel von 'nem Pferd namens Cliff gelesen, das seinen Wagen nach Jerusalem reinzieht und Sandalen anhat? Aber Fred hatte nichts einzuwenden oder was dagegen zu sagen, während er zuhörte. Es gefiel ihm. »Das iss die tollste Bibellesung, die ich je gehört hab«, erklärte er.

Wir stiegen wieder auf, folgten dem Weg zur Nordseite des Marais de Cygnes River, der durch Osawatomie fließt, und näherten uns den Häusern der Browns, waren aber noch nicht ganz da, als der Wind den Geruch von Feuer und Schreien herbeitrug.

Owen ritt voraus und kam in vollem Galopp zurück. »Sieht so aus, als kämpften die Missourier mit ein paar Freistaatler-Indianern. Vielleicht sollten wir umkehren und Vater holen.«

»Nein, helfen wir den Indianern und greifen die Rebellen an«, sagte Weiner.

»Wir haben unsere Befehle von Pa«, sagte Owen.

Weiner juckte es heftig, aber er blieb ruhig. Er war ein stämmiger, sturer, kampfeslustiger Kerl, der sich nichts sagen ließ. Wir kamen näher und sahen durch die Kiefern, wie sich die Freistaatler-Indianer auf einer Lichtung mit den Missouriern in den Haarn hatten. Es war keine große Sache, aber die Indianer verteidigten ihre Siedlung und waren in der Unterzahl. Als Weiner sie sah, konnte er nicht mehr anders. Er duckte sich runter und ritt zwischen den Bäumen durch. Die anderen Männer folgten ihm.

Owen sah ihnen hinterher und legte die Stirn in Falten. Er drehte sich um. »Fred, du und Zwiebel, ihr reitet nach Osawatomie und haltet ein Stück Abstand, während wir die Missourier vertreiben. Ich bin bald wieder da.« Damit ritt auch er davon.

Bob saß die ganze Zeit auf seinem Pferd und sah zu, wie

alle davonpreschten. Keiner sagte was zu ihm. Und jetzt ritt *er* in die andere Richtung: »Ich bin weg«, sagte er bloß und verschwand. Der Nigger ist insgesamt siebenmal, glaube ich, von John Brown weggelaufen und hat es doch nie richtig geschafft, sich von ihm loszumachen. Er musste erst zurück in die Sklaverei (nach Missouri), um freizukommen. Aber darauf komm ich in einer Minute.

Damit saßen Fred und ich allein auf unseren geklauten Ponys da. Fred sah so aus, als juckte es ihn ebenfalls in den Fingern, schließlich war er ein Brown, und die Browns ließen gern ein paar Kugeln fliegen. Aber um nichts in Gottes Reich wär ich mit da rübergeritten und hätte mich mit den Missouriern angelegt. Ich hatte genug und sagte, um ihn abzulenken: »Gott, ist das kleine Mädchen hungrig.«

Das brachte ihn zurück zu mir. »Oh, ich besorg dir was zu essen, Kleine Zwiebel«, sagte er. »Keiner lässt meine Kleine Zwiebel hungern, denn du bist jetzt halb erwachsen, und du brauchst deine Ruhe und Futter, damit 'ne schöne große Schwuchtel aus dir wird.« Das Letzte hatte nichts zu bedeuten, und ich nahm's ihm nicht übel, denn wir wussten beide nicht, was das Wort wirklich bedeutete, wenn's ganz allgemein, soweit ich wusste, auch nicht unbedingt schmeichelhaft war. Aber er gebrauchte das Wort zum ersten Mal wieder, seit er damals hinter mein Geheimnis gekommen war. Mir fiel's auf, und ich war froh, dass ich ihn verlassen würde, bevor er mich verriet.

Wir ritten ein, zwei Kilometer in ein dichtes Waldstück und bogen auf einen alten Holzfällerpfad. Es wurde friedlich und ruhig, kaum, dass wir die Schießerei hinter uns gelassen hatten. Wir durchquerten einen Bach, fanden unseren alten Holzfällerpfad wieder und banden unsere Pferde an. Fred legte seinen Waffenladen ab und holte eine Decke und die Jagdsachen hervor: Perlen, getrocknetes Korn, getrocknete Süßkartoffeln. Er brauchte ein paar Minuten, alle Waffen loszuwerden, denn er hing voll von ihnen. Schließlich gab er mir ein kleinkalibriges Gewehr und nahm sich auch eins. »Normalerweise würde ich das nicht benutzen«, sagte er, »aber hier wird genug geschossen, da hört uns keiner, wenn wir uns beeiln.«

Es war noch nicht dunkel, doch der Abend kam näher. Wir gingen ein paar Hundert Meter am Bachufer lang, und Fred zeigte mir die Markierungen und so, wo eine Biberfamilie einen Damm baute. »Ich geh auf die andre Seite«, sagte er. »Du komms' von hier, und wenn er dich hört, scheucht es ihn auf, und wir treffen uns drüben an der Biegung, wo wir ihn kriegen.«

Er schlich auf die andere Seite und verschwand im Dickicht, während ich von meiner Seite kommen würde. Ich war etwa halb an unserem Treffpunkt, als ich mich umdrehte und etwa fünf Meter entfernt einen weißen Mann mit einem Gewehr stehen sah.

»Was machst du mit dem Gewehr, Missy?«, fragte er.

»Nichts, Sir«, sagte ich.

»Dann leg's hin.«

Ich tat, was er sagte, und er kam, nahm es, hielt sein Gewehr immer noch auf mich gerichtet. »Wo ist dein Master?«

»Oh, auf der andren Seite vom Bach.«

»Hast du kein ›Sir‹ im Mund, Nigger?«

Ich war aus der Übung, verstehst du? Ich war schon seit Monaten nicht bei normalen Weißen gewesen, die wollten, dass du sie »Sir« nanntest und so weiter. Der Alte Mann erlaubte nichts von alledem. Aber ich verbesserte mich: »Doch, Sir.«

»Wie heißt dein Master?«

Mir fiel nichts ein, deshalb sagte ich: »Fred.«

»Was?«

»Einfach Fred.«

»Nennst du deinen Master ›Fred‹, ›Einfach Fred‹ ›Master Fred‹ oder ›Fred, Sir‹?«

Nun, das brachte mich in die Klemme. Ich hätte »Dutch« sagen sollen, aber das schien weit weg, und ich war verwirrt.

»Komm mit«, sagte er.

Wir gingen vom Bach weg in den Wald, und ich folgte ihm. Wir waren noch keine fünf Schritte unterwegs, als ich Fred rufen hörte. »Wo willst du hin?«

Der Mann blieb stehen und drehte sich um. Fred stand mitten im Bach, das Gewehr an der Backe. Er bot einen ganz schönen Anblick, groß, wie er war, und erschreckend in seiner Entschlossenheit. Er war nicht mehr als zehn Meter weg.

»Gehört sie Ihnen?«, sagte der Mann.

»Das geht Sie nichts an, Mister.«

»Sind Sie für die Sklaverei oder ein Freistaatler?«

»Noch ein Wort, und ich erschieß Sie, wo Sie stehn. Geben Sie sie frei und verschwinden Sie.«

Nun, Fred hätte ihm eins draufbrennen können, tat's aber nicht. Der Mann ließ mich gehen und trottete davon, mein Gewehr immer noch in der Hand.

Fred kletterte aus dem Wasser und sagte: »Lassn wir den Bach hier und gehn zu den andern zurück. Ist zu gefährlich hier. Da iss noch ein Bach auf der andren Seite.«

Wir gingen zurück zu der Stelle, wo unsere Pferde angebunden standen, stiegen auf und ritten etwa eine halbe Stunde nach Norden, diesmal zu einer Lichtung, wo sich ein anderer, größerer Bach ausweitete. Fred sagte: »Hier können wir 'ne Ente, einen Fasan oder sogar 'n Habicht erwischen. Es wird bald dunkel, und sie fangen ihre letzte Beute des Tages. Bleib hier, Kleine Zwiebel, und mach keinen Lärm.« Er stieg ab und ging davon, sein kleinkalibriges Gewehr immer noch in der Hand.

Ich rührte mich nicht vom Fleck und sah ihn durch den Wald gehen. Er bewegte sich gekonnt voran, leise wie ein Reh, kein Geräusch war von ihm zu hören. Weit ging er nicht. Ich konnte ihn etwa dreißig Meter entfernt zwischen den Bäumen sehen, als er etwas entdeckte, oben in einer hohen, sich in den Himmel reckenden Birke. Er hob das Gewehr, drückte ab, und ein mächtiger Vogel fiel zu Boden.

Wir liefen zu ihm hin, und Fred wurde blass. Es war ein dicker, schöner Fang, schwarz, mit einem langen rotweißen Streifen auf dem Rücken und einem merkwürdig langen Schnabel. Ein hübscher Vogel mit viel Fleisch, etwa einen halben Meter lang. Spannweite muss er fast einen Meter gehabt haben. Ein Vogel so groß, wie man ihn sich zum Essen nur wünschen kann. »Was für 'n Riesenhabicht«, sagte ich. »Lass uns sehn, dass wir hier wegkommen, nur für den Fall, dass einer den Schuss gehört hat.« Ich wollte den Vogel packen.

»Fass ihn nicht an!«, rief Fred. Er war bleich wie 'n Geist. »Das iss kein Habicht! Das iss ein Großer-Gott-Vogel. Lieber Himmel.«

Er setzte sich auf die Erde, völlig erledigt. »Ich hab ihn nicht richtig gesehn, ich hatte nur einen Schuss. Siehst du?« Er hielt sein Gewehr in die Höhe. »Verdammtes Ding. Nur ein Schuss. Es geht so schnell. Der Mensch sündigt, ohne es zu wissen, und die Sünde kommt ohne Warnung, Zwiebel. Die Bibel sagt es: ›Wer sündigt, kennt den Herrn nicht. Er kennt Ihn nicht.‹ Denkst du, Jesus kennt mein Herz?«

Ich war seine nuschelnde Verwirrung über den Herrn leid. Ich war hungrig. Ich sollte vom Kämpfen wegkommen, und schon wurden wir wieder davon aufgehalten. Genervt sagte ich: »Hör auf, dir Sorgen zu machen. Der Herr kennt dein Herz.«

»Ich muss beten«, sagte er. »Das würde Vater jetzt tun.«

Das ging nicht. Es würde bald dunkel werden, die anderen hatten noch nicht wieder zu uns aufgeschlossen, und ich hatte Angst, der Schuss könnte irgendwen anlocken. Aber kein weißer Mann, oder überhaupt irgendwer lässt sich was sagen, wenn er sich in den Kopf gesetzt hat zu beten. Fred hockte genau wie der Alte Mann auf den Knien da und haspelte und plärrte zum Herrn, ihm Gnade zu erweisen und dies und das. Er war längst nicht so gut im Beten wie sein Pa, weil er keinen Gedanken mit dem nächsten zusammenkriegte. Die Gebete des Alten Mannes wuchsen vor deinen Augen, da war alles mit'nander verbunden, wie Treppen, die von einem Stockwerk ins nächste führten. Freds Gebete waren dagegen eher Fässer und Schränke, die in einem Zimmer hin und her geworfen wurden. Seine Gebete schossen nach hier und nach da, schnitten dorthin und dahin, und so verging eine Stunde. Und es war eine kostbare Stunde, von der ich dir in einer Minute erzählen werde. Nach seinem Gebrummele und Gebrabbele nahm er den Vogel sanft von der Erde auf, gab ihn mir und sagte: »Bewahr ihn für Pa auf. Der betet drüber und bittet Gott, die ganze Sache wieder in Ordnung zu bringen.«

Ich nahm den Vogel, und in dem Moment hörten wir Pferde auf der anderen Seite des Baches ranpreschen. Fred bellte über die Schulter: »Schnell, versteck dich!«

Ich hatte gerade noch genug Zeit, mit dem Vogel ins Dickicht zu springen, als schon mehrere Reiter über den Bach sprengten, das Ufer raufkamen und durchs Gebüsch direkt auf Fred zurasten.

Wir konnten nirgendshin, weil unsere Pferde doch 'n halben Kilometer weiter unten standen, genau in der Richtung, aus der die Reiter kamen, was wohl hieß, dass sie sie gefunden hatten. Ich tauchte noch ein Stück tiefer ins Dickicht, da schwappten sie auch schon am Ufer hoch und hielten auf Fred zu. Der stand lächelnd da, trug all seine Waffen am Leib, hatte seine Siebenschüssigen aber nicht gezogen. Die einzige Waffe in seiner Hand war das kleinkalibrige Gewehr, und das war nicht geladen.

Sie schwappten direkt bei ihm das Ufer hoch, schnell wie der Wind. Es waren vielleicht acht Rothemden, und vorneweg ritt

Reverend Martin, der Kerl, dem Fred im Lager des Alten Mannes die Pistole auf die Brust gesetzt hatte.

Nun, Fred war nicht der Hellste, wenn auch kein völliger Dummkopf. Er wusste, wie man im Wald überlebte, und kannte 'ne Menge Tricks für da draußen. Trotzdem, er war kein schneller Denker, denn wenn er es gewesen wär, hätte er seine Waffen gezogen. Aber zwei oder drei Gedanken auf einmal, das war mehr, als er in seinem Kopf unterbrachte, und er erkannte den Reverend auch nicht sofort. Das kostete ihn einiges.

Der Reverend hatte zwei Männer mit sechsschüssigen Revolvern neben sich, und auch der Rest hinter ihm war schwer bewaffnet. Der Reverend selbst trug zwei Colts mit schimmernden Perlmuttgriffen im Gürtel, die er sicher einem toten Freistaatler abgenommen hatte. Vorher hatte er die Dinger noch nicht gehabt.

Er ritt direkt auf Fred zu, während die anderen um ihn rumschwärmten und ihm jeden Fluchtweg nahmen.

Immer noch kapierte Fred nicht. Er sagte: »Hallo.« Er lächelte. Das war seine Natur.

»Hallo«, wiederholte der Reverend.

Da klickte es bei Fred. Du konntest sehen, wie sein Kopf zur Seite ruckte, etwas surrte in ihm. Er starrte den Reverend an und versuchte sich klarzuwerden, ob er ihn kannte.

Er sagte: »Ich kenn Sie doch ...«, und schneller, als du's denken kannst, und ohne ein Wort zog der Reverend oben auf seinem Pferd einen seiner Revolver und schoss auf ihn. Traf ihn mitten in die Brust, pumpte ihn voll Blei und Pulver, und der selige Herr, die Erde, fing Fred auf. Er zuckte noch ein paarmal und nahm seinen letzten Atemzug.

»Das wird dich lehren, die Waffe gegen mich zu erheben, du apfelköpfiger, Pferde stehlender, Nigger liebender Bastard«, sagte der Reverend. Er stieg von seinem Pferd, nahm sich jede einzelne Waffe, die Fred trug, und wandte sich den anderen zu.

»Ich hab einen von den Brown-Jungs erwischt«, sagte er stolz. »Den größten.«

Dann sah er zum Wald rüber, in dem ich mich versteckte. Ich rührte mich nicht vom Fleck. Keinen Zentimeter bewegte ich mich. Er wusste, dass ich in der Nähe war.

»Sucht nach dem zweiten Reiter«, bellte er. »Es waren zwei Pferde.«

Da erhob ein anderer Mann das Wort, einer, der auf einem Pferd hinter dem Reverend saß. »Sie hätten ihn nicht so einfach kaltblütig erschießen müssen«, sagte er.

Reverend Martin drehte sich zu ihm um. Es war der Mann, der mich vorher im Wald erwischt hatte. Mein Gewehr hielt er immer noch in der Hand, und ihm gefiel das alles gar nicht.

»Er hätt's genauso gemacht«, sagte der Reverend.

»Wir hätten ihn gegen einen von uns austauschen können«, sagte der Mann.

»Wollen Sie Gefangene austauschen oder Krieg führen?«, sagte der Reverend.

»Er hätte mich vor einer Stunde ein Stück den Bach runter erschießen können und hat's nicht getan«, sagte der Mann.

»Er war ein Freistaatler!«

»Und wenn er George Washington gewesen wär, das kümmert mich einen Dreck. Der Mann hat seine Waffe nicht gezogen, und jetzt ist er mausetot. Sie haben gesagt, Sie suchen nach Viehdieben und Niggerdieben. Ein Viehdieb war er nicht, und den Nigger bei ihm hatte ich noch nie gesehen. Nach welchen Kriegsregeln kämpfen wir hier eigentlich?«

Damit begann ein Streit zwischen den beiden, wobei sich einige auf die Seite des Reverends und einige auf die des anderen Mannes schlugen. Minuten vergingen, und als sie endlich fertig waren, war die Dämmerung hereingebrochen. Reverend Martin sagte: »Brown wird nicht zögern, wenn er seinen toten Jungen hier findet. Wollt ihr warten, bis er kommt?« Das war's. Das brachte sie zum Schweigen, weil sie wussten, dass die Sache Folgen haben würde. Ohne ein weiteres Wort ritten sie davon.

Ich trat auf die Lichtung und betrachtete meinen Freund im immer mehr schwindenden Licht. Sein Gesicht war klar, er schien sogar noch ein bisschen zu lächeln. Ich kann nicht sagen, ob ihm sein Aberglaube wegen dem Großer-Gott-Vogel sein Ende gebracht hatte oder nicht, aber ich fühlte mich schlecht, wie ich mit dem blöden Vogel im Arm so dastand. Ich überlegte, ob ich irgendwo hingehen und eine Schaufel besorgen sollte, um die beiden, Fred und den Vogel, gemeinsam zu begraben, schließlich hatte er ihn einen Engel und so genannt. Aber ich gab die Idee gleich wieder auf und beschloss wegzulaufen. Nichts war dran an diesem Leben in Freiheit und dem Kampf gegen die Sklaverei, wenn du mich fragst. Die ganze Sache traf mich so tief, ich kann's niemandem sagen. Ich wusste nicht, was ich tun sollte. Zu Dutch zurückzulaufen und das wieder hinzukriegen, das ging mir auch im Kopf rum, und ich wollte drüber nachdenken, denn das Leben bei Dutch war alles, was ich außer dem Rumziehen mit dem Alten Mann kannte. Um ehrlich zu sein, machte mich meine Lage ziemlich fertig, ich meine, dass ich als Mädchen rumlief und keine Ahnung hatte, was ich tun sollte. Mir wollte einfach nichts einfallen in dem Moment, und wie üblich machte mich das fürchterlich müde. Also legte ich mich neben Fred auf die Erde, rollte mich zu einem Ball zusammen und schlief ein, mit dem Großer-Gott-Vogel im Arm. Und so fand mich der Alte Mann am nächsten Tag.

9

Ein Zeichen von Gott

Der Lärm von Kanonenfeuer weckte mich, und der Alte Mann stand vor mir. »Was ist passiert, Kleine Zwiebel?«

Ich legte den Großer-Gott-Vogel sanft auf Freds Brust und erklärte ihm, wer ihn erschossen hatte. Er hörte mir mit düsterer Miene zu. Hinter ihm wummerten Gewehre und Kanonen und schickten Kartätschensplitter durch den Wald. Direkt über seinen Kopf zischten sie. Ich und Fred waren bis ganz in die Nähe von Osawatomie gekommen, und der Kampf, in den Weiner und die anderen sich gestürzt hatten, war uns gefolgt, wie Weiner es vorhergesagt hatte. Er war in vollem Gang, und die Männer duckten sich auf ihren Pferden, während die Splitter über sie wegfetzten, aber keiner stieg ab, nur der Alte Mann hielt sein Pferd am Zügel. Ich sah Jason und John, ohne dass mir einer erklärt hätte, wo sie herkamen und warum der Alte Mann nicht im Bundesgefängnis saß. Sie waren alle wütend und starrten auf Fred runter, besonders seine Brüder. Fred trug immer noch seine kleine Kappe und den Großer-Gott-Vogel auf der Brust, wo ich ihn hingelegt hatte.

»Werden Sie den Reverend finden?«, fragte ich.

»Das müssen wir nicht«, sagte der Alte Mann. »Er hat *uns* gefunden. Bleib bei Fred, bis wir zurück sind.« Er stieg auf sein Pferd und nickte zum Schlachtengeräusch hin. »Los doch!«

Sie preschten in Richtung Osawatomie. Die Stadt war ganz nah, und ich wollte nicht bei Fred und dem tot auf ihm schlafenden Vogel sitzen bleiben, mit denen ich kein Wort wechseln konnte. Also lief ich zu einer hoch aufragenden Stelle, von wo ich den Weg von Old John Brown und seinen Männern verfolgen konnte. In einem weiten Bogen führte er zum Fluss und der Stadt auf der anderen Seite davon.

Von meinem Ausguck konnte ich die Stadt sehen. Die Brücke über den Marais de Cygnes River war voll mit Rebellen, die zwei Kanonen hergeschafft hatten. Ein paar Hundert Meter weg stand die erste Kanone und war flussabwärts auf die graswachsene Schwelle gerichtet, wo man durchs Wasser waten konnte. Etliche Freistaatler feuerten von unsrer Seite aus, um dort hinzukommen, aber die Rebellen auf der anderen Seite hielten sie zurück, und jedes Mal, wenn eine Gruppe Freistaatler zu nahe kam, putzte die Kanone sie weg.

Der Alte Mann und seine Jungs sprengten mitten durch sie durch den Hang runter und rein ins flache Wasser, wie die Wilden. Feuernd kamen sie auf der anderen Seite an und ließen die Rebellen wirr durch'nander hetzen, einfach so.

Der Kampf war erbitterter als in Black Jack. Die Stadt war in Panik, Frauen und Kinder rannten in alle Richtungen. Einige Einwohner versuchten verzweifelt, ihre brennenden Häuser zu löschen, die Reiter des Reverends hatten sie mit Fackeln in Brand gesetzt, und jetzt schossen sie auf die Löschenden und befreiten sie von ihrer Aufgabe, indem sie die Ärmsten ins Jenseits schickten. Insgesamt waren die Freistaatler schlecht organisiert. Die zweite Missourier-Kanone stand auf der anderen Seite der Stadt, feuerte Schuss um Schuss und lichtete zusammen mit der am Flussufer die Reihen der Verteidiger.

Der Alte Mann und seine Männer hielten auf die von ihnen aus gesehen flussabwärts stehende Kanone zu. Die Freistaatler, die da wegen der Kanone nicht über den Fluss kamen, fassten

Mut, als sie die Armee des Alten Mannes ranstürmen sahen, und stürzten vor, um das Ufer einzunehmen, doch die Rebellen an der Kanone hielten aus. Die Leute des Alten Mannes hackten und schossen sich den Weg entlang des Wassers frei, dessen Ufer zur Kanone hin anstieg. Sie drängten den Feind zurück, aber schon kamen mehr Rebellen angeritten, sprangen von ihren Pferden, teilten sich neu auf und drehten die Kanone gegen sie. Das Ding ging mit tödlicher Wirkung los und brachte den Vorstoß des Alten Mannes zum Stehen. Splitter pfiffen durch die Bäume und mähten einige Freistaatler um, die ins Wasser rollten und nicht wieder aufstanden. Der Alte Mann nahm einen neuen Anlauf, doch die Kanone schickte eine weitere Salve in seine Richtung, die ihn und seine Männer zurückwarf. Diesmal rollten einige halb das Flussufer runter, und diesmal sprangen auch Rebellen hinter der Kanone her und feuerten auf die Angreifer.

Die Kämpfer des Alten Mannes waren in der Unterzahl und wichen weiter zurück, den Pottawatomie Creek, der in den Marais des Cygnes River floss, jetzt direkt im Rücken, ohne weitere Zuflucht. An der Uferböschung standen Bäume, und er rief ihnen zu, da in Deckung zu gehen, was sie taten, aber schon schossen die Rebellen wieder das Ufer lang.

Ich weiß nicht, wie sie sich halten konnten. Der Alte Mann war stur. Die Freistaatler waren böse in der Unterzahl, hielten aber aus, bis ein zweiter Rebellentrupp von hinten kam, am selben Ufer. Ein paar von Browns Männern drehten sich um, um sie abzuwehren. Der Alte Mann hielt seine Jungs hinter der Deckung und spornte sie an. »Haltet die Stellung, Männer. Zielt tief, verschwendet keine Munition.« Er lief die Verteidigungslinie auf und ab, brüllte Anweisungen, und die Kartätschensplitter zerfetzten Laub und Äste der Bäume um ihn rum.

Schließlich gaben die Freistaatler, die hinter ihnen die Rebellen aufzuhalten versuchten, Fersengeld, flohen durch den

Fluss, fraßen über die ganze Breite Blei, und einige taten ihren letzten Atemzug. Es waren einfach zu viele Feinde. Dem Alten Mann war damit der Rückzug abgeschnitten, er kriegte von zwei Seiten Feuer, die Kanone spuckte Splitter in seine Richtung, die Rebellen kamen näher, und im Rücken hatte er den Bach. Er würde es nicht schaffen. Er war geschlagen, gab aber nicht auf und hielt seine verbliebenen Männer in Stellung.

Die Missourier fluchten und brüllten, stellten das Feuer einen Moment ein, um die Kanone weiter vorzuschieben, und kriegten vom Trupp des Alten Mannes sofort eine Ladung Blei verpasst. Doch dann stand die Kanone wieder, fünfzig Meter von Old John Browns Deckung weg, blies ein riesiges Loch in sie rein und schickte ein paar der Männer runter ins Wasser. Erst jetzt gab er auf. Er war geschlagen und rief: »Zurück über den Fluss!« Die Männer folgten dem Befehl nur zu gern und hasteten davon, nur er nicht. Er stand da, in voller Größe, feuerte und lud und feuerte und lud, bis auch der Letzte seiner Männer zwischen den Bäumen weg war und durchs Wasser watete. Owen ging als Letzter, aber als der das Wasser erreichte und sah, dass sein Pa zurückblieb, drehte er sich um und rief: »Komm, Vater!«

Der Alte Mann wusste, dass es vorbei war, aber er ertrug es nicht. Er quetschte noch einen letzten Schuss aus seinem Siebenschüssigen, drehte sich weg, um zu Owen zu laufen, und wurde von einer Kanonensalve erwischt, die voll in die Bäume einschlug. Sie erwischte ihn im Rücken, er ging wie 'ne Stoffpuppe zu Boden und flog runter aufs Ufer, rollte bis ans Wasser und blieb liegen. Er rührte sich nicht mehr.

Tot.

Aber er war nicht tot, nur kurz bewusstlos, denn die Ladung hatte ihre Kraft schon verloren, als sie ihn traf. Der Splitter, der ihn erwischte, riss ein Loch in seinen Mantel und kratzte ihm den Rücken auf, mehr Kraft hatte er nicht. Die Haut des Alten

Mannes war dicker als ein Maultierarsch, und wenn es auch ein bisschen blutete, tief kam der Splitter nicht. Schon stand der Alte Mann wieder auf den Beinen, doch der Anblick, wie er über die Böschung Richtung Wasser gerauscht war, hatte die Missourier in Jubel ausbrechen lassen. Sie rochen Blut, konnten ihn unten am Wasser aber nicht sehen, und ein paar sprangen ihm hinterher, doch da stand er längst wieder mit seinem geladenen, immer noch trockenen Siebenschüssigen. Dem ersten Verfolger schoss er ins Gesicht, schlug dem zweiten mit dem Kolben den Schädel ein (das Ding war schwer wie der Teufel) und schickte den dritten mit seinem Schwert ohne weitere Schwierigkeiten zum Schöpfer. Dann kam auch noch ein vierter über die Böschung, als der arme Bastard jedoch sah, dass der Alte Mann noch lebte, versuchte er umzudrehen und sich in Sicherheit zu bringen. Aber Owen war zurück am Ufer, um seinem Pa zu helfen, und blies ihm das Licht mit einem Schuss aus.

Es waren allein die beiden, die da im Feuer standen, und ihr Anblick, wie sie sich gegen die von allen Seiten angreifenden Rebellen zur Wehr setzen mussten, ließ die Freistaatler auf der anderen Flussseite wild fluchen. Sie schickten ein paar Salven in den Rest der anstürmenden Missourier, die oben auf der Böschung bei den Bäumen auftauchten. Die Rebellen zerstreuten sich und fielen zurück. Das gab Old John Brown und Owen Zeit, den Fluss zu überqueren.

Ich hatte den Alten Mann noch nie zurückweichen sehen. Er sah komisch aus da im Wasser, mit seinem breiten Strohhut und dem Leinenmantel, der hinter ihm herschwamm, die Arme hochgereckt und in jeder Hand einen Revolver. Er kletterte das Ufer hoch, außer Reichweite der Rebellen jetzt, stieg auf sein Pferd und kam mit den anderen im Schlepp zu mir auf die Erhebung hoch.

Von meinem Ausguck konntest du Osawatomie klar überblicken. Die Stadt flackerte lichterloh in der Nachmittagssonne, jedes einzelne Haus brannte nieder, und die Freistaatler, die dumm genug waren, ihre Häuser löschen zu wollen, wurden von Reverend Martin und seinen Männer mit Kugeln durchsiebt. Die Rebellen waren betrunken, lachten und jauchzten rum. Sie hatten den Alten Mann geschlagen und brüllten es durch ganz Osawatomie, einige schrien: »Er iss tot«, und behaupteten, dass sie ihn erwischt hätten, und sein Haus hätten sie auch niedergebrannt, was stimmte.

Die meisten überlebenden Freistaatler waren im Wald verschwunden, sobald sie unsere Seite erreicht hatten. Nur der Alte Mann und seine Söhne blieben und sahen zu den feiernden Rebellen rüber: Jason, John, Salmon, die beiden Jüngeren: Watson und Oliver, die zu uns gestoßen waren, und natürlich Owen. Alle saßen sie auf ihren Pferden und sahen wütend zur Stadt rüber. Ihre Häuser brannten da auch.

Der Alte Mann warf nicht einen Blick über den Fluss. Als er bei mir ankam, lenkte er sein Pferd langsam zu Frederick und stieg ab. Die anderen folgten ihm einen Moment später.

Fred lag, wo wir ihn zurückgelassen hatten, mit der kleinen Kappe auf dem Kopf und dem Großer-Gott-Vogel auf der Brust. Der Alte Mann stand über ihm.

»Ich hätte aus mei'm Versteck kommen sollen, um ihm zu helfen«, sagte ich, »aber ich kann nicht schießen.«

»Und du sollst auch nicht schießen«, sagte der Alte Mann. »Du bist ein Mädchen und bald eine Frau. Du warst Fred ein Freund, er mochte dich, und dafür bin ich dir dankbar, Kleine Zwiebel.«

Aber er hätte genauso gut mit einem Loch im Boden reden können, denn obwohl er was sagte, war er doch ganz woanders. Er kniete sich hin, sah seinen toten Sohn an, und einen Moment lang schien es so, als würden die alten grauen Augen weich und als zögen tausend Jahre über das Gesicht des Alten

Mannes. Er seufzte, nahm Frederick vorsichtig die Kappe vom Kopf, rupfte dem Großer-Gott-Vogel eine Feder aus und erhob sich wieder. Er drehte sich um und sah bitter zur Stadt hinüber, die in der Nachmittagssonne loderte. Er sah den Rauch zum Himmel zwirbeln, die Freistaatler fliehen und die Rebellen laut jubelnd auf sie schießen.

»Gott sieht alles«, sagte er.

Jason trat zu ihm. »Vater, wir sollten Frederick begraben und die Bundessoldaten den Kampf führen lassen. Sie werden bald hier sein. Ich will nicht mehr. Meine Brüder und ich, wir haben genug. Wir haben uns entschieden.«

Der Alte Mann war still. Er fingerte an Freds Kappe rum und sah seine Söhne an.

»Wollt ihr es so, Owen?«

Owen, der auf seinem Pferd saß, wich seinem Blick aus.

»Und Salmon? Und John?«

Sechs seiner Söhne waren da: Salmon, John, Jason, Owen und die beiden jungen, Watson und Oliver, dazu ihre Verwandten, die Thompson-Brüder, zwei von ihnen. Sie alle hielten den Blick zu Boden gesenkt. Sie waren erschöpft. Keiner sagte was. Nicht ein Wort fiel.

»Nehmt die Kleine Zwiebel mit«, sagte er, steckte Freds Kappe in seine Satteltasche und griff nach dem Sattelknauf, um aufzusitzen.

»Wir haben genug für die Sache getan, Vater«, sagte Jason. »Bleib und hilf uns, alles wieder aufzubauen. Die Bundesleute werden Reverend Martin finden. Sie fangen ihn, sperren ihn ein und stellen ihn wegen dem Mord an Fred vor Gericht.«

Der Alte Mann hörte nicht auf ihn, er stieg auf sein Pferd. Er starrte auf das Land vor sich und schien mit seinen Gedanken woanders zu sein. »Es ist ein schönes Land«, sagte er und hielt die Feder vom Großer-Gott-Vogel vor sich hin, »und dies ist ein schönes Omen, das Frederick zurückgelassen hat. Es ist ein Zeichen von Gott.« Er steckte die Feder in seinen verwitterten, abgegriffenen Strohhut. Sie ragte steil hoch in die Luft. Er sah lächerlich aus.

»Vater, du hörst nicht«, sagte Jason. »Wir haben genug! Bleib bei uns. Hilf uns beim Wiederaufbau.«

Der Alte Mann zog die Lippen auf eine verrückte Art in die Breite. Es war kein richtiges Lächeln, aber so nah an einem, wie er konnte. Ich hatte ihn bis dahin kein einziges Mal lächeln sehen. Es passte nicht zu seinem Gesicht. Die Falten in die Waagerechte zu ziehen, ließ ihn echt wahnsinnig aussehen. Als wollte da 'ne Erdnuss nach draußen. Er war tropfnass. Sein Mantel und seine durchlöcherte Hose waren nichts als eine Masse zerrissener Stoff, und auf seinem Rücken war ein roter Fleck, wo ihn der Splitter getroffen hatte. Es war ihm egal. »Ich habe nur noch kurze Zeit zu leben«, sagte er, »und ich werde im Kampf für diese Sache sterben. In diesem Land kehrt kein Frieden ein, solange es die Sklaverei gibt, und ich werde diesen Sklavenhaltern was zu denken geben. Ich trage den Krieg bis nach Afrika. Bleibt hier, wenn ihr wollt. Wenn ihr Glück habt, findet ihr einen Grund, für den sich zu sterben lohnt. Selbst die Rebellen haben das.«

Er wendete sein Pferd. »Ich muss gehen, beten und mich mit dem Großen Vater Der Gerechtigkeit verbinden, von Dessen Blut wir leben. Begrabt Fred richtig. Und kümmert euch um die Kleine Zwiebel.«

Damit wendete er sein Pferd und ritt nach Osten. Ich sollte ihn zwei Jahre nicht wiedersehen.

TEIL 2

SKLAVENTATEN
(Missouri)

10

Ein wahrer Revolverheld

Keine zwei Minuten, nachdem der Alte Mann weggeritten war, fingen die Brüder an zu streiten, hörten aber zwischendurch damit auf, um Frederick auf einem Hügel zu begraben, von dem man über den Fluss auf die Stadt sah. Vorher kriegte jeder von uns noch eine Feder von seinem Großer-Gott-Vogel. Dann stritten sie weiter drüber, wer nun dies oder das gesagt, wer wen erschossen hatte und was sie als Nächstes tun sollten. Es wurde entschieden, dass sie sich teilten, wobei ich mit Owen gehen sollte, wovon der nicht gerade begeistert war. »Ich reite nach Iowa, um einer jungen Dame den Hof zu machen, und mit Zwiebel im Schlepp komm ich nur langsam voran.«

»Als du sie gekidnappt hast, hörte sich das noch ganz anders an«, sagte Jason.

»Es war Vaters Idee, das Mädchen mitzunehmen!«

Und so ging's weiter, mit viel Getue. Es gab keinen klaren Anführer mehr, jetzt wo der Alte Mann weg war. Nigger Bob stand daneben, während sie stritten. Er war verschwunden, als es ans Kämpfen ging, aber jetzt, nach der Schießerei, war er wieder da. Ich denk, wohin immer er rannte, war ihm nicht gut oder sicher genug. Stumm stand er hinter den streitenden Brüdern, und erst, als sie sich wegen mir in die Haare kriegten, meldete er sich zu Wort: »Ich bring Zwiebel nach Tabor.«

Ich war nicht drauf aus, mit Bob irgendwohin zu reiten. Nur wegen seiner Drängelei spielte ich immer noch das Mädchen für den weißen Mann. Und Bob war kein Schütze wie Owen. Ich war lang genug auf der Prärie gewesen, um zu wissen, dass das da draußen irre was zählte. Aber ich sagte nichts.

»Was weißt du über Mädchen?«, fragte Owen.

»'ne Menge«, sagte Bob, »weil ich selbst welche gehabt hab. Ich kann mich leicht um Zwiebel kümmern, wenn Sie wollen. Zurück nach Palmyra kann ich sowieso nich.«

Da war was dran, denn er war geklaut und damit verdorbene Ware, ganz gleich, wie's ging. Keiner würde ihm was über seine Zeit mit John Brown glauben, ob er nun mit ihm gekämpft hatte oder nicht. Wahrscheinlich verkauften sie ihn nach New Orleans, wenn die Dinge unter den Sklaverei-Befürwortern so liefen, wie er meinte, und die Weißen dachten, ein Sklave, der mal Freiheit geschnuppert hatte, wär nichts mehr wert.

Owen maulte eine Weile und sagte dann: »Am besten nehm ich euch beide mit. Aber erst reite ich über den Fluss, um zu sehen, was von meinem Haus noch da ist. Wartet hier. Es geht los, sobald ich zurück bin.« Und weg war er, gab seinem Pferd die Sporen und ritt mitten durchs Gebüsch davon.

Und weil die anderen Brüder dachten, sie sollten auch sehen, was von ihrer Habe noch da war, folgten sie ihm. John Jr. war der Älteste von John Browns Söhnen, aber Owen glich dem Alten Mann mehr, und so folgten sie eher seinen Vorschlägen. Jason, John, Watson, Oliver und Salmon, sie alle hatten ihre eigenen Vorstellungen, wie die Sklaverei zu bekämpfen wär, aber jetzt ritten sie ihm hinterher und sagten mir und Bob, wir sollten warten, von oben zusehen und laut schreien, wenn wir Rebellen sähn.

Ich wollte nicht, aber wie's aussah, war die Gefahr vorbei. Im Übrigen tröstete es mich irgendwie, beim schlafenden Fred bleiben zu können, und so sagte ich, klar, ich würde laut rufen.

Es war Nachmittag, und von der Kuppe, auf der wir saßen, konnten Bob und ich gut über den Marais des Cygnes River nach Osawatomie reinkucken. Die Rebellen hatten sich zum großen Teil weggemacht, und jauchzend und grölend verließen die letzten Plünderer die Stadt. Einige Freistaatler kamen zurück über den Fluss (der Kampf hatte so gut wie alle verscheucht) und schickten ihnen ein paar Kugeln um die Ohren, aber viel Kampfesdurst hatten sie nicht mehr.

Die Brüder nahmen den Holzpfad, der sich eine Minute lang aus unserem Sichtfeld wand und zum flachen Teil des Flusses führte, wo man durchwaten konnte. Ich sah das Ufer und wartete ewig, um sie den Fluss durchqueren zu sehen. Sie tauchten aber einfach nicht auf der anderen Seite auf.

»Wo sind sie bloß?«, fragte ich und drehte mich um, aber Bob war weg. Der Alte Mann hatte für gewöhnlich immer 'nen gestohlenen Wagen mit zwei, drei drangebundenen Pferden dabei, und meist lagen nach einer Schießerei alle möglichen Sachen rum, nachdem sich die Leute aus der Schusslinie gebracht hatten. So war's auch jetzt, und da stand ein altes, fettes Maultier mit einem Präriewagen zwischen der geklauten Beute in den Büschen hinter unserer Lichtung, und da war auch Bob, der's augenscheinlich ungeheuer eilig hatte und Zaumzeug und Geschirr zusammenklaubte und dem Maultier anlegte. Er spannte den Vierbeiner vor den Wagen, sprang auf den Bock und schnalzte mit der Zunge. »Verduften wir!«, rief er.

»Was?«

»Wir machen uns aus dem Staub.«

»Und was ist mit Owen? Er hat gesagt, wir solln warten.«

»Vergiss ihn. Das hier sind weiße Angelegenheiten.«

»Aber was ist mit Frederick?«

»Was soll mit ihm sein?«

»Reverend Martin hat ihn erschossen. Kaltblütig. Wir sollten sehen, dass er dafür zahlt.«

»Du kannst machen, was du wills', aber ungeschoren komms' du da nicht raus. Ich bin weg.«

Kaum hatte er das gesagt, ertönten aus der Richtung, in der die Brüder verschwunden waren, Schreie und Schießen, und zwei Rebellenreiter mit roten Hemden brachen aus dem Dickicht auf die Lichtung, bogen an den Bäumen lang und kamen direkt auf uns zu.

Bob sprang vom Bock und zerrte an dem Maultier. »Zieh dir die Haube über deine kleine Rübe«, sagte er, und ich hatte sie gerade festgebunden, als die Rothemden die Lichtung runterkamen und uns in den Büschen entdeckten.

Es waren junge Burschen in den Zwanzigern, die ihre Colts schussbereit im Anschlag hatten. Der eine zog ein mit Jutesäcken beladenes Maultier hinter sich her. Der andere schien der Anführer zu sein. Er war klein und dünn, hatte ein schmales Gesicht und mehrere Zigarren in der Hemdtasche stecken. Der Kerl mit dem Maultier war älter, ich sah sein hartes, blasses Gesicht. Beide hatten ihre Pferde randvoll, mit was an Taschen draufpasste, beladen. Alles, was sie aus der Stadt hatten mitgehen lassen können.

Bob zitterte, tippte sich an den Hut und sagte zu dem Anführer: »Morgen, Sir.«

»Wohin wollt ihr?«, fragte der Kerl.

»Also, ich bring die Missus da zum Lawrence-Hotel«, sagte Bob.

»Hast du Papiere?«

»Ähm, die Missus hat welche«, sagte Bob und sah mich an.

Ich konnte nichts dazu sagen, und Papiere hatte ich schon gar nicht. Das war ein Tiefschlag. Dieser gottverdammte Tölpel brachte mich übel in die Klemme. »Oh«, stotterte ich und heulte wie 'n krankes Kalb. Ich gab mir alle Mühe, aber es klang nicht so echt. »Also, ich brauch keine Papiere, weil er mich nach Lawrence bringt«, stotterte ich.

»Bringt der Nigger *dich*?«, sagte der Anführer. »Oder bringst *du* den Nigger?«

»Also, ich bring ihn«, sagte ich. »Wir sind von Palmyra, und als wir hier durchkamen, gab's da 'ne Riesenschießerei, und ich hab ihn hergeschickt.«

Der Anführer kam näher rangeritten und starrte mich an. Er war ein ausgewachsener, gut aussehender Bursche mit dunklen Augen und einem ungehobelten Gesichtsausdruck. Er steckte sich eine Zigarre in den Mund und kaute drauf rum. Sein Pferd klackerte wie 'ne Marschkapelle, als er damit einen Kreis um mich drehte. Die Pinto-Stute war mit so viel Kram beladen, dass es eine Schande war, und sie schien drauf und dran, die Augen zum letzten Mal zuzumachen. Ein ganzes Haus voller Gerätschaften musste das arme Tier schleppen: Töpfe und Pfannen, Kessel, Pfeifen, Krüge, ein Miniaturklavier, Apfelschäler, Fässer, Trockengut, Konserven und Blechdosen. Und der Ältere hatte auf seinem Maultier noch mal doppelt so viel. Er sah aus wie 'n Revolverheld, rau und nervös, und hatte bis jetzt kein Wort gesagt.

»Was bist du?«, fragte der Anführer. »Ist da 'n Nigger dabei, oder bist du nur 'n weißes Mädchen mit 'm dreckigen Gesicht?«

Die Haube und das Kleid, die traten mir schon wieder in die Hacken. Aber ich hatte mittlerweile Übung im Mädchensein, wo ich doch schon seit Monaten eins war. Dazu kam, dass mein Hintern auf dem Spiel stand, und das fährt dir ganz schön ins Gedärm, wenn du so in der Klemme sitzt. Der Kerl warf mir 'n Knochen hin, und ich nahm ihn. Ich riss mich zusammen und sagte so stolz, wie ich konnte: »Ich heiße Henrietta Shackleford, und Sie sollten nicht über mich reden, als wär ich 'n Vollblutnigger, weil ich nämlich nur 'n halber bin und ganz allein auf der Welt. Der beste Teil von mir ist fast so weiß wie Sie, Sir. Ich weiß nur nicht, wo ich hingehör, als tragischer Mulatte und so.« Damit brach ich in Tränen aus.

Das Plärren rührte ihn. Es packte ihn und warf ihn zurück! Sein Gesicht wurde ganz weich, und er steckte den Colt in seine Schlafhülle, nickte seinem Kumpel zu und sagte, er solle seinen auch wegstecken.

»Noch ein Grund, die Freistaatler aus diesem Land zu werfen«, sagte er. »Ich bin Chase.« Er zeigte auf seinen Partner. »Das ist Randy.«

Ich sagte hallo.

»Wo ist deine Ma?«

»Tot.«

»Wo ist dein Pa?«

»Tot. Tot, tot, tot. Alle sind tot.« Ich plärrte schon wieder.

Er stand da, sah mich an und wurde noch gerührter. »Hör auf zu heulen, Himmel noch mal, dann geb ich dir 'n Pfefferminz«, sagte er.

Ich schniefte, während er in eine seiner Taschen auf dem Pferd griff und mir ein Bonbon zuwarf. Ohne zu zögern, beförderte ich es in meinen kleinen roten Schlund. Es war das erste Mal, dass ich so was schmeckte, und ich schwör's, die Explosion in meinem Mund war ein größerer Genuss, als du's dir vorstellen kannst. Bonbons gab's damals kaum.

Er sah die Wirkung und sagte: »Ich hab noch viel mehr von denen, kleine Missus. Was hast du in Lawrence zu tun?«

Ich saß in der Falle. Nichts hatte ich in Lawrence zu tun und im Übrigen keinen Schimmer, wie's da aussah. Also fing ich an zu husten und mich an dem Bonbon zu verschlucken, um 'ne Minute zum Denken zu haben, worauf Chase vom Pferd sprang und mir auf den Rücken haute, was danebenging, denn er schlug so fest, dass mir das Pfefferminz aus dem Mund flog und im Dreck landete, was mir die Möglichkeit gab, so zu tun, als machte mich das traurig, was es allerdings auch wirklich tat, und ich heulte noch was, was ihn aber nicht rührte, und so starrten wir das Bonbon auf der Erde an. Ich denke, wir überlegten beide, wie man es am besten aufheben, saubermachen und essen konnte, wie's gegessen werden sollte. Nach einer Minute oder so war mir immer noch nichts eingefallen.

»Nun?«, sagte er.

Ich sah zum Dickicht rüber und hoffte, Owen käm zurück. Noch nie hatte ich mir so sehr sein griesgrämiges Gesicht zu sehen gewünscht, aber ich hörte nur Schüsse aus dem Wald, in dem er und seine Brüder verschwunden waren, und schloss draus, dass sie ihren eigenen Ärger hatten. Ich war allein.

Ich sagte: »Mein Pa hat mir diesen kläglichen Nigger Bob hier hinterlassen, und ich hab ihm gesagt, er soll mich nach Lawrence bringen, aber er macht mir so einen Ärger…«

O Gott, warum tat ich das? Chase zog seine Waffe wieder und hielt sie Bob ins Gesicht. »Ich schlag den Nigger bewusstlos, wenn er dir Ärger macht.«

Bobs Augen wurden groß wie Silberdollar.

»Nein, Sir, das ist es nicht«, sagte ich eilig. »Dieser Nigger hat mir tatsächlich sehr geholfen. Es wär 'n großer Schaden für mich, wenn Sie ihm was täten. Er ist alles, was ich hab auf dieser Welt.«

»Also gut«, sagte Chase und ließ seinen Sechsschüssigen erneut im Halfter verschwinden. »Aber lass mich mal fragen, Kleine. Wie kann einem teilweisen Nigger 'n ganzer Nigger gehörn?«

»Er ist bezahlt und alles«, sagte ich. »In Illinois ist das ganz normal.«

»Ich dachte, ihr kommt aus Palmyra?«, sagte Chase.

»Von Illinois her.«

»Ist das kein freier Staat?«, sagte Chase.

»Nicht für uns Rebellen«, sagte ich.

»Aus welcher Stadt in Illinois?«

Nun, das brachte mich schon wieder durch'nander. Ich hatte keinen Funken Ahnung von Illinois und hätt's nicht von 'nem

Maultierarsch unterscheiden können. Für mein Leben wollte mir da keine Stadt einfallen, und so nahm ich ein Wort, das ich den Alten Mann oft hatte sagen hören. »Fegefeuer«, sagte ich.

»Fegefeuer«, lachte Chase und sah Randy an. »Das iss der richtige Name für 'ne Yankee-Stadt, was, Randy?«

Randy starrte ihn an und sagte kein menschliches Wort. Der Mann war gefährlich.

Chase sah sich um und entdeckte Fredericks Grab, wo wir ihn unter die Erde gebracht hatten.

»Wer liegt da?«

»Weiß nicht. Wir ha'm uns im Dickicht versteckt, während die Freistaatler hier rumgekundschaftet sind. Ich hab gehört, wie sie sagten, es ist einer von ihnen.«

Chase stand grübelnd da. »Ist 'n frisches Grab. Wir sollten nachsehen, ob, wer immer da drin liegt, noch seine Stiefel anhat«, sagte er.

Das war ein Schlag, denn dass die beiden Frederick wieder ausbuddelten und seine Einzelteile freilegten, war so ziemlich das Letzte, was ich wollte. Schon den Gedanken ertrug ich nicht, und so sagte ich: »Ich hab gehört, wie sie gesagt ha'm, sie hätten ihn im Gesicht erwischt und dass das alles Matsch ist.«

»Himmel«, murmelte Chase und wich vom Grab zurück, »die verdammten Yanks. Na, du muss' jetzt keine Angst mehr vor denen haben, kleiner Engel. Chase Armstrong hat sie verjagt! Wollt ihr mit uns reiten?«

»Wir fahrn zum Lawrence-Hotel und fragen nach Arbeit, Bob hilft mir. Wir sind vom Weg abgekommen, als ihr die Freistaatler aufgemischt habt. Aber dank euch ist jetzt keine Gefahr mehr. Also ziehn wir weiter.«

Ich machte eine Geste zu Bob hin, dass er das Maultier in Bewegung setzen sollte, aber Chase sagte: »Moment. Wir reiten nach Pikesville in Missouri. Das iss auch eure Richtung. Warum kommt ihr nicht mit uns?«

»Wir kommen schon klar.«

»Der Weg ist gefährlich.«

»So schlimm isses nicht.«

»Ich denke, es ist schlimm genug, dass ihr nicht allein fahren solltet«, sagte er. So wie er es sagte, war das keine Einladung.

»Bob ist krank«, sagte ich. »Er hat Schüttelfrost. Der ist ansteckend.«

»Noch ein Grund mehr, mit uns zu kommen. Ich kenne ein paar Niggerhändler in Pikesville. So 'n großer Bursche bringt hübsch was ein, krank oder nicht. Vielleicht 'n paar Tausend, wär ein guter Anfang für dich.«

Bob schickte einen panischen Blick in meine Richtung.

»Das kann ich nicht«, sagte ich. »Ich hab mei'm Pa versprochen, ihn nie zu verkaufen.«

Noch einmal machte ich eine Geste, dass Bob das Maultier in Gang setzen sollte, aber Chase griff nach dem Geschirr und hielt es fest. »Was wartet in Lawrence auf dich? Da gibt's nur Freistaatler.«

»Ja?«

»Sicher.«

»Dann fahren wir zur nächsten Stadt.«

Chase gluckste. »Kommt mit uns.«

»Ich will da nicht hin, und Old John Brown reitet da rum. Die Wälder sind noch gefährlich.«

Ich gestikulierte ein weiteres Mal in Bobs Richtung, aber Chase hielt das Geschirr fest gepackt und sah mich aus dem Augenwinkel an. Er war jetzt ernst.

»Brown ist hin, und die Rothemden schießen grade den Rest seiner Jungs unten im Wald zusammen. Er ist tot, ich hab's mit meinen eigenen Augen gesehen.«

»Das kann nicht sein!«

»Jepp. So tot wie mein Bier von gestern.«

Das warf mich um. »Was für 'n mieses, hundsgemeines, dreckiges Pech!«, sagte ich.

»Was?«

»Ich mein, es ist ein hundsgemeines Pech, dass ich ... ihn nicht tot gesehn hab, wo er doch so 'n berühmter Gesetzloser war und so. Sind Sie sicher?«

»Der Kerl stinkt zum Himmel hoch, der elende Niggerdieb. Ich hab selbst gesehn, wie er auf dem Ufer getroffen wurde und in den Marais de Cygnes River gefallen ist. Ich wär ja hingerannt und hätte ihm dem Kopf persönlich abgeschlagen, aber ...«, er räusperte sich. »Ich und Randy mussten die Flanke schützen, und am andern Ende der Stadt gab's noch 'n Eisenwarenladen, den wir auszuräumen hatten, wenn du verstehst, weil sonst die Freistaatler das Zeugs brauchen würden ...«

Ich kapierte, dass er falschlag mit dem Alten Mann, und war erleichtert. Aber ich musste vorsichtig sein, und so sagte ich: »Was bin ich froh, dass er hin ist. Damit ist die Gegend wieder sicher, und gute weiße Leute können hier frei und glücklich leben.«

»Aber du bist nicht weiß.«

»Halb, und wir müssen uns um die Farbigen kümmern, sie brauchen uns. Stimmt's, Bob?«

Bob sah weg. Ich wusste, dass er wütend war.

Ich nehm an, Chase beschloss, dass ich weiß genug war, denn Bobs Ausdruck ärgerte ihn. »Das issen Sauertopf von einem Nigger«, murmelte er, »ich sollte ihm was auf die Nase geben, wie der sich benimmt.« Er sah mich an. »Was für 'ne Arbeit suchst du in Lawrence, dass du so 'nen mürrischen Kerl dabeihast.«

»Ich kümmer mich um das, was euch Männern wächst«, sagte ich stolz, denn schließlich konnte ich Haare schneiden.

Chase wurde munter. »Was uns wächst?«

Also, wo ich bei Dutch mit Huren und Squaws aufgewachsen war, hätte ich ahnen sollen, was Chase da verstand. Aber die Wahrheit ist, dass ich's nicht tat.

»Bei mir ist jeder Mann bestens versorgt. Ich schaffe zwei oder drei in einer Stunde.«

»So viele?«

»Sicher.«

»Bist du nich 'n bisschen jung dafür?«

»Warum, ich bin fast zwölf, und ich kann das so gut wie jeder andere«, sagte ich.

Seine Art wurde plötzlich ganz anders. Er kuckte freundlich, wischte sich das Gesicht mit dem Halstuch ab, schlug sich den Staub von der Hose und zog sein Hemd zurecht. »Würdest du nicht vielleicht lieber kellnern oder spülen?«

»Warum Teller spülen, wenn ich zehn Männer in der Stunde schaffe?«

Chase wurde knallrot. Er griff in eine seiner Taschen und holte eine Flasche Whisky raus, nahm einen Schluck und gab sie Randy. »Das muss so 'ne Art Rekord sein«, sagte er und sah mich aus dem Augenwinkel an. »Wie wär's, wenn du's mir mal zeigst.«

»Hier draußen? Auf dem Weg? Das geht viel besser in 'ner warmen Kneipe, während auf dem Herd das Essen für Sie blubbert, und Sie genießen, wie ich mich um Sie kümmere. Ich schneid Ihnen auch noch die Fußnägel und weich Ihnen die Hühneraugen ein. Die Füße sind meine Spezialität.«

»Oh, da juckt's mich gleich«, sagte er. »Hör zu, ich kenn da einen Ort, der ist perfekt für dich. Da wohnt 'ne Lady, die gibt dir 'n Job. Aber in Pikesville, nicht in Lawrence.«

»Das liegt nicht in unsrer Richtung.«

Zum ersten Mal machte jetzt auch Randy seine Klappe auf. »Sicher tut's das«, sagte er. »Es sei denn, du willst uns veralbern. Ihr könntet beide lügen. Ihr habt uns beide keine Papiere gezeigt, weder von dir noch von ihm.«

Er sah rau genug aus, um ein Streichholz auf seinem Gesicht anzureißen. Mir blieb keine Wahl, er hatte mich durchschaut, und so sagte ich: »Sie sind kein Gentleman, Sir, wenn Sie einer jungen Dame wie mir vorwerfen zu lügen. Aber da's in dieser Gegend für 'n Mädchen wie mich so gefährlich ist, denk ich, Pikesville ist so gut wie jeder andre Ort. Und wenn ich da mit meinen Talenten Geld verdienen kann, wie Sie behaupten, warum nicht?«

Sie befahlen Bob, ihnen beim Abladen ihrer Pferde und ihres Maultiers zu helfen, entdeckten ein paar geklaute Sachen, die von den Söhnen des Alten Mannes zurückgelassen worden waren, sprangen von ihren Pferden und gingen sie einsammeln.

Kaum, dass sie außer Hörweite waren, lehnte sich Bob vom Bock zu mir hin und zischte: »Schieß deine Lügen in 'ne andre Richtung ab.«

»Was hab ich denn gemacht?«

»Die beiden denken an ihre wachsenden Schwänze, Henry. An Bienchen und Blümchen. Nichts andres.«

Als sie zurückkamen und ich das Glitzern in ihren Augen sah, spürte ich, wie sich mein Inneres zusammenzog. Alles hätte ich gegeben, um Owens mürrisches Gesicht rangaloppieren zu sehen, aber er kam nicht. Sie banden ihr Maultier an den Wagen, warfen, was sie eingesammelt hatten, mit zu ihrer Beute, und los ging's.

II

Pie

Wir folgten dem Trail einen halben Tag nach Nordosten, mitten ins Sklavengebiet von Missouri. Ich saß hinter Bob auf dem Wagen, und Chase und Randy folgten uns auf ihren Pferden. Unterwegs redete nur Chase. Über seine Ma redete er, über seinen Pa und über seine Kinder. Seine Frau war eine halbe Cousine seines Pas, und er redete selbst *über das*. Es gab offenbar nichts, was er nicht freiwillig ausgeplaudert hätte, was mich nur wieder was über das Mädchensein lehrte. Frauen gegenüber holen Männer noch das Tiefste aus sich raus, ob's um ihre Pferde, ihre neuen Stiefel oder ihre Träume geht. Aber steck sie mit anderen Männern in einen Raum, und es gibt nur Waffen, Spucke und Tabak. Lass sie als Frau nur nicht von ihrer Ma anfangen. Chase konnte gar nicht aufhören von ihr und all den tollen Sachen, die sie gemacht hatte.

Ich ließ ihn reden, denn mir schwirrte anderes im Kopf rum, vor allem, was meine Talente mit Männern anging und was ich da machen sollte. Nach einer Weile kletterten die beiden hinten auf den Wagen und machten eine Flasche Roggenwhiskey auf, was mich gleich singen ließ, nur um sie vom Thema abzuhalten. Es gibt nichts, was ein Rebell mehr mag als ein gutes altes Lied, und ich kannte viele aus meiner Zeit bei Dutch. So saßen sie denn glücklich hinter mir, süffelten moralischen

Zuspruch, und ich sang »*Maryland, My Maryland*«, »*Please Ma, I Ain't Coming Home*« und »*Grandpa, Your Horse Is in My Barn*«. Das kühlte sie eine Weile lang runter, aber es würde bald dunkel werden. Gott sei Dank wichen das sanfte Hügelland und die Mücken noch, bevor die Nacht den großen Präriehimmel schluckte, Blockhütten und Siedlerbehausungen tauchten auf, und wir erreichten Pikesville.

Pikesville war in jenen Tagen ein rauer Ort, nichts als eine Ansammlung runtergekommener Hütten, Verschläge und Hühnerställe. Alles war reiner Matsch, und auf der Hauptstraße lagen Felsbrocken, Baumstümpfe und Rinnenstücke. Schweine streunten durch die Gassen, und Ochsen, Maultiere und Pferde mühten sich, Karren voller Gerümpel durch den Morast zu ziehen. Überall stapelten sich Waren und Krempel und warteten drauf, abgeholt zu werden. Die meisten Hütten waren nicht fertig gebaut, einige hatten kein Dach, andere sahen aus, als wollten sie gleich einstürzen, und neben ihnen trockneten die Häute von Klapperschlangen, Büffeln und allen möglichen anderen Tieren. Es gab drei Schnapshöhlen in der Stadt, die praktisch aufeinander gebaut waren, und die Geländer davor troffen nur so von Tabakspucke. Die Stadt war ein einziges Durcheinander, und doch hatte ich bis dahin so was Großes noch nicht gesehen.

Als wir nach Pikesville reinkamen, herrschte ein ziemlicher Tumult. Die Kunde von einem großen Kampf in Osawatomie war bereits bis hierher gedrungen, und kaum, dass wir den Wagen anhielten, waren wir auch schon von Leuten umringt. Ein alter Kerl fragte Chase: »Stimmt es? Ist Old John Brown tot?«

»Ja, Sir«, krähte Chase.

»Haben Sie ihn getötet?«

»Jede einzelne Kugel, die ich hatte, hab ich in ihn reingepumpt, so wahr Sie da stehn...«

»Hurra!«, brüllten sie. Chase wurde vom Wagen gezogen

und von allen Seiten auf die Schultern geschlagen. Randy guckte düster drein und sagte kein Wort. Ich denke, er wurde gesucht, und irgendwo gab es eine Belohnung für ihn. Kaum, dass Chase vom Wagen gehoben wurde, stieg Randy still und leise auf sein Pferd, packte sein Maultier und wurde nie wieder gesehen. Chase dagegen hatte Oberwasser, sie schleiften ihn in die nächste Schnapshöhle, setzten ihn an einen Tisch, pumpten ihn mit Whiskey voll, standen um ihn rum, Säufer, Halunken, Spieler und Taschendiebe, und riefen: »Wie hast du's ihm besorgt?«

»Erzählen Sie schon!«

»Wer hat zuerst geschossen?«

Chase räusperte sich. »Wie ich schon sagte, die Luft war voller Blei...«

»Natürlich war sie das! Er war ein blutrünstiger Irrer!«

»Ein Schakal!«

»Ein Pferdedieb! Ein feiger Yankee!«

Mehr Lachen. Sie drängten ihn gleichsam zu lügen. Eigentlich, glaube ich, wollte er's nicht, aber sie füllten ihn so mit Fusel ab, wie's gerade ging, und kauften jedes einzelne Stück seiner geklauten Beute. Er war wie im Rausch, und nach 'ner Weile konnte er nicht mehr anders, als das ganze Ding immer weiter aufzublähen und mitzumachen. Seine Geschichte änderte sich von einem Glas zum nächsten und wuchs, unablässig. Erst gestand er sich zu, den Alten Mann persönlich erschossen zu haben, dann brachte er ihn mit bloßen Händen um, traf ihn zweimal tödlich, erstach und zerteilte ihn, und am Ende warf er seine Leiche in den Fluss, wo sich die Alligatoren an den Resten gütlich taten. Rauf und runter ging's, vor und zurück, dahin und dorthin, bis die Sache bis in den Himmel ragte. Man sollte denken, irgendwem hätte dämmern müssen, dass er das alles erfand, so wie die Geschichte ständig längere Beine kriegte. Aber die Leute waren so besoffen wie er, und wenn sie was glauben wollen, kriegt die Wahrheit keinen Fuß mehr auf den Boden. Da begriff ich erst, wie viel schreckliche Angst sie vor Old John Brown hatten. Schon den Gedanken an ihn fürchteten sie wie den Alten Mann selbst, und es machte sie glücklich, an seinen Tod zu glauben, selbst wenn das Ganze nur fünf Minuten hielt, bis die Wahrheit rauskam und das Glück erstarb.

Bob und ich saßen derweil still da, weil keiner uns Beachtung schenkte, aber jedes Mal, wenn ich aufstand, um in Richtung Tür zu gehen und zu entwischen, rief mich ein Buhen oder Pfeifen zurück zu meinem Stuhl. Frauen oder Mädchen jeder Sorte waren selten in der Prärie, und obwohl ich mit meinem platt gedrückten Kleid, der zerrissenen Haube und meiner verfilzten Wolle drunter völlig abgerissen aussah, taten die Männer doch ungeheuer zuvorkommend. Sie übertrafen alles, was ich an üblen, fiesen Kommentaren gehört hatte. Das war ungewohnt und überraschte mich, denn die Männer von Old John Brown fluchten und tranken nicht und respektierten ganz allgemein die weibliche Rasse. Der Abend schritt voran, und das Johlen und Rufen in meine Richtung wurde so übel, dass es Chase aus seinem Rausch aufweckte, nachdem ihm der über alles Maß mit Alkohol getränkte Kopf auf die Theke gesunken war.

Er richtete sich auf und sagte: »Entschul'igen Sie mich, Gentlemen, das Töten des niederträch'igsten Verbrechers der letzten hundert Jahre hat mich müde gemacht, und ich werd diese junge Lady jetzt über die Straße ins Pikesville Hotel bringn, wo Miss Abby ohne jeden Zweifel ein Zimmer für mich im heißen Stockwerk b'reithält, wird sie doch von meinem Ringen mit dem Dämon gehört ha'm, dem ich den letzten Atem rausgepresst hab, um ihn an die Wölfe zu verfüttern, und das alles im Namen des wildlebenden Staates *Missoura!* Gott segne Amerika!« Damit schob er mich und Bob aus der Tür und wankte über die Straße zum Pikesville Hotel.

Das Pikesville war verglichen mit den anderen beiden

Dreckslöchern, die ich bereits genannt hab, ein hochklassiges Hotel mit Saloon, nur sollte ich hier sagen, dass es im Rückblick eigentlich um keinen Deut besser war. Erst, als ich die Häuser im Osten sah, begriff ich, dass das feinste Hotel in Pikesville selbst noch verglichen mit der miesesten Absteige in Boston 'n reiner Saustall war. Unten gab's einen dunklen, von Kerzen erleuchteten Trinkraum mit Tischen und einer Theke. Dahinter lag ein kleines Zwischenzimmer mit einem langen Tisch zum Essen. Seitlich gab es da eine Tür zu einem Flur raus auf die Gasse hinterm Hotel, und hinten im Zimmer führte eine Treppe rauf in den ersten Stock.

Es gab einen Riesentrubel, als Chase vorne reinkam. Die Neuigkeit war ihm vorausgeeilt, und die Leute schlugen ihm auf den Rücken, jubelten ihm lautstark von einer Ecke bis zur anderen zu und drückten ihm Gläser in die Hand. Er jubelte zurück und ging gleich weiter ins hintere Zimmer, wo ihn einige am Esstisch sitzende Männer begrüßten und ihm ihre Stühle und noch mehr zu trinken anboten. Er winkte ab. »Jetz' nicht, Jungs«, sagte er. »Ich hab oben zu tun.«

Auf der Treppe hinten saßen einige Frauen von der Sorte, wie ich sie aus Dutchs Kneipe kannte. Ein paar rauchten, drückten den schwarzen Tabak mit faltigen Fingern in die Pfeifenköpfe und hielten die Mundstücke zwischen Zähnen, so gelb wie Butter. Chase stolperte an ihnen vorbei, stellte sich auf die Treppe und rief: »Pie! Pie, mein Schatz! Komm runter und rat mal, wer wie'er da iss.«

Oben rührte sich was, eine Frau trat aus der Dunkelheit und kam halb die Treppe runter ins düstere Kerzenlicht des Raumes.

Ich hab mal einem Rebellen draußen bei Council Bluff 'ne Kugel aus dem Schinken geholt, nachdem er in einen Streit geraten war und ihn einer angeschossen und blutend zurückgelassen hatte. Ich half ihm, und er war so dankbar, dass er mit mir in die Stadt fuhr und mir 'ne Schüssel Eiskrem kaufte. So was hatte ich vorher noch nie gegessen. Es war das Beste, was ich je in meinem Leben geschmeckt hatte.

Aber das Gefühl, wie das Eis da im Sommer meinen kleinen roten Schlund runterschmolz, war nichts im Vergleich mit der Schönheit, die da die Treppe runterkam. Noch nie hatte ich so was gesehen, und es hätte dir den Kopf weggefetzt.

Sie war eine Mulattin. Die Haut so braun wie das Fell eines Rehs, die Wangenknochen hoch und die braunen Augen taufeucht und groß wie Silberdollars. Sie war einen Kopf größer als ich, es schien aber noch mehr. Sie trug ein geblümtes blaues Kleid, wie es Huren gerne mögen, und das Ding war so eng, dass sich die Gänseblümchen bei jeder Bewegung mit den Azaleen vermischten. Sie ging wie 'n warmer Raum voller Rauch. Die Wege der Natur waren mir damals nicht unbekannt mit meinen zwölf Jahren, wie ich glaube, dass ich's mehr oder weniger war, und ich hatte bei Dutch schon mal zufällig neugierig in ein oder drei Zimmer gelinst. Aber was davon zu wissen, ist was anderes, als es zu tun, und die Huren bei Dutch waren alle so hässlich, dass sie 'n Zug zum Entgleisen gebracht hätten. Diese Frau hatte die Art von Rhythmus, den du tausend Meilen den Missouri runter hören konntest. Für nichts und wieder nichts würde ich so was von der Bettkante stoßen. Sie war die reine Klasse.

Wie eine Priesterin ließ sie den Blick durch den Raum gleiten, und als sie Chase sah, änderte sich ihr Ausdruck. Mit einem Satz war sie die Treppe runter und trat nach ihm, dass er wie 'ne Stoffpuppe die Stufen runterflog. Die Männer lachten. Sie kam zu ihm runter, stand über ihm und stemmte die Hände in die Seiten. »Wo ist mein Geld?«

Chase rappelte sich kleinlaut wieder hoch und schlug sich den Staub von der Hose. »Da iss ja 'ne irre Art, den Mann zu begrüßen, der grade Old John Brown mit bloßen Händen getötet hat.«

»Klar. Und ich hab letztes Jahr aufgehört, Goldminenpapiere zu kaufen. Es ist mir egal, wen du umgebracht hast. Du schuldest mir neun Dollar.«

»So viel?«, sagte er.

»Wo ist das Geld?«

»Pie, ich hab was Bess'res als neun Dollar. Sieh doch.« Er zeigte auf mich und Bob.

Pie sah an ihm vorbei. Ignorierte ihn und starrte mich wütend an.

Weiße Männer auf der Prärie, sogar weiße Frauen, hatten für ein einfaches farbiges Mädchen wie mich auch nicht einen Blick übrig. Pie war die erste farbige Frau, die ich in den zwei Jahren, seit ich diesen Aufzug trug, sah, und sie roch gleich, dass mit mir was nicht stimmte.

Sie blies durch die Lippen. »Mann, was immer das für 'n hässliches Ding ist, es muss mal gebügelt werden.« Damit wandte sie sich wieder an Chase. »Hast du mein Geld?«

»Was iss mit dem Mädchen?«, sagte Chase. »Miss Abby könnte sie brauchen. Wärn wir dann nich quitt?«

»Da musst du mit Miss Abby drüber reden.«

»Aber ich hab sie den ganzen Weg von Kansas hergebracht!«

»Das iss ja 'ne Riesensache, du Kalbskopf. Kansas ist gerade mal 'nen halben Tagesritt weg. Hast du jetzt mein Geld oder nicht?«

»Natürlich hab ich's«, grummelte er, »aber Abby wird ganz schön sauer sein, wenn sie rausfindet, dass du dies stramme kleine Ding über die Straße zur Konkurrenz en'fleuchen lässt.«

Pie runzelte die Stirn. Damit hatte er sie am Haken.

»Im Übrigen sollte ich 'ne besondre Belohnung kriegen«, sagte er, »weil ich John Brown töten und das ganze Territorium retten musste, um zurück zu dir zu komm'. Können wir nich nach oben?«

Pie grinste. »Ich geb dir fünf Minuten«, sagte sie.

»Ich brauch zehn, biss ich fertig bin«, protestierte er.
»Fertig werden kostet extra«, sagte sie. »Komm. Und bring sie auch mit.« Sie wandte sich wieder nach oben, blieb dann stehen und sah Bob an, der hinter mir die Treppe mit raufkam.
»Den Nigger kannst du nicht mit raufbringen«, sagte sie zu Chase. »Schaff ihn hinten in den Pferch, wo sie alle ihre Nigger abstellen.« Sie deutete auf die Seitentür. »Miss Abby gibt ihm morgen was zu arbeiten.«
Bob sah mich mit wildem Blick an.
»Entschuldigung«, sagte ich, »aber er gehört mir.«
Es war das Erste, was ich zu ihr sagte, und als sie ihre hinreißenden braunen Augen auf mich richtete, hätte ich wegschmelzen können. Pie war schon was.
»Dann kannst du ja auch mit ihm draußen schlafen, du hellbraune, hühneräugige Hässlichkeit.«
»Moment mal«, sagte Chase. »Ich hab sie mit hergebracht.«
»Wofür?«
»Für die Männer.«
»Sie iss so hässlich, da wird gleich die ganze Kuh sauer. Willst du jetzt, dass ich's dir mache, oder nicht?«
»Du kannst sie nicht in den Pferch sperren«, sagte Chase. »Sie sagt, sie ist kein Nigger.«
Pie lachte. »Aber fast!«
»Miss Abby würde das nicht gefalln. Was, wenn ihr da draußen was passiert? Lass sie mit raufkomm' und schick den Nigger innen Pferch. Ich hab da auch mein' Anteil dran«, sagte er.
Pie überlegte. Sie sah Bob an und sagte: »Geh nach hinten raus. Da kriegst du was zu essen. Und du«, sie zeigte auf mich, »kommst mit hoch.«
Es war nichts zu machen. Es war spät, und ich war müde. Ich wandte mich an Bob, der widersprechen zu wollen schien. »Da schlafen ist besser als in der Prärie«, sagte ich. »Ich hol dich später.«

Und ich hielt mein Wort. Ich holte ihn später, aber dass ich ihn durch die Hintertür geschickt hatte, das vergab er mir nie. Das war das Ende jeder Nähe, die es vielleicht mal zwischen uns gegeben hatte. So geht's.

Wir folgten Pie nach oben. Sie blieb vor einem Zimmer stehen, machte die Tür auf und stieß Chase nach drinnen. Dann sah sie mich an und zeigte auf ein Zimmer zwei Türen weiter. »Geh da rein. Sag Miss Abby, ich hab dich geschickt und dass du zum Arbeiten hier bist. Sie sorgt dafür, dass du 'n heißes Bad kriegst. Du stinkst wie Büffeldung.«
»Ich brauch kein Bad!«
Sie packte meine Hand, stampfte den Flur mit mir runter, klopfte an die Tür, riss sie auf, warf mich rein und machte hinter mir wieder zu.
Ich fand mich einer kräftigen, gut angezogenen weißen Frau gegenüber, die an einem Toilettentisch saß. Sie sah zu mir rüber und stand auf, um mich näher anzusehen. Auf ihrem Hals thronte ein Kopf mit genug Puder, um 'ne Kanone zu laden. Ihre Lippen waren dick rot angemalt und hielten eine Zigarre. Sie hatte eine hohe Stirn, und ihr Gesicht war rot angelaufen und vor Groll zerlaufen wie ein alter Käse. Die Frau war so was von hässlich, dass sie aussah wie 'ne Art Todesdrohung. Das Zimmer wurde nur schwach von Kerzen erleuchtet, und der Gestank war bestialisch. Wenn ich richtig drüber nachdenke, bin ich in Kansas nie in einem Hotelzimmer gewesen, das so gestunken hat, schlimmer noch als die mieseste Absteige in ganz Neuengland. Selbst da, im dreckigsten Zimmer von Boston, hätte dieser Gestank die Tapeten von der Wand gepellt. Das einzige Fenster hatte seit Jahren kein Wasser mehr gesehen und klebte voller schwarzer Überreste von Fliegen. Entlang der gegenüberliegenden Wand, die von zwei Kerzen erleuchtet wurde, lungerten zwei Gestalten auf zwei bei'nander ste-

henden Betten. Dazwischen stand eine Blechbadewanne, die, soweit ich das im düsteren Licht erkennen konnte, mit Wasser und einer offenbar nackten Frau gefüllt war.

Ich begann ohnmächtig zu werden, sah die beiden Gestalten, jung, auf den Betten sitzen, die eine kämmte der anderen das Haar, und die ältere in der Wanne rauchte Pfeife, ihre Liebestüten hingen tief im Wasser, und mir schwanden die Säfte aus dem Kopf. Meine Knie gaben nach, ich glitt zu Boden.

Kurz darauf wurde ich wieder wach, weil mir eine Hand auf die Brust schlug. Miss Abby stand über mir.

»Du bist flach wie 'n Pfannkuchen«, sagte sie trocken, drehte mich auf den Bauch und packte meinen Hintern mit zwei Händen, die sich wie Eiszangen anfühlten. »Da ist auch noch nichts dran«, knurrte sie und befühlte meine Bollen. »Jung und reizlos. Wo hat Pie dich her?«

Ich zögerte nicht. Ich sprang auf die Füße, verhedderte mich dabei in ihrem hübschen weißen Schal und hörte, wie er riss. Ich zerriss das Ding wie 'n Fetzen Papier, war auch schon an der Tür und flitzte raus. Mit voller Geschwindigkeit ging's den Flur runter, aber zwei Cowboys kamen die Treppe hoch, und so flüchtete ich durch die nächste Tür, die zufällig die von Pies Zimmer war, gerade rechtzeitig, um Chase mit runtergelassener Hose zu sehen und Pie, die auf dem Bett saß und ihr Kleid bis zur Hüfte runtergeschoben hatte.

Der Anblick der beiden Schoko-Liebeshügel, die da wie frische Köstlichkeiten in den Raum ragten, ließ mich langsamer werden, langsam genug, dass Miss Abby, die wütend hinter mir herkam, mein Haube zu fassen kriegte und entzweiriss, bevor ich unter Pies Bett tauchte.

»Komm da raus!«, schimpfte sie. Es war eng, die Bettfedern hingen tief runter, aber wenn's für mich schon eng war, dann für Miss Abby erst recht. Sie war sowieso zu fett, um sich ganz zu mir runterzubeugen und mich zu fassen zu kriegen. Der

Geruch unter dem Bett war ziemlich gewürzt, geradezu ranzig, von tausend wahr gewordenen Träumen, nehm ich an, ging's hier doch um die Verrichtungen der Natur, und hätte ich keine Angst gehabt, draußen massakriert zu werden, wär ich da schnell wieder drunter vorgekrochen.

Miss Abby versuchte das Bett hin- und herzuschieben, um mich freizulegen, aber ich klammerte mich an die Federn, während sie damit rumruckte.

Pie trat auf die andere Seite, ging auf alle viere und legte den Kopf auf den Boden. So eng es war, ich konnte ihr Gesicht sehen. »Du kommst besser da raus«, sagte sie.

»Nein.«

Ich hörte, wie ein Colt gespannt wurde. »Ich hol sie vor«, sagte Chase.

Pie stand auf, ich hörte ein Klatschen, und Chase rief: »Au!«

»Leg die Erbsenbüchse weg, bevor ich die verdammte Hölle aus dir rausprügele«, sagte Pie.

Miss Abby ging jetzt ganz fürchterlich auf Pie los, weil ich ihren Schal zerrissen hatte und ihre Geschäfte durch'nanderbrachte. Sie verfluchte Pies Ma. Sie verfluchte ihren Pa und all ihre Verwandten in allen Richtungen.

»Ich bring's wieder in Ordnung«, protestierte Pie. »Ich bezahle den Schal.«

»Das sag ich. Und hol das Mädchen da raus, oder ich ruf Darg nach oben.«

Es wurde still. Unterm Bett, wo ich lag, fühlte es sich an, als würde alle Luft aus dem Zimmer gesaugt. Pie sprach leise, und ich konnte die Angst in ihrer Stimme hören: »Das müssen Sie nicht, Missus. Ich bringe das in Ordnung, ich verspreche es. Und ich bezahle Ihren Schal.«

»Dann fang schon mal an, deine Pennies zu zählen.«

Miss Abbys Füße stampften zur Tür, dann war sie weg.

Chase stand da. Ich konnten seine nackten Füße und die

Stiefel sehen. Pies Hände griffen nach den Stiefeln, und ich denke, sie gab sie ihm, denn ich hörte sie »Raus!« sagen.

»Ich bring das in Ordnung, Pie.«

»Geizhals! Trottel! Wer hat dir gesagt, du sollst mir diese schiefmäulige Kleine bringen? Nichts als Ärger macht sie. Raus hier!«

Er zog seine Stiefel an, murrte und brummte und ging raus. Pie knallte die Tür hinter ihm zu, lehnte sich dagegen und seufzte. Ich konnte nur ihre Füße sehen. Sie kamen langsam aufs Bett zu. Leise sagte sie: »Iss schon gut, Schatz. Ich tu dir nichts.«

»Bestimmt?«, sagte ich.

»Natürlich nicht. Du biss 'n junges Ding, du weißt noch nichts. Süßes, kleines Ding, hat niemanden auf der Welt, und landet hier. Gnade uns Gott. Es ist 'ne Schande, dass sich Miss Abby wegen dem dummen, alten Schal so aufregt. Missouri! Gott, der Teufel schläft in diesem Staat nicht! Keine Angst, Süße. Du erstickst da drunter. Komm schon raus, Baby.«

Die sanfte Zartheit in ihrer Stimme rührte mein Herz so sehr, dass ich hervorgerutscht kam. Auf der anderen Seite allerdings, nur für den Fall, dass sie mir was vormachte, aber das tat sie nicht. Ich konnte es in ihrem Gesicht sehen, als ich aufstand, wie sie mich über das Bett hinweg anlächelte, warm, taufeucht. Sie machte eine Geste mit dem Arm: »Komm her, Baby. Komm hier rüber.«

Ich schmolz dahin. Ich liebte sie vom ersten Moment an. Sie war die Mutter, die ich nie gekannt hatte, die Schwester, die ich nie gehabt hatte, meine erste Liebe. Pie war ganz Frau, hundert Prozent, wundervoll, erste Klasse, durch und durch. Ich liebte sie einfach.

Ich sagte: »Oh, Mama«, rannte ums Bett und vergrub meinen Kopf zwischen ihren großen braunen Liebeshügeln, drückte ihn da rein und schluchzte meinen Kummer aus mir raus, denn ich war ein einsamer Junge, der ein Zuhause suchte. Tief in meinem Herzen spürte ich das. Ich wollte ihr meine ganze Geschichte erzählen, sie würde alles in Ordnung bringen. Ich warf mich auf sie, legte mein Herz auf ihr's, lief zu ihr, legte meinen Kopf auf ihre Brust, ließ mich fallen und fühlte mich wie ein Sack Federn in die Luft gehoben und quer durchs Zimmer geworfen.

»Du gottverdammtes, schielendes Etwas!«

Sie war bei mir, bevor ich mich wieder aufrappeln konnte, nahm mich beim Kragen, briet mir eins über, und noch eins, warf mich auf den Boden, bäuchlings, und drückte mir ihr Knie in den Rücken. »Ich schick dich schreiend die Straße runter, du idiotengesichtiges Flittchen! Du falsche Schlange!« Ich steckte noch zwei Ohrfeigen ein. »Beweg dich nicht«, sagte sie.

Ich blieb, wo ich war, während sie aufstand, panisch das Bett zur Seite schob, an den Dielen drunter zerrte und sie hochhob, bis sie fand, was sie suchte. Sie griff in den Boden und holte eine alte Dose hervor, öffnete sie, überprüfte, was drin war, schien zufrieden, legte die Dose zurück und die Dielen wieder drüber. »Verschwinde, Kuhauge«, sagte sie, »und wenn hier was von meinem Geld wegkommt, während du in der Stadt bist, schlitz ich dir die Gurgel auf, dass du mit zwei Paar Lippen schrein kannst.«

»Was hab ich denn getan?«

»Raus!«

»Aber ich kann nirgends hin.«

»Was stört mich das? Raus!, sage ich.«

Nun, das verletzte mich, und so sagte ich: »Ich geh nirgends hin.«

Sie kam zu mir und packte mich. Sie war eine starke Frau, und sosehr ich mich wehrte, kam ich doch nicht gegen sie an. Sie legte mich übers Knie. »Du hellbraunes Kälbchen hälts' dich wohl für was ganz Besonderes. Du wirst mir den verdammten

Schal bezahlen, den ich nie hatte! Aber erst heiz ich dir deine beiden kleinen Hinterbacken auf, wie's deine Ma hätte tun sollen«, sagte sie.

»Moment«, rief ich, aber es war zu spät. Sie zog mein Kleid hoch und sah meine wahre Natur irgendwo zwischen ihren Knien hängen, in voller Bereitschaft, da all das Raufen und Ziehen die Gerätschaft des Zwölfjährigen, der den Lauf der Natur noch nie am eigenen Leib erlebt hatte, zum Staunen brachte. Ich konnte nichts dagegen tun.

Sie schrie auf, warf mich auf den Boden und starrte mich an, die Hände ans Gesicht gedrückt. »Du brings' mich in Teufels Küche, du gottverdammter, lügenmäuliger, warzengesichtiger Schluck Jauche! Du Heide! Das warn *Frauen* in dem Zimmer da ... Haben sie gearbeitet? Gott, natürlich ha'm sie das!« Sie kochte. »Du brings' mich an den Galgen!«

Sie sprang auf mich zu, warf mich über ihr Knie und versohlte mir den Hintern.

»Ich bin gekidnappt worden!«, brüllte ich.

»Du Lügenbolzen!«, rief sie und bearbeitete mich weiter.

»Ich lüge nicht. Old John Brown selbst hat mich gekidnappt!«

Das ließ sie für einen Moment innehalten. »Old John Brown ist tot. Chase hat ihn erwischt«, sagte sie.

»Nein, hat er nicht«, rief ich.

»Was stört's mich!« Sie stieß mich von ihrem Schoß und setzte sich aufs Bett. Sie beruhigte sich langsam wieder, kochte aber immer noch. O mein Gott, so in Hitze war sie noch schöner als sowieso schon, und der Anblick dieser braunen Augen, die sich da in mich bohrten, gab mir das Gefühl, weniger als Dreck zu sein. Ich war komplett verliebt. Pie machte was mit mir.

Sie dachte eine Weile lang nach. »Ich wusste, dass Chase ein Lügner ist«, sagte sie, »sonst hätte er sich die auf Old John

Browns Kopf ausgesetzte Belohnung geholt. Aber du lügs' wahrscheinlich auch. Vielleicht steckt ihr unter einer Decke.«
»Nein.«
»Wie bist du mit ihm zusammengekommen?«
Ich erklärte ihr, wie Frederick getötet worden war und wie Chase und Randy mich und Bob mitgenommen hatten, als die Söhne des Alten Mannes in die Stadt ritten, um ihre übrig gebliebenen Besitztümer einzusammeln.
»Ist Randy noch hier?«
»Ich weiß nicht.«
»Ich hoffe nicht. Du endest in 'ner Urne irgendwo im Hof von wem, wenn du dich mit dem einlässt. Auf seinen Kopf steht 'ne hübsche Belohnung.«
»Aber der Alte Mann lebt ganz sicher noch«, sagte ich stolz. »Ich hab ihn aus dem Fluss steigen sehn.«
»Was stört's mich? Den kriegen sie sowieso.«
»Warum sagt das jeder Farbige, den ich treffe?«
»Kümmer dich um deine eigene Haut, du kleiner Dreckskerl. Ich hatte schon so 'n Gefühl«, sagte sie. »Der gottverdammte Chase! Verdammte Kuhscheiße!«
Sie verfluchte ihn noch 'n bisschen und saß dann da und dachte nach. »Wenn die Rebellen rausfinden, dass du im heißen Stock warst und die weißen Huren bekuckt hast, schneiden sie dir die kleinen Trauben zwischen den Beinen weg und stopfen sie dir in die Kehle, und mich erwischt es vielleicht gleich mit. Ich darf kein Risiko mir dir eingehn. Gott!, und du hast gesehen, wo mein Geld ist.«
»Ihr Geld interessiert mich nicht.«
»Das ist ja rührend, aber in dieser Prärie ist alles nur Lüge, Kind. Nichts ist, wie's aussieht. Sieh dich an. Du bist die Lüge. Du musst hier weg. Als Mädchen schaffst du's in der Prärie nicht. Ich kenn einen, der fährt eine Postkutsche für Wells Fargo. Also der ist eine Frau, die tut, als wär sie ein Mann. Aber

was immer sie sein mag, Mann oder Frau, sie ist weiß, und sie fährt rum mit ihrer Kutsche und sitzt nicht an einem Ort und tut so, als ob. Das ist es, was du hier tun würdest, Junge. Miss Abby führt ein Geschäft, sie hat keine Verwendung für dich. Es sei denn, du willst bedienen... Kannst du als Junge bedienen? Interessiert dich das?«

»Was ich kann, ist Spülen und Haareschneiden und so. Das kann ich gut. Und ich und Bob, wir können auch die Gäste bedienen.«

»Vergiss ihn. Der wird verkauft«, sagte sie.

Es schien nicht das Richtige, sie dran zu erinnern, dass sie auch eine Negerin war, denn sie war in Streitlaune, und so sagte ich: »Er ist ein Freund.«

»Weggelaufen ist er, wie du, und er wird verkauft. Und du auch, es sei denn, du arbeitest für Miss Abby. Vielleicht schindet sie dich zu Tode und verkauft dich dann erst.«

»Das kann sie nicht!«

Pie lachte. »Scheiße, sie tut, was immer sie will.«

»Ich kann noch andre Sachen«, sagte ich. »Ich weiß, was es in Kneipen zu tun gibt. Ich kann Zimmer putzen und Spucknäpfe leern, Brot backen und alle möglichen Sachen machen, bis vielleicht der Captain kommt.«

»Welcher Captain?«

»Old John Brown. Wir nennen ihn den Captain. Ich gehör zu seiner Armee. Er kommt hergeritten, wenn er hört, dass ich hier bin.«

Das war eine Lüge. Ich wusste nicht, ob der Alte Mann überhaupt noch lebte und *was* er tun würde, aber das stellte ihr die Federn 'n bisschen auf.

»Bist du sicher, dass er noch lebt?«

»So sicher, wie ich hier stehe, und wenn er herkommt und rausfindet, dass Bob verkauft wurde, iss was los. Er gehört auch ihm. Wahrscheinlich erzählt Bob jetzt schon den Niggern unten, dass er 'n John-Brown-Mann ist. Da werden manche Nigger rauflustig, wissen Sie, wenn von John Brown geredet wird.«

Angst furchte ihr hübsches kleines Gesicht. Old John Brown ließ alle Präriebewohner in Panik geraten. »Das fehlt mir noch«, sagte sie. »Dass Old John Brown hier reingeritten kommt, alles durch'nander bringt und die Nigger verrückt macht. Das lässt die Weißen wahnsinnig werden, und dann lassen sie's an jedem Nigger in Sicht aus. Wenn's nach mir ging, würde jeder einzelne Nigger unten im Pferch den Fluss runter verkauft.«

Sie seufzte, setzte sich aufs Bett, strich sich das Haar glatt und zog das Kleid noch enger um ihre Liebeshügel. Gott, war sie schön. »Ich will nichts von dem, was Old John Brown predigt«, sagte sie. »Lass ihn nur kommen. Ich hab meine eigenen Pläne. Aber was mach ich mit dir?«

»Sie könnten mich zurück in Dutchs Kneipe bringen, das könnte helfen.«

»Wo ist die?«

»Bei der Santa Fe Road, an der Grenze mit Missouri. Westlich von hier, gut fünfzig Kilometer. Vielleicht nimmt mich der alte Dutch zurück.«

»Fünfzig Kilometer? Ohne Papiere komme ich keine fünfzig Schritt aus diesem Hotel.«

»Ich kann Ihnen Papiere machen. Ich kann schreiben. Ich kenne meine Buchstaben.«

Ihre Augen wurden größer, und die Härte wich aus ihrem Blick. Einen Moment lang wirkte sie frisch wie ein junges Mädchen an einem Frühlingsmorgen, und der Tau stieg ihr zurück ins Gesicht. Aber genau so schnell verschwand er wieder, und die Härte war wieder da.

»Ich kann nirgends hinreiten, Kind, auch mit einem Pass nicht. Zu viele Leute in der Gegend kennen mich. Aber es wär schön, mir die Zeit mit Liebesromanen vertreiben zu können, so wie die andern Mädchen. Ich hab's bei denen gesehen«, sagte sie.

Sie grinste mich an. »Kannst du wirklich lesen? Deine Buchstaben zu kennen, ist nichts, was du vorschützen kannst, weißt du?«

»Ich lüge nicht.«

»Das kannst du beweisen. Ich sag dir was: Du bringst mir die Buchstaben bei, und ich mach ein richtiges Mädchen aus dir und red mit Miss Abby, damit du die Betten säuberst und die Pisspötte leerst und ihren Schal und dein Essen zahlst. Das gibt dir Zeit. Aber bleib von den Mädchen weg. Wenn die Rebellen rauskriegen, dass da 'n kleines Pendel zwischen deinen Beinen baumelt, kippen sie dir Teer in die Kehle. Ich denk, 'ne Weile sollte's gutgehen, bis Miss Abby sagt, du musst ins Gewerbe einsteigen. Dann musst du dir selbst helfen. Wie lange wird es dauern, bis ich meine Buchstaben kenne?«

»Nicht lange.«

»Nun, wie lang es auch dauert, so viel Zeit kriegst du. Danach bin ich mit dir fertig. Warte, ich hol dir 'ne andere Haube für deine Niggerwolle und was Sauberes zum Anziehen.«

Sie stand auf, und als sie aus der Tür ging und sie hinter sich zumachte, vermisste ich sie bereits. Dabei war sie doch erst ein paar Sekunden weg.

12

Sibonia

Ich gewöhnte mich ziemlich leicht in Pikesville ein. Pie verschaffte mir einen guten Platz. Sie stattete mich wie 'n richtiges Mädchen aus, säuberte mich, machte mir die Haare, nähte mir ein Kleid und brachte mir bei, wie ich vor Besuchern einen Knicks machte. Sie riet mir, keine Zigarren zu rauchen und mich nicht wie der Rest der wandelnden Alkoholleichen zu verhalten, die für Miss Abby arbeiteten. Sie musste Miss Abby ganz schön drängen, dass ich bleiben durfte, die alte Lady wollte mich erst nicht. Sie hatte Angst, dass da nur 'n weiteres Maul zu stopfen wär, aber ich wusste ein paar Dinge über die Arbeit in einer Kneipe, und als sie sah, wie ich die Spucknäpfe leerte, die Tische putzte und die Böden schrubbte, wie ich die Nachttöpfe leerte, den Mädchen die ganze Nacht Wasser brachte und den Spielern und Halunken in ihrer Kneipe die Haare schnitt, war sie zufrieden mit mir. »Pass nur auf die Männer auf«, sagte sie. »Sieh zu, dass sie genug Schnaps trinken. Den Rest machen die Mädchen oben.«

Ich weiß, es war ein Hurenhaus, aber es war ganz und gar nicht schlecht. Tatsache ist, dass ich seit den Tagen damals bis heute nicht einen einzigen Neger getroffen hab, der sich nicht selbst was in die Tasche log über die eigenen Fehler, während er auf die des weißen Mannes zeigte, und ich war da keine Ausnahme. Klar, Miss Abby war 'ne Sklavenhalterin, aber sie war eine gute Sklavenhalterin. Sie war ziemlich wie Dutch und führte tausend Geschäfte, was eigentlich hieß, dass die Geschäfte *sie* führten. Die Hurengeschichte war fast ein Nebenverdienst für sie. Sie hatte noch ein Sägewerk, eine Schweinezucht, einen Sklavenhandel, eine Spielhölle und eine Konservenmaschine, und sie lag im Wettbewerb mit der Kneipe auf der anderen Straßenseite, die keine farbige Sklavin wie Pie hatte, die das Geld reinbrachte, denn Pie war Miss Abbys Hauptattraktion. Ich fühlte mich zu Hause bei ihr und lebte unter Spielern und Taschendieben, die ihren Fusel tranken und sich beim Kartenspielen die Köpfe einschlugen. Ich war wieder in Knechtschaft, das stimmt, aber die Sklaverei ist nicht so mühselig, wenn du selbst was dran tun kannst und dich dran gewöhnst. Dein Essen ist umsonst, du hast 'n Dach überm Kopf, und jemand anders muss sich um dich sorgen. Es war leichter, als rumzuziehen, vor feindlichen Trupps davonzulaufen und dir mit fünf anderen Hungerleidern ein gebratenes Eichhörnchen zu teilen, wobei der Alte Mann erst noch 'ne geschlagene Stunde mit dem Herrn über das Braten und so reden musste, bevor du 'n Bissen abbekamst und es sowieso nicht genug Fleisch gab, um den Hunger anzukratzen, der in dir wühlte. Mir ging's gut, und Bob, den vergaß ich komplett. Vergaß ihn einfach.

Aber aus Pies Fenster konntest du den Sklavenpferch sehen. Sie hatten ein paar Hütten dahinten, und ein Teil der Einzäunung war mit einer Plane überdacht, und hin und wieder, wenn ich mal 'n Moment nicht rumflitzen musste, kratzte ich mir 'n Stück Fenster sauber und warf einen Blick nach unten. Wenn's nicht regnete, konntest du die Farbigen im Hof bei dem kleinen Garten zusammengedrängt sehen, den sie sich angelegt hatten. Ansonsten, wenn es kalt war oder schüttete, blieben sie unter der Plane. Von Zeit zu Zeit sah ich da runter und hielt nach Bob Ausschau (so ganz vergessen konnte ich ihn eben doch nicht). Ich kriegte ihn aber nie zu sehen, und so fing ich nach ein paar Wochen an, mir Gedanken wegen ihm zu machen. Eines Nachmittags sprach ich Pie drauf an, als sie auf dem Bett saß und sich die Haare kämmte.

»Oh, der ist noch da«, sagte sie. »Miss Abby hat ihn nicht verkauft. Lass ihn, Schätzchen.«

»Ich dachte, ich bring ihm was zu essen.«

»Lass die Nigger im Hof in Ruhe. Die bringen nur Ärger.«

Ich fand das komisch, weil sie ihr doch nichts getan hatten, nichts, was ihrem Stand schaden konnte. Pie war beliebt, und Miss Abby ließ sie den Laden leiten. Ihre Kunden konnte sie sich mehr oder weniger aussuchen und leben, wie sie wollte. Manchmal machte sie den Saloon sogar dicht. Die Farbigen da unten konnten ihr nicht in die Quere kommen. Aber ich hielt den Schnabel, nur ertrug ich's irgendwann nicht mehr und schlich mich runter, um nach Bob zu sehen.

Der Sklavenpferch lag an der Gasse hinterm Hotel, direkt bei der Tür aus dem Essraum. Wenn du die aufmachtest, standst du schon vor ihm, zwei Schritte noch, und du warst da. Es war ein umzäunter Bereich, und an der Seite gab's ein kleines freies Stück, wo die Farbigen auf Kisten saßen, Karten spielten und ihren kleinen Gemüsegarten angelegt hatten. Gleich dahinter lag ein zum Farbigenpferch offener Schweinepferch, damit sich die Nigger problemlos um Miss Abbys Sauen kümmern konnten.

In beiden Pferchen zusammen, dem fürs Schweinefüttern und dem, in dem die Sklaven wohnten und ihren Garten pflegten, gab es, schätze ich, insgesamt zwanzig schwarze Männer, Frauen und Kinder. So aus der Nähe sah das alles anders aus als aus dem ersten Stock, und ich kapierte gleich, warum Pie nie hier runterkam und auch mich hier nicht wollte. Es war Abend, tagsüber waren die meisten von den Sklaven irgendwo beim Arbeiten. Es dämmerte, und der Dreck dieser Neger, fast alle dunkle, arme Kreaturen wie Bob, war schon beunruhigend, der Gestank höllisch. Die meisten trugen Lumpen, und einige hatten keine Schuhe. Sie liefen im Pferch rum, einige saßen und taten nichts, andere hantierten im Garten rum, und mitten zwischen ihnen, sie bildeten eine Art Kreis um sie, saß eine wilde Frau, brabbelnd und gackernd wie ein Huhn. Sie klang, als wär sie 'n bisschen weich in der Birne, aber ich konnte kein einziges Wort ausmachen.

Ich ging zum Zaun. Einige der Männer und Frauen, die auf der anderen Seite arbeiteten, die Schweine fütterten und im Garten rumrupften, hoben die Köpfe und sahen zu mir rüber, machten aber ohne Pause weiter. Es dämmerte, und das Licht ging zurück. Bald wurde es dunkel. Ich hielt mein Gesicht an den Zaun und fragte: »Hat einer Bob gesehn?«

Die Neger hinten im Pferch mit ihren Schaufeln und Harken unterbrachen ihre Arbeit keine Sekunde und sagten kein Wort. Aber die dumme Irre in der Mitte, eine schwere ältere, auf einer Holzkiste hockende Frau, fing an lauter zu brabbeln und zu gackern. Sie hatte ein großes, rundes Gesicht und wurde tatsächlich immer noch verrückter, je näher du kamst. Die Kiste, auf der sie saß, war tief in den Matsch gedrückt, fast bis oben steckte sie drin. Und sie saß drauf, redete und brabbelte und trällerte über nichts. Sie sah mich und krächzte: »Hübsch, hübsch, braun, braun!«

Ich achtete nicht weiter auf sie und wandte mich an die anderen. »Hat hier einer 'n Burschen namens Bob gesehn?«, fragte ich.

Keiner sagte was, und das schwachsinnige Weib gluckste und fuhr mit dem Kopf rum wie 'n Vogel. Wie ein Truthahn zuckte sie. »Hübsch, hübsch, braun, braun.«

»Er ist ein farbiger Junge, etwa so groß«, sagte ich zu den anderen.

Die Irre hörte nicht auf. »Knietief, knietief, geht rum, geht rum!«, gackerte sie.

Sie war eindeutig schwachsinnig. Ich sah zu den anderen Negern im Pferch. »Hat einer Bob gesehn?«, fragte ich noch mal, und ich fragte so laut, dass mich alle hören können mussten, aber keine Seele sah ein zweites Mal zu mir rüber. Sie taten mit den Schweinen und dem kleinen Garten rum, als gäb's mich nicht.

Ich kletterte auf die unterste Sprosse des Pferchs, reckte den Kopf in die Höhe und sagte noch lauter: »Hat einer Bob…«, aber bevor ich die Frage beenden konnte, kriegte ich einen Matschklumpen ins Gesicht, und die irre, schwachsinnige Frau klaubte schon eine zweite Handvoll zusammen und warf sie nach mir.

»He!«

»Geht rum, geht rum!«, rief sie. Sie erhob sich von ihrer Kiste, kam an den Zaun, wo ich stand, hob noch eine Handvoll Matsch auf und traf mich damit auf die Backe. »Knietief!«, krähte sie.

Ich war stinkwütend. »Verdammte, blöde Idiotin!«, sagte ich. »Hau ab! Lass mich in Ruhe!« Ich wär reingeklettert und hätte ihr den Kopf in den Matsch gedrückt, aber da löste sich eine andere farbige Frau, groß und schlank wie 'n Schluck Wasser, vom Rest auf der anderen Seite des Pferchs, zog die Kiste der Irren aus dem Boden und kam rüber. »Achte nicht auf sie. Sie ist schwachsinnig«, sagte sie.

»Als ob ich das nicht wüsste.«

Sie stellte die Kiste vor den Zaun, setzte sich drauf und sagte: »Komm zu mir, Sibonia.« Die Irre beruhigte sich und hockte sich neben sie. Die Frau sah mich wieder an und sagte: »Was willst du?«

»Die braucht 'ne Tracht«, sagte ich. »Ich nehm an, Miss Abby würde sie auspeitschen lassen, wenn ich's ihr sagte. Ich arbeite drinnen, wissen Sie.« Das war was Besonderes, weißt du, drinnen arbeiten. Da stand's du besser da beim weißen Mann.

Ein paar farbige Männer, die mit Schaufeln und Harken den Fraß für die Schweine verteilten, sahen zu uns rüber, aber die Frau schoss einen Blick zurück, und sie sahen wieder weg. Ich war ein Narr, verstehst du, weil ich nicht kapierte, durch wie gefährliche Wasser ich da schipperte.

»Ich heiß Libby«, sagte sie. »Das hier ist meine Schwester Sibonia. Du bist schrecklich jung, um vom Auspeitschen zu reden. Was willst du?«

»Ich suche nach Bob.«

»Ich kenn keinen Bob«, sagte Libby.

Sibonia hinter ihr rief: »Keinen Bob. Keinen Bob«, und warf wieder mit Matsch, aber ich duckte mich weg.

»Er muss hier sein.«

»Hier gibt's keinen Bob«, sagte Libby. »Wir haben einen Dirk, einen Lang, einen Bum-Bum, einen Broadnax, einen Pete und einen Lucious. Keinen Bob. Was willst du überhaupt von ihm?«

»Er ist ein Freund.«

Sie sah mich lange an. Pie hatte mich gut ausstaffiert. Ich war warm gekleidet, sauber, mit einer Haube, einem warmen Kleid, Strümpfen, es ging mir bestens. Ich sah aus wie ein richtiges hellbraunes Mädchen, verdammt nah dran, wie eine Weiße angezogen zu sein, und Libby saß da in Lumpen. »Was braucht ein Mischling wie du einen Freund bei uns hier unten?«, fragte sie. Einige Neger hinter ihr stützten sich auf ihre Schaufeln und glucksten.

»Ich bin nicht hergekommen, damit Sie mich runtermachen«, sagte ich.

»Du machst dich selber runter«, antwortete sie leise. »So wie du aussiehst. Gehört dir Bob?«

»Nein, er gehört mir nicht, aber ich schulde ihm was.«

»Na, dann sei doch froh. Wenn er nicht hier iss, musst du dir auch keine Sorgen machen, wie du ihn bezahlen solls'.«

»Das ist aber komisch, weil Miss Abby sagt, sie hat ihn nicht verkauft.«

»Ist das die erste Lüge, die du von den Weißen hörs'?«

»Sie reden ganz schön für 'n Nigger von hier draußen.«

»Und du erst, du eingebildete, großmäulige, sturköpfige Schwuchtel. So angezogen rumzulaufen.«

Das machte mich sprachlos. Sie wusste, dass ich ein Junge war. Aber ich war ein Haus-Nigger. Privilegiert. Die Männer in Miss Abbys Hotel mochten mich, und Pie war praktisch meine Mutter. Sie leitete den Laden. Ich musste mich mit keiner rumredenden, minderwertigen, nichts zählenden Pferch-Niggerin rumärgern, der niemand Beachtung schenkte. Ich war wer und würde keinem außer Pie oder einer weißen Person erlauben, so mit mir zu reden. Diese farbige Frau schnitt mir einfach so, ohne mit der Wimper zu zucken, das Wort ab. Ich ertrug es nicht.

»Wie ich mich anzieh, iss meine Sache.«

»Es ist deine Bürde. Du trägst sie. Hier draußen verurteilt dich keiner. Aber um dem Bösen des weißen Mannes zu entgehen, brauchst du mehr als eine Haube und etwas hübsche Unterwäsche, Kind. Das wirst du noch erfahren.«

Ich beachtete das nicht weiter. »Ich geb Ihnen einen Vierteldollar, wenn Sie mir sagen, wo er iss.«

»Das ist viel Geld«, sagte Libby. »Nur kann ich hier, wo ich bin, nichts damit anfangen.«

»Ich kenn meine Buchstaben. Ich kann Ihnen ein paar beibringen.«

»Komm wieder her, wenn du nicht mehr so voller Lügen steckst«, sagte sie, stand auf, nahm Sibonias Kiste und sagte: »Komm, Schwester.«

Sibonia stand mit einem tropfenden Matschklumpen in der Hand da und tat was Komisches. Sie blickte zur Hoteltür rüber, sah, dass sie noch immer zu war, und sagte mit ganz normaler Stimme zu Libby: »Das Kind ist gestört.«

»Soll ihn doch der Teufel holen«, sagte Libby.

Sibonia sagte darauf sanft zu ihr: »Geh rüber zu den andern, Schwester.«

Das haute mich fast um, ich meine die Art, wie sie sprach. Sie und Libby sahen einander eine lange Weile an. So was wie ein stummes Signal schien zwischen ihnen hin- und herzuwechseln. Libby gab Sibonia die Holzkiste und ging ohne ein Wort davon. Bis ganz rüber auf die andere Seite ging sie, wo sich die anderen über das Gemüse und die Schweine beugten. Sie sagte nie wieder ein Wort zu mir, in ihrem ganzen Leben nicht, was, wie sich rausstellen sollte, nicht mehr zu lang war.

Sibonia setzte sich wieder auf ihre Kiste, hielt den Kopf an den Zaun und sah mich genau an, und dieses Gesicht da zwischen den Latten, mit dem Matsch auf den Backen und den Wimpern, hatte keinen Deut Verrücktheit mehr in sich. Ihre Art hatte sich komplett umgekehrt. Sie hatte sich den Schwachsinn vom Gesicht gewischt, wie du eine Fliege verscheuchst, und sah ernst aus. Todernst. Ihre Augen starrten mich so fest und ruhig an wie die beiden Läufe einer Schrotflinte, die auf mein Gesicht zielten. Da war Kraft in dem Gesicht.

Sie fuhr mit den Fingern über die Erde, sammelte etwas Matsch, formte ihn zu einem Ball und legte ihn vor sich hin. Dann formte sie noch einen, wischte sich das Gesicht mit dem Ärmel ab, hielt den Blick nach unten gerichtet, und legte ihn neben den ersten. Aus der Entfernung musste sie wie eine Närrin aussehen, die Matschbälle vor sich aufreihte. Ihren Schrotflintenblick auf die Erde gerichtet, sprach sie mit schwerer, strenger Stimme.

»Du forderst Ärger raus«, sagte sie, »wenn du die Leute zum Narren hältst.«

Ich dachte, sie redete über meine Kleider, und sagte: »Ich mach nur, was ich tun muss, wenn ich mich so anziehe.«

»Darüber rede ich nicht. Ich rede über die andre Sache. Die ist gefährlicher.«

»Sie meinen das Lesen?«

»Ich meine das Lügen drüber. Manche Leute klettern auf einen Baum, um zu lügen, bevor sie zurück auf die Erde kommen und die Wahrheit sagen. Das kann in diesem Land wehtun.«

Es erschreckte mich ein bisschen, dass sie so klar dachte. Wenn ich gut drin war, ein Mädchen zu spielen, spielte sie die Verrückte noch besser. Einer wie der machst du nichts vor, das kapierte ich, und so sagte ich: »Ich lüge nicht. Ich hol ein Stück Papier und zeig's Ihnen.«

»Bring hier kein Papier raus«, sagte sie schnell. »Du redest zu viel. Wenn Darg dahinterkommt, wirst du's büßen.«

»Wer ist Darg?«

»Das siehst du noch früh genug. Kannst du Wörter schreiben?«

»Ich kann auch Bilder malen.«

»Bilder will ich nicht, aber Wörter. Wenn ich dir von deinem Bob erzähl, schreibs' du mir dann was? Wie einen Passierschein? Oder eine Verkaufsquittung?«

»Ja.«

Sie hielt den Kopf immer noch zur Erde gerichtet, beschäftigt, die Finger tief im Dreck. Die Hände zögerten, und sie sagte: »Vielleicht denkst du besser noch mal drüber nach. Sei nicht dumm. Unterschreib nichts, was du nicht einhalten kannst. Nicht hier. Nicht mit uns. Weil, wenn du was zusagst, musst du auch dazu stehn.«

»Ich hab's doch gesagt.«

Sie hob den Blick und sagte leise: »Dein Bob ist nach außen gegeben worden?«

»Nach außen gegeben?«

»Vermietet. Miss Abby hat ihn an ein Sägewerk auf der

andren Seite des Ortes vermietet. Für Geld natürlich. Praktisch seit dem Tag seiner Ankunft ist er schon da. Er kommt bald zurück. Woran liegt es, dass er nie was von dir gesagt hat?«

»Ich weiß nicht. Aber ich sorg mich, dass Miss Abby ihn verkaufen will.«

»Ja, und? Sie wird uns alle verkaufen. Dich auch.«

»Wann?«

»Wenn sie so weit ist.«

»Pie hat mir nichts davon gesagt.«

»Pie«, sagte sie, lächelte bitter und verstummte. Aber ich mochte nicht, wie sie's gesagt hatte. Es störte mich. Sie fuhr mit den Händen durch den Matsch und formte noch einen Ball.

»Können Sie mir mehr über Bob erzählen?«

»Vielleicht. Wenn du tust, was du gesagt hast.«

»Hab ich doch gesagt.«

»Wenn du von einem Bibeltreffen für die Farbigen hier draußen hörst, komm runter. Ich bring dich zu deinem Bob. Und ich nehm dich mit den Buchstaben beim Wort.«

»Also gut.«

»Sag niemandem ein Wort von dem hier, besonders Pie nicht. Wenn du 's tust, erfahr ich es, und du wachst mit 'm Haufen Messer in deinem hübschen Hals auf. Meins wird das erste sein. Rumgerede bringt uns alle aufs Kühlbrett.«

Damit wandte sie sich ab, nahm ihre Kiste und ging leise gackernd zurück in die Mitte des Pferchs, wo sie das Ding wieder im Matsch versenkte. Sie setzte sich drauf, und die Neger verteilten sich um sie, mit Hacken und Schaufeln, bearbeiteten den Grund um sie rum, warfen mir grelle Blicke zu und stocherten im Matsch, während sie auf ihrer Kiste saß und wie ein Huhn gackerte.

13

Der Aufstand

Etwa eine Woche später brachte ein farbiges Mädchen namens Nose Kleinholz in den Saloon, legte es neben den Ofen und flüsterte mir beim Rausgehen zu: »Heute Abend Bibeltreffen im Sklavenpferch.« Am Abend schlüpfte ich aus der Hintertür, und da stand Bob. Er lehnte beim vorderen Tor am Zaun, allein, und sah geschafft aus. Seine Kleider waren nur mehr Lumpen, aber er lebte noch.

»Wo warst du?«, fragte ich.

»Im Sägewerk. Da bringen sie mich um.« Er sah mich an.

»Wie ich seh, geht's dir bestens.«

»Warum kuckst du mich so böse an? Ich hab hier nichts zu sagen.«

Bob ließ nervös den Blick schweifen. »Ich wünschte, sie hätten mich im Sägewerk behalten. Die Nigger hier werden mich umbringen.«

»Red kein' Unsinn.«

»Keiner spricht mit mir. Nicht ein einziges Wort sagen die zu mir. Nichts.« Er nickte zu Sibonia in der hinteren Ecke hin, die gackernd und krähend auf ihrer Kiste saß. Die Farbigen bearbeiteten die Erde mit Harken und Schaufeln und bildeten eine stumme Wand um sie rum. Verteilten Erde, schleuderten Steine weg und rupften Unkraut. Bob stöhnte. »Die da, das iss 'ne Hexe. Die steht unter ei'm bösen Zauber.«

»Nein, tut sie nicht. Ich schulde ihr jetzt was wegen dir.«

»Dann schuldes' du dem Teufel was.«

»Es ist wegen dir, Bruder.«

»Nenn mich nich Bruder. Deine Gefallen sind 'n Scheiß wert. Kuck, wo ich wegen dir bin. Ich kann's kaum ertragen, dich anzusehn«, sagte er. »Die Nase himmelhoch, 'ne Schwuchtel spieln, gut essen und drinnen wohnen. Ich bin hier draußen in der Kälte und im Regen, und du läufs' in 'nem neuen, schönen Kleid rum.«

»Du hast gesagt, den Weg hier lang zu nehmen, wär 'ne gute Idee!«, zischte ich.

»Ich hab nich gesagt, dass du mich umbringen solls'!«

Hinter Bob verstummte plötzlich alles. Harken und Hacken bewegten sich schneller, und die Köpfe neigten sich der Erde zu, die sie so hart bearbeiteten. Jemand zischte: »Darg!«, und Bob lief schnell rüber auf die andere Seite des Pferchs, mischte sich geschäftig unter die anderen Nigger um Sibonia und fing an, Unkraut zu rupfen.

Die Hintertür einer winzigen Hütte auf der anderen Seite des Sklavenpferchs öffnete sich, und ein riesiger farbiger Mann trat draus hervor. Er war fast so groß wie Frederick und genauso breit, hatte eine mächtige Brust, breite Schultern und große, dicke Arme, trug einen Strohhut, einen Overall und einen Schal um die Schultern. Seine Lippen hatten die Farbe eines Hanfseils, und seine Augen waren so klein und standen so nah zusammen, dass sie auch gut in derselben Höhle hätten stecken können. Der Trottel war hässlich genug, dich denken zu lassen, dass der Herr ihn mit geschlossenen Augen zusammengesetzt hatte, auf gut Glück. Aber in ihm steckte Kraft, eine rohe Kraft, als könnte er 'n Haus in die Luft heben. Er bewegte sich schnell, trat an den Rand des Pferchs, blieb eine Minute stehen, spähte zu den anderen, stieß die Luft aus riesigen Nasenlöchern aus und kam am Zaun lang in Richtung Tor, wo ich stand.

Ich wich zurück, aber er nahm den Hut ab, als er näher kam.

»'n Abend, meine schöne Hellhäutige«, sagte er. »Was hast du an mei'm Pferch zu tun?«

»Pie schickt mich«, log ich. Ich dachte, dass es nicht gut wär, Miss Abby ins Spiel zu bringen, nur für den Fall, dass er ihr was drüber sagte. Ich hatte ihn zwar noch nie im Saloon gesehen, aber wenn er der Boss vom Pferch war, musste er irgendwie mit ihr in Verbindung stehen. Ich sollte nicht beim Pferch rumstehen und rechnete damit, dass er das wusste.

Er leckte sich die Lippen. »Erzähl mir nichts von der hochnäsigen Schlampe. Was wills' du?«

»Ich und mein Freund da«, ich zeigte auf Bob, »haben grade was geredet.«

»Hast du was übrig für Bob, Mädchen?«

»Da iss nichts in der Art oder so. Ich wollte ihn nur besuchen.«

Er grinste. »Das iss mein Hof hier«, sagte er. »Ich kümmer mich drum. Aber wenn die Missus es sagt, okay, okay. Wenn nicht, verschwinde. Frag sie und komm wieder her. Es sei denn…«, er lächelte und zeigte mir eine Reihe großer weißer Zähne, »du bis' Dargs Freundin. Tu dem alten Darg was Süßes, gib ihm 'n bisschen Zucker. Alt genug bist du.«

Lieber wär ich zur Hölle gefahren, als diesen Monster-Nigger auch nur mit 'nem Stock zu berühren. Ich wich zurück. »Ach, iss nicht wichtig«, sagte ich und war auch schon weg. Bevor ich reinging, warf ich noch einen letzten Blick zu Bob rüber, der wie ein Wilder Unkraut zupfte. Der Teufel sah ihm dabei zu. Ich hatte das Gefühl, ihn verraten zu haben. Er wollte nichts von mir wissen, und ich konnte ihm nicht helfen. Er war auf sich gestellt.

Die Sache machte mich nervös, und so erzählte ich Pie alles. Als sie hörte, dass ich hinten gewesen war, wurde sie wütend. »Wer hat dir gesagt, dich mit den Niggern draußen abzugeben?«

»Ich wollte nach Bob sehn.«

»Zur Hölle mit dei'm Bob. Du bringst uns alle in Teufels Küche! Hat Darg was über mich gesagt?«

»Nicht ein Wort.«

»Du bist ein schlechter Lügner«, fuhr sie mich an, dann verfluchte sie Darg ein paar Minuten lang und mich am Ende zur Sicherheit gleich noch mit. »Bleib von den nichtswürdigen, nichtsnutzigen Niggern weg. Halt dich dran, oder komm *mir* nicht mehr zu nahe.«

Nun, das war's. Denn ich liebte Pie. Sie war die Mutter, die ich nie gehabt hatte, die Schwester, die ich liebte. Natürlich hatte ich auch andere Vorstellungen, was sie für mich sein könnte, und die waren voll von stinkenden, niedrigen Gedanken, die nicht alle schlecht waren, und wenn ich sie mir ausdachte, dann gab's Bob und Sibonia und den Pferch nicht mehr. Dann war das alles komplett weg. Die Liebe machte mich blind, und ich hatte sowieso genug zu tun. Pie war die beschäftigtste Hure auf dem berüchtigten Stockwerk. Sie hatte Unmengen von Kunden: Sklaverei-Befürworter, Freistaatler, Farmer, Spieler, Diebe, Prediger, und selbst Mexikaner und Indianer stellten sich vor ihrer Tür an. Ich als ihre Helferin hatte das Vorrecht, die Kerle in der Reihenfolge ihrer Wichtigkeit aufzustellen. Auf die Weise lernte ich ein paar wichtige Leute kennen, zum Beispiel einen Richter namens Fuggett, zu dem ich später noch was sage.

Meine Tage waren fast immer gleich. Nachmittags, wenn Pie aufwachte, brachte ich ihr Kaffee und Brot, und wir saßen da und redeten über das, was in der letzten Nacht passiert war und so weiter, und sie lachte über irgendeinen Burschen, der sich auf die eine oder andere Weise zum Idioten gemacht hatte. Und da ich im ganzen Haus rumkam und sie die Nacht durch arbeitete, bekam sie nie mit, was im Saloon vorging, und ich durfte ihr erzählen, was unten geredet wurde und wer John oder so erschossen hatte. Den Sklavenpferch erwähnte ich ihr gegenüber nicht mehr, obwohl ich ihn immer im Kopf hatte, denn ich schuldete Sibonia was und sie kam mir nicht vor wie eine, bei der man Schulden haben sollte. Von Zeit zu Zeit ließ sie mir durch einen Farbigen ausrichten, ich sollte rauskommen und mein Versprechen mit den Buchstaben einlösen. Das Problem war, zu ihr rauszukommen. Der Pferch war von fast jedem Fenster im Hotel zu überblicken, und die Sklavereifrage schien Pikesville an den Nerv zu gehen. Schon in normalen Zeiten waren Faustkämpfe damals im Westen in der Prärie nichts Besonderes. Kansas und Missouri zogen alle möglichen Abenteurer an, Iren, Deutsche, Russen, Landspekulanten und Goldgräber. Zwischen billigem Whiskey, Streit um Land, dem um seine Heimat kämpfenden roten Mann und ihren Körper verkaufenden Frauen war der einfache westliche Siedler immer zu einem kleinen Kräftemessen bereit. Aber nichts brachte die Leute mehr auf als die Sklavereifrage, und die schien in Pikesville immer drängender in jenen Tagen. Da wurde so viel geschlagen, gestochen, geklaut und geschrien, dass Miss Abby manchmal laut überlegte, ob sie nicht ganz aus dem Sklavenspiel aussteigen sollte.

Oft saß sie mit ihrer Zigarre im Saloon und pokerte mit den Männern, und eines Abends, als sie wieder mal mit ein paar gut gestellten Leuten aus dem Ort am Kartentisch saß, rief sie: »Mit den Freistaatlern und den Niggern, die mir davonlaufen, wird das Sklavengeschäft 'ne mühsame Sache. Wobei die wirkliche Gefahr in dieser Gegend ist, dass es zu viele Schießeisen gibt. Was, wenn der Nigger sich bewaffnet?«

Die Männer am Tisch, die an ihrem Whiskey nippten und

ihre Karten in der Hand hielten, lachten nur. »Der einfache Neger ist vertrauenswürdig«, sagte einer.

»Also dann würde ich meinen auch Schießeisen geben«, sagte ein anderer.

»Ich würde meinen Sklaven mein Leben anvertrauen«, sagte noch einer. Nicht lange danach ging einer von ihnen mit dem Messer auf ihn los, und er verkaufte sie alle.

Ich wendete all diese Sachen im Kopf hin und her und roch langsam Lunte. Da tat sich was draußen vor der Stadt, so wenig man hörte. Wie bei den meisten Dingen im Leben erfährst du kaum was, bis du's wissen willst, und siehst nicht, was du nicht sehen willst, aber all die Rederei über die Sklaverei kam von irgendwas, und es dauerte nicht lange, bis ich rausfand, von was.

Ich lief an der Küche vorbei, um Wasser zu holen, als ich einen fürchterlichen Streit aus dem Saloon hörte, linste rein und sah, dass die Bude voller Rothemden war, in Dreierreihen und bis an die Zähne bewaffnet standen sie an der Theke. Durchs vordere Fenster sah ich massig bewaffnete Reiter vorne auf der Straße. Die Tür nach hinten zum Sklavenpferch war fest verschlossen, und auch davor standen bewaffnete Rothemden. Das Geschäft an der Theke lief wie verrückt, alles war voller Rebellen mit allen möglichen Waffen, und Miss Abby und Richter Fuggett (genau, der gute Kunde von Pie) lagen sich heftig in den Haaren.

Es war nicht gerade 'n Faustkampf, aber ein Streit, der sich gewaschen hatte. Ich musste immer in Bewegung bleiben, damit mir keiner sagte, ich tät meine Arbeit nicht richtig, aber die beiden waren so wütend, dass mich keiner beachtete. Miss Abby kochte. Ich glaube, wenn der Laden nicht so voll mit bewaffneten Männern gewesen wär, die um den Richter rum standen, hätte sie ihm eins mit der Pistole verpasst, die sie im Bund ihres Rocks stecken hatte. Aber sie tat's nicht. Nach allem, was ich mitkriegte, stritten die beiden wegen Geld, und zwar 'ner Menge. »Ich erkläre, dass ich da nicht mitmache!«, rief Miss Abby. »Das bedeutet einen Verlust von mehreren Tausend Dollar für mich!«

»Ich verhafte Sie, wenn's sein muss«, sagte Richter Fuggett. »Die Sache duldet keinen Aufschub.« Einige Männer um ihn rum nickten. Miss Abby setzte sich jetzt ein Stück nach hinten. Sie wich zurück, wütend wie nur was, während der Richter in die Mitte trat und zu den Leuten sprach. Ich blieb mit dem Gesicht hinter einem Pfosten und hörte zu: Es war ein Aufstand geplant. Mit drin steckten Neger aus dem Pferch, wenigstens ein paar Dutzend. Sie wollten weiße Familien töten, zu Hunderten, sogar den Ortsgeistlichen, der die Neger liebte und gegen die Sklaverei predigte. Die Neger aus dem Pferch, von Miss Abby und einigen anderen (Sklavenbesitzern, die zu Geschäften in die Stadt kamen, parkten ihre Neger oft hinten im Hof), waren alle verhaftet worden. Neun waren überführt, und der Richter wollte sie am nächsten Morgen aburteilen. Vier davon gehörten Miss Abby.

Ich lief nach oben zu Pie und platzte ins Zimmer. »Es gibt großen Ärger«, kam's aus mir raus, und ich erzählte ihr, was ich gehört hatte.

An ihre Antwort sollte ich mich für den Rest meines Lebens erinnern. Sie saß auf dem Bett, während ich ihr berichtete, und als ich fertig war, sagte sie kein Wort. Sie stand auf, ging zum Fenster und starrte auf den leeren Sklavenpferch runter. Endlich dann sagte sie über die Schulter: »Ist das alles? Nur neun?«

»Das ist doch 'ne Menge.«

»Sie sollten alle aufhängen. Jeden einzelnen dieser miesen, nichtsnutzigen Nigger.«

Ich nehm an, sie sah mein Gesicht, da sie sagte: »Bleib du nur ruhig. Das hat mit dir und mir nichts zu tun. Das geht vorbei. Aber ich darf jetzt nicht gesehen werden, wie ich mit dir rede. Zwei von uns sind schon eine Ansammlung. Geh und hör dich um. Komm wieder, wenn's sicher ist, und sag mir, was du gehört hast.«

»Aber ich hab doch nichts gemacht«, sagte ich, da ich langsam um meinen eigenen Hintern Angst kriegte.

»Dir passiert nichts. Ich hab wegen mir und dir alles mit Miss Abby besprochen. Sei nur ruhig und hör genau zu, was die Leute reden. Dann berichtest du's mir. Und jetzt raus, und lass dich nicht mit andern Niggern zusammen sehen. Mit keinem. Zieh den Kopf ein und hör zu. Find raus, wer die Neun sind, und wenn's sicher ist, schleich dich her und erzähl mir alles.«

Sie schob mich aus der Tür. Ich wagte mich runter in den Saloon, ging in die Küche und lauschte, wie der Richter Miss Abby und den anderen erklärte, was geschehen würde, und was ich da hörte, machte mich nervös.

Der Richter sagte, er und seine Männer hätten jeden einzelnen Sklaven aus dem Hof hinten verhört. Die Farbigen stritten alle Aufstandspläne ab, aber einen hatten sie ausgetrickst, und der hatte gestanden oder es so oder so erzählt, nehm ich an. Jedenfalls hatten sie die Information über die Neun von irgendwem gekriegt, sie aus dem Hof geholt und ins Gefängnis geworfen. Der Richter sagte auch, er und seine Männer wüssten, wer der Anführer bei der ganzen Sache wär, aber der sagte nichts. Das Problem wollten sie jetzt gleich lösen, und das war der Grund dafür, dass all die Leute aus der Stadt bis an die Zähne bewaffnet in den Saloon gekommen waren und Miss Abby niederschrien. Denn der Anführer des Aufstands wär einer von Miss Abbys Sklaven, sagte der Richter, eindeutig gefährlich, und als sie eine Weile später Sibonia mit Fußketten reinbrachten, überraschte mich das nicht.

Sibonia sah erschöpft aus, müde und dünn. Ihr Haar war wild zerrauft, das Gesicht verquollen und verschwollen, das Kinn glänzte. Aber ihre Augen waren ruhig. Das war das Gesicht, das ich zwischen den Latten gesehen hatte. Sie war stockstill. Sie warfen sie auf einen Stuhl vor Richter Fuggett, und die Menge umringte sie. Etliche fluchten, und der Richter zog sich einen Stuhl ran. Ein Tisch mit einem Drink drauf wurde vor ihn hingeschoben, und irgendwer gab ihm eine Zigarre. Der Richter machte es sich hinter dem Tisch bequem, steckte sich die Zigarre an, paffte und nippte an seinem Glas. Er hatte es nicht eilig. Sibonia auch nicht, die stumm wie ein Fisch dasaß, während sie von überall her verwünscht wurde.

Endlich ergriff Richter Fuggett das Wort und sagte, die Leute sollten ruhig sein. Dann wandte er sich an Sibonia: »Sibby, wir wollen mehr über diesen mörderischen Plan rausfinden. Wir wissen, du bist die Anführerin. Mehrere Leute haben das gesagt. Also streit's nicht ab.«

Sibonia war so ruhig wie 'n Grashalm. Sie sah dem Richter direkt ins Gesicht, nicht an ihm vorbei oder über seinen Kopf weg. »Ich bin die Frau«, sagte sie, »und ich schäme und fürchte mich nicht, es zuzugeben.«

Die Art, wie sie mit ihm redete, so direkt ins Gesicht, in dem Raum voll mit betrunkenen Rebellen, das warf mich um.

Richter Fuggett fragte sie: »Wer sonst steckt noch mit drin?«

»Ich und meine Schwester Libby, 'n andern Namen gesteh ich nicht.«

»Wir haben unsere Möglichkeiten, dich zum Sprechen zu bringen, wenn du willst.«

»Tun Sie, was Sie wollen, Richter.«

Das brachte ihn zum Platzen. Er fluchte und wurde so wütend, dass es eine Schande war. Er drohte ihr, sie zu schlagen, sie auszupeitschen, zu teeren und zu federn, aber sie sagte nur: »Nur zu. Meinetwegen können Sie auch Darg holen, wenn Sie wollen. Aber Sie peitschen oder zwingen es nicht aus mir raus. Ich bin die Frau, die Sie suchen. Ich war's, und wenn ich die Möglichkeit kriegte, würde ich's wieder tun.«

Der Richter und die Männer um ihn rum stampften und brüllten das Schlimmste raus. Sie drohten ihr, sie zu einem Stumpf zu zerkleinern, ihr die Geschlechtsteile rauszureißen und sie an die Schweine zu verfüttern, wenn sie ihnen die Namen der anderen nicht sagte. Richter Fuggett versprach ihr, sie würden ein großes Feuer mitten auf dem Markt anzünden und sie reinwerfen, aber Sibonia sagte nur: »Nur zu. Sie haben mich, gut, werden durch mich aber keinen andren kriegen.«

Ich denke, der einzige Grund, warum sie Sibonia nicht gleich an Ort und Stelle aufknüpften, war der, dass sie wirklich nicht wussten, wer die anderen waren, und eine blöde Angst hatten, dass es da noch viele, viele gab. Das verunsicherte sie, und so schimpften sie noch was mehr auf Sibonia ein und drohten ihr, sie gleich hier an der Decke aufzuhängen, sagten, sie würden ihr die Zähne einzeln rausreißen und so weiter, aber am Ende kriegten sie nichts aus ihr raus und warfen sie zurück ins Gefängnis. Die nächsten Stunden verbrachten sie damit, alles wieder und wieder zu durchdenken. Sie wussten, Sibonias Schwester und sieben weitere waren mit dabei gewesen. Aber hinten im Pferch gab es bis zu dreißig Sklaven, gar nicht zu reden von denen, die da jeden Tag durchkamen, weil ihre Master sie hinbrachten, während sie ihre Geschäfte erledigten. Das hieß, dass Dutzend Farbige in einem Umkreis von mehr als hundert Kilometern mit in der Sache drinstecken konnten.

Nun, sie stritten bis spät in die Nacht, und es ging nicht nur ums Prinzip. Die Sklaven waren eine Menge wert. In jenen Tagen wurden sie vermietet, gegen andere ausgetauscht und als Pfand für dies oder das gebraucht. Einige Master, deren Sklaven eingesperrt worden waren, protestierten, erklärten ihre Farbigen für unschuldig und verlangten, dass Sibonia zurückgeholt wurde und sie ihr einen Fingernagel nach dem anderen ausrissen, bis sie zugab, wer noch mit ihr dabei gewesen war.

Einer griff sogar den Richter an und sagte: »Wie kommt's überhaupt, dass Sie von dem Plan erfahren haben?«
»Ein Farbiger hat es mir im Vertrauen verraten.«
»Wer?«
»Das sage ich nicht«, erklärte der Richter. »Aber es war eine farbige Person, die's mir gesagt hat, eine, der zu trauen ist. Viele von euch kennen sie.«
Mir lief es kalt den Rücken runter, denn es gab nur eine Farbige, die vielen von ihnen bekannt war. Aber ich vertrieb den Gedanken aus meinem Kopf, und der Richter sagte gerade, dass es schon drei Tage her wär, seit sie von dem Aufstand erfahren hätten, und dass ihnen besser was einfiel, wie sie Sibonia zum Reden brächten, fürchtete er doch, dass die Sache längst über Pikesville raus wär. Alle stimmten ihm zu.
Sie steckten in der Klemme, und sie ertrugen es nicht. Sie waren entschlossen, Sibonias Willen zu brechen, und so dachten sie nach und dachten und dachten. Spät in der Nacht hörten sie schließlich auf, trafen sich am nächsten Tag wieder und redeten und dachten weiter, und endlich, spät in der Nacht des zweiten Tages, kam der Richter selbst mit einem Plan.
Sie würden den Priester der Stadt holen. Der Mann las jeden Sonntagabend hinten im Hof eine Messe für die Farbigen. Da auch er und seine Frau auf der Todesliste gestanden hatten, beschloss der Richter, ihn zu bitten, ins Gefängnis zu gehen und mit Sibonia zu reden. Die Farbigen achteten den Priester, kannten ihn als fairen Mann, und auch Sibonia respektierte ihn, wie alle wussten.
Es war eine meisterhafte Idee. Alle stimmten ihr zu.
Der Richter rief den Priester in den Saloon, einen stämmigen, entschieden wirkenden Mann mit einem Backenbart, der ein geknöpftes Jackett mit einer Weste trug. Nach Präriemaßstäben war er sauber, und als sie ihn zu Richter Fuggett brachten und der ihm seinen Plan erklärte, nickte er und stimmte

zu. »Sibonia wird mich nicht anlügen können«, verkündete er und marschierte geradewegs aus dem Saloon ins Gefängnis.

Vier Stunden später kam er völlig erschöpft zurück. Ihm musste zu einem Stuhl geholfen werden, er bat um einen Drink, der ihm eingeschenkt wurde, schüttete ihn sich in den Rachen und bat um noch einen. Auch den schüttete er runter, und es musste noch einer sein, den sie ihm ebenfalls brachten, bevor er Richter Fuggett und den anderen erzählen konnte, was geschehen war.

»Ich bin wie verlangt ins Gefängnis gegangen«, sagte er, »habe den Wachmann gegrüßt, und der hat mich zu Sibonias Zelle gebracht. Sie wird ganz hinten in der allerletzten festgehalten. Ich ging hinein und setzte mich. Sie begrüßte mich herzlich.

Ich sagte: ›Sibonia, ich bin gekommen, um alles, was du über diesen sündhaften Aufstand weißt, zu erfahren...‹, und schon schnitt sie mir das Wort ab.

Sie sagte: ›Reverend, Sie kommen nicht aus eigenem Wunsch. Vielleicht hat man sie überredet oder gezwungen. Aber wollen Sie, der mich das Wort Jesu gelehrt hat, Sie, der Mann, der mich gelehrt hat, dass Jesus ehrlich gelitten hat und gestorben ist, wollen Sie mir sagen, ich soll die Menschen verraten, die mir ihr Vertrauen entgegengebracht haben? Wollen Sie, der mich gelehrt hat, dass Jesus sich für mich und nur für mich geopfert hat, wollen Sie mich nun bitten, die Leben derer zu zerstören, die mir helfen würden? Reverend, Sie kennen mich!‹«

Der alte Priester ließ den Kopf hängen. Ich wünschte, ich könnte die Geschichte so erzählen, wie ich sie von ihm gehört habe, denn wenn ich sie hier nacherzähle, dann sicher nicht so, wie er sie erzählt hat. Sein Geist war gebrochen. Etwas in ihm war in sich zusammengefallen. Er beugte sich auf den Tisch, den Kopf in den Händen, und bat um noch einen Drink. Sie gaben ihm einen, und erst, als er auch den runtergeschüttet hatte, konnte er fortfahren.

»Zum ersten Mal in meinem Priesterleben hatte ich das Gefühl, eine große Sünde auf mich geladen zu haben«, sagte er. »Ich konnte nicht anders, ich nahm ihre Zurückweisung an, und es dauerte lange, bis ich mich von meinem Schock erholte. Ich sagte: ›Aber, Sibonia, es war ein sündhafter Plan. Hättest du Erfolg gehabt, wären die Straßen blutrot. Wie konntest du vorhaben, so viele Menschen zu töten? Mich zu töten? Meine Frau? Was haben meine Frau und ich dir getan?‹

Darauf sah sie mich ernst an und sagte: ›Reverend, Sie und Ihre Frau waren es, die gelehrt haben, dass Gott ohne Ansehen der Person richtet. Sie und Ihre Missus waren es, die mir beigebracht haben, dass wir in Seinen Augen alle gleich sind. Mein Mann war ein Sklave. Meine Kinder waren Sklaven. Sie wurden verkauft. Er und jedes Einzelne von ihnen, und nachdem mir auch das Letzte genommen worden war, sagte ich: ›Ich werde einen Schlag für die Freiheit führn.‹ Ich hatte einen Plan, Reverend, doch ich habe versagt. Ich wurde verraten. Aber ich sage Ihnen, hätte ich Erfolg gehabt, hätte ich Sie und Ihre Frau als Erste getötet, um denen, die mir folgten, zu zeigen, dass ich zu opfern bereit war, was ich liebe, während sie die, die sie hassten, der Gerechtigkeit zuführen sollten. Für den Rest meines Lebens hätte ich mich elend gefühlt. Ich könnte kein menschliches Wesen töten und etwas andres empfinden. Aber in meinem Herzen sagt Gott mir, ich hatte recht.‹«

Der Reverend sackte auf seinem Stuhl zusammen. »Ich war überwältigt«, sagte er. »Ich konnte darauf nicht leicht antworten. Ihre Aufrichtigkeit war so lauter, dass ich alles in meinem Mitgefühl für sie vergaß. Ich wusste nicht, was ich tat. Ich verlor den Verstand. Ich nahm ihre Hand und sagte: ›Sibby, lass uns beten.‹ Und wir beteten lang und ernsthaft. Ich betete zu Gott als unserem gemeinsamen Vater. Ich erkannte an, dass er Gerechtigkeit walten lassen würde. Dass jene, die von uns für die Schlimmsten gehalten werden, von Ihm zu den Besten gezählt werden mögen. Ich betete zu Gott, Sibby zu vergeben, und falls wir uns irrten, auch den Weißen zu vergeben. Ich drückte Sibbys Hand, und sie drückte meine voller Wärme, und mit einer Freude, wie ich sie nie erfahren habe, hörte ich ihr ernstes, feierliches ›Amen‹, als ich schloss.«

Er stand auf. »Ich tauge für diese infernalische Institution nicht mehr«, sagte er. »Hängt sie, wenn ihr wollt. Aber sucht euch einen anderen, der sich um das geistliche Wohl dieser Stadt sorgt. Ich bin mit ihr fertig.«

Damit verließ er den Raum.

14

Eine schreckliche Entdeckung

Sie verschwendeten keine Zeit mit Nebensächlichkeiten, als es daran ging, Sibonias Farbige zu hängen. Am nächsten Tag schon fingen sie an, den Galgen zu bauen. Hinrichtungen waren damals ein Spektakel, mit Marschkapellen, Bürgerwehren, Ansprachen und was noch allem. Aber weil Miss Abby so viel Geld dabei verlor und sie so einen Wirbel deswegen machte, waren doch vier von ihren Niggern unter den Verurteilten, zog sich die Sache etwas hin. Dennoch, es war entschieden und brachte viel Geld in die Stadt. Die Geschäfte brummten in den nächsten Tagen. Ich musste von morgens bis abends Drinks und Essen servieren, denn die Leute kamen von kilometerweit, um die Hinrichtung nicht zu verpassen. Es lag so was wie Begeisterung in der Luft, und nur die Master, die Sklaven hatten, verschwanden mit ihnen aus der Stadt und kamen erst mal nicht wieder. Die Leute wollten ihr Geld nicht verlieren.

Die Nachricht von der bevorstehenden Hinrichtung brachte aber noch anderen Ärger, denn es ging das Gerücht, Freistaatler hätten von der Sache gehört und machten die Gegend südlich von Pikesville unsicher. Ein paar Überfälle sollte es schon gegeben haben. Patrouillen wurden ausgeschickt, und die Siedler gingen nicht mehr ohne Gewehr aus dem Haus. Die Stadt wurde abgeriegelt, mit Posten an allen Zugängen, wo du nicht durchkamst, wenn du den Pikesvillern nicht bekannt warst, und mit den guten Geschäften, den Gerüchten und der Spannung überall in der Luft dauerte es fast eine volle Woche, bevor es endlich so weit war.

Es war ein sonniger Nachmittag, und kaum waren die Leute auf dem Platz versammelt und auch die letzte Bürgerwehr eingetroffen, holten sie Sibonia und den Rest aus dem Gefängnis. In einer langen Reihe kamen sie raus, alle Neun, links und rechts von Rebellen und Milizleuten bewacht. Es waren 'ne unglaubliche Menge Leute da, um zuzusehen, und wenn die Farbigen irgendeine Hoffnung gehabt hatten, in letzter Minute noch von Freistaatlern befreit zu werden, mussten sie sich nur umkucken, um zu kapieren, dass daraus nichts wurde. Etwa dreihundert bis an die Zähne bewaffnete Rebellen standen um den Galgen, rund hundert gehörten zu Bürgerwehren und trugen Uniformen, blitzende Bajonette, rote Hemden und schöne Hosen. Sogar 'n richtigen Trommler gab es. Die Farbigen aus der Umgebung waren auch hergekarrt worden. Männer, Frauen, Kinder. Sie stellten sie direkt vor dem Galgen auf, damit sie genau mitbekamen, was passierte, wenn sie zu revoltieren versuchten.

Es war kein weiter Weg vom Gefängnis bis zum Galgen für Sibonia und die anderen, aber ihnen muss er kilometerlang vorgekommen sein. Sibonia, die, die sie alle hängen sehen wollten, kam als Letzte. Als die Neun zum Gerüst gingen, bekam's der Bursche vor Sibonia, ein junger Kerl, mit der Angst und brach vor den Stufen hoch zum Galgen zusammen. Er fiel hin und schluchzte. Sibonia packte ihn beim Kragen und zog ihn auf die Beine. »Sei ein Mann«, sagte sie, und er riss sich zusammen und kletterte nach oben.

Als alle auf der Plattform standen, fragte der Henker, wer von ihnen als Erster gehängt werden wollte. Sibonia sah zu ihrer Schwester Libby hin und sagte: »Komm, Schwester.«

Dann wandte sie sich an die anderen und sagte: »Wir geben euch ein Beispiel, dann gehorcht.« Sie trat zur Schlinge, damit sie ihr zuerst um den Hals gelegt wurde. Libby folgte ihr.

Ich wünschte, ich könnte ausdrücken, was für 'ne Spannung da herrschte. Es war, als hätte sich die Schlinge ums Sonnenlicht selbst gelegt, hoch oben am Himmel, und hielte jedes Blatt und jede Gestalt am Platz. Keine Seele bewegte sich, die Luft stand still. Kein Wort drang aus der Menge. Der Henker war nicht bösartig und auch nicht grob, sondern sogar ziemlich höflich. Er ließ Sibonia und ihre Schwester noch was reden und fragte dann, ob sie bereit wären. Sie nickten. Er drehte sich nach der Kapuze um, die ihnen über den Kopf gezogen wurde. Sibonia kam zuerst dran, und als er fertig war, sprang sie plötzlich von ihm weg, sprang so hoch, wie sie konnte, und fiel schwer durch das Loch in der Plattform.

Aber sie kam nicht bis ganz runter. Das Seil war nicht richtig verknotet, es unterbrach den Fall, und ihr Körper, der nur halb durch die Öffnung war, zuckte wie verrückt. Sie wand sich, und die Füße traten ins Leere und versuchten instinktiv wieder festen Boden unter sich zu kriegen. Libby beugte sich vor, legte die Hand auf Sibonias Seite und hielt ihren zappelnden Körper von der Plattform weg. Sie sah die anderen Farbigen an und sagte: »Lasst uns sterben wie sie.« Und nach noch ein paar zitternden, bebenden Momenten war es vorbei.

Bei Gott, ich wär ohnmächtig geworden, hätte sich die ganze Sache nicht komplett in die falsche Richtung entwickelt, was alles viel interessanter machte. Einige Rebellen in der Menge fingen an zu brabbeln, dass ihnen das Ganze nicht gefiel, andere sagten, es sei 'ne verdammte Schande, die neun Leute zu hängen, erzählte ein Farbiger doch schneller 'ne Lüge über einen anderen, als du dir die Hose einreißen konntest, und keiner wusste, wer was gemacht hatte, und überhaupt würden sie am besten *alle* aufgeknüpft. Andere meinten, die Neger hätten nichts gemacht, und es wär alles ein Riesen-Hokuspokus, weil der Richter Miss Abbys Geschäfte übernehmen wollte. Wieder andere sagten, mit der Sklaverei sollte grundsätzlich Schluss sein, weil sie so viel Ärger machte. Schlimmer war noch, dass die vorm Galgen stehenden Farbigen ganz aufgeregt wurden, als sie Sibonias Mut sahen, und die Uniformierten griffen ein und versuchten sie zu beruhigen, was noch größeren Aufruhr hervorrief. Es lief einfach ganz und gar nicht wie erwartet.

Der Richter sah, wie die Dinge außer Kontrolle gerieten, und deshalb hängten sie die verurteilten Neger so schnell, wie sie konnten, und Minuten später lagen Libby und die anderen schlafend auf der Erde.

Hinterher schlich ich mich davon, um mir ein Wort des Trostes zu holen. Da Pie die Hinrichtung nicht gesehen hatte, nahm ich an, sie würde gern was drüber hören. Die letzten paar Tage war sie in ihrem Zimmer geblieben, denn die Kunden kamen Tag und Nacht. Je beunruhigter die Zeiten waren, desto besser gingen die Geschäfte. Aber jetzt war es vorbei, und das gab mir die Chance, wieder näher an sie zu rücken. Ich würde ihr alles erzählen, denn sie mochte Klatsch und wollte sicher wissen, wie's gegangen war.

Aber sie war ganz komisch. Ich ging zu ihrem Zimmer und klopfte, und sie machte auf, beschimpfte mich 'n bisschen, sagte, ich soll verschwinden, und knallte mir die Tür vor der Nase zu.

Erst machte ich mir keine großen Gedanken deswegen, aber ich sollte vielleicht sagen, dass ich zwar nicht fürs Aufhängen gewesen war, aber auch nicht völlig dagegen. Ehrlich gesagt, war es mir ziemlich egal. Persönlich ging's mir gut damit, mit dem Essen und dem Trinkgeld, weil es so ein Spektakel war. Das war okay. Das Ende vom Lied war aber, dass Miss Abby einen Batzen Geld verlor, und sie hatte mir gegenüber schon vor dem Aufstand angedeutet, dass ich mehr Geld auf dem Rücken als auf den Beinen verdienen könnte. Klar hatte sie den Kopf voll wegen der Hinrichtung, doch das war jetzt erledigt, und ich hätte mir wohl Sorgen machen sollen, was ihre nächsten Pläne waren, aber die interessierten mich nicht. Die Hinrichtung, Sibonia, der Hurenjob und Bob, der nicht gehängt wurde, das alles ließ mich kalt. Meine ganze Sehnsucht galt Pie, und die wollte nichts mehr mit mir zu tun haben. Sie schnitt mich.

Erst maß ich dem nicht zu viel Bedeutung bei. Es war sowieso alles irgendwie unsicher, die Zeiten waren nun mal unruhig, für Schwarz *und* Weiß. Neun Farbige hatten sie aufgehängt, das war 'ne Menge, auch für Farbige, wirklich 'ne Menge. Ein Sklave galt während der Sklavenzeit kaum mehr als ein Hund, aber er war ein *wertvoller* Hund. Ein paar der Halter, deren Sklaven gehängt wurden, kämpften bis zum Ende dagegen, denn es war überhaupt nicht klar, wer was gemacht, geplant oder verraten und was Sibonia wirklich vorgehabt hatte. Es gab einfach nur reichlich Angst und Verwirrung. Ein paar von den Negern, die aufgehängt wurden, gestanden vorher was, drehten sich um und gestanden was anderes, und ihre Geschichten passten nicht zusammen, so dass keiner wirklich wusste, was er glauben sollte, denn der Rädelsführer sagte kein Wort. Sibonia und ihre Schwester Libby verrieten rein gar nichts und hinterließen mehr Durcheinander als vorher, was wohl ihre Absicht gewesen war. Das Ergebnis war, dass einige Sklavenhändler kamen und ein paar Tage kleinere Geschäfte machten, aber nicht viel. Sklavenhändler wurden allgemein verachtet, selbst Sklaverei-Befürworter mochten sie nicht, denn Leute, die Geld gegen Blut eintauschten, wurden nicht als ehrenhafte Geschäftsleute betrachtet, sondern eher als Diebe und Seelenverkäufer, und der normale abergläubische Pionier und Siedler konnte sich für sie nicht erwärmen. Im Übrigen wollte kein viel beschäftigter Sklavenhändler den ganzen Weg hoch nach Missouri machen, um aufmüpfige Sklaven zu kaufen, sie tief in den Süden zu bringen und da zu verkaufen, denn aufmüpfige Neger konnten unten in New Orleans so viel Ärger machen wie hier oben, was sich rumsprechen würde, und auch ein Sklavenhändler hatte auf seinen Ruf zu achten. Die Farbigen aus Pikesville waren als schlechte Ware gebrandmarkt, und ihr Handelspreis lag ganz unten, weil keiner wusste, wer beim Aufstand mit dabei gewesen war und wer nicht. Das war Sibonias Geschenk an sie, nehm ich an. Denn sonst wären sie alle in den Süden geschickt worden, aber so saßen sie fest, wo sie waren, keiner wollte sie, und die Sklavenhändler verschwanden wieder.

Aber der böse Geruch blieb in der Luft hängen. Besonders, was Pie anging. Sie war für die Hinrichtung gewesen, schien jetzt aber sauer drüber. Ich wusste, was sie getan hatte, oder nahm wenigstens an, dass sie dem Richter von dem Aufstand erzählt hatte, und die Wahrheit ist, dass ich's ihr nicht vorwarf. Farbige wandten sich damals ständig gegen'nander, genau, wie's die Weißen machten. Wo lag der Unterschied? Ein Verrat ist nicht größer als ein anderer. Der Weiße machte es schriftlich, der Nigger mündlich. Übel ist beides. Einer aus dem Pferch muss Pie erzählt haben, dass Sibonia einen Ausbruch plante, und die hat's dem Richter für irgendeinen Gefallen erzählt, und als der Eintopf runterkochte und ausgeteilt wurde, nun, da war's dann kein Ausbruch mehr, sondern Mord. Das waren zwei verschiedene Sachen. Ich denk, Pie hatte 'nen Sack Scheiße aufgemacht, es aber erst gemerkt, als es zu spät war. So wie ich es mir vorstelle, im Nachhinein, hatte Richter Fuggett seine eigenen Interessen. Er besaß keine Sklaven, wollte aber welche, und konnte nur gewinnen, falls Miss Abby pleiteging. Später hörte ich ihn sagen, dass er seinen eigenen Saloon wollte, und wie fast alle weißen Männer in der Stadt hatte er

Angst vor Miss Abby und war neidisch auf sie. Der Verlust der Sklaven kostete sie ganz schön was.

Ich glaub nicht, dass Pie das alles so kapierte. Sie wollte weg, und ich denke, der Richter hatte ihr eine Art Versprechen für ihre Flucht gemacht und es dann nicht gehalten. Sie hat nie was in der Richtung gesagt, aber so geht's dir, wenn du versklavt bist und rauswillst. Du lässt dich auf Sachen ein. Du tust, was du tun musst, und wendest dich gegen die, gegen die du dich wenden musst, und wenn dich der Fisch aus dem Eimer anspringt und wieder zurück in den See flutscht, nun, dann hast du eben Pech. Pie hatte eine Dose mit Geld unterm Bett, lernte lesen und wandte sich gegen Sibonia und die anderen, die sie hassten, weil sie so hell und schön war. Ich machte ihr deswegen keinen Vorwurf. Ich ging das Leben doch auch als Mädchen an. Alle Farbigen machten, was nötig war, um durchzukommen. Aber das Netz der Sklaverei ist klebrig, und am Ende kommt keiner richtig davon los. Meine arme Pie erwischte es ganz fürchterlich.

Sie wurde wie taub. Sie ließ mich zu sich rein, damit ich saubermachte, aufräumte und ihr Wasser brachte, den Nachttopf leerte und so weiter. Aber sobald ich fertig war, flog ich raus. Sie hatte nicht mehr als ein paar Worte für mich. Sie schien wie ausgeleert, wie 'n Glas, das einer umgekippt hatte. Ihr Fenster ging nach hinten raus, und du konntest den Rand des Sklavenpferchs sehen, der sich langsam wieder füllte. Oft sah ich sie nachmittags am Fenster stehen, da runterstarren und fluchen. »Sie haben alles kaputtgemacht«, schimpfte sie, »diese gottverdammten Nigger.« Sie beschwerte sich, dass die Hinrichtung ihrem Geschäft schadete, aber die Schlangen vor ihrer Tür waren immer noch lang. Sie stand am Fenster, verfluchte die ganze Welt und warf mich unter dem einen oder anderen Vorwand raus, und ich musste auf dem Flur schlafen. Ihre Tür blieb zu. Wenn ich kam und anbot, ihr mehr Buchstaben beizubringen, hatte sie kein Interesse. Sie blieb einfach nur in ihrem Zimmer und vögelte die Kerle trocken, wobei sich einige von ihnen beschwerten, dass sie bei ihren Verrichtungen eingeschlafen war, was nicht ging.

Ich wusste nicht weiter. Dabei, das sollte ich hier sagen, sehnte ich mich so verzweifelt nach ihr, dass ich drüber nachdachte, meine Maskerade als Mädchen aufzugeben. Ich wollte das nicht mehr. Sibonia gesehen zu haben, änderte was in mir. Die Erinnerung dran, wie sie den Burschen hochgezogen und zu ihm gesagt hatte: »Sei ein Mann«, also das war mir im Hals stecken geblieben. Es tat mir nicht leid, dass sie tot war. Sie hatte beschlossen, dieses Leben auf ihre eigene Art und Weise loszuwerden, aber wenn Sibonia wie ein Mann aufstehen und die Sache angehen konnte, obwohl sie doch eine Frau war, nun, dann sollte ich es bei Gott auch können, selbst wenn ich nicht wie einer aussah, und mich der Frau erklären, die ich liebte. Die ganze verdammte Geschichte schlug Purzelbäume in meinem Kopf, aber sie hatte auch eine praktische Seite. Miss Abby hatte bei der Hinrichtung vier Sklaven verloren, Libby, Sibonia und zwei Männer namens Nate und Jefferson, und während sie andeutete, dass meine Zeit auf dem Rücken näherkam, stellte ich mir vor, dass sie einen weiteren Mann brauchen könnte, wo doch zwei aufgehängt worden waren. Warum nicht mich? Mit zwölf war ich zwar noch kein richtiger Mann, und groß war ich sowieso nicht, aber immerhin doch ein Mann, und jetzt, wo sie so viel Geld verloren hatte, sah Miss Abby die Sache vielleicht wie ich und nahm mich als das, was ich war. Ein guter Arbeiter war ich schließlich, wie es auch kam. Ich nehm an, ich wollte einfach kein Mädchen mehr sein.

So geht's, wenn ein Junge ein Mann wird. Er wird dümmer. Ich arbeitete gegen mich selbst, riskierte, in den Süden verkauft zu werden und alles zu verlieren, bloß weil ich ein Mann sein wollte. Nicht für mich selbst. Aber für Pie. Ich liebte sie und hoffte, sie würde mich verstehen. Mich akzeptieren. Meinen Mut, meine Verkleidung aufzugeben und ich selbst zu sein. Sie sollte wissen, dass ich kein Mädchen mehr spielen wollte, und mich dafür lieben. Auch wenn sie nicht wirklich gut zu mir war, wies sie mich doch nie komplett ab, sagte nie: »Komm nicht wieder«, ließ mich immer rein, saubermachen und aufräumen, und das nahm ich als gutes Zeichen.

Mit diesen Gedanken im Kopf beschloss ich eines Nachmittags, dass ich genug hatte von dem ganzen Mummenschanz. Ich ging rauf zu ihrem Zimmer und trug die Worte, die ich sagen wollte, schon im Mund. Ich drehte den Knauf, ging rein, machte die Tür fest hinter mir zu und wusste, sie saß hinter dem Wandschirm, denn da stand der Stuhl beim Fenster, von dem du raus auf den Pferch und die Gasse und so weiter sehen konntest, wo sie so gerne saß und nach draußen kuckte.

Von der Tür aus konnte ich sie nicht sehen, aber ich wusste, dass sie da war. Ich hatte Angst, ihr direkt gegenüberzutreten, doch ich war entschlossen, und so sprach ich zum Wandschirm und erklärte ihr, was ich auf dem Herzen hatte. »Pie«, sagte ich, »wie's auch gehn wird, ich seh der Sache ins Auge. Ich bin ein Mann! Und ich werd's Miss Abby und allen hier im Haus sagen. Ich werd ihnen alles erklärn.«

Es blieb ruhig. Ich sah hinter den Wandschirm. Sie war nicht da. Das war ungewöhnlich. Pie verließ kaum mal ihr Zimmer, besonders weil das Geld da unterm Bett versteckt lag.

Ich kuckte ins Nebenzimmer, auf die Treppe nach hinten raus, unterm Bett. Sie war weg.

Ich suchte in der Küche, aber da war sie auch nicht. Ich ging in den Saloon. Ins Klohäuschen. Weg. Beim Sklavenpferch fand ich sie auch nicht. Er war leer, denn die paar Sklaven, die da im Moment lebten, wurden die meisten Tage vermietet und waren anderswo. Ich sah die Gasse rauf und runter. Nicht eine Menschenseele. Ich drehte mich um und wollte zurück ins

Hotel, als ich was aus Dargs Hütte hörte, auf der anderen Seite der Gasse, direkt gegenüber vom Pferch. Es klang wie ein Streit und ein Kampf, und ich glaubte, Pie krächzen zu hören. Vor Schmerzen. Schnell lief ich rüber.

Ich hörte Drag fluchen, das Geräusch von Haut, die auf Haut schlug, und ein Jaulen. Endlich war ich an der Tür.

Sie war von innen mit einem Nagel verschlossen, aber ich konnte sie etwas aufdrücken und reinlinsen, und da sah ich was, was ich so schnell nicht vergessen würde.

Im Licht, das durch den kaputten Fensterladen fiel, sah ich meine Pie auf einem Strohbett auf dem Boden, splitternackt und auf allen vieren, und hinter ihr war Darg, hielt eine kleine, vielleicht zwanzig Zentimeter lange Gerte in der Hand und tat was Schreckliches mit ihr, machte es ihr und schlug sie gleichzeitig mit der kleinen Gerte. Ihr Kopf war nach hinten gebogen, und sie jaulte, während er sie ritt und sie eine hellbraune Hure und einen Spitzel nannte, weil sie all die Nigger und ihren Plan verraten hatte. Er schlug sie und beschimpfte sie mit allem, was ihm einfallen wollte, und sie rief, dass es ihr leid tat und sie es gestehen musste.

Ich trug eine zweischüssige Pepperbox unter meinem Kleid, geladen, und ich wär da reingerannt und hätte ihm beide Ladungen in den Schädel geblasen, hätte sie nicht ausgesehen, als würde sie die Sache ungeheuer genießen.

15

Zerdrückt

Ich sagte keinem was von dem, was ich da gesehen hatte, und erledigte meine Aufgaben im Pikesville Hotel wie immer. Pie kam ein paar Tage später zu mir und sagte: »Oh, Schatz, ich war so schrecklich zu dir. Komm in mein Zimmer und hilf mir, ich will an meinen Buchstaben arbeiten.«

Um ehrlich zu sein, war ich nicht in der Verfassung, doch ich versuchte es. Sie sah aber, dass ich ihr nicht wie sonst schöntat, wurde böse, verlor die Lust und warf mich raus. Und das war das Ende. Ich fühlte mich verabschiedet, anders, und zum ersten Mal machte ich mir ein paar eigene Gedanken über die Welt. Nimm einen Jungen, und er bleibt einer, auch wenn du ihn wie 'n Mädchen anziehst, bleibt er in sich drin doch ein Junge. Ich war einer, und wenn ich auch nicht so aussah, hatte es mir doch das Herz gebrochen wie einem, und zum ersten Mal dachte ich ans Freisein. Es war nicht die Sklaverei, die den Wunsch, frei zu sein, in mir weckte. Es war mein Herz.

Zu der Zeit fing ich an, mir Fusel in den Schlund zu schütten. Das war nicht schwer. Ich war damit aufgewachsen, hatte meinen Pa trinken sehen und machte es wie er. Es ging ganz leicht. Die Männer in der Kneipe mochten mich, denn ich war eine gute Hilfe. Sie ließen mich die Reste aus ihren Krügen und Gläsern trinken, und als sie irgendwann rausfanden, dass ich gut singen konnte, gaben sie mir 'n Glas Roggenwhiskey oder drei für ein Lied aus. Ich sang ihnen »*Maryland, My Maryland*«, »*Rebels Ain't So Hard*«, »*Mary Lee, I'm Coming Home*« und die frommen Lieder, die ich meinen Pa und Old John Brown hatte singen hören. Der normale Rebell war fromm wie sonst alle auch, und die Lieder rührten sie zu Tränen, worauf sie noch mehr Freudensaft in meine Richtung schickten, den ich nicht schlecht werden ließ. Ich betrank mich.

Es dauerte nicht lang, bis ich zur Stimmungskanone wurde. Angetrunken wankte ich durch den Saloon, erzählte Witze und machte mich nützlich, wie's mein Pa getan hatte. Ich war der Renner. Aber damals unterschrieb ein Mädchen, ob farbig oder weiß, selbst ein junges, das mit Männern trank und den Clown spielte, einen Schuldschein, der früher oder später einzulösen war, und das Kneifen in meinen Hintern und die alten Zausel, die mir vorm Zumachen des Saloons den Weg abzuschneiden versuchten, waren schwer zu ertragen. Zum Glück tauchte Chase wieder auf. Er hatte sich in Nebraska als Viehdieb versucht, ohne großen Erfolg, und sich von seiner Sehnsucht nach Pie zurück nach Pikesville treiben lassen. Wir verbrachten Stunden auf dem Dach von Miss Abbys Hotel, sahen auf die Prärie raus, tranken Freudensaft und hatten nichts als Pie im Kopf, die mit beiden von uns nichts mehr zu tun haben wollte. Ihr Zimmer im berüchtigten Stock stand nur noch denen offen, die zahlten, Freunden nicht, und wir zwei hatten eindeutig nichts bei ihr zu bestellen. Sogar Chase, deprimiert und einsam, wie er war, versuchte mir an die Wäsche zu gehen. »Zwiebel, du biss wie 'ne Schwester für mich«, sagte er eines Abends, »nee, mehr noch als 'ne Schwester«, und wollte mich wie die alten Kerle unten im Saloon betatschen, aber ich konnte mich befreien, und er fiel platt aufs Gesicht. Klar, ich vergab ihm, und von da an waren wir tatsächlich wie Bruder und Schwester, mein Kidnapper und ich. Viele Abende betranken wir uns und heulten den Mond an, was mir gefiel, denn wenn du nach unten wegsackst, gibt's nichts Besseres, als da 'n Freund zu haben.

Ich hätte wohl so weitergemacht und wär 'n Pennbruder geworden, aber Sibonias Hinrichtung brachte mehr Ärger. Zum einen hatten 'n paar von den toten Negern Mastern gehört, die nicht mit Richter Fuggetts Entscheidungen einverstanden waren. Da kam es zu einigen Faustkämpfen. Miss Abby, die auch dagegen gewesen war, wurde als Abolitionistin beschimpft, weil sie den Mund nicht halten wollte, und das führte zu noch mehr Streitereien. Richter Fuggett verließ die Stadt. Er lief mit einem Mädchen namens Winky davon, und die Berichte, dass die Freistaatler unten in Atchinson Ärger machten, wurden häufiger. Das war ungut, denn Atchinson war klar Rebellengebiet, und wenn die Freistaatler da Boden gewannen, machte es alle nervös. Das Hotel lief schlechter, genau wie die Geschäfte in der ganzen Stadt weniger wurden, Arbeit zu finden wurde für alle schwierig. Chase erklärte: »Hier iss nichts mehr zu holn«, und verließ die Stadt in Richtung Westen, was mich wieder allein zurückließ.

Ich überlegte, ob ich davonlaufen sollte, aber das Leben drinnen hatte mich weich gemacht. Der Gedanke, allein da draußen durch die Prärie zu reiten, frierend und von Mücken und heulenden Wölfen umgeben, war nicht wirklich ermutigend. So ging ich denn eines Abends in die Küche, organisierte mir ein paar Kekse und einen Krug Limonade und ging raus, um nach Bob zu sehen, war er doch der letzte Freund, den ich noch hatte.

Er saß allein auf einer Kiste am Rand des Pferchs, sah mich und bewegte sich von mir weg. »Lass mich in Ruhe«, sagte er. »Mein Leben iss keinen verbogenen Cent mehr wert wegen dir.«

»Die sind für dich«, sagte ich und hielt die Kekse durch den Zaun. Sie waren in einem Taschentuch, das ich in seine Richtung reckte, aber er sah zu den anderen rüber und rührte sie nicht an.

»Lass mich in Ruhe. Du traust dich ganz schön was, hier rauszukommen.«

»Was hab ich jetzt wieder gemacht?«

»Es heißt, dass du Sibonia verraten hast.«

»Was?«

Und bevor ich mich wegbewegen konnte, kamen ein paar Neger von der anderen Seite des Pferchs rüber zu uns. Es waren fünf, und einer, ein stark aussehender Kerl, löste sich von ihnen und trat an den Zaun zu mir. Es war ein stämmiger, gut aussehender, schokoladenhäutiger Neger namens Broadnax, der für Miss Abby Außenarbeiten erledigte. Er hatte breite Schultern, war kräftig gebaut und schien meist ganz verträglich, aber den Eindruck machte er jetzt nicht. Ich wich zurück und wollte ins Hotel, aber er war schneller vor mir an der Ecke des Zauns und packte mich mit seiner dicken Hand durch die Latten am Arm.

»Nicht so schnell«, sagte er.

»Was wolln Sie von mir?«

»Setz dich 'ne Minute und rede mit mir.«

»Ich muss arbeiten.«

»Jeder Nigger auf dieser Welt muss arbeiten«, sagte Broadnax. »Was ist deine Aufgabe?«

»Wie meinen Sie das?«

Er hielt mich gepackt, und sein Griff war fest genug, mir den Arm zu brechen. Er lehnte sich gegen den Zaun und sprach ruhig und gleichmäßig. »Über die Lügen will ich reden, die du drüber verbreitet hast, was du über Sibonia wusstes' und was nicht. Und was du gesagt hast und nicht gesagt hast. Du kannst es deinem Freund hier sagen, oder mir. Aber ohne eine Geschichte, wer weiß da, was deine Aufgabe ist? Alle Nigger haben die gleiche Aufgabe.«

»Was?«

»Ihre Aufgabe ist es, Geschichten zu erzählen, die der weiße Mann mag. Wie geht deine Geschichte?«

»Ich weiß nicht, wovon Sie reden.«

Broadnax drückte meinen Arm fester, so fest, dass ich dachte, er würde tatsächlich gleich abbrechen. Dabei ließ er den Blick wandern, um sich zu versichern, dass keiner die Gasse lang kam. Von unserer Stelle aus konntest du das Hotel, die Gasse und Dargs Haus hinter dem Pferch sehen. Nirgends war einer, wo hier doch normalerweise um diese Zeit immer drei, vier Leute unterwegs waren. Aber seit Sibonias Tod wurde es ruhiger in Pikesville. Die Frau war eine Hexe.

»Ich rede von Buchstaben«, sagte er. »Deine Aufgabe war, zurückzukommen, Sibonia ein paar Briefe und Passierscheine zu schreiben und den Mund zu halten. Du hast es versprochen, da war ich hier, und du hast es nicht getan.«

Ich hatte komplett vergessen, was ich Sibonia versprochen hatte, und jetzt standen auch Broadnax' Freunde da, taten hinter ihm mit ihren Schaufeln rum, als wären sie schwer beschäftigt, und hörten genau zu.

»Ich hatte keine Zeit, rauszukommen. Die Weißen haben mich genau beobachtet.«

»Die bist schrecklich eng mit Pie.«

»Ich weiß nichts von Pies Sachen«, sagte ich.

»Vielleicht hat sie's dir ja erzählt?«

»Was erzählt?«

»Das mit Sibonia.«

»Ich weiß von nichts. Sie erzählt mir nichts.«

»Warum sollte sie auch, wenn du so angezogen rumläufst.«

»Das soll Sie nicht störn«, sagte ich. »Ich versuch nur wie alle andern durchzukommen. Ich hatte nie was gegen Sibonia. Ich hätte mich ihr nicht in den Weg gestellt.«

»Die Lüge ist hier keine Prise wert.«

Die beiden Burschen hinter Broadnax kamen näher an den

Zaun ran. Einige hatten mit ihrer Schaufelei aufgehört und taten nicht mehr so, als würden sie arbeiten. Ich hatte meine zweischüssige Pepperbox unter dem Kleid und eine freie Hand, aber gegen die alle kam ich damit nicht an, und sie sahen wahnsinnig wie Teufel aus.

»Gott ist mein Zeuge«, sagte ich. »Ich hatte keine Ahnung von dem, was sie vorhatte.«

Broadnax sah mir in die Augen. Er zuckte mit keiner Wimper. Meine Worte rührten ihn nicht.

»Miss Abby verkauft die Seelen in diesem Hof«, sagte Broadnax. »Wusstest du das? Sie macht es langsam und denkt, es fällt kei'm auf. Zehn sind noch da, vor zwei Wochen warn es noch siebzehn. Drei sind in der letzten Woche verkauft worden. Lucious hier…«, er deutete auf einen der Männer hinter sich, »Lucious hat seine beiden Kinder verlorn, und die warn nie in Miss Abbys Hotel, also können sie's nicht erzählt haben. Nose, das Mädchen, das dir die Nachricht von dem Bibeltreffen gebracht hat, sie iss vor zwei Tagen verkauft worden, und Nose hat auch nichts verraten. Damit sind nur noch wir zehn hier. Wir werden wahrscheinlich alle bald verkauft, weil Miss Abby denkt, wir bringen ihr Ärger. Aber vorher will ich noch rauskriegen, wer Sibonia verpfiffen hat, und wenn ich's rauskriege, wird er oder sie dafür büßen. Oder ihre Familie. Oder…«, er sah Bob an, »ihre Freunde.«

Bob zitterte. Er sagte kein Wort.

»Bob war nicht im Hotel, seit ihn Miss Abby hier rausgesperrt hat«, sagte ich.

»Er konnte im Sägewerk was ausplaudern, wo er jeden Tag arbeitet. Einem der Weißen da kann er was gesagt haben. So was verbreitet sich schnell.«

»Bob kann's gar nicht gewusst haben, weil ich's auch nicht gewusst hab, und er plaudert vor Weißen nichts aus. Er hatte Angst vor Sibonia.«

»Da hatte er recht. Sie hat ihm nicht getraut.«
»Er hat nichts Falsches getan, und ich auch nicht.«
»Du wills' nur deine Haut retten.«
»Warum nicht? Sie bedeckt meinen Körper.«
»Warum sollte ich 'ner Schwuchtel glauben, die in einem Kleid und mit 'ner Haube rumläuft?«
»Ich sag Ihnen, ich hab keinem was erzählt. Und Bob auch nicht.«
»Beweis es!«
»Bob ist mit Old John Brown geritten. Genau wie ich. Warum hast du ihnen das nicht erzählt, Bob?«

Bob blieb stumm. Endlich sagte er: »Weil's mir keiner geglaubt hätte.«

Das ließ Broadnax innehalten. Er sah die anderen an, die näher gekommen waren und sich nicht dran störten, ob einer aus dem Hotel raussah oder nicht. Ich hoffte sehr drauf, dass einer aus der Hintertür gelaufen käm, aber nichts geschah. Ein Blick rüber sagte mir im Übrigen, dass sie einen Posten aufgestellt hatten. Mit dem Rücken zur Tür stand da ein Neger und fegte die Gasse. Wenn einer rauswollte, würde er ihn lange genug aufhalten, dass sich alle zerstreuen konnten. Die Farbigen im Pferch waren organisiert.

Aber ich hatte jetzt ihre Aufmerksamkeit, Broadnax schien interessiert. »Mit Old John Brown?«, sagte er.

»Genau.«

»Old John Brown ist tot«, sagte Broadnax langsam. »Er ist in Osawatomie getötet worden. Dein Freund hat ihn umgebracht, der Kerl, mit dem du dich betrinkst, was noch 'n Grund ist, dir die Haut abzuziehn.«

»Chase?« Ich hätte gelacht, hätte ich mich nicht so kleinlaut gefühlt. »Chase hat keinen umgebracht. Auch zweihundert Säufer wie er hätten den Captain nicht umbringen können. In Black Jack, da wollten ihn zwanzig Rebellen erwischen und konnten ihm nichts anhaben. Lassen Sie mich los, und ich erzähl Ihnen, wie's war.«

Ganz wollte er mich nicht loslassen, aber er machte eine Geste zu den anderen hin, sich zurückzuziehen, was sie taten. Und dann da am Zaun, durch den er mich wie 'ne Waschbärfalle gepackt hielt, erzählte ich ihm alles. Wie der Alte Mann bei Dutch reingeschneit war und mich mitgenommen hatte. Wie ich weggelaufen war und Bob bei Dutchs Kreuzung getroffen hatte. Wie Bob sich geweigert hatte, Pardee nach Hause zu fahren, und wie die Rebellen davongeritten waren. Wie Bob mir zum Alten Mann zurückgeholfen hatte und dann selbst mit dem Wagen seines Masters von ihm gestohlen worden und ins Lager gebracht worden war. Und wie Chase und Randy uns hergebracht hatten, nachdem der Alte Mann nach dem Kampf in Osawatomie davongeritten war, wo sie Frederick ermordet hatten. Dass ich nicht sicher wusste, ob der Alte Mann noch lebte, ließ ich weg.

Die Geschichte rührte ihn genug, um mich nicht gleich umzubringen, loslassen wollte er mich aber immer noch nicht. Er überlegte und sagte dann langsam: »Du konntes' drin im Hotel monatelang überall hin. Warum bist du nicht weggelaufen?«

Das mit Pie konnte ich ihm nicht erzählen. Ich liebte sie immer noch. Dann hätte er alles Mögliche zusammenfügen und argwöhnen können, was ich wusste. Das hätte Pies Ende bedeutet, auf der Stelle, wobei ich dachte, dass sie das sowieso planten, aber ich wollte es nicht. Ich hasste, wie sie sich verhielt, liebte sie aber immer noch. Ich saß mal wieder in der Klemme.

»Ich musste auf Bob warten«, sagte ich, »und er war sauer auf mich und wollte nicht fliehen. Jetzt ist die Falle zu. Jetzt werden alle ganz genau beobachtet. Da rennt keiner mehr weg.«

Broadnax dachte wieder nach, wurde 'n bisschen weicher

und ließ mich schließlich los. »Das ist gut für dich, denn die Leute hier sind drauf aus, dir dein hübsches kleines Gesicht zu zerschneiden und dich den Schweinen zum Fraß vorzuwerfen. Ich geb dir eine Chance zur Wiedergutmachung, denn wir haben ein größeres Ziel. Ein Verräter wie du kriegt den Lohn für seine Arbeit so oder so, von uns oder von wem anders ein Stück die Straße runter.«

Er trat etwas vom Zaun zurück und erlaubte mir, mich zu recken. Ich drehte mich nicht um und lief davon. Das hatte keinen Sinn. Ich musste ihn mir anhören.

»Was ich von dir will, ist Folgendes«, sagte er. »Wir wissen, dass Freistaatler hierher unterwegs sind. Wenn du was hörs', wo sie sind, kommst du her und sagst es mir. Dann sind wir quitt.«

»Wie soll ich das machen? Ich kann nicht so einfach hier raus. Die Missus beobachtet mich ständig. Und hier draußen ist Darg.«

»Sorg dich nicht wegen dem alten Darg«, sagte Broadnax. »Um den kümmern wir uns. Lass uns nur wissen, was du von den Freistaatlern hörst. Dann lassen wir auch deinen Bob in Ruhe. Aber wenn du andre Gedanken kriegs' oder wir aus 'ner andren Ecke von den Freistaatlern hörn als von dir? Nun, dann bist du reif, und du schleichst dich nicht mehr mit Keksen und Limonade für Bob hier raus, weil wir ihm so eins über den Schädel ziehen, dass er von den Kopfschmerzen auf der Stelle stirbt. Wie die Dinge stehn, schnauft er sowieso nur noch, weil ich es will.«

Damit schnappte er sich das Taschentuch mit den Keksen und den Krug Limonade, stopfte sich das eine in den Mund, spülte es mit dem anderen runter und gab mir den Krug zurück. Dann drehte er sich um und ging rüber zu der Seite, von der er gekommen war. Die anderen folgten ihm.

Oh, ich steckte in der Klemme. Die Liebe treibt dich in alle möglichen Ecken. Ich grübelte an dem Tag ewig lang nach, stellte mir Broadnax vor, wie er Bob den Schädel einschlug und ins Hotel kam, um auch mich zu erwischen, und das machte mir Angst. Dieser Neger war entschlossen. Einen Kerl wie den musste man mit 'ner Ladung Blei vollpumpen, um ihn aufzuhalten. Er hatte ein Ziel, und das quetschte die Hoffnung aus mir raus. In der Nacht quälte ich mich ziemlich damit und beschloss am nächsten Morgen, aus der Stadt zu fliehen, überlegte es mir aber gleich wieder anders, brachte auch den ganzen Nachmittag mit Grübeln zu, entschloss mich erneut zur Flucht, wartete die ganze Nacht, überlegte es mir anders und verbrachte den nächsten Tag auf die gleiche vergrübelte Weise. Am dritten Tag war ich das Denken und mich Quälen leid und tat, was ich in jenen Tagen normalerweise tat, seit ich Pie verloren hatte, und betrank mich mit noch größerer Entschlossenheit.

Am vierten Abend nach Broadnax' Drohung besoff ich mich mit einem Rothemd, das voller Straßenstaub in den Saloon gekommen war und gleich richtig zulangte. Ich noch mehr, um ehrlich zu sein. Es war ein junger, breitbrüstiger Bursche, der am Ende aber eher Wasser als Schnaps wollte, wie es schien. Er saß am Tisch, hatte den großen Hut tief ins Gesicht gezogen, einen langen Bart und einen Arm in der Schlinge. Er starrte mich stumm an, während ich lachte und Witze machte, Fusel in mich reinschüttete, ihn überholte und die Gläser vertauschte, damit er mehr Wasser als von seinem Whiskey trank. Mein Glas schüttete ich übervoll, was ihn kein Stück zu stören schien. Im Gegenteil, es schien ihm zu gefallen, mir zuzusehen, wie ich mich abschoss. Nun, wenn du auf der Prärie einen Mann nicht auf die eine Weise beglücken kannst, geht's immer auch auf eine andere. Das hatte ich bei Pie endlos oft miterlebt. Ich hielt diesen Burschen auch für so einen, und nachdem ich ihm mehrfach sein Glas stibitzt, es genommen und geleert hatte und er nur zusah und nichts sagte, fragte ich ihn freiraus, ob ich die ganze Flasche haben könnte, die er gekauft hatte, da er nicht richtig ranzuwollen schien und es eine Verschwendung von Frühstück, Mittag-, Abendessen und Muttermilch wär, so was Wertvolles zu vergeuden.

Er sagte: »Du trinkst 'ne Menge Fusel für ein Mädchen. Wie lange arbeitest du hier schon?«

»Oh, lang genug«, sagte ich, »und wenn Sie mir erlauben, die Flasche trübes Zeugs hier auszutrinken, Sir, dann wird dieses einsame farbige Mädchen Ihre Ohren mit 'm Lied über Fisch fülletier'n.«

»Genau das werd ich tun, wenn du mir sagst, woher du stammst, liebes Mägdelein«, sagte er.

»Aus vielen Orten, Fremder«, sagte ich, war ich das Lügen doch gewohnt, was mich anging, und das »liebe Mägdelein« von ihm bedeutete, dass er mir vielleicht sogar noch 'ne zweite Flasche von dem Butterblumen-Whiskey kaufen würde, wenn wir die erste leer hatten. Wenn ich richtig drüber nachdachte, schien er aber selbst kaum was zu trinken, sondern seinen Spaß dran zu haben, wie ich das Süffeln und Schlucken des Alkohols für ihn übernahm, was an dem Punkt mehr als verlockend war, weil ich schon angenehm was drin hatte und mehr wollte. Ich sagte: »Wenn Sie noch 'ne zweite Flasche moralisches Überzeugungswasser kaufen, erzähl ich Ihnen die ganze traurige Geschichte, Fremder, und schneid Ihnen die Haare. Dann sing ich noch ›Dixie Is My Home‹ für Sie, was Ihre Laune hebt und Sie in den Schlaf wiegt.«

»Alles das werde ich tun«, sagte der Fremde, »aber erst tust du mir einen Gefallen. Auf meinem Pferd, das da draußen in der Gasse neben dem Hotel angebunden ist, hängt 'ne Satteltasche, die saubergemacht werden muss. Wegen meinem Arm...«, er deutete auf die Schlinge, »krieg ich sie nicht hoch.

Wenn ich dir also trauen kann, dass du rausgehst und die Tasche holst, sie reinbringst und mit Sattelwichse säuberst, also, dann geb ich dir was und vielleicht noch was, und dann kannst du dir deinen eigenen Whiskey kaufen. Ich reite den braunweißen Pinto.«

»Das mach ich doch nur zu gern, mein Freund«, sagte ich.

Ich ging raus und hatte die Satteltasche im Nu von seinem Pinto losgebunden, aber sie war vollgepackt und böse schwer und ich leicht angeheitert. Kurz, sie rutschte mir weg, fiel auf den Boden, und die Klappe schlug auf. Ich bückte mich, um sie wieder zuzumachen, aber da sah ich im Mondlicht was Komisches oben rausstecken.

Es war eine Feder. Eine lange schwarz-weiße Feder mit was Rot drin. So betrunken ich war, wusste ich doch gleich Bescheid. Ich hatte so 'ne Feder seit zwei Jahren nicht mehr gesehen. Genau so eine Feder hatte auf der Brust des toten Frederick Brown gelegen, als er begraben wurde. Eine Feder von einem Großer-Gott-Vogel.

Schnell schob ich sie zurück in die Satteltasche, wollte zurück nach drinnen und lief mitten in den Kerl rein, der mich rausgeschickt hatte. »Zwiebel?«, sagte er.

Ich war angeheitert, sah doppelt, und er wuchs so hoch in der dunklen Gasse auf, dass ich sein Gesicht kaum erkennen konnte, und im Übrigen waren da sowieso drei. Aber jetzt nahm er den Hut runter, warf das Haar zurück, beugte sich zu mir hin, und ich sah sein Gesicht in dem Bart, und es war das von Owen Brown.

»Zwei Jahre hab ich dich gesucht«, sagte er. »Was machst du hier, trinkend wie ein Säufer?«

Mir rutschte vor Schreck fast der Petticoat runter, und ich wusste nicht, was ich ihm erzählen sollte, denn Lügen verlangt Geist, und der lag in meinem Kopf gerade ganz oben im Regal, wegen dem Saft, der mir die Zunge schwer machte, und so platzte ich mit der Wahrheit raus: »Ich hab mich in eine verliebt, die nichts von mir wissn will«, sagte ich.

Zu meiner Überraschung sagte Owen darauf: »Das verstehe ich. Ich hab mich auch in eine verliebt, die nichts von mir wissen will. Bis nach Iowa bin ich geritten, um sie zu holen, aber sie sagt, ich bin ihr ein zu großer Muffel. Sie will Wohlstand und einen Mann mit 'ner Farm, keinen armen Abolitionisten. Nur bin ich deswegen kein Säufer wie du geworden. Bin ich übrigens 'n Muffel?«

Tatsache ist, es gab keinen größeren Muffel im ganzen Kansas-Territorium als Owen Brown, der selbst Jesus gegenüber gemuffelt hätte, egal, was ihm gerade nicht passte. Aber das konnte ich nicht sagen, und so fragte ich: »Wo warn Sie in Osawatomie? Als ich auf Sie gewartet hab?«

»Wir sind an ein paar Rebellen geraten.«

»Warum sind Sie nicht gekommen und haben Bob und mich geholt?«

»Hier bin ich doch, oder?«

Er runzelte die Stirn, sah die Gasse rauf und runter, nahm seine Satteltasche, warf sie mit einer Hand über sein Pferd und band sie fest, wobei er die Schnur mit den Zähnen hielt. »Bleib hier«, sagte er. »Wir reiten bald her. Und hör mit dem Schnaps auf.«

Er stieg auf sein Pferd. »Wo iss der alte Mann?«, zischte ich. »Isser tot?«

Aber da hatte er sein Pferd schon umgedreht und war weg.

16

Der Ausbruch

Ich hatte erst am nächsten Tag die Möglichkeit, raus zum Pferch zu schleichen. Irgendwer hatte der Stadt gesteckt, dass die Freistaatler kämen, und das scheuchte die Weißen auf und ließ sie die Nigger genau beobachten. Die Stadt lud ihre Gewehre durch. Ganz beruhigt hatten sie sich seit Sibonias Hinrichtung sowieso nicht, um die Wahrheit zu sagen, aber der sichere Hinweis, dass die Freistaatler im Anmarsch waren, brachte sie zurück auf die Straßen. An der Theke im Saloon standen die Rebellen und Bürgerwehrleute in Dreierreihen und bis an die Zähne bewaffnet. Sie machten Pläne, wie sie die Zugangsstraßen sperren wollten, diesmal mit Kanonen auf beiden Seiten. Sie stellten Wachposten an den Enden der Stadt und auf den Hügeln rundrum auf. Sie wussten, da kam Ärger.

Nach dem Essen wurde ich zum Wasserholen geschickt und kam nach hinten auf den Hof raus. Bob hing wieder wie gewöhnlich allein am Zaun rum. Er sah so mutlos aus, wie's ein Mann nur sein konnte, wie einer, der auf seine Hinrichtung wartete, was er, wie ich annahm, auch tat. Als ich zum Tor trabte, sahen mich Broadnax und seine Männer und lösten sich von der anderen Seite, wo sie mit den Schweinen beschäftigt waren. Sie kamen rüber, und Broadnax steckte den Kopf zwischen die Latten.

»Ich hab Neuigkeiten«, sagte ich.

Die Worte waren kaum aus meinem Mund, als sich die Hintertür der Hütte auf der anderen Seite der Gasse öffnete und Darg rauskam. Der große Neger bewegte sich immer sehr schnell voran. Die Sklaven zerstreuten sich, als er kam, bis auf Broadnax, der allein am Tor stehen blieb.

Darg stampfte zu ihm hin und starrte in den Pferch. »Geh rüber zum Zaun drüben, Broadnax, damit ich Durchzählen kann.«

Broadnax nahm den Kopf vom Zaun, richtete sich auf und sah Darg an.

»Los, mach schon«, sagte Darg.

»Ich spring nicht jedes Mal wie 'n Huhn los, wenn du das Loch in deinem Gesicht aufmachst«, sagte Broadnax.

»Was?«

»Du hast gehört, was ich gesagt hab.«

Ohne ein Wort schob Darg sein Tuch zur Seite, zog seine Peitsche raus und machte sich daran, das Tor aufzuschließen und in den Pferch zu gehen.

Ich ertrug es nicht. Drin im Saloon standen die Rebellen in Dreierreihen, und wenn die beiden sich hier prügelten, würde das Miss Abby und fünfundzwanzig Rothemden aus der Hintertür platzen lassen, die bereit waren, jeden Farbigen hier draußen mit Blei vollzupumpen, die beiden eingeschlossen. Das durfte nicht passieren, nicht, wo die Freiheit so nah war. Owen sagte, sie kämen, und auf sein Wort war Verlass.

Ich trat vor Darg und sagte: »Also, Mr Darg, ich bin froh, dass Sie hier sind. Ich bin gekommen, weil ich nach meinem Bob sehen wollte, und, Gott, diese Nigger sind so was von störrisch. Ich weiß nicht, wie ich Ihnen für Ihre Freundlichkeit und Ihren Mut danken soll, dass Sie die Pferchnigger so in Schach halten. Ich weiß einfach nicht, wie ich Ihnen danken soll.«

Das reizte ihn. Er gluckste und sagte: »Oh, da fällt mir 'ne ganze Menge ein, Hellbraune, aber eine Minute.« Er stieß das Tor auf.

Ich fiel um. Verlor direkt da im Matsch die Besinnung, wie ich's die weißen Ladies hatte tun sehen.

Und, gottverdammt, es funktionierte. Er kam rüber zu mir, beugte sich runter, packte mich am Kragen und stellte mich mit einer Hand auf die Füße. Er hielt sein Gesicht ganz nah an meins, und das wollte ich nicht, also kam ich wieder zu mir und sagte: »Himmel, tun Sie das nicht, Pie könnte aus'm Fenster kucken!«

Schon ließ er mich wie 'ne heiße Kartoffel wieder falln. Ich schlug in den Dreck und spielte aufs Neue die Tote. Er schüttelte mich ein paarmal, aber ich wurde nicht gleich wieder wach. Einen Moment lang spielte ich die Beutelratte, so gut es ging. Endlich dann schlug ich die Augen auf und sagte: »O Gott, ich bin krank. Wär es für einen galanten Gentleman wie Sie vielleicht möglich, einem Mädchen ein Glas Wasser zu bringen? Ich bin so voller Dankbarkeit, nachdem Sie mich mit Ihr'm freundlichen Schutz so umsorgt ha'm.«

Das schaffte ihn. Schon war er wieder über mir. »Warte, kleine Süße«, raunzte er. »Darg kümmert sich um dich.«

Damit sprang er weg und lief die Gasse beim Hotel runter, weil da ein großes Wasserfass stand, das die Küche benutzte. Kaum, dass er davonlief, zog ich den Kopf aus dem Matsch und zischte Broadnax an, der noch dastand, und er kriegte meine Worte mit.

»Seid bereit.«

Zu mehr reichte es nicht, denn schon kam Darg mit 'ner Schöpfkelle zurückgerannt. Ich spielte die Kranke, während er mir einen Schluck fieses, fauliges Wasser die Kehle runterspülte. Es schmeckte so schrecklich, dass ich dachte, er hätte mich vergiftet. Da plötzlich hörte ich ein lautes Knallen, und die Kelle schlug vor den Zaunpfahl neben meinem Kopf. Das

Ding knallte so heftig gegen das Holz, dass ich dachte, der Nigger hätte mich durchschaut und wollte mich damit erschlagen, hätte mich aber verfehlt. Schon wieder knallte es, der Pfahl wurde fast umgerissen, und ich kapierte, dass es nicht die Kelle war, die das Holz zerfetzte, sondern Pulver und Blei. Das Knallen ging weiter, es waren Schüsse. Die Hintertür des Hotels flog auf, und von drinnen brüllte einer: »Darg, schnell!«

Darg ließ mich los und rannte rein. Ich sammelte mich aus dem Dreck und lief ihm hinterher.

Es war ein fürchterliches Durcheinander. An der Küchentür wurde ich von zwei Indianerköchen umgerannt, die zur Hintertür flüchteten. Ich rappelte mich schnell wieder hoch, lief durchs Esszimmer und kam in dem Moment in den Saloon, als das Fenster zur Straße nach innen platzte und etliche Rebellen mit einem Glasregen bedeckte. Einige Freistaatler folgten dem Glas, kamen reingesprungen und schossen um sich. Hinter ihnen, draußen vor dem kaputten Fenster, galoppierte mindestens ein Dutzend mehr feuernd die Straße runter, und durch den Eingang traten sich noch mal so viele den Weg frei.

Sie kamen eilig und ganz geschäftsmäßig rein, warfen die Tische um und schossen auf jeden Rebell, der dumm genug war, nach seiner Waffe zu greifen, aber auch die, die sie auf den Boden warfen, wurden ausgepustet, es war der reine Kugelirrsinn. Ein paar Rebellen hinten beim Esszimmer gelang es, einen Tisch als Feuerschutz umzuwerfen und zurückzuschießen. Dabei zogen sie sich zur Tür zurück, wo ich kauerte. Ich blieb, wo ich war, und versuchte genug Mut zu sammeln, um zur Treppe im Esszimmer zu laufen und nach Pie zu sehen. Ich konnte die Mädchen oben schreien hören, weil draußen vorm Fenster etliche Freistaatler aufs Vordach gesprungen waren, von den Rücken ihrer Pferde aus. Ich wollte nach oben, konnte mich aber nicht dazu bringen, zur Treppe rüberzurennen. Es war zu gefährlich. Wir wurden überrannt.

Ich blieb lang genug, wo ich war, um zu sehen, dass die Rebellen kurz wieder Aufwind kriegten, als Darg, der sonst wo beschäftigt gewesen war, wie ein Bluthund in den Saloon stürzte. Einem Freistaatler zerschlug er das Gesicht mit einer Bierflasche, warf einen anderen aus dem Fenster und rannte ins Esszimmer, ohne dass ihn eine der herumsirrenden Kugeln getroffen hätte. Schon war er die Treppe nach oben hoch, und das war das Letzte, was ich von ihm sah. Nicht, dass es was ausgemacht hätte, denn kaum war sein Rücken verschwunden, schwappte eine weitere Welle Freistaatler durch die vordere Tür und frischte die auf, die den letzten Rebellen im Saloon den Garaus machten, während meine Wenigkeit noch immer in der Ecke beim Esszimmer kauerte, von wo ich beide Räume überblicken konnte.

Die Rebellen im Esszimmer wehrten sich nach Kräften, aber im Saloon hatten sie keine Chance, der war bereits eingenommen, und die meisten lagen da oder waren tot. Einige der Freistaatler, die den Kampf ums Esszimmer aufgegeben hatten, plünderten die Bar, griffen sich die Flaschen und tranken sie aus, und dann tauchte ein großer, schlaksiger Kerl mit einem breitkrempigen Hut auf, kam durch die eingetretene Eingangstür in den Saloon spaziert und verkündete: »Ich bin Captain James Lane von der Freistaat-Miliz, und Sie sind alle meine Gefangenen!«

Nun, da waren kaum Gefangene zu machen im Saloon, denn die Rebellen da drin waren entweder ins Jenseits gewechselt oder standen kurz davor, abgesehen von zwei, drei Seelen, die sich auf dem Boden krümmten und noch 'n paar letzte Zuckungen zeigten. Aber die Rebellen im Esszimmer holten tief Luft und setzten sich zur Wehr. Die Größe des Raums gab ihnen einen Vorteil, denn es war eng und gab nicht genug Platz für die Yanks, was das Schießen auf die verbliebenen Sklaverei-Befürworter behinderte. Kurz kam eine leichte Panik auf, weil einige Rebellen aus nur drei Metern Entfernung danebenschossen. Trotzdem, ein paar von den Freistaatlern fingen sich eine Kugel ein, was ihren Freunden, die das sahen, nicht gerade gefiel. Der Angriff geriet ins Stocken. Der Überraschungseffekt war vorbei, und es wurde ein heißer Feuerwechsel, wobei's auch ein paar irre Sprüche und Gelächter gab, als ein Rebell rief: »Der gottverdammte Wichser hat mein' Stiefel erwischt.« Und das Lachen ging noch weiter, aber für den Augenblick gelang es den Rebellen ganz gut, die Yanks aus dem Esszimmer zu halten, und, als ich einen freien Pfad zur Hintertür ausmachte, zur Gasse und zum Pferch draußen, nahm ich die Beine in die Hand. Ich lief nicht nach oben zu Pie. Ob Darg, ihr neuer Geliebter, da war und sie rausholte, wusste ich nicht. Ich habe keinen von beiden je wiedergesehen.

Ich rannte aus der Hintertür und rüber zum Sklavenpferch, wo sich die Neger drängten und das Schloss aufzukriegen versuchten, das von außen zu war. Schnell öffnete ich es und riss das Tor auf. Broadnax und der Rest rannten panisch raus. Für mich hatten sie keinen Blick, waren im Handumdrehen draußen und fegten die Gasse runter.

Nur Bob stand noch an seinem gewohnten Platz und starrte mich wie ein Idiot mit offenem Mund an.

»Bob, wir verschwinden.«

»Ich geh mit dir nirgends mehr hin«, sagte er. »Mach, was du wills', aber lass mich in Ruhe. Das iss wieder einer von dein' Tricks.«

»Das ist kein Trick. Komm schon!«

Hinter mir, am anderen Ende der Gasse, kam eine Gruppe Rebellen aus Pikesville um die Ecke geritten, galoppierte den Pfad runter und brüllte und schrie. Über unsre Köpfe weg feuerten sie auf die fliehenden Neger, die das Ende der Gasse zu erreichen versuchten, wo's wie bei einem T nach links und rechts zur einen oder anderen Straße ging. Wie die Irren rannten die Farbigen drauf zu.

Ich wartete nicht. Ich folgte ihnen, und ich denk, Bob sah mir über die Schulter und hörte die Rebellenkugeln über sich wegsirren. Wie ein Karnickel sprang er da los und rannte mir hinterher.

Die Neger aus dem Pferch waren höchstens fünfundzwanzig Meter vor uns und trennten sich am Ende der Gasse, einige liefen nach links, einige nach rechts, weg waren sie. Ich und Bob, wir wollten es auch schaffen, kamen aber nur halb bis hin, da ein Rebell auf einem Pferd um die eine Ecke bog, hinter der etwa die Hälfte der Neger verschwunden war. Er preschte auf uns zu, hielt ein Connor-Gewehr in der Hand, und als er mich und Bob auf sich zurennen sah, hielt er auf uns zu und legte an.

Wir blieben stehen, wir waren gestellt. Das Rothemd wurde langsamer, zügelte sein Pferd, und als der Gaul nur noch trottete, rief er: »Bleibt da stehen«, und gerade, als er das rief (er war vielleicht noch zwei Meter von uns weg), trat einer aus einer der Türen zur Gasse und fegte ihn mit einem Schwert vom Pferd. Schlug ihn glatt runter. Der Rebell schlug auf die Erde.

Ich und Bob wollten um ihn rum, aber der Kerl, der ihn erwischt hatte, stellte mir seinen Fuß in den Weg, und ich landete mit dem Gesicht voran im Dreck.

Ich wollte mich gleich wieder hochrappeln, starrte aber in den Lauf eines alten Siebenschüssigen, der mir bekannt vorkam. Der Alte Mann hielt ihn auf mich gerichtet und schien nicht zu erfreut.

»Zwiebel«, sagte er. »Owen sagt, du trinkst, rauchst und fluchst. Ist das wahr?«

Hinter ihm traten seine Jungs langsam aus der Tür: Owen, Watson, Salmon, Oliver, der neue Mann namens Kagi und einige andere, die ich nicht erkannte. Langsam und ruhig kamen sie hervor, ohne Eile. Die Armee des Alten Mannes hatte gelernt, ruhig und überlegt zu bleiben, wenn's ans Kämpfen ging. Sie sahen zu den Rebellen rüber, die von hinten auf uns schossen, nahmen eine klare Schützenaufstellung ein und eröffneten das Feuer.

Einige Rebellen fielen. Der Rest, der damit einen ersten Geschmack von dem ausgebildeten Trupp vor sich bekommen hatte, der sie mit Blei eindeckte, sprang von den Pferden, ging hinter dem Pferch in Deckung und erwiderte das Feuer.

Die Kugeln zischten die Gasse rauf und runter, aber der Alte Mann über mir schenkte ihnen keine Beachtung. Er starrte mich an, war eindeutig verärgert und wartete auf eine Antwort. Nun, so wie er da stand, konnte ich ihn nicht belügen.

»Captain«, sagte ich. »Es stimmt. Ich hab mich verliebt, und es hat mir das Herz gebrochen.«

»Hast du dich mit einem auf eine fleischlich natürliche Weise verbunden, ohne verheiratet zu sein?«

»Nein, Sir. Ich bin immer noch sauber und rein wie am Tag meiner Geburt.«

Er nickte brummig und sah die Gasse runter, während die Kugeln nur so an ihm vorbeiwischten, in die Schindeln des Hauses neben ihm einschlugen und das Holz auf die Gasse spritzen ließen. Er war ein Narr, wie er rumstand, wenn auf ihn geschossen wurde. Die Männer hinter ihm duckten sich und verzogen die Gesichter, während das Feuer der Rebellen auf sie einprasselte. Der Alte Mann hätte genauso gut bei einer Chorprobe in einer Kirche stehen können. Stumm neigte er den Kopf leicht, als bedächte er was, und sein Gesicht kam mir noch älter als früher schon vor. Es sah wie 'n faltiger Schwamm aus. Sein Bart war jetzt ganz weiß und zerzaust und so lang, dass er ihm bis auf die Brust reichte und gut zu einem Falkennest getaugt hätte. Irgendwo musste er ein paar neue Kleider ergattert haben, aber sie waren nur schlimmere Versionen von den Sachen, die er vorher getragen hatte. Über der schwarzen Hose und der schwarzen Weste trug er einen Gehrock, und sein steifer, zerschlissener Kragen war krumpelig und an den Ecken wie abgekaut. Seine Stiefel waren kaputter denn je, knittrig wie Papier und an den Zehen wulstig aufklaffend. Mit anderen Worten: Er sah aus wie immer, seine Kleider hingen am letzten Faden, und er stand kurz davor, aus purer Hässlichkeit umzukippen.

»Das ist gut, Kleine Zwiebel«, sagte er. »Die Bibel sagt im Buch Hesekiel sechzehn acht: ›Als ich dich sah und dein unvergesslicher Anblick mich gefangen nahm, war das die Zeit der Liebe, und der Herr breitete seinen Rock über dich und bedeckte deine Nacktheit.‹ Hast du deine Nacktheit bedeckt gehalten?«

»So weit es möglich war, Captain.«

»Hast du in der Bibel gelesen?«

»Nicht so viel, Captain. Aber ich hab auf fromme Weise nachgedacht.«

»Nun, das ist wenigstens etwas«, sagte er. »Denn wenn du zum Willen des Herrn stehst, wird Er zu dir stehen. Habe ich dir je die Geschichte von König Salomo und den beiden Müttern mit nur einem Baby erzählt? Ich werde sie dir erzählen, denn du solltest sie kennen.«

Ich konnte es nicht erwarten, dass er sich rührte und in Deckung ging. Die Kugeln sirrten nur so über uns weg und schlugen um seine Stiefel und mein Gesicht ein, aber er stand da, wo er stand, sicher gute fünf Minuten, und hielt mir einen Vortrag über seine Gedanken zu König Salomo und dazu, dass ich nicht in der Bibel las. Unterdessen tauchte hinter ihm am Ende der Gasse Broadnax mit seiner Bande aus dem Pferch wieder auf. Sie hatten eine der Rebellen-Kanonen dabei, die am Eingang zur Stadt gestanden hatte. Wie sie an das Ding gekommen waren, kann ich nicht sagen, jedenfalls rollten sie es in die Gasse und richteten das Rohr auf die Rebellen. Knapp über die

Schulter des Alten Mannes zielte die Kanone, was der natürlich nicht merkte, denn er predigte, und was er über das Heilige Testament, König Salomo und die beiden Mütter mit dem einen Kind zu sagen hatte, war ihm eindeutig wichtig. Immer noch weiter predigte er, als einer von Broadnax' Negern ein Streichholz anriss und die Lunte der Kanone entzündete.

Der Alte Mann kümmerte sich nicht im Geringsten drum. Er war bei König Salomo und den beiden Müttern, doch da rief Owen: »Pa! Wir müssen aufbrechen. Captain Lane reitet aus der Stadt und lässt uns sonst hier zurück.«

Der Alte Mann blickte die Gasse runter, von Kugeln umweht, sah über die Schulter zur entzündeten Kanone und wieder zu den schießenden, fluchenden Rebellen hinter dem Sklavenpferch, die genug Mut zu einem Sturmangriff zu sammeln versuchten. Die Lunte an Broadnax' Kanone brannte runter und spuckte dicken Rauch in die Luft. Die Neger wichen ehrfürchtig zurück und behielten sie im Auge. Der Alte Mann sah zu ihnen rüber und schien verärgert, dass sie ihm die Kontrolle über den Kampf so einfach wegnahmen. Er wollte den Ruhm für sich.

Also trat er raus bis auf die Mitte der Gasse und rief den hinter dem Pferch herfeuernden Rebellen zu: »Ich bin Captain John Brown! Im Namen des Heiligen Erlösers, des Herrn der Heerscharen, des Mannes der Dreifaltigkeit befehle ich euch zu verschwinden. In Seinem Heiligen Namen! Verschwindet! Denn Er ist immer auf der Seite der Gerechten!«

Ich weiß nicht, ob es die rauchende Kanone hinter ihm war oder ob die Rebellen der Mut verließ, weil sie da den Alten Mann persönlich mitten auf der Gasse stehen sahen, unberührt von ihren Kugeln, die an seinem Kopf vorbeiflogen, auf jeden Fall drehten sie um und gaben Fersengeld. Sie ergriffen die Flucht, und die Lunte brannte runter zu ihrem Schöpfer, und der Alte Mann stand daneben und sah zu, wie sie zu nichts verglühte und verlosch. Der Schuss ging nicht los. Die Kanone blieb stumm.

Im Nachhinein denke ich, dass so was sicher immer wieder vorkam. Aber dass diese Kanone verlosch, gab dem Alten Mann nur noch mehr Grund, an göttliche Einmischungen zu glauben, an denen in seinen Augen kein Mangel herrschte. Er sah die Lunte ausgehen und sagte: »Großer Gott, Dein Segen ist ewig und unvergänglich, und hier sehe ich ein weiteres Zeichen, dass Deine Gedanken, die mir zuletzt zugeflogen sind, es genau treffen und Du direkt zu mir sprichst.«

Er wandte sich an Owen und sagte: »Ich will Jim Lane nicht mehr hinterherrennen. Ich bin nur mit hergekommen, um die Kleine Zwiebel einzusammeln, die ein Glücksbringer für mich und diese Armee ist und uns an unseren lieben Frederick erinnert, der in der Erde dieses Territoriums schläft. Jetzt, da ich sie zurückhabe, hat mir unser Erlöser einen weiteren Eimer voller Ideen geschenkt, mit denen ich die Mengen Seiner Kinder wie die Kleine Zwiebel hier in die Freiheit führen werde. Ich habe verschiedene Pläne ausgebrütet, mit Gottes Hilfe, und wenn wir uns in den Läden dieser heidnischen Sklavenbesitzer mit Gottes Geschenken versorgt haben, sammeln wir unsere Bienen für einen Stock mit einer größeren Bestimmung ein. Das Kansas-Territorium braucht uns nicht mehr. Wir haben Großes vor uns. Nach Osten, Männer! Auf!«

Damit lupfte mich der Alte Mann auf sein Pferd, und wir preschten die Gasse runter, direkt an der Kanone vorbei, raus aus Pikesville und rein in die Legende.

TEIL III

DIE LEGENDE

(Virginia)

17

Die Geschichte nimmt ihren Lauf

Ein Schneesturm kam über uns, als wir Pikesville verließen, drei Männer auf Pferden, der Rest auf Wagen. Einen ganzen Tag schneite es, der Schnee bedeckte den Weg und lag, wohin man sah, gut zwei Handbreit hoch. Dann wurde es einen Tag lang warm, ein Teil des Schnees schmolz, und schon fror es wieder. Es wurde bitterkalt. Das Eis auf den Bäumen war zwei Zentimeter dick, das Wasser in unseren Feldflaschen morgens gefroren. In Decken gerollt, lagen wir unter Planen, der Schnee wehte uns in die Gesichter, und nicht weit heulten die Wölfe. Der Alte Mann hatte eine neue Armee, eine größere, und die Männer wechselten sich mit dem Schüren der Feuer ab, obwohl das nicht viel half. Natürlich störte das Leben draußen in der Kälte den Alten Mann nicht. Wie 'n alter Farmer spürte er jede Wetterveränderung voraus, wanderte nachts ohne ein Licht durch den dunkelsten Wald oder durch ein Gewitter, als wär es nicht da. Aber ich hatte zwei angenehme, trockene, leichte Jahre hinter mir, mit Fusel und Ale, und schon am zweiten Tag in der ungewohnten Kälte erwischte mich ein übler Schüttelfrost. Zu meinem Glück ging's dem Alten Mann nicht besser, und so verkündete er mitten am dritten Tag, als wir wieder in einen Schneesturm gerieten: »Männer, ich hab von oben vernommen, dass es hier in Missouri ein, zwei Sklaven gibt, die befreit werden müssen. Wir reiten nach Vernon County.«

Es gab keine Einwände bei dem Wetter. Der Alte Mann hatte sich in den zwei Jahren, die ich ihn gesehen hatte, beträchtlich verändert. Er bot einen Furcht erregenden Anblick. Sein Gesicht war zerknittert wie 'ne Rosine, der Ausdruck hart wie Fels, die Augen grauer Granit. Seine knotigen alten Hände waren Lederklauen, und auch seine Stimme war anders. Er sagte, er wär allein in den Wald gegangen, um die Werke von einem, der Cromwell hieß, zu studiern, und ich denk, der hatte ihn mächtig beeindruckt, denn was er sagte, war schwülstiger denn je. Wenn er oben auf seinem Pferd saß, der Schnee von seinem geflickten Mantel fiel und in seinem Bart hängen blieb, sah er noch mehr wie der alte Moses aus. »Ich sollte ein General sein«, erklärte er mir eines Morgens, als wir durch die frostigen Wälder Vernon Countys trotteten, »aber unser Heiland der Dreifaltigkeit, der das Wetter kontrolliert und alle Stützpunkte kommandiert, hält es für richtig, mich zu Seinen Füßen zu haben. Fast ein Jahr bin ich in der Natur aufgegangen, Zwiebel, habe allein im Wald gelebt, meine Schlachtpläne studiert, mich mit dem Herrn der Heerscharen verbunden und begriffen, dass ich Seinem Willen als Captain zu dienen habe, denn das ist der Titel, den er mir auferlegt hat. Nichts Höheres.«

»Warum führt uns der Captain Gottes nicht in eine warme Zuflucht?«, murrte Owen.

Der Alte Mann schnaubte. »Gott schützt uns durch den Winter, Owen. In diesem Landstrich werden keine Sklaverei-Befürworter auftauchen, bevor das Gras wieder grünt. Das erlaubt uns, unsere Arbeit zu tun.«

Damit hatte er recht, keine Kreatur mit Hirn hätte sich in diesen Schnee rausbewegt. So zogen wir vier Tage durch den Südwesten des Missouri-Territoriums, froren und fanden nicht einen Sklaven, den wir befreien konnten, bis der Alte Mann schließlich erklärte: »Die Sklaverei ist aus Vernon County verschwunden, wir marschieren nach Iowa, über Land in östlicher Richtung.«

»Warum nehmen wir nicht die Fähre?«, fragte Owen. »Das ist der schnellste Weg nach Osten.«

Der Captain verzog das Gesicht. »Die Fähren werden von Sklaverei-Befürwortern betrieben, Sohn. Die nehmen keine Yanks mit.«

Owen fuchtelte mit seinem Schwert und seinen Pistolen rum und nickte zu den bewaffneten Männern hinter uns auf den Wagen hin. »Die nehmen uns mit.«

Der Alte Mann sah ihn an. »Ist Jesus mit der Kutsche nach Jericho gefahren, die zweitausend Meter hinab bis auf Meereshöhe? Hat Moses die Rolle mit den Geboten auf einem Pferd um den Berg getragen? Oder hat er den Berg zu Fuß bestiegen? Wir werden als Kavallerie nach Iowa marschieren, wie dereinst David.« Die Wahrheit ist jedoch, dass er die Fähre nicht nehmen konnte, weil er auf der Flucht war. Der Preis auf den Kopf des Alten Mannes war in den zwei Jahren, die ich in Pikesville verbracht hatte, heftig in die Höhe gegangen. Owen erzählte mir, dass beide, Missouri und das Kansas-Territorium, Belohnungen auf seinen Kopf ausgesetzt hatten und dass die Leute drüben im Osten von den Berichten über die Taten Old John Browns ganz schön aufgeschreckt worden waren, in denen es auch um die Enthauptung Doyles und der anderen ging, mal ganz abgesehen von den Sklavenbefreiungen, wo immer er hinkam. Jede Woche schickte der Alte Mann einen seiner Leute in die nächste Stadt, um Zeitungen von zu Hause zu besorgen, und die Artikel waren voller Debatten über den Kampf um die Sklaven, ganz zu schweigen von den Schätzungen über die Höhe der in Missouri, dem Kansas-Territorium und Washington, D. C. auf seinen Kopf ausgesetzten Belohnungen. Und um alles noch schlimmer zu machen, stieß eine Bundeskompanie bei Nebraska City auf unsere Spur und jagte uns nach Norden, weg von der Fähre. Durch den Schneesturm folgten sie uns. Wir versuchten sie abzuhängen, aber sie hielten den Anschluss, waren ein paar Kilometer hinter uns, gerade so außer Sicht. Immer, wenn wir dachten, wir wären sie los, hielt der Alte Mann an, nahm sein Fernrohr und sah, wie sie sich durch den Schnee kämpften und uns einzuholen versuchten. Tagelang ging das so.

»Warum kommen sie nicht einfach und greifen uns an?«, murmelte Owen.

»Das werden sie nicht«, sagte der Captain. »Gideon hat den Leuten gesagt: ›Ich werde nicht über euch herrschen. Mein Sohn wird über euch herrschen. Der Herr wird über euch herrschen.‹ Unser Erlöser wird sie nicht gegen uns kämpfen lassen.«

Nach drei weiteren Tagen Schnee und Frost waren die Bundesleute das Spiel leid. Sie schickten einen Reiter mit einer weißen Flagge in unser Lager, um mit dem Alten Mann zu verhandeln. Der Abgesandte war ein schlaksiger Kerl mit der Uniformhose ordentlich in den Stiefeln und einem rübenroten Gesicht von der Kälte. »Ich bin Lieutenant Beers«, verkündete er. »Ich bringe eine Nachricht von meinem Kommandanten, Captain Haywood. Er sagt, wenn Sie ruhig und ohne Widerstand mitkommen, bringen wir Sie nach Lawrence, wo Sie einen fairen Prozess bekommen. Ihre Leute lassen wir in Ruhe.«

Der Alte Mann schnaubte. »Sagen Sie Captain Haywood, er soll kommen und mich holen.«

»Er wird Sie verhaften müssen.«

»Wegen was?«

»Ich bin nicht sicher, wie die Anklage lautet, Captain«, sagte der Lieutenant, »aber der Governor vom Kansas-Territorium hat eine Belohnung von dreitausend Dollar für Ihre Ergreifung ausgesetzt, und Präsident Buchanan hat noch zweihundertfünfzig draufgelegt. Bei uns sind Sie sicherer, als wenn Sie mit all dem Preisgeld auf Ihrem Kopf hier so rumreiten.«

Der Alte Mann saß im Schneetreiben auf seinem Pferd und lachte, und so merkwürdig wie er lachte keiner. Er machte kein Geräusch, zog nur das Gesicht zusammen und atmete ein. Seine Schultern bebten, er sog die Luft in seine Brust, sein Gesicht schrumpfte, und die Falten auf seiner Stirn und um die Augen stürzten ein, bis du praktisch nur noch die gelben Zähne sehen konntest und er dir die Luft aus jeder Öffnung seines Kopfes entgegenzublasen schien, aus Augen, Ohren, Mund und Nase. Wenn du den Alten Mann nicht kanntest, war die Wirkung Furcht einflößend. Der Lieutenant wirkte verunsichert, und dann nieste Old John Brown auch noch, was seinen Körper einen Moment lang aus dem Sattel hob, die Schöße seines Gehrocks aufflögen und den Kolben von einem seiner mächtigen Siebenschüssigen sehen ließ, die er links und rechts in einem Halfter trug.

»Das ist eine Beleidigung«, schnaubte er endlich, als er fertig war. »Ich kämpfe im Namen unseres Heiligen Erlösers, der das Wort einer Nation mit einem bloßen Husten auslöschen kann. Der Präsident regiert mich nicht. Im fünften Buch Mose, zweiunddreißig fünfunddreißig, heißt es: ›Ihr Fuß soll wanken zur rechten Zeit.‹«

Er drehte sich um und sagte zu seinen Männern: »Hiermit biete ich jedem in dieser Armee zwei Dollar und fünfzig Cent für den Kopf von Präsident Buchanan. Er führt eine barbarische Institution an, die dem Thron unseres Heiligsten Märtyrers nicht gehorcht.«

Der Soldat drehte um und ritt in aller Eile zurück zu seiner Kompanie. Einen Tag später zogen die Bundessoldaten ab, über die langen, schneeverwehten Erhebungen der Prärie.

»Eine weise Entscheidung«, murmelte der Alte Mann und sah ihnen durch sein Glas hinterher. »Sie wissen, dass ich Freunde an hoher Stelle habe.«

»Wo?«, sagte Owen.

»Unsern höchsten Gott, Sohn, auf Dessen Ruf auch du hören solltest.«

Owen zuckte mit den Schultern und achtete nicht weiter auf ihn. Er und seine Brüder waren die Verkündigungen des Alten Mannes gewöhnt, und fast alle waren nicht annähernd so fromm wie ihr Pa. Tatsächlich redeten sie, wenn der Alte Mann außer Hörweite war, immer wieder drüber, dass sie den Sklavenkampf lassen und nach Hause zurückkehren wollten. Ein paar von ihnen, Jason und John, hatten es bereits getan. In den zwei Jahren, als ich weg gewesen war, hatten sie genug vom Prärieleben gekriegt und waren zurück nach Upstate New York geritten, genau wie der Großteil der ursprünglichen Truppe aus Kansas irgendwann die Nase voll hatte und zurück nach Hause ritt (soweit es sie bis dahin nicht erwischt hatte). Der Alte Mann hatte aber immer noch vier Söhne bei sich, Watson, Oliver, Salmon und Owen, dazu hatte er neue Leute um sich geschart, und die waren nicht wie die früher hauptsächlich Farmer, Siedler oder Indianer aus Kansas. Die neuen Leute waren junge Revolverhelden, rabiate Abenteurer, Lehrer und Studierte, eine ernst zu nehmende Truppe, die dir die Haare einzeln vom Kopf schoss. Der Heftigste von ihnen war Kagi, ein glatt rasierter Kerl aus Nebraska City, der mit Owen nach Pikesville gekommen war. Kagi hatte schon in Black Jack mit dem Alten Mann gekämpft, nur hatte ich ihn da nicht gesehen, weil ich den Kopf die ganze Zeit im Sand hatte. Eigentlich war er Schullehrer und trug Vorträge und Lehrmaterial eingerollt in seiner Tasche mit sich. Manchmal redete er davon. Er schien durchaus gemäßigt, wurde aber in Tecumseh gesucht, weil er einen Richter, der für die Sklaverei gewesen war, mit genug Blei bedacht hatte, um ihm das Gesicht wegzureißen und ihn für immer in den Schlaf zu schicken. Der Richter hatte Kagis Herz getroffen, bevor der ihn erschoss. Kagi behauptete, die Kugel des Richters wär von einem Notizbuch gestoppt worden, das er in seiner Brusttasche gehabt hatte. Er behielt das zerschossene Notizbuch für den Rest seines Lebens bei sich, was nicht mehr sehr lange sein sollte. Mit ihm zur Truppe gekommen waren John Cook, Richard Hinton, Richard Realf, ein Farbiger namens Richard Richardson und Aaron Stevens. Der Letzte war ein großer, schwergewichtiger Nörgler, ein übellauniger Kerl, weit über eins achtzig, gefährlich und immer auf einen Streit aus. Mit Gott hatte er ganz und gar nichts am Hut. Diese neuen Leute hatten mit denen von früher, den Farmern, die für ihr Land kämpften, kaum noch was gemeinsam. Sie rauchten und tranken nicht und kauten auch keinen Tabak. Sie lasen Bücher und stritten über Politik und geistliche Fragen. Der Alte Mann sprach sie mit »Mister So« und »Mister So« an und wollte sie zum Heiligen Testament bekehren. Er überschüttete sie mit Gott, sobald sich die Möglichkeit dazu bot, und sagte zum Beispiel: »Mister Soundso, Sie dienen dem Teufel, indem Sie die Erlösung Gottes runterspielen«, aber sie gewöhnten sich dran, ihn in der Richtung nicht weiter zu beachten. Es ging um die Sklaverei. Das hielt sie zusammen, und sie verstanden keinen Spaß.

Dennoch folgten sie ihm wie Schafe. So klug sie waren, deutelte keiner was an seinen Befehlen rum oder wollte mehr wissen, als wohin wir von Tag zu Tag zogen. Der Alte Mann schwieg eisern über seine Pläne, und sie vertrauten ihm komplett. Alles, was er rausließ, waren Sätze wie: »Wir reiten nach Osten, Männer. Wir reiten nach Osten, um Krieg gegen die Sklaverei zu führen.«

Nun, der Osten war groß, und es gab viel Sklaverei, und es war eine Sache, zu sagen, dass du gegen die Sklaverei kämpfen, nach Osten reiten und den Krieg bis nach Afrika tragen wolltest und so weiter. Was ganz anderes war es, bei der Stange zu bleiben und sich Tag für Tag durch die Kälte zu schlagen.

Wir schleppten und kämpften uns zweihundertfünfzig Kilometer in Richtung Tabor, Iowa (zwei Monate brauchten wir dazu), und befreiten unterwegs Sklaven. Tabor war damals freies Land, aber der Winter war hart und das Vorankommen bei minus zehn Grad und dick vereisten Wegen keine leichte Sache. Der Alte Mann betete die ganze Zeit über kaum mehr als bei einem verkohlten Eichhörnchen und einem alten Fladenbrot, aber zum Glück hatten wir in Pikesville und bei ein paar Sklavenbesitzern unterwegs einige Beute gemacht: Munition, Waffen, zwei Planwagen, vier Pferde, zwei Maultiere, einen Ochsen, Bettzeug, Bratpfannen, Dosen, Hosen und einen Hut, Mäntel, sogar einen Nähtisch und ein Apfelfass, aber Wild ist im Winter auf der Prärie selten, und wir hatten nie richtig was zu essen, so dass wir, um zu überleben, mit allen handelten, die wir trafen. Dabei konnte ich eine Hose, eine Mütze und Unterwäsche beiseite schaffen, ohne dass einer auch nur irgendwie was gesagt hätte, weil's zu kalt war, um drüber nachzudenken, was einer da draußen anhatte. Als wir Tabor schließlich erreichten, waren wir völlig kaputt und ausgehungert, bis auf den Captain, der jeden Morgen mit den Vögeln aufstand, frisch und bereit für den neuen Tag. Es hatte den Anschein, als bräuchte er keinen Schlaf, und Essen interessierte ihn sowieso nicht, schon gar nichts, was mit Butter zu tun hatte. Irgendwas an dieser Köstlichkeit brachte ihn aus der Fassung, und er hätte das Spiel des Lebens komplett sein lassen, wenn er Butter hätte essen müssen. Aber wenn's um Schildkrötensuppe ging oder Bärenbraten, also dann tappte er auch mitten im Winter in Unterhosen durch'n Schweinestall, um was davon abzukriegen. Er war schon komisch, eben ganz und gar einer fürs Draußen-Leben.

Als wir die Stadt erreichten und auf den Dorfplatz kamen, war es seltsam ruhig. Der Alte Mann sah sich um, hatte fast so was wie Hochstimmung in den Augen und atmete tief durch. »Ich bin dankbar, dass wir auf Abolitionisten-Boden sind«, rief er oben auf seinem Pferd, und sein Blick ruhte nicht. »Selbst die Luft scheint klarer. Hier lebt die Freiheit, Männer. Wir sind zu Hause. Hier werden wir uns die Wintermonate über ausruhen.«

Eine Stunde standen wir da rum, und die Stadt blieb ruhig wie 'n Mäusefurz. Keine Tür öffnete sich, kein Fensterladen ruckte. Die Bewohner waren in Panik, sie wollten nichts mit uns zu tun haben. Nach einer Weile wurde uns so kalt, dass wir an Türen klopften und nach einer Unterkunft fragten, aber kein Haus und keine Kneipe wollte uns. »Mörder«, piepste eine Frau und knallte die Tür zu. »Verrückter alter Mann«, sagte eine andere. »Bleib weg.« Ein Mann erklärte: »Ich bin gegen die Sklaverei, Captain, aber auch dagegen, Menschen umzubringen. Sie und Ihre Männer können hier nicht bleiben.« So ging's am Ende überall. Tabor war eine freie Stadt, und Old John Brown war allen Abolitionisten östlich von Missouri bekannt, aber sie waren verdammt zaghaft, was die ganze Sache anging. Ja, und dann wurde der Alte Mann gesucht, auf ihn war ein Kopfgeld ausgesetzt. Jede Zeitung im Land hatte rausgekräht, dass er im Kansas-Territorium ein paar Leuten die Köpfe abgehackt hatte, und ich nehm an, auch das ließ sie 'n bisschen scheu werden.

Wir klopften an so ziemlich jedes Haus der Stadt, ein Zug frierender, zerlumpter Männer, erschöpfter Maultiere und hungernder Pferde, und als uns auch die letzte Tür vor der Nase zugeschlagen wurde, war der Alte Mann verärgert, aber nicht gebrochen. »Reden, reden, reden«, stöhnte er. »Alles, was die Christen können, ist reden. Und *das*, Männer«, sagte er mitten in der wie ausgestorbenen Stadt und schlug sich den Schnee aus dem Bart, »ist unsre eigentlich Schlacht. Der Sklave braucht Freiheit, keine Worte. Zweihundert Jahre hat der Neger moralischen Reden gelauscht. Wir können nicht länger warten. Hat Toussaint-Louverture in Haiti auf die Franzosen gewartet? Hat Spartakus auf die römische Regierung gewartet? Garibaldi auf die Genueser?«

Owen sagte: »Ich bin sicher, du sprichst da von guten Leuten, Vater. Aber es ist kalt hier.«

»Wir sollten wie ehedem David sein«, brummte der Alte Mann, »und von der Gnade und den Gaben unseres Herrn der Heerscharen leben, der all unsere Wünsche und Bedürfnisse befriedigt. Mir selbst ist nicht kalt. Aber zu eurem Wohl habe ich noch ein paar Freunde auf dieser Welt.« Er befahl den Männern aufzusitzen und brachte uns zu einigen Farmern im nahen Pee Dee, die bereit waren, uns aufzunehmen, nachdem der Alte Mann ihnen den Großteil der Pferde und Wagen verkauft und versprochen hatte, dass wir ihnen beim Maisdreschen und dem Instandhalten der Häuser über die Wintermonate helfen würden. Es gab etwas Gemurre, aber am Ende waren die Männer froh um Essen und Unterkunft.

Sobald das alles geregelt war, verkündete der Alte Mann: »Ich hab die Wagen und unsere Vorräte verkauft, weil ich eine Zugfahrkarte zurück in den Osten brauche. Ich werde euch hier zurücklassen, Männer, in verhältnismäßiger Wärme und Sicherheit, während ich nach Boston reise, um im Namen unseres Erlösers Spenden zu sammeln. Wir müssen essen, unser Kampf erfordert Geld, und daheim im Osten gibt es reichlich davon. Ich werde es bei unseren zahlreichen Unterstützern dort einsammeln.« Die Männer stimmten ihm zu, denn ein warmer Platz zum Schlafen war Gold wert und wir waren am Ende unserer Kräfte, während der Alte Mann bockte und sprang wie 'n texanisches Maultier.

Old John Brown bereitete sich auf seine Fahrt nach Osten vor. Seine Männer gaben ihm Briefe mit für zu Hause, Geschenke für Freunde und Decken, damit er's warm hatte. Als er die Sachen einpackte, verkündete er: »Kagi, Sie sind mein Lieutenant, und es ist Ihre Aufgabe, die Männer militärisch zu schulen und ihnen beizubringen, was sie im Kampf gegen die Sklaverei brauchen.«

Kagi nickte. Dann warf der Captain einen Blick auf meine Wenigkeit. »Zwiebel, du kommst mit mir.«

Owen schien überrascht. »Warum ausgerechnet sie?«, fragte er.

»Die Zwiebel ist mein Glücksbringer. Sie erinnert mich an deinen geliebten Bruder Frederick, der schlafend unter dieser Erde liegt und dessen Güte Tier wie Mensch anzog. Wir müssen alle Mittel für unseren Zweck nutzen, deshalb ist es an der Zeit, den Neger für seine eigene Befreiung einzusetzen. Ich brauche sie, um die Neger mit ins Boot zu holen. Sie und unsere weißen Unterstützer werden die Unschuld ihres Ausdrucks sehen und sagen: ›Ja, du Kind des Gebenedeiten Vaters, du wirst das Königreich erben. Er hat alles für uns vorbereitet, und wir treten in den Kampf für die Sache unserer Kinder ein.‹ Zu Tausenden werden sie kommen!« Der Alte Mann klatschte in die Hände und nickte mit dem Kopf. Was seine Begeisterung für die Freiheit anging, war er nicht zu stoppen.

Ich war natürlich nicht dagegen. Ich wollte so schnell wie möglich aus den Ebenen raus und mich dünnmachen, sobald er in die andere Richtung sah. Aber Bob war auch noch da. Er hatte den kalten Zug über die Prärie mitgemacht, nachdem Owen ihn in Pikesville mitgezerrt hatte, wie immer. Und genau wie früher auch, hatte Bob sich geduckt und auf seine Chance gewartet, und als er jetzt sah, wie der Alte Mann nach Osten ins freie Land fahren wollte, meldete er sich endlich mal zu Wort.

»Ich kann dabei helfen, schwarze Soldaten zu finden«, verkündete er. »Der Neger hört eher auf das, was ein Mann sagt, als auf die Worte eines Mädchens.«

Aber bevor er das noch weiter ausführen konnte, schnaubte der Alte Mann: »Gott hat für die Männer nicht mehr Achtung als für die Frauen, mein Guter. Wenn ein Mann die Bedürfnisse seiner eigenen Frau und Kinder nicht befriedigen kann, nun, dann ist er nur ein halber Mann. Sie bleiben hier bei den anderen und beruhigen die Neger, die zu Tausenden herkommen werden, damit sie sich zurückhalten, bis unser Krieg beginnt. Sie werden's kaum erwarten können. Ich und die Zwiebel, wir schaffen die Voraussetzungen, und dann werden Sie, Sir, unser Botschafter sein, der sie in unserer Armee der Männer willkommen heißt.«

Bob schmollte, zog sich zurück und blieb ruhig, aber nicht lange, wie sich rausstellte, denn zwei Wochen, nachdem wir in den Osten aufgebrochen waren, kam ein Brief an den Captain, in dem stand, dass Bob davongelaufen wär.

Wir nahmen einen Zug, der uns von Chicago nach Boston bringen sollte, wie der Alte Mann sagte. Hinter der Dampflokomotive zu hängen, war eine ruckende, holprige, laut klackernde Geschichte, aber immer noch ein ganzes Stück wärmer und bequemer als die Prärie. Der Alte Mann reiste unter verschiedenen Namen, als Nelson Hawkins, Shubel Morgan oder Mr Smith, je nachdem, an was er sich erinnern konnte, denn oft vergaß er seine falschen Namen, und so trug er mir auf, ihn zu erinnern, welchen er gerade benutzte. Er machte verschiedene Versuche, seinen Bart zu kämmen, ohne Erfolg, und mit mir als inkognito reisender schwarzer Begleitung konnte er keinem was vormachen. Nach den Wochen in der Prärie war ich ein einziges zerlumptes Bündel, und der Captain war berühmt wie 'n schlechter Whiskey. Die Sklaverei-Befürworter verließen den Wagen, wenn sie ihn sahen, und wann immer er im Zug ein Bedürfnis nach Essen oder Trinken erkennen ließ, nun, da bezahlten die anderen Yankee-Passagiere, was ihm an Essen gefiel. Er nahm die Geschenke ohne zu zögern an. »Das ist nicht für uns, Zwiebel, wir essen es im Namen unseres Großen Heumachers für die Freiheit unserer versklavten Brüder und Schwestern.« Er aß nur, was er brauchte, keinen Bissen mehr. Das war die ironische Sache mit dem Alten Mann. Er stahl mehr Wagen, Pferde, Maultiere, Schaufeln, Messer, Pistolen und Pflüge als irgendwer, den ich je gekannt habe, aber er nahm nie was für sich, was er nicht persönlich brauchte. Was immer er stahl, war für den Kampf gegen die Sklaverei, und wenn er mal was erwischte, was nicht dazu taugte, nun, dann brachte er es dem armen Kerl zurück, von dem er es hatte, wobei, wenn der dann unangenehm wurde, war er's selbst schuld, wenn er sein Leben aushauchte oder sich an einen Pfahl gebunden wiederfand und eine Predigt des Alten Mannes zum Übel der Sklaverei über sich ergehen lassen musste. Dem Captain gefiel es, Sklaverei-Befürwortern Vorträge über das Übel der Sklaverei zu halten, und er tat es mit solcher Inbrunst, dass einige die Hände hoben und sagten: »Captain, erschießen Sie mich lieber. Bringen Sie es hinter sich, statt mir noch eine Sekunde länger damit in den Ohren zu liegen. Ich ersauf in Ihrem Gequatsche. Erledigen Sie mich jetzt sofort.« Einige Gefangene entkamen seinem Wortfluss, indem sie einschliefen, weil sie so betrunken waren, aber wenn sie ernüchtert wieder aufwachten, predigte der Alte Mann immer noch, und die Qual war nüchtern umso größer. Solange er ein Publikum hatte, dehnte der Alte Mann seine Predigten ins Endlose.

Es war da im Zug, dass ich begriff, dass John Brown ein armer Mann war. Er hatte eine große Familie, selbst nach Präriemaßstäben, mit zweiundzwanzig Kindern von zwei Frauen. Seine erste Frau hatte er begraben, und seine zweite lebte in Elba, New York, mit den zwölf Kindern, die nicht von irgend 'ner Krankheit dahingerafft worden waren. Die meisten von ihnen waren noch erst kniehohe Jungs und Mädchen, und der Alte Mann sammelte ständig irgendwelche kleinen Dinge und Erinnerungen für sie im Zug nach Boston, zum Beispiel buntes Papier oder Garnrollen, die er auf dem Boden fand. »Das ist für Abby«, sagte er dann, »und das würde meiner kleinen

Ellen gefallen.« Erst da kapierte ich, wie schuldig er sich fühlte, dass mein Pa getötet worden war, als er mich vor zwei Jahren gekidnappt hatte. Er hatte mir ein im Laden gekauftes Kleid geschenkt, das für seine Tochter Ellen gewesen war. Der Alte Mann kaufte eigentlich nie was im Laden, und das Kleid hatte längst das Zeitliche gesegnet. Als er mich in Pikesville fand, war ich mit einem schönen bestickten Kleid ausstaffiert, das ich von Pie gekriegt hatte, aber das hatte ich, weil das Wetter so rau war, auf der Ebene gegen Hose, Unterwäsche, Hemd und Mütze eingetauscht, natürlich alles gestohlen. Der Alte Mann sah, dass mir die Sachen gefielen, und das gefiel ihm, da er mich für 'ne Art Wildfang hielt, was ihn amüsierte. Grob und ruppig, wie er war, behandelte er jedes Kind, dem er begegnete, großherzig und gütig. Oft habe ich ihn die ganze Nacht bei einem farbigen Kind mit Koliken gesehen, das zu einer erschöpften Gruppe entlaufener Neger gehörte, denen er auf ihrem Weg in die Freiheit weiterhalf. Er fütterte es, während die müden Eltern schliefen, flößte ihm warme Milch oder Suppe ein und sang es in den Schlaf. Er sehnte sich nach seinen eigenen Kleinen und seiner Frau, aber der Kampf gegen die Sklaverei war wichtiger.

Den Großteil der Reise verbrachte er damit, in der Bibel zu lesen, Landkarten zu studieren und Briefe zu schreiben. Du hast nie einen mehr Briefe schreiben sehen als Old John Brown. Er schrieb an Zeitungen, Politiker, Feinde, seine Frau, seine Kinder, seinen alten Pa, seinen Bruder und etliche Cousins. Selbst bekam er vor allem Briefe von seiner Frau und seinen Gläubigern, reichlich Briefe von seinen Gläubigern, denn er hatte sich früher unglaublich viel geliehen und noch Schulden aus jedem einzelnen Geschäft, das ihm gehört und pleitegegangen war, wovon es ziemlich viele gegeben hatte. Er kriegte auch Briefe von entflohenen Negern und selbst Indianern, die ihn um Hilfe baten, hatte er doch auch eine Schwäche für den roten Mann. In fast jeder Stadt, in der wir hielten, hatte er den einen oder anderen Freund, der seine Briefe aufgeben konnte, und wenn der Zug zum Stehen kam, um Passagiere aufzunehmen, sprang immer wieder ein Kind an Bord oder reichte ihm ein Bündel an ihn adressierter Briefe durchs Fenster, worauf der Alte Mann ihm einen Shilling und ebenfalls ein Bündel Briefe zum Aufgeben zuwarf. Einige der Briefe enthielten etwas Geld von seinen Unterstützern im Osten, weshalb sie so wichtig für ihn waren, und wenn er selbst gerade keine schrieb, kritzelte er auf Landkarten rum, mehreren kleinen und einer großen. Er trug das Ding wie eine große Schriftrolle mit sich, auf der er ständig mit seinem Bleistift Zahlen notierte und Linien zog, Unverständliches über Truppen murmelte, über Seitenmanöver und Ähnliches. Dann wieder legte er die Karte weg, ging im Wagen auf und ab und dachte nach. Die anderen Passagiere waren hauptsächlich gut gekleidete Geschäftsleute aus Missouri, Sklaverei-Befürworter, und für die war der von einem in Farmerhosen steckenden farbigen Kind mit Mütze beobachtete Captain, wie er mit seinen beiden kaum unter den Rockschößen verborgenen Siebenschüssigen und dem aus seinem Jutesack ragenden Schwert den Gang rauf- und runterlief, ein ziemlicher Anblick. Ein paar Yanks boten ihm einen Bissen oder zwei für sich und seine »Begleitung« an, sonst ließen ihn eigentlich alle in Ruhe.

Die Reise nach Boston sollte vier Tage dauern, aber am dritten Tag, als wir durch Pittsburgh, Pennsylvania, kamen, hielt der Zug, um Wasser aufzunehmen, und der Alte Mann verkündete: »Hier steigen wir aus, Zwiebel.«

»Ich dachte, wir fahrn nach Boston, Captain.«

»Nicht direkt«, sagte er. »Ich hab den Verdacht, dass es unter meinen Leuten in Iowa einen Spion gibt. Ich will nicht, dass uns die Bundeskläffer erwischen.«

Wir stiegen in einen Zug nach Philadelphia und machten

einen Tag lang Pause. Der nächste Zug nach Boston sollte tags drauf abfahren, und der Alte Mann beschloss, durch die Stadt zu wandern, denn er liebte die frische Luft und ertrug den Gedanken nicht, an einem warmen Ofen im Bahnhof zu sitzen und die Füße auszuruhen. Die Stadt war ziemlich unterhaltsam. Ihre Farben und Bauten wirbelten wie Pfauenfedern vor meinen Augen rum, und selbst noch die kleinste Straße ließ die größte im Kansas-Territorium wie eine ausgefahrene Hinterhofgasse voller Schindmähren und Hühner erscheinen. Fein gekleidete Leute liefen rum, es gab rote Ziegelhäuser mit vollkommen geraden Schornsteinen. Telegrafenleitungen, hölzerne Bürgersteige und Klos mit Türen säumten die Straßen. Die Läden waren voll mit frischem Geflügel, gekochtem Fisch, Kellen, Wiegen, Kochtöpfen, Wärmflaschen, Kommoden, Messingwaren und sogar Waldhörnern. Ich verschlang das alles mit den Augen und beschloss, dass der Alte Mann irre sein musste, den Osten zu verlassen, um in der Prärie für die Neger zu kämpfen. Den Farbigen Philadelphias schienen ihre Sklavenbrüder doch auch egal zu sein. Ich sah ein paar von ihnen vorbeispazieren, mit Taschenuhren, Gehstöcken, Brustnadeln und Ringen wie die Weißen. Sie waren komplett rausgeputzt und auf jeden Fall besser angezogen als Old John Brown.

Am nächsten Morgen im Bahnhof geriet der Alte Mann in einen Streit mit einem Fahrkartenverkäufer, denn er hatte fast kein Geld mehr und wollte plötzlich nicht mehr direkt nach Boston, sondern vorher noch in Rochester, New York, haltmachen. Es kostete ihn sein letztes Geld, die Fahrkarten zu ändern. »Vielleicht fragst du dich, warum ich alles Geld ausgebe, bevor wir überhaupt nach Boston kommen«, sagte er. »Sorg dich nicht, Zwiebel. An unserem Ziel finden wir mehr, als zehn Fahrkarten nach Boston kosten, denn wir werden den König des Negervolks treffen. Er ist ein berühmter Mann und ein lieber Freund. Zweifle nicht dran, Zwiebel, dass man seine Taten in diesem Land über Generationen preisen wird. Dereinst wirst du einmal deinen Kindern erzählen können, dass du ihn kennengelernt hast. Er hat versprochen, bis ans Ende mit uns zu kämpfen, und das ist wichtig, denn wir brauchen seine Hilfe, um die Bienen einzusammeln. Tausende Neger brauchen wir, und mit ihm werden wir sie bekommen. Sei also nett zu ihm. Und höflich. Er hat versprochen, uns zur Seite zu stehen, und wir müssen ihn davon überzeugen, dass er sein Versprechen hält und uns beim Bieneneinsammeln hilft.«

Frühmorgens fuhren wir in den Bahnhof Rochester ein, und als der Zug langsam zum Stehen kam, stand da ein Neger auf dem Bahnsteig, wie ich noch nie einen gesehen hatte. Es war ein stämmiger, gut aussehender Mulatte mit langem, dunklem Haar, das in der Mitte gescheitelt war. Sein Hemd war gestärkt und sauber, sein Anzug gebügelt und glatt, die Stiefel glänzten makellos. Sein Gesicht war rasiert und eben. Still wie eine Statue stand er da, stolz und aufrecht. Wie ein König.

Der Alte Mann stieg aus dem Zug, und die beiden schüttelten sich die Hand und umarmten sich herzlich. »Zwiebel«, sagte der Alte Mann, »das ist Mr Frederick Douglass, der Mann, der unserer Sache helfen wird. Frederick, das ist Henrietta Shackleford, meine Begleiterin, die Zwiebel genannt wird.«

»Morgen, Fred«, sagte ich.

Mr Douglass sah mich kalt an. Das Untere seiner Nase schien sich zentimeterweit zu öffnen, während er mich in Augenschein nahm.

»Wie alt bist du?«

»Zwölf.«

»Wo sind deine Manieren, junge Dame? Und was für ein Name ist denn das, Zwiebel? Warum bist du so angezogen? Und warum nennst du mich Fred? Weißt du nicht, dass du kein Kotelett ansprichst, sondern ein ziemlich beträchtliches, unverbesserliches Stück amerikanischer Neger-Diaspora?«

»Sir?«
»Ich bin Mr Douglass.«
»Oh, hallo, Sir. Ich bin hier, um beim Einsammeln der Bienen zu helfen.«
»Das wird sie fürwahr tun«, sagte der Alte Mann gut gelaunt. Ich hatte ihn nie so einem Mann zugeneigt gesehen wie diesem Mr Douglass.

Mr Douglass musterte mich noch immer. »Ich nehm an, da steckt ein hübsches kleines Kotelett unter den Lumpen, Mr Brown«, sagte er. »Dem werden wir ein paar Manieren beibringen, die zu dem hübschen Aussehen passen. Willkommen in Rochester, junge Dame.«

»Danke, Mr Fred«, sagte ich.
»Mr Douglass.«
»Mr Douglass.«

»Sie ist ein lebhaftes kleines Ding, Douglass«, sagt der Alte Mann stolz, »das schon in vielen Schlachten Mut und Beherztheit gezeigt hat. Ich denke, es ist der Höhepunkt ihres Lebens, den Mann kennenzulernen, der ihr Volk aus den Ketten der Knechtschaft befreien wird«, fuhr er fort und klopfte Mr Douglass auf den Rücken. »Ich bin so oft in meinem Leben schon enttäuscht worden, aber das hier ist ein Mann, auf den sich der alte Captain immer verlassen kann.«

Mr Douglass lächelte. Er hatte vollkommene Zähne. Da standen die beiden, stolz und strahlend, auf dem Bahnsteig, Weiß und Farbig neben'nander. Es war ein hübsches Bild, und hätte ich einen von den Apparaten zum Ablichten gehabt, wie sie in jenen Tagen rauskamen, hätten ich die beiden aufgenommen. Aber wie's auch war, leider sollte sich rausstellen, dass sich die Vorstellungen des Alten Mannes nicht so erfüllen würden wie gedacht. So ging's fast immer bei ihm, mit fast allem. Er hätte sich nicht gründlicher in Mr Douglass täuschen können. Hätte ich gewusst, was kommen würde, hätte ich, wie ich denke, den kleinen Derringer aus meinen Pikesville-Tagen aus der Tasche gezogen und Mr Douglass in den Fuß geschossen oder ihm doch zumindest mit dem Kolben eins rübergezogen. Er sollte dem Captain schrecklich in die Quere kommen, und das zu einer Zeit, als der ihn am meisten brauchte. Und das Ganze sollte den Alten Mann weit mehr kosten als nur eine Fahrkarte nach Rochester.

18

Begegnung mit einem berühmten Mann

Der Alte Mann quartierte sich drei Wochen lang in Mr Frederick Douglass' Haus ein. Die meiste Zeit verbrachte er in seinem Zimmer, schrieb und studierte. Es war nicht ungewöhnlich für ihn, über Papier zu sitzen und zu schreiben oder mit 'ner Tasche voller Kompasse rumzulaufen, sich Notizen zu machen, Karten zu konsultieren und so weiter. Es kam nur nichts dabei raus, und drei Wochen waren eine lange Zeit für mich, um im Haus von irgendwem zu sitzen, wobei es für den Alten Mann noch schwerer gewesen sein muss. Der Captain gehörte nach draußen. Er konnte nicht lange am Herd sitzen, auf einem Federbett schlafen oder Dinge essen, die für zivilisierte Leute gekocht waren. Er mochte Wildes: Waschbär, Opossum, Eichhörnchen, Truthuhn, Bieber. Essen aus einer richtigen Küche (Fladenbrot, Kuchen, Pastete, Marmelade, Butter) konnte er nicht ausstehen. Deshalb war es verdächtig, dass er so lange blieb, denn was anderes gab's in dem Haus nicht. Aber er hockte allein in seinem Zimmer und kam nur raus, wenn er aufs Klo musste. Hin und wieder ging Mr Douglass zu ihm, und ich hörte die beiden mit erhobenen Stimmen reden. Einmal hörte ich Mr Douglass »Bis in den Tod!« sagen, dachte mir aber nicht viel dabei.

Die drei Wochen gaben mir reichlich Zeit, mich mit dem Haushalt vertraut zu machen, der von den zwei Frauen von

Mr Douglass geführt wurde, einer weißen und einer farbigen. Es war das erste Mal, dass ich so was erlebte, zwei Frauen, die mit einem Mann verheiratet waren und aus unterschiedlichen Rassen stammten. Die beiden sprachen kaum mit'nander, und wenn sie's doch mal taten, dachtest du, ein Block Eis fiel ins Zimmer. Miss Ottilie war eine deutsche Weiße und Miss Anna eine Farbige aus dem Süden. Sie waren schon höflich mit'nander, mehr oder weniger, wobei ich denke, wären sie nicht so zivilisiert gewesen, hätten sie sich gegenseitig windelweich geschlagen. Sie waren sich spinnefeind, so war's wirklich, und ließen ihre Wut an mir aus, denn ich war ungehobelt, brauchte einen Haarschnitt und musste richtige Manieren beigebracht kriegen: wie man saß und knickste und all so Sachen. Ich machte den Frauen reichlich Arbeit, denn die paar Manieren, die Pie mir draußen in der Prärie beigebracht hatte, waren Kuhmist für die beiden, die kein Außenklo kannten, keinen Tabak kauten und nie Worte wie »Hüh!« und »Raus!« benutzten. Nachdem Mr Douglass mich ihnen vorgestellt hatte und an seinen Schreibtisch zurückgekehrt war (er schrieb und kritzelte wie der Alte Mann, die beiden saßen nur in verschiedenen Zimmern), standen Miss Ottilie und Miss Anna vor mir im Salon und studierten mich. »Zieh die Hose aus«, bellte Miss Anna. »Wirf die Stiefel nach draußen«, setzte Miss Ottilie nach. Ich sagte, ich würde tun, was sie verlangten, aber für mich. Da drüber kriegten sie sich in die Haare, was mir die Zeit gab, zu entwischen und mich allein umzuziehen. Das machte Miss Anna wieder wütend, und sie nahm einen zweiten Anlauf, indem sie mich zwei Tage später in die Küche zog, um mich in die Wanne zu stecken. Ich haute ab ins Wohnzimmer, wo Miss Ottilie saß und drauf bestand, dass *sie* mich in die Wanne steckte, und schon hatten die beiden wieder 'n feinen Streit. So hielt ich sie mir vom Leib und überließ sie ihrem Gezeter.

Die beiden Frauen hätten sich komplett aufgerieben, wär

ich noch länger geblieben, aber zum Glück hatten sie sowieso nicht zu viel Zeit, um mit mir rumzutun. Jede noch so kleine Bewegung im Haus, alles Putzen, Kochen, Abstauben, Arbeiten, Schreiben, Lauge-Anrühren und Unterwäsche-Nähen drehte sich um Mr Douglass, der wie ein König in Pluderhosen und Hosenträgern durchs Haus wandelte und seine Ansprachen probte, die dunkle Haarmähne fast so weit wie die Flure, die Stimme ein Donnerhall. Ich hab in Tuskegee, Tennessee, bei 'ner Parade mal eine mächtige Marschkapelle von zweihundert Mann spielen hören, und der Trommellärm und die Trompetenklänge waren die reine Freude, allerdings nichts im Vergleich mit Mr Douglass, wenn er in seinem Haus seine Reden über das Schicksal des Negerrasse einübte.

Die Frauen versuchten sich in ihren Diensten für ihn gegenseitig auszustechen, obwohl er sie doch für nicht mehr als Pflaumen und Stinkbomben hielt. Die Mahlzeiten nahm er allein an seinem großen Mahagonischreibtisch im Arbeitszimmer ein, und der Mann verdrückte in einem Rutsch mehr, als ich dreißig Siedler in drei Wochen im Kansas-Territorium hatte essen sehen: Steaks, Kartoffeln, Blattkohl, Jamswurzeln, Süßkartoffeln, Gurken, Hühnchen, Kaninchen, Fasan, Rehbock, Kuchen, Kekse, Reis, alle möglichen Käsesorten und gekneteres Brot. Das Ganze spülte er mit Milch runter, mit Buttermilch, Pfirsichsaft, Kuhmilch, Ziegenmilch, Kirschsaft, Orangensaft und Traubensaft. Und er lehnte auch keine alkoholischen Trinkopfer und Drinks aller Art ab, er hatte da einiges im Haus: dunkles Bier, Lagerbier, Wein, Seltzer, sogar abgefülltes Wasser aus verschiedenen Quellen im Westen. Der Mann setzte die Küche ganz schön unter Druck.

Schon nach einer Woche erschöpfte mich mein Mädchendasein. Draußen im Westen in der Prärie konnte ein Fräulein spucken, Tabak kauen, schreien, grunzen und furzen, ohne mehr Aufmerksamkeit auf sich zu ziehen als 'n Vogel, der Krümel vom Boden pickte. Im Gegenteil, der normale Sklaverei-Befürworter fand so was geradezu liebenswert, denn es gab da draußen in den Ebenen nichts Bessres für ihn, als ein Mädchen zu finden, das Karten spielen konnte wie er und ihm dabei half, 'ne Flasche Whiskey leer zu putzen, wenn er selbst schon zu viel intus hatte. Aber in Rochester, mein Gott, da konntest du nicht mal mit den Fingern schnipsen und hattest schon wieder irgendwem auf die Füße getreten, weil sich eine Lady so nicht benahm, auch eine farbige nicht, *vor allem* eine farbige nicht, denn die feinen Farbigen, die piepsten, zwitscherten und flöteten nur. »Nicht so wild!«, fuhr mich eine farbige Lady an, als ich die Straße runterspazierte. »Zieh nicht so ein Gesicht«, flötete eine andere. »Wie sehn denn deine Haare aus, Kind?«, fragte wieder eine andere.

Ich ertrug das nicht und zog mich ins Haus zurück. All das nette Tun und Knicksen nervte mich, und ich kriegte Durst. Ich wollte einen Rausch, einen Schluck Whiskey, um mir den Kopf frei zu blasen. Bei Miss Abby die Reste aus den Gläsern zu süffeln, hatte meine Kehle nach Schnaps dürsten lassen, wann immer es eng wurde, und seit ich von der Kälte draußen ins wohlige, gut versorgte Leben geplumpst war, wuchs mein Durst von all dem Eingeklemmtsein und der Ruhe. Ich überlegte mir ernsthaft, ob ich dem Alten Mann nicht den Rücken kehren und mir in Rochester 'ne Kneipe zum Arbeiten suchen sollte, nur waren die Kneipen da nichts im Vergleich mit denen im Kansas-Territorium. Es waren eher Bibliotheken oder so Plätze zum Grübeln, voller alter Säcke in Gehröcken, die rumsaßen, Sherry nippten und sich über den armen Neger wunderten, der nicht vorankommen wollte. Dazu gab's dann noch 'n paar betrunkene Iren, die lesen lernten. Frauen und Mädchen hatten meist überhaupt keinen Zutritt. Ich dachte auch über andere Jobs nach, denn manchmal stolzierte eine weiße Frau mit Haube auf dem Gehsteig zu mir hin und sagte: »Sind Sie interessiert daran, sich drei Pennies mit etwas Wäschewaschen zu verdienen, meine Liebe?« Ich war damals zwölf, wurde bald dreizehn oder sogar vierzehn, nehm ich an, genau wusste ich es nie. Ich hatte immer noch eine Abneigung gegen Arbeit, wie alt ich auch sein mochte, und so war die Vorstellung, anderen Leuten die Unterhosen zu waschen, nicht gerade was, womit ich mich abgeben wollte. Es war schon anstrengend genug, meine eigenen Sachen sauber zu halten. Ich wurde immer unbeherrschter und befürchtete, die Frauen würden meine wahre Natur durchschauen, wär ich mal richtig hochgegangen und hätte dabei meine Pistole rausgeholt, die ich immer noch besaß. Durch meine Abenteuer draußen im Westen mit dem Captain war ich zu der Auffassung gekommen, dass ich 'ne Art Revolverheld war, Mädchen hin oder her, und ich fühlte mich den meisten dieser östlichen Stadtbewohner, die Toast mit Marmelade aßen und stöhnten und jammerten, weil's im Winter keine Heidelbeeren gab, in der Hinsicht ziemlich überlegen.

Wie immer, das Fehlen von Alkoholischem nagte an mir, und eines Nachmittags hatte ich genug. Ich beschloss, meinen Durst mit etwas von dem Kochlikör zu stillen, den Mr Douglass in seiner Vorratskammer bei der Küche hatte. Zahllose Flaschen standen da. Ich schlich mich rein und schnappte mir eine von ihnen, aber kaum hatte ich einen schnellen Schluck von dem Zeugs genommen, hörte ich jemanden kommen. Ich hatte die Flasche gerade zurückgestellt, als Ottilie, die weiße Frau, auftauchte und die Stirn runzelte. Ich dachte, sie würde mich geradewegs auffliegen lassen, doch sie verkündete nur: »Mr Douglass möchte dich in seinem Arbeitszimmer sehen.«

Ich wurde hingeschafft und fand ihn hinter seinem mächtigen Schreibtisch vor. Er war klein und ragte kaum über die Tischplatte, hatte für seinen kleinen Wuchs aber einen ziemlich großen Kopf, und sein wie 'ne Löwenmähne hochstehendes Haar schwebte über dem Tisch.

Er sah mich reinkommen und bat mich, die Tür zuzumachen. »Da du in Diensten des Captains stehst, muss ich dich befragen«, sagte er, »um dir die missliche Lage des Negers bewusst zu machen, für den du kämpfst.«

Nun, die Lage des Negers war mir durchaus bewusst, schließlich war ich selbst einer, und ich hatte Mr Douglass schon zur Genüge durchs Haus blöken hören. Im Übrigen war es so, dass ich nicht dran interessiert war, für irgendwen anders zu kämpfen. Aber ich wollte den großen Mann nicht beleidigen, und so sagte ich: »Ah, vielen Dank, Sir.«

»Setz dich zuerst mal, meine Liebe«, sagte er und stand selbst auf.

Ich tat, was er sagte, und setzte mich auf den Stuhl vor seinem Schreibtisch.

»Nun«, sagte er, »den Neger gibt es in allen Farben. Dunkel. Schwarz. Schwärzer. Am schwärzesten. Schwärzer als die Nacht. Schwarz wie die Hölle. Schwarz wie Teer. Weiß. Hell. Heller. Am hellsten. Heller als Licht. Weiß wie die Sonne. Und fast weiß. Nimm mich zum Beispiel. Ich habe einen braunen Ton. Du dagegen bist fast weiß und anmutig, und das ist eine schreckliche Zwickmühle, oder?«

Also, ich hatte noch nie so da drüber nachgedacht, aber weil er alles wusste, gab ich ihm meine beste Antwort. »Ja, Sir«, sagte ich.

»Ich selbst bin ein Mulatte«, sagte er stolz.

»Ja, Sir.«

»Durch unsere Anmut machen wir Mulatten bestimmte Erfahrungen, die unsere Existenz definieren und die uns von den andren Anhängern unserer rassischen Übereinstimmungen trennen.«

»Sir?«

»Wir Mulatten unterscheiden uns von den meisten Negern.«

»Tun wir das?«

»Natürlich, mein Kind.«

»Ich nehm's an, Mr Douglass, wenn Sie es sagen.«

»Ich sugi, sogi, sagi das in der Tati.«

Ich nehm an, er meinte das als Witz, denn er gluckste und sah mich an. »Ist das nicht lustig?«

»Doch, Sir.«

»Lach mal, kleine Henrietta. Woher stammst du, meine Liebe.«

»Warum? Aus Kansas, Mr Douglass.«

»Du musst nicht Mr Douglass zu mir sagen«, meinte er, kam hinter seinem Schreibtisch vor und trat zu mir. »Meine Freunde nennen mich Fred.«

Es kam mir nicht richtig vor, einen großen Mann wie ihn Fred zu nennen. Der einzige Fred, den ich kannte, war dümmer als dumm gewesen und jetzt toter als tot. Im Übrigen war Mr Douglass am Bahnhof bestimmter als bestimmt gewesen, dass ich »Mr Douglass« zu ihm sagen sollte. Aber ich wollte den großen Führer nicht beleidigen, also sagte ich: »Ja, Sir.«

»Nicht Sir. Fred.«

»Ja, Sir, Fred.«

»Oh, komm schon. Lach mal. Hier, komm. Setz dich da hin«, sagte er. Er ging zu einer winzigen Couch, die so schief und verquer war wie nur was. Die eine Seite sah in die eine, die andere in die andere Richtung. Ich nahm an, dass der Schreiner besoffen gewesen war. Er stand davor. »Das ist ein Sofa für zwei«, sagte er und winkte mich mit der Hand ran. Das machte er, als hätte er's eilig, wär ungeduldig und Leute gewöhnt, die seinen Gedanken lauschten, was sie sicher taten, wo er so 'n großer Mann war. »Würdest du dich dort hersetzen wollen, während ich dir die missliche Lage deines Volkes erkläre?«, sagte er.

»Nun, Sir, ich denke, die Lage sieht ganz übel aus, bis Sie sie weiterbringen.«

»Wie meinst du das?«

»Nun, ähm, mit Leuten wie Ihnen, die uns anführn, können wir nichts falsch machen.«

Da lachte der große Mann. »Du bist ein Mädchen vom Lande«, sagte er. »Ich liebe Mädchen vom Lande. Sie sind schnell. Ich selbst stamme auch vom Land.« Er drückte mich auf sein Sofa runter und setzte sich selbst auf die andere Seite. »Dieses Zweiersofa ist woher?«, fragte er. »Paris.«

»Ist das 'ne Freundin von Ihnen?«

»Das ist die Stadt des Lichts«, sagte er und mogelte einen Arm um meine Schultern. »Du *musst* ganz einfach erleben, wie es über der Seine aufsteigt.«

»Die Sonne überm Fluss? Oh, das hab ich am Kaw schon gesehn. Jeden Tag in Kansas. Und es regnet da auch jeden Tag manchmal, genau wie hier.«

»Mein Kind«, sagte er. »Du bist heimatlos in der Finsternis.«

»Bin ich das?«

»Ein Baum ungeborner Früchte.«

»Ja?«

»Die noch zu pflücken sind.« Dabei zupfte er an meiner Haube, die ich schnell wieder zurechtrückte.

»Sag mir, wo wurdest du geboren? Wann hast du Geburtstag?«

»Das weiß ich nicht. Aber ich denk, ich bin so zwölf, vierzehn.«

»Genau das ist es!«, sagte er und sprang auf die Füße. »Der Neger weiß nicht, wo er geboren wurde und wer seine Mutter ist. Oder sein Vater. Er kennt seinen Namen nicht. Hat kein Zuhause. Kein Heimatland. Sein Aufenthalt ist vorübergehend. Er ist Tücke und Futter des Sklavenfängers. Ein Fremder in einem fremden Land! Er ist ein Sklave, selbst wenn er frei ist! Er ist ein Pächter, ein Helfershelfer! Selbst wenn er ein Haus besitzt. Der Neger ist ein ewiger Lehnsmann!«

»Er lehnt, wo?«

»Nein, Kind. Ein Mieter.«

»Haben Sie das hier gemietet?«

»Nein, Liebes. Ich habe es gekauft. Aber darum geht es nicht. Siehst du das hier?« Er drückte meine Schulter. »Das ist nur Fleisch. Du bist die natürliche Beute für die fleischliche Weisheit und den Durst des Sklavenbesitzers, dieses feigen Teufels des Bosheit. Die farbige Frau kennt keine Freiheit. Keine Würde. Ihre Kinder werden die Straße hinunterverkauft. Ihr Mann arbeitet auf dem Feld. Während es der teuflische Sklavenbesitzer mit ihr treibt.«

»Tut er das?«

»Aber natürlich. Und siehst du hier?« Er drückte mich im Nacken und strich mit seinen dicken Fingern drüber. »Dieser schlanke Hals, die markante Nase, auch das gehört dem Sklavenbesitzer. Sie haben das Gefühl, dass es ihnen gehört. Sie nehmen sich, was ihnen nicht gebührt. Sie kennen dich nicht, Metze Shackleford.«

»Henrietta.«

»Wie immer. Sie kennen dich nicht, Henrietta. Für sie bist du nur Besitz. Sie kennen den Geist in dir nicht, der dich zum Menschen macht. Das Schlagen deines stummen, lüsternen, nach Freiheit dürstenden Herzens kümmert sie nicht. Deine fleischliche Natur, die sich nach den weiten, offenen Räumen sehnt, die sie sich verschafft haben. Du bist nichts als eine Habe für sie, gestohlener Besitz, der sich auspressen und benutzen lässt, den sie besetzen und über den sie herfallen.«

All das Fummeln, Pressen und Herfallen machte mich ganz nervös, weil er selbst dabei war, meinen Arsch betatschte und sich, während er sprach, zu meiner Gerätschaft vorarbeitete, die Augen ganz feucht, und so sprang ich auf die Füße.

»Oh, Ihre Rede macht mich durstig«, sagte ich, »und ich frage mich, ob Sie da in einem Ihrer Schränke nicht einen

Trank haben, der mir die Gedanken lockert und mich einige Ihrer so tiefen Einsichten in unser Volk verstehn lässt.«

»O Gott, entschuldige meine Unhöflichkeit! Da habe ich genau das Richtige!«, sagte er. »Hätte ich doch nur gleich daran gedacht.« Damit hechtete er zu seinem Schnapsschrank, holte eine große Flasche und zwei Gläser hervor und schenkte mir meins bis oben voll, seins nur halb. Er wusste nicht, dass ich wie ein Mann trinken konnte, bereits von seinem Küchenlikör gekostet und reichlich Alkohol mit den Rebellen im Westen verkonsumiert hatte, die sich 'n ganzes Fass Whiskey in den Schlund gossen und problemlos doppelt sahen. Noch die ganz normale Pionier-Siedler-Kirchgänger-Frau im Westen vertrug mehr als jeder Yankee-Weichling, der das Zeugs aus Dosen und Schränken aß, das auf 'nem Herd gekocht wurde. Selbst die tranken ihn im Handumdrehen unter den Tisch.

Er hielt mir das volle Glas Whiskey hin und nahm sich das halbe.

»Hier. Trinken wir auf die Erziehung eines Mädchens vom Lande, das die Drangsale unseres Volkes aus dem Mund des größten Redners kennenlernt«, sagte er. »Vorsichtig, das Zeugs hat's in sich.« Er hob sein Glas an seine Redeöffnung und trank es aus.

Die Wirkung des Whiskeys auf seine Innereien hatte was rundweg Redliches. Wie elektrisiert ruckte er hoch, schüttelte sich und klapperte 'n bisschen. Das war 'ne Breitseite für ihn. Seine Haarmähne stand ihm zu Berge, die Augen wurden groß, und er schien auf der Stelle benebelt. »Hui. Da iss 'n Schlückchen, 'n Ri-Ra-Rachenputzer!«

»Das ist recht«, sagte ich, trank auch mein Glas in einem Zug aus und stellte es auf den Tisch. Er starrte das leere Glas an. »Beeindruckend«, brummte er. »Du meinst es ernst, du kleine Metze.« Er schenkte nach, und diesmal füllte er beide Gläser bis an den Rand.

»Wie wär's, wenn wir dieses Glas auf unser drangsaliertes Volk im Süden trinken, das nicht hier sein kann, um Ihre Rede zu hören«, sagte ich, denn ich wollte einen Rausch und sein Whiskey war schwach. Er schenkte noch mal ein, und ich trank mein Glas gleich wieder aus.

»Hört, hört«, sagte er, folgte mir und trank auch sein Glas aus. Sein Blick verschwamm bereits.

Mein Glas war leer, und mir schmeckte sein Whiskey langsam besser. »Wie isses mit den Tieren?«, sagte ich. »Das sind auch Sklaven, und sie leiden in der Hitze wie in der Kälte ohne Ihr Wort.« Er schenkte ein, und ich trank.

Es überraschte ihn eindeutig, zu sehen, wie ich seine Essenz so einfach runterstürzte, aber ich hatte das Trinken in der Prärie von Kansas und Missouri gelernt, mit den Rothemden, den Sklaverei-Befürwortern, den Abolitionisten und deren Frauen, die auch 'ne Gallone oder drei kippen konnten und nicht böse wurden, solange einer nachschenkte. Es brachte ihn dazu, sich was mehr zuzutrauen. Dass er da von 'nem Mädchen abgehängt wurde, das ertrug er nicht.

»Sicher«, sagte er und füllte beide Gläser neu auf. »Predige es, meine Heimatlose vom Lande, singe es, dass sie mich überall auf dieser Welt hören müssen!« Er kam zunehmend durch'nander, und all sein feines Gebrabbel fiel von ihm ab wie Regentropfen, die vom Dach spritzten. Das Land in ihm kam raus. »Nichts geht über 'ne Trinkerei, 'n Rausch und dann 'n richtiges Gelage!«, bellte er und schüttete den dünnen, kümmerlichen, nach Tee schmeckenden Whiskey runter. Ich tat's ihm nach.

Und so ging's immer weiter. Wir leerten die Flasche und machten noch eine auf, und je voller er wurde, desto mehr verlor er das Gefummel aus dem Blick, worauf er's doch eigentlich abgesehen hatte, und gab sich dem hin, wovon er was verstand: dem Redenhalten. Erst predigte er noch was über die missliche Lage des Negers, den er dabei fast schaffte, und kam dann zum Federvieh, den Fischen, zu Huhn und Hahn, dem weißen Mann, dem roten Mann, den Tanten, den Onkels und Cousins und den Cousins zweiten Grades, seine Cousine Clementine, die Bienen, die Fliegen, und als er bei den Ameisen landete, den Schmetterlingen und den Grillen (er war jetzt randvoll), wurde er rührselig, umwölkt (heftig) und süßblind besoffen, während meine Wenigkeit einfach nur summte, denn der Tee war schwächer als Vogelpisse, obwohl er, wenn du genug davon trankst, geschmacklich aufholte und mit jedem Schluck besser wurde. Bei der dritten Flasche näherte er sich seinem Ende, verhaspelte sich in seiner Rede und schimpfte auf die Blümchen und Bienchen, worum's letztlich ging, nehm ich an, denn während ich noch nicht mal halb hinüber war, wollte er sich keinesfalls von 'nem Mädchen untern Tisch trinken lassen. Trotzdem, als der große Führer, der er ja nun mal war, ließ er sich nie richtig gehen, wenn er auch die Lust auf mich zu verlieren schien. Je stärker sein Blick verschwamm, desto mehr redete er wie 'n ganz normaler Schweinehaxen essender Nigger bei uns zu Hause. »Ich hatte mal 'n Muli«, grölte er, »und das Viech wollte dir nich mal 'n Hut vom Kopf ziehn. Aber ich hab das verdammte Biest geliebt. Es war 'n stinkgutes Muli! Als es starb, hab ich's innen Bach gerollt. Ich hätte's ja begrabn, aber's war zu schwer, 'n fetter Tausend-Pfünder. Bei Gott, konnte das Muli trotten und traben...« Mittlerweile gefiel er mir richtig, nicht auf die Ruf-der-Natur-Weise, aber ich sah, dass er 'ne gute Seele war, nur zu wirr, um zu was von Nutzen zu sein, und nicht lange drauf verabschiedete ich mich, weil er so gut wie hinüber war, stockbesoffen, nicht mehr zu retten, und was tun konnte er mir auch nicht mehr. Ich stand auf. »Ich muss jetzt gehn«, sagte ich.

Er saß mitten im Zimmer auf dem Boden, die Hosenträger hingen ihm seitlich runter, in der Hand hielt er die Flasche.

»Heirate keine zwei Frauen auf'nmal«, brachte er noch raus. »Farbig oder weiß, es trifft dich ... ungeheuerlich.«

Ich ging zur Tür. Er griff ein letztes Mal nach mir, fiel aber aufs Gesicht.

Dümmlich grinsend linste er zu mir hoch, als ich die Klinke drückte und sagte: »Iss heiß hier drin. Mach's Fenster auf.« Damit legte er seinen mächtigen Negerkopf mit seiner mächtigen Löwenmähne platt aufs Gesicht, schlief ein und schnarchte. Ich ging leise raus.

19

Stinken wie ein Bär

Ich erzählte dem Alten Mann nichts von den Großtaten seines Freundes. Ich enttäuschte ihn nicht gern, und es kam mir nicht richtig vor. Wobei, wenn der Alte Mann erst mal ein Bild von einem im Kopf hatte, ließ sich das sowieso von nichts mehr ändern. Wenn der Alte Mann einen mochte, war's egal, ob's ein Heide, ein Rüpel oder ein Junge war, der als Mädchen rumlief. Solange du gegen die Sklaverei warst, war alles okay.

Er verließ Mr Douglass' Haus hochzufrieden, was hieß, dass sein Gesicht nicht backpflaumenschrumplig aussah und sein Mund nicht zugeknöpft war wie 'ne enge Reithose. Das war ungewöhnlich. »Mr Douglass hat mir zu etwas Wichtigem sein Wort gegeben, Zwiebel«, sagte er. »Das sind wirklich gute Nachrichten.« Wir stiegen in einen Zug westlich nach Chicago, was keinen rechten Sinn ergab, wo Boston doch in der anderen Richtung lag, aber ich wollte nicht fragen. Als wir es uns auf unseren Plätzen bequem machten, verkündete der Alte Mann so laut, dass es alle Mitfahrenden hören konnten: »In Chicago nehmen wir ein Pferd mit Wagen nach Kansas.«

Wir klapperten fast einen Tag dahin, und ich schlief ein. Stunden später schüttelte mich der Alte Mann wach. »Nimm deine Tasche, Zwiebel«, flüsterte er. »Wir springen ab.«

»Warum, Captain?«

»Es ist jetzt keine Zeit für Fragen.«

Ich warf einen Blick nach draußen, wo es fast dämmerte. Der Rest der Passagiere im Zug schlief tief und fest. Wir wechselten auf Plätze am Ende des Wagens, warteten, bis der Zug Wasser bunkerte, und sprangen ab. Versteckt im Gebüsch, harrten wir aus, bis die Lok wieder unter Dampf stand und weiterfuhr. Die ganze Zeit hatte der Alte Mann die Hände auf seinen Siebenschüssigen. Erst als der Zug weg war, ließ er sie sinken.

»Bundesagenten verfolgen unsere Spur«, sagte er. »Ich will, dass sie denken, ich bin draußen im Westen.«

Ich sah dem langsam davonstampfenden Zug hinterher. Die Strecke führte ein ganzes Stück schnurgerade den Berg rauf, und während der Zug da raufkeuchte, stand der Alte Mann auf, schlug sich den Schmutz von den Sachen und starrte ihm lange nach.

»Wo sind wir?«

»In Pennsylvania. Das sind die Allegheny Mountains«, sagte er und deutete auf die sich dahinwindende Bergkette, wo der Zug gerade auf eine weite Kurve zusteuerte. »Da bin ich aufgewachsen.«

Es war das einzige Mal, dass ich den Alten Mann je was über seine Jugendzeit hab sagen hören. Er folgte dem Zug mit dem Blick, bis er nur noch ein kleiner Punkt in den Bergen war. Als er weg war, sah er sich ausgiebig um. Old John Brown wirkte geradezu sorgenvoll.

»So sollte kein General leben müssen. Aber ich weiß, warum mir der Herr den Wunsch eingegeben hat, mein altes Zuhause zu besuchen. Siehst du die Berge?« Er zeigte um uns rum.

Ich sah eigentlich *nur* Berge. »Was ist mit Ihnen, Captain?«

Er deutete auf die weiten Durchgänge und zerklüfteten Felsen überall. »Da kann sich ein Mann jahrelang verstecken. Es gibt viel Wild und viel Holz für Unterschlupfe. Eine Tausende zählende Armee könnte da keine kleine, gut versteckte Truppe rausholen. Gott hat seinen Daumen auf diese Erde gedrückt und die Durchgänge dort für die Armen geschaffen, Zwiebel. Ich bin nicht der Erste, der das kapiert. Spartakus, Toussaint-Louverture, Garibaldi, sie alle wussten es und hatten Erfolg damit. Tausende Soldaten haben sie so versteckt. Die schmalen Gänge werden Hunderte Neger vor einem tausendfachen Feind schützen. Grabenkrieg, verstehst du?«

Ich verstand es nicht, und ich machte mir Sorgen, weil wir mitten im Nirgendwo in der Kälte standen, und es in der Nacht noch frostiger werden würde. Der Gedanke gefiel mir nicht. Aber weil er mich sonst nie nach meiner Meinung fragte, antwortete ich ihm ehrlich: »Ich hab von so Sachen keine Ahnung, Captain, weil ich doch noch nie in den Bergen war.«

Er sah mich an. Der Alte Mann lächelte nie, aber seine grauen Augen wurden eine Weile lang weich. »Nun, du wirst sie schon früh genug kennenlernen.«

Wir waren nicht weit von Pittsburgh, wie sich rausstellte. Wir folgten dem Gleis den ganzen Tag runter in die nächste Stadt, warteten und nahmen den ersten durchkommenden Zug nach Boston, und als wir endlich drinsaßen, verkündete mir der Alte Mann seinen Plan: »Ich muss Geld sammeln, und das mache ich, indem ich Reden halte. Da ist nichts dabei. Es ist eine Show, und wenn ich genug zusammen habe, gehn wir mit unserem gefüllten Geldsack nach Westen und sammeln die Männer für unseren Kampf gegen die teuflische Institution. Sag bis dahin keinem was über unser Ziel.«

»Verstanden, Captain.«

»Und darf ich dich bitten, einigen unserer Spender von deinem Leben der Entbehrung und des Hungers als Sklave zu berichten? Von deinem knurrenden Magen und all dem? Wie sie dich schändlich geschlagen haben, solche Dinge. Das alles sollst du ihnen erzählen.«

Ich gestand ihm nicht, dass ich als Sklave niemals hungrig

gewesen und auch nicht schändlich geschlagen worden war. Eigentlich war ich nur hungrig, aß aus Mülleimern und musste draußen in der Kälte frieren, seit ich frei und bei ihm war. Aber das passte jetzt nicht so, also nickte ich.

»Während ich die Show liefere«, sagte er, »musst du hinten kucken, ob da Bundesagenten sind. Das ist wichtig. Sie sind hinter uns her.«

»Wie sehen die aus?«

»Hmm. Ich denke, sie haben geöltes Haar und sind gut angezogen. Du erkennst sie, keine Sorge. Ich habe alles vorbereitet, und du hältst nicht als Einzige Ausschau. Wir haben viele Helfer.«

Genau, wie er gesagt hatte, wurden wir am Bahnhof in Boston von zweien der feinsten Männer abgeholt, die ich je gesehen hatte. Stinkreich sahen sie aus und behandelten ihn wie einen König. Sie versorgten uns gut und brachten ihn in ein paar Kirchen, wo er seine Rede hielt. Erst tat er so, als wollte er nicht, doch sie bestanden drauf, schließlich hatten sie schon alles vorbereitet, und er gab nach, spielte aber noch immer den Überrumpelten. Seine Reden für die Weißen in den Kirchen waren stinklangweilig. Ich hatte noch nie was für das lange Geschwafel übrig gehabt, es sei denn, es gab Freudensaft oder Geld dafür, aber die Leute wollten alles über seine Abenteuer draußen im Westen hören. Sosehr sie den Alten Mann in den Ebenen im Westen auch hassten, hier war er ein Held, und die Leute konnten nicht genug kriegen von seinen Geschichten über die Rebellen. Du hättest glauben können, dass alle, die für die Sklaverei waren (Dutch, Miss Abby, Chase und all die anderen Gestalten, Betrüger, Aufschneider und Taschendiebe, die meist von Pennies lebten und die Neger nicht schlechter behandelten als sich gegenseitig), dass die alle nichts anderes als ein Haufen Spinner, Heiden und Trinker waren, die rumliefen und sich gegenseitig umbrachten, während die Freistaatler ihre Tage bei Chorproben in der Kirche verbrachten und mittwoch abends beim Scherenschneiden zusammensaßen und hübsche Papierpüppchen produzierten. Nach drei Minuten hatte der Alte Mann das hochnäsige weiße Volk so weit, dass sie die Rebellen verdammte Mörder nannten und auf die Sklaverei schimpften. Er war kein großer Redner, um ehrlich zu sein, aber wenn er erst mal Rückenwind kriegte, was unseren Teuren Schöpfer Der Unser Glück Wiederherstellet anging, dann packte er sie, und die Kunde von ihm verbreitete sich schnell, so dass er in der nächsten Kirche nur noch sagen musste: »Ich bin John Brown aus Kansas, und ich kämpfe gegen die Sklaverei«, und schon brüllten sie. Sie verlangten die Köpfe der Rebellen und wollten sie auf der Stelle schlagen, treten, töten und ins Jenseits schicken. Einige der Frauen brachen in Tränen aus, wenn der Alte Mann redete. Es machte mich 'n bisschen traurig, die Weißen zu Hunderten um den Neger heulen zu sehen, wo doch kaum mal ein Farbiger bei den Zusammenkünften zu sehen war, und die, die da waren, die hielten den Kopf unten und blieben still wie Kirchenmäuse. Es kam mir so vor, dass sich das Negerleben hier im Osten nicht so sehr vom Westen unterschied. Es war ein großes, langsames Lynchen. Alle redeten über den Neger, nur der Neger nicht.

Wenn sich der Alte Mann vor einem Bundesagenten versteckte, hatte er eine seltsame Art, das zu tun. Von Boston nach Connecticut, New York City, Poughkeepsie und Philadelphia, wir gaben eine Show nach der anderen, und es war immer das Gleiche. Er sagte: »Ich bin John Brown aus Kansas, und ich kämpfe gegen die Sklaverei«, und die Leute schrien los. Wir sammelten einen ganz schönen Batzen Geld auf die Weise ein, wobei ich mit 'm Hut durch die Reihen ging. Manchmal brachte ich fünfundzwanzig Dollar zusammen, manchmal mehr, manchmal weniger. Der Alte Mann machte seinen Anhängern klar, dass er zurück nach Westen ziehen würde, um seinen Kampf dort sauber und auf seine Art fortzuführen. Einige Leute fragten ihn, wie er's anstellen würde: wie er gegen die Sklaverei und alles kämpfen wollte, mit wem und so weiter. Zehnmal fragten sie es ihn, zwanzigmal, in jeder Stadt. *»Wie werden Sie die Sklaverei-Befürworter bekämpfen, Captain Brown? Wie werden Sie den Krieg führen?«* Er machte ihnen nicht direkt was vor, er redete eher um den heißen Brei rum. Ich wusste, dass er es ihnen nicht sagen würde. Er weihte ja auch seine Männer und seine Söhne nicht in seine Pläne ein, nicht mal die, und wenn er es den eigenen Leuten nicht erzählte, dann erst recht keinen Fremden, die ihm ein paar Münzen in den Hut warfen. Die Wahrheit ist, dass er keinem traute, was seine Pläne anging, ganz besonders nicht seiner eigenen Rasse. »Diese zu Hause geborenen Stadttraffkes taugen nur zum Reden, Zwiebel«, brummte er. »Reden, reden, reden, das ist alles, was sie tun. Der Neger hört ihr Gerede seit zweihundert Jahren.«

So wie's mir ging, hätte ich's noch mal zweihundert Jahre hören können, denn alles in allem fühlte ich mich prächtig. Ich hatte den Alten Mann für mich, und wir lebten bestens. Ich aß gut. Schlief gut. In Federbetten. Reiste in Zugwaggons für weiße Leute, und die Yanks behandelten mich okay. Sie merkten genauso wenig, dass da 'n Junge unter dem Kleid und der Haube steckte, wie ihnen ein Staubkorn in 'nem Zimmer voller Geld aufgefallen wär. Ich war einfach ein Neger für sie. »Wo haben Sie die her?«, fragten die meisten den Alten Mann, und er zuckte nur mit den Schultern und sagte: »Sie ist eine von den Unmengen geknechteter Menschen, die ich in Gottes Namen befreit habe.« Die Frauen machten 'n Riesengewese um mich, mit Oohs! und Aahs!, und sie schenkten mir Kleider, Kuchen, Hauben, Puder, Ohrhänger, Troddeln, Federn und Gaze. Ich war damals schlau genug, vor weißen Leuten den Mund zu halten, aber es wollte auch keiner was hören. Nichts regte 'n Yankee mehr auf als ein kluger Farbiger. So was gab's ihrer Meinung nach nur einmal auf der Welt, und zwar in Person von Mr Douglass. Also tat ich blöd und tragisch und ermogelte mir auf die Art sogar eine Jungshose, ein Hemd, eine Jacke, Schuhe und einen Vierteldollar von einer Frau in Connecticut, die das Schluchzen anfing, als ich ihr erzählte, dass ich meinen versklavten Bruder befreien wollte, wo ich doch gar keinen hatte. Ich versteckte die Sachen in meinem Jutebeutel, für mich selbst, denn ich dachte immer noch ans Ausbüchsen und war bereit, mich davonzumachen. Irgendwo hinten in meinem Kopf schwirrte der Gedanke rum, dass der Alte Mann eines Tages von einem getötet würde, denn was das Sterben anging, war er verrückt. Er sagte: »Ich lebe nach Gottes Zeit, Zwiebel. Ich bin bereit, gegen die Hölle zu kämpfen«, was für ihn ja in Ordnung sein mochte, aber nicht für mich. Ich war jedenfalls vorbereitet auf den Tag, von dem an ich auf mich gestellt sein würde.

So zogen wir ein paar Wochen rum, bis der Frühling kam, und der Alte Mann sich zurück nach der Prärie sehnte. Die Gemeindehallen und die Reden laugten ihn aus. »Ich möchte zurück, die Frühlingsluft riechen und die höllische Einrichtung bekämpfen, Zwiebel«, sagte er, »aber wir haben noch nicht genug, um unsere Armee aufzustellen, und es gibt noch eine besondre Sache, um die ich mich kümmern muss.« Statt also wie geplant von Philadelphia aufzubrechen, beschloss er, noch mal nach Boston zu fahren, bevor es endgültig zurück in den Westen ging.

Sie hielten da eine große Halle für ihn bereit. Seine Helfer hatten die Sache angezettelt. Eine schöne, große Menge stand vor der Tür und wartete drauf, reingelassen zu werden, was bedeutete, dass wir viel Geld einsammeln würden. Aber sie schoben es raus. Ich und der Alte Mann, wir standen hinter den großen Orgelpfeifen und warteten, dass die Leute reinkamen. Der Alte Mann fragte einen der Helfer, der in der Nähe stand: »Worauf warten wir noch?«

Der Kerl war ziemlich durch 'n Wind. Er schien Angst zu haben. »Ein Bundesagent aus Kansas ist in der Gegend, um Sie zu verhaften«, sagte er.

»Wann?«

»Keiner weiß, wann oder wo, aber er wurde heute Morgen im Bahnhof gesehen. Wollen Sie die Rede lieber absagen?«

Oh, das brachte den Alten Mann auf Touren. Das holte ihn aus sich raus. Er liebte den Kampf und strich über seine Siebenschüssigen. »Der Bursche zeigt hier besser seine Nase nicht«, sagte er. Die anderen rundrum stimmten ihm zu und versprachen, falls der Agent auftauchte, nun, sie würden ihn überwältigen und in Ketten legen. Aber ich traute diesen Yanks nicht. Sie waren nicht so unzivilisiert wie die rauen Yanks im Westen, die dir, ohne lange zu fragen, eins reinhauten und dich mit dem Stiefel im Steigbügel hinter sich herzogen. Die dich so ungeheuer zurichteten, wie's auch 'n guter Sklaventreiber konnte. Diese Yanks hier waren zivilisiert.

»Heute wird keiner verhaftet«, sagte der Alte Mann. »Macht die Türen auf.«

Sie liefen und taten, was er sagte. Die Menge strömte rein. Aber bevor er das Podium bestieg, um seine Rede zu halten, zog mich der Captain auf die Seite und warnte mich. »Stell dich hinten an die Wand und beobachte den Raum«, sagte er. »Halt nach dem Bundesagenten Ausschau.«

»Wie wird er aussehn, denken Sie?«

»Du riechst ihn. Ein Bundesbeamter stinkt wie ein Bär, denn er ölt sich das Haar mit Bärenfett und lebt drinnen. So einer hackt kein Holz oder pflügt mit einem Maultier. Er wird sauber aussehen. Gelb und blass.«

Ich sah in den Raum. Die Beschreibung traf auf ungefähr fünfhundert Leute zu, die Frauen nicht mitgerechnet. Der Alte Mann und seine Jungs hatten draußen im Westen ein, zwei Bären erlegt, aber ich erinnerte mich nur an das Fleisch und das

Fell, um mir die Innereien zu wärmen, den Geruch hatte ich nicht mehr in der Nase. Ich sagte: »Und was mach ich, wenn ich ihn sehe?«

»Sag nichts und unterbrich mich nicht. Richte einfach die Großer-Gott-Vogel-Feder an deiner Haube auf.« Das war unser Zeichen, verstehst du. Die Feder vom Großer-Gott-Vogel, die er mir geschenkt, die ich Frederick gegeben und von ihm, als er tot war, zurückgekriegt hatte, die bewahrte ich unter meiner Haube auf, vorne überm Gesicht.

Ich versprach, es so zu machen, und bewegte mich in den Raum rein.

Er stieg aufs Podium, mit beiden Siebenschüssigen, seinem Schwert und einem Ausdruck auf dem Gesicht, der zeigte, dass er bereit war, sich über das Böse herzumachen. Wenn der Alte Mann zu kochen begann und so weit war, mit heißer Grütze zu werfen und die Hölle loszutreten, regte er sich nicht weiter auf, sondern schwenkte in die andere Richtung. Er beruhigte sich, wurde ganz heilig, und seine Stimme, die sonst flach war wie die Prärie, wurde hoch und angespannt, kurvig und zackig scharf wie die Berge von Pennsylvania, die ihm so gefielen. Das Erste, was er jetzt sagte, war: »Ich habe gehört, dass ein Bundesagent hinter mir her ist. Falls er hier im Raum ist, soll er sich zeigen. Ich werde ihm auf der Stelle mit eiserner Faust begegnen.«

Gesegneter Gott, da hättest du 'ne Stecknadel fallen hören können (aber ich halt hier jetzt nicht die Luft an). Großer Gott, er machte den Yanks vielleicht Angst. Sie waren so still, als er das sagte, und erwischten einen Blick auf seine wahre Natur, doch schon ein paar Momente später kriegten sie wieder Oberwasser, drehten halb durch und johlten und fauchten. Heiß wie die Hölle wurden sie und schrien, dass sie sich auf jeden stürzen würden, der den Alten Mann auch nur schief ansah. Das erleichterte mich etwas, aber nicht viel, denn sie waren Feiglinge und Großmäuler, während der Alte Mann jeden, der ihm querkam, ohne mit der Wimper zu zucken, über die Auslinie beförderte. Da drin konnte er allerdings keinen töten, nicht mit all den Leuten da, und das tröstete mich etwas.

Die Menge beruhigte sich wieder, als er die Hand hob und ihnen versicherte, dass sich hier sowieso kein Agent reintrauen würde. Dann fing er mit seiner Rede an, pinkelte wie gewöhnlich auf die Sklaverei-Befürworter und prangerte die Morde an, die sie auf dem Kerbholz hatten, natürlich ohne seine eigenen zu nennen.

Ich kannte die Rede längst in- und auswendig, langweilte mich zu Tode und schlief ein. Zum Ende hin wachte ich wieder auf, fuhr mit dem Blick die Wände entlang, nur um sicherzugehen, und wollte verflucht sein, falls ich da einen Verdächtigen übersah.

Er stand an der hinteren Wand zwischen einigen anderen Kerlen, die laut gegen die Sklaverei-Befürworter brüllten, machte dabei aber nicht mit. Knirschte nicht mit den Zähnen, ballte die Fäuste nicht oder nickte, heulte nicht und raufte sich nicht die Haare wie die Leute um ihn rum. Die Worte des Alten Mannes packten ihn nicht. Reglos und stumm stand er da, kalt wie Schmelzwasser, und sah sich das alles nur an. Es war ein ordentlich aussehender Bursche, klein, stämmig, blass vom Leben drinnen, mit einem Bowler, einem weißen Hemd mit Schleife und einem Schnauzbart. Als der Alte Mann einen Moment in seiner Rede innehielt, streckte sich die Menge, denn es wurde heiß im Raum, und der Bursche setzte den Hut ab und ließ sein dickes, öliges Haar sehen. Als er eine Strähne davon nach hinten geschoben und den Hut wieder aufgesetzt hatte, sammelte sich der Gedanke in meinem Kopf. Wenn ich je einen Mann mit öligem Haar gesehen hatte, dann war das dieser Kerl, und ich ging besser zu ihm hin und kuckte mal, ob er nach Bär stank.

Der Alte Mann drehte jetzt voll auf, wie er es zum Ende seiner Rede immer tat. Dazu war er in bester Stimmung, weil er wusste, dass es nach diesem letzten Auftritt zurück in den Westen ging. Er gab seine gewohnten Erklärungen zum gefürchteten Master und dem armen Sklaven ab, der nicht weiterkam, und so. Die Menge liebte das, die Frauen weinten, rauften sich die Haare und knirschten mit den Zähnen (es war eine gute Show), aber ich war alarmiert und beobachtete den Spion.

Ich ging kein Risiko ein. Ich zog die Feder unter der Haube vor und wedelte damit zum Podium hin, doch der Alte Mann war in voller Fahrt, er hatte den Höhepunkt erreicht, war bereits beim letzten Teil, in dem er sich dem Gebet zu Gott übergab, was er am Ende immer tat, und natürlich hatte er dabei die Augen zu.

Ich hab schon erzählt, wie lang die Gebete des Alten Mannes dauerten. Er konnte sich leicht zwei Stunden ins Beten versenken und die Bibel rausprudeln wie du und ich das Alphabet. Das konnte er ganz allein, ganz für sich, ohne dass einer dabei war, und jetzt stell dir nur vor, wie's war, wenn er da noch ein paar Hundert Leute vor sich sitzen hatte, die seinen Gedanken und Bitten an den Großen Herrn der Heerscharen lauschten, der das Gummi erschaffen hatte, die Bäume, den Honig, Marmelade mit Keksen und all die anderen guten Dinge auch. Stunden konnte das dauern, wodurch wir böse Geld verloren, denn manchmal ertrugen die Yanks seinen an unseren Schöpfer gerichteten Wortschwall nicht mehr und liefen raus, bevor der Hut rumging. Zwar hatte er draus gelernt und angefangen, seine Spekulationen kurz zu halten, trotzdem konnten sie immer noch 'ne halbe Stunde dauern. Die Augen geschlossen, flehte er unseren Schöpfer an, ihn zu stützen, während er Seine Aufgabe erfüllte, die Sklaventreiber zu töten und sie in die Herrlichkeit oder zu Luzifer zu schicken, wobei es verdammt schwer war, das in der Kürze der Zeit zu schaffen.

Ich denke, der Spion hatte die Show schon mal gesehen, denn er wusste, dass der Alte Mann zum Ende kam. Er sah, wie er die Augen schloss und in die Bibel tauchte, und löste sich von der hinteren Wand, schob sich durch die Leute im Seitengang und steuerte auf Ausgang und Podium zu. Ich wedelte mit der Feder zum Alten Mann hin, aber seine Augen blieben fest geschlossen, als er dem Herrn neunzig Cent von 'nem Dollar schenkte. Es blieb mir nichts, als dem Agenten zu folgen.

Ich löste mich von der Wand und drängte, so schnell es ging, hinter ihm her. Er war näher beim Podium als ich und bewegte sich eilig voran.

Der Alte Mann muss was gespürt haben, denn mitten in seinen Erklärungen über unsterbliche Seelen und geprüfte Kreaturen, öffnete er seine Augen und stieß ein schnelles »Amen« aus. Die Menge sprang von ihren Plätzen auf und strömte vor, um ihren Helden zu berühren, seine Hand zu schütteln, ihn um ein Autogramm zu bitten, Münzen zu spenden und so weiter.

Sie schwappten dabei auch um den Agenten rum und machten ihn langsamer, aber er war immer noch vor mir, und ich war nur ein farbiges Mädchen, das die Yanks zur Seite stießen und knufften, um dem Alten Mann die Hand zu schütteln. Wieder wedelte ich mit meiner Feder, ersoff aber zwischen den größeren Erwachsenen um mich rum. Ich erhaschte einen Blick auf ein kleines Mädchen ganz vorn vor der Menge, das als Erstes beim Alten Mann angekommen war und ihm ein Papier hinhielt, auf das er seinen Namen setzen sollte. Er beugte sich vor, um es zu tun, und der Agent drängte durch die Leute und war fast bei ihm. Ich schob mich in eine Bank und sprang über die Reihen vor.

Knapp drei Meter noch war ich weg, als der Agent etwa auf Armeslänge an den Alten Mann rankam, der immer noch vorgebeugt dastand und seinen Namen auf den Zettel des kleinen Mädchens schrieb. Ich krähte: »Captain! Ich rieche Bär!«

Die Menge hielt einen Moment lang inne, und ich glaub, der Alte Mann hörte mich. Sein Kopf fuhr hoch, und das alte, strenge, zerfurchte Gesicht schaltete auf volle Aufmerksamkeit. Er richtete sich auf, fuhr rum, die Hände auf seinen Siebenschüssigen, und ich duckte mich, weil die Dinger so einen Höllenlärm machten, wenn sie aufwachten. Er erwischte den Kerl voll, er kam ihm zuvor. Der Bursche war noch nicht ganz bei ihm, die Hände nicht auf seiner Waffe. Er war ein toter Mann.

»Ah«, sagte der Alte Mann.

Und dann hob er zu meiner Überraschung die Hände von den Siebenschüssigen, und sein angespannter Blick lockerte sich. Er streckte die Hand aus. »Ich sehe, Sie haben meine Briefe bekommen.«

Der stämmige Bursche mit dem Schnauzbart und der Schleife blieb stehen und verbeugte sich tief mit seinem Hut. »In der Tat!«, sagte er. Er sprach mit einem englischen Akzent. »Hugh Forbes zu Ihren Diensten, General. Es ist mir eine Ehre, den großen Krieger gegen die Sklaverei kennenzulernen, von dem ich so viel gehört habe. Darf ich Ihnen die Hand reichen?«

Sie begrüßten sich. Ich nehme an, das war die »besondere Sache«, auf die der Captain gewartet hatte, das, worauf er im Osten spekuliert hatte, bevor es zurück auf die Prärie ging.

»Ich habe Ihre große Kriegs-Flugschrift gelesen, Mr Forbes«, sagte der Alte Mann, »und ich wage zu sagen, dass sie ausgezeichnet ist.«

Forbes verbeugte sich wieder tief. »Sie beschämen mich, mein verehrter Herr, wobei ich zugeben muss, dass meine militärischen Trainingsanstrengungen von den zahlreichen Siegen gestützt werden, die ich auf dem europäischen Kontinent in den Legionen des großen Generals Garibaldi erleben durfte.«

»Das ist sehr gut so«, sagte der Alte Mann, »denn ich habe einen Plan, bei dem ich Ihr militärisches Training und Ihre Erfahrung benötige.« Er ließ den Blick über die Leute um sich rum gleiten und sah mich an. »Lassen Sie uns ins Hinterzimmer gehen, während meine Begleitung die Spenden der Leute einsammelt. Es gibt da einiges, was ich mit Ihnen unter vier Augen zu besprechen habe.«

Damit verschwanden die beiden nach hinten, und ich sammelte das Geld ein. Was sie hinten besprachen, kriegte ich nicht mit, aber es dauerte fast drei Stunden, und als sie wieder auftauchten, war die Halle leer.

Es war ruhig, und die Straßen waren sicher. Ich gab dem Alten Mann die hundertachtundfünfzig Dollar des Abends, es war unsere beste Einnahme bisher. Der Alte Mann zog einen weiteren Stapel Geldscheine hervor, zählte sie, steckte insgesamt sechshundert Dollar in eine braune Tasche, so etwa jeden Penny, den wir in den letzten drei Monaten mit Reden und Shows an der Ostküste für seine Armee eingesammelt hatten, und gab sie Mr Forbes.

Mr Forbes nahm sie und steckte sie in seine Westentasche. »Ich bin stolz, in den Legionen eines großen Mannes dienen zu dürfen. Eines Generals vom Range eines Toussaint-Louverture, Sokrates und Hippokrates.«

»Ich bin ein Captain und diene in der Armee des Friedensfürsten«, sagte Old Man Brown.

»Ah, aber für mich sind Sie ein General, und so werde ich Sie nennen, denn ich diene unter keinem Niedrigeren.«

Damit drehte er sich um und marschierte den Gang runter, militärisch wie ein Soldat, klack-klack, aufrecht und stolz.

Der Alte Mann sah ihm hinterher, wie er die Gasse runterging. »Ich habe diesen Mann zwei Jahre zu finden versucht«, verkündete er. »Deshalb sind wir so lange hiergeblieben, Zwiebel. Endlich hat der Herr ihn zu mir geführt. Er wird in Iowa zu uns stoßen und unsere Männer trainieren. Er ist aus Europa.«

»Ach ja?«

»Ja, das ist er. Ein unter Garibaldi ausgebildeter Mann. Jetzt haben wir einen richtigen militärischen Ausbilder, Zwiebel. Jetzt endlich bin ich so weit, in den Krieg zu ziehen.«

Forbes erreichte das Ende der Gasse, drehte sich noch einmal zum Alten Mann um, legte den Finger an den Hut, verbeugte sich und verschwand in der Nacht.

Der Alte Mann sah ihn nie wieder.

20

Die Bienen einsammeln

Zwei Wochen lang saßen wir in einer Absteige in Chester, Pennsylvania, bei Philadelphia, während der Alte Mann Briefe schrieb, Karten studierte und auf die Nachricht wartete, dass der militärische Trainer, Mr Forbes, in Iowa eingetroffen war. Als er einen Brief von Mr Kagi kriegte, dass niemand angekommen wär, wusste er, die Sache war geplatzt. Aber das entmutigte ihn nicht, er sah es eher als ein gutes Zeichen. »Wir sind von einer bösen Schlange betrogen worden, Zwiebel. Der Teufel schläft nicht. Aber der Herr denkt, dass wir kein Training für unseren Krieg brauchen. Im Übrigen«, verkündete er, »steht mein größerer Plan kurz vor seinem Beginn. Es ist an der Zeit, die Bienenköniginnen einzusammeln. Wir fahren nach Kanada.«

»Warum, Captain?«

»Ist es der weiße Mann, auf den sich der Neger verlassen kann, dass er seinen Krieg für ihn kämpft, Kleine Zwiebel? Nein. Es ist der Neger selbst. Wir werden die Gladiatoren in diesem Höllenkampf gegen die teuflische Bosheit sammeln. Die Führer des Negervolkes selbst. Vorwärts.«

Ich hatte nichts dagegen. Da ich als Begleitung des Alten Mannes reiste, hatte mich die Besitzerin unsrer Absteige in ein Dienstbotenzimmer gesteckt, ein rattenverseuchtes Loch, das mich an Kansas erinnerte. Die Yanks hatte mich verdorben mit ihrem Geheule über mein Sklavendasein und mich mit Maispudding, geräuchertem Truthahn, Wild, gekochten Tauben, Lamm, köstlichem Fisch und Kürbisbrot gefüttert, wann immer sie konnten. Die Besitzerin unserer Absteige gehörte nicht zu der Sorte. Sie hatte aber auch gar nichts für die Abolitionisten übrig, vor allem wohl, weil sie selbst so was wie 'ne Sklavin war. Sie stellte Sauerteigbrot mit Soße auf den Tisch, was für sie und den Alten Mann genug war, denn der schmeckte nichts, aber ich hatte mich an das Kürbisbrot gewöhnt, an frische Brombeeren, Truthahn, Wild, gekochte Tauben, Lamm, köstlichen Fisch und Schinken mit echtem deutschem Sauerkraut, wie ich's in Boston gekriegt hatte, sobald ich ein Wort übers Sklavendasein fallenließ. Ich war ganz dafür, auf neues Land vorzudringen. Dazu kam, dass Kanada ein freies Land war. Da konnte ich bleiben und von ihm weglaufen, bevor er getötet wurde. Dachte ich.

Wir nahmen den Zug nach Detroit und trafen dort auf die Armee des Alten Mannes, die von neun auf zwölf angewachsen war. Dazu gehörten vier seiner Söhne: Owen natürlich, Salmon und die beiden jüngeren, Watson und Oliver. Jason und John hatten sich verabschiedet. A. D. Stevens war noch da, der nörgelnde, gefährliche Yankee, der er war. Kagi erteilte die Befehle, wie der Alte Mann es angeordnet hatte, und es gab ein paar neue Raubeine, zum Beispiel Charles Tidd, einen aufbrausenden Kerl, der als Soldat in der Bundesarmee gedient hatte. John Cook war auch noch da, jetzt mit zwei Sechsschüssigen an den Hüften, und ein paar andere, darunter die Schwiegersöhne des Alten Mannes, die Thompsons, und die beiden Coppoc-Brüder, zwei schießende Quäker. Das waren die wichtigsten. Mit Ausnahme von Cook, der dem Teufel die Hörner wegquasseln konnte, waren die meisten ruhig und ernst, sozusagen gebildete Männer. Sie lasen Zeitung und Bücher, aber wenn sie in netter Gesellschaft auch ganz verträglich waren, konnten sie doch schon eine Minute später die Geduld verlieren und dir mit ihrem Schießeisen ein Loch ins Gesicht blasen. Die Kerle waren gefährlich, weil sie einer Sache dienten. Es gibt nichts Übleres auf der Welt, als sich so einem entgegenzustellen, denn ein Mann, der einer Sache dient, ob sie nun gut oder schlecht ist, hat viel zu beweisen und wird dir das Jammern beibringen. Komm ihm nicht in die Quere.

Wir fuhren mit Wagen nach Chatham in Ontario, die Männer hinten, Old John Brown und ich vorn. Unterwegs war er bester Laune, weil es, wie er sagte, zu einem besonderen Treffen ging. »Es ist das erste seiner Art«, verkündete er. »Neger aus ganz Amerika und Kanada kommen zusammen, um einen Beschluss gegen die Sklaverei zu fassen. Der Krieg wird ernst, Zwiebel. Wir werden viele sein. Mit einem Beschluss. *Es gibt eine Revolution! Es sprießt überall!*«

So schnell spross es dann doch noch nicht. Nur fünfundvierzig Leute fanden sich in Chatham ein, und davon waren ein Drittel Weiße, die Armee des Alten Mannes und ein paar Burschen, die sich uns unterwegs angeschlossen hatten. Es war Januar, kalt und schneeig, und das oder irgendwelche anderen Pflichten hielten die freien Neger offenbar zu Hause, so dass es ein erbärmliches Treffen war, wie ich nur selten eins erlebt habe. Es fand an einem einzigen Tag in einer alten Freimaurerhütte statt, mit vielen Reden, Schlüssen, Anmerkungen, Geschrei über dies und das und nicht einem Bissen zu essen. Ein paar von den Männern verlasen Erklärungen, die der Alte Mann aufgeschrieben hatte, und es gab viel Getöse drum, wer John erschossen hatte und was der Sklave brauchte, um voranzukommen und sich vom weißen Mann zu befreien. Was wirklich Ermutigendes gab's nicht, so weit ich es sehen konnte. Selbst Mr Douglass, der Kumpel des Alten Mannes, war nicht gekommen, und Old John Brown ließ deshalb ein bisschen die Flügel hängen.

»Frederick plant nicht gut«, sagte er aber kurz darauf leichthin, »und das wird er bedauern, weil er einen der großen Momente der amerikanischen Geschichte verpasst. Hier sind großartige Redner und großartige Geister versammelt. Indem wir hier sprechen, Zwiebel, ändern wir den Weg, den dieses Land nimmt.«

Natürlich, wo er der Hauptredner war, die Satzung und Regeln von ihm stammten und er im Grunde alles organisiert hatte, schien die Sache in seinem Kopf weit wichtiger. Alles drehte sich um ihn, ihn, ihn. Niemand in Amerika konnte John Brown das Wasser reichen, wenn es drum ging, sich selbst zu beweihräuchern. Natürlich ließ er auch den Negern ihre Momente, aber nachdem sie reichlich heiße Luft verbreitet und an diesem einen Tag mehr über den weißen Mann und die Sklaverei geschimpft hatten, als ich die nächsten dreißig Jahre hören sollte, kam der Alte Mann selbst an die Reihe. Der Tag neigte sich dem Ende zu, sie hatten Papiere formuliert und unterschrieben, hatten Erklärungen und so weiter abgegeben, und jetzt war der Alte Mann dran mit Reden, mit seinem Papiere-Zeigen und In-Rage-Geraten über die ganze Sklaverei-Geschichte. Ich war todmüde, und mein Magen knurrte, wo er natürlich wie gewohnt nichts zum Essen dabeihatte, aber er war nun mal das Hauptereignis, und so leckten sich alle die Lippen, als er nach vorn schlurfte und mit seinen Blättern wedelte. Es war still, der Raum voller Erwartung.

Zur Feier des Tages trug er eine Schnurkrawatte und hatte sich drei neue Knöpfe an seinen ramponierten Anzug genäht, in drei verschiedenen Farben, aber für ihn war das flott. Er trat auf das alte Podium, räusperte sich und erklärte: »Der Tag des Sieges der Neger ist nahe.« Und weiter ging's. Ich sollte wohl sagen, dass das da keine gewöhnlichen Neger waren, zu denen der Alte Mann sprach. Diese Neger waren schrecklich vornehm. Sie trugen Schleifen und Bowler-Hüte, hatten noch alle

Zähne, und ihr Haar war ordentlich geschnitten. Es waren Lehrer, Geistliche und Ärzte, rasierte Männer, die ihre Buchstaben kannten, und bei Gott, der Alte Mann entfachte diese ordentlichen, freien, feinen Oberneger, bis sie bereit waren, Mais für ihn zu rösten und Ohrwürmer zu fressen. Er hob die Dachsparren der alten Freimaurerbude an, und die Neger blökten wie Schafe. Als er rief, sie sollten den Sklavenhof des weißen Mannes zerstören, schrien sie: »Ja!« Als er sie beschwor, die Revolution zu den Weißen zu tragen, brüllten sie: »Wir sind dafür!«, und als er dazu aufrief, alle Sklaven mit Gewalt zu befreien, antworteten sie: »Fangen wir an!« Als er jedoch nach seiner Rede ein Blatt hochhielt und die Freiwilligen aufforderte, vorzutreten und sich für seinen Krieg gegen die Sklaverei einzuschreiben, kam nicht einer vor oder hob die Hand. Plötzlich war es still wie in einem Baumwollsack.

Endlich stand ganz hinten einer auf.

»Wir sind alle für Ihren Krieg gegen die Sklaverei«, sagte er, »aber wir würden gerne wissen, wie Ihr Plan genau aussieht.«

»Den kann ich hier nicht verkünden«, brummte der Alte Mann. »Es könnten Spione unter uns sein. Aber ich kann Ihnen sagen, es wird kein friedlicher Marsch, um die Menschen moralisch zu überzeugen.«

»Was heißt das?«

»Ich werde Amerikas Sünde mit Blut wegwaschen, und das bald, mit Hilfe der Negervolks.«

Das zog mir das Innere zusammen, und ich beschloss, dass Kanada das Land war, wo ich bleiben wollte. Ich hatte meine Hose, mein Hemd und ein Paar Schuhe, dazu ein paar Pennies, die ich bei unserem Geldsammeln bei den Yankees hatte einstecken können. Unter all den feinen Niggern im Raum, dachte ich, mussten doch wenigstens ein, zwei gutherzige Seelen sein, die mir helfen würden, hier oben neu anzufangen. Vielleicht konnten sie mir eine Unterkunft und ein bisschen was zu essen geben, bis ich genug in Schwung gekommen war, mich selbst über Wasser zu halten.

Ein schlanker Mann mit einem Kittel und langen Koteletten, der ganz vorn saß, stand auf. »Ich sage, dass mir das als Plan reicht«, sagte er, »und ich melde mich freiwillig.« Sein Name war O. P. Anderson. Eine tapferere Seele wirst du nicht finden. Aber zu O. P. komme ich gleich noch.

Der Alte Mann sah sich um und fragte: »Noch jemand?«
Keiner rührte sich.

Endlich meldete sich noch einer: »Wenn Sie uns wenigstens etwas über Ihren Schlachtplan sagen könnten, Captain, schreibe ich mich auch ein. Aber ich kann keinen Vertrag unterschreiben, wenn ich nicht weiß, was für Gefahren vor uns liegen.«

»Ich bitte keinen, im Kreis zu trotten wie ein Pferd. Wollen Sie Ihr Volk retten oder nicht?«

»Genau das ist es. Es ist *mein* Volk.«

»Nein, das ist es nicht. Es ist Gottes Volk.«

Das führte zu Streit und Aufregung, und einige argumentierten in die eine, andere in die entgegengesetzte Richtung, einige stimmten dem Alten Mann zu, andere widersprachen ihm. Dann meldete sich der wieder zu Wort, der den Streit mit vom Zaun gebrochen hatte: »Ich habe keine Angst, Captain. Ich bin der Sklaverei entflohn und fast fünftausend Kilometer geflüchtet, zu Fuß und mit dem Pferd. Aber ich liebe mein Leben, und wenn ich's im Kampf gegen die Sklaverei verliern soll, will ich wenigstens wissen, wie es gehn wird.«

Einige andere stimmten ihm zu und meinten, sie würden sich auch einschreiben, wenn der Alte Mann nur seine Pläne aufdeckte: wo der Kampf stattfinden sollte, wann, mit welcher Strategie und so weiter. Aber Old John Brown war stur, was das anging, und gab nicht nach. Sie aber auch nicht.

»Warum zögern Sie so?«, wollte einer wissen.

»Gibt's da 'n Haken?«, fragte ein anderer.

»Das hier ist ein geheimes Treffen, Captain! Da verrät keiner was!«

»Wir kennen Sie doch gar nicht«, rief wieder ein anderer. »Wer sind Sie? Warum sollten wir Ihnen trauen? Sie sind weiß und haben nichts zu verliern, wir aber alles.«

Das traf ihn, der Alte Mann versteinerte. Wut erfüllte ihn, seine Stimme wurde ganz dünn, und seine Augen waren fest und kalt wie immer bei solchen Gelegenheiten. »Ich habe im Laufe meines Lebens bewiesen, dass ich ein Mann bin, der zu seinem Wort steht«, sagte er. »Ich bin ein Freund des Negers und folge Gottes Zielen. Wenn ich sage, ich plane einen Krieg, um die Sklaverei zu beenden, ist das genug. Dieser Krieg wird hier beginnen, aber nicht hier enden. Er wird weitergehen, ob Sie sich einschreiben oder nicht. Sie müssen Ihrem Schöpfer genau wie ich gegenübertreten. Also los: Überlegen Sie sich, was Sie ihm sagen wollen, wenn Ihre Zeit gekommen ist. Ich bitte Sie nur…«, und sein Blick fuhr durch den Raum, »was immer Sie tun, erzählen Sie keinem was von dem, was Sie hier gehört haben.«

Er sah die Leute an. Keiner sagte was. Er nickte. »Da sich sonst niemand einschreiben will, ist unsere Aufgabe hier erledigt, und als Vorsitzender dieses Treffens und Verfasser seiner Satzung schließe ich hiermit…«

»Einen Moment, Captain.« Die Stimme kam ganz hinten aus dem Raum.

Alle Köpfe drehten sich und sahen eine Frau. Sie war neben meiner Wenigkeit, die nicht zählt, die einzige weibliche Person im Raum. Sie war klein und schlank, trug ihr Haar unter einem Tuch und hatte ein einfaches Dienstmädchenkleid und eine Schürze an. Ihre Füße steckten in Männerstiefeln. Wie eine Sklavin war sie angezogen, bis auf einen bunten, abgewetzten Schal, den sie über dem Arm hielt. Sie war eher der ruhige

Typ, nicht die große Rednerin, das sahst du gleich, aber ihre dunklen Augen drohten überzulaufen. Wie der Wind, schnell, leise, gewandt und straff wie 'n Seil, kam sie nach vorn, und die Männer teilten sich und rückten ihre Bänke aus dem Weg, um sie durchzulassen. Da war was Furchterregendes an der Frau, stumm, schrecklich, stark, und ich beschloss vom ersten Augenblick an, mich von ihr fernzuhalten. Ich hatte längst Erfahrung mit dem Mädchensein, aber farbige Frauen witterten meine wahre Natur besser als die meisten anderen, und etwas sagte mir, dass sich eine überzeugend wirkende Frau wie die nicht so leicht reinlegen ließ, genauso wenig, wie sie irgendwie rumtun würde. Sie stellte sich vor die Versammlung, die Hände vor der Brust gefaltet, und sah die Männer an. Wärst du in dem Moment draußen am Fenster der alten Bude vorbeigekommen und hättest einen Blick reingeworfen, hättest du gedacht, dass sich da 'ne Putzfrau an einen Raum voller Professoren richtete und ihnen erklärte, warum sie das Klo nicht geputzt hatte oder so, denn die Männer trugen Anzüge, Hüte und Schleifen, und sie war wie eine einfache Sklavin angezogen.

»Ich heiße Harriet Tubman«, sagte sie, »und ich kenne diesen Mann.« Sie nickte zum Captain hin. »John Brown muss dieser einfachen Frau nichts erklären. Wenn er sagt, er hat einen guten Plan, dann hat er einen guten Plan. Das ist mehr, als irgendwer sonst hier hat. Er hat viele Schläge eingesteckt für die Farbigen und dabei den Kopf hochgehalten. Er hat seine eigene Frau und Kinder, die zu Hause hungern, und schon einen Sohn in seinem Kampf verloren. Wie viele von euch haben schon ein Kind verloren? Er bittet keinen, seinen Kindern zu helfen, oder? Er bittet keinen, ihm zu helfen, oder? Er bittet euch, euch selbst zu helfen. Euch selbst zu befreien.«

Alles war still. Sie sah sich um.

»Ihr gackert hier alle wie 'n Haufen Hühner«, sagte sie.

»Warm und gemütlich sitzt ihr hier und habt Angst um die eigene Haut, während Kinder nach ihren Müttern rufen, Väter von ihren Frauen getrennt werden, Mütter von ihren Kindern. Einige von euch haben Frauen und Kinder, die noch in Sklaverei leben, und ihr sitzt auf der Schwelle des Wandels und habt zu große Angst, sie zu überqueren? Wer ist hier ein Mann? Seid Männer!«

Es tat weh, sie so reden zu hören, denn ich wollte doch auch ein Mann sein, hatte aber Angst davor, um die Wahrheit zu sagen. Ich wollte nicht sterben, wollte nicht hungrig sein. Ich wünschte mir, dass sich einer um mich kümmerte, es gefiel mir, von den Yanks verwöhnt zu werden, und ich mochte auch die Rebellen, die mich mit Keksen fütterten. Und natürlich den Alten Mann, der für mich sorgte. Vorher waren es Pie und Miss Abby gewesen. Mrs Tubman erinnerte mich so, wie sie da stand und diese Worte sagte, an Sibonia, die, kurz bevor ihr die Schlinge um den Hals gelegt wurde, zu Richter Fuggett gesagt hatte: »Ich bin die Frau, und ich schäme mich nicht oder fürchte mich nicht, es zuzugeben.« Sie war eine Närrin, sich für die Freiheit hängen zu lassen! Warum kämpfen, wenn du davonlaufen kannst? Die ganze Sache beschämte mich mehr, als wenn Mrs Tubman mich geschlagen hätte, und schon hörte ich eine schrecklich quäkende Stimme durch den Raum schallen, die Stimme einer verschreckten Seele, die laut rief: »Ich folge dem Captain bis ans Ende der Welt! Zählt auf mich!«

Es dauerte ein paar Augenblicke, bevor ich kapierte, dass ich es war, der da so krähte, und fast hätte ich mich nass gemacht.

»Preiset den Herrn!«, sagte Mrs Tubman. »Und ein Kind wird ihnen vorausgehen! Preiset Jesus Christus, seinen Sohn!«

Nun, das brachte sie alle nach vorn. Ehe du dich versahst, stand jede einzelne Seele im Raum auf und drängte mit ihrem Bowler auf dem Kopf vor, um sich einzuschreiben. Geistliche, Ärzte, Schmiede, Barbiere, Lehrer. Männer, die nie eine Pistole oder ein Schwert in der Hand gehabt hatten. Wie ein Mann setzten sie ihren Namen auf das Papier, unterschrieben, und es war geschafft.

Hinterher war der Raum leer, und während ich aufräumte und fegte (der Captain hatte die Bude in seinem Namen zur Verfügung gestellt gekriegt und wollte sie ordentlich zurücklassen), stand Old John Brown bei Mrs Tubman. Er dankte ihr, aber sie winkte ab. »Ich hoffe, Sie haben einen Plan, Captain, denn wenn nicht, leiden wir alle für nichts.«

»Ich arbeite daran, mit Gottes Hilfe«, sagte der Alte Mann.

»Das ist nicht genug«, sagte Mrs Tubman. »Denken Sie dran: Ihr normaler Neger läuft lieber vor der Sklaverei davon, als gegen sie zu kämpfen. Sie müssen ihnen klare Befehle geben. Mit einem genauen, klaren Plan und einer exakten Zeitangabe, und einem zweiten Plan, falls der erste fehlschlägt. Und Sie können Ihren Plan nicht mehr ändern, wenn er mal festgelegt ist. Gehen Sie den Weg und weichen nicht von ihm ab. Sonst verlieren die Leute die Zuversicht und enttäuschen Sie. Glauben Sie mir.«

»Ja, General.« Es war das erste und einzige Mal, dass ich hörte, wie der Alte Mann vor einem kapitulierte, farbig oder weiß, und ihn General nannte.

»Und die Karte mit den verschiedenen Routen durch Virginia und Maryland, die ich Ihnen gegeben habe, müssen Sie auswendig lernen und zerstören. Daran müssen Sie sich halten.«

»Natürlich, General.«

»Gut. Gott segne Sie. Lassen Sie mich wissen, wenn Sie so weit sind, und ich schicke Ihnen so viele, wie ich kann, und ich komme selbst auch.« Sie gab ihm die Adresse des Gasthauses in Kanada, in dem sie wohnte, und wandte sich zum Gehen.

»Denken Sie dran, Sie müssen organisiert sein, Captain. Hängen Sie sich nicht zu sehr an Gefühle. Einige werden in diesem Krieg sterben. Gott braucht Ihre Gebete nicht, er braucht

Ihre Taten. Setzen Sie ein klares Datum und halten Sie sich dran. Die Wos und das Was Ihres Planes braucht keiner zu kennen, aber halten Sie sich an das Datum. Die Leute kommen von weither. Meine Leute kommen von weither. Und ich auch.«

»Ich werde es klar festsetzen, General«, sagte er, »und mich daran halten.«

»Gut«, sagte sie. »Möge Gott Sie segnen und Ihnen anrechnen, was Sie getan haben und tun werden.«

Sie legte sich den Schal um und wollte gehen. Dabei sah sie mich bei der Tür, wie ich den Boden fegte und mich mehr oder weniger hinter meinem Besen versteckte, denn die Frau durchschaute mich. Sie bewegte sich auf mich zu. »Komm her, Kind«, sagte sie.

»Ich hab hier zu tun, Ma'am«, krächzte ich.

»Komm her.«

Ich ging hin und fegte dabei weiter.

Sie sah mich lange an, sah, wie ich den Boden fegte und dieses verdammte, dämliche Kleid trug. Ich sagte kein Wort und fegte einfach weiter.

Schließlich stellte sie ihren kleinen Fuß auf den Besen und stoppte ihn. Da musste ich sie ankucken. Ihre Augen starrten mich an, und ich kann nicht sagen, dass es freundliche Augen waren. Sie kamen mir eher wie geballte Fäuste vor. Voll. Fest. Durchgerüttelt. Der Wind schien im Gesicht dieser Frau zu leben. Sie anzusehen, war wie in 'nen Wirbelsturm zu kucken.

»Das war gut, dass du das gesagt hast«, sagte sie. »Damit ein paar von diesen Kerlen wie Männer aufstanden. Aber der Wind der Veränderung wird auch in dein Herz wehen.« Ihre Stimme war sanft. »Ein Körper kann in dieser Welt sein, was immer er will, das geht mich nichts an. Die Sklaverei macht viele Leute zum Narren. Verdreht sie in alle möglichen Richtungen. Ich hab's so oft gesehn, und ich denke, es wird auch morgen noch so sein, denn wenn du einen Menschen versklavst, versklavst du auch den davor und den dahinter.«

Sie blickte aus dem Fenster. Draußen schneite es. In dem Moment sah sie richtig schön aus. »Ich hatte mal einen Mann«, sagte sie. »Aber er war ängstlich. Er wollte eine Frau und keinen Soldaten und wurde selbst zu so etwas wie einer Frau. Er war ängstlich. Ertrug es nicht. Ertrug es nicht, ein Mann zu sein. Ich habe ihn trotzdem in die Freiheit geführt.«

»Ja, Ma'am.«

»Wir müssen alle sterben«, sagte sie, »aber als dein wirkliches Selbst zu sterben, ist immer besser. Gott nimmt dich, wie immer du zu Ihm kommst, doch die Seele hat es leichter, wenn sie sauber zu Ihm kommt. So bist du für immer frei. Von Kopf bis Fuß.«

Damit drehte sie sich um und ging zur Tür. Der Alte Mann räumte gerade seine Papiere und Karten zusammen und steckte einen Siebenschüssigen in den Halfter. Als er sah, dass sie ging, legte er die Papiere weg und lief zur Tür, um sie ihr aufzuhalten. Eine Minute lang stand sie in der Öffnung, sah hinaus in den Schnee, und ihr Blick fuhr die leere, weiße Straße rauf und runter. Sie war vorsichtig, dachte ich, und hielt nach Sklavendieben Ausschau. Diese Frau war immer auf der Hut. Sie sah raus, während sie mit ihm sprach.

»Denken Sie dran, Captain, was immer Sie vorhaben, seien Sie pünktlich. Setzen Sie Leben aufs Spiel, bevor Sie den Zeitpunkt in Frage stellen. Der Zeitpunkt ist das Einzige, bei dem Sie keine Kompromisse machen dürfen.«

»Verstanden, General.«

Damit verabschiedete sie sich hastig und ging in diesen Stiefeln die Straße runter, den farbigen Schal um die Schultern gelegt. Schnee fiel auf die leere Straße um sie rum, während ich und der Alte Mann ihr hinterhersahen.

Da plötzlich kehrte sie noch einmal um, als hätte sie was vergessen, kam zu der Stufe, auf der wir standen, immer noch mit ihrem bunten Schal um die Schultern, nahm ihn und hielt ihn mir hin. »Nimm ihn und behalte ihn«, sagte sie, »er könnte dir nützlich sein.« Dann sagte sie noch mal zu dem Alten Mann: »Denken Sie dran, Captain. Seien Sie pünktlich. Ändern Sie den Zeitpunkt nicht.«

»Verstanden, General.«

Aber er änderte ihn. Auch das versaute er, und aus dem Grund tauchte die eine Person, auf die er hätte zählen können, die größte Sklavenbefreierin der amerikanischen Geschichte, die beste Kämpferin, die er bekommen konnte, die eine Person, die mehr über das Fliehen aus den beunruhigenden Wassern des weißen Mannes wusste als sonst ein Lebender, nie wieder bei ihm auf. Das Letzte, was er von ihr sah, war ihr Hinterkopf, als sie diese Straße in Chatham runterging, in Kanada. Ich war in dem Moment nicht traurig, sie gehen zu sehen.

21

Der Plan

Als der Alte Mann zurück nach Iowa kam, war er so enthusiastisch, dass es eine Schande war. Mit zwölf Mann war er nach Kanada gekommen und hatte gedacht, mit Hunderten zurückzukehren. Dann aber waren's nur dreizehn. O. P. Anderson hatte sich uns auf der Stelle angeschlossen, und eine Weile kamen noch ein paar versprengte Weiße dazu, die sich wie gewohnt aber gleich wieder verabschiedeten, wenn sie kapierten, dass sie beim Sklavenbefreien den Schädel mit einer Axt gespalten kriegen oder sonst wie massakriert werden konnten. Der Rest der Farbigen, die wir in Kanada getroffen hatten, kehrte in die verschiedenen Teile Amerikas zurück und versprach zu kommen, wenn er gerufen wurde. Ob sie ihr Wort halten würden oder nicht, schien dem Alten Mann nichts auszumachen, denn als wir Iowa erreichten, wirkte er geradezu frohgelaunt. Er hatte den General hinter sich: Mrs Tubman.

Fast verlor er die Vernunft, so begeistert und froh war er. Es ist ein unsicheres Ding, wenn du dreizehn Leute hast und beschließt, gegen *eine Sache* zu Feld zu ziehen und nicht gegen eine Person. Mir kam der Gedanke, dass er den Boden unter den Füßen verlieren mochte und ich mich vielleicht besser absetzte, bevor er sich zu tief in die Dummheit verstrickte, die er da plante. Er kam mir nicht richtig vor. Aber solange es

Eier gab, gebratene Okra und gekochtes Rebhuhn, womit ich mir den Schlund füllen konnte, hielt ich mich in jenen Tagen nicht zu lange mit Fragen und Bedenken auf. Im Übrigen hatte der Alte Mann mehr Pech als irgendwer, den ich je getroffen habe, und das macht einen nun mal anziehend und interessant. Er verbrachte lange Stunden in seinem Zelt, betete, studierte Landkarten und Kompasse und schrieb Zahlen auf. Dazu schrieb er Briefe wie ein Irrer. Das hatte er immer schon getan, aber jetzt schrieb er dreimal so viel. So viele waren es, dass der Hauptjob seiner Armee in den ersten Wochen in Tabor in nichts anderem bestand, als seine Post aufzugeben und abzuholen. Er schickte seine Männer nach Pee Dee, Springdale und Johnston City, um Briefe aus sicheren Häusern zu holen, aus Kneipen und von Freunden, und um welche aufzugeben, nach Boston, Philadelphia und New York. Er brauchte Stunden, um seine Post durchzugehen, und während er das tat, übten seine Männer mit Schwertern und Pistolen. In einigen der Briefe war Geld von seinen Unterstützern im Osten. Es gab eine Gruppe von sechs weißen Männern in Neuengland, die ihm große Mengen Geld schickten. Selbst sein Freund, Mr Douglass, schickte ihm ein paar Shilling. Wobei die Wahrheit ist, dass der Großteil der Briefe, die nicht von Gläubigern kamen, kein Geld, sondern Fragen enthielt. Die weißen Leute drüben im Osten fragten (nicht, dass sie drum gebettelt hätten) nach seinen Plänen.

»Sieh dir das an, Zwiebel«, schimpfte er und hielt einen Brief in die Höhe. »Alles, was sie tun, ist, Fragen stellen. Reden, reden, reden, sonst tun sie nichts. Lehnstuhlsoldaten. Sitzen rum, während einer ihr Haus und Heim mit diesem Teufelswerk zerstört, und *mich* nennen sie verrückt! Warum schicken sie das Geld nicht einfach? Ich bin es, dem sie zutrauen, diesen Kampf aufzunehmen, warum binden sie mir da die Hände auf den Rücken, indem sie wissen wollen, wie ich's machen werde?

Es gibt kein ›Wie‹, Zwiebel. Man muss es *tun*, wie Cromwell. Überall sitzen Spione, und ich wär ein Narr, wenn ich Ihnen meine geheimen Pläne verriete!« Aber es verwirrte ihn. Er war wütend, als ein paar seiner Unterstützer erklärten, sie wollten ihm keinen Dime mehr schicken, wenn er sie nicht in seine Pläne einweihte.

Die Ironie ist, denk ich, dass er ihnen seine Pläne ja verraten hätte. Er wollte sie einweihen. Das Problem war nur, wie ich glaube, dass er sie selbst noch nicht kannte.

Er wusste, was er tun wollte. Aber wenn's genauer wurde (und ich weiß, viele haben da nachgeforscht und dies und das oder noch was anderes dazu erklärt), wusste Old John Brown nicht wirklich, was er von Sonnenaufgang bis Sonnenuntergang in der Sklaverei-Frage tun würde. Er wusste, was er *nicht* tun würde: Er würde keine Ruhe geben, würde sich nicht mit den Sklaverei-Befürwortern an einen Tisch setzen, sich mit ihnen einlassen und bei Punsch und Limonade zanken und zetern und um ein paar Nichtigkeiten schachern. Wie die Hölle wollte er auf sie niederfahren, aber was für 'ne Art Hölle, da wartete er, dass der Herr es ihm sagte, schätze ich, und der blieb wenigstens den ersten Teil des Jahres in Tabor stumm, und so hockten wir in unsrer gemieteten Hütte, und die Männer trainierten mit ihren Schwertern, taten wegen geistlicher Sachen rum, holten seine Post, beschwerten sich unter'nander und warteten drauf, dass er endlich rausbellte, was als Nächstes kam. Ich kriegte Schüttelfrost, lag einen Monat lang flach, und nicht lange, nachdem ich wieder auf den Beinen war, erwischte es den Alten Mann. Es warf ihn um. Lang auf den Rücken. Eine Woche bewegte er sich nicht. Dann zwei. Dann einen Monat. Es wurde März, April. Manchmal dachte ich, er wär weg. Murmelnd und grummelnd lag er da und sagte: »Napoleon benutzte die Berge der Iberer! Ich bin noch nicht fertig!«, und: »Josephus, fang mich, wenn du kannst!«, und schon verstummte er wieder. Manchmal richtete er sich im Fieber auf, starrte an die Decke und polterte: »Frederick! Charles! Amelia! Holt den Vogel!«, und schlief wieder ein, wie tot. Jason und John Jr., seine zwei Söhne, die sich aus dem Sklavereikrieg abgemeldet hatten und längst nicht mehr dabei waren, er rief ihre Namen: »John! Hol Jason her!«, obwohl sie doch beide mehr als achthundert Kilometer weg waren. Ein paar aus der Armee ritten weg, versprachen zurückzukommen und taten's nicht. Andere nahmen ihren Platz ein. Die Wichtigsten, Kagi, Stevens, Cook, Hinton und O. P. Anderson, blieben jedoch und trainierten mit Holzschwertern. »Wir haben versprochen mit dem Alten Mann bis in den Tod zu gehen«, sagte Kagi, »auch wenn's seiner ist.«

Vier Monate in der Hütte gaben mir reichlich Gelegenheit, den Gedanken des Alten Mannes zu lauschen. In seinem Fieber blabberte er alles Mögliche raus. Ich hörte, dass er in seinem Leben so gut wie alles in den Sand gesetzt und mit einigen Unternehmungen pleite gemacht hatte. Viehdiebstahl, Ledergerberei, Landspekulation. Alles ging schief. Rechnungen und Klagen seiner alten Geschäftspartner folgten ihm überallhin. Gegen Ende seines Lebens schrieb der Alte Mann Briefe an Gläubiger und zahlte hier und da einen Dollar, wem immer er Geld schuldete, und das waren jede Menge Leute. Mit seiner ersten Frau Dianthe, die er überlebte, und seiner zweiten Frau Mary, die er nicht überlebte, hatte er zweiundzwanzig Kinder. Drei von ihnen starben noch ganz klein in Ritchfield, Ohio, wo er in einer Gerberei arbeitete. Eins davon, Amelia, wurde bei einem Unfall zu Tode verbrüht. Der Verlust seiner Kinder traf ihn tief, aber Fredericks Tod, den er immer als Mord verstand, war ihm der größte Schmerz.

Übrigens hatten wir Fredericks Mörder, Reverend Martin, sechs Monate vorher, im Herbst, als wir von Westen nach Osten zogen, außerhalb von Osawatomie entdeckt. Er lag in einer Hängematte vor seinem Haus, in einem kleinen Flecken unter einer lang gezogenen Erhebung, direkt bei Osawatomie. Der Alte Mann ritt seinem Trupp oben auf der Erhebung voran und hielt Ausschau nach Bundesleuten, als er plötzlich sein Pferd zügelte und die Kolonne stoppte. Er sah runter zu der Gestalt in der Hängematte. Es war eindeutig Reverend Martin, im Tiefschlaf.

Der Alte Mann saß auf seinem gestohlenen Pferd und starrte den Reverend da unten im Tal lange an.

Owen und Kagi ritten neben ihn.

»Das ist der Reverend«, sagte Owen.

»Ja«, sagte der Alte Mann.

Kagi sagte ruhig: »Reiten wir hin und unterhalten uns ein bisschen mit ihm.«

Der Alte Mann sah lange von der Erhebung runter. Dann schüttelte er den Kopf. »Nein, Lieutenant. Reiten wir weiter. Wir haben einen Krieg zu führen. Ich suche keine Rache. ›Die Rache‹, sagte der Herr, ›ist mein.‹ Ich reite gegen die höllische Einrichtung der Sklaverei.« Damit zog er sein Pferd zur Seite, und wir ritten weiter.

Sein Fieber blieb bis in den Mai, dann den Juni. Ich pflegte ihn in der Zeit, ging rein, um ihm Suppe zu bringen, und er schlief und fuhr plötzlich schweißnass hoch. Manchmal, wenn sein Verstand zurück in seinen Kopf fand, brütete er über Militärbüchern, Karten und Landschaftszeichnungen und zog mit dem Bleistift Kreise um Städte und Gebirgsketten. Eine Weile lang schien es aufwärts zu gehen, und schon streckte ihn die Krankheit wieder hin. Fühlte er sich besser, wachte er auf und betete wie ein Besessener, zwei, drei, vier Stunden am Stück, um anschließend in einen friedvollen Schlummer zu sinken. Packte ihn die Krankheit erneut, sprach er fiebernd zu unserem Schöpfer. Lange Gespräche führte er dann mit Gott, wurde hitzig, teilte ihm seine Gedanken mit, reichte dem vorgestellten Mann neben sich Brot, und manchmal warfen sie Grieß und Brot durchs Zimmer, als trügen er und sein Schöpfer, der da bei ihm stand, einen Ehekrach aus, und schleuderten Essen durch die Küche. »Was, denkst du, bin ich?«, sagte er. »Ein Geldbaum? Verrückt nach Gold? Aber das ist kaum eine redliche Bitte!« Oder er setzte sich unvermittelt auf und rief: »Frederick! Reite weiter! Reite weiter, mein Sohn!«, sackte in sich zusammen, schlief und wachte Stunden später auf, ohne sich an irgendwas zu erinnern, was er gesagt oder getan hatte. Sein Geist hatte sozusagen einen kleinen Ausflug unternommen, hatte Heu gemacht und sich nach Hause verabschiedet. Zum Juli hin fingen die Männer an, drüber zu reden, ob sie sich auflösen sollten. Immer noch durfte nur ich in seine Hütte, um ihn zu pflegen und zu füttern und mich um ihn zu kümmern, und wenn ich wieder rauskam, standen die Leute da und fragten: »Lebt er noch, Zwiebel?«

»Bis jetzt noch. Er schläft.«

»Er stirbt doch nicht, oder?«

»Nein. Er betet und liest und isst 'n bisschen.«

»Hat er was über den Plan gesagt?«

»Kein Wort.«

So warteten sie weiter und machten kein großes Getue, übten sich unter Kagi mit ihren Holzschwertern und lasen in der militärischen Broschüre von Colonel Forbes, was alles war, was der Captain von dem kleinen Betrüger gekriegt hatte. Sie spielten mit Lulu, der Katze, die uns zugelaufen war, ernteten Korn und halfen den Farmern in der Gegend mit diesem und jenem. So lernten sie sich gut kennen, und Kagi trat in der Zeit als der Anführer der Männer hervor. Während der vielen freien Stunden mit Schach, Holzschwertern und Gewese um die Geistlichkeit kam es auch zu Zank und Streit, denn einige der Männer waren ungläubig, aber Kagi war ein bedächtiger Mann, fest und beständig, und er hielt sie zusammen. Er brachte die Zweiflerischen, die vom Sich-Auflösen und zurück nach Osten Gehen redeten, um wieder zu unterrichten oder zu arbeiten, zurück ins Glied und hielt die Raubeine ruhig. Er duldete keinen Widerspruch, auch nicht von Stevens, und mit dem Grobian war nicht zu spaßen, der schlug jedem den Schädel ein, der ihn schief ankuckte. Kagi kam auch mit ihm zurecht. Dann, eines Abends, ging ich mit einer Schüssel Schildkrötensuppe, die den Alten Mann immer etwas zu beleben schien, in seine Hütte und fand ihn aufrecht im Bett sitzen. Er schien gestärkt und hellwach. Eine riesige Karte, seine Lieblingskarte, mit der er immer rumhantierte, lag auf seinem Schoß, dazu ein Stapel Briefe. Seine grauen Augen leuchteten, und sein langer Bart floss ihm bis übers Hemd, denn seit er krank geworden war, hatte er ihn nicht mehr geschnitten. Es schien ihm gut zu gehen, und er sprach mit kräftiger Stimme, hoch und fest, so wie er's in der Schlacht tat. »Ich habe mit Gott geredet, und Er hat's mir gesagt, Zwiebel«, sagte er. »Ruf die Männer zusammen. Ich bin bereit, ihnen meinen Plan zu erklären.«

Ich holte sie, und sie versammelten sich vor seiner Hütte. Gleich drauf kam er raus, schob das Tuch zur Seite, das die Tür bedeckte, und trat mit seinem gewohnten strengen Ausdruck vor sie hin. Aufrecht stand er da, ohne seine Jacke und ohne Stock, um sich aufzustützen, und er lehnte sich auch nicht gegen den Türrahmen. Er zeigte ihnen, dass er nicht mehr schwach oder krank war. Das Lagerfeuer flackerte vor ihm, die Nacht zog rauf, und der Präriestaub blies Blätter und Steppenhexe vorbei. Auf der langen Anhöhe hinter der Hütte heulten die Wölfe, und er hielt ein Bündel Papiere, seine große Landkarte und einen Kompass in den knotigen Händen.

»Ich habe mich mit Gott verbunden«, sagte er, »und ich habe einen Schlachtplan, den ich euch mitteilen möchte. Ich weiß, dass ihr ihn alle hören wollt. Aber zuerst will ich dem Großen

Erlöser danken, der Sein Blut am heiligen hohen Kreuze vergossen hat.«

Er faltete die Hände und sabbelte gute fünfzehn Minuten ein Gebet. Einige seiner Männer, Ungläubige, langweilten sich, wandten sich ab und gingen davon. Kagi schlenderte zu einem nahen Baum, setzte sich drunter und spielte mit seinem Messer rum. Stevens wanderte fluchend davon. Ein Bursche namens Realf holte Papier und einen Stift aus der Tasche und schrieb ein Gedicht. Die anderen, Christen wie Heiden, standen geduldig da, während der Captain an Gott hinredete. Der Wind blies ihm ins Gesicht, er hob und senkte die Stimme, ging rauf und runter, im Kreis, bat den Erlöser um Führung, eine Richtung, redete von Paulus, der den Korinthern schrieb, und dass er es nicht wert sei, Jesus die Schuhe zuzubinden, und so weiter. Seine ganze Kraft legte er in das Hinreden und Zetern, und als er schließlich das letzte »Amen« ausstieß, kamen die, die ihre Post lesen oder mit den Pferden rumalbern gegangen waren und sahen, dass er so weit war, hastig zurück.

»Also dann«, sagte er, »wie ich euch schon erklärt habe, habe ich mich mit unserem Großen Erlöser verbunden, der sein Blut vergossen hat. Wir haben die ganze Unternehmung von oben nach unten besprochen, haben unser Denken mit'nander verwickelt wie den Kokon, der den Baumwollkäfer umschließt. Ich habe seinen Gedanken gelauscht, und ich muss sagen, dass ich nicht mehr als eine winzige Erdnuss seitlich auf der Fensterbank des großen und machtvollen Denkens unseres Erretters bin. Aber nachdem ich mit Ihm überlegt und studiert und Ihn mehrfach gefragt habe, seit Jahren jetzt, was wir gegen die höllische Einrichtung des Bösen tun sollen, die in diesem Land existiert, bin ich sicher, dass Er mich als ein Werkzeug Seines Willens erwählt hat. Natürlich wusste ich das bereits, genau wie Cromwell und Esra, der Prophet der Alten, es wussten, denn sie waren in gleicher Weise Werkzeuge, besonders Esra, der vor Gott betete und sich selbst quälte, wie auch ich es getan habe, und als Esra und sein Volk in die Enge gerieten, brachte der Herr sie geschäftig und still in neue sichere Umstände, ohne dass sie einen Schaden erlitten hätten. So fürchtet euch denn nicht, Männer! Gott richtet ohne Ansehen der Person! So steht es in der Bibel, im Buch des Jeremias: ›Denn das sind die Tage der Rache, dass erfüllet werde …‹«

»Pa!« Owen unterbrach ihn. »Hör schon auf damit!«

»Hmpf«, schnaubte der Alte Mann. »Jesus hat eine Ewigkeit gewartet, um dich vom Fluch der Erbsünde zu befreien, und du hast ihn nicht wie ein Kalb schrein hören wie du jetzt, Sohn. Aber …«, er räusperte sich, »ich habe die Sache studiert, und ich werde euch wissen lassen, was ihr wissen müsst. Wir werden Israel in Schwierigkeiten bringen. Wir werden die Mühlen in Gang setzen, und sie werden uns und unsre Taten so schnell nicht vergessen.«

Damit drehte er sich weg, schob das Tuch vor der Tür zur Seite und drückte sie auf, um wieder reinzugehen. Kagi hielt ihn auf.

»Einen Moment!«, sagte er. »Wir hängen hier schon 'ne ganze Weile rum, stemmen Gewichte und bearbeiten die Felsen mit unsren Holzschwertern. Sind wir nicht alle Männer, mit Ausnahme der Zwiebel? Und selbst sie ist wie wir alle aus freien Stücken da. Wir verdienen mehr als diese dürftige Information von Ihnen, Captain, sonst gehen wir und führen unseren eigenen Krieg.«

»Ohne meinen Plan werdet ihr keinen Erfolg haben«, grunzte der Alte Mann.

»Vielleicht«, sagte Kagi. »Aber mit Sicherheit ist es gefährlich, und wenn ich mein Leben für einen Plan aufs Spiel setze, ganz gleich, welchen Plan, würde ich doch gern wissen, wie er aussieht.«

»Das werden Sie früh genug erfahren.«

»Früh genug ist jetzt. Oder ich werde meinen eigenen Plan verkünden, denn ich habe einen ausgearbeitet, und ich denke, die Männer hier werden mir zuhören.«

Oh, das brachte ihn in die Klemme. Der Alte Mann ertrug es nicht. Er ertrug es nicht, dass ein anderer der Boss war oder einen Plan hatte, der besser als seiner war. Die Männer sahen ihn an, die Falten in seinem Gesicht verknoteten sich, und da platzte es aus ihm heraus: »Also gut. Wir brechen übermorgen auf.«

»Wohin?«, wollte Owen wissen.

Der Captain hielt immer noch das Tuch in die Höhe, ließ es los, und da hing es über der Tür, groß und dreckig, als hätte es einer zum Trocknen aufgehängt. Er starrte die Männer an, versenkte die Hände in den Taschen und stieß das Kinn vor. Er war verstimmt, völlig. Es ärgerte ihn, dass so mit ihm geredet wurde, denn er hörte nur auf seinen eigenen Rat. Aber er hatte keine Wahl.

»Wir werden ins Herz dieser höllischen Einrichtung stoßen«, sagte er. »Wir greifen die Regierung selbst an.«

Ein paar der Männer glucksten, aber Kagi und Owen nicht. Sie kannten den Alten Mann besser als die anderen und wussten, dass er es ernst meinte. Mein Herz setzte einen Schlag aus, aber Kagi sagte ruhig: »Sie meinen Washington? Wir können Washington nicht angreifen, Captain. Nicht mit dreizehn Mann und der Zwiebel.«

Der Alte Mann schnaubte. »Mit *Ihrem* Muli würde ich den Pflug nicht ziehen, Lieutenant. In Washington wird geredet, und dies ist ein Krieg. Ein Krieg wird auf dem Feld ausgefochten, nicht da, wo Männer sitzen und Schwein und Butter essen. Im Krieg zielst du auf das Herz des Feindes, auf die Versorgungswege wie Toussaint-Louverture, als er die Franzosen auf den Inseln um Haiti angriff. Du zerreißt seine Nahrungskette, wie Schamil, der Tscherkessen-Führer, es mit den Russen gemacht hat! Du greifst seine Mittel an wie Hannibal in Europa in seinem Kampf gegen die Römer! Wie Spartakus nimmst du ihm seine Waffen! Du sammelst sein Volk und bewaffnest es! Du verteilst den Zugriff auf seine Macht!«

»Wovon redest du da?«, sagte Owen.

»Wir reiten nach Virginia.«

»Was?«

»Nach Harpers Ferry in Virginia.«

»Was?«

»Harpers Ferry in Virginia. Da hat die Regierung ein Arsenal. Da machen sie Waffen. Da gibt's hunderttausend Gewehre und Musketen, und wir brechen da ein, bewaffnen die Sklaven und erlauben es dem Neger so, sich selbst zu befreien.«

Viele Jahre später trat ich in den Chor einer Pfingstkirche ein, nachdem ich mich in die Frau des Pastors verkuckt hatte, die sich in fremden Betten gütlich tat, um ihrem frommen Ehemann die Last zu nehmen. Ich lief ihr ein paar Wochen hinterher, bis der Pastor eines Morgens eine mitreißende Predigt drüber hielt, dass dich die Wahrheit befreit, und ein Bursche aus der Gemeinde aufstand und rief: »Pastor! Ich trage Jesus in meinem Herzen! Ich gestehe! Drei von uns hier haben Ihre Frau gestochen!«

Das Schweigen, das auf das Geständnis des armen Teufels folgte, war nichts im Vergleich mit der Stille, die sich über die Raubeine des Alten Mannes senkte, als er seine Bombe hochgehen ließ.

Um es klar zu sagen, ich hatte in dem Moment keine Angst. Nein, ich fühlte mich geradezu wohl, denn zum ersten Mal war sicher, dass ich nicht die einzige Person auf der Welt war, die wusste, dass dem Alten Mann der Käse vom Keks gerutscht war.

Endlich schaffte es John Cook, was zu sagen. Cook war ein gesprächiger Kerl, gefährlich, das hatte der Alte Mann oft gesagt, denn Cook konnte den Mund nicht halten. Aber so gesprächig er war, selbst Cook musste husten, schnauben und sich 'n paarmal räuspern, bevor er seine Stimme wiederfand.

»Captain, Harpers Ferry in Virginia ist mehr als zwölfhundert Kilometer von hier weg und keine hundert von Washington, D. C. Es wird schwer bewacht, mit Tausenden Regierungssoldaten in der Nähe, und dazu kommen die Bürgerwehren von Maryland und Virginia und so weiter. Ich denke, da haben wir so um die zehntausend Leute gegen uns. Das überstehn wir keine fünf Minuten.«

»Der Herr wird uns vor ihnen schützen.«

»Was soll Er denn machen? Ihnen die Gewehre verkorken?«, fragte Owen.

Der Alte Mann sah Owen an und schüttelte den Kopf. »Sohn, es schmerzt mein Herz, dass du Gott nicht in deine Brust aufgenommen hast, wie ich es dich gelehrt habe, aber wie du weißt, lass ich dich mit deinem Glauben deine eigenen Wege gehen, was der Grund dafür ist, dass du nach all den Jahren immer noch so dumm bist. Die Bibel sagt, wer nicht wie der Erlöser denkt, der kennt die Sicherheit Gottes nicht. Aber ich habe mich mit ihm verbunden und kenne ihn. Fast dreißig Jahre haben wir diese Sache durchdacht, der Herr und ich. Ich kenne jeden Teil und Abschnitt des Landes, von dem ich spreche. Die Blue Mountains führen diagonal durch Virginia und Maryland bis rauf nach Pennsylvania und bis runter nach Alabama. Ich kenne diese Berge besser als sonst einer auf der Welt. Als Kind bin ich durch sie gerannt. Als junger Mann habe ich sie vom Oberlin College aus studiert, und da habe ich auch über die Sklavenfrage nachgedacht. Sogar über den europäischen Kontinent bin ich gereist, um als Leiter einer Gerberei die europäischen Schafzuchten zu inspizieren, in Wirklichkeit aber wollte ich die Erdfestungen sehen, welche von den Kämpfern gegen die Herrscher des großen Kontinents angelegt worden waren.«

»Das ist beeindruckend, Captain«, sagte Kagi, »und ich zweifle weder an Ihrem Wort noch an Ihrem Wissen. Aber unser Ziel war immer, Sklaven zu stehlen und Unruhe zu stiften, damit das Land den Irrsinn der höllischen Einrichtung erkennt.«

»Das sind Kiesel im Ozean, Lieutenant. Wir stehlen keine Neger mehr. Wir sammeln sie zum Kampf.«

»Wenn wir die Bundesregierung angreifen wollen, warum nehmen wir dann nicht Fort Laramie in Kansas?«, sagte Kagi. »In Kansas können wir den Angriff kontrollieren, da haben wir Freunde.«

Der Alte Mann hob die Hand. »Unsere Anwesenheit auf der Prärie ist eine Finte, Lieutenant. Sie soll den Feind von unserer Spur abbringen. Der Kampf findet nicht im Westen statt, Kansas ist nicht mehr als der Schwanz der Bestie. Wenn Sie einen Löwen töten wollten, würden Sie ihm dann den Schwanz abhacken? Virginia ist die Königin der Sklavenstaaten. Wir greifen die Königsbiene an, um den Stock zu töten.«

Endlich kamen sie wieder zu Atem, warme Worte wurden gewechselt, Zweifel geäußert. Einer nach dem anderen zwitscherten die Männer ihre Ablehnung raus, und selbst Kagi, der ruhigste und zuverlässigste Mann des Captains, widersprach.

»Das ist eine unmögliche Aufgabe«, sagte er.

»Lieutenant Kagi, Sie enttäuschen mich«, sagte der Alte Mann. »Ich habe diese Sache sorgfältig durchdacht. Jahrelang habe ich den erfolgreichen Widerstand der spanischen Häuptlinge zu der Zeit studiert, als Spanien eine römische Provinz war. Mit zehntausend in kleine Kompanien aufgeteilten Männern, die gemeinsam und doch getrennt handelten, haben sie über Jahre der vereinigten Macht des Römischen Reiches widerstanden! Ich habe die erfolgreiche Kriegsführung des Tscherkessen-Oberhaupts Schamil gegen die Russen studiert und mich ausführlich mit den Berichten der Kämpfe Toussaint-

Louvertures auf den haitianischen Inseln in den 1790er-Jahren beschäftigt. Denken Sie, ich habe all diese Dinge nicht bedacht? Das Land! Das Land, Männer! Das Land ist die Festung! In den Bergen kann eine kleine Gruppe Männer mit soldatischer Ausbildung den Feind auf Jahre aufhalten, mit Behinderungen, Hinterhalten, Entweichen, Überraschungen. Tausende kann sie aufhalten. Das hat es schon gegeben. Oft.«

Das überzeugte die Leute nicht. Aus den warmen Worten wurden harte Worte, das Zwitschern wurde lauter, fast schrien sie. Egal, was er sagte, sie hörten nicht zu. Einige verkündeten, dass sie die Truppe verlassen wollten, und einer, Richardson, ein Farbiger, der erst vor ein paar Wochen dazugekommen war (laut rausposaunend, wie sehr es ihn juckte, gegen die Sklaverei zu kämpfen), erinnerte sich plötzlich, dass er auf der nahen Farm, wo er arbeitete, Kühe melken musste. Er sprang aufs Pferd, versetzte es mit den Sporen in einen schnellen Trott und war weg.

Der Alte Mann sah ihm hinterher.

»Wer will, kann mit ihm gehn«, sagte er.

Das nahm keiner an, aber trotzdem, sie redeten noch fast drei Stunden auf ihn ein. Der Alte Mann hörte alle an, stand in der Tür zu seiner Hütte mit den Händen in der Tasche, und das dreckige Tuch hinter ihm wehte im Wind und gab seinen Worten zusätzlich Kraft, indem es gegen das Holz klatschte und schlug, während er gegen ihre Ängste anredete. Jahrelang hätte er sich innerlich darauf vorbereitet, sagte er und hatte für jede ihrer Sorgen eine Antwort.

»Es ist ein Waffenarsenal. Es wird bewacht!«

»Nur von zwei Nachtwächtern.«

»Wie sollen wir da hunderttausend Gewehre rausschmuggeln? Mit 'nem Eisenbahnwaggon? Da bräuchten wir zehn!«

»Wir holen sie nicht raus. Fünftausend reichen.«

»Wie kommen wir da wieder weg?«

»Gar nicht. Wir verschwinden in die nahen Berge. Die Sklaven werden sich dort sammeln, wenn sie wissen, wo wir sind. Sie kommen und kämpfen mit uns.«

»Wir kennen die Wege nicht! Gibt's da Flüsse? Straßen? Bahnstrecken?«

»Ich kenne das Land«, sagte der Alte Mann. »Ich habe es euch aufgezeichnet. Kommt rein und seht es euch an.«

Widerstrebend folgten sie ihm in die enge Hütte, wo er eine mächtige Landkarte aus Stoff auf dem Tisch ausbreitete. Es war die Riesenkarte, die ich schon bei unserer ersten Begegnung im Dutch Henrys gesehen hatte, versteckt in seiner Jacke, und auf der er seitdem die ganze Zeit rumgekritzelt und rumgekaut hatte. Oben auf der Karte, wo »Harpers Ferry« stand, waren Dutzende Sachen eingezeichnet, das Arsenal natürlich, nahe Plantagen, Straßen, Pfade, Gebirgszüge, und sogar die Zahl der versklavten Neger auf den Plantagen stand da. Er hatte viel Arbeit in die Sache gesteckt, und die Männer waren beeindruckt.

Er hielt die Kerze über die Karte, damit alle was sehen konnten, und als sie ein paar Minuten geguckt hatten, fing er an, ihnen alles zu erklären.

»Das hier«, sagte er und deutete mit dem Bleistift auf die Karte, »ist Harpers Ferry. Es wird auf beiden Seiten von einem einzigen Nachtwächter bewacht. Wenn wir sie überraschen, können wir sie leicht überwältigen, und sobald wir sie haben, schneiden wir die Telegrafenleitungen durch und nehmen das Wachhaus ein. Die Bahnlinie und die Gewehrschmiede halten wir, bis wir die Waffen verladen haben. Wir dringen mitten in der Nacht ins Arsenal ein und sind in drei Stunden wieder weg. Wir nehmen die Waffen und verschwinden in die Berge …«, wieder deutete er auf die Karte, »die das alles umgeben. Sie verlaufen durch Maryland, Virginia, bis runter nach Tennessee und Alabama. Die Pässe sind schmal. Zu schmal für Kanonen, zu eng für größere Truppenkolonnen.«

Er stellte die Kerze ab.

»Ich habe mir diese Orte mehrfach angesehn. Ich kenne sie wie meine Westentasche. Jahrelang hab ich sie studiert, noch bevor ihr geboren wart. Wenn wir uns da erst mal festgesetzt haben, können wir uns leicht gegen alle Angriffe verteidigen. Da stoßen dann auch die Sklaven zu uns, und wir können die Plantagen in den Ebenen zu beiden Seiten von unseren Bergposten angreifen.

»Warum sollten sie zu uns kommen?«, fragte Kagi.

Der Alte Mann sah ihn an, als wär ihm gerade ein Zahn rausgerissen worden.

»Aus dem gleichen Grund, aus dem dieses kleine Mädchen...«, er deutete auf mich, »Kopf und Kragen riskiert hat, um bei uns zu sein, mit uns auf den Ebenen lebt und mutig ist wie ein kleiner Mann. Sehen Sie es denn nicht, Lieutenant? Wenn es schon ein kleines Mädchen tut, wird sich ein Mann ganz sicher traun. Sie werden zu uns kommen, weil wir ihnen etwas anzubieten haben, was sie von ihrem Master nicht bekommen: ihre Freiheit. Sie dürsten nach der Gelegenheit, darum zu kämpfen. Sie wollen frei sein, wollen ihre Frauen befreien, ihre Kinder, und der Mut des einen wird auch den anderen erfassen. Wir bewaffnen die ersten fünftausend, ziehen weiter nach Süden und bewaffnen mehr Neger mit der Beute und den Waffen der Sklaverei-Befürworter, die wir unterwegs schlagen. Und während wir uns weiter nach Süden bewegen, werden die Plantagenbesitzer ihre Neger nicht bei sich halten können. Alles werden sie verlieren und nachts nicht mehr schlafen können vor Angst, dass sich ihre Neger den von Norden heranziehenden Massen anschließen. Sie werden der höllischen Einrichtung für immer den Rücken kehren.«

Er legte seinen Bleistift zur Seite.

»Das«, sagte er, »ist der Plan.«

Du musst sehen, dass er die Dinge für einen Wahnsinnigen

ziemlich gut zurechtzubasteln wusste, und zum ersten Mal ergriff Zweifel die Gesichter der Männer. Ich bekam's gleich wieder mit der Angst, weil ich doch wusste, dass die Vorstellungen des Alten Mannes nie so aufgingen wie geplant. Trotzdem verfolgte er sie, ohne sich beirren zu lassen.

Kagi rieb sich das Kinn. »Das kann an tausend Ecken scheitern«, sagte er.

»Wir sind bereits gescheitert, Lieutenant. Die Sklaverei ist nicht zu rechtfertigen, barbarisch, eine grundlose Sünde vor Gott…«

»Erspar uns die Predigt«, fuhr Owen dazwischen. »Wir müssen der Schlange nicht gleich den Kopf abbeißen.« Er war nervös, und das war beunruhigend, denn Owen war ein kühler Kopf und stimmte den Ideen seines Pas normalerweise zu, ganz egal, wie verrückt sie waren.

»Willst du warten, ob wir die Sklaverei auch mit moralischen Ermahnungen beenden können, mein Sohn?«

»Ich hätte lieber einen Plan, bei dem ich nicht in einer Urne hinten im Garten von irgendwem ende.«

In der Hütte brannte ein Feuer, und der Alte Mann legte ein Holzscheit nach, damit es nicht ausging. Er blickte in die Flammen. »Ihr seid alle aus freien Stücken hier«, sagte er. »Jeder Einzelne von euch, die Zwiebel eingeschlossen…«, er deutete auf mich, »ein einfaches farbiges Mädchen, was euch etwas über das Thema Mut sagen sollte, euch großen Männern. Aber wenn einer von euch denkt, dass der Plan nicht funktioniert, kann er gerne gehen. Ich werde keinen Groll gegen ihn hegen, denn Lieutenant Kagi hat recht: Es ist eine gefährliche Sache, die ich da vorschlage. Wenn der Überraschungseffekt erst mal vorbei ist, werden sie uns heftig nachsetzen. Da gibt's keinen Zweifel.«

Er sah die Männer an. Es war still im Raum. Die Stimme des Alten Mannes wurde leise und beruhigend. »Sorgt euch nicht. Ich habe alles bedacht. Wir werden die gequälten Neger in der Gegend vorher von unserem Vorhaben wissen lassen, dann kommen sie zu uns. Wenn das erst einmal geschafft ist, können wir das Arsenal auch in größerer Zahl angreifen. Wir halten es für kurze Zeit, gerade lang genug, um unsere Waffen aufzuladen, und danach verschwinden wir in die Berge, bevor die Miliz Wind davon bekommt. Ich weiß aus guter Quelle, dass uns die Sklaven von den Plantagen und aus den umliegenden Counties wie Bienen zufliegen werden.«

»Aus welcher Quelle?«

»Aus guter Quelle«, sagte er. »Zwölfhundert Farbige leben direkt dort, dreißigtausend im Umkreis von achtzig Kilometern, einschließlich Washington, D. C., Baltimore und Virginia. Sie werden von unserer Revolte hören, zu uns strömen und bewaffnet werden wollen. Der Neger ist gerüstet und bereit. Er braucht nur eine Möglichkeit, und die geben wir ihm.«

»Neger sind keine ausgebildeten Soldaten«, sagte Owen. »Sie können nicht mit Waffen umgehen.«

»Niemand muss für den Kampf um seine Freiheit ausgebildet werden, mein Sohn, und ich habe Vorkehrungen getroffen. Ich habe zweitausend Spieße bestellt, die von jedem Mann und jeder Frau wie einfache Schwerter benutzt werden können, um einen feindlichen Angreifer auszuschalten. Sie liegen in verschiedenen Lagern und sicheren Häusern, von wo wir sie mitnehmen werden. Weitere werden nach Maryland geschickt. Deshalb habe ich John und Jason gehen lassen: Sie haben das alles organisiert, bevor sie zurück nach Hause sind.«

»Das klingt alles einfach wie's Haferfressen, so wie sie's uns verkaufen«, sagte Cook, »trotzdem bin nicht sicher, ob ich dafür bin.«

»Wenn Gott will, dass Sie zurückbleiben, während der Rest von uns in die Geschichte reitet, habe ich nichts dagegen.«

Cook knurrte: »Ich hab nicht gesagt, dass ich nicht mitwill.«

»Ich gebe Sie frei, Cook. Mit voller Entlohnung für Ihre Dienste und ohne Unmut. Aber sollten Sie bleiben, werde ich Ihr Leben mit so viel Eifer schützen, als wär's mein eigenes. Das gilt für jeden einzelnen Mann hier.«

Damit beruhigte er sie etwas, denn er war immer noch Old John Brown und immer noch Furcht erregend. Geduldig ging der Alte Mann ihre Zweifel durch. Er hatte alles studiert und bestand drauf, dass Harpers Ferry nicht schwer bewacht wurde. Es war kein Fort, sondern eine Fabrik. Nur zwei Wachmänner mussten überwältigt werden, um reinzukommen. Sollte der Plan fehlschlagen, fand sich direkt nebenan die Mündung zweier Flüsse, Potomac und Shenandoah. Beides waren schnelle Fluchtwege. Die Stadt lag ein Stück entfernt in den Bergen, und in ihr lebten weniger als zweieinhalbtausend Leute, Arbeiter, keine Soldaten. Wenn wir die Telegrafenverbindungen unterbrächen, konnte keine Nachricht über unseren Angriff nach draußen gelangen. Auf den beiden Bahnlinien würde während unsres Angriffs ein Zug durchkommen, den wir stoppen, festhalten und notfalls als zusätzliche Fluchtmöglichkeit nutzen würden. Die Neger würden uns helfen. Sie lebten in der Stadt, sie lebten auf den Plantagen. Sie würden bereits Bescheid wissen. Zu Tausenden würden sie zu uns strömen. In drei Stunden war die Sache erledigt. Vierundzwanzig Stunden später waren wir zurück in den Bergen. In Sicherheit. Raus und rein. Leichter ging's nicht.

Wenn er wollte, war der Alte Mann ein richtig guter Verkäufer, und als er fertig war, hatte er das Ganze so rosig ausgemalt, dass du gedacht hättest, das Arsenal von Harpers Ferry bestünde aus nichts als ein paar Quälgeistern, die geradezu drauf warteten, von seinen alten, zehenlosen Stiefeln zertreten zu werden. Die Sache klang so einfach, als ging's um nicht mehr als ein paar Äpfel, die vom Baum zu holen waren. Dabei war es ein äußerst dreister Plan, unerhört dumm und für seine

Männer, junge, draufgängerische Raubeine, die für die Sklavenbefreiung waren, genau die Art Abenteuer, die sie sich vorstellten. Je mehr er die Sache anpries, desto besser gefiel sie ihnen. Er überrollte die Männer einfach damit, gähnte dann und sagte: »Ich geh jetzt schlafen. Übermorgen brechen wir auf. Wenn ihr noch hier seid, reiten wir zusammen. Wenn nicht, habe ich dafür Verständnis.«

Ein paar, darunter auch Kagi, hatten Feuer gefangen, andere nicht. Kagi murmelte: »Ich denk drüber nach, Captain.«

Der alte Mann sah sie an, alles junge Burschen, die im Licht des Feuers um ihn rum standen, große, raue, kluge Kerle, die ihn ankuckten wie den alten Moses mit seinem bis auf die Brust runterreichenden Bart, den grauen Augen und dem festen, sicheren Blick. »Schlaft drüber. Wer morgen mit Zweifeln aufwacht, reitet mit meinem Segen weg. Ich bitte ihn nur, keinem was von unserem Plan zu verraten, sondern zu vergessen, was er hier gehört hat. Uns zu vergessen. Denkt dran, wer seine Zunge nicht zu hüten vermag, den vergessen *wir* nicht.«

Er sah die Männer an. Das alte Feuer war zurück, sein Gesicht hart wie Granit, die Fäuste steckten nicht mehr in den Taschen, und sein dünner, gebeugter Körper stand aufrecht in den verlotterten, rußgeschwärzten Kleidern und den zehenlosen Stiefeln. »Ich muss noch arbeiten, wir fangen mit unseren Schlachtplänen morgen an. Gute Nacht«, sagte er.

Die Männer gingen raus. Ich sah sie durch die Tür davonziehen, bis nur noch einer dastand: O. P. Anderson, der einzige Farbige von ihnen, war der Letzte, der ging. O. P. war ein kleiner, schlanker, schmächtiger Kerl, klug, aufgeweckt, aber kein Muskelmann. Der Rest der Truppe bestand aus starken, robusten Abenteurern und ruppigen Pionieren wie Stevens, die zwei Sechsschüssige am Gürtel trugen und auf die Hörner nahmen, wer immer ihnen zu nah kam. O. P. war nicht wie Stevens und der Rest. Er war einfach nur ein vom Schicksal getroffener Farbiger mit guten Absichten. Er war kein wirklicher Soldat oder Revolverheld, aber er wollte mitmachen. So wie er dastand und kuckte, schien er allerdings zu Tode verängstigt.

Er trat aus der Hütte, senkte das Tuch langsam runter, ging zu einem nahen Baum und setzte sich. Ich schlenderte zu ihm rüber und setzte mich ebenfalls. Von unserem Platz aus konnten wir das kleine Fenster der Hütte und den Alten Mann dahinter sehen, wie er an seinem Tisch stand, Papiere und Karten durchsah und langsam zusammenfaltete, wobei er hier und da noch was draufschrieb, bevor er sie weglegte.

»Was denken Sie, Mr Anderson?«, sagte ich. Ich hoffte, dass O. P. dachte, was ich dachte, nämlich dass der Alte Mann so verrückt wie 'ne Bettwanze war und wir uns auf der Stelle davonmachen sollten.

»Ich versteh's nicht«, sagte er.

»Was nicht?«

»Warum ich hier bin«, murmelte er. Er schien mit sich selbst zu reden.

»Sie gehn also?«, fragte ich hoffnungsvoll.

Von seinem Platz unter dem Baum aus starrte O. P. zum Alten Mann rüber, der immer noch mit seinen Papieren rumtat und vor sich hin brabbelte.

»Warum sollte ich?«, sagte er. »Ich bin genauso irre wie er.«

22

Der Spion

Wie fast alles beim Alten Mann brauchte das, was einen Tag dauern sollte, eine Woche, was zwei Tage dauern sollte, zwei Wochen. Und was zwei Wochen dauern sollte, vier Wochen, einen Monat, zwei Monate. So ging es. Er wollte Iowa im Juni verlassen, setzte aber erst Mitte September den Hut auf und verabschiedete sich von seiner Hütte. Da war ich schon lange weg. Er hatte mich bereits in den Kampf geschickt.

Der Kampf war nicht das, was ich wollte, aber hier draußen auf der Ebene versauern wollte ich auch nicht. Der Alte Mann beschloss, einen seiner Männer, Mr Cook, nach Harpers Ferry vorauszuschicken, als Spion und um unseren Plan unter den Negern zu verbreiten. Eines Morgens im Juli verkündete er Lieutenant Kagi seinen Entschluss, als die beiden in der Hütte des Alten Mannes frühstückten und ich sie bediente.

Kagi gefiel das nicht. »Cook kann den Mund nicht halten«, sagte er. »Er ist ein Gockel und ein Frauenheld. Er schickt Briefe an seine Freundinnen, dass er auf einer geheimen Mission ist, bald aufbrechen muss und sie ihn nie wiedersehn werden. Überall wedelt er mit seiner Kanone rum und verkündet, er hat in Kansas fünf Männer getötet. In Tabor betütteln ihn die Ladies, weil sie denken, dass er seine geheime Mission nicht überlebt. Der posaunt unsern Plan in ganz Virginia aus.«

Der Alte Mann überlegte. »Er ist eine Nervensäge und hat ein loses Mundwerk«, sagte er, »aber er kann gut reden, den Feind ausspionieren und das tägliche Leben da erkunden. Was immer er erzählt, wird Gottes Plänen für uns nicht schaden, weil einem Aufschneider wie ihm sowieso keiner glaubt. Ich werde ihm raten, seine Augen und seinen Mund in Virginia nur für unseren Zweck und für nichts anderes zu gebrauchen. Auf jede andere Weise ist er ein Hindernis für uns, weil wir vorher noch etwas Beute machen müssen, wir brauchen noch mehr Waffen und Geld, und er ist kein guter Soldat. Wir müssen jeden da einsetzen, wo er am besten ist. Cooks beste Waffe gegen den Feind ist sein Mund.«

»Wenn Sie Neger sammeln wollen, warum schicken Sie dann keinen mit ihm nach Virginia?«, sagte Kagi.

»Ich hab überlegt, ob ich Anderson schicken soll«, sagte der Alte Mann, »aber der ist zu nervös, was den Plan angeht, und tritt vielleicht gar nicht mit an. Vielleicht schafft er's nicht.«

»Den meine ich nicht. Ich denk da an die Zwiebel«, sagte Kagi. »Sie kann als Cooks Sklavin durchgehn, ein Auge auf ihn haben und ihm beim Bieneneinsammeln helfen. Alt genug ist sie, und Sie können ihr trauen.«

Ich stand da, als die beiden das überlegten, und kann nicht sagen, dass ich gegen die Idee war. Ich wollte unbedingt weg aus dem Westen, bevor dem Alten Mann der Kopf weggeblasen wurde. Iowa war eine raue Gegend, und die US-Kavallerie war uns auf der Spur. Wir mussten ein paarmal zwischen Pee Dee und Tabor hin- und herwechseln, um außer Sichtweite zu bleiben, und der Gedanke, uns mit dem Planwagen durch die Prärie zu quälen und alle zehn Minuten Pause zu machen, weil der Alte Mann betete, während von der einen Seite die Bundesdragoner und von der anderen die Sklaverei-Befürworter kamen, war nichts, was mir die Schüssel mit Zucker füllte. Im Übrigen war mir der Captain ans Herz gewachsen, um ehrlich zu sein. Ich war ihm zugeneigt und wollte lieber, dass er weit weg von mir erschossen oder erschlagen wurde und ich es erst viel später erfuhr. Viel später war früh genug. Ich wusste, er war wahnsinnig, und wenn er gegen die Sklaverei kämpfen wollte, war ich ganz dafür. Ich selbst hatte allerdings keine Pläne, dafür auch nur einmal mit der Wimper zu zucken. Mit Cook Richtung Osten nach Virginia zu fahren, brachte mich näher an die Freiheitsgrenze nach Philadelphia, und ihm dann da irgendwo davonzulaufen, würde leicht sein, weil er seine Klappe nie zukriegte und vor allem immer nur sich im Auge hatte. Und so sagte ich zum Alten Mann und zu Mr Kagi, dass es eine tolle Idee wär, mit Mr Cook zu fahren, und ich mein Bestes tun wollte, Neger zu sammeln, während ich drauf wartete, dass der Rest von ihnen nachkäm.

Der Alte Mann sah mich an. Die Sache mit dem Captain war, dass er dir nie 'ne genaue Anweisung gab, es sei denn, es war in einer Schießerei. Sonst sagte er nur: »Ich reite dahin, um die Sklaverei zu bekämpfen«, und seine Männer sagten: »Also, da reiten wir doch auch hin«, und los ging's. So war's mit ihm. Das ganze Geschreibsel in den Zeitungen später, dass er die jungen Männer am Nasenring gehabt hätte, war Quatsch. Die widerspenstigen Kerle in seiner Truppe ließen sich nicht einfach so was vorschreiben. Sie waren Raubeine und ganz und gar nicht zimperlich, aber ihnen ging's um die Sache, und sie folgten dem, der sie da weiterbrachte. Du hättest die Jungs auch nicht mit 'nem Zweihundert-Dollar-Muli von Old John Brown weggekriegt. Sie wollten bei ihm sein, weil sie Abenteurer waren und der Alte Mann ihnen nicht vorschrieb, wie sie zu sein hatten. Er war streng wie der Teufel, was ihn selbst und die Religion anging, aber wenn dich dein spiritueller Sinn in eine andere Richtung trieb, nun, dann hielt er dir den einen oder anderen Vortrag, ließ dich aber sein, wie du sein wolltest. Solange du nicht fluchen, trinken oder Tabak kauen wolltest und für die Sklaverei warst, stand er hinter dir. Stevens war ein jähzorniger, streitsüchtiger Halunke, schlimmer, als ich je einen erlebt hab, sang zu Geistern und stritt mit Kagi und dem Rest über seinen Glauben. Charlie Tidd, ein Weißer, und Dangerfield Newby, ein Farbiger, kamen später dazu und waren klar gefährlich, und ich glaub nicht, dass die auch nur 'n Funken Religion in sich hatten. Nicht mal Owen war nach den Maßstäben seines Pas ein gottesfürchtiger Kerl. Aber solange du gegen die Sklaverei warst, konntest du tun, was immer dir gefiel, denn trotz seiner Griesgrämigkeit dachte der Alte Mann immer nur das Beste von den Leuten und schätzte sie nicht richtig ein. Im Nachhinein betrachtet, war es eine schreckliche Idee, Cook als Spion und Vorhut loszuschicken, und noch dümmer, mich als Botschafter mitzuschicken, um die Farbigen zu vereinen, denn uns beiden fehlten das Wissen und die Weisheit, und wir gaben für keinen was, nur für uns selbst. Wir waren die untauglichsten Leute, die er vorschicken konnte.

Und natürlich stimmte er zu.

»Eine großartige Idee, Lieutenant Kagi«, sagte er. »Meiner Zwiebel hier kann ich trauen. Wenn Cook was ausplaudert, erfahrn wir's.«

Damit ging der Alte Mann raus, klaute einen feinen Planwagen von einem Sklaverei-Befürworter und ließ ihn von den Männern mit Hacken, Schaufeln und Schürfutensilien beladen, die sie hinten drauf verteilten. Dazu kamen ein paar Kisten, auf denen »Schürf-Werkzeuge« stand.

»Vorsicht mit den Kisten«, sagte der Alte Mann zu Cook, als wir aufluden, und nickte zu den »Werkzeugen« hin. »Fahren Sie nicht zu schnell. Wenn's zu sehr holpert und scheppert, treten Sie in Einzelteilen vor den Großen Hirten hin, und passen Sie auf, was Sie den Leuten sagen. Wer seinen Freunden nichts verschweigen und für sich behalten kann, ist ein Narr.« Zu mir sagte er: »Zwiebel, ich werde dich vermissen, denn du bist pflichtbewusst und ein Großer-Gott-Vogel. Aber es ist besser, dass du nicht bei unserem Zug nach Osten dabei bist, denn der Feind ist nah und wir haben schmutzige Arbeit vor uns, müssen plündern, Waffen und Barschaften sammeln. Mr Cook bist du ohne Zweifel eine große Hilfe, der seinen Nutzen draus ziehen wird, dich an seiner Seite zu haben.« Und damit fuhren Cook und ich mit unserem Planwagen los in Richtung Virginia, und ich war einen Schritt näher an der Freiheit.

Harpers Ferry ist eine hübsche Stadt, wie man sie sich wünscht. Sie liegt über dem Zusammenfluss von zwei Flüssen. Der Potomac kommt von der Maryland-Seite, der Shenandoah aus Virginia. Direkt außerhalb der Stadt treffen die beiden Flüsse auf'nander, und da gibt es eine Erhebung, eine Erdnase direkt am Rand der Stadt, von der du sehen kannst, wie sie wie irre dahinfließen und zusammenklatschen. Der eine Fluss trifft auf den anderen und fließt rückwärts. Es war ein perfekter Ort für Old John Brown, er musste ihm gefallen, denn die beiden Flüsse waren genauso verdreht wie er, und auf beiden Seiten der Stadt erhoben sich die schönen blauen Bergketten der Appalachen. Am Rand davon gab's zwei Bahnlinien, eine auf der Potomac-Seite, die nach Washington und Baltimore führte, und eine auf der Shenandoah-Seite in den Westen von Virginia.

Ich und Cook kamen im Handumdrehen hin, das Wetter war gut, und unser Planwagen segelte bestens dahin. Cook war eine Quasselstrippe, ein tückischer, gut aussehender Gauner mit blauen Augen und hübschen blonden Locken, die ihm ins Gesicht reinfielen und es wie bei einem Mädchen umrahmten. Mit jedem, dem er begegnete, kam er so leicht ins Gespräch, wie Rübensirup übern Stück Brot läuft. Kein Wunder, dass der Alte Mann ihn geschickt hatte, denn mit seiner Art war es ein Leichtes, Informationen aus den Leuten rauszuholen, wobei sein liebstes Thema immer er selbst war. Wir verstanden uns gut.

Als wir in Ferry ankamen, suchten wir nach einem Haus für die Armee des Alten Mannes, am Rand der Stadt, wo er auch die Waffen und so weiter in Empfang nehmen konnte, die er noch runterschicken wollte. Der Alte Mann hatte klare Anweisungen gegeben: »Mietet was, das keine große Aufmerksamkeit erregt.«

Aber Aufmerksamkeit war Cooks Lebenselixier. Er fragte in der Stadt rum, und als er nicht hörte, was er wollte, ging er in die größte Kneipe der Stadt, erklärte sich zum reichen Angestellten einer großen Minengesellschaft und dass er ein Haus mieten wollte für ein paar Leute, die bereits unterwegs nach Ferry waren. »Geld ist kein Thema«, tönte er, denn der Alte Mann hatte ihn mit einer fetten Börse ausgestattet. Bevor wir wieder rausgingen, kannten alle Leute im Laden seinen Namen, und ein Sklavenbesitzer kam und meinte, er kenne da was, das zu vermieten sein könnte. »Probieren Sie's auf der alten Kennedy-Farm«, sagte er. »Sie liegt ein bisschen ab vom Schuss, könnte für Ihre Zwecke aber genau das Richtige sein, denn sie ist groß.« Wir ritten hin, und Cook sah sich alles an.

Die Farm lag weit weg von Ferry, etwa zehn Kilometer, und war nicht billig, fünfunddreißig Dollar. Das würde dem Alten Mann zu viel sein, da war Cook sicher. Der Farmer war gestorben, und seine Witwe gab beim Preis keinen Zentimeter nach. Das Haus hatte unten zwei Räume, eine kleine obere Etage, einen Keller, einen Schuppen draußen, in dem sich Waffen unterbringen ließen, und auf der anderen Seite der Straße eine alte Scheune. Das Farmhaus selbst lag etwa dreihundert Meter von der Straße zurückgesetzt, was gut war, aber die Häuser der Nachbarn links und rechts waren fürchterlich nah. Der Alte Mann hätte die Farm sicher nicht genommen, weil die Nachbarn überall reinkucken konnten. Er hatte klar gesagt, dass wir ein Haus brauchten, das für sich stand, nicht bei anderen. Er musste eine Menge Leute drin verstecken, und es würde viel Hin und Her geben, wegen den Waffen und den Männern, die zu uns stoßen sollten. Aber Cook gefiel die mollige weiße Schöne, die ein Stück die Straße runter Wäsche aufhängte, als wir uns die Farm ansehen kamen. Als er sie entdeckte, holte er seine Börse raus. »Das ist es«, sagte er, bezahlte die Witwe, erklärte ihr, der Boss seiner Minengesellschaft, Mr Isaac Smith, käm in ein paar Wochen, und wir waren drin.

Wir brauchten einige Tage zum Einrichten, und dann sagte Cook: »Ich reite in die Stadt, um mich was umzutun und Informationen über die Lage des Arsenals und der Waffenfabrik und so weiter zu sammeln. Du besorgs' die Farbigen.«

»Wo sind sie?«, fragte ich.

»Wo Farbige nun mal sind, nehm ich an«, sagte er und war auch schon weg.

Ich sah ihn drei Tage nicht. Die ersten beiden saß ich da, kratzte mir den Hintern und grübelte an meinen Plänen rum, mich davonzumachen, aber ich kannte keinen und wusste nicht, ob es sicher war, da so rumzulaufen. Ich musste erst das Gelände erkunden, bevor ich mich aufmachte, und weil ich nicht wusste, wie ich damit anfangen sollte, wartete ich erst mal ab. Am dritten Tag kam Cook ins Haus geplatzt, lachte und schäkerte mit der molligen jungen Blonden rum, die wir beim Wäscheaufhängen gesehen hatten. Die beiden gurrten und verdrehten die Augen. Er sah mich in der Küche sitzen und sagte: »Warum bist du nicht unterwegs und besorgst uns die Farbigen, wie du's tun solltes'?«

Er sagte das offen vor seiner Freundin und verriet einfach so unseren Plan. Ich wusste nicht, was ich sagen sollte, und rief: »Ich weiß nicht, wo sie sind.«

Er wandte sich der Frau zu: »Mary, meine Sklavin hier...«, oh, wie ging mir das auf die Nerven, dass er so angab, er reizte die Sache voll aus, markierte den großen Mann und hatte den ganzen Plan längst verraten, »meine Farbige sucht nach anderen Farbigen, um mit ihnen zusammenzukommen. Wo sind die Nigger hier?«

»Wieso, die sind doch *überall*, mein Pfirsich«, sagte sie.

»Wohnen sie nicht irgendwo?«

»Klar«, kicherte sie. »Die wohnen überall rum.«

»Nun, ich hab's dir ja erklärt, wir sind in geheimem Auftrag unterwegs, einem sehr wichtigen Auftrag. Deshalb darfst du keiner Seele was davon erzählen, wie ich's dir gesagt hab«, sagte er.

»Oh, das weiß ich«, kicherte sie.

»Und darum müssen wir genau wissen, wo die Zwiebel hier 'n paar farbige Freunde finden kann.«

Sie überlegte. »Also 'n paar hochnäsige freie Nigger laufen immer durch die Stadt, aber die sind keine Erdnuss wert, und dann gibt's die Nigger-Plantage von Colonel Lewis Washington. Der issen Neffe von George Washington selber. Und Alstads und die Brüder Byrne. Die ha'm alle farbige Sklaven, wie's sich gehört. Nigger hat's hier nicht zu knapp.«

Cook sah mich an. »Und? Worauf wartes' du?«

Das ärgerte mich so, wie er den großen Mann markierte, aber ich ging raus und beschloss, es zuerst auf den Plantagen zu probieren, weil ich mir vorstellte, dass die abweisenden, hochnäsigen Neger dem Captain nichts nutzen würden. Ich hatte ja kaum eine Ahnung, dass man ihnen wie jedem anderen Sklaven trauen konnte und sie gute Kämpfer waren. Bis zu dem Punkt in meinem Leben hatte ich nur zwei Farbigen getraut, wenn ich meinen toten Pa nicht mitrechnete, Bob und Pie, und mit den beiden war's am Ende auch danebengegangen. Cooks Freundin erklärte mir, wie ich zur Washington-Plantage kam, und da ging ich zuerst hin, wo sie doch auf der Maryland-Seite vom Potomac lag, was nicht zu weit weg war.

Das Haus stand an einer breiten Straße, wo die Berge ins Flache übergingen. Es lag hinter einem mächtigen schmiedeeisernen Tor, von dem eine lange, geschwungene Auffahrt zum Eingang führte. Direkt vorm Tor harkte eine schlanke farbige Frau gerade Laub zusammen. Ich ging zu ihr hin.

»Morgen«, sagte ich.

Sie hörte auf zu harken und starrte mich ausgiebig an. Endlich dann sagte auch sie: »Morgen.«

Es kam mir so vor, als wüsste sie, dass ich ein Junge war. Einige farbige Frauen schienen immer gleich in mich reinkucken zu können. Aber das damals war die Sklavenzeit, und als Sklave bist du, wenn man's so ausdrücken will, am Ertrinken. Da schenkst du dem Aufzug des Mannes neben dir nicht mehr Beachtung als seiner Schuhgröße, wenn er denn Schuhe hat, denn ihr beide paddelt im selben Fluss, und solange dir der Bursche kein Seil zuwirft, um dich an Land zu ziehen, stören dich seine Schuhe nicht. Ich denke, das war der Grund, warum viele farbige Frauen, auf die ich traf, nicht groß an mir rumkratzten: Sie hatten ihre eigenen Probleme. Egal, im Augenblick ließ sich sowieso nichts dran ändern. Ich hatte einen Auftrag, und solange ich keinen Plan von der Gegend hatte, konnte ich nicht einfach so weglaufen. Ich spionierte für den Alten Mann und wollte auch selbst wissen, wo ich war.

»Ich weiß nicht, wo ich hier bin«, sagte ich.

»Du bis', wo du bis'«, sagte sie.

»Ich versuch mich irgendwie in der Gegend zu orientiern.«

»Es iss alles, wie du's siehs'«, sagte sie.

So kam ich nicht weiter, also sagte ich: »Ich frage mich, ob Sie vielleicht einen kennen, der seine Buchstaben lernen will.«

Ein nervöser Ausdruck schoss ihr übers Gesicht. Sie warf einen Blick über die Schulter zum großen Haus rüber und fing wieder an zu harken.

»Warum sollte einer lernen wollen, wie so was geht? Nigger müssn nichts lesen.«

»Einige schon«, sagte ich.
»Da weiß ich nichts von«, sagte sie und harkte ihr Laub.
»Also, Miss, ich such eine Arbeit.«
»Lernen, wie man liest? Das iss keine Arbeit. Nur Ärger.«
»Ich weiß, wie man liest. Ich such einen, dem ich's beibringen kann. Für Geld.«

Kein verdammtes Wort sagte sie mehr, nahm die Harke und zeigte mir ihre Rückseite. Sie lief einfach weg.

Ich zögerte nicht. Ich machte mich unsichtbar, sprang ins Gebüsch und rührte mich nicht, weil ich dachte, sie geht ins Haus und verrät mich ihrem Aufseher-Boss oder, schlimmer noch, ihrem Master. Ich wartete ein paar Minuten, und gerade, als ich wieder vorkommen wollte, kam 'ne Kutsche mit vier riesigen Pferden hinterm Haus hergefahren und hielt aufs Tor zu. Das Ding ging vielleicht ab. Vorne drauf saß ein Neger-Kutscher in einer feinen Kutscherjacke, mit Zylinder und weißen Handschuhen. Die Kutsche preschte durchs Tor, und der Neger brachte sie genau da zum Stehen, wo ich mich versteckte.

Er sprang vom Bock und kuckte ins Gebüsch, wo ich saß. Aber ich wusste, dass er mich nicht sehen konnte, denn das Laub war dicht, und ich hockte tief drunter. »Ist da wer?«, fragte er.

»Hier sind nur wir Hühner«, sagte ich.
»Komm schon raus«, schimpfte er. »Ich hab dich aus dem Fenster gesehn.«

Ich tat, was er sagte. Er war ein kräftig gewachsener, muskulöser Mann und sah mit seinen Rockschößen und seiner Kutscheruniform aus der Nähe noch prächtiger aus als aus der Ferne. Er hatte ein breites Kreuz, wobei er eher klein war. Sein Gesicht war offen und klar, und seine Handschuhe leuchteten in der Nachmittagssonne. Mit gerunzelter Stirn sah er mich an. »Schickt dich der Schmied?«

»Wer?«

»Der Schmied.«

»Ich kenne keinen Schmied.«

»Wie heißt das Wort?«

»Mir fällt keins ein.«

»Welches Lied sings' du dann? *Wir können das Brot zusammen brechen*? Das isses, oder?«

»Ich hab kein Lied. Ich kenn nur Dixie-Lieder wie *Old Coon Callaway Come On Home*.«

Er schien verwirrt. »Was stimmt mit dir nicht?«

»Gar nichts.«

»Bist du mit dem Gospelzug unterwegs?«

»Dem was?«

»Der Eisenbahn.«

»Welcher Eisenbahn?«

Er warf einen Blick zum Haus rüber. »Bist du weggelaufen? Auf der Flucht?«

»Nein. Noch nicht. Nicht wirklich.«

»Das sind drei Antworten, Kleine«, fuhr er mich an. »Welche iss richtig?«

»Suchen Sie sich eine aus, Sir.«

»Ich hab keine Zeit für Albereien. Sag, was du willst. Du stecks' schon tief drin, wo du dich hier ohne Erlaubnis auf Colonel Washingtons Straße rumdrücks'. Du bist besser wieder weg, wenn er zurückkommt. Ich hol ihn in 'ner halben Stunde aus der Stadt.«

»Ist die Stadt zufällig Harpers Ferry?«

Er deutete den Berg runter. »Sieht das da unten aus wie Philadelphia, Kleine? Natürlich iss das Harpers Ferry. Jeden Tag der Woche. Was sons' sollte es sein?«

»Ich bin hier, um Sie zu warnen«, sagte ich. »Da unten wird was passiern.«

»Irgendwas passiert immer irgendwo.«

»Ich meine, mit den Weißen.«

»Die Weißen haben immer ihrn Spaß, mit allem und jedem. Die haben das Glück und das Sagen. Was gibt's sonst noch? Bist du übrigens 'ne Schwuchtel? Du siehs' ziemlich tuntig aus, Kleine.«

Ich überhörte das, denn ich hatte eine Aufgabe zu erfüllen. »Wenn ich Ihnen sagen würde, dass da was Großes kommt«, sagte ich, »was richtig Großes, würden Sie dann mithelfen, den Stock einzusammeln?«

»Den was einzusammeln?«

»Mir zu helfen. Die Bienen einzusammeln. Die farbigen Leute zusammenzutrommeln.«

»Mädchen, das iss nicht gut, so zu reden. Wenn du mein Kind wärs', würd ich dir deine zwei kleinen Hinterbacken mit der Gerte wärmen und dich brüllend die Straße runterschicken, allein schon, weil du meiner Frau was vom Lesen erzähls'. Jeder Nigger hier, der so redet, kommt in Teufels Küche. Sie iss nicht dabei, weißt du.«

»Bei was?«

»Der Sache, dem Gospelzug, sie macht da nicht mit. Hat keine Ahnung davon. Will's auch nicht. Darf's nicht. Da kannst du ihr nicht vertraun, wenn du mich verstehst?«

»Ich weiß nicht, wovon sie reden.«

»Dann zieh schon weiter, dummes Kind.«

Er kletterte auf seinen Bock und machte sich dran, die Pferde anzutreiben.

»Ich hab Neuigkeiten. Wichtige Neuigkeiten!«

»Großer Kopf, großes Hirn. Kleiner Kopf, nichts drin. Das bis' du, Kleine. Du hast 'n Schaden.« Er hob die Zügel, um die Pferde anzutreiben. »Guten Tag.«

»Old John Brown kommt her«, platzte ich raus.

Das stoppte ihn. Er erstarrte. Es gab keinen Farbigen östlich des Mississippi, der noch nicht von John Brown gehört hatte. Er war ein Heiliger, ein Zauberer für die Farbigen.

Er starrte zu mir runter, die Zügel immer noch in der Hand.
»Ich sollte dich grün und blau schlagen, weil du da so stehs' und lügs'. Und dazu sind's noch gefährliche Lügen.«

»Ich schwör bei Gott, er kommt.«

Der Kutscher sah zum Haus rüber und schwang die Kutsche so rum, dass die Tür vom Haus nicht gesehen werden konnte. »Kletter da rein und leg dich auf den Boden. Wenn du den Kopf hebs', bevor ich's dir sage, bring ich dich schnurstracks zum Deputy und sag, du hast dich bei uns versteckt und er soll mit dir machen, was er will.«

Ich tat, was er sagte. Er trieb die Pferde an, und wir fuhren davon.

Zehn Minuten später hielt die Kutsche, und der Kutscher kletterte vom Bock. »Raus da«, sagte er. Er sagte es, bevor er die Tür ganz aufhatte, er war fertig mit mir. Ich kam raus. Wir standen auf einem Bergweg im dichten Wald hoch über Harpers Ferry, wo keiner hinkam.

Der Kutscher kletterte zurück auf seinen Bock und deutete auf den Weg. »Das hier iss die Straße nach Chambersburg«, sagte er. »Bis dahin sind's dreißig Kilometer. Da frags' du nach Henry Watson. Der iss Barbier. Sag ihm, der Kutscher schickt dich, und er wird dir erklärn, was du weiter tun solls'. Bleib von der Straße, geh durchs Gebüsch.«

»Aber ich bin nicht auf der Flucht.«

»Ich weiß nicht, wer du bis', Kleine, aber geh schon«, sagte der Kutscher. »Du bringst nur Ärger, komms' aussem Nirgendwo und reißt das Maul auf, über Old John Brown, und dass du lesen kanns', und all das. Old Brown ist tot. Einer der größten Helfer des Negers auf dieser Welt, toter noch als die Liebe von gestern. Du bisses nicht wert, seinen Namen in den Mund zu nehmen, Kleine.«

»Aber er ist nicht tot!«

»Im Kansas-Territorium haben sie ihn erwischt«, sagte der Kutscher. Er schien sicher. »Wir haben hier einen, der lesen kann. Ich war an dem Tag in der Kirche, als er uns aus der Zeitung vorgelesen hat. Ich hab's selbst gehört. Old John Brown war draußen im Westen, und die Bürgerwehrler waren hinter ihm her, und die US-Kavallerie auch, dazu alles, was schießen konnte, denn es gab eine Belohnung für seinen Kopf. Es heißt, er hat sie alle zusammengeschossen, aber dann haben sie ihn erwischt und im Fluss ertränkt. Gott segne ihn. Mein Master hasst ihn. Und jetzt geh.«

»Ich kann beweisen, dass er nicht tot ist.«

»Wie?«

»Weil ich ihn gesehn hab. Ich kenne ihn. Ich bring Sie zu ihm, wenn er kommt.«

Der Kutscher griente und hob die Zügel. »Also, wenn ich dein Pa wär, würd ich dir meinen Stiefel so tief in den Hintern rammen, dass du meine Zehen raushusten würdes', so wie du lügs'! Was zum Teufel stimmt mit dir nicht, dass du da stehs' und das Blaue vom Himmel runterlügs', wo Gott doch alles hört? Was soll der große John Brown mit 'ner kleinen Nigger-Schwuchtel wie dir anfangen wollen? Und jetzt zieh schon los, oder ich versohl dir deine kleinen braunen Hinterbacken! Und sag kei'm, dass du mich kenns'. Ich hab heute genug von dem verfluchten Gospelzug! Und richte dem Schmied aus, wenn du ihn siehst, er soll mir keine Pakete mehr schicken.«

»Pakete?«

»Pakete«, sagte er. »Ja! Keine Pakete mehr.«

»Was für Pakete?«

»Bis' du blöd, Kleine. Los doch.«

»Ich weiß nicht, wovon Sie reden.«

Er starrte mich an. »Bist du jetzt im Untergrund oder nicht?«, sagte er.

»Was für 'n Untergrund?«

Ich war verwirrt, und er blitzte mich an. »Zieh schon los nach Chambersburg, bevor ich dich mit Tritten hinbefördre!«

»Ich kann da nicht hin. Ich wohne auf der Kennedy-Farm.«

»Siehs' du!«, schnaubte der Kutscher. »Da erwisch ich dich schon bei der nächsten Lüge. Der alte Kennedy hat vor einem Jahr schon seinen letzten Atemzug getan.«

»Einer von Browns Männern hat das Haus von seiner Witwe gemietet. Ich bin mit ihm hergekommen.«

Das kühlte ihn was runter. »Du meinst den Weißen mit der großen Klappe, der überall in der Stadt rumrennt? Der sich an die fette Miss Mary rangemacht hat, das blonde Hausmädchen, das da 'n Stück die Straße runter wohnt?«

»Genau.«

»Der gehört zu Old John Brown?«

»Ja, Sir.«

»Warum rennt er dann mit der rum? Das dumme Weib iss schon öfter als die Baltimore & Ohio Railroad bestiegen worden.«

»Ich weiß es nicht.«

Der Kutscher zog die Brauen zusammen. »Mein Bruder sagt, ich soll aufhörn, mich mit Weggelaufenen abzugeben«, brummte er. »Bei denen kannst du Lüge und Wahrheit nicht unterscheiden.« Er seufzte. »Aber wenn ich in der Kälte unterm freien Himmel schliefe, würd ich wohl auch dummes Zeugs daherreden.« Er grummelte noch was in sich rein, grub in seiner Tasche rum und holte ein paar Münzen hervor. »Wie viel brauchst du? Ich hab nur acht Cent.« Er hielt sie mir hin. »Nimm sie und zieh ab. Los mit dir. Ab nach Chambersburg.«

Langsam ging mir der Kerl auf die Nerven. »Sir, ich will kein Geld«, sagte ich, »und ich geh auch nicht nach Chambersburg. Ich bin hier, um Sie zu warnen, dass Old John Brown hierher unterwegs ist. Mit einer Armee. Er will Harpers Ferry einnehmen und einen Aufstand anzetteln. Ich soll ›die Bienen einsammeln‹. Das ist sein Auftrag. Er hat gesagt: ›Zwiebel, du sagst allen Farbigen, dass ich komme, und sie solln sich versammeln. Sammel die Bienen ein.‹ Also sag ich's Ihnen, und ab jetzt sag ich's keinem mehr. Es lohnt den Ärger nicht.«

Damit drehte ich mich um und ging den Bergweg zurück in Richtung Harpers Ferry runter. Er hatte mich ein ganzes Stück weggebracht.

»Chambersburg liegt in der andren Richtung«, rief er mir hinterher.

»Ich weiß, wo ich hingeh.«

Die Kutsche stand in Richtung Chambersburg, den Weg rauf, weg von mir. Er trieb die Pferde an und galoppierte los. Es dauerte eine Weile, bis er eine Stelle zum Wenden fand. Mit seinen vier Gäulen vorne brauchte er Platz. Aber schon war er rum und trieb sein Gespann polternd hinter mir her. Bei mir angekommen, brachte er es abrupt zum Stehen. Von einem Schritt auf den anderen. Der fuhr die Kutsche wie 'n verfluchten Handkarren. Er sah zu mir runter.

»Ich kenn dich nicht«, sagte er. »Ich weiß nicht, wer du bis' und woher du komms'. Aber aus dieser Gegend bis' du nicht, und damit ist dein Wort nicht mehr wert als 'ne Prise Schnupftabak. Aber sag mir: Wenn ich auf der alten Kennedy-Farm nach dir frage, kennen die dich da?«

»Da ist im Moment nur einer. Der, von dem ich Ihnen erzählt hab. Er heißt Cook. Der Alte Mann hat ihn geschickt, damit er die Stadt und so auskundschaftet, bevor er kommt. Aber er hätte ihn nicht schicken solln, weil der Kerl zu viel redet. Wahrscheinlich hat er schon jedem Weißen in der Stadt was vom Captain vorerzählt.«

»Großer Gott, du schwindels' wie 'n Alter«, sagte der Kutscher und saß nachdenklich da. Dann sah er sich um, ob da nicht irgendwer war oder kam. »Ich werd dich auf die Probe stellen«, sagte er, griff in seine Tasche und zog ein knittriges Stück Papier draus hervor. »Du sags', du kannst lesen?«

»Ja.«

»Nun, dann lies das«, sagte er und reichte mir das Papier vom Bock runter.

Ich nahm den Zettel und las ihn laut vor. »Da steht: ›Lieber Rufus, bitte gib meinem Kutscher Jim vier Kellen und zwei Löffel aus deinem Laden, aber gib ihm kein Brot mehr, das ich dann bezahlen muss. Der Nigger ist auch so schon fett genug.‹«

Ich gab ihm den Zettel zurück. »Unterschrieben ist er mit ›Col. Lewis F. Washington‹«, sagte ich. »Ist das Ihr Master?«

»Dieser gottverdammte, elefantengesichtige alte Saftsack«, murmelte er. »Iss sein ganzes Leben nicht außer Atem gekommen. Hat nicht einen Tag gearbeitet. Und füttert mich mit gekochter Grütze und saurem Brot. Was erwartet er da?«

»Wie bitte?«

Er stopfte den Zettel zurück in seine Tasche. »Wenn du tatsächlich die Wahrheit sags', ist das nur schwer rauszufinden«, sagte er. »Warum würde der große John Brown 'ne kleine Schwuchtel wie dich schicken, um einen Männerauftrag zu erledigen?«

»Das können Sie ihn selbst fragen, wenn er kommt«, sagte ich. »Sie stecken nur voller Beleidigungen und nichts andrem.« Ich ging weiter den Berg runter, der Kerl war nicht zu überzeugen.

»Einen Moment.«

»Nein. Ich hab's Ihnen gesagt, Sir. Ich hab Sie gewarnt. Fahrn Sie doch zur Kennedy-Farm und sehn Sie, ob Sie da nicht Mr Cook finden, der Zeugs ausplaudert, das er nicht ausplaudern soll.«

»Was ist mit Miss Mary? Arbeitet die auch für John Brown?«

»Nein. Die hat Mr Cook hier kennengelernt.«

»Tsss ... was Bessres konnte er nicht kriegen? Das Gesicht

von der bringt ja 'ne Uhr zum Stehenbleiben. Was für 'ne Art Mann iss dein Mr Cook, dass er so einer hinterherrennt?«

»Der Rest der Armee ist nicht wie Mr Cook«, sagte ich. »Die kommen, um Männer zu erschießen, und jagen keinen Fraun hinterher. Die sind gefährlich. Sie kommen von Iowa her, und sie haben mehr Metall dabei, als Sie je gesehn haben. Wenn die ihre Hinterlader scharf haben, sagen sie dem Schlagbolzen, dass er sich beeilen soll. Das ist die Wahrheit, Sir, und nichts andres.«

Das schien ihn ins Wanken zu bringen, und zum ersten Mal sah ich, wie der Zweifel ein bisschen aus seinem Gesicht wich. »Deine Geschichte hat was, aber sie klingt wie gelogen«, sagte er. »Trotzdem, es kann nicht schaden, jemanden zur Farm vom alten Kennedy zu schicken, wenn du sags', dass du da wohnst. Um zu sehn, ob du mir was vormachs'. Bis dahin, denk ich, wirst du nicht so dumm sein, mich dem Schmied oder Henry Watson oder sonst wem gegenüber zu erwähnen. Dann liegs' du gleich auf der Bahre. Die beiden sind so übel, wie's grade mal sein kann. Die blasen dir 'ne Ladung in den Schädel und verfüttern dich an die Schweine, wenn sie denken, dass du was über sie ausgeplaudert hast.«

»Da passen die dann aber besser auf, dass sie noch alle Zähne fest im Mund haben«, sagte ich. »Wenn Captain Brown kommt, werd ich ihm sagen, dass Sie und Ihre Freunde uns hier nichts als Steine in den Weg legen, und dann werden Sie alle mit *ihm* klarkommen müssen. Der lässt Ihr Gedärm sauer werden, wenn Sie mich wie 'ne Lügnerin behandeln.«

»Was wills' du, Kind, 'ne Goldmedaille? Ich weiß nichts von dir. Tauchs' hier aussem Nich's auf und spinns' für eine so jung wie du 'ne Menge Garn. Du has' Glück, dass du mit deiner Lüge bei mir gelandet bis' und nicht bei ei'm der andren Nigger hier. Eine Menge von denen würden dich den Sklavenjägern für 'n Gänsefederkissen übergeben. Ich überprüf deine

Geschichte bei Mr Cook. Entweder lügs' du oder nicht, und wenn du lügs', muss' du wie der Teufel geschwitzt haben, um dir diese Geschichte auszudenken. Wenn nicht, missachtes' du Gottes Befehle auf 'ne gradezu teuflische Art, denn es iss unmöglich auf Gottes grüner Erde, dass Old John Brown, so heiß er sein mag, hierher kommt, wo all die Waffen und Soldaten sind, um für die Freiheit der Farbigen zu kämpfen. Da würde er den Kopf mitten ins Löwenmaul stecken. Er iss ein tapfrer Mann, falls er noch lebt, aber kein vollkomm'ner Narr.«

»Sie kennen ihn nicht«, sagte ich.

Aber er hörte mich nicht mehr, denn er hatte seine Pferde wieder angetrieben und war schon weg.

23

Die Nachricht

Zwei Tage später kam eine alte farbige Frau mit lauter Besen in einer Schubkarre zur Kennedy-Farm und klopfte. Cook schlief tief und fest, wachte auf, nahm seine Pistole und rannte zur Tür. Er blieb dahinter stehen, die Pistole an seiner Seite. »Wer iss da?«

»Ich heiße Becky, Massa. Ich verkaufe Besen.«

»Ich will keinen.«

»Der Kutscher meinte, Sie würden's doch wollen.«

Cook sah mich verwirrt an. »Das ist der Kerl, von dem ich Ihnen erzählt hab«, sagte ich. Cook blinzelte, immer noch halb im Bett. Er erinnerte sich an genauso wenig von dem, was ich ihm vom Kutscher erzählt hatte, wie sich 'n Hund an seinen Geburtstag erinnerte. Die dicke Mary von unten an der Straße laugte ihn aus. Gestern war er erst in den frühen Morgenstunden wieder nach Hause gekommen. Das Hemd hing ihm aus der Hose, seine Haare waren verwurschtelt, er roch nach Schnaps, lachte und pfiff vor sich hin.

»Also gut, aber komm langsam rein.«

Vorsichtig, aber entschlossen schob die Frau die Karre durch die Tür. Sie war alt, schlank und tiefbraun, hatte pelziges weißes Haar, ein zerfurchtes Gesicht und trug ein lumpiges Kleid. Sie holte zwei neue Besen aus der Karre und hielt einen in jeder Hand. »Die hab ich selbst gemacht«, sagte sie, »aus dem besten Stroh und ganz neuen Kiefernstecken. Das ist Kiefer aus dem Süden, die beste.«

»Wir brauchen keine Besen«, sagte Cook.

Die Frau blickte sich ausführlich um. Sie musterte die Kisten mit der »Minenwerkzeug«-Aufschrift. Die sauberen Hacken und Äxte, die noch keine Handvoll Erde gesehen hatten. Dann sah sie mich kurz an, blinzelte und wandte sich erneut an Cook. »Die kleine Missus hier …«, sie nickte zu mir hin, »könnte doch sicher ein' Besen brauchen, um hinter ihrm jungen Master sauberzumachen.«

Cook war verschlafen und gereizt. »Wir haben genug Besen.«

»Aber wenn Sie in der Erde schürfen und sich dreckig machen, bringen Sie alln möglichen Schmutz mit und so weiter, und ich würd nicht wolln, dass sich der Master …«

»Hörst du nicht, was ich sage?«

»Tut mir leid. Der Kutscher meinte, Sie brauchen Besen.«

»Wer iss das wieder?«

»Das ist der Mann, von dem ich Ihnen erzählt hab«, meldete ich mich noch einmal zu Wort. Cook sah mich an und runzelte die Stirn. Er war nicht wie der Alte Mann. Er wusste nicht, was er mit mir anfangen sollte. Auf dem Weg aus dem Westen war er in Ordnung gewesen, als kein anderer da war, dem er seine Geschichten erzählen konnte. Aber als er zurück in die Zivilisation kam, wusste er nicht, ob er sich weiß oder farbig verhalten, ein Soldat oder Spion sein, jemanden verpfeifen oder sich dumm stellen sollte. Seit wir in Ferry waren, hatte er kein bisschen Aufmerksamkeit mehr für mich gehabt, und wenn doch, ohne jede Achtung. Ich störte ihn nur. Für ihn war das alles ein Spaß. Ich wusste nicht, ob er dachte, dass aus den Plänen des Alten Mannes sowieso nichts würde, oder ob er ihm kein Wort glaubte. Jedenfalls war Cook noch in keinem richtigen Krieg gewesen, und er hatte den Alten Mann auch noch nicht kämpfen sehen. »Iss die von denen, die du zusammentrommeln sollst?«, fragte er.

»Eine von ihnen«, sagte ich.

»Na, dann nur zu«, sagte er, »und ich koch uns derweil 'n Kaffee.« Er nahm einen Eimer und ging raus. Hinten war ein Brunnen, und er stolperte hin und rieb sich die Augen.

Becky sah mich an. »Wir sind mit einem Auftrag hier«, sagte ich. »Der Kutscher wird's Ihnen erzählt haben.«

»Er hat gesagt, er hat 'ne seltsame kleine Pflaume auf der Straße getroffen, die komisch angezogen war, ihm Unsinn erzählt hat und ihn wahrscheinlich mit ihrn Lügen fertigmachen wollte.«

»Ich wünschte, Sie würden mich nicht so beschimpfen, weil ich nichts Unrechtes getan hab.«

»Wenn du so weitermachs', bis' du bald schon tot. Du schadest dir, wenn du so rumpaddels' und den Leuten Katzengold verkaufs'. Diese Reden von 'nem großen Mann, und dann noch in die falschen Ohrn. Die Frau des Kutschers arbeitet nicht für den Gospelzug. Sie hat ein Mundwerk wie 'n Wasserfall. Du bringst 'ne Menge Leute in Gefahr, wenn du so von John Brown rumtöns', wie du's tus'.«

»Das hat mir der Kutscher schon erklärt«, sagte ich. »Ich weiß nichts von einem Gospelzug, rein gar nichts, in keiner Weise oder sonst wie, und ich bin auch keinem weggelaufen oder stamme aus der Gegend hier. Ich bin vorgeschickt worden, um die einzusammeln. Die Farbigen zusammenzuholn. Dazu hat mich der Alte Mann geschickt.«

»Warum sollte er grade dich geschickt ha'm?«

»Er hat nur noch zwei Farbige in seiner Armee. Und bei denen war er sich unsicher.«

»Wie, unsicher?«

»Er dachte, sie könnten sich verabschieden, bevor sie seinen Auftrag erfüllt hätten.«

»Der Captain, wer iss das?«

»Hab ich doch schon gesagt. Old John Brown.«

»Und was hat dir der Captain gesagt, was du tun solls'?«

»Die Bienen einsammeln. Hörn Sie mir nicht zu?«

Cook kam aus der Küche, hielt einen Topf Wasser in der Hand und legte Holz nach, um es zum Kochen zu bringen. »Na, hast du sie schon gesammelt«, sagte er fröhlich. Er war einfach ein Narr. Er war der unbedarfteste Mann, den ich je gesehen hatte, und dafür sollte er bezahlen. Sein Leben würde es ihn kosten, sich so dumm zu verhalten.

»Sie glaubt mir nicht«, sagte ich.

»Was nicht?«

»Gar nichts.«

»Jetzt hör mal, Tante Polly, wir sind das ganze Stück her …«

»Becky heiß ich. Bitte.«

»Becky. Ein großer Mann ist hierher unterwegs, um dein Volk zu befreien. Ich hab grade erst einen Brief von ihm gekriegt. In weniger als drei Wochen wird er hier sein. Und er muss die Bienen einsammeln, um euch alle zu befreien.«

»Ich hab schon alles gehört über das Einsammeln und Befreien«, sagte Becky. »Nur, wie soll das alles gehn?«

»Ich kann nicht alles verraten. Aber Old John Brown kommt ganz sicher her. Aus dem Westen. Die Freiheit ist nah für dich und dein Volk. Zwiebel hier lügt nicht.«

»Zwiebel?«

»So nennen wir sie.«

»Sie?«

Ich ging schnell dazwischen. »Miss Becky, wenn Sie bei John Brown nicht mit an Bord kommen wolln, brauchen Sie's nicht.«

»Das hab ich nicht gesagt. Ich will nur wissen, was er vorhat«, sagte sie. »Freiheit? Hier? Da kann er auch 'm toten Schwein was vorsingen, wenn er denkt, er kommt her und ungeschorn wieder weg. Hier gibt's 'n ganzes verfluchtes Waffenarsenal.«

»Deswegen kommt er doch«, sagte Cook. »Um das Arsenal einzunehmen.«

»Womit will er das machn?«

»Mit Männern.«

»Und was noch?«

»Und allen Negern, die sich ihm anschließen, wenn er's einnimmt.«

»Mister, Sie reden Unsinn.«

Cook war ein Angeber, und es ging ihm gegen den Strich, wenn er mit wem redete, der ihm nicht glaubte oder widersprach. Ganz besonders, wenn es eine Farbige war. »Tu ich das?«, sagte er. »Dann kuck mal hier.«

Er führte sie in den anderen Raum, wo sich die Kisten mit den Minenwerkzeugen stapelten. Er nahm eine Brechstange und stemmte eine auf. Drinnen lagen dreißig saubere, nagelneue Sharps-Gewehre, ordentlich aufgestapelt.

Ich hatte selbst noch nicht in die Kisten gekuckt, und der Anblick traf mich und Miss Becky gleichermaßen. Ihre Augen wurden ganz groß. »Gloria«, sagte sie.

Cook schnaubte und gab schon wieder an. »Wir haben hier vierzehn Kisten, genau wie die, und es kommen noch mehr. Der Captain hat genug, um zweitausend Mann zu bewaffnen.«

»Es gibt aber nur neunzig Sklaven in Harpers Ferry, Mister.«

Jetzt musste Cook schlucken. Das Lächeln verschwand aus seinem Gesicht.

»Ich dachte, hier gibt's zwölfhundert Farbige. Das hat mir der Mann im Postamt gestern gesagt.«

»Das stimmt, aber die meisten von ihnen sind freie Farbige.«

»Das iss nicht das Gleiche«, murmelte er.

»Aber immer noch nah dran«, sagte Miss Becky. »Freie Farbige hängen meist noch mit ei'm Bein in der Sklaverei drin, und viele von ihnen sind mit Sklaven verheiratet. Ich bin frei, aber mein

Mann, der iss Sklave. Die meisten Farbigen haben versklavte Verwandte. Die sind nich für die Sklaverei. Glauben Sie's mir.«

»Gut! Dann werden sie mit uns kämpfen!«

»Das hab ich nicht gesagt.« Sie setzte sich hin und rieb sich den Kopf. »Da hat mich der Kutscher ganz schön in die Klemme bugsiert«, murmelte sie. Und dann wütend: »Das iss 'ne verdammte, verzwickte Trickserei!«

»Du musst es ja nicht glauben«, sagte Cook fröhlich. »Erzähl nur allen deinen Freunden, dass Old John Brown in drei Wochen herkommt. Am dreiundzwanzigsten Oktober greifen wir an. Das Datum hat er mir in seinem Brief gegeben. Verbreite die Neuigkeit.«

Sicher, ich war noch ein Junge, und zwar einer, der sich wie ein Mädchen anzog, dumm wie irgendein Schwachkopf und nicht in der Lage, einem seine Fehler vorzuhalten, aber ich wurde doch langsam älter, und so dumm war ich dann auch wieder nicht. Mir kam der Gedanke, dass schon einer, ein einziger Farbiger, der Lust auf 'ne Dose Pfirsiche oder ein hübsches Stück Wassermelone von seinem Master hatte, die ganze Sache auffliegen lassen konnte, uns verraten konnte, und damit wär's vorbei.

»Mr Cook«, sagte ich. »Wir wissen nicht, ob wir dieser Frau traun können.«

»Du hast sie eingeladen«, sagte er.

»Angenommen, sie verrät was!«

Miss Becky runzelte die Stirn. »Du hast ja Nerven«, sagte sie. »Platzt beim Kutscher rein, hättes' ihn verdammt noch mal fast bei seiner alles ausplappernden Frau hochgehn lassen und wills' *mir* sagen, wem man traun kann. *Dir* können wir nicht traun. Du könntes' uns 'n Haufen Lügen verkaufen wolln, Kind. Hoff besser, dass sich das, was du erzähls', als wahr erweist. Wenn nicht, bringt dich der Schmied auf der Stelle um, und das war's. In dieser Stadt schert sich keiner um 'n totes Nigger-Kind, das irgendwo in 'ner Gasse rumliegt.«

»Was hab ich ihm denn getan?«

»Du brings' seine Eisenbahn in Gefahr.«

»Ihm gehört eine Eisenbahn?«

»Die Untergrundbahn, Kind.«

»Moment mal«, sagte Cook. »Dein Schmied bringt hier keinen um. Zwiebel ist wie 'ne Tochter für den Alten Mann. Sie ist sein Liebling.«

»Sicher, und ich bin George Washington.«

Langsam wurde es Cook zu bunt. »Werd nicht unverschämt. Wir sind hier, um euch zu retten. Nicht umgekehrt. Zwiebel hier, der Captain hat sie aus der Sklaverei befreit. Sie ist wie eine Verwandte von ihm. Also red nicht, dass dein Schmied ihr was antut, oder sonst wem. Dein Schmied wird nicht mehr lange schnaufen, wenn er den Plänen des Captains in die Quere kommt. Der stellt sich besser nicht auf die falsche Seite, gegen Captain Brown.«

Becky ließ den Kopf in die Hände sinken. »Ich denk, ich weiß selbst nicht mehr, was ich glauben soll«, sagte sie. »Und was sag ich jetzt dem Kutscher?«

»Ist er der Neger, der hier das Sagen hat?«, wollte Cook wissen.

»Einer von ihnen. Der Wichtigste ist der Eisenbahn-Mann.«

»Wo ist der?«

»Was denken Sie? Bei der Eisenbahn.«

»Der Untergrundbahn?«

»Nein, der richtigen Eisenbahn. Der B & O. Der, die pfeift und keucht. Ich nehm an, heute isser in Baltimore oder Washington, D. C.«

»Perfekt, dann kann er da die Bienen einsammeln. Wie kann ich ihn erreichen?«

Sie stand auf. »Ich muss jetzt gehn. Ich hab auch so schon viel zu viel erzählt, Sir. Nach allem, was ich weiß, können Sie genauso gut 'n Sklavendieb aus New Orleans sein, der hier raufkommt, um Menschen zu stehlen und sie den Fluss runter zu verkaufen. Sie können einen von den Besen haben. Ich schenk Ihnen einen. Fegen Sie damit die Lügen aus dem Haus, und passen Sie auf die Lady nebenan auf, wenn Sie keinen Sheriff hier haben wolln. Die steckt ihre Nase überall rein. Mrs Huffmaster heißt sie, und sie mag keine Nigger, keine Sklavendiebe und keine Abolitionisten.«

Als sie zur Tür ging, rief ich: »Reden Sie mit Ihren Leuten. Reden Sie mit dem Eisenbahn-Mann.«

»Ich rede mit gar kei'm. Das iss ein Trick.«

»Gut, dann gehn Sie. Sie werden's ja sehen. Wir brauchen Sie nicht.« Sie kehrte mir den Rücken zu, aber als sie sich auf die Tür zubewegte, war da ein Kleiderhaken, und sie sah das alte Tuch dran hängen, das mir der General in Kanada gegeben hatte. Den Schal von Harriet Tubman persönlich.

»Wo has' du den her?«, fragte sie.

»Das ist ein Geschenk«, sagte ich.

»Von wem?«

»Von einer der Freundinnen des Captains. Sie sagte, er würde mir nützlich sein. Ich hab ihn mitgebracht, weil ... Ich hab damit ein paar Sachen auf dem Wagen zugedeckt.«

»Wusstes' du ...«, sagte sie und nahm das Tuch des Generals ganz sanft vom Haken, hielt es ins Licht und legte es auf den Tisch. Ihre Finger spreizten sich weit drüber. Sorgfältig studierte sie die Muster. Ich hatte sie nicht besonders beachtet. Es war eigentlich nur ein grob gezeichneter Hund in einer Kiste, dessen vier Pfoten in die vier Ecken reichten, und die Schnauze berührte fast eine der oberen Ecken. Etwas daran bewegte sie, und sie schüttelte den Kopf. »Ich glaub es nicht. Wo hast du sie getroffen ... die Person, die dir das gegeben hat?«

»Das kann ich nicht sagen. Ich kenn Sie ja auch nicht.«

»Oh, das kannst du ihr sagen«, meinte Cook, der den Schnabel nicht halten konnte.

Aber ich ließ nichts raus. Miss Becky starrte den Schal an, und ihre Augen leuchteten mit einem Mal. »Wenn du nicht lügs', Kind, ist das ein großer Tag. Hat die Seele, die dir das gegeben hat, sonst noch was gesagt?«

»Nein. Nur ... Sie sagte, ändern Sie den Zeitpunkt nicht, weil sie selbst kommen will. Mit ihren Leuten. Das hat sie gesagt. Zum Captain. Nicht zu mir.«

Miss Becky sagte eine Weile nichts. Du hättest denken sollen, ich hätte ihr 'ne Million Dollar gegeben, es schien sich so was wie ein Zauber auf sie zu senken. Die alten Falten in ihrem Gesicht glätteten sich, und auf ihre Lippen legte sich ein leises Lächeln. Die Furchen in ihrer Stirn schienen tatsächlich zu verschwinden. Sie nahm das Tuch und hielt es vor sich hin. »Darf ich es behalten?«, fragte sie.

»Wenn's hilft, in Ordnung«, sagte ich.

»Es hilft«, sagte sie. »Es hilft sehr. Oh, der Herr ist ein Segensreicher, oder? Heute hat er mich glücklich gemacht.« Plötzlich hatte sie es eilig, legte sich das Tuch um die Schultern, sammelte ihre Besen ein und warf sie in die Schubkarre. Ich und Cook sahen ihr zu.

»Wohin gehst du?«, fragte Cook.

Miss Becky blieb an der Tür stehen, fasste die Klinke und starrte sie an, während sie sprach. Das Glück schien von ihr abzufallen, und sie war wieder ganz sachlich. Ernst und geradeaus. »Warten Sie ein paar Tage«, sagte sie. »Warten Sie einfach. Und verhalten Sie sich ruhig. Sagen Sie nichts, zu keinem, weiß oder farbig. Wenn einer herkommt und nach dem Captain fragt, sein Sie vorsichtig. Wenn er nicht gleich im ersten Atemzug den Schmied oder den Eisenbahn-Mann erwähnt, ziehn Sie das Messer und nutzen Sie es, denn dann sind wir aufgeflogen. Sie kriegn bald 'ne Nachricht.«

Damit öffnete sie die Tür, nahm ihre Schubkarre und ging.

24

Der Eisenbahn-Mann

Nicht lange danach kriegte Cook eine Arbeit in Ferry, im Wager House, einem Eisenbahndepot mit einer Schenke direkt beim Arsenal, wo er den Leuten auf die Nerven gehen konnte. Er arbeitete lange, bis in die Nacht, während ich auf der Farm blieb und das Haus aufräumte, zu kochen versuchte, die Kisten versteckte, so gut es ging, und so tat, als wär ich seine Partnerin. Etwa eine Woche, nachdem er mit der Arbeit angefangen hatte, kam er abends zurück auf die Farm und sagte: »Da will einer mit dir reden.«
»Wer?«
»Ein Farbiger von der Eisenbahn.«
»Können Sie ihn herbringen?«
»Er sagt, er will nicht herkommen. Zu gefährlich.«
»Warum sagt er *Ihnen* nicht, was er zu bereden hat?«
»Er hat mir klar gesagt, dass er dich will.«
»Hat er was vom Schmied gesagt?«
Cook zuckte mit den Schultern. »Davon weiß ich nichts. Er meinte nur, er will mit dir reden.« Ich machte mich bereit. Ich war eingepfercht in dem Haus und zu Tode gelangweilt.
»Jetzt nicht«, sagte Cook. »Heute Nacht, nach zwölf erst. Um ein Uhr, hat er gesagt... Bleib hier und geh schlafen. Ich reite zurück in die Schenke und weck dich, wenn's an der Zeit ist.«
Er musste mich nicht wecken, ich blieb wach. Den ganzen

Abend wartete ich nervös, bis Cook schließlich gegen Mitternacht kam. Wir gingen zusammen von der Farm runter nach Ferry. Es war dunkel und nieselte, als wir den Berg runterkamen. Wir liefen über die Brücke auf der Potomac-Seite und sahen, dass ein Zug angekommen war, von der B & O, eine riesige Lokomotive, die direkt bei der Waffenfabrik stand. Sie dampfte und bunkerte Wasser. Die Passagierwagen waren leer.

Cook führte mich hinten um den Bahnhof und dann den ganzen Zug lang. Beim letzten Wagen schlug er sich in die Büsche und lief runter Richtung Potomac, der unter den Gleisen langfloss. Es war ganz schön dunkel da unten, im Mondlicht sah man nichts als das wirbelnde Wasser. Er deutete aufs Ufer. »Da unten will der Bursche dich sprechen. Allein«, sagte er. »Diese Farbigen sind so misstrauisch.«

Er wartete oben an der Böschung, während ich runter ans Ufer stieg. Das saß ich dann und wartete.

Ein paar Minuten später tauchte eine große, schwergewichtige Gestalt ein Stück den Fluss runter auf, ein kräftig aussehender Mann in der ordentlichen Uniform eines Eisenbahndienstmanns. Er kam nicht direkt bis zu mir, sondern hielt sich im Schatten der Gleise, die auf Stützen über uns langführten. Als er mich sah, blieb er ein paar Schritte entfernt stehen, lehnte sich an eine der Stützen und starrte auf den Fluss. Der Zug oben ließ ein plötzliches Zischen und Klackern hören, stieß eine Dampfwolke aus, und die Ventile und alles machten dabei einen ziemlichen Lärm. Ich zuckte zusammen, und er sah zu mir rüber, dann wieder aufs Wasser.

»Die brauchen 'ne Stunde, dass da alles wieder richtig unter Dampf steht«, sagte er. »Vielleicht auch zwei. Mehr Zeit hab ich nicht.«

»Sind Sie der Eisenbahn-Mann?«

»Es tut nichts zur Sache, wer ich bin. Wichtig ist, wer du bist. Wer bist du?«

»Ich bin ein Bote.«

»Das war Jesus auch, aber du hast ihn nicht in Rock und Pluderhosen rumlaufen sehn. Bist du 'n Mädchen oder 'n Junge?«

»Ich weiß nicht, warum sich alle so drüber aufregen, was ich bin«, sagte ich. »Ich bring nur 'ne Nachricht.«

»Ärger bringst du, das isses. Wenn 'ne Person sich nicht sicher ist, kommt dich das teuer zu stehn.«

»Was hab ich falsch gemacht?«

»Wenn ich's richtig kapiert hab, wollt ihr vom Kutscher ein paar Besen kaufen. Wir bringen sie nach Baltimore und weiter«, sagte er.

»Sagt wer?«, fragte ich.

»Sagt der Schmied.«

»Wer ist das?«

»Das willst du nicht wissen.«

Er starrte übers Wasser. Im Licht des Mondes konnte ich den Umriss seines Gesichts sehen. Er schien ein freundlich dreinblickender Mann zu sein, aber er war erschöpft und angespannt. Er war nicht unbedingt in bester Stimmung.

»Jetzt frag ich noch mal«, sagte er, warf einen Blick über die Schulter zu Cook hoch, der zu uns runterkuckte, und wieder aufs Wasser. »Wer bist du? Wo kommst du her? Was willst du?«

»Nun, ich weiß nicht, was ich sagen soll, schließlich hab ich's schon zweimal gesagt.«

»Wenn du ei'm losen Mundwerk wie der Frau vom Kutscher was von einem Aufstand vorerzählst, erweist du dich besser als sauber.«

»Ich hab ihr nichts von einem Aufstand vorerzählt. Ich hab nur gesagt, dass ich lesen kann.«

»Das ist das Gleiche. Von diesen Sachen hältst du hier besser den Mund, oder du kriegst es mit dem Schmied zu tun.«

»Ich bin nicht den ganzen Weg hier runtergekommen, damit Sie mir drohen. Ich spreche für den Captain. Ich hab nichts damit zu tun.«

»Womit?«

»Sie wissen schon.«

»Nein, weiß ich nicht. Sag's mir.«

»Warum redn alle Farbigen hier im Kreis rum?«

»Weil der weiße Mann gradeaus schießt, mit richtigen Kugeln, Kind. Besonders, wenn ein Neger dumm genug iss, von ei'm Aufstand zu reden!«

»Es war nicht meine Idee.«

»Es iss mir egal, wer die Idee hatte. Du steckst mit drin. Und wenn dein Mann – wenn er der ist, der er sagt –, wenn dein Mann hier wirklich die Farbigen zusammentrommeln will, dann isser in der falschen Stadt. Hier schließen sich ihm höchstens hundert an, wenn überhaupt.«

»Warum?«

»Hier gibt's nur zwölfhundert Farbige, und ein guter Teil davon sind Fraun und Kinder. Der Rest würde eher mit dem eignen Nachwuchs Schweine mästen, irgendwo unterm Baum, als wegen der Weißen mit der Wimper zu zucken. Scheiße. Wenn Old John Brown Farbige will, die mit ihm kämpfen, soll er hundert Kilometer weiter nach Osten gehn, nach Baltimore oder Washington, oder sogar an die Ostküste von Maryland. Da lesen die Farbigen Zeitung, haben Boote, Waffen, und ein paar von ihnen sind Fährmänner. Leute, die Leute bewegen können. Das würd ihm den Zuckertopf füllen. Oder in Süd-Virginia, unten im Baumwollland. Das gibt's Plantagen, die sind vollgepackt mit Farbigen, die alles tun würden, um rauszukommen. Aber hier?« Er schüttelte den Kopf und sah über die Schulter zur Stadt rauf. »Hier isser im falschen Land. Wir sind in der Unterzahl. Auf allen Seiten umgeben von Weißen, in jedem County.«

»Aber hier gibt's Waffen«, sagte ich. »Deshalb kommt er her.

Er will die Gewehre aus dem Arsenal, um die Farbigen zu bewaffnen.«

»Bitte. Die Nigger hier können kein Gewehr von 'nem Haufen Gemüse unterscheiden. Die können mit so was nicht umgehn. Die Master lassen die Nigger nicht an ihre Waffen.«

»Er hat Spieße und Schwerter, 'ne Menge. Tausende.«

Der Eisenbahn-Mann schnaubte bitter. »Das hilft nichts. Beim ersten Schuss, den er abfeuert, zerreißen ihn die Weißen hier.«

»Sie haben ihn noch nicht kämpfen sehn.«

»Das macht nichts. Sie reißen ihm den Kopf runter, und wenn sie mit ihm fertig sind, geht's allen Farbigen im Umkreis von zweihundert Kilometern an den Kragen, damit sie vergessen, dass sie Old John je gesehn haben. Sie hassen den Mann. Falls er noch lebt. Was ich nicht glaub.«

»Also gut dann. Ich bin's leid, mich zu wehren und was beweisen zu solln. Wenn er kommt, werden Sie's sehn. Er hat Landkarten voll mit Farben und Zeichnungen, wo die Farbigen herkommen werden. Er sagt, sie kommen von überall, aus New York, Philadelphia, Pittsburgh. Er hat alles geplant. Es wird ein Überraschungsangriff.«

Der Eisenbahn-Mann winkte angewidert ab. »'ne Überraschung isses schon längst nicht mehr«, schnaubte er.

»Sie wissen, dass er kommt?«

»Mir hat die Idee von Anfang an nicht gefalln. Ich hab aber auch nie geglaubt, dass er wirklich dumm genug wär, es zu probieren.«

Es war das erste Mal, dass ich einen von außen, der nicht aus der Armee vom Alten Mann war, von unserem Plan reden hörte. »Wo haben Sie davon gehört?«

»Vom General. Deswegen bin ich hier.«

Mein Herz setzte einen Schlag aus. »Kommt sie?«

»Ich hoffe, nicht. Dann blasen sie ihr den Kopf weg.«

»Woher wissen Sie so viel?«

Zum ersten Mal wandte er sich mir richtig zu. Er sog die Luft zwischen den Zähnen ein. »Dein Captain, Gott segne ihn, wird in Einzelteilen zurück nach Haus geschickt, wenn sie mit ihm fertig sind. Und welcher Farbige auch immer dumm genug iss, ihm zu folgen, wird mit Kugeln durchsiebt, Gott verfluche ihn.«

»Warum sind Sie so wütend? Er hat doch noch gar nichts gemacht.«

»Ich hab eine Frau und drei Kinder in Sklaverei«, fuhr er mich an. »Die Weißen hier werden jede Kugel dafür geben, den Neger zu jagen, wenn sie Old John Brown erwischt haben. Auf Jahre hin werden sie grob und brutal sein, und wen immer sie hier nicht gleich unter die Erde bringen, schicken sie weg. Jede einzelne versklavte Seele hier werden sie verkaufen, jeden, der auch nur irgendwie farbig aussieht. Den Fluss runter nach New Orleans kommen sie alle, Gott verdamme ihn. Ich hab noch nicht genug gespart, um meine Kinder freizukaufen. Ich hab bisher nur genug für einen. Jetzt muss ich mich entscheiden. Heute. Wenn er kommt...«

Er verstummte. Es fraß ihn auf. Zerriss ihn, und er wandte den Blick ab. Ich sah seine Sorge, und deshalb sagte ich: »Sie müssen keine Angst haben. Ich hab viele Neger gesehn, die versprochen haben, sie kommen. Oben bei 'nem großen Treffen in Kanada. Den ganzen Tag haben sie Reden gehalten. Sie waren wütend. Viele, viele. Und es warn tolle Männer. Bücherleser. Gelehrte, sie haben versprochen...«

»Ach, Quatsch!«, schnaubte er. »Diese hochnäsigen, Reden schwingenden Nigger haben nicht genug Mumm in sich, um 'n gottverdammten Fingerhut zu füllen.«

Er kochte, sah weg und zeigte auf den Zug über uns. »Der Zug da«, sagte er, »der gehört der Baltimore-&-Ohio-Eisenbahngesellschaft. Der fährt jeden Tag von Washington, D. C., und Baltimore los, ein bisschen nach Norden, und zweimal die

Woche kuppelt er sich mit 'm Zug aus Philadelphia und New York zusammen. Ich hab jeden einzelnen Farbigen gesehn, der in den letzten neun Jahrn mit dem Zug gefahren ist, und ich kann dir sagen, die Hälfte von deinen Negerführern könnte sich nicht mal 'ne Fahrkarte leisten, mit der sie weiter als zehn Meter kommen, und die's könnten, die würden ihre Frau erschießen für 'n einziges Glas Weißen-Milch.«

Er seufzte wütend und blies die Luft durch die Nase raus.

»Oh, reden könn' sie wunderbar, schreiben Artikel für die Abolitionisten-Zeitungen und so. Aber Geschichten schreiben und Reden halten, ist nicht das Gleiche, wie hier die Arbeit machen. Auf der Strecke. Der Freiheitsstrecke. Gar nicht aufhörn zu redn, tun sie, die ausgestopften Hemden, die ordentlich aussehenden, Tee trinkenden Schwanzlutscher, die in ihren feinen Seidenhemden durch Neuengland laufen und sich von den Weißen da die Tränen abwischen lassen. Box Car Brown. Frederick Douglass. Verdammt! Ich kenne einen Farbigen in Chambersburg, der mehr wert ist als zwanzig von den Aufschneidern.«

»Henry Watson?«

»Vergiss die Namen. Du stellst zu viele Fragen und weißt schon gottverdammt zu viel.«

»Sie sollten Gottes Namen nicht ohne Grund aussprechen. Nicht, wenn der Captain kommt.«

»Ich hab ihn studiert. Ich arbeite seit Jahrn für den Gospelzug. Ich weiß, was er macht. Hab davon gehört, solange ich das mache. Ich mag den Captain. Ich liebe ihn. Wie oft hab ich abends für ihn gebetet, und jetzt...« Er schimpfte und fluchte noch was vor sich hin. »Jetzt ist er toter als das Essen von gestern, das isser. Wie viel Mann sind in seiner Armee?«

»Also, zuletzt warn es... etwa sechzehn oder so.«

Der Eisenbahn-Mann lachte. »Das reicht ja kaum zum Würfeln. Der Alte Mann hat den Verstand verlorn. Na, wenigstens bin ich damit nicht mehr der einzige Wahnsinnige.« Er setzte sich ans Wasser und warf einen Stein rein. Es platschte ganz leise. Der Mond schien hell auf ihn runter. Er sah schrecklich traurig aus. »Erzähl mir den Rest«, sagte er.

»Wovon?«

»Vom Plan.«

Ich erklärte ihn ihm von Anfang bis Ende. Er hörte genau zu. Ich erzählte ihm alles drüber, wie wir den Wachmann vorn und hinten überwältigen und in die Berge fliehn wollten. Als ich fertig war, nickte er. Er wirkte etwas ruhiger. »Nun, Ferry kann eingenommen werden, so weit hat der Captain recht. Es gibt nur zwei Wachen. Aber den zweiten Teil kapier ich nicht. Woher, denkt er, solln seine Farbigen kommen? Aus Afrika?«

»Das gehört zum Plan«, sagte ich, aber es hörte sich wie Schafsblöken an.

Er schüttelte den Kopf. »John Brown ist ein großer Mann, Gott segne ihn. An Mut fehlt's ihm nicht, das iss sicher. Aber diesmal hat ihn Gottes Weisheit verlassen. Ich kann ihm nicht sagen, wie er seine Sachen machen soll, aber hier liegt er falsch.«

»Er sagt, er hat das alles jahrelang ausgekundschaftet.«

»Er ist nicht der Erste, der über einen Aufstand nachdenkt. Die Farbigen tun's seit hundert Jahrn. Sein Plan funktioniert nicht. So geht's nicht.«

»Könnten Sie ihn nicht zum Funktionieren bringen? Wo Sie doch 'n wichtiger Mann beim Gospelzug hier sind? Sie wissen, welche Farbigen kämpfen würden, oder?«

»Ich kann keine zweihundert Farbigen aus Baltimore und Washington, D. C., dazu bringen, herzukommen, und so viele braucht er wenigstens, um das Arsenal leerzumachen und mit seiner Beute in die Berge zu kommen. Wo will er so viele Leute herkriegen? Die muss er sich von Detroit und Baltimore bis Alabama zusammensuchen.«

»Ist das nicht das, was Sie machen?«

»Ein oder zwei Seelen über die Freiheitsgrenze nach Philadelphia zu schaffen, iss eine Sache, zweihundert Leute aus D. C. und Baltimore herzubringen, eine andere. Das iss unmöglich. Er müsste die Nachricht überallhin verbreiten, bis runter nach Alabama, um sicherzugehn, dass er so viele Leute kriegt. Der Gospelzug kann Neuigkeiten weitertragen, aber nicht so schnell. Nicht in drei Wochen.«

»Sie sagen also, es geht nicht?«

»Ich sage, in drei Wochen geht es nicht. Ein Brief braucht eine volle Woche von hier nach Pittsburgh. Manchmal sind Gerüchte schneller als Briefe...«

Er überlegte eine Weile.

»Du sagst, er geht in drei Wochen auf sie los?«

»Am dreiundzwanzigsten Oktober. In drei Wochen.«

»Die Zeit reicht nicht, wirklich nicht. Es iss eine gottverdammte Schande. Kriminell, wirklich. Außer, dass...« Er fummelte an seinem Kinn rum und grübelte. »Weiß' du was? Ich sag's dir. Lass den alten Captain das so wissen, du lässt es ihn entscheiden. Denn wenn ich's sage und einer fragt mich danach, bin ich vorm Herrn verpflichtet, die Wahrheit zu sagen, und das will ich nicht. Ich bin ein guter Freund des Bürgermeisters dieser Stadt, Fontaine Beckham. Er iss ein guter Freund der Farbigen, und von mir. Wenn er mich fragt, muss ich ihm sagen können: ›Mr Mayor, ich weiß nichts von dieser ganzen Sache.‹ Ich kann ihn nicht anlügen. Verstehst du?«

Ich nickte.

»Lass den Alten Mann Folgendes wissen: In Baltimore und Washington, D. C., gibt's Hunderte Farbige, die eine Möglichkeit herbeisehnen, gegen die Sklaverei zu kämpfen. Aber sie haben keinen Telegrafen und kriegen keine Briefe.«

»Und?«

»Wie würdes' du Tausende Leute was wissen lassn, ohne

Telegraf und Briefe? Was ist die schnellste Verbindung von A nach B?«

»Ich weiß es nicht.«

»Die Eisenbahn, Kind. Die bringt dich in die Stadt. Aber dann musst du an die Farbigen rankommen. Und ich hab eine Idee, wie das geht. Ich kenn ein paar in Baltimore, die eine Lotterie betreiben. Die sammeln jeden Tag Nummern von Sklaven und Freien, und dann zahlen sie die Gewinner aus, ganz gleich, wie. Hunderte spielen da jeden Tag, ich selbst auch. Wenn du den Alten Mann wissen lassen kannst, dass er mir was Geld gibt, damit ich den Burschen die Hände schmieren kann, verbreiten die Lotterieleute die Nachricht wie der Wind. In einem Tag oder zwei wissen es alle, denn die fürchten das Gesetz nicht, und sie verdienen was dabei, das allein intressiert sie.«

»Wie viel Geld?«

»Um die zweihundertfünfzig sollten's sein. Das sind je fünfundzwanzig. Ein Teil für die Männer in Washington und ein Teil für die in Baltimore. Mir fallen zehn von denen ein.«

»Zweihundertfünfzig Dollar! Der Alte Mann hat keine fünf.«

»Nun, so sieht's aus. Beschaff mir das Geld, und ich verbreite die Nachricht in Baltimore und D.C., und wenn er noch mal zweihundertfünfzig einsetzt, besorg ich auch die nötigen Wagen und Pferde, damit die Leute, die sich ihm anschließen wolln, ich denke, da werden auch Fraun mit dabei sein, damit die herkommen können. Iss nur ein Tagesritt.«

»Wie viele Wagen?«

»Fünf sollten's tun.«

»Wie fahrn sie her?«

»Sie folgen den Schienen. Die führn ziemlich grade von Baltimore her, mit einem Weg nebendran. Es gibt zwar ein paar üble Stellen, aber die erklär ich den Negern, sonst ist der Weg in Ordnung. Der Zug fährt mit dreißig bis fünfzig Stundenkilometern und hält alle Viertelstunde, um Passagiere ein- und aussteigen zu lassen oder Wasser zu bunkern. Sie werden da schon mitkommen und nicht zu weit zurückfalln.«

Er verstummte für einen Moment, starrte auf den Fluss, nickte, überlegte und redete, während er sich's vorstellte: »Ich komme mit dem Zug her. Der fährt um ein Uhr fünfundzwanzig hier ein, jede Nacht, der B&O-Zug aus Baltimore. Merk es dir. Um ein Uhr fünfundzwanzig. Der B&O. Ich sitz drin, und wenn ihr, du und die Armee des Alten Mannes, mir das Signal gebt, geb ich es an die Männer auf den Wagen weiter, und sie fahrn rein.«

»Das klingt mir 'n bisschen dünn, Eisenbahn-Mann.«

»Hast du einen besseren Plan?«

»Nein.«

»Dann machen wir's so. Sag dem Captain, er muss den Zug um ein Uhr fünfundzwanzig stoppen, direkt bevor er die B&O-Brücke überquert. Den Rest sag ich dir später. Ich muss weg. Sag dem Alten Mann, er soll mir fünfhundert Dollar schicken. Ich bin in zwei Tagen wieder hier, Punkt ein Uhr fünfundzwanzig. Treff mich genau hier, und danach sprich nie wieder mit mir.«

Er stand auf, drehte sich um und ging weg. Ich lief zu Cook rauf, der oben an der Böschung stand. Cook sah ihm hinterher.

»Und?«

»Er sagt, er braucht fünfhundert Dollar, um die Bienen in den Stock zu kriegen.«

»Fünfhundert Dollar? Undankbare Schufte. Stell dir vor, er brennt damit durch. Wir kommen, um ihn zu befreien. Wie gefällt dir das? Das zahlt der Alte Mann nie.«

Aber als er es hörte, zahlte der Alte Mann, und noch viel mehr. Zu dumm, dass er's tat, denn es kostete ihn mächtig was, und dann war die ganze Sache in Gang und ließ sich nicht mehr abblasen, sosehr ich wünschte, dass er's gekonnt hätte, wegen ein paar Fehlern von mir, die alle teuer bezahlten, auch der Eisenbahn-Mann, ziemlich heftig.

25

Annie

Cook schrieb dem Alten Mann sofort mit der Forderung des Eisenbahn-Manns, und noch bevor eine Woche verging, kam ein Farbiger aus Chambersburg mit einem Wagen vorm Haus vorgefahren, klopfte an die Tür, übergab Cook eine Kiste mit der Aufschrift »Minenwerkzeug« und verschwand ohne ein Wort. In der Kiste waren ein paar Werkzeuge, Vorräte, ein Beutel mit fünfhundert Dollar und ein Brief, in dem der Alte Mann schrieb, die Armee käme in einer Woche. Er schrieb, die Leute würden zu zweit und zu dritt kommen, nachts, um keinen Verdacht zu erregen.

Cook steckte das Geld in einen Henkelmann mit 'n bisschen was zu essen drauf und gab es mir, und ich ging nach Ferry und wartete auf den B&O-Zug aus Baltimore um ein Uhr fünfundzwanzig. Der Eisenbahn-Mann stieg als Letzter aus, nachdem die Passagiere und seine Kollegen längst weg waren. Ich winkte ihm, gab ihm den Henkelmann und sagte laut, das wär für die Fahrt zurück nach Baltimore, nur für den Fall, das doch noch wer in Hörweite war. Er nahm das Ding ohne ein Wort und ging weiter.

Zwei Wochen später kam der Alte Mann an, allein, schroff und ernst wie gewöhnlich. Er plusterte sich 'ne Weile wegen der Farm auf und überprüfte die Kisten, Vorräte und anderes, bevor er sich hinsetzte und sich von Cook die Lage erklären ließ.

»Ich nehme an, Sie haben über unsre Pläne Stillschweigen bewahrt«, sagte er zu Cook.

»War stumm wie 'ne Kirchmaus«, sagte Cook.

»Gut, denn meine Armee kommt bald.«

Später am Tag kam der Erste, und *sie* war eine ziemliche Überraschung.

Es war ein Mädchen, ein weißes Mädchen, sechzehn Jahre alt, mit dunklem Haar und festen braunen Augen, hinter denen noch mehr Überraschungen und ein fröhliches Gemüt versteckt zu sein schienen. Sie hieß Annie, trug ihr Haar zu einem Knoten gebunden, ein gelbes Band um den Hals und ein Bauernmädchen-Kleid. Annie war eine der älteren Töchter Old John Browns. Der Alte Mann hatte insgesamt noch zwölf lebende Kinder, aber ich denk, Annie war das Beste von den Mädchen. Sie war so hübsch, wie der Tag lang war, von ihrer Natur her ruhig, bescheiden, gehorsam und fromm wie der Alte Mann. Damit flog sie natürlich aus meiner Welt, denn wenn 'ne Frau kein gemeiner, schmutziger Stinker war, der Fusel trank, Zigarren rauchte und mit Pokerkarten umzugehen wusste, hatte sie bei mir keine Chance. Aber Annie war nett anzusehen und eine willkommene Überraschung. Mit ihr kam Martha angeritten, die auch sechzehn war und die Frau seines Sohnes Oliver, der später mit dem Rest der Armee des Alten Mannes aus Iowa eintrudeln würde.

Der Alte Mann stellte mich den Mädchen vor und verkündete: »Ich weiß, du hast keine Neigung zur Hausarbeit, Zwiebel, und bist mehr ein Soldat als ein Topfrührer. Aber es ist an der Zeit, dass du auch das Frauenleben lernst. Diese beiden werden dir dabei helfen, das Haus in Schuss zu bringen. Ihr könnt euch um die Bedürfnisse der Männer kümmern und die Farm für die Nachbarn normal aussehen lassen.«

Das war in Ordnung, denn der Alte Mann wusste um meine Grenzen als Mädchen und dass ich noch nicht mal für 'ne Prise

Schnupftabak kochen konnte, aber als er die Schlafplätze verteilte, sank mir das Herz. Wir drei Mädchen sollten unten im Haus schlafen, die Männer oben. Natürlich stimmte ich zu, aber kaum, dass er nach oben verschwunden war, ging Annie auch schon in der Küche, füllte den großen Bottich mit Wasser, zog sich aus und sprang rein, was mich rausrennen und die Tür hinter mir zuschlagen ließ. Den Rücken an die Tür gelehnt, stand ich im Wohnzimmer.

»Oh, du bist 'ne Schüchterne«, sagte sie auf der anderen Seite der Tür.

»Ja, das bin ich, Annie«, antwortete ich, »und ich weiß dein Verständnis zu schätzen. Ich schäme mich, mich vor Weißen auszuziehn, wo ich doch farbig bin und so und mit mei'm Kopf ganz bei der Befreiung meines Volkes bin. Ich kenn mich mit den Sitten der Weißen nicht so aus, weil ich so lange unter Farbigen gelebt hab.«

»Aber Vater sagt, du warst eine Freundin von meinem lieben Bruder Frederick!«, rief Annie aus dem Bottich hinter der Tür. »Und du warst fast drei Jahre mit Vater und seinen Männern zusammen.«

»Ja, das stimmt, das war unterwegs«, rief ich von meiner Seite zurück. »Ich brauch Zeit, um mich auf das Leben drinnen und die Freiheit vorzubereiten. Meine Leute wissen noch nicht, wie man zivilisiert lebt, als Sklaven und so. Deshalb bin ich froh, dass ihr hier seid, um mir die Wege der Rechtschaffenheit, die Gott uns mit seinen Taten lehrt, in meinem Leben als freier Mensch zu weisen.«

Oh, ich war ein Schuft, denn sie fraß das Ganze sofort. »Oh, das ist so süß von dir«, sagte sie. Ich hörte sie plantschen und schrubben und endlich aus dem Bottich steigen. »Das werde ich gerne tun. Wir werden gemeinsam die Bibel lesen und uns daran erfreuen, Gottes Wort zu lernen und zu teilen, sein Wissen und seine Taten und all seine Arten der Ermutigung.«

Das war natürlich alles gelogen, von mir aus, meine ich, schließlich interessierte mich die Bibel nicht mehr, als sich ein Schwein an die christlichen Feiertage hielt. Ich beschloss, das Haus zu meiden, weil ich wusste, dass das mit den geplanten Aufgabenverteilungen so nicht ging, denn wenn Annie auch 'n bisschen der Schick der freizügigen Damen fehlte, nach denen ich mich im Westen verzehrt hatte (tatsächlich sah sie ziemlich fade aus mit ihrer Haube und dem Hut, als sie nach dem tagelangen Ritt aus Upstate New York ins Haus trat), hatte ich doch ein Gutteil ihrer leiblichen Verfassung gesehen, als sie in den Bottich gesprungen war, und bei Gott, da war genug da, reif und füllig, um ein Feuer zu entfachen, wie ich's mir nur vorstellen konnte. Ich ertrug das nicht, war vierzehn, soweit ich das sagen kann, und musste die Wege der Natur erst noch kennenlernen. Was ich bereits drüber wusste, erfüllte mich mit Furcht, Verlangen und Verwirrung, dank Pie. Wollte ich mich nicht verraten, musste ich meinen Kopf mit anderen Sachen füllen. Ich hatte keinen anständigen Knochen in meinem Körper, Gott sah's, und so beschloss ich, mich von ihr fernzuhalten und draußen so viel Bienen einzusammeln wie nur möglich.

Das schien aber nicht so einfach, da wir den Auftrag hatten, uns um die Armee des Alten Mannes zu kümmern, die zu zweit und zu dritt nach den beiden Mädchen eintrudelte. Glücklicherweise brauchte mich der Alte Mann, um ihm mit seinen Karten und Papieren zu helfen. Während Annie und Martha in der Küche rumflitzten, um sie auf Großes vorzubereiten, zog er ein paar Tuchrollen aus seiner Kiste und sagte: »Endlich haben wir den Einsatz auf dem Tisch, und der Krieg beginnt. Hilf mir, die Karten auf dem Boden ausrollen, Zwiebel.«

Seine Landkarten, Papiere und Briefe waren um einiges angewachsen. Das kleine Päckchen Papier mit Zeitungsausschnitten, Rechnungen, Briefen und Karten, das er in Kansas in seine Satteltaschen gestopft hatte, war zu bibeldicken Stapeln geworden. Seine Landkarten waren in Leinenpapier gerollt und ausgebreitet fast so groß wie ich. Ich half ihm, sie auf dem Boden anzuordnen, spitzte seine Bleistifte und versorgte ihn mit Tee, während er auf allen vieren über ihnen brütete, Notizen draufkritzelte und an seinen Plänen feilte. Die beiden Mädchen brachten uns zu essen, aber der Alte Mann brauchte nicht viel. Gewöhnlich schlang er eine rohe Zwiebel runter, wie einen Apfel aß er sie, und spülte mit schwarzem Kaffee nach, was seinen Atem reif genug machte, die Falten aus deinem Hemd zu ziehen und es gleichzeitig zu säubern und zu stärken. Manchmal füllte er auch 'n bisschen Maismehl in seinen Schlund, und was immer er nicht wollte, verdrückte ich für ihn, war das Essen doch nach wie vor knapp. Jeden Tag kamen mehr Männer, und ich versorgte meine Innereien mit so viel ich kriegen konnte, denn der Tag würde kommen, und das war sicher nicht lang hin, dass es nichts mehr zum Versorgen gab.

So arbeiteten wir einen Tag oder zwei, bis er des Nachmittags, seine Karte studierend, fragte: »Hat Mr Cook den Schnabel gehalten, während ihr hier wart?«

Ich konnte nicht lügen, aber ich wollte ihn auch nicht entmutigen, und so sagte ich: »Mehr oder weniger, Captain. Aber nicht ganz.«

Der Alte Mann starrte seine Karte an und nickte. »Wie ich's mir gedacht hab, aber es macht nichts. Unsere Armee wird in einer Woche ganz hier sein, dann sammeln wir die Spieße ein und greifen zu den Waffen. Ich heiße hier für die Leute Isaac Smith, vergiss das nicht, Zwiebel. Wenn einer fragt, bin ich ein Bergmann. Was stimmt, denn ich grabe nach Seelen, dem Gewissen einer Nation, dem Gold der wahnsinnigen Einrichtung! Und jetzt berichte mir von den Farbigen, die ihr, du und Cook, ohne Zweifel entdeckt, versorgt und eingesammelt habt.«

Ich erzählte ihm den guten Teil, nämlich dass ich den Eisenbahn-Mann gefunden hatte. Die Sache mit der Frau des Kutschers, und dass sie womöglich was rumerzählt hatte, ließ ich weg. »Das hast du gut gemacht, Zwiebel«, sagte er. »Die Bienen einzusammeln, ist der wichtigste Teil unserer Strategie. Zweifellos werden sie zu Tausenden kommen, und wir müssen für sie bereit sein. Statt für die Armee zu kochen und zu putzen, würde ich vorschlagen, machst du mit deiner Arbeit weiter. Sammele weiter, mein Kind. Verbreite die Nachricht bei deinem Volk. Du bist grandios!«

Er war komplett begeistert, und ich hatte nicht das Herz, ihm zu sagen, dass die Farbigen seine Begeisterung ganz und gar nicht teilten. Vom Eisenbahn-Mann hatte ich kein Wort mehr gehört, seit ich ihm das Geld gegeben hatte, um die Nachricht unter den Lotterieverkäufern in Baltimore und Washington zu verbreiten. Der Kutscher ging mir aus dem Weg. Becky sah ich eines Nachmittags in der Stadt, und sie wär verdammt fast von dem hölzernen Bürgersteig gefallen, um vor mir auszubüxen. Ich nehme an, ich bedeutete Unheil für sie. Irgendwie wussten alle, wer ich war, und die Farbigen machten auf dem Absatz kehrt, sobald ich auftauchte. Zu Hause hatte ich reichlich damit zu tun, Annie aus dem Weg zu gehen, die erkannt hatte, dass ich ihrer religiösen Unterrichtung bedurfte, und alle paar Tage, wenn die Männer weg waren, gern nackt rumhüpfte und bei jeder sich bietenden Gelegenheit in den Bottich sprang, was mich unter allen erdenklichen Vorwänden aus der Küche und dem Haus flüchten ließ. Irgendwann verkündete sie, es wär Zeit, mein Haar zu waschen, das fürchterlich kraus und verwuschelt war. Normalerweise hatte ich es wochenlang unter einem Tuch oder einer Haube, aber sie ergatterte eines Nachmittags einen Blick drauf und wollte nicht nachgeben. Als ich mich weigerte, sagte sie, sie würde eine Perücke für mich suchen. Eines Abends brachte sie ein Buch mit aus der Stadt zurück, aus der Bibliothek, das *Londoner Locken* hieß, und las mir eine Liste mit Perückennamen vor, die zu mir passen würden: »Der Brigadier, der Spencer, der schwindliche Federkopf, der Blumenkohl, das Treppenhaus. Welche ist die beste für dich?«, fragte sie.

»Die Zwiebel«, sagte ich.

Da brach sie in Lachen aus und hörte auf davon. Sie hatte ein Lachen, das einem das Herz hüpfen ließ, was ziemlich gefährlich für mich war. Ich fing an, ihre Gesellschaft zu mögen, und so machte ich mich noch rarer. Ich bestand drauf, nachts beim Herd zu schlafen, fern von ihr und Martha, und sorgte dafür, dass ich der Letzte unten im Haus war, der schlafen ging, und der Erste, der morgens wieder aus der Tür war.

So hielt ich mich auf den Beinen und sammelte ohne großen Erfolg Bienen ein. Die Farbigen von Harpers Ferry wohnten auf der anderen Seite der Potomac-Gleise. Ich hing tagelang da rum und hielt nach welchen Ausschau, mit denen ich reden konnte. Natürlich mieden sie mich wie die Pest. Die Kunde vom Plan des Alten Mannes hatte längst die Runde gemacht. Ich bin nie dahintergekommen, warum, aber die Farbigen wollten weder mit dem Plan noch mit mir was zu tun haben, und wenn sie mich sahen, verschwanden sie schnell in ihren Löchern. Besonders entmutigend war's eines Morgens, als mich der Alte Mann mit einer Besorgung zur Sägemühle schickte. Ich fand die Mühle nicht, und als ich eine farbige Frau auf der Straße nach dem Weg fragen wollte, fuhr sie mich an, noch bevor ich den Mund aufkriegte: »Verschwindet, übles Pack. Ich hab nichts mit euch und euresgleichen zu schaffen! Ihr bringt uns noch alle ins Grab!«, und schon war sie weg.

Das nahm mir ziemlich den Wind aus den Segeln. Aber es gab auch gute Neuigkeiten. Kagi kam an und traf sich mit dem Eisenbahn-Mann, und ich denke, seine bedächtige Art beruhigte den Eisenbahn-Mann etwas. Kagi berichtete, sie wären verschiedene Möglichkeiten durchgegangen, wie sich die Farbigen von den verschiedenen Orten im Westen nach Ferry bringen ließen, und der Eisenbahn-Mann schien alles durchdacht zu haben und versprach, die Leute herzuschaffen. Das gefiel dem Alten Mann ohne Ende. Er verkündete den anderen: »Zum Glück für uns alle hat sich unsre Zwiebel sorgfältig ums Sammeln gekümmert.«

Ich kann nicht sagen, dass ich ihm da zustimmte, schließlich hatte ich nur 'n bisschen rumgetan, aber um ehrlich zu sein, war mir egal, was er sagte. Ich hatte meine eigenen Probleme. Die Tage vergingen, und Annie wurde eine mächtige Kraft in meinem Herzen. Ich wollte's nicht, natürlich nicht, sah es nicht kommen, aber so gehen diese Sachen, und trotz all meinem Rumrennen draußen hatten wir drei, Annie, Martha und ich, reichlich im Haus zu tun, während die Armee des Alten Mannes eintrudelte. Es war keine Zeit, da irgend 'n Strich zu ziehen, und mein Plan, nach Philadelphia zu verschwinden, den ich immer schon hatte, verlor sich in all dem Rumtun. Es war einfach keine Zeit. Die Männer trudelten ein, erst zögerlich, mitten in der Nacht, zu zweit, zu dritt, dann stetiger und in größerer Zahl. Die alten Strategen kamen zuerst, Kagi, Stevens, Tidd, O.P. Anderson, dann 'n paar Neue, Francis Merriam, ein wild dreinkuckender Kerl, der nicht ganz alle beisammen hatte, Stewart Taylor, eine übellaunige Seele, und schließlich der Rest, die Thompson-Brüder und die Coppocs, die beiden schießenden Quäker, und zu guter Letzt kamen auch noch zwei Neger, Lewis Leary und John Copeland, zwei handfeste, entschlossene Burschen aus Oberlin, Ohio. Ihre Ankunft brachte die Aufmerksamkeit des Alten Mannes wieder auf die Farbigen, denn die beiden kamen vom College, einfach so aus dem Nichts, nachdem sie von anderen Farbigen von unserem Freiheitskampf erfahren hatten. Es machte ihm großen Mut, dass er sie bei uns auftauchen sah, und eines Abends hob er den Blick von seiner Karte und fragte mich aufs Neue, wie's mit dem Bieneneinsammeln in Ferry ging.

»Ganz gut, Captain. Da versammelt sich einiges.«

Was sonst sollte ich ihm sagen? Er lebte längst im Wahn. Aß kaum was, schlief nicht, studierte Karten, Volkszählungszahlen und Dokumente, schrieb Briefe und kriegte selbst mehr, als es für 'n einzelnen Menschen möglich schien. Einige davon waren voll mit Geld, das er den Mädchen gab, damit sie Essen und Vorräte kauften. Andere drängten ihn, Virginia zu verlassen. Ich selbst war in den Tagen so durch'nander, dass ich nicht sagen konnte, ob ich gerade ging oder kam. Da war kein Platz zum Denken. Das kleine Haus war wie ein Bahnhof und ein bewaffnetes Camp zugleich: Waffen mussten vorbereitet, Munition zugeteilt und die Truppenstärke diskutiert werden, und sie schickten mich überallhin, nach Ferry und zurück, hierhin und dorthin im Tal, Vorräte beschaffen, Männer zählen, die Waffenfabrik ausspionieren, die Fenster im Ferrier Spritzenhaus zählen, Zeitungen aus dem Laden holen, Leute zählen und so weiter. Der Alte Mann und Kagi machten spätabends noch ein paar Abstecher nach Chambersburg, Pennsylvania, das etwa fünfundzwanzig Kilometer weg lag, um noch mehr Waffen zu holen, die an eine geheime Adresse da geschickt worden waren. Es gab einfach zu viel Arbeit. Annie und Martha kochten und wuschen und unterhielten die Männer, die oben im ersten Stock eingesperrt waren und den ganzen Tag Dame spielten und Bücher lasen. Die beiden hielten sie bei Laune, und nebenher rannten wir unten rum und sorgten fürs Essen.

Fast sechs Wochen ging das so. Der einzige Trost in dem Wahnsinn war das Bieneneinsammeln, das mich aus dem Haus brachte, oder manchmal auch, abends mit Annie auf der Veranda zu sitzen. Das war eine ihrer Aufgaben: dazusitzen, die Augen offen zu halten und dafür zu sorgen, dass das Haus normal aussah. Unten die Räume mussten präsentabel sein, damit nicht irgendwer reinmarschierte und über Hunderte von Gewehren und Spießen in Kisten stolperte. Oft fragte sie mich abends, ob ich nicht mit ihr auf der Veranda sitzen wollte, denn die Männer durften sich draußen nicht sehen lassen, und im Übrigen sah sie's als ihren Job an, mich in die Lehren der Bibel einzuweisen, und wie ich ein christliches Leben führen sollte. Wir lasen in den Stunden da draußen in der Bibel und besprachen einzelne Teile davon. Ich lernte unsere Gespräche zu genießen, denn auch wenn ich mich dran gewöhnt hatte, als Lüge zu leben (als Mädchen, meine ich), sah ich die Sache doch so: Schon das Neger-Sein ist eine Lüge, weil da keiner dein wirkliches Ich sieht. Keiner weiß, wie's in dir drin aussieht. Du wirst nur nach deinem Äußeren beurteilt, wie genau deine Farbe auch ist. Mulatte, farbig, schwarz, es ist egal. Für die Welt bist du ein Neger. Aber irgendwie, wenn ich da auf der Bank auf der Veranda saß, mit ihr redete und die Sonne über den Bergen von Ferry untergehen sah, vergaß ich, was mich bedeckte, und auch, dass der Alte Mann vorhatte, uns alle in Stücke reißen zu lassen. Mir kam der Gedanke, dass das Drinnen vielleicht wichtiger war und die äußere Hülle nicht so viel zählte, wie die Leute sagten, farbig oder weiß, Mann oder Frau.

»Was willst du mal werden?«, fragte mich Annie, als wir eines Abends bei Sonnenuntergang wieder mal draußen saßen.

»Wie meinst du das?«

»Wenn hier alles vorbei ist.«

»Wenn was alles vorbei ist?«

»Wenn dieser Krieg vorbei ist. Und der Neger frei ist.«

»Nun, wahrscheinlich werde ich ein ...« Ich wusste nicht, was ich sagen sollte, weil ich nicht glaubte, dass die Sache Erfolg haben würde. Nach Norden in die Freiheit fliehen, wär leichter, aber ich hatte im Moment keine klaren Pläne dazu. Mit ihr da zu sitzen, machte jede Minute zu einer Freude, die

Zeit verging schnell, und alle meine Pläne für die Zukunft schienen weit weg und nicht wichtig. Also sagte ich: »Wahrscheinlich kauf ich mir 'ne Fiedel und sing für den Rest meines Lebens. Ich mag Musik.«

»Henrietta!«, schimpfte sie ungehalten. »Du hast nie gesagt, dass du singen kannst.«

»Du hast auch nie gefragt.«

»Dann sing für mich.«

Ich sang *Dixie* für sie und *When the Coons Go Marching Home*. Wir saßen auf der Schaukel, die der Alte Mann hergehängt hatte, und ich saß neben ihr und sang ihr was vor, und ihr Gesicht wurde ganz weich und ihr Körper schien dahinzuschmelzen wie 'n Marshmallow, wie sie da so schaukelte und zuhörte. »Du singst so schön«, sagte sie. »Aber ich mag die Rebellen-Lieder nicht. Sing ein frommes Lied, was für den Herrn.«

Also sang ich *Keeping His Bread* und *Nearer, My God, to Thee*.

Nun, das schaffte sie. Die Lieder machten sie komplett glücklich und beförderten sie mir praktisch in die Arme. Sie saß da, schaukelte vor und zurück, sah völlig hingeflossen aus, weich wie 'n Kuchenteig, und ihre Augen schimmerten verträumt. Sie rückte näher zu mir hin.

»Gott, ist das schön«, sagte sie. »Oh, ich liebe den Herrn so. Sing noch eins.«

Also sang ich *Love Is a Twilight Star* und *Sally Got a Furry Pie for Me*, was 'n altes Rebellenlied ist, aber ich machte aus dem *Furry Pie* einen *Johnnycake*, also Brot, und das gab ihr den Rest. Das haute sie um. Sie wurde ganz zuckersüß, und ihre braunen Augen (bei Gott, sie waren so schön wie Sterne und groß wie Vierteldollarmünzen) sahen mich an. Sie legte einen Arm um mich, da auf der Schaukel, sah mich mit ihren großen Augen an, die das Innerste aus mir raussaugten, und sagte: »Oh, das ist das schönste Lied, das ich in meinem Leben gehört hab. Es lässt mein Herz beben. Wenn du ein Junge wärst, Henrietta, ach, dann würde ich dich heiraten.« Und damit gab sie mir einen Kuss auf die Backe.

Also, das schaffte mich jetzt wirklich, wie sie sich da an mir rieb, und ich nahm mir in der Minute vor, nie wieder in ihre Nähe zu kommen, denn ich war verrückt nach ihr, einfach komplett verrückt, und ich wusste, dass da nichts Gutes bei rauskommen würde.

Es war gut, dass der Alte Mann Annie als Ausguck auf die Veranda setzte, weil nur ein Stück die Straße runter eine ständige Quelle des Ärgers wohnte, und ohne Annie wären wir gleich zu Beginn schon aufgeflogen. Wie es war, trat die Frau (ja, wie gewohnt steckte 'ne Frau dahinter) am Ende die ganze Sache los, und das auf die übelste Weise.

Ihr Name war Mrs Huffmaster. Sie war die Plage, vor der Becky uns schon gewarnt hatte, rannte barfuß rum, war neugierig, eine verlotterte Schnepfe, die mit drei rotznäsigen, keksfressenden, kolbenköpfigen Kindern die Straße rauf- und runterlief und ihre Nase bei jedem reinsteckte. Täglich lief sie an unserem Hauptquartier vorbei, und es dauerte nicht lang, und sie lud sich zu uns auf die Veranda vorn ein.

Annie sah sie gewöhnlich aus der Küche, lief zur Tür, bevor Mrs Huffmaster die Veranda erreichte, und hielt sie so draußen. Annie erzählte Mrs Huffmaster und den Nachbarn, dass ihr Pa und Cook drüben auf der anderen Seite des Tals eine Minengeschichte hätten, was der Vorwand war, unter dem wir die alte Farm gemietet hatten. Aber das befriedigte die alte Hexe nicht, dazu war sie zu neugierig und lebte von Klatsch und Tratsch. Eines Morgens schaffte es Mrs Huffmaster auf die Veranda, bevor Annie sie sah, und klopfte an die Tür. Sie wollte sie aufdrücken und reinkommen. Annie entdeckte sie im letzten Augenblick durchs Fenster, gerade als Mrs Huffmaster den

Fuß auf die Veranda stellte, und sie lehnte sich gegen die Tür und hielt sie zu. Das war gut, denn Kagi und Tidd hatten eben erst eine Kiste Sharps-Gewehre und Sprengkapseln ausgepackt, und wär Mrs Huffmaster reinspaziert gekommen, wär sie über genug Gewehre und Patronen gestolpert, um ein ganzes Kavallerie-Corps zu bewaffnen. Annie hielt die Tür zu, während Mrs Huffmaster von draußen drückte und ich und Kagi und Tidd alles zurück in die Kiste packten.

»Annie, bist du das?«, wollte die alte Hexe wissen.

»Ich bin nicht richtig angezogen, Mrs Huffmaster«, sagte Annie, und ihr Gesicht war weiß wie 'n Laken.

»Was ist mit der Tür?«

»Ich komm gleich raus«, flötete Annie.

Nach ein paar heißen Minuten hatten wir die Kiste mit allem oben, und Annie schlüpfte aus der Tür und zog mich mit, um ihr dabei zu helfen, die Frau von der Veranda zu kriegen.

»Mrs Huffmaster, wir sind nicht auf Gäste vorbereitet«, sagte sie, plusterte sich auf und setzte sich auf die Schaukel. Mich holte sie neben sich. »Möchten Sie eine Limonade? Ich hole Ihnen gern ein Glas.«

»Kein Durst«, sagte Mrs Huffmaster. Sie hatte ein Gesicht wie 'n Pferd nach dem Fressen, sah sich um und versuchte durchs Fenster zu linsen. Sie ahnte was.

Oben im Haus saßen fünfzehn Männer, mäuschenstill. Sie gingen über Tag nie raus, nur nachts, und jetzt saßen sie da, während Annie über Gott und die Welt redete und die Klatschtante loszuwerden versuchte. Aber die Frau roch, dass was im Schwange war, und von dem Tag an machte sie es sich zur Aufgabe, jederzeit bei uns vorbeizusehen. Sie wohnte nur ein paar Meter die Straße runter und ließ uns wissen, wie sehr Cook sie durch sein Anbandeln mit einer der Nachbarstöchter in Wut gebracht hatte, die ihr Bruder eigentlich hatte heiraten wolln. Sie nahm das als eine Art Beleidigung und kam jeden Tag zu den verschiedensten Zeiten mit ihren zerlumpten, barfüßigen, dreckigen Kindern, die wie kleine Enten hinter ihr herliefen, steckte die Nase in alles und hackte auf Annie rum. Sie war ein absolut grobes Weib, das eher nach Kansas passte als in den Osten. Ohne Pause mäkelte sie an Annie rum, die fein und süß und hübsch wie 'ne geschälte Zwiebel war. Annie wusste, dass sie der Frau nicht querkommen durfte, und so nahm sie alles ungerührt hin, gelassen wie 'n Blatt Salat.

Es kam so weit, dass Mrs Huffmaster jeden Nachmittag zu mir und Annie auf die Veranda gestampft kam und gleich losbellte: »Was macht ihr heute?«, und: »Wo iss mein Kuchen?« Sie piesackte und schikanierte uns, und eines Morgens kam sie angestürmt und sagte: »Das sind 'ne Menge Hemden, die da hinten an eurer Leine hängen.«

»Ja, Ma'am«, sagte Annie. »Mein Pa und meine Brüder haben viele Hemden. Sie wechseln sie zweimal die Woche, manchmal noch öfter. Da hab ich den ganzen Tag was zu waschen. Ist das nicht schrecklich?«

»Was für 'ne Verschwendung. Mein Mann kommt zwei, drei Wochen mit ei'm Hemd aus. Woher habt ihr so viel Hemden?«

»Oh, das läppert sich. Mein Vater kauft sie.«

»Und was macht er noch mal?«

»Er ist im Bergbau, Mrs Huffmaster, das wissen Sie doch. Und ein paar von seinen Leuten, die für ihn arbeiten, wohnen auch hier bei uns.«

»Und wo gräbt dein Pa mit denen noch mal?«

»Oh, danach frag ich ihn nicht«, sagte Annie.

»Und euer Mr Cook ist ganz schön hinter den Mädchen her, wo er schon mit Mary unten an der Straße angebandelt hat. Arbeitet der auch mit?«

»Ich denke schon.«

»Und warum schafft er dann in der Schenke in Ferry?«

»Ich weiß nicht, was er alles macht, Mrs Huffmaster. Aber

er ist 'n prima Redner«, sagte Annie. »Vielleicht hat er ja zwei Jobs. Reden und graben.«

Und so ging's immer weiter. Wieder und wieder wollte Mrs Huffmaster ins Haus rein, aber Annie ließ sie nicht. »Oh, ich hab noch nicht fertig gekocht«, sagte sie, oder sie zeigte auf mich und sagte: »Henrietta will gerade ein Bad nehmen«, oder sonst was. Aber die Frau hatte den Teufel im Leib. Nach 'ner gewissen Zeit vergaß sie alle Freundlichkeit, und ihre Fragen kamen in 'nem anderen Ton. »Wer ist der Nigger?«, sagte sie eines Nachmittags, als sie Annie und mich beim Bibellesen und drüber Reden antraf.

»Warum? Das ist Henrietta, Mrs Huffmaster. Sie gehört zur Familie.«

»Iss sie 'ne Sklavin oder frei?«

»Warum, sie ist...« Annie wusste im Moment nicht, was sie sagen sollte, und so sagte ich: »Ich gehör der Familie, Missus, aber 'n glücklicheren Mensch als wie mich finden Sie auf dieser Welt nich.«

Sie blitzte mich an. »Ich hab dich nich gefragt, ob du glücklich bis'.«

»Ja, Ma'am.«

»Aber wenn du ihre Sklavin bis', warum hängs' du dann die ganze Zeit bei der Eisenbahn in Ferry rum und versuch's die Nigger aufzuwiegeln? Das wissen doch alle in der Stadt«, sagte sie.

Das verblüffte mich. »Das mach ich nicht«, log ich.

»Lügst du, Nigger?«

Ich war perplex. Und Annie saß da, ruhig, mit ungerührtem Gesicht, aber ich konnte sehen, wie ihr das Blut in die Backen stieg und die Freundlichkeit aus ihrem Gesicht wich, um durch wütende Ruhe ersetzt zu werden. Wie's bei allen Browns ging. Wenn's den Browns erst mal zu viel wurde, wenn ihr Blut zu brodeln begann, wurden sie ganz still und ruhig. Und gefährlich.

»Nun, Mrs Huffmaster«, sagte Annie. »Henrietta ist meine liebe Freundin, und sie gehört zur Familie, und ich schätze es nicht, dass sie so unfreundlich mit ihr reden.«

Mrs Huffmaster zuckte mit den Schultern. »Redet ihr mit euern Niggern, wie ihr wollt, aber seht zu, dass ihr die gleiche Geschichte erzählt. Mein Mann hat Mr Cook in der Schenke in Ferry sagen hörn, dass dein Pa weder 'n Bergmann noch 'n Sklavenbesitzer iss, sondern ein Abolitionist, und dass die Dunklen was Großes planen. Und jezz sagt dein Nigger hier, ihr habt Sklaven, und Mr Cook sagt, habt ihr nich. Was isses denn nu?«

»Ich denke, Sie haben keine Ahnung davon, wie wir leben, und es geht Sie auch nichts an«, sagte Annie.

»Du hassn ganz schönes Mundwerk für dein Alter.«

Nun ja, die Frau hatte keine Vorstellung davon, dass sie mit einer Brown redete. Mann oder Frau, die Browns zuckten vor keinem zurück, wenn sie erst mal in Angriffsstellung gingen. Annie war ein junges Ding, und jetzt fuhr sie in die Höhe, mit blitzenden Augen, und einen Moment lang konntest du ihre wahre Natur erkennen, kalt wie Eis nach außen, aber drinnen mächtig wild und verrückt, so waren die Browns. Merkwürdige Geschöpfe. Ungezähmt. Sie dachten nicht wie andere Leute. Eher wie Tiere, instinktiv, von Reinheitsvorstellungen getrieben. Ich glaub, deswegen dachten sie auch, der Farbige wär wie der Weiße. Da wütete die Natur ihres Pas in ihr, eindeutig.

»Ich bitte Sie, meine Veranda zu verlassen, und zwar sofort«, sagte sie. »Und beeilen Sie sich, sonst helfe ich nach.«

Sie warf ihr den Fehdehandschuh hin, und ich denke, es wär sowieso so gekommen. Wutschnaubend stürmte die alte Schnepfe davon.

Wir sahen ihr hinterher, und als sie aus unsrem Blickfeld verschwunden war, platzte es aus Annie raus: »Vater wird so böse auf mich sein«, und schon kamen die Tränen.

Ich konnte mich so gerade zurückhalten, sie nicht in den Arm zu nehmen, denn meine Gefühle für sie waren tief, so tief. Sie war stark und mutig, eine echte Frau, gütig und anständig in ihrem Denken, genau wie der Alte Mann. Aber ich durfte sie nicht umarmen. Denn wenn ich sie an mich gedrückt und in meinen Armen gehalten hätte, hätte sie meine wahre Natur erkannt. Sie hätte mein Herz klopfen hören, sie hätte die Liebe gespürt, die aus mir rausplatzte, und sie hätte erkannt, dass ich ein Mann war.

26

Die vom Himmel gesandten Dinge

Keine Woche, nachdem Annie Mrs Huffmaster in den Hintern getreten hatte, erhob der Captain die Stimme und verkündete das Datum. »Wir schlagen am dreiundzwanzigsten Oktober zu«, sagte er. Das Datum hatte er schon vor langer Zeit genannt, hatte Briefe dazu geschrieben und es Großmaul Cook und allen anderen gesagt, die es, wie er dachte, wissen sollten, und so war es kein großes Geheimnis mehr. Aber ich nehm an, es gab ihm ein besseres Gefühl, es den Männern noch mal zu sagen, damit sie es nicht vergaßen oder abhauten, bevor es ernsthaft losging.

Der dreiundzwanzigste Oktober. Merk dir das Datum. In dem Moment war's noch zwei Sonntage weg.

Die Männer waren froh, denn während die Mädchen unten schliefen und es ziemlich bequem hatten, meine Wenigkeit eingeschlossen, klemmten sie oben unterm Dach wie die Ratten neben'nander. Fünfzehn waren da in dem winzigen Raum, schliefen auf Matratzen, spielten Schach, machten Übungen, lasen Bücher und Zeitung. Sie hatten es unglaublich eng und mussten den ganzen Tag still sein, damit die Nachbarn oder Mrs Huffmaster sie nicht hörten. Wenn es ein Gewitter gab, sprangen sie in die Höhe und schrien aus vollem Hals, um ihre Gefühle rauszulassen. Nachts schlichen auch ein paar hinterm Haus rum, aber sie durften nicht weit, und nach Ferry schon gar nicht. Sie waren noch nirgends gewesen, ertrugen es kaum und fingen an zu streiten, besonders Stevens, der sowieso ein unangenehmer Kerl war und bei jeder Gelegenheit die Fäuste hob. Der Alte Mann hatte sie zu früh hergeholt, das war's, aber er hatte sonst keinen Ort, wo er sie hätte unterbringen können, und er hatte auch nicht vorgehabt, sie so lange da oben einzupferchen. Im September waren sie gekommen. Im Oktober war es ein Monat, und als er verkündete, sie würden am dreiundzwanzigsten losschlagen, waren es noch drei Wochen und damit sieben insgesamt. Das ist eine lange Zeit.

Kagi sagte ihm das, aber der Alte Mann antwortete: »Sie haben's bis jetzt geschafft, da schaffen sie's auch noch die paar Tage mehr.« Er schenkte ihnen keine Beachtung, er war auf die Farbigen fixiert.

Alles hing von ihrem Kommen ab, und wenn er seine Sorge auch zu verstecken versuchte, war der doch äußerst angespannt, mit gutem Grund. Er hatte an alle seine farbigen Freunde bis oben nach Kanada geschrieben, die hoch und heilig versprochen hatten, dass sie kommen würden. Nicht zu viele hatten geantwortet. Den ganzen Sommer und bis in den September rein hatte er auf sie gewartet. Anfang Oktober dann verkündete er plötzlich, er und Kagi wollten nach Chambersburg fahren, um seinen alten Freund, Mr Douglass, zu treffen. Er beschloss, mich auch mitzunehmen. »Mr Douglass mag dich, Zwiebel. Er fragt in seinen Briefen nach dir, und du wirst ihn dazu verleiten, sich uns anzuschließen.«

Nun, der Alte Mann wusste nichts von Mr Douglass' Trinkerei und seinen frechen Annäherungsversuchen, wie er mich durch sein Arbeitszimmer gejagt hatte und so weiter, und er würde es auch nicht erfahren, denn wenn du eins als Mädchen lernst, dann, dass das Herz einer Frau voller Geheimnisse ist. Diese Geschichte würde mein Geheimnis bleiben. Trotzdem gefiel mir der Gedanke, nach Chambersburg zu kommen, schließlich war ich noch nie da gewesen. Im Übrigen war mir alles willkommen, was mich aus dem Haus und von meiner großen Liebe wegbrachte. Die Sache mit Annie brach mir das Herz, und ich war froh, eine Weile unterwegs zu sein.

Wir fuhren abends nach Chambersburg, Anfang Oktober, mit einem offenen Wagen. Wir waren im Handumdrehen da, es waren nur dreiundzwanzig Kilometer. Zuerst besuchte der Captain ein paar farbige Freunde, Henry Watson und einen Arzt namens Martin Delany. Mr Delany hatte offenbar unter großer Gefahr für sich selbst geholfen, Waffen nach Ferry zu schicken, und ich hatte das Gefühl, Mr Watson war der Bursche, den der Eisenbahn-Mann gemeint hatte, als er sagte: »Ich kenne einen in Chambersburg, der ist so viel wert wie zwanzig von diesen Angebern«, denn er war ein lässiger Kerl. Er war normal groß, dunkelhäutig, schlank und schlau und schnitt gerade einem die Haare, als wir in seinen Barbierladen am farbigen Rand der Stadt kamen. Als er den Alten Mann sah, schob er die Farbigen aus dem Laden, hängte das Geschlossen-Schild raus und führte uns in sein Haus, das hinter dem Laden lag. Es gab zu essen und zu trinken und zwölf Pistolen in einer Tasche mit der Aufschrift »Kurzwaren«, die er dem Alten Mann ohne ein Wort reichte. Dann gab er ihm noch fünfzig Dollar. »Die sind von den Freimaurern«, sagte er knapp. Seine Missus stand hinter ihm, während er all das machte, den Laden schloss und so weiter, und jetzt meldete auch sie sich zu Wort: »Und von ihren Frauen.«

»O ja, und von ihren Frauen.«

Er erklärte dem Alten Mann, dass er das Treffen mit Mr Douglass in einem Steinbruch am südlichen Rand der Stadt geplant hatte. Frederick Douglass war in jenen Tagen eine große Nummer, und er konnte nicht einfach in eine Stadt kommen, ohne dass alle davon erfuhren. Er war so was wie der farbige Präsident.

Mr Watson erklärte dem Alten Mann, wie er den Steinbruch fand, Old John Brown hörte zu, und dann sagte Watson: »Ich hab Angst, dass keine Farbigen kommen.« Er schien ernsthaft besorgt.

Der Alte Mann lächelte und schlug Mr Watson auf die Schulter. »Sie kommen sicher, Mr Watson. Beunruhigen Sie sich nicht. Ich werde unserem furchtlosen Führer von Ihrer Sorge berichten.«

Watson verzog das Gesicht. »Ich kenn ihn nicht. Er hat mir 'n Vortrag gehalten, als es um die Suche nach einem sicheren Ort ging. Er ist voller Bedenken, was Ihrn Plan angeht.«

»Ich werde mit ihm reden und seine Zweifel ausräumen.«

Mrs Watson stand immer noch hinter ihnen, und jetzt sagte sie: »Wir haben fünf Männer für Sie. Fünf, denen wir trauen können. Ohne Kinder oder Frauen.«

»Danke«, sagte er.

»Einer von ihnen«, fügte sie schluckend hinzu, »ist unser ältester Sohn.«

Der Alte Mann klopfte ihr auf die Schulter. Klopfte ihr auf die Schulter, um ihr Mut zu machen, während sie ein paar Tränen vergoss. »Der Herr wird uns nicht im Stich lassen. Er steht hinter unserer Sache«, sagte er. »Haben Sie Mut.« Er nahm die Pistolen und das Geld, das sie ihm gegeben hatten, schüttelte ihnen die Hände und ging.

Wie sich rausstellte, mussten die fünf Burschen nicht kommen, so wie's am Ende lief, denn als sie so weit waren und aufbrechen wollten, konnten sie nur noch nach Norden laufen, so schnell ihre Beine sie trugen. Die Weißen drehten durch, nachdem der Alte Mann zum Angriff geblasen hatte, sie rasteten aus und griffen alle Farbigen im Umkreis von vielen Kilometern an. Sie hatten Angst wie nur was. Ich denke, in gewisser Weise sind sie seitdem nicht mehr die Gleichen.

Ich hab gehört, wie viel über das letzte Treffen zwischen dem Alten Mann und Mr Douglass geredet worden ist. Von zwanzig verschiedenen Versionen und Büchern hab ich gehört und dass mehrere gelehrte Männer Reden drüber halten. Die Wahrheit ist, es waren nur vier erwachsene Männer dabei, und keiner von ihnen hat lange genug gelebt, um einen Bericht drüber abzugeben, außer Mr Douglass selbst. Der hat noch lange hinterher gelebt, und da er so 'n großer Redner war, hat er auf jede erdenkliche Weise drüber doziert, nur nicht geradeaus.

Aber ich war auch da, und ich hab's anders gesehen.

Der Alte Mann fuhr als Fischer verkleidet zu dem Treffen, mit 'ner Öljacke und einem Südwester. Ich weiß nicht, warum. Er war längst so bekannt, dass er sich kaum mehr verkleiden konnte. Sein weißer Bart und sein harter Blick prangten auf jedem Gesucht-Plakat von Pittsburgh bis Alabama. Tatsächlich wussten auch die meisten Farbigen in Chambersburg von dem geplanten geheimen Treffen, und es müssen zwei oder drei Dutzend gewesen sein, die da mitten in der Nacht unseren Weg säumten, als wir mit dem Wagen den Steinbruch ansteuerten. Sie flüsterten Grüße aus den Büschen neben dem Weg, einige hielten uns Decken hin, gekochte Eier, Brot und Kerzen. Sie sagten: »Gott segne Sie, Mr Brown«, und: »'n Abend, Mr Brown«, und: »Ich bin ganz auf Ihrer Seite, Mr Brown.«

Keiner sagte jedoch, dass er nach Ferry kommen würde, und der Alte Mann fragte auch nicht danach. Aber er sah, was er ihnen bedeutete, und das rührte ihn. Er kam eine halbe Stunde zu spät zum Treffen mit Mr Douglass, weil er alle zehn Minuten anhalten musste, um die Farbigen zu begrüßen, Essen und Pennies anzunehmen, und was immer sie für ihn hatten. Sie liebten den Alten Mann, und ihre Liebe für ihn gab ihm Kraft. Es war eine Art letztes Hurra! für ihn, wie sich rausstellen sollte. Später konnten sie ihm nicht mehr danken, denn nachdem er mit dem Töten und Morden der Weißen angefangen hatte, mit halsbrecherischer Geschwindigkeit, wandte sich der weiße Mann brutal gegen sie und vertrieb viele von ihnen aus der Stadt, ob schuldig oder unschuldig. Aber sie spornten ihn an, und als wir in den Steinbruch kamen und in den hinteren Teil polterten, war er in Hochform. »Bei Gott, Zwiebel, wir werden die teuflische Einrichtung zerreiben!«, rief er. »Gott will es so!«

Hinten im Steinbruch gab es einen breiten, langen Graben, der groß genug war, dass ein Wagen durch ihn fahren konnte. Wir rollten problemlos in ihn rein, und ein alter schwarzer Mann deutete stumm ganz nach hinten. Und da stand er: Mr Douglass persönlich.

Mr Douglass hatte einen stämmigen, dunkelhäutigen Neger mit feinen, lockigen Haaren mitgebracht. Er nannte sich Shields Green, wobei Mr Douglass »Emperor« zu ihm sagte. Emperor hielt sich wie er: aufrecht, fest und ruhig.

Mr Douglass hatte keinen Blick für mich und grüßte auch Mr Kagi kaum. Sein Gesicht war ernst, und nachdem die beiden sich umarmt hatten, stand er da und hörte ohne ein Wort zu, als ihm der Alte Mann die Geschichte erklärte: den Plan, den Angriff, wie die Farbigen kommen würden, sich die Armee in den Bergen versteckte, weiß und farbig gemeinsam, und über die Bergpässe verschwand, die so eng waren, dass die Bundessoldaten und die Bürgerwehren ihnen nicht folgen konnten. Kagi und Emperor standen stumm dabei. Keiner von den beiden ließ auch nur einen Piep verlauten.

Als der Alte Mann fertig war, sagte Mr Douglass: »Was hab ich zu Ihnen gesagt, dass Sie denken, ein solcher Plan könnte funktionieren? Sie marschieren geradewegs in eine Stahlfalle. Sie reden vom Waffenarsenal der Vereinigten Staaten. Die bringen Truppen aus Washington, D. C., sobald der erste Schuss gefallen ist. Nach zwei Minuten schon haben die Sie.«

»Aber Sie und ich haben doch jahrelang drüber geredet«,

sagte der Alte Mann. »Ich habe alles bis ins Kleinste durchdacht, und Sie selbst haben gesagt, dass es gehen könnte.«

»Das habe ich nie«, sagte Mr Douglass. »Ich habe gesagt, dass es gehen sollte, und *sollte* und *könnte* sind zwei verschiedene Dinge.«

Der Alte Mann flehte Mr Douglass an, sich ihm anzuschließen. »Kommen Sie mit mir, Frederick. Ich muss die Bienen einsammeln, und wenn *Sie* dabei sind, kommt bestimmt jeder einzelne Neger. Der Sklave muss sich seine Freiheit holen.«

»Ja, aber keinen Selbstmord begehen.«

Sie stritten noch ein bisschen weiter. Schließlich legte der Alte Mann die Arme um Mr Douglass. »Frederick, ich verspreche es Ihnen. Kommen Sie mit, und ich schütze Sie mit meinem Leben. Ihnen wird nichts geschehen.«

Aber das war nichts für Mr Douglass in seinem Gehrock. Er hatte zu viele Cocktails getrunken, zu viele Täubchen gegessen, zu viel Fleisch in Aspik und mit Butter gebackenen Apfelkuchen. Er war ein Mann für Salongespräche, Seidenhemden und elegante Hüte, Leinenanzüge und Krawatten. Er war ein Mann des Wortes und der Reden. »Ich kann nicht, John.«

Der Alte Mann setzte seinen Hut auf und ging zum Wagen. »Wir fahren dann.«

»Viel Glück, mein alter Freund«, sagte Mr Douglass, doch der Alte Mann hatte sich bereits abgewandt und kletterte auf den Bock. Kagi und ich folgten ihm. Mr Douglass drehte sich seinem Begleiter zu, Shields Green, und sagte: »Emperor, was ist Ihr Plan?«

Emperor zuckte mit den Achseln, sagte nur: »Ich denke, ich gehe mit dem Alten Mann«, und stieg ohne ein weiteres Wort auf den Wagen neben Kagi.

Der Alte Mann setzte ein Stück zurück, wendete und trieb die Pferde an. Er sagte nie wieder ein Wort zu Frederick Douglass oder erwähnte auch nur seinen Namen.

Den ganzen Weg zurück nach Harpers Ferry blieb er stumm. Ich spürte seine Enttäuschung. Sie schien aus ihm rauszuschwappen. So wie er die Zügel hielt, die Pferde durch die Nacht trotten ließ, den Mond hinter sich, wie sein Bart vom Ruckeln des Wagens zitterte und er die Lippen zusammengepresst hielt, wirkte er wie ein Geist. Er war niedergeschlagen. Ja, wir alle haben unser Päckchen zu tragen, wenn die Baumwolle vergilbt, der Baumwollkapselkäfer deine Ernte verschlingt und du vor Enttäuschung nicht weiter weißt. Sein Freund Mr Douglass hatte ihm das Herz gebrochen. Bei mir war es seine Tochter. Diese Dinge konnten nur so gehen, wie Gott alles einrichtete, all Seine Dinge, all Seine Schätze, all die vom Himmel gesandten Dinge, die auf dieser Welt nicht genossen werden sollen. So sagte es der Alte Mann, nicht ich, denn ich war zu der Zeit ohne Glauben. Aber in dieser Nacht rührte sich was in mir, eine Art Zauber, als ich sah, wie er die schlechte Nachricht verdaute. Da änderte sich was, wenn auch nur was Kleines. Der Captain nahm das alles hin und kehrte nach Harpers Ferry zurück, obwohl er doch wusste, dass er verloren hatte. Er wusste, er würde den Kampf für den Neger verlieren, den er als Weißer führte, und machte trotzdem weiter, weil er dem Wort des Herrn traute. Das ist starker Tobak, und in diesem Moment spürte ich Gott zum ersten Mal in meinem Herzen. Ich sagte es ihm nicht, denn was sollte ich dem Alten Mann damit in den Ohren liegen. Wenn ich's getan hätte, dann hätte ich ihm auch den anderen Teil erzählen müssen, und der war, dass Er, jetzt, wo ich Ihn fand, zu mir sprach, genau wie Er zum Alten Mann sprach, und Gott Vater sagte mir, ich solle mich verdammt schnell davonmachen. Und ich liebte seine Tochter, was ich ihm auch nicht aufladen wollte. Ich wusste ein paar Dinge. Hatte sie gelernt. Vom ersten Moment an, wirklich, hatte ich gewusst, dass Mr Douglass sich niemals bequemen würde, einen richtigen Krieg zu führen. Ja, er war ein Mann für Salonreden. So wie ich genau wusste, dass ich mich nicht dazu durchringen konnte, ein richtiger Mann zu sein, mit einer richtigen Frau, und dazu noch einer weißen. Einige Dinge in dieser Welt sollen einfach nicht sein, nicht zu der Zeit, da wir sie wollen, und das Herz muss sie als Erinnerung in sich halten, als ein Versprechen für die Welt, die kommen wird. Am Ende findet alles seine Belohnung, doch die Last ist nur schwer zu tragen.

27

Flucht

Als wir zurück auf die Farm in Ferry kamen, war alles in Aufruhr. Oliver, der Sohn des Captains, und Annie erwarteten uns an der Tür. Annie sagte: »Mrs Huffmaster hat den Sheriff gerufen.«

»Was?«

»Sie sagt, sie hat einen der Farbigen bei uns gesehn. Da ist sie zum Sheriff gelaufen, hat uns als Abolitionisten angezeigt und ihn hergebracht.«

»Und dann?«

»Ich hab dem Sheriff gesagt, du bist Montag wieder da. Er wollte reinkommen, aber ich hab ihn nicht gelassen. Dann kam Oliver von oben und sagte, er soll verschwinden. Der Sheriff war ganz schön wütend. Er hat mir einen Vortrag gehalten, wie die Abolitionisten die Sklaven nach Norden schaffen. Er sagte: ›Wenn Ihr Pa eine Minengesellschaft führt, wo graben sie dann? Wenn er was aus der Erde holt, wo sind dann die Wagen und die Ochsen, die er dafür braucht?‹ Er meinte, er käm mit 'nem Trupp Hilfssheriffs zurück, um das Haus zu durchsuchen.«

»Wann?«

»Nächsten Samstag.«

Der Alte Mann überlegte einen Moment.

»War einer von unsern Männer hinten? Einer von den Negern?«, fragte Kagi.

»Das ist unwichtig. Einen Augenblick«, sagte der Alte Mann. Er stand lange da, bevor er was sagte, stand da und wankte ein bisschen. Er wirkte fast, als hätte er den Verstand verloren. Sein Bart reichte ihm fast bis ans Koppelschloss, sein Anzug war zerrissen, und er trug immer noch den Südwester von seiner Verkleidung. Sein Gesicht drunter war ein zerfurchter Wischlappen. Er hatte Probleme über Probleme. Der Schleier war gelüftet, einige Männer hatten Briefe nach Hause geschickt und sich von ihren Müttern verabschiedet, was zu allen möglichen Mutmaßungen führte, und die Mütter schrieben dem Alten Mann: »Schick meinen Jungen nach Hause.« Seine Schwiegertochter Martha, Olivers Frau, war schwanger und heulte alle halbe Stunde. Einige der weißen Leute, die ihm Geld für den Kampf gegen die Sklaverei gegeben hatten, wollten es zurück. Andere hatten besorgte Briefe an Kongress- und Regierungsmitglieder geschrieben. Seine Geldgeber in Boston wollten wissen, wie groß seine Armee denn nun war, und mit den Waffen gab's auch allen möglichen Ärger. Er hatte vierzigtausend Zündhütchen ohne die richtigen Kapseln. Und dann die Männer, die so eng zusammengepfercht oben im Haus hockten, dass es kaum mehr erträglich schien. Das alles hätte jeden Mann wahnsinnig gemacht, aber Old John Brown war nun mal kein normaler Mann, er war, wenn man's so ausdrücken will, sowieso schon nicht ganz bei Sinnen. Aber jetzt schien er tatsächlich außer Gefecht gesetzt.

Er stand da, wankte eine Weile und sagte: »Kein Problem. Wir ziehen die Sache auf Sonntag vor.«

»Das ist in vier Tagen!«, rief Kagi.

»Wenn wir's jetzt nicht tun, dann vielleicht nie.«

»Wir können in vier Tagen nicht losschlagen! Die Leute kommen am Dreiundzwanzigsten!«

»Die, die kommen, werden in vier Tagen hier sein.«

»Der Dreiundzwanzigste ist nur eine Woche später.«

»Die Woche haben wir nicht«, schnaubte der Alte Mann. »Wir schlagen Sonntag los, am sechzehnten Oktober. Wer noch nach Hause schreiben will, soll es jetzt tun. Sagen Sie das den Leuten.«

Das musste Kagi nicht, einige waren runtergekommen und hörten zu. Sie hatten ihre Briefe längst geschrieben, oben in der Enge, wo's sonst nichts zu tun gab. »Wie verbreiten wir das unter den Farbigen?«, wollte Stevens wissen.

»Das müssen wir nicht. Die meisten, die kommen sollen, werden hier sein. Wir haben fünf aus Chambersburg und fünf aus Boston, die Merriman versprochen hat. Dazu die Männer von hier und die aus Kanada.«

»Auf die aus Kanada würde ich nicht zählen«, sagte Kagi. »Nicht ohne Douglass.«

Der Alte Mann runzelte die Stirn. »Nach meiner Rechnung sind wir immer noch neunundzwanzig Mann«, sagte er.

»Vierzehn davon sind nicht hier und unsichere Kandidaten«, sagte Kagi.

Der Alte Mann zuckte mit den Schultern. »Wenn es erst losgeht, werden sie von überall kommen. Die Bibel sagt: ›Wer sich ohne Vertrauen bewegt, dem kann man nicht trauen.‹ Vertrauen Sie auf Gott, Lieutenant.«

»Ich glaube nicht an Gott.«

»Das macht nichts. Er glaubt an Sie.«

»Was ist mit dem General?«

»Sie hat mir einen Brief geschrieben. Sie ist krank und kann nicht kommen. Von ihr haben wir den Eisenbahn-Mann, das reicht. Der verbreitet die Nachricht unter ihren Leuten.«

Er wandte sich an mich. »Zwiebel, lauf nach Ferry und warte auf den Zug. Wenn er kommt, sag dem Eisenbahn-Mann, wir schlagen schon am Sechzehnten los, nicht erst am Dreiundzwanzigsten. Eine Woche früher.«

»Das übernehme ich besser«, sagte Kagi.

»Nein«, sagte der Alte Mann. »Die sind jetzt hinter uns her. Sie werden gestoppt und verhört, ein farbiges Mädchen lassen sie in Ruhe. Ich brauche alle Männer hier, wir haben viel zu tun. Wir müssen die restlichen Sharps-Gewehre holen und vorbereiten, müssen die Kugeln und Zündkapseln fertig haben und die Spieße auspacken. Und wir müssen Annie und Martha auf die Straße bringen, morgen oder spätestens übermorgen. Die Zwiebel hilft ihnen bei den Vorbereitungen, wenn sie zurückkommt, und sie fährt mit ihnen. Ich will hier keine Frauen haben, wenn wir angreifen.«

Mein Herz tat einen Freudensprung.

»Wie werden sie fahren?«, fragte Kagi.

»Salmon bringt sie nach Philadelphia. Von da können sie den Zug nach Upstate New York nehmen. Jetzt ist keine Zeit mehr zum Reden, Lieutenant. Wir müssen anpacken.«

Ich lief runter zum Zugdepot in Ferry und zwitscherte wie ein Vogel, glücklich wie nur was, wartete unter der Böschung auf den Ein-Uhr-Fünfundzwanzig der B&O und hoffte, dass er nicht zu spät kam, weil ich nicht zurückgelassen werden wollte. Auf keinen Fall, unter keinen Umständen wollte ich meine Fahrt nach da oben verpassen. In Philadelphia würde ich mich von ihnen absetzen lassen, ich hatte lange genug gewartet und konnte mich ohne schlechtes Gewissen verabschieden. Der Alte Mann gab mir seinen Segen.

Gott sei Dank kam das Ding pünktlich. Ich wartete, bis alle Passagiere ausgestiegen waren und der Zug noch die paar Meter weiterschnaufen musste, um Wasser zu bunkern, und als er am Turm stehen blieb, lief ich den Eisenbahn-Mann suchen. Ich entdeckte ihn am Ende des Zugs, wo er Gepäck in den Bahnhof trug und auf Wagen packte. Als er damit fertig war, ging er zum Dienstwagen auf die andere Seite des Zugs. Dort stand ein farbiger Dienstmann, der sich gleich dünnmachte, als er mich kommen sah. Er wusste, was ich hier machte, und mied mich wie Arsen. Der Eisenbahn-Mann blickte zu mir hin, deutete ohne ein Wort mit dem Kopf zu der Stelle unter der Böschung, wo wir uns schon getroffen hatten, und stieg zurück in den Zug.

Ich lief runter Richtung Ufer und wartete im Schatten des Stützpfeilers, damit mich keiner sah. Der Eisenbahn-Mann kam kurz drauf, und er kochte. Er lehnte sich an den Pfeiler und sprach mit dem Rücken zu mir. Er kochte wirklich. »Hab ich dir nicht gesagt, nicht wieder herzukommen?«

»Der Plan hat sich geändert. Der Alte Mann schlägt in vier Tagen los.«

»In vier Tagen? Du machs' dich lustig über mich!«, sagte er.

»Nein«, erwiderte ich, »ich sag's Ihnen nur.«

»Sag ihm, ich kann in vier Tagen nicht so viele Leute zusammenkriegen. Ich hab den Ball grad erst ins Rollen gebracht.«

»Bringen Sie, so viel Sie können, der Termin wird nicht mehr geändert«, sagte ich.

»Ich brauch noch eine Woche. Der Dreiundzwanzigste ist das, was er gesagt hat.«

»Der Dreiundzwanzigste ist gestrichen. Es geht Sonntag los.«

»Der General ist krank. Weiß er das?«

»Das ist nicht mein Problem.«

»Natürlich nicht. Dich schert nur deine eigene Haut, du kleines Frettchen.«

»Sie haben die Falsche am Kragen. Warum suchen Sie sich nicht wen in Ihrer Größe aus?«

»Pass auf, was du sagst, oder ich putz dich weg, du durchtriebenes Stück.«

»Wenigstens bin ich kein Dieb. Nach allem, was ich weiß, haben Sie das Geld vom Alten Mann selbst eingesteckt und werden sich nicht blicken lassen, und auch sonst keiner.«

Der Eisenbahn-Mann war ein großer Bursche, und er hatte mir die ganze Zeit den Rücken zugewandt gehalten. Aber jetzt drehte er sich um, packte mich bei meinem Kleid und hob mich in die Luft.

»Noch so ein Wort aus dem losen Maul in deinem Gesicht, du kleines, gehässiges Ding, und ich werf dich in den Fluss.«

»Ich sag doch nur, was der Alte Mann sagt! Es geht in vier Tagen los!«

»Ich hab's gehört! Halt einfach dein so loses Mundwerk. Ich werde bringen, wen ich kann. Sag deinem Alten Mann, er soll den Zug stoppen, bevor er die Brücke über den Potomac erreicht. Er darf ihn nicht drüberfahrn lassen. Stoppt ihn da und gebt mir ein Passwort.«

»Was ist das?«

»Ein Wort. Ein Zeichen. Benutzt ihr keine Passwörter oder so was?«

»Da hat keiner was von gesagt.«

Er setzte mich wieder ab. »Scheiße. Was für 'ne Geschichte ist das eigentlich.«

»Kann ich dem Captain also sagen, dass Sie Bescheid wissen?«

»Sag's ihm. Ich bringe, wen ich kann.«

»Was noch?«

»Sag ihm, wir brauchen ein Passwort. Und stoppt den Zug, bevor er auf die Brücke fährt. Nicht im Bahnhof. Sonst steigen die Passagiere aus. Stoppt ihn vor der Brücke, und ich komm raus und seh nach, was los ist. Ich halte eine Laterne raus, ich geh am Zug lang und sage, was immer für 'n Passwort wir ausgesucht haben. Behältst du das? Stoppt den Zug vor der Brücke.«

»Ja.«

»Ich sag dir was, wo du so blöd bist, geb ich dir ein Passwort. Ich werde sagen: ›Wer geht da?‹, und wer immer da ist, antwortet: ›Jesus geht da.‹ Kannst du dir das merken?«

»›Wer geht da? Jesus geht da.‹ Kapiert.«

»Vergiss es nicht. ›Wer geht da‹, und: ›Jesus geht da.‹ Wenn sie das nicht sagen, werde ich die Laterne nicht für die hinter mir schwenken. Ich werd einen Gepäckwagen voll mit Farbigen hinter mir haben, und vielleicht noch 'ne Wagenladung neben den Gleisen. Ich hätte noch mehr, aber in vier Tagen krieg ich nicht alle zusammen.«

»Verstanden.«

»Wenn ich die Laterne auf den Gleisen schwenke, wissen die Farbigen, was sie tun müssen. Sie springen vom Zug, kommen vor und nehmen den Schaffner und den Lokomotivführer als Geiseln für den Captain. Der Rest nimmt die Eisenbahnwerkzeuge, die ich ihnen gebe, und zerstört die Gleise hinter dem Zug, damit er nicht rückwärts wegkann. Ich halte den Zug so lange da fest.«

»Wie wollen Sie das machen?«

»Es gibt noch einen farbigen Träger und einen farbigen Heizer. Die beiden sind auf unserer Seite. In einer Weise.«

»Was heißt das?«

»Dass sie Bescheid wissen und sich raushalten. Nicht alle auf dieser Welt sind so verrückt wie ich. Aber sie sind vertrauenswürdig. Wenn sie's nicht wärn, wärs' du längst hinüber. So wie du dich um den Bahnhof rumdrückst mit dei'm Mundwerk. Alle Farbigen in Ferry wissen, was hier vorgeht. Auf jeden Fall werden die beiden die dummen Nigger spielen und den Zug lange genug aufhalten, dass die Farbigen aus dem Gepäckwagen und den Waggons können. Verstanden?«

»Ja, kapiert.«

»Gut. Dann verschwinde, du halbgares, missratenes Etwas. Bist 'ne seltsame Kreatur. Die Sklaverei hat 'n paar komische Wiesel aus uns gemacht, und ich hoffe, du läufst nicht bis ans Ende deiner Tage so rum. Wenn du mich in diesem Leben noch mal wiedersiehst, auf der Straße oder irgendwo sonst auf dieser Welt, sag nie wieder was zu mir oder nick in meine Richtung. Ich wünschte, ich hätte dich nie getroffen.«

Damit ging er weg, schnell, rutschte die Böschung runter, zwischen den Brückenstelzen her, und kletterte den Hang rauf zum zischenden Zug. Er stieg ein. Als ich über die Brücke zurück auf die Maryland-Seite und die Straße am Potomac langlief, schnaufte das Ding bereits in Richtung Virginia aus dem Blick. Ich ließ den Potomac hinter mir und stieg rauf zur Kennedy-Farm.

Im Haus herrschte Chaos, als ich zurückkam. Es ging zu wie in einer unter Beschuss liegenden militärischen Festung. Überall wuselten Leute rum, schleppten Kisten, Koffer, Gewehre, Pulver, Musketen und Munition. Sie waren erleichtert, dass es endlich losging, nachdem sie so lange in dem winzigen Raum oben eingesperrt gewesen waren, dass es eine Schande war, bewegten sich voller Kraft und platzten geradezu vor Tatendrang und Begeisterung. Annie und Martha liefen ebenfalls wie aufgescheucht rum, bereit aufzubrechen. Alle in dem kleinen Haus hatten was zu tun, schubsten und drängten an mir vorbei, während ich eine Weile einfach so dastand. In den nächsten zwei Tagen tat ich eher ziellos rum und wartete auf eine Gelegenheit, mich vom Alten Mann zu verabschieden.

Er achtete nicht weiter auf mich, war voll aufgeblüht und bewegte sich wie 'n Wirbelsturm durchs Haus. Mit Ruß und Pulver bedeckt, lief er von oben nach unten und wieder rauf und gab Befehle. »Mr Tidd, tauchen Sie die Wergknäuel in Öl, damit wir die Brücken in Brand setzen können. Mr Copeland, packen Sie noch mehr Patronen in die Gewehrkiste da. Beeilt euch, Männer. Schnell. Wir sind im Recht, und wir werden dem Universum widerstehen!« Fast zwei Tage beobachtete ich ihn so, wie er von einem Raum in den anderen lief und mich komplett übersah. Dann gab ich auf und flüchtete mich in eine Ecke der Küche, um mir was zu essen zu gönnen. Ich war immer hungrig, und es war an der Zeit, dass wir aufbrachen. Ich saß gerade, als Annie reingehuscht kam und sich auf einen Stuhl sinken ließ. Sie war erschöpft und blickte aus dem Fenster, ohne mich zu bemerken, und der Ausdruck auf ihrem Gesicht ließ mich völlig vergessen, wo ich war.

Sie saß da, war bedrückt, stand schließlich wieder auf und nahm langsam ein paar Töpfe, Pfannen und Sachen, die sie noch verstauen wollte. Sie versuchte tapfer dreinzukucken. Alle Browns waren immer voller Vertrauen in ihren Pa, das kann ich sagen. Genau wie er glaubten sie, dass der Neger frei sein und gleiche Rechte wie alle anderen haben sollte. Klar waren sie zu diesem Zeitpunkt bereits nicht mehr bei Trost, aber sie hatten eine Entschuldigung, denn sie waren alle wie religiöse Narren aufgewachsen und der Bibel auf den Buchstaben gefolgt. Trotzdem, Annie war niedergeschlagen, sie fühlte sich schlapp. Ich ertrug es nicht, sie so geschafft zu sehen, machte mich bemerkbar, und als sie mich sah, sagte sie: »Ich hab so 'n schlimmes Gefühl, Zwiebel.«

»Es gibt nichts, worüber du dir Sorgen machen musst«, sagte ich.

»Ich weiß, ich sollte es nicht. Aber es ist schwer, so tapfer zu sein, Zwiebel.« Sie lächelte. »Ich bin froh, dass du mit mir und Martha kommst.«

Also, ich war so froh, dass mein Herz hätte platzen können, doch das konnte ich nicht sagen, und so spielte ich es wie gewohnt runter. »Ja, ich auch«, war alles, was ich rausbrachte.

»Hilf mir, die restlichen Sachen hier zu verstauen.«

»Natürlich.«

Während wir uns auf unseren Aufbruch vorbereiteten, fing ich an, über meine Pläne nachzudenken. Annie und Martha lebten auf dem Land des Alten Mannes in Upstate New York, nicht weit von Kanada. Ich konnte nicht mit ihnen da rauf, es wär zu schwer für mich, bei Annie zu sein, und so beschloss ich, mit dem Wagen mit nach Pennsylvania zu fahren, mich da zu verabschieden und zu versuchen, auf eigene Faust nach Philadelphia zu kommen. Wenn wir es denn so weit nach Norden schafften. Sicher war's nicht, denn wie du es auch betrachtetest, war ich ein Risiko für sie. Wir mussten durch Sklavenland, und da wir's eilig hatten, mussten wir bei Tag fahren, was gefährlich war, denn je näher wir der Freiheitsgrenze nach Pennsylvania kamen, desto mehr Sklavenpatrouillen gab es, die uns stoppen und Salmon ausfragen würden, ob er Sklaven dabeihätte. Salmon war jung und ein Sturkopf wie sein Pa. Er würde sich von keinen Irren und keiner Sklavenpatrouille aufhalten lassen, wenn er seine Schwester und seine Schwägerin in Sicherheit brachte, und mich würde er auch nicht aufgeben. Und er musste wieder zurück. Er würde als Erster schießen.

»Ich muss Heu besorgen«, erklärte ich Annie, »um mich hinten auf dem Wagen drunter verstecken zu können, bis wir in Pennsylvania sind.«

»Das sind zwei Tage«, sagte sie. »Besser, du sitzt bei uns und tust so, als wärst du unsere Sklavin.«

Aber Annies hübsches Gesicht sah mich so lieb und unschuldig an, dass ich dachte, das So-tun-als-ob nicht mehr zu ertragen. Ohne ein Wort lief ich zum Schuppen und brachte etwas von dem Heu zu unserem Planwagen, den wir für die Fahrt vorbereiteten. Da drunter wollte ich mitfahren, solange es hell war, zwei Tage. Besser, mich so zu verstecken, als offen sichtbar. Aber, bei Jesus, ich hatte die Versteckerei langsam satt. In jeder Hinsicht versteckte ich mich und war's endgültig müde.

Wir beluden den Wagen am Tag vor dem großen Angriff und verabschiedeten uns ohne viel Federlesen. Der Captain gab Annie einen Brief mit und sagte: »Der ist für deine Ma und deine Schwestern und Brüder. Ich sehe euch bald wieder, oder etwas später, so Gott will.« Zu mir sagte er: »Lebwohl,

Zwiebel. Du hast gut gekämpft, und ich sehe auch dich wieder, wenn dein Volk frei ist und der Herr es will.« Ich wünschte ihm Glück, und wir fuhren ab. Ich sprang ins Heu, und sie bedeckten mich mit einem Brett, das über die ganze Seite des Wagens reichte. Obendrauf setzte sich Annie. Salmon steuerte den Wagen und saß mit seiner Schwägerin Martha, Olivers Frau, vorn.

Wir fuhren die Straße runter, Annie war direkt über mir, und durch das Klappern des Wagens konnte ich hören, wie sie ein paar Tränen vergoss. Nach einer Weile beruhigte sie sich und sagte: »Wenn alles vorbei ist, Zwiebel, wird dein Volk frei sein.«

»Ja, das wird es.«

»Und du kannst losziehen, dir deine Fiedel kaufen, singen und deinen Träumen folgen. Alles, was du willst. Dein ganzes Leben lang kannst du singen, wenn es vorbei ist.«

Ich wollte sagen, dass ich am liebsten bei ihr bliebe, wohin sie auch ging, und den Rest meines Lebens für sie sänge. Sonette und religiöse Lieder und all die tranigen Melodien mit dem Herrn drin, die sie so mochte. Welches Lied auch immer sie wollte, ich würd's ihr singen. Ich wollte ihr sagen, dass ich mich änderte, eine neue Seite aufschlug, ein neuer Mensch und der Mann wurde, der ich wirklich war. Aber es ging nicht, ich hatte es nicht in mir, ein Mann zu sein. Ich war ein Feigling, der eine Lüge lebte. Wobei, wenn du drüber nachdachtest, war's keine schlechte Lüge. Ein Neger zu sein, bedeutet, dem weißen Mann jeden Tag dein bestes Gesicht zu zeigen. Du kennst seine Wünsche, seine Bedürfnisse und beobachtest ihn genau, aber er weiß nicht, was *du* dir wünschst. Er hat keine Ahnung von dir, von deinen Bedürfnissen, deinen Gefühlen und dem, was in dir steckt, denn er sieht dich nicht auf einer Stufe mit sich. Für ihn bist du nur ein Nigger, ein Ding wie 'ne Schaufel, ein Hund oder ein Pferd. Deine Bedürfnisse und Wünsche bedeuten nichts, ob du nun ein Mädchen oder ein Junge bist, eine

Frau oder ein Mann, schüchtern oder fett, ob du Kekse magst oder Wetterumschwünge nicht verträgst. Wen stört das alles? Den Weißen ganz sicher nicht, denn für den bist du ein Nichts. Aber für dich, für dein Inneres, ist es wichtig, und das brachte mich an den Rand. Ein Körper kann nicht aufblühen, wenn sein Besitzer nicht weiß, wer er ist. Es macht dich arm wie 'ne Erbse, wenn du nicht weißt, wer du in dir drin bist. Das ist schlimmer als alles, was du nach draußen hin sein kannst. Sibonia in Pikesville hatte mir das gezeigt. Ich denke, die Sache mit Sibonia hat mich fürs Leben aus der Bahn gebracht: zu sehen, wie sie und ihre Schwester in Missouri den Strick um den Hals nahmen. »Sei ein Mann!«, hat sie zu dem jungen Kerl gesagt, der auf den Stufen zum Galgen zusammenklappte, als sie ihn hängen wollten. »Sei ein Mann!« Wie die anderen haben sie ihn in den Schlaf geschickt, wie ein Hemd haben sie ihn aufgehängt, aber er hat es gemeistert. Er hat es angenommen. Er erinnerte mich an den Alten Mann, so wie sich oben auf dem Gerüst sein Ausdruck änderte, bevor sie ihn aufhängten: als hätte er was gesehen, was kein anderer sehen konnte. Das war der Ausdruck, der auch auf dem Gesicht des Alten Mannes ruhte. Old John Brown war ein Verrückter, aber ein guter, gütiger Verrückter, der gar kein sachlicher, vernünftiger Mann in seinem Verhältnis zu den anderen Weißen sein konnte, genauso wenig, wie du und ich wie 'n Hund bellen können, denn er sprach ihre Sprache nicht. Er war ein Mann der Bibel. Ein Mann Gottes. Verrückt wie nur was. Der reinen Wahrheit verpflichtet, was jeden in den Wahnsinn treibt. Aber wenigstens wusste er, dass er verrückt war. Wenigstens wusste er, wer er war. Das war mehr, als ich über mich sagen konnte.

Solche Sachen wälzte ich im Kopf rum, während ich da wie die dumme Gans, die ich war, unterm Heu auf dem Wagenboden lag und mir die Tasche damit volllog, was ich sein oder welche Lieder ich singen sollte. Annies Pa war ein Held für mich.

Er war es, der die Sache trug, der das Gewicht meines Volkes auf den Schultern trug. Er war es, der Haus und Heim für etwas verlassen hatte, woran er glaubte. Ich hatte nichts zum dran Glauben. Ich war nur 'n Nigger, der was zu essen wollte.

»Ich denke, ich werd ein bisschen singen, wenn der Krieg vorbei ist«, gelang es mir, zu Annie zu sagen. »Hier und da.«

Annie sah weg, mit feuchten Augen, als ihr was einfiel. »Ich hab vergessen, Pa das von den Azaleen zu sagen«, platzte es aus ihr raus.

»Das was?«

»Von den Azaleen. Ich hab sie hinterm Haus gepflanzt, und sie haben violette Blüten gekriegt. Vater wollte, dass ich es ihm sage, wenn sie blühen. Er meinte, das wär ein gutes Zeichen.«

»Wahrscheinlich sieht er sie auch so.«

»Nein. Da kuckt er nicht hin. Sie stehen ganz hinten beim Gebüsch.« Und sie sackte in sich zusammen und schluchzte wieder.

»Es sind doch nur Blumen, Annie«, sagte ich.

»Nein, sind es nicht. Vater sagt, gute Zeichen sind Signale vom Himmel. Gute Omen sind wichtig. Wie Fredericks Großer-Gott-Vogel. Deshalb hat er immer diese Federn für seine Armee benutzt. Es sind nicht einfach nur Federn oder Passworte. Es sind Omen. Die vergisst du nicht so leicht, selbst in schwierigen Zeiten, da erinnerst du dich an sie. Du kannst sie nicht vergessen.«

Ein schreckliches, grauenhaftes Gefühl ergriff mich, als sie diese Worte sagte, denn plötzlich begriff ich, dass ich komplett vergessen hatte, dem Captain das Passwort vom Eisenbahn-Mann zu sagen, das er brauchen würde, wenn er den Zug an der Brücke stoppte. Der Eisenbahn-Mann würde sagen: »Wer geht da?«, und sie sollten antworten: »Jesus geht da.« Wenn der Eisenbahn-Mann das Passwort nicht hörte, würde er die Männer nicht rauslassen.

»Großer Gott«, sagte ich.

»Ich weiß«, schluchzte sie. »Es ist ein schlechtes Omen.«

Ich sagte nichts, sondern lag nur da, während sie über mir schluchzte, und Gott weiß, wie schrecklich mein Herz schlug. Zum Teufel damit, dachte ich. Für nichts auf der Welt würde ich jetzt unter dem Heu vorkriechen, als willkommene Beute für jeden irischen Sklavenfänger zwischen Virginia und Pennsylvania zurück nach Ferry laufen und mich in Stücke schießen lassen. Wir waren seit fast drei Stunden unterwegs, und ich spürte die Sonne unten von der Erde in den Wagen dringen. Wir mussten in der Nähe von Chambersburg sein, direkt bei der Grenze von Virginia, mittendrin im Sklavenland.

Annie heulte noch was und beruhigte sich dann. »Ich weiß, du denkst an Philadelphia, Zwiebel. Aber ich frage mich ... ich frage mich, ob du mit mir nach North Elba kommen willst«, sagte sie. »Vielleicht könnten wir da gemeinsam eine Schule aufmachen. Ich kenne dein Herz. North Elba ist ein ruhiger Fleck, freies Land. Wir könnten eine Schule gründen. Wir könnten ... ich könnte dabei eine Freundin brauchen.« Und damit brach sie erneut in Tränen aus.

Nun, das war's. Ich lag da unterm Heu und dachte, ich wär nicht besser als all die großmäuligen, miesen Reverends und Doktoren oben in Kanada, die versprochen hatten, mit dem Alten Mann in den Krieg zu ziehen, und wahrscheinlich nicht mal dran dachten. Die Sache beschämte und bedrückte mich ganz fürchterlich, während sie so heulte, und mit jedem Kilometer wurde die Last größer und drückte wie ein Fels auf mein Herz. Was sollte ich in Philadelphia machen? Wer sollte mich lieben? Allein würde ich sein. Aber in Upstate New York, wie lang würde es gut gehen, bis sie rausfand, wer ich wirklich war? Sehr bald schon würde sie dahinterkommen, und wie soll dich im Übrigen einer lieben, wenn du selbst nicht weißt, wer du bist? Ich war jetzt schon so lange ein Mädchen, dass ich mich auch so entwickelt hatte. Ich hatte mich dran gewöhnt, nichts heben zu müssen und dass die Leute mich entschuldigten, weil ich nicht stark genug war, schnell genug oder stark wie 'n Junge. Ich war so schmächtig. Aber das ist die Sache. Du kannst eine Rolle in deinem Leben spielen, aber deswegen bist du's noch nicht. Du spielst es nur und bist es nicht wirklich. Ich war vor allem ein Neger, und Neger spielen auch so schon ihre Rollen, verstecken sich, lächeln. Tun so, als wär ihre Sklaverei in Ordnung, bis sie frei sind, und dann? Wozu taugt die Freiheit? So zu sein wie die Weißen? Nicht, was den Alten Mann anging. Ich begriff in diesem Moment, dass du in jedem Augenblick alles bist, was du in deinem Leben bist, und dazu gehört auch, jemanden zu lieben. Aber wenn du nicht du selbst sein kannst, wie kannst du dann jemanden lieben? Wie kannst du frei sein? Es quetschte mir das Herz zusammen, wie eine Schraubzwinge. Es erdrückte mich. Ich war mit Haut und Haar in dieses Mädchen verliebt. Ich gestehe es, ich liebte sie von ganzem Herzen, und es würde mich den Rest meines Lebens verfolgen, dachte ich, wenn ihr Vater getötet würde, weil der Eisenbahn-Mann nicht das richtige Passwort von ihm hörte. Verflucht sei dieser gottverdammte Hurensohn, der ihr Vater war! Und der Eisenbahn-Mann gleich mit! Dieser selbstgerechte, dämliche, viel zu viel riskierende Elefantenarsch! Und alle diese die Sklaverei bekämpfenden Dreckskerle! Auf mir würde es am Ende lasten. Der Gedanke, dass der Captain wegen mir zu Tode kommen könnte, war noch zehn Mal schlimmer, als dass Annie mich nicht liebte, wo sie doch, wenn sie wüsste, was ich war, angewidert von mir wär, einem Nigger, der sich als Mädchen verkleidete, nicht genug Mann, um ein Mann zu sein. Ich liebte sie, aber sie liebte mich nicht zurück, kein bisschen, oder mochte mich nicht mal, ganz gleich, was sie für mich in dem Moment als liebste Freundin fühlte. Sie liebte eine Illusion, und ich würde das Blut ihres Vaters an den Händen haben, für den Rest meines Lebens, lag unterm Heu, ein Feigling und kein richtiger Mann, nicht Mann genug, zurückzulaufen und ihm die Worte zu sagen, die ihm helfen konnten, fünf Minuten länger zu leben, denn wenn er auch verrückt war, war ihm sein Leben doch so viel wert wie mir meins, und er hatte es schon so viele Male für mich riskiert. Gottverdammt noch mal und zum Teufel!

Das Blut des Captains an den Händen zu haben, weil ich was nicht getan hatte, was ich hätte tun sollen, das war zu viel. Ich ertrug es nicht.

Das Brett, auf dem sie saß, lag auf zwei Querstreben. Ich schob es ein Stück zur Seite, kroch aus dem Heu und setzte mich auf.

»Ich muss gehn«, sagte ich.

»Was?«

»Sag Salmon, er soll anhalten.«

»Das können wir nicht. Wir sind mitten im Sklavenland. Verkriech dich wieder im Heu!«

»Nein, das werde ich nicht.«

Und bevor sie irgendwas tun konnte, schlüpfte ich ganz unter dem Brett vor, riss mir die Haube vom Kopf und das Kleid bis zum Bauch runter. Vor Schreck kriegte sie den Mund nicht wieder zu.

»Ich liebe dich, Annie. Ich werd dich nie wiedersehen.«

Mit einer schnellen Bewegung packte ich meinen Jutebeutel und sprang hinten vom Wagen, rollte über den Pfad, und ihr erschreckter Schrei hallte durch den Wald und die Bäume um mich rum. Salmon hielt den Wagen an und rief nach mir, aber da hätte er genauso gut in ein leeres Loch schreien können. Ich lief die Straße lang und war weg.

28

Der Angriff

Wie der Wind rannte ich die Straße runter und wurde von einem alten Farbigen aus Frederick, Maryland, mitgenommen, der mit dem Wagen seines Masters nach Ferry unterwegs war, um eine Ladung Holz zu holen. Wir brauchten den ganzen Tag, um zurückzukommen, denn so schlau er war, musste er doch an den ganzen Sklavenpatrouillen vorbei und jedes Mal wieder das Geschäft für seinen Master erklären. Schließlich setzte er mich ein paar Kilometer von Ferry auf der Maryland-Seite ab, und ich lief den Rest zu Fuß. Ich kam erst spät am Farmhaus an, Stunden nach Einbruch der Dunkelheit.

Das Haus war dunkel, und ich konnte kein Kerzenlicht erkennen. Es nieselte und gab kein Mondlicht. Ich hatte keine Uhr, schätzte aber, dass es kurz vor Mitternacht war.

Ich stieß die Tür auf, und sie waren weg. Ich wollte mich zur nächsten Tür tasten, aber da war eine Gestalt, die mir einen Gewehrlauf ins Gesicht drückte. Ein Licht flammte auf und blendete mich, und dahinter standen drei aus der Armee des Alten Mannes: Barclay Coppoc, einer der schießenden Quäker, Owen und Francis Merriam, der behämmerte Einäugige, verrückt wie 'n Wiesel, der erst spät dazugestoßen war. Alle drei hielten Gewehre in den Händen und waren bis an die Zähne mit Seitenwaffen und Schwertern bewaffnet.

»Was machst du hier?«, fragte Owen.

»Ich hab vergessen, deinem Pa das Passwort für den Eisenbahn-Mann zu geben.«

»Vater hat kein Passwort für ihn.«

»Genau. Der Eisenbahn-Mann hat mir eins für ihn gegeben.«

»Es ist zu spät. Sie sind seit vier Stunden weg.«

»Ich muss es ihm sagen.«

»Warte hier.«

»Auf was?«

»Die kriegen das schon hin. Wir können dich hier brauchen. Wir bewachen die Waffen und warten, dass die Farbigen kommen«, sagte Owen.

»Also das iss so ziemlich das Dümmste, was ich in mei'm Leben gehört hab, Owen. Könn' Sie nicht endlich aufwachen?«

Ich sah Owen an und schwöre bei Gott, dass er sich Mühe gab, das Gesicht nicht zu verziehen. »Ich bin absolut gegen die Sklaverei, jeder, der es nicht ist, ist ein Narr«, sagte er. »Sie werden kommen, und ich werde hier auf sie warten.« Ich nehme an, das war seine Art, sein Vertrauen in seinen Pa auszudrücken und sich gleichzeitig aus der Schusslinie zu halten. Die Farm lag acht Kilometer außerhalb von Ferry, und der Alte Mann musste ihn hier zurückgelassen haben, weil Owen schon genug Verrücktheiten seines Vaters miterlebt hatte. Er war bei allen Kansas-Kriegen dabei gewesen und hatte das Schlimmste gesehen. Den beiden anderen wollte der Alte Mann wahrscheinlich den Kampf ersparen, denn Coppoc war erst zwanzig und Merriam hatte kaum einen Fetzen Hirn im Schädel.

»Ist der B&O schon da?«, fragte ich.

»Ich weiß es nicht. Gehört haben wir ihn nicht.«

»Wie viel Uhr ist es?«

»Zehn nach eins.«

»Er kommt nicht vor fünf vor halb zwei. Ich muss Ihren Pa warnen«, sagte ich und bewegte mich in Richtung Tür.

»Warte«, sagte Owen, »ich hab dich schon oft genug aus der Klemme geholt, Zwiebel. Bleib hier.« Aber da war ich schon wieder draußen und weg.

Ich hatte acht Kilometer zu rennen bis nach Ferry, durch die nieselnde, pechschwarze Nacht. Wär ich weiter mit dem alten Farbigen gefahren und nicht bei der Farm ausgestiegen, hätte er mich bis in die Stadt gebracht, und ich hätt's wohl früher geschafft. Aber das ließ sich jetzt nicht mehr ändern. Meine Tasche mit allen meinen Habseligkeiten hatte ich immer noch auf dem Rücken hängen, einschließlich einer Ausstattung Jungsklamotten. Ich wollte mich gleich wieder davonmachen, wenn ich meinen Fehler ausgewetzt hatte. Der Eisenbahn-Mann würde mich mitnehmen. Nach allem, was er gesagt hatte, wollte er nicht hier bleiben. Hätte ich nur ein bisschen Verstand gehabt, hätte ich einen Revolver in die Tasche gesteckt. Im Farmhaus lag ein Dutzend von ihnen rum, zwei hatte ich auf der Fensterbank gesehen, als ich reingekommen war, wahrscheinlich geladen und schussfertig. Aber ich hatte nicht dran gedacht.

Ich rannte den Hügel runter und hörte keinen einzigen Schuss, es war also noch nicht losgegangen, aber als ich unten ankam und den Potomac langrannte, hörte ich den Zug pfeifen und sah ein schwaches Licht vor mir, ein, zwei Kilometer östlich kam es um den Berg gekurvt. Das war der B&O aus Baltimore, der keine Minute verschenkte.

Ich rannte, was meine Beine hergaben, über die Brücke auf den Potomac zu.

Der Zug erreicht knapp vor mir die andere Seite. Ich hörte das Kreischen der Bremsen, als ich den ersten Fuß auf die Brücke setzte, sah, wie er dastand, wartete, zischte. Der Zug war kurz vorm Bahnhof zum Stehen gekommen, genau wie es der Eisenbahn-Mann gesagt hatte. Normalerweise hielt er im Bahnhof, ließ die Reisenden aussteigen und fuhr dann die paar Meter weiter, um neues Wasser zu bunkern. Anschließend ging's über die Shenandoah-Brücke nach Wheeling, Virginia. Dass der Zug da angehalten hatte, war nicht normal, was hieß, dass die Armee des Alten Mannes ihren Krieg begonnen hatte.

Die Shenandoah-Brücke war eine gedeckte Brücke, mit einer Wagenspur auf der einen und den Bahngleisen auf der anderen Seite. Von meiner Seite auf der B&O-Brücke sah ich zwei Männer mit Gewehren sich dem Zug von der Shenandoah-Seite nähern. Ich war noch etwa vierhundert Meter von ihm weg, ich schaffte es noch, rannte über die Brücke, der Zug blieb stehen, stand da, ließ Dampf ab, und die Lampe vorn baumelte über dem Kuhfänger.

Von der Brücke aus, als ich näher kam, erkannte ich die beiden Männer. Es waren Oliver und Stewart Taylor. Sie erreichten die Lok und richteten die Gewehre auf den Zugführer und den Heizer, die von der Lokomotive stiegen. Beide kletterten direkt in Olivers Arme, und er und Taylor brachten sie zum Ende des Zugs, mit dem Scheppern und Zischen der Lokomotive und aus der Entfernung konnte ich allerdings nicht hören, was sie sagten. Aber ich schaffte es, rannte, war fast da, und im Näherkommen konnte ich auch ihre Stimmen ausmachen.

Ich war fast über die Brücke, als ich die große, breite Gestalt des Eisenbahn-Manns aus einem der Personenabteile kommen und die Stufen runtersteigen sah. Er kletterte langsam runter, vorsichtig, griff nach oben, schloss die Tür hinter sich und ging am Zug entlang. Er steuerte direkt auf Oliver zu, die Laterne hielt er seitlich von sich. Er schwenkte sie nicht, hielt sie einfach an der Seite und folgte Oliver und Taylor, die mit ihren Gefangenen von ihm weg in Richtung Ferry gingen. Oliver sah sich über die Schulter und entdeckte den Eisenbahn-Mann, machte eine Bewegung zu Taylor hin, dass der mit den beiden Gefangenen weiterging, und wandte sich dem Eisenbahn-Mann zu, das Gewehr an der Hüfte. Er hob es nicht, hielt es aber so da, während er sich dem Eisenbahn-Mann näherte.

Ich rannte und gab mein Letztes, um zu ihnen hinzukommen. Sprang auf der Ferry-Seite von der Brücke, bog auf die Gleise und schrie beim Rennen. Sie waren gerade mal zweihundert Meter weg, aber der Zug schepperte und lärmte, und ich war im Dunkeln verborgen, rannte die Gleise lang, und als ich Oliver zum Eisenbahn-Mann kommen sah, schrie ich: »Oliver! Oliver! Warte!«

Oliver hörte mich nicht. Er sah nur kurz über die Schulter und wandte sich wieder dem Eisenbahn-Mann zu.

Ich war jetzt nah genug, um den auf Oliver zugehenden Eisenbahn-Mann rufen zu hören: »Wer geht da?«

»Bleiben Sie, wo Sie sind«, sagte Oliver.

Der Eisenbahn-Mann ging immer weiter und sagte noch mal: »Wer geht da?«

»Bleiben Sie stehen!«, fuhr Oliver ihn an.

Ich schrie: »Jesus geht da!«, war aber nicht nah genug dran, und die beiden hörten mich nicht. Oliver drehte sich diesmal nicht um, denn der Eisenbahn-Mann stand keine zwei Meter mehr vor ihm und hielt die Laterne neben sich. Und er war ein großer Mann, und ich nehm an, wegen seiner Größe und weil er so auf Oliver zukam, ohne alle Angst, nun, Oliver hob das Gewehr. Oliver war jung, erst zwanzig, aber er war ein Brown, und wenn ein Brown was wollte, war er nicht zu stoppen. Ich schrie: »Oliver!«

Er drehte sich wieder, und diesmal sah er mich kommen: »Zwiebel?«, sagte er.

Es war dunkel, und ich weiß nicht, ob er mich richtig sah. Der Eisenbahn-Mann sah mich jedenfalls nicht. Er war keine zwei Meter von Oliver entfernt, hielt die Laterne und sagte noch mal: »Wer geht da!«, ungeduldig jetzt und ein bisschen nervös. Er versuchte das Passwort zu kriegen, verstehst du, er wartete drauf.

Oliver fuhr wieder rum, das Gewehr im Anschlag, und zischte: »Nicht einen Schritt weiter!«

Ich weiß nicht, ob der Eisenbahn-Mann Olivers Absicht falsch verstand oder nicht, doch jetzt kehrte er Oliver den Rücken zu. Drehte sich einfach um und ging weg, mit strammen Schritten. Oliver hielt das Gewehr noch auf ihn gerichtet, und ich denke, zum Zug hätte er ihn zurückgehen lassen, aber der Eisenbahn-Mann machte was Komisches, blieb stehen, blies die Laterne aus, und statt zum Zug zu gehen, wandte er sich dem Eisenbahnbüro zu, das nur ein paar Meter von den Gleisen weg war. Steuerte nicht auf den Zug zu, sondern auf das Eisenbahnbüro. Das war sein Tod.

»Halt!«, rief Oliver. Er rief es zweimal, und als er es das zweite Mal rief, ließ der Eisenbahn-Mann die Laterne fallen und stieg zum Büro rauf. Hetzte jetzt.

Gott weiß, dass er die Laterne nicht ein einziges Mal geschwenkt hat. Vielleicht war er einfach empört, dass wir zu blöd waren, das Passwort zu sagen, oder er war nicht sicher, was vorging, aber als er die Laterne fallen ließ und zum Büro raufstieg, muss Oliver gedacht haben, er wollte Hilfe holen, und so ließ er sein Sharps zu ihm sprechen. Er schoss auf ihn.

Das Sharps-Gewehr, die alten damals zu der Zeit, die krachten, dass es zum Erbarmen war. Das Ding spuckte Feuer, und der Knall war so laut, dass er die Ufer beider Flüsse langhallte und wie ein Ruf oben aus den Bergen zurückgeworfen wurde. Wie 'ne Bowlingkugel rollte er über den Fluss, raste das Appalachen-Tal runter und den Potomac rauf. Wie ein Donner Gottes klang er, war schrecklich, zum Fürchten laut und schickte eine Kugel in den Rücken des Eisenbahn-Mannes.

Der Eisenbahn-Mann war ein mächtiger Bursche, über eins achtzig groß, aber die Kugel ließ ihn stehen bleiben. Einen Augenblick stand er bewegungslos da, aufrecht, und ging dann weiter, als wär nichts geschehen, hielt weiter auf das Eisenbahnbüro zu, schwankte ein wenig, überquerte die Gleise und brach vor der Bürotür zusammen. Fiel platt aufs Gesicht wie 'n Bündel Lumpen, und die Beine hoben sich kurz in die Luft.

Zwei weiße Männer machten die Tür auf und zogen ihn rein, als ich Oliver erreichte. Er sah mich an und sagte: »Zwiebel! Was machst du hier?«

»Der gehörte zu uns!«, keuchte ich. »Er hat die Farbigen zusammengeholt!«

»Das hätte er sagen sollen. Du hast es gesehen. Ich hab ihm gesagt, er soll stehen bleiben! Kein verdammtes Wort hat er gesagt!«

Es hatte keinen Sinn, es ihm zu erklären. Es war mein Fehler, und ich hatte vor, die Sache für mich zu behalten. Der Eisenbahn-Mann war sowieso tot. Er war der erste Mann, der in Harpers Ferry getötet wurde. Ein Farbiger.

Die Weißen zogen später drüber her. Sie lachten und sagten: »Oh, John Browns erster Schuss, um die Nigger in Harpers Ferry zu befrein, erwischte 'nen Nigger.« Wobei der Eisenbahn-Mann nicht auf der Stelle tot war. Er lebte noch vierundzwanzig Stunden. Lebte länger als Oliver, wie sich rausstellte. Er hatte noch einen ganzen Tag, um seine Geschichte zu erzählen, nachdem ihn die Kugel niedergestreckt hatte, war bei Bewusstsein, bis er starb. Seine Frau und seine Kinder, und sogar sein Freund, der Bürgermeister, kamen zu ihm, während er langsam verblutete, und er redete mit ihnen allen, sagte aber keiner Seele, was er getan hatte oder wer er wirklich war.

Später hörte ich, dass sein richtiger Name Haywood Shepherd gewesen war, und als alles vorbei war, beerdigten ihn die Weißen von Harpers Ferry mit militärischen Ehren. Wie einen Helden begruben sie ihn, weil er einer von ihren Niggern war. Er starb mit dreitausendfünfhundert Dollar auf der Bank. Sie kamen nie drauf, wie er so viel Geld haben konnte als Gepäckträger und was er damit vorhatte. Ich wusste es.

Hätte der Alte Mann nicht das Datum verändert, weswegen

der Eisenbahn-Mann sein Passwort der falschen Person sagte, hätte er länger gelebt, um mit dem Geld, das er gespart hatte, seine Familie freizukaufen. Aber er trug seine Worte zum falschen Mann und bewegte sich in die falsche Richtung.

Es war ein einfacher Fehler, aus der Hitze des Augenblicks raus, und ich mach mir keine zu großen Vorwürfe deswegen. Tatsache ist, dass ich die Laterne des Eisenbahn-Manns in der Nacht damals nicht ausgeblasen und hab fallen lassen. Das war der Eisenbahn-Mann selbst. Hätte er sich beruhigt und noch eine Sekunde gewartet, hätte er mich gesehen und das Ding auf- und abgeschwenkt. Aber um die Wahrheit zu sagen, war's schwer, das Ganze tief drinnen so zu sehen, denn es ging 'ne Menge verloren.

Ich sagte zu Oliver: »Es ist mein Fehler.«

»Später iss noch genug Zeit, die verlorenen Hühner zu zählen«, sagte er. »Wir müssen weiter.«

»Du verstehst nicht.«

»Später, Zwiebel. Die Zeit drängt.«

Aber ich konnte mich nicht bewegen, denn was ich über Olivers Schulter sah, ließ mich erstarren. Ich stand vor ihm, sah das Gleis hinter ihm runter, und was da geschah, ließ meine beiden kleinen Walnüsse unter dem Kleid vor Schreck zusammenschrumpfen.

Im schwachen Licht der Schenke, das bis rüber aufs Gleis fiel, sah ich Dutzende Farbige, vielleicht sechzig oder siebzig, aus den zwei Gepäckwagen quellen. Es war früher Montagmorgen, und einige hatten noch ihre Sonntagskleider vom Kirchgang an. Ich denke, da müssen sie direkt hergekommen sein. Männer in weißen Hemden, Frauen in guten Kleidern. Männer, Frauen, Kinder, einige in Sonntagssachen, andere ohne Schuhe, einige mit Stöcken und Spießen, und auch ein, zwei alte Gewehre waren mit dabei. Sie sprangen aus den Gepäckwagen, als stünden sie in Flammen, die ganze Herde, stürzten davon, rannten übers Gleis in Richtung Baltimore und Washington. D.C., so schnell die Füße sie trugen. Sie hatten drauf gewartet, dass der Eisenbahn-Mann seine Laterne schwenkte, und als er es nicht tat, nahmen sie die Beine in die Hand und liefen nach Hause. Damals war nicht viel nötig, dass ein Farbiger dachte, er wär von 'nem Weißen oder anderen Farbigen reingelegt worden.

Oliver drehte sich um, sah die Letzten aus den Wagen springen und davonrennen, kuckte mich an und fragte: »Was iss hier eigentlich los?«

Ich sah die Letzten zwischen den Bäumen verschwinden, ins Gebüsch springen und die Gleise langrennen und sagte: »Wir sind verloren.«

29

Jede Menge Verwirrung

Ich schlich hinter Oliver und Taylor her, als sie mit ihren Gefangenen, dem Lokführer und dem Heizer, eilig die Brücke verließen. Sie brachten die beiden am Gault House in der Shenandoah Street vorbei zum Tor des Arsenals, das unbewacht war. Unterwegs erklärte Oliver, dass die Katze aus dem Sack war. Cook und Tidd hatten bereits die Telegrafenleitungen der Stadt durchschnitten, und sein älterer Bruder Watson, ein weiterer Sohn des Captains, und einer von den Thompsons bewachten die Shenandoah-Brücke. Der Rest hatte die beiden Nachtwächter überwältigt, war in die Gebäude des Arsenals eingedrungen und hatte sie besetzt. Zwei Mann nahmen das Waffenlager. Der Zug wurde aufgehalten. Kagi und John Copeland, der farbige Soldat, hielten die Fabrik, wo die Gewehre gemacht wurden. Der Rest der siebzehnköpfigen Armee des Alten Mannes hatte sich auf die verschiedenen Gebäude auf dem Gelände verteilt.

»Es gab nur zwei Wachen«, sagte Oliver. »Wir haben sie überrascht. Unsere Falle war perfekt.«

Wir brachten die Gefangenen ins Maschinenhaus, dessen Eingang von zwei Soldaten des Alten Mannes bewacht wurde. Der Captain war gerade damit beschäftigt, Befehle zu geben. Als er sich umdrehte und mich reinkommen sah, dachte ich, er wär enttäuscht oder zornig, weil ich seinem Befehl nicht gehorcht hatte.

Aber er war es gewöhnt, dass die Dinge durch'nandergingen und sich absurd verkehrten. Statt Zorn war Freude in seinem Gesicht zu erkennen. »Ich wusste es. Der Herr der Heerscharen sieht unseren Sieg voraus!«, erklärte er. »Unser Krieg ist gewonnen, und als gutes Omen ist Zwiebel zu uns zurückgekehrt. Wie es im Buch Jesajas heißt: ›Wehe den Gottlosen. Und saget den Gerechten, dass sie es bei Ihm gut haben werden!‹«

Die Männer um ihn rum klatschten und lachten, nur, wie ich feststellte, O. P. Anderson und Emperor nicht. Sie waren die einzigen beiden Farbigen im Raum und sahen komplett bedient aus, sauer und entnervt.

Der Alte Mann klopfte mir auf den Rücken. »Wie ich sehe, bist du auf den Sieg vorbereitet, Zwiebel«, sagte er, denn ich trug immer noch meinen Jutebeutel mit mir. »Du kommst gut ausgerüstet. Wir ziehen gleich schon in die Berge. Sobald sich die Farbigen gesammelt haben, geht's los. Vor uns liegt viel Arbeit.« Damit wandte er sich ab und fing erneut an, Befehle zu geben. Einen seiner Männer schickte er den dreien auf der Farm sagen, sie sollten ein nahes Schulhaus für die Farbigen vorbereiten. Er war randvoll mit Befehlen und sagte dem einen dies und dem anderen das. Für mich gab's nicht wirklich was zu tun, ich musste mich nur ruhig verhalten. Es waren bereits acht oder neun Gefangene im Raum, und die kuckten ziemlich bedrückt aus der Wäsche. Ein paar rieben sich noch den Schlaf aus den Augen, denn es war gerade mal zwei und sie waren auf die eine oder andere Weise aus dem Schlaf gerissen worden. In meiner Erinnerung waren da ein Mann und seine Frau, die auf dem Nachhauseweg aus der Gault-Schenke eine Abkürzung durchs Arsenal hatten nehmen wollen, zwei Arbeiter aus der Waffenschmiede, zwei Eisenbahner und ein Betrunkener, der fast die ganze Zeit auf dem Boden lag und schlief, aber lang genug aufwachte, um zu erklären, dass er der Koch aus der Schenke im Gault House wär.

Der Alte Mann achtete nicht auf sie, lief an ihnen vorbei und gab seine Befehle, glücklich und in seinem Element. Besser gelaunt hatte ich ihn noch nie erlebt, und zum ersten Mal seit langer, langer Zeit knarzten und bogen sich die Falten in seinem Gesicht, wickelten sich wie Spaghetti um seine Nase, und alle zusammen drückten sie so was wie, was soll ich sagen?, tiefe Befriedigung aus. Er war zu keinem Lächeln fähig, nicht zu einem echten, offenen Sperrt-die-Fenster-auf-und-lasst-die-Unterhosen-rausflattern-Lächeln, das die Reihe der riesigen, maisfarbenen Schneidezähne gezeigt hätte, die ich manchmal gesehen hatte, wenn er auf den Innereien von Bären oder Schweinen rumkaute, trotzdem schien er komplett, vollkommen und bis in die Haarwurzeln hinein zufrieden. Er hatte was Wichtiges geschafft, das konntest du in seinem Gesicht sehen. Es traf mich schwer. Er hatte es tatsächlich getan. Er hatte Harpers Ferry eingenommen.

Wenn ich's im Nachhinein überlege, hatte er nicht mehr als fünf Stunden für die Sache gebraucht, von Anfang bis Ende. Um neun waren sie da reinmarschiert, der Zug kam nach eins, das machte fünf Stunden. Bis ich kam, ging alles reibungslos wie's Brezelbacken. Sie kappten die Telegrafenleitungen, kamen an zwei hellerleuchteten Saloons voller Sklaverei-Befürworter vorbei, überwältigten die beiden alten Wachen und waren drin im Arsenal, das eine ganz schöne Fläche bedeckte, gute zehn Morgen mit verschiedenen Gebäuden, in denen die unterschiedlichen Waffenteile hergestellt wurden, die Läufe, die Schlösser, die Hähne und so weiter, und natürlich auch die Munition. Jedes einzelne verschlossene Gebäude brachen sie auf und besetzten es. Das wichtigste war die eigentliche Gewehrbfabrik, Hall's Rifle Works. Da stationierte der Alte Mann seine besten Soldaten, Lieutenant Kagi und den Farbigen aus Oberlin, John Copeland. A. D. Stevens, den streitsüchtigen, aber wahrscheinlich besten Kämpfer unter seinen Leuten, hielt der Alte Mann bei sich.

Meine Ankunft schien die Stimmung noch zu heben, und nach ein paar Minuten, in denen er dem einen das und dem anderen dies sagte und ein paar Befehle gab, die keinen Sinn mehr ergaben, war die Sache doch geschafft, hielt der Alte Mann inne, sah sich um und sagte: »Männer! Wir haben im Augenblick hunderttausend Gewehre in unserem Besitz. Das sind mehr als genug für unsere neue Armee, wenn sie kommt.«

Die Männer klatschten wieder, und als der Applaus verklang, drehte sich der Alte Mann um und suchte nach Oliver, der mit mir ins Maschinenhaus gekommen war. »Wo ist Oliver?«, fragte er.

»Zurück, um den Zug zu bewachen«, sagte Taylor.

»Ah, ja!«, sagte der Alte Mann und wandte sich an mich. »Hast du den Eisenbahn-Mann gesehen?«

Nun, ich hatte nicht den Mut, ihm die schlechte Nachricht zu eröffnen. Nicht auf die harte Weise, und so sagte ich: »Auf 'ne Art.«

»Wo ist er?«

»Oliver hat sich um ihn gekümmert.«

»Hat der Eisenbahn-Mann die Bienen eingesammelt?«

»Klar, ja, das hat er, Captain.«

O. P. Anderson und Emperor, die beiden Neger, kamen näher, als sie hörten, dass ich die Frage bejahte.

»Bist du sicher?«, sagte O. P. »Du meinst, die Farbigen sind gekommen?«

»Ein Haufen.«

Der Alte Mann jauchzte. »Gott ist gnädig und schicket die Früchte!«, sagte er, beugte den Kopf und streckte die Arme aus, die Handflächen zum Himmel gerichtet. Er wurde ganz andächtig und faltete die Hände zum Gebet. »Sagte Er nicht: ›Versage keinem die verdiente Wohltat‹«, rief er, »›wenn es in deiner Hand liegt, sie zu spenden!‹«, zollte seinen Dank dem Buch der Prediger und so weiter und zitierte murmelnd und nuschelnd gute fünf Minuten aus der Bibel, während O. P. und Emperor mich durch die Halle jagten, um mir ihre Fragen zu stellen. Ich versuchte davonzulaufen und wollte der ganzen Sache einfach nur entfliehen.

»Wie viele sind es?«, fragte O. P.

»Ein Haufen.«

»Wo sind sie jetzt?«, fragte Emperor.

»Die Straße runter.«

»Sie sind weggerannt?«, fragt O. P.

»Rennen würd ich's nicht nennen«, sagte ich.

»Wie denn?«

»Es gab wohl ein kleines Missverständnis.«

O. P. packte mich am Kragen. »Zwiebel, sag's besser klar raus.«

»Also, da gab es eine Verwirrung«, sagte ich.

Der Alte Mann stand ganz in der Nähe, murmelte und brabbelte tief ins Gebet versunken vor sich hin, doch als ich das sagte, öffnete sich eines seiner Augen. »Was für eine Verwirrung?«

In dem Moment klopfte es laut an der Tür.

»Wer ist da drin?«, rief eine Stimme.

Der Alte Mann lief ans Fenster, gefolgt vom Rest von uns. Draußen vor der Tür des Maschinenhauses standen zwei Weiße, Eisenbahner, und die beiden schienen so betrunken, dass sie kurz davor standen, Galle zu spucken. Wahrscheinlich kamen sie geradewegs aus dem Gault House in der nahen Shenandoah Street.

Der Alte Mann räusperte sich und steckte den Kopf aus dem Fenster. »Ich bin Osawatomie John Brown aus Kansas«, erklärte er. Er benutzte gern seinen vollen indianischen Namen, wenn er Krieg führte. »Und ich bin gekommen, die Neger zu befreien.«

»Du wills' was?«

»Ich bin gekommen, die Neger zu befreien.«

Der Kerle lachten. »Bis' du der, der den Neger erschossn hat?«, fragte der eine.

»Welchen Neger?«

»Den drüben bei der Bahn. Der Doc sagt, er stirbt. Er sagt, sie ha'm gesehn, wie ihn 'n Niggermädchen erschossn hat. Die stehn voll unter Dampf deswegen. Und wo iss Williams ei'ntlich? Der soll doch seine Wache schie'm.«

Der Alte Mann sah mich an. »Da ist jemand erschossen worden?«

»Wo issen Williams?«, fragte der Kerl draußen wieder. »Der soll seine Wache schie'm. Sperr en'lich die Tür auf, du Tölpel!«

»Fragen Sie Ihre eigenen Leute nach ihm«, rief der Alte Mann durchs Fenster.

O. P. tippte ihm auf die Schulter. »Williams ist hier drin, Captain«, sagte er. »Es ist eine von den Wachen.«

Der Alte Mann warf einen Blick zu den Gefangenen rüber. Williams saß auf einer Bank und kuckte verdrossen drein. Er beugte sich aus dem Fenster. »Entschuldigung«, sagte er. »Wir haben ihn hier drin.«

»Dann lass ihn raus.«

»Nur, wenn Sie die Neger gehen lassen.«

»Hör mit dem Scheiß auf, du dämliche Drecksfratze. Lass ihn raus.«

Der Alte Mann steckte sein Sharps-Gewehr aus dem Fenster. »Sie sollten jetzt besser verschwinden, danke«, sagte er. »Und sagen Sie Ihren Vorgesetzten, dass Osawatomie John Brown mit Geiseln im Bundesarsenal sitzt und das Negervolk aus der Versklavung befreien will.«

Plötzlich stand Williams hinten von seiner Bank auf, kam vor, steckte den Kopf neben dem Alten Mann aus dem Fenster und rief: »Fergus, der macht keine Witze. Die ha'm hier hundert bewaffnete Nigger, und mich ha'm sie gefangen genomm'!«

Ich weiß nicht, ob's war, weil sie einen von ihren aus dem Fenster kläffen hörten, ob's an den bewaffneten Farbigen lag oder ob das Gewehr des Alten Mannes ihnen Beine machte, jedenfalls liefen sie ziemlich eilig davon.

Zehn Minuten später standen fünfzehn Leute draußen in sicherer Entfernung, hauptsächlich Betrunkene aus dem Saloon im Gault House auf der anderen Straßenseite. Sie zankten und schimpften, nur zwei von ihnen hatten Waffen, und aus jedem Gebäude auf dem Gelände des Arsenals, zu dem sie gelaufen waren, um sich Gewehre zu besorgen, hatten sich Läufe aus den Fenstern auf sie gerichtet, und es hieß, sie sollten sich verdammt noch mal verpissen. Einer löste sich jetzt von den anderen, tappste nah genug zur Tür des Maschinenhauses vor, dass man ihn hören konnte, und schrie: »Hört mit dem Scheiß auf und lasst verflucht noch eins Williams da raus, wer immer ihr seid, oder wir holen den Hilfssheriff.«

»Holt ihn«, sagte der Alte Mann.

»Das machen wir, aber gleich, und wenn du unsern Mann auch nur anrührs', du keksfressender Scheißer, blasn wir 'n Loch in dich rein, wo 'n Muli quer durchpasst.«

Stevens knurrte: »Jetzt reicht's mir«, hielt seinen Stutzen aus dem Fenster und feuerte über ihre Köpfe weg. »Wir sind hier, um das Negervolk zu befreien!«, schrie er. »Sagt's allen weiter. Und wenn ihr ohne was zu fressen zurückkommt, erschießen wir die Gefangenen.«

Der Alte Mann sah Stevens an und runzelte die Stirn: »Warum haben Sie das gesagt?«

Stevens zuckte mit den Schultern. »Ich hab Hunger«, sagte er.

Wir sahen zu, wie sich die Leute aus dem Tor drängten und wild brüllend aus'nanderliefen, den Hang rauf in die Stadt, in das Gewirr der zusammengequetschten Häuser da oben.

Es ging langsam los und schien auch langsam weiterzugehen. Der Morgen kam, vor den Mauern des Arsenals konnte man im Dämmerlicht die Stadt aufwachen sehen, und trotz all der Schreierei in der Nacht schien nicht einer zu wissen, was los oder zu tun war. Die Leute gingen die Straße rauf und runter zur Arbeit, als wär nichts, aber am Bahnhof braute sich was zusammen. Da versammelten sich wohl einige und fragten sich, wo der Lokführer und der Heizer von dem B&O-Zug bloß waren, der da tot beim Fluss stand, der Kessel ausgetrocknet, komplett ohne Wasser. Der Lokführer und der Heizer, die saßen bei unseren Gefangenen. Beim Gault House herrschte ebenfalls einiges Durch'nander, und beim Wager House, gleich daneben, einem Saloon und Hotel wie das Gault, ging's nicht anders. Einige von den Leuten waren Reisende, die aus dem Zug gestiegen und zum Bahnhof gegangen waren und sich fragten, was da vorging. Viele hatten ihr Gepäck dabei und gestikulierten wild rum, und ich denke, sie erzählten die unterschiedlichsten Geschichten. Einige meinten, sie hätten 'ne Menge Neger aus dem Gepäckwagen laufen sehen. Bei aller Ratlosigkeit lag über dem Ganzen aber fast so was wie 'ne festliche Atmosphäre, um ehrlich zu sein. Die Leute standen rum und redeten, und dann schoben sich etliche Arbeiter an der Menge vorbei, kamen durchs Tor ins Arsenal und wollten wie immer arbeiten. Sie dachten sich nichts und liefen den Männern des Captains geradewegs vor die Gewehrläufe. »Wir sind gekommen, den Neger zu befreien«, sagten die Soldaten des Alten Mannes, »und ihr seid unsere Gefangenen.«

Einige glaubten es nicht, aber sie wurden ins Maschinenhaus verfrachtet, und so gegen zehn hatten wir verdammt noch mal fast fünfzig Leute da drin. Sie waren nicht mehr so ungläubig wie die anderen in der Nacht, denn der Captain stellte Emperor dazu ab, sie zu bewachen, und der kuckte fürchterlich streng drein. Emperor war ein dunkler, stolzer Neger mit einem mächtigen Brustkasten und einem todernsten Gesichtsausdruck. Er hielt ein Sharps-Gewehr in der Hand und war komplett bei der Sache. So gegen elf Uhr morgens dann fing der Alte Mann an, einen Fehler nach dem anderen zu machen. Ich sag das heute, in der Rückschau. Aber damals im Maschinenhaus schien es nicht so schlimm. Er verzögerte alles, verstehst du?, und wartete auf den Neger. Viele haben sich da schon getäuscht und drauf gewartet, dass der Neger was tut, der Neger selbst eingeschlossen. Das ging seit hundert Jahren so, aber der Alte Mann hatte keine hundert Jahre. Er hatte höchstens ein paar Stunden, und die Sache kam ihn teuer zu stehen.

Er starrte aus dem Fenster zum Zug und zu den wütenden Passagieren rüber, die wieder aus ihm rauskamen, schnaufend und schimpfend, wütend über die Verspätung und ohne einen Schimmer, was vorging. Er wandte sich Taylor zu und sagte: »Ich sehe keinen Grund, warum wir all die Menschen davon abhalten, ihren Geschäften nachzugehen und zu reisen, schließlich haben sie für ihre Fahrkarten bezahlt. Geben Sie den Lokführer und den Heizer frei.«

Taylor tat, was ihm gesagt wurde, schnitt den Lokführer und den Heizer los und folgte den beiden zum Zug, um Oliver an der Brücke zu sagen, er solle sie durchlassen.

Indem er den Zug fahren ließ, gab der Alte Mann ungefähr zweihundert Geiseln frei.

Der Lokführer und der Heizer blieben nicht am Tor stehen, nicht mit Taylor hinter sich, denn der führte sie um die andere Seite der Trestle-Brücke aus dem Hintereingang des Arsenals direkt zur Lokomotive. Die hatten sie in einer halben Stunde unter Dampf, die Passagiere kletterten an Bord, und der Zug war in absoluter Rekordzeit wieder flott und fuhr ab in Richtung Wheeling, Virginia.

»Die halten in der ersten Stadt und telegrafieren, was hier los ist«, sagte Stevens.

»Ich sehe keinen Grund dafür, die U.S. Mail zu behindern«, sagte der Alte Mann. »Im Übrigen wollen wir, dass die Welt erfährt, was wir hier machen.«

Nun, die Welt wusste es gegen Mittag, und was morgens als quasi festliches Ereignis angefangen hatte, mit Männern, die Schnäpse runterkippten und angeregt mit'nander schwatzten, wandelte sich in Unglauben und Ärger und schließlich fluchende Menschentrauben vor den Mauern des Arsenals. Wir konnten hören, wie sie laut Gerüchte und Annahmen dazu austauschten, was der Alte Mann damit im Sinn haben mochte, das Maschinenhaus zu besetzen. Einer sagte, ein paar verrückte Räuber versuchten, den Tresorraum des Arsenals zu sprengen. Ein anderer rief, ein Arzt hätte seine Frau ermordet und versteckte sich jetzt da drin. Wieder ein anderer meinte, ein Nigger-Mädchen hätte den Verstand verloren, seinen Master umgebracht und sich ins Maschinenhaus geflüchtet, um der Bestrafung zu entgehen. Dann hieß es, der B&O-Zug wär wegen 'ner Liebesverwicklung von einem der Gepäckträger sabotiert worden. Alles wurde verkündet, nur nicht, was der Alte Mann erklärt hatte. Die Vorstellung, dass eine Gruppe weißer Männer das größte Arsenal des Landes eingenommen hatte, um die farbige Rasse zu befreien, war für die Leute einfach zu viel, denk ich.

Schließlich schickten sie einen Emissär, der mit dem Alten Mann reden sollte, einen wichtig aussehenden Mann mit einem Leinenanzug und einem Bowler-Hut, wahrscheinlich eine Art Politiker. Er kam ein paar Schritte durchs Tor und rief, der Alte Mann solle den Unsinn lassen und aufhören, sich wie ein Trunkenbold zu benehmen. Zur Antwort pfiff eine Gewehrkugel über ihn weg, und der Bursche rannte so schnell wieder aus dem Tor, dass er seinen Hut verlor und noch bevor der auf dem Boden landete zurück auf der anderen Straßenseite war.

Endlich gegen eins trat ein sehr alter, wie ein gewöhnlicher Arbeiter gekleideter Mann aus der Menge der murmelnden, aufgebrachten Zuschauer, die in sicherer Entfernung auf der anderen Straßenseite vorm Gault House standen, kam über die Shenandoah Street geradewegs ins Arsenal, ging bis an die Tür des Maschinenhauses und klopfte. Der Alte Mann linste durchs Fenster zu ihm raus, sein Sharps-Gewehr bereit. Es war heller Tag, und keiner hatte ein Auge zugemacht. Das Gesicht des Alten Mannes war zerfurcht und angespannt.

»Wir ha'm gehört, dass Sie Old John Brown aus Osawatomie in Kansas sind«, sagte der Alte höflich. »Iss das richtig?«

»Das bin ich.«

»Nun, so aus der Nähe sind Sie wirklich alt.«

»Ich bin neunundfünfzig«, sagte der Alte Mann. »Wie alt sind Sie?«

»Ich hab Ihnen acht Jahre voraus, Sir. Ich bin siebenundsechzig. Aber Sie haben meinen jüngeren Bruder da drin, der ist zweiundsechzig, und ich wär froh, wenn Sie ihn rausließen, weil er krank ist.«

»Wie heißt er?«

»Odgin Hayes.«

Der Alte Mann drehte sich um. »Wer hier ist Odgin Hayes?«

Drei alte Kerle hoben die Arme und standen auf.

Der Captain runzelte die Stirn. »So geht das nicht«, sagte er und hielt den dreien einen Vortrag über die Bibel und das Buch der Könige und wie die beiden Frauen vor Salomo ein und dasselbe Baby für sich beanspruchten, bis der König sagte, ich schneide das Kind entzwei und gebe jeder von euch eine Hälfte, woraufhin die eine sagte, gib's der anderen, denn ich ertrage es nicht, dass mein Baby zerschnitten wird, und da gab König Salomo es *ihr*, weil er wusste, sie war die Mutter.

Das beschämte sie, aber vielleicht war es auch das mit dem Entzweischneiden oder weil er mit dem Schwert in der Luft rumfuchtelte, um die Dinge klarer zu machen. Was immer der Grund war, zwei von den dreien gestanden, dass sie logen, und setzten sich wieder. Nur der wahre Odgin blieb stehen, und der Alte Mann schickte ihn raus.

Der Alte draußen bedankte sich für die Geste, aber die Menge auf der Shenandoah Street war inzwischen weiter angewachsen, und es waren einige Männer in Bürgerwehruniformen und mit Schwertern und Waffen zu sehen. Das Gault House und das Wager House, die beiden Saloons, machten Rekordumsätze, und die Menge war betrunken, ungestüm und wild. Grobe Flüche und so weiter waren zu hören.

Währenddessen wurden die Gefangenen, von Stevens gar nicht zu reden, hungrig, und riefen nach Essen. Der Alte Mann sah das und sagte: »Moment.« Er rief aus dem Fenster zum Tor rüber: »Gentlemen, die Leute hier drin sind hungrig. Ich habe fünfzig Gefangene, die seit gestern Abend nichts gegessen haben, meine Leute auch nicht, und ich tausche einen Gefangenen gegen ein Frühstück aus.«

»Wen lassen Sie raus?«, rief einer.

Der Alte Mann nannte ihm einen der Gefangenen, den Säufer, der in der Nacht hergestolpert war und verkündet hatte, er wär der Koch vom Gault House.

»Behalt den Trunkenbold«, rief einer. »Der kann auf 'n Tod nicht kochen. Behalt den bloß da drin.«

Wir hörten Lachen, und dann wieder Grummeln und Fluchen, und endlich beschlossen sie, ja, wir sollten den Kerl rausschicken. Der Koch schlurfte rüber zum Gault House und kam drei Stunden später mit drei Männern und Platten voller Essen zurück, das er an die Gefangenen verteilte. Eine Flasche Whiskey hatte er auch dabei. Davon nahm er einen kräftigen Schluck, schlief gleich wieder ein und vergaß völlig, dass er frei war.

Mittlerweile war es vier Uhr nachmittags. Die Sonne stand

hoch am Himmel, und die Menge geriet immer mehr in Wut. Offenbar hatte der Arzt, der nach dem Eisenbahn-Mann gesehen hatte, verbreitet, er würde sterben. Einige Reiter galoppierten durch die Bolivar Heights, du konntest sie die Straßen zu den Häusern hochlaufen sehen, die direkt über dem Arsenal lagen, und wie sie Gerüchte rumbrüllten, die den Hügel runterschallten: dass es einen Negeraufstand gäbe und die Farbigen das Arsenal eingenommen hätten. Das brachte Spannung in die Sache. Damit war der Spaß vorbei. Das betrunkene Fluchen wurde zu Geifern und Verwünschungen, dem Reden über Mütter und die Vergewaltigung weißer Frauen, und du konntest sehen, wie Gewehre und Revolver geschwungen wurden. Schüsse fielen noch keine.

Dann kamen am anderen Ende des Arsenals, hinter der Gewehrfabrik, etliche Männer, offenbar Bürger der Stadt, aus einem unbewachten Gebäude gesprintet und hielten Gewehre in den Händen, die sie gestohlen hatten. Kagi, Lear und Copeland in der Gewehrfabrik sahen sie durch ihr Fenster und eröffneten das Feuer.

Die Menge vorm Tor zerstreute sich und fing ebenfalls an zu schießen. Die Männer des Alten Manns erwiderten das Feuer, und es spritzte gegen die Fenster und die Ziegelmauern über den Leuten. Die Menge teilte sich in Gruppen auf, und wie aus dem Nichts erschienen zwei Bürgerwehrkompanien in unterschiedlichen Uniformen, wobei einige ganz uniformiert waren und die anderen nur die gleichen Kappen und Jacken trugen. Sie sammelten sich in ungeordneter Weise um den Hof des Arsenals. Die Narren hatten alle nur erdenklichen Waffen dabei, die sie in die Hände hatten kriegen können: Schrotflinten, Musketen, Vogelflinten, Sechsschüssige, noch die ältesten Modelle und sogar ein paar rostige Schwerter. Ein halbes Dutzend von ihnen überquerte den Potomac vor Ferry, lief den Pfad neben dem Cheesapeake-und-Ohio-Kanal runter und griff Oliver und Taylor auf der Brücke an, die ihr Feuer erwiderten. Eine andere Gruppe kam über den Shenandoah gegenüber von der Gewehrfabrik, und eine dritte zog los, um die Shenandoah-Brücke einzunehmen, die von zwei von John Browns Männern gehalten wurde. Und mit einem Mal hatten auch Kagi und Copeland auf der anderen Seite des Arsenals alle Hände voll mit den Burschen zu tun, die sich die Gewehre beschafft hatten. Es knallte überall, die Sache war im vollen Gang.

Die restlichen Milizionäre und die Zivilisten vor dem Haupttor duckten sich noch zusammen, bildeten dann aber eine Gruppe und marschierten, und ich sage *marschierten*, gut dreißig waren es, die da durchs Tor kamen, marschierten auf den Hof und feuerten aus allen Rohren aufs Maschinenhaus. Es pfiff nur so durch die Fenster.

Drinnen gab der Alte Mann seine Anweisungen: »Männer! Behaltet einen klaren Kopf! Verschwendet kein Pulver und keinen Schuss. Zielt niedrig. Jeder Schuss muss sitzen. Die denken, dass wir gleich den Schwanz einziehen. Zielt genau.« Die Männer taten, was er sagte, und schickten genug Kugeln durch die Fenster, dass die Angreifer in Nullkommanichts zurückwichen und durchs Tor auf die Shenandoah Street flüchteten.

Das Feuer war zu viel für die Virginier, und sie blieben draußen vorm Tor, aber nicht so weit davon weg, nicht auf der anderen Straßenseite, und es wurden ständig mehr. Du konntest sie von den Hügeln rundrum kommen sehen, einige zu Fuß, andere auf Pferden. Durchs Fenster sah ich Kagi aus der Gewehrfabrik auftauchen und sich den Weg über den Hof freischießen, mit Copelands Hilfe am Eingangstor vorbei und rüber zu uns. Es war 'ne heiße Sache, bis zum Maschinenhaus zu kommen, aber er schaffte es mit einem vollen Sprint. Emperor hielt ihm die Tür auf und knallte sie hinter ihm gleich wieder zu.

Kagi war ruhig, aber sein Gesicht war rot und voller Sorge.

»Noch haben wir die Chance, auszubrechen«, sagte er. »Sie stellen einen Trupp zusammen, um die Brücken einzunehmen. Die B&O-Brücke haben sie in ein paar Minuten, wenn wir uns nicht beeilen, und wenn sie dann auch noch die Shenandoah-Brücke kriegen, sitzen wir in der Falle.«
Der Alte Mann zuckte mit keiner Wimper. Er schickte Taylor die B&O-Brücke decken, beorderte Kagi zusammen mit Dangerfield Newby, einem Farbigen, zurück auf seine Position und sagte zu Stevens und O. P. Anderson: »Bringt Zwiebel zurück zum Farmhaus und holt die Farbigen her. Die haben sich ohne Zweifel da gesammelt und wollen in den Kampf um ihre Freiheit eintreten. Es ist an der Zeit, diesen Krieg auf die nächste Stufe zu tragen.«
O. P. und Stevens waren schnell so weit. O. P. trug einen Ausdruck auf dem Gesicht, der besagte, dass es ihm nicht leidtat, da rauszukommen, und mir ging's nicht anders. Ich hatte eine böse Vorahnung, denn ich wusste, dass der Alte Mann langsam durchknallte, aber ich war nicht in der Stimmung, mich von ihm zu verabschieden, obwohl ich ihm nicht komplett gestanden hatte, dass der Eisenbahn-Mann erschossen worden war. Es schien nichts mehr zu machen, denn die ganze Geschichte geriet noch weit schlimmer außer Kontrolle, als ich es mir vorgestellt hatte, und mein Arsch stand auf dem Spiel, und wenn's auch ein kleiner Arsch war, den ich seit drei Jahren unter einem Kleid und einem Unterrock versteckte, bedeckte er doch meine Rückseite, und ich mochte ihn. Ich war es gewohnt, dass der Alte Mann abhob und fromm wurde, wenn das Schießen losging. Das war nicht das Problem, sondern dass draußen vor dem Tor um die hundert bewaffnete, betrunkene, doppelt sehende Weiße schrien und fluchten und der Mob immer weiter wuchs. Vielleicht sollte ich hier erwähnen, dass mir zum ersten Mal im Leben ein Gefühl heiliger Frömmelei in den Geist zu kriechen begann. Ich spürte, wie ich mich ein ganz

kleines bisschen nach dem Herrn reckte. Vielleicht lag's daran, dass ich unbedingt pinkeln musste und es hier keinen Ort gab, wo ich es tun konnte, ohne mich zu verraten. Das war immer das Problem in jenen Tagen. Das, und dass ich mich abends, wenn ich ins Bett wollte, anziehen musste, als ging's zur Jagd. Trotzdem, ich denke, da war noch was mehr. Der Alte Mann hatte mich in den letzten Jahren immer wieder zur Heiligung gedrängt, ohne dass ich ihm gefolgt wär. Das waren für mich alles immer nur Worte gewesen, aber zu sehen, wie sich die Menge da draußen zusammenrottete, ließ mich doch 'n bisschen zaghaft werden, das heißt, die Angst fuhr mir bis runter in meinen kleinen baumelnden Racker und seine Freunde, und ich begann zu murmeln: »Herr, Moment mal, ich hab zwar bisher nicht viel auf Dein Wort gegeben...« Kagi hörte mich und runzelte kurz die Stirn, denn er war ein starker Kerl, voller Mut, aber selbst so einer kann seinen Mut mal überstrapaziert sehen. Ich erkannte da ernste Sorgen in seinen gewöhnlich so ungerührten Augen und hörte seine Stimme zittern, als er es sagte. Geraderaus sagte er es dem Alten Mann ins Gesicht: »Brechen wir aus, bevor es zu spät ist, Captain.« Aber der Alte Mann hörte nicht auf ihn, er hatte mitgekriegt, dass ich Gott angerufen hatte, und das kitzelte ihn. Er sagte: »Edler Jesus! Zwiebel hat Dich entdeckt! Der Erfolg steht kurz bevor!« Und zu Kagi sagte er ruhig wie 'n Teller Schildkrötensuppe: »Zurück in die Gewehrfabrik. Verstärkung ist im Anmarsch.«

Kagi tat, was er sagte, während O. P. und Stevens sich noch extra Munition griffen, in die Taschen stopften und zum hinteren Fenster liefen. Ich folgte ihnen. Das Fenster ging auf die hintere Mauer des Arsenals raus. Sie schickten ein paar Kugeln nach draußen, was einige Virginier, die es nach dahinten getrieben hatte, in die Flucht schlug. Zu dritt kletterten wir raus und liefen zur hinteren Mauer, die bei der B&O-Brücke an den Fluss führte. Im Handumdrehen waren wir über die Mauer, rannten über eine offene Fläche und über die Brücke, was nur gut ging, weil Oliver und Taylor eine kleine Gruppe Angreifer in Schach hielten, die sie davon vertreiben wollte. Überall schlugen die Kugeln ein, aber schon waren wir auf der Maryland-Seite, hetzten an zwei weiteren John-Brown-Leuten vorbei, überquerten die Straße und schlugen uns in die Büsche den Berg rauf zur Kennedy-Farm. Außer Schussweite.

Knapp einen Kilometer höher verschnauften wir auf einer Lichtung. Von unserem Aussichtspunkt konnten wir die Menge und die Milizen um das Arsenal anwachsen sehen. Gruppen von Männern stießen zu viert, zu fünft ins Arsenal, feuerten aufs Maschinenhaus und zogen sich zurück, sobald der Alte Mann und seine Leute das Feuer erwiderten. Dabei blieben jedes Mal ein, zwei Virginier auf der Strecke. Die Verwundeten lagen stöhnend auf der offenen Fläche, nur Meter von Mitstreitern entfernt, die das Atmen längst aufgegeben hatten. Der Rest drängte sich wild fluchend am Tor zur Shenandoah Street und hatte Angst, sie zu holen. Oh, es war so ein böser Schlamassel.

Entsetzt sahen wir zu. Ich wusste, ich würde da nicht wieder hingehen. Die Menge ums Arsenal war mittlerweile sicher auf zweihundert angewachsen, und es kamen immer noch mehr. Die meisten hielten Schnapsflaschen in der einen und ein Gewehr in der anderen Hand. Hinter ihnen, in der Stadt selbst und auf den Bolivar Heights oben drüber, konnten wir die Leute zu Dutzenden fliehen sehen, raus aus Harpers Ferry und rein in die Berge, hauptsächlich Farbige, aber auch ein Gutteil Weiße.

Stevens wandte sich zum Gehen, während O. P. und ich noch einen Moment weiter zusahen.

»Gehst du da wieder hin?«, fragte ich O. P.

»Wenn«, murmelte er, »dann auf den Händen.«

»Was sollen wir machen?«

»Ich weiß es nicht«, sagte er. »Aber selbst, wenn Jesus Christus da unten auftauchte, ging ich nicht wieder hin.«

Ich stimmte ihm stumm zu. Wir drehten uns um und kletterten den Berg rauf, Stevens hinterher, um so schnell wie möglich zum Farmhaus zu kommen.

30

Den Stock leeren

Auf einem ruhigen Feldweg nicht weit von der Kennedy-Farm stießen wir auf einen aufgeregten Cook. Bevor wir noch ein Wort sagen konnten, platzte es schon aus ihm raus: »Wir haben ein paar Bienen eingesammelt!«, und er führte uns zu einem nahen Schulhaus, wo Tidd und Owen über zwei weißen Männern und etwa zehn Sklaven standen. Die Farbigen saßen auf der Veranda des Schulhauses und sahen verwirrt aus, als kämen sie gerade erst aus dem Bett. Cook zeigte auf einen der Weißen, der, bewacht von Owens Gewehr, zwischen ihnen saß. »Das ist Colonel Lewis Washington«, sagte er.

»Wer ist das?«, fragte O. P.

»Der Großneffe von George Washington.«

»*Dem* George Washington?«

»Genau.« Er griff nach einem glänzenden, beeindruckenden Schwert, das auf dem Boden der Veranda lag. »Das Ding haben wir von seinem Kaminsims.« Er sah O. P. an und sagte: »Ich übergebe dir das Schwert seines Großonkels. Friedrich der Große hat es Washington geschenkt.«

O. P. betrachtete das Schwert, als wär's vergiftet. »Was soll ich damit?«, fragte er.

»Der Alte Mann würde wollen, dass du es bekommst. Es ist ein Symbol.«

»Ich ... ich hab dafür keine Verwendung«, sagte O. P.

Cook zog die Brauen zusammen, worauf Stevens sich das Schwert schnappte und hinter den Gürtel steckte.

Ich ging rüber zu Colonel Washington, um ihn mir anzusehen. Er war ein großer, schlanker Mann, trug ein Nachthemd, hatte die Schlafmütze noch auf dem Kopf und war unrasiert. Er zitterte wie 'n Reh und sah so niedergeschlagen und verängstigt aus, dass es eine Schande war.

»Als wir in sein Haus rein sind, dachte er, wir sind Einbrecher«, schnaubte Tidd. »Er rief: ›Nehmt meinen Whiskey! Nehmt meine Sklaven! Aber lasst mich in Frieden!‹ Hat gequäkt wie 'n Baby.« Tidd beugte sich zu Colonel Washington runter. »Sei ein Mann!«, bellte er ihn an. »Sei ein Mann!«

Das brachte Stevens in Gang, und der war der unangenehmste Kerl, den ich je erlebt hatte. Alles in allem war er gleichzeitig auch der beste Soldat, aber wenn's ums Fäustespielen-Lassen und Einen-Kampf-vom-Zaun-Brechen ging, war er ein Teufel. Er stolzierte rüber zu Colonel Washington, blitzte ihn an und stand drohend über ihm. Der Colonel schrumpfte unter dem Riesenkerl zusammen. »Ein feiner Colonel sind Sie«, sagte Stevens. »Bereit, Ihre Sklaven für Ihr eigenes kleines, elendes Leben einzutauschen. Keinen Erbsendrescher sind Sie wert, und erst recht keine Flasche Whiskey.«

Oh, das ärgerte den Colonel, von Stevens so verhöhnt zu werden, aber er hielt den Mund, weil er sah, dass der Kerl verrückt war.

Tidd und Owen holten Spieße und Gewehre hervor und verteilten sie an die Farbigen, die, um die Wahrheit zu sagen, völlig verunsichert dreinkuckten. Zwei standen auf und nahmen sie vorsichtig, ein anderer griff ungestüm danach. »Was ist los mit euch?«, sagte Tidd. »Wollt ihr nicht für eure Freiheit kämpfen?« Sie sagten nichts, so konfus waren sie. Zwei sahen tatsächlich so aus, als kämen sie gerade aus dem Bett.

Nach einigem Gemurmel und Getue, das zeigte, wie verängstigt sie wegen der ganzen Geschichte waren, schloss sich der Rest schließlich an und nahm, was ihm als Waffe in die Hand gedrückt wurde, als wären's heiße Kartoffeln. Dabei fiel mir einer ganz am Ende der Reihe ins Auge. Er saß auf dem Boden, im Nachthemd und einer Pluderhose, die Hosenträger hingen ihm runter. Er kam mir bekannt vor, aber in meiner Aufregung und Angst brauchte ich etwas, bis ich den Kutscher in ihm erkannte.

Er war nicht so prächtig angezogen, mit seiner schönen Kutscheruniform und den weißen Handschuhen, wie ich ihn in Erinnerung hatte, aber er war es, ohne Zweifel.

Ich ging auf ihn zu und drehte mich dann weg, weil er mich ansah und ich kapierte, dass er nicht erkannt werden wollte. Ich wusste, er hatte 'n paar Geheimnisse, und dachte, es wär vielleicht besser, so zu tun, als würd ich ihn nicht kennen, wo sein Master doch da war. Ich wollte ihm keine Schwierigkeiten machen. Hätte er gewusst, dass der Weiße irgendwann wieder die Oberhand kriegte und den Neger für alles zahlen lassen würde, hätte er sich bestimmt anders verhalten, sosehr sich die Sache im Moment für ihn zu drehen schien. Ich hatte gesehen, was in Ferry vorging, und er nicht. Auch Tidd nicht oder Cook oder der Rest der Armee des Alten Mannes, der auf der Farm geblieben war. Aber ich sah jetzt, wie O. P. Tidd zur Seite zog und auf ihn einredete. Tidd sagte nichts. Aber der Kutscher sah zu den beiden rüber, und da er nicht hörte, was da geredet wurde, beschloss er in dem Moment wohl, nicht den Dummen zu spielen, sondern aufs Ganze zu gehen.

Er stand auf und sagte: »Ich bin bereit zu kämpfen«, und griff nach dem Spieß, der ihm gereicht wurde. »Ich brauch auch eine Pistole.« Sie gaben ihm eine, und Munition.

Sein Master Colonel Washington saß auf dem Boden der Schulhausveranda, verfolgte alles, und als jetzt sein Kutscher

die Waffen nahm, konnte er nicht mehr anders. Er brauste auf.
»Mann, Jim, setz dich wieder hin!«

Der Kutscher ging zu Colonel Washington, stand über ihm und machte ein Furcht erregendes Gesicht.

»Nicht ein Wort hör ich mir von dir mehr an«, sagte er. »Zweiundzwanzig Jahre sind genug.«

Das verblüffte den Colonel. Es warf ihn aus der Bahn. Er schien explodieren zu wollen und stammelte: »Oh, du undankbarer schwarzer Bastard! Ich war gut zu dir. Zu dir und zu deiner Familie!«

»Du Stinktier!«, rief der Kutscher und hob den Spieß, um ihm auf der Stelle den Garaus zu machen, aber Stevens und O. P. packten ihn und hielten ihn davon ab.

Sie hatten mächtig mit ihm zu tun. Stevens war ein massiger Kerl, stark wie ein Maultier und so robust, wie ich nur je einen erlebt habe, aber auch er konnte den Kutscher kaum bändigen. »Es reicht!«, brüllte Stevens. »Es reicht. In Ferry gibt's genug zu kämpfen.« Sie zerrten den Kutscher vom Colonel weg, aber der ertrug es nicht.

»Der iss das größte Stinktier, das je durch den Wald geschlichen ist!«, rief der Kutscher. »Der hat meine Mutter verkauft!« Schon wieder ging er auf den Colonel los, und jetzt kam Stevens, so stark er war, nicht mehr mit ihm klar, und sie mussten ihn zu viert, Tidd, Stevens, Cook und O. P., davon abhalten, seinen ehemaligen Master zu massakrieren. Es war ein ganz schönes Gerangel. Der Kutscher forderte sie alle bis an die Grenze dessen, was sie wegstecken konnten, und als sie ihn endlich unter Kontrolle hatten, stand Stevens so unter Dampf, dass er sein Schießeisen zog und es dem Kutscher ins Gesicht drückte.

»Mach das noch einmal, und ich puste dich höchstpersönlich aus«, sagte er. »Du vergießt hier *kein* Blut. Das ist ein Befreiungskrieg und kein Rachefeldzug.«

»Das iss mir egal, wie Sie's nennen«, sagte der Kutscher. »Halten Sie ihn nur weg von mir.« Bei Gott, die Sache war so weit aus dem Ruder, dass es nicht mehr lustig war. Stevens wandte sich an O. P. und sagte: »Wir müssen die Leute verlegen. Bringen wir sie nach Ferry. Der Captain braucht Verstärkung. Ich kümmere mich um die andern, halt du den hier vom Colonel fern.« Dabei nickte er zum Kutscher hin.
O. P. war nicht dafür. »Weiß' du, was uns in Ferry erwartet?«
»Wir haben Befehle«, sagte Stevens, »und ich hab vor, sie zu befolgen.«
»Wie sollen wir nach Ferry wieder reinkommen? Da müssen wir uns reinschießen. Die haben doch alles längst abgeriegelt.«
Stevens peilte zu Washington rüber. »Wir müssen uns nicht reinschießen. Wir fahren einfach so rein. Ich hab einen Plan.«

Die Straße vom Schulhaus auf der Maryland-Seite runter nach Ferry ist gefährlich. Es ist ein steiler, scharfer Abhang. Oben kommst du über eine Kuppe wie die Rundung von einem Ei, fliegst drüber, siehst Ferry und den Potomac unter dir, und dann geht's runter bis zum Wasser. Da biegst du scharf nach links und folgst der Straße zur Brücke rein nach Ferry. Du kannst den Berg nicht zu schnell runterfahren, denn wenn du zu schnell wirst, ist er zu steil, um rechtzeitig wieder abbremsen zu können. Vielen Wagen, denk ich, hat's da schon eine oder beide Achsen weggefetzt, weil sie beim Abbiegen zu schnell waren. Du musst dein Pferd hart am Zügel halten und fest die Bremse ziehen, sonst landest du im Potomac.
Der Kutscher nahm die Straße mit Colonel Washingtons Vierspänner, als säß ihm der Teufel im Nacken. Er fuhr so schnell da runter, dass ich dachte, der Wind würde mich wegreißen. Stevens, Colonel Washington und der andere Sklavenbesitzer fuhren drinnen, während die Sklaven, ich und O. P.

draußen auf den Trittbrettern standen und sich an die Kutsche und ihr Leben klammerten.

Etwa einen dreiviertel Kilometer vor der gefährlichen Kurve unten brüllte Stevens, Gott sei's gedankt, aus dem Fenster, der Kutscher solle die Pferde zügeln und anhalten, was der Mann auch tat.

Ich stand auf dem Trittbrett, hatte den Kopf am Fenster und sah zu, wie Stevens, der neben Washington saß, seinen Revolver aus dem Halfter zog, ihn schussfertig machte, den Hahn spannte und Washington den Lauf in die Seite drückte. Dann breitete er seine Jacke drüber, damit man das Ding nicht sah.

»Wir fahren über die B&O-Brücke«, sagte er. »Wenn wir von der Bürgerwehr angehalten werden, sorgen Sie dafür, dass sie uns durchlassen«, sagte er.

»Aber das werden sie nicht tun!«, sagte Colonel Washington. Ooooh, er bekam's mit der Angst, ein Mann wie er, krähte wie ein Vogel.

»Ganz sicher werden sie's«, sagte Stevens. »Sie sind ein Colonel der Miliz. Sie sagen einfach: ›Ich habe zugesagt, mich und meine Neger gegen die weißen Gefangenen im Maschinenhaus auszutauschen.‹ Das reicht.«

»Das kann ich nicht.«

»Doch, das können Sie, und wenn Sie auf der Brücke irgendwas andres aus Ihrem Mund rauslassen, pump ich eine Ladung in Sie rein. Wenn Sie meinen Anweisungen folgen, passiert Ihnen nichts.«

Damit steckte er den Kopf aus dem Fenster und sagte zum Kutscher. »Weiter geht's.«

Der Kutscher zögerte nicht. Er trieb die Pferde an und ließ den Wagen aufs Neue den Abhang runterrasen. Ich klammerte mich mit meinen Fingern fest, in tiefschwarze Gedanken gehüllt. Ich wär ja abgesprungen von dem Ding, als es anhielt, aber solange Stevens da war, gab's kein Davonlaufen, und jetzt, wo wir wieder Fahrt aufgenommen hatten, hätten mich die vier Finger breiten Räder, wär ich abgesprungen, in tausend Stücke zerrissen, falls Stevens mich nicht schon vorher erschoss, wahnsinnig, wie er war.

Ich war einfach nicht so interessiert dran, so zu sterben, auf die Weise, von einem Wagen zerfetzt oder auf der Flucht von einer Kugel getroffen, aber vielleicht tat ich ja unten am Ende des Abhangs schon meinen letzten Atemzug, denn ich hing an der Kutschenseite, auf die das Ding knallen würde, wenn der Kutscher zu schnell um die Kurve wischte. Großer Gott, das versetzte mir einen Schreck, wobei ich nicht sagen konnte, warum mir nun gerade das so in die Knochen fuhr. Jedenfalls versuchte ich mich drauf zu konzentrieren, rechtzeitig abzuspringen. Die Kurve unten war so scharf, dass es die Räder runterreißen konnte. Der Kutscher musste mächtig abbremsen, um die Kurve zu kriegen und Richtung Ferry zu fahren. Das war's, er *musste* bremsen, und das war meine Chance, abzuspringen.

O. P. hatte die gleiche Idee. Er sagte: »Ich springe, wenn wir unten sind.«

Kurz vor der scharfen Kurve unten kam aber erst noch eine leichtere, weichere, und als wir durch die durchkamen und direkt auf den Fluss zuhielten, sahen wir beide enttäuscht, dass aus unserem Plan nichts wurde. Da unten vor uns marschierte ein Bürgerwehrtrupp in Formation über die Einmündung, wo wir nach links mussten, und der Kutscher hielt voll drauf zu.

Er sah den Trupp und bremste nicht groß. Gott sei mit ihm, er fuhr einfach so weiter, wie's die Pferde gerade noch aushielten, mitten rein in den Milizhaufen, der aus'nanderstob wie 'ne Wolke Schmeißfliegen von einem Kuhfladen. Kam mit Ach und Krach zum Stehen, stieß zurück, riss die Pferde nach links und ließ die Peitsche auch schon wieder auf die Pferderücken niedersausen. Dieser Nigger konnte mit 'nem Muli auf 'm Mückenarsch Kreise ziehen. Augenblicklich hatten wir ein gutes Stück Weg zwischen uns und die Miliz gebracht, was auch nötig war, denn kaum, dass die wieder halbwegs zu sich gekommen waren und all die zerlumpten Nigger an Colonel Washingtons feiner Kutsche hängen sahen, ohne dass es eine Erklärung dafür gegeben hätte, zogen sie die Waffen und gaben Feuer. Die Kugeln zischten nur so um uns rum, aber der Kutscher hängte die Jungs ab, und wir verloren sie hinter der nächsten Kurve.

Wir konnten jetzt nach Ferry auf der anderen Flussseite rüberkucken, sahen Rauch und hörten Gewehrfeuer. Da tat sich was. Die Straße vor uns war mit aus der und in die Stadt laufenden Bürgerwehrlern gesprenkelt, aus unterschiedlichen Kompanien und Counties und in allen möglichen Uniformen, und keiner schien einen Schimmer zu haben, was eigentlich los war. Ohne ein Wort ließen sie uns vorbei und wussten nicht, dass ihre Kollegen noch auf uns feuerten, denn das Geschieße verschmolz mit dem Lärm von der anderen Seite des Potomac. Keiner hatte irgendeine Art von Überblick, und der Kutscher stellte es klug an. Er fuhr direkt an den Leuten vorbei und rief: »Ich hab den Colonel hier. Ich hab Colonel Washington! Er tauscht sich gegen die Geiseln aus!« Die Männern gingen zur Seite und ließen uns durch. Der Kerl war nicht zu stoppen, was schlecht für mich war, denn ich konnte hier nicht einfach so abspringen mit der ganzen Miliz überall. Ich musste weiter mit.

Und klar, wie konnte es anders sein, als wir zur B&O-Brücke kamen, war das Ding ebenfalls voll mit Milizionären, sie knarzte unter ihrem Gewicht, aber Colonel Washington tat genau das, was ihm gesagt worden war, befolgt die Befehle bis ins Letzte, und wir wurden durchgewunken. Einige applaudierten sogar, als wir vorbeikamen, brüllten: »Der Colonel ist da! Hurra!«, und dachten kein bisschen drüber nach. Ein guter Teil von ihnen war betrunken. Da waren mindestens hundert

Mann auf der Brücke, weniger können es nicht gewesen sein, auf genau der Brücke, die Oliver und Taylor ganz allein in der Dunkelheit bewacht hatten, und keine Seele sonst war hier gewesen. Der Alte Mann hatte die Möglichkeit verschenkt, aus Ferry rauszukommen.

Von der Brücke aus hatte ich einen guten Blick auf das Arsenal. Bei Gott, da drängten sich wenigstens dreihundert Bürgerwehrler ums Tor und die Mauern, und noch mehr kamen aus der Stadt und von den Bolivar Heights runter, drängten zum Eingang, säumten das Ufer und standen rund um die Mauern. Alles Weiße, nicht ein einziger Farbiger war zu sehen. Das Arsenal war umstellt. Wir fuhren in den Tod.

Da hob mir Gott das Herz. Der Teufel wich mir aus dem Nacken, und der Herr erfasste mein Sein. Ich sagte: »Jesus! Das Blut!« Ich sagte diese Worte und spürte, wie Sein Geist mich durchfuhr, mein Herz schien aus seiner Strafanstalt zu entfliehen, meine Seele schwoll an, und alles um mich rum, die Bäume, die Brücke, die Stadt, wurde unglaublich klar. Und da und dort beschloss ich, sollte ich den Dingen je entkommen, würde ich dem Alten Mann sagen, was ich empfunden hatte, würde ihm sagen, dass sein religiöses Geplapper nicht umsonst gewesen war, und ihm gleich auch beichten, dass ich ihm nichts über den Eisenbahn-Mann gesagt hatte, und all die anderen Lügen. Ich glaubte allerdings nicht, dass ich die Möglichkeit kriegen würde (ich will ehrlich sein), was wohl hieß, dass ich mich dem Geist nicht ganz überlassen hatte. Aber den Gedanken hatte ich schon.

Als wir von der Brücke kamen und der Wagen aufs Arsenal zuhielt, sah ich zu O. P. rüber, der nur noch mit den Fingernägeln am Wagen festhing, und sagte: »Lebwohl, O. P.«

»Lebwohl«, sagte auch er und tat was, was mich komplett schaffte: Er ließ sich vom Wagen in den Tod fallen, rollte die Böschung zum Ufer runter und in den Potomac. Wie 'ne Kartoffel plumpste er ins Wasser, und das war das Letzte, was ich von ihm sah. Das müssen sechs, sieben Meter gewesen sein. Verschwand im Fluss. Er wollte sich nicht im Arsenal erschießen lassen, suchte sich seinen eigenen Tod aus. Kreidete dem Plan des Alten Mannes den zweiten Farbigen an. Die ersten beiden Männer aus der Armee des Alten Mannes, die getötet wurden, weil er die Farbigen befreien wollte, waren, wie ich mit eigenen Augen mitbekam, selbst Farbige.

Wir erreichten das Tor des Arsenals, und der Kutscher schrie die ganze Zeit, dass wir Colonel Washington dabeihätten, fuhr mitten durch den Mob und auf den Hof. Der Mob hielt uns nicht auf. Der Colonel saß im Wagen. Sie kannten seine Kutsche und wussten, wer er war. Ich nahm an, sie machten Platz, weil er ein wichtiger Mann war, aber als wir durchs Tor in den Hof kamen, sah ich den wirklichen Grund.

Der Hof war still wie 'n Kornfeld, da hättest du 'ne Maus, auf Baumwolle pinkeln hören können.

Was ich von der Brücke nicht gesehen hatte, breitete sich offen vor mir aus. Der Alte Mann war nicht untätig gewesen. Etliche tote Männer lagen da rum, weiße und auch 'n paar Farbige, alle in Schussweite vom Maschinenhaus und den anderen Gebäuden. Der Alte Mann machte keinen Spaß. Deswegen waren die Bürgerwehr-Leute noch draußen vorm Tor und den Mauern. Sie hatten Angst, reinzugehen, er hatte sie zurückgeschlagen.

Der Kutscher steuerte den Wagen um ein paar zermatschte Tote, wurde's aber schnell leid und hielt direkt aufs Maschinenhaus zu, wobei er über den einen oder anderen Kopf holperte, was die aber nicht störte, weil sie nichts mehr spürten. Er hielt direkt vor der Tür, die von drinnen aufgerissen wurde, wir liefen rein, und die Tür ging wieder zu.

Drinnen im Maschinenhaus stank es bestialisch. Es waren dreißig oder so Geiseln drin. Die Weißen saßen auf der einen

Seite, die Farbigen auf der anderen, getrennt von einer Mauer, aber die reichte nicht bis zur Decke, und du konntest zwischen beiden Seiten hin- und herwechseln. Es gab kein Klo, weder auf der einen noch auf der anderen Seite, und wenn du dachtest, Weiße und Farbige wären verschieden, kamst du der Wahrheit nicht unbedingt näher, wenn du den Duft ihrer natürlichen Geschäfte einatmetest und kapiertest, dass eine Erbse nicht höher als die andere wächst. Ich musste an einige Kaschemmen in Kansas denken, nur war das hier viel schlimmer. Geradezu infernalisch.

Der Captain stand am Fenster, hielt ein Gewehr und einen Siebenschüssigen in der Hand und schien ruhig wie 'n Setzling, nur ein bisschen geschafft, um die Wahrheit zu sagen. Sein schon zu normalen Zeiten altes und zerfurchtes Gesicht war jetzt auch noch mit Dreck und Pulver verschmiert, sein weißer Bart sah aus, als hätte er 'ne Kloake damit ausgewischt, und seine Jacke war voller Löcher und Brandflecke. Er war seit dreißig Stunden auf den Beinen, ohne Schlaf und ohne Essen, und im Vergleich mit den anderen schien er immer noch frisch wie der junge Morgen. Die anderen, junge Männer, Oliver, Watson (die vom Shenandoah gespült worden waren) und Taylor sahen komplett fertig aus, die Gesichter weiß, blass wie Geister. Sie wussten, was sie erwartete. Nur Emperor wirkte ruhig. Er war wirklich ein großartiger Neger, und abgesehen von O. P. habe ich nie einen tapfereren gesehen.

Stevens gab dem Alten Mann Colonel Washingtons Schwert, das der Captain hoch in die Luft hielt. »Das ist gerecht«, sagte er, wandte sich an Colonel Washingtons Sklaven, die gerade vom Wagen ins Maschinenhaus gekommen waren, und sagte: »Im Namen der provisorischen Regierung der Vereinigten Staaten erkläre ich, der auserkorene Ehrenpräsident John Brown, *e pluribus unum*, mit allen entsprechenden Rechten und Privilegien, auserwählt von einem Kongress eures

Volkes, euch hiermit alle für *frei*. Gehet hin in Frieden, meine farbigen Brüder!«

Die Neger kuckten komplett verwirrt. Waren ja auch nur acht, und noch ein paar, die als Geiseln an der Wand standen, und sie konnten nirgends hin, was zu ihrer Verwirrung noch beitrug. Aber die Neger rührten sich nicht oder ließen auch nur ein anklagendes Wort hören.

Da keiner was sagte, fügte der Alte Mann hinzu: »Natürlich, wenn ihr wollt, wo wir hier doch einen Krieg gegen die Sklaverei führen, wenn ihr uns in unserem Kampf für eure Freiheit unterstützen wollt, sind wir selbstverständlich dafür, und zu diesem Zweck und zum Zwecke eurer Freiheit in den kommenden Tagen, damit sie euch niemand wegnehmen kann, werden wir euch bewaffnen.«

»Das haben wir schon«, sagte Stevens. »Aber ihre Spieße sind bei der Fahrt hier runter verloren gegangen.«

»Oh. Nun, da haben wir genügend. Wo sind O. P. und die anderen?«

»Ich weiß nicht«, sagte Stevens. »Ich dachte, sie wären mit dabei gewesen. Ich nehm an, die sammeln noch mehr Bienen ein.«

Der Alte Mann nickte. »Ja, natürlich!«, sagte er und betrachtete die paar Leute, die wir mitgebracht hatten. Er ging zu den Negern, schüttelte ein, zwei Hände und hieß sie willkommen. Die Neger wirkten bedrückt, was er übersah. Er redete mit Stevens, während er ihre Hände schüttelte: »Es ist genau, wie ich es mir ausgemalt habe, Stevens. Das Beten wirkt. Als der Spiritist, der Sie sind, Stevens, sollten Sie ein Gläubiger werden. Erinnern Sie mich dran, dass ich Ihnen einige Worte unseres Schöpfers näherbringe, wenn wir die Zeit dazu haben. Ich weiß, dass Sie es in sich haben, sich den Pfaden unseres Großen Demütigers zuzuwenden.«

Das war natürlich völliger Quatsch. O. P. sammelte keine

Bienen ein, sondern schnupperte am Grund des Potomac. Cook, Tidd, Merriam und Owen hatten sich davongemacht. Die waren weg, da war ich sicher. Ich hab ihnen das übrigens nie vorgeworfen. Sie schätzten ihr Leben. Klar, sie hatten ihre schwachen Seiten, aber damit kannte ich mich aus, denn mir ging's nicht anders. Ich war eine einzige schwache Stelle. Ich warf ihnen nichts vor.

Plötzlich sah der Alte Mann auch mich da stehen und sagte: »Stevens, warum ist Zwiebel hier?«

»Sie iss von sich aus zurück nach Ferry gekommen«, sagte Stevens.

Dem Alten Mann gefiel das nicht. »Sie sollte nicht hier sein«, sagte er. »Der Kampf ist etwas schmutzig geworden. Sie sollte in Sicherheit sein und Bienen einsammeln.«

»Sie wollte mit«, sagte Stevens.

Das war eine verdammte Lüge. Ich hatte mit keinem Wort gesagt, dass ich wieder herwollte. Stevens hatte im Schulhaus die Befehle gegeben, und ich hatte wie gewohnt getan, was er sagte.

Der Alte Mann legte mir eine Hand auf die Schulter und sagte: »Es tut meinem Herzen gut, dich zu sehen, Zwiebel, denn wir brauchen Kinder, um die Befreiung deines Volkes mitzuerleben und den zukünftigen Generationen von Negern und Weißen davon zu erzählen. An diesen Tag wird man sich erinnern. Im Übrigen bist du immer ein gutes Omen. Ich habe noch keine Schlacht verloren, wenn du dabei warst.«

Er vergaß Osawatomie, wo sie Frederick getötet und ihn in die Flucht geschlagen hatten, aber so war der Alte Mann. Er erinnerte sich an nichts, woran er sich nicht erinnern wollte, und sagte sich nichts, was er nicht glauben wollte.

Er wurde geradezu wehmütig, wie er da so stand. »Gott hat uns gesegnet, Zwiebel, denn du bist ein gutes und mutiges Mädchen. Dich in dieser Stunde meines größten Triumphs bei mir zu haben, ist, als wär mein Frederick hier, der dem Neger sein Leben gegeben hat, obwohl er seinen Kopf nicht von seinem Hintern unterscheiden konnte. Du warst ihm immer so eine Freude. Das gibt mir Grund, unserem Erlöser dafür zu danken, wie viel Er uns allen geschenkt hat.« Damit schloss er die Augen, faltete die Hände vor der Brust und begann zu beten, sang seinen Dank an den Großen Erlöser, der die Straße nach Jericho ging, und so weiter, erzählte von Fred, der so glücklich war, mit den Engeln reiten zu können, und als er das sagte, wollte er auch nicht vergessen, einige andere seiner zweiundzwanzig Kinder zu erwähnen, die an Krankheiten gestorben und bereits in die Herrlichkeit eingegangen waren: die zuerst gestorben waren, der kleine Fred, Marcy, als sie zwei war, William, der am Fieber gestorben war, und Ruth, die verbrannte. Dann ging er die Liste der Lebenden durch, dann die der Kinder seiner Cousins, vergaß auch seinen Pa und seine Ma nicht, dankte Gott, dass Er sie alle da oben aufgenommen hatte und ihm Seinen Weg wies. Alles das mit den Männern um sich rum und den Geiseln hinter sich, die ihn anstarrten, und draußen gut dreihundert weißen Männern, die betrunken bis stockbesoffen rumliefen, Munition verteilten und sich auf einen neuen Angriff vorbreiteten.

Es gab keinen Owen, der ihn aus seinem Tran rausgeholt hätte (Owen war der Einzige, der den Mut dazu hatte, soweit ich weiß), denn das Beten des Alten Mannes war eine ernste Geschichte, und ich hatte ihn seine Kanone gegen jeden ziehen sehen, der verrückt genug war, sich in sein Gespräch mit dem Schöpfer zu mischen. Sogar seine wichtigsten Leute, Kagi und Stevens, hatten Manschetten davor, und wenn sie's probierten, dann mit allen möglichen Tricks, ließen Gläser auf dem Boden zerspringen, husteten, keuchten, krächzten Rotz im Mund zusammen, hackten Holz, ohne Erfolg, veranstalteten ein Wettschießen direkt neben ihm und brachten ihn doch immer noch nicht aus seinem Gebetsfluss. Aber mein Hintern, oder was von ihm überhaupt noch übrig war, stand auf dem Spiel, und er war mir sehr lieb, und so sagte ich: »Captain, ich hab Durst! Und wir haben zu tun. Ich fühle Jesus.«

Das holte ihn aus seiner Trance. Er reckte sich, stieß noch zwei, drei »Amen!« hervor, breitete die Arme aus und sagte: »Danke Ihm, Zwiebel! Danke Ihm! Du bist auf dem rechten Weg. Gebt Zwiebel Wasser, Männer!« Damit erhob er sich zu seiner vollen Größe, zog das Schwert von Friedrich dem Großen aus dem Gürtel, hielt es ihn die Höhe, bewunderte es und legte es sich auf die Brust. »Möge die Aufnahme Seines Sohnes ins Herz der Zwiebel uns allen ein Symbol der Erleuchtung in unserem Kampf für Gerechtigkeit für den Neger sein. Möge sie uns noch mehr Kraft geben und unseren Gegnern einen Grund, Tränen zu vergießen. Und jetzt, Männer, los doch! Es ist noch nicht geschafft!«

Dazu, aus dem Arsenal auszubrechen, sagte er nichts. Sosehr ich drauf wartete. Kein Wort verlor er drüber.

Er befahl seinen Männern und den Sklaven, Schießscharten durch die Mauern zu stoßen, und sie legten sofort los. Ein Bursche namens Phil, ein Sklave, sammelte einige weitere Sklaven um sich (es waren etwa fünfundzwanzig Farbige da einschließlich der, die wir mitgebracht hatten), und sie brachen prima Löcher in die Wände und luden die Gewehre. Stellten sie eins neben dem anderen auf, damit die Männer des Alten Mannes sie eins nach dem anderen nehmen konnten, ohne nachladen zu müssen, und wir bereiteten uns auf einen perfekten Schlummer vor.

31

Letzter Widerstand

Der Mob draußen wartete eine gute Stunde oder so, dass Colonel Washington wunderbarerweise vollbrachte, was er ihrer Annahme nach vollbringen wollte, nämlich sich und seine Neger gegen die weißen Geiseln auszutauschen. Als sich nach fast zwei Stunden aber immer noch nichts tat, rief einer: »Wo iss unser Colonel? Wie viel Geiseln gebt ihr raus für unsern Colonel und seine Nigger?«

Der Alte Mann steckte den Kopf aus dem Fenster und antwortete: »Keine. Wenn ihr euern Colonel wollt, kommt und holt ihn euch.«

Oh, da explodierten sie vor Wut, und es gab ein Geschreie und Gelärme und Gedrücke, und schon Minuten später marschierten zweihundert Milizionäre durchs Tor, in Uniform und in Formation steuerten sie auf das Maschinenhaus zu, »Feuer!« hieß es, und bei Gott, als sie losschossen, fühlte es sich an, als träte ein riesiges Monster gegen das Gemäuer. Das ganze Haus erbebte. Es dröhnte und donnerte, Ziegelsplitter und Mörtel flogen, und von den Deckenbalken rieselte es runter. Das Feuer schlug an einigen Stellen glatt durch die Mauern und riss ein Stück Holz aus dem Dachstuhl, das krachend nach unten schlug.

Aber sie überrannten uns nicht. Die Armee des Alten Mannes war gut trainiert und hielt stand, feuerte durch die Löcher in der Mauer, und er rief: »Ruhig. Zielt niedrig. Lasst sie das teuer bezahlen.« Sie belegten die Angreifer mit ausreichend Kugeln, um sie zurück durchs Tor zu treiben.

Wieder sammelten sie sich draußen, und sie waren jetzt so besoffen und wütend, dass es zum Erbarmen war. All das Lachen und Sich-lustig-machen des Tages war weg, und es gab nur noch Wut und Verdrossenheit in jeder Form und Art. Einige bekamen es mit der Angst nach unsrer Salve, waren doch wieder etliche ihrer Brüder verletzt oder getötet worden, und sie setzten sich ab und brachten ihren Hintern in Sicherheit. Aber es kamen immer mehr herbei, ersetzten die Gefallenen und Weggelaufenen, und wenig später gruppierten sie sich neu und drängten umso zahlreicher durchs Tor. Die Armee des Alten Mannes hielt aber auch diesmal stand, und sie wichen ein weiteres Mal, liefen draußen rum und schrien und brüllten und versprachen, den Alten Mann an den Eiern aufzuknüpfen. Kurz drauf brachten sie eine weitere Kompanie von irgendwoher. Mit anderen Uniformen. Wieder kamen etwa zweihundert durchs Tor marschiert, wütender als die vorher, fluchend und johlend feuerten sie aufs Maschinenhaus, und als sie die Beine wieder in die Hand nahmen, hatten John Browns Männer ein Gutteil von ihnen zerteilt, gewürfelt und ausgeweidet. Sie rannten schneller als die vorher und ließen einiges an Gefällten und Toten auf dem Hof zurück, und jedes Mal, wenn einer versuchte, einen der Verwundeten zu bergen, peilte ihn einer aus der Armee des Alten Mannes durch eine der Schießscharten an und ließ ihn für seinen Plan bezahlen. Das machte sie noch wütender. Sie waren außer sich.

Die weißen Geiseln waren die ganze Zeit totstill, die Panik stand ihnen ins Gesicht geschrieben. Der Alte Mann hatte dem Kutscher und Emperor die Aufgabe übertragen, sie zu bewachen. Nebendran rannten gut fünfundzwanzig Sklaven rum und packten an. Die Farbigen waren nicht mehr konfus oder verunsichert, sondern voll bei der Sache, und von ihren weißen Mastern war kein Piep zu hören.

Weit weg von ihren Rettern waren wir nicht. Wir konnten die Milizen reden und brüllen hören, schreien und fluchen. Die Menge wurde immer noch größer, und damit auch das Durcheinander und der Wirrwarr. Sie schrien, »Da rüber, lasst uns das versuchen«, und schon schrie einer dagegen, und dann rief einer: »Mein Cousin Rufus liegt verwundet im Hof, wir müssen ihn holen«, und einer antwortete: »Hol ihn doch selbst!«, und sie kriegten sich an die Köpfe, und ein Captain brüllte neue Befehle, und dann mussten sie erst mal etliche Kampfhähne aus'nanderziehen. Es war ein einziges Chaos, und während es da draußen so zuging, gab der Captain seinen Männern und den farbigen Helfern völlig ruhige Anweisungen. »Ladet die Gewehre, Leute. Zielt niedrig. Lehnt die geladenen Gewehre an die Wände, so dass ein neues zur Hand ist, wenn ihr das erste abgeschossen habt. Wir treffen den Feind.« Die Männer und die Sklaven schossen und luden so schnell und so wirkungsvoll, dass es wie eine Maschine war. Old John Brown kannte sein Geschäft, wenn's ums Kriegführen ging. Sie hätten ihn, das sage ich, gut im großen Krieg brauchen können, der bald kommen sollte.

Aber sein Glück konnte nicht halten. Es verließ ihn, wie es das immer tat, Stück für Stück. Es war immer das Gleiche.

Es fing damit an, dass ein stämmiger Weißer kam, um mit dem Alten Mann zu reden und die Dinge zu beruhigen. Er schien so eine Art Boss zu sein, trat ein paarmal vor und meinte, er käme in Frieden, und lasst uns reden. Aber er wagte sich nicht zu weit vor, reckte den Kopf um die Ecke und war auch schon wieder weg. Er war nicht bewaffnet, und nachdem er einige Male so aufgetaucht war, sagte der Captain zu seinen Männern: »Erschießt ihn nicht«, und rief zu dem kleinen Kerl raus: »Bleiben Sie weg, bleiben Sie weg. Wir sind hier, um den Neger zu befreien.« Aber der Kerl wollte nicht aufhören, reckte den Kopf vor und verschwand wieder. Ganz zeigte er sich nie. Zwischendrin hörte ich, wie er den Mob zu beruhigen versuchte. Da hatte keiner mehr die Kontrolle. Er versuchte es ein paarmal, gab auf und fing an, sich ein bisschen weiter vorzuwagen, immer nur kurz, schon ging er wieder in Deckung, wie 'ne kleine Maus. Endlich dann kratzte er mehr Mut zusammen und kam uns zu nah, rannte hinter einen Wassertank auf dem Hof, und einer von John Browns Männern im anderen Gebäude drüben, ich glaube, es war Ed Coppoc, kriegte ihn ins Visier, schoss zweimal und erwischte ihn. Machte ihm einen Strich durch die Rechnung. Der Mann fiel platt hin und hörte da und dort auf, Steuern zu zahlen. Aus.

Sein Tod brachte den Mob zum Rasen. Sie waren längst betrunken, die beiden Saloons vorm Tor machten ein Heidengeschäft, aber der Tod des Mannes trieb sie in den völligen Wahnsinn. Es war kein Halten mehr. Wie sich rausstellte, war der Kerl der Bürgermeister von Harpers Ferry gewesen. Fontaine Beckham. Der Freund vom Eisenbahn-Mann und von allen gemocht, Weißen wie Farbigen. Coppoc hatte das nicht wissen können. Es ging drunter und drüber.

Ein paar Stunden lag die Leiche des Bürgermeisters mit den anderen da, während die Leute aus der Stadt draußen brüllten und schrien, Trommeln und Pfeifen ertönen ließen und dem Alten Mann versprachen, ihn in Stücke zu reißen und ihn seine Unterhosen fressen zu lassen. Seine Augäpfel wollten sie zu Marshmallows verarbeiten, fluchten sie, aber nichts geschah. Es dämmerte. Es war noch nicht richtig dunkel, aber es wurde ruhig da draußen, ruhig wie um Mitternacht. Da ging was vor im Dämmerlicht. Das Brüllen hörte auf, sie verstummten. Ich konnte sie jetzt auch nicht mehr sehen, wegen der Dunkelheit, aber irgendwer musste gekommen sein, ein Captain oder so, musste sie geordnet und besser organisiert haben. Etwa zehn

Minuten verharrten sie noch so, murmelten leise dies und das und jenes und solches, wie kleine flüsternde Kinder, richtig leise, ohne jeden Lärm.

Der Alte Mann spähte durchs Fenster und duckte sich wieder weg. Er zündete eine Laterne an und schüttelte den Kopf. »Das war's«, sagte er. »Wir haben sie neutralisiert. Jesu Gnade hat mehr Kraft als alles, was der Mensch tun kann. Dessen könnt ihr sicher sein, Männer.«

Genau in dem Augenblick brachen sie durchs Tor, in einer wilden Horde, vierhundert Mann, stand hinterher in der Zeitung. Es waren so viele, dass du nicht zwischen ihnen durchkucken konntest. Ein Massenangriff, und sie feuerten aus allen Rohren, was die Waffen hergaben, von hinten und vorn, unten und oben. Es war ein echter, waschechter Kugelhagel.

Der Ansturm überforderte uns. Wir waren nicht so viele und zu dünn übers Arsenal verteilt. Kagi und die beiden Farbigen aus Oberlin, Leary und Copeland, saßen am anderen Ende in der Gewehrfabrik, und sie fielen als Erste. Sie wurden aus den hinteren Fenstern des Gebäudes getrieben und flohen ans Ufer des Shenandoah, wo es zwei von ihnen erwischte. Kagi kriegte eine Kugel in den Kopf und fiel tot um. Leary wurde in den Rücken getroffen und folgte ihm. Copeland schaffte es in den Fluss und kletterte auf einen Felsen in der Mitte, von wo er nicht weiterkam. Ein Verfolger watete ihm hinterher und kletterte zu ihm auf den Felsen. Beide Männer zogen ihre Revolver und feuerten. Beide Waffen versagten, zu nass, um einen Schuss abzugeben. Copeland ergab sich. Einen Monat später würde er hängen.

In einem anderen Gebäude überrannten sie einen Mann namens Leeman. Er flüchtete aus einer Seitentür, sprang in den Potomac und versuchte zur anderen Seite zu schwimmen. Bürgerwehrler auf der Brücke entdeckten ihn, schossen, trafen ihn, aber töteten ihn nicht. Er trieb flussabwärts und schaffte es, sich auf einen Felsen zu ziehen. Ein Verfolger kletterte zu ihm, die Pistole hatte er übers Wasser gehalten, damit sie nicht nass wurde. Er kletterte auf den Felsen, wo Leeman auf dem Rücken lag. Leeman rief: »Nicht schießen! Ich ergebe mich!« Der Bursche lächelte, zielte und schoss ihm das Gesicht weg. Stunden noch lag Leeman auf dem Felsen. Die Männer benutzten ihn als Zielscheibe. Sie schütteten sich mit Schnaps voll und pumpten Kugeln in ihn rein, als wär er ein Kissen.

Einer von den Thompson-Jungs, der Jüngere, schaffte es irgendwie aus dem Arsenal und flüchtete sich in den ersten Stock vom Gault-House-Hotel, direkt gegenüber vom Arsenal. Die Leute überrannten ihn, zerrten ihn nach unten, wo sie ihn ein paar Minuten festhielten, und brachten ihn zur B&O-Brücke, um ihn da zu erschießen, aber ein Captain rannte hin und sagte: »Bringt den Gefangenen ins Hotel.«

»Die Besitzerin vom Hotel will ihn nicht«, sagten sie.

»Warum nicht?«

»Sie sagt, sie will nicht, dass er ihr den Teppich versaut«, sagten sie.

»Sagt ihr, ich hab's befohlen. Er wird ihr den Teppich nicht versauen.«

Die Männer achteten nicht weiter auf den Captain. Sie schoben ihn weg, stellten Thompson auf die Brücke, traten zurück und durchlöcherten ihn. »Jetzt versaut er ihr den Teppich«, sagten sie.

Thompson fiel ins Wasser. Es war flach da, und du konntest ihn am nächsten Morgen noch da liegen sehen, wie er aus dem Wasser rausstarrte, die Augen weit auf, obwohl er für immer schlief, und sein Körper hob und senkte sich, die Stiefel kratzten am Ufer.

Wir im Maschinenhaus hielten sie zurück, aber es war eine irre Schießerei. Von der anderen Seite des Hofs, der Gewehrfabrik, sah der Letzte von uns, der noch da draußen war, der farbige Dangerfield Newby, zu uns rüber, sah uns kämpfen und versuchte, es zu uns zu schaffen.

Newby hatte gerade mal fünfzig Kilometer entfernt eine Frau und neun Kinder. Er war mit Kagi und den anderen in der Gewehrfabrik gewesen, und als Kagi, Leary und Copeland zum Shenandoah geflohen waren, hatte er sich klug geduckt und die Angreifer hinter den dreien herjagen lassen. Er selbst war aus dem Fenster auf der Potomac-Seite gesprungen und hintenrum durchs Arsenal zum Maschinenhaus gesprintet. Der Kerl war nicht dumm. Er kam gut voran. Er wollte zu uns.

Ein Weißer hinten vom Wasserturm sah ihn und schoss auf ihn, aber Newby nahm sein Gewehr, holte ihn da oben runter und rannte weiter. Er hatte es fast geschafft, als sich ein anderer aus einem Fenster oben in einem Haus auf der anderen Straßenseite lehnte und ihm eine Antwort mit einer Flinte gab, die mit einem fünfzehn Zentimeter langen Nagel geladen war. Wie ein Speer zischte das Ding in Newbys Hals. Blut spritzte vor, und die Erde fing ihn auf, aber da war er schon tot.

Der Anblick, wie Newby zerfetzt wurde, ließ Old John Browns Männer fluchen und heizte ihr Feuer an, was die Milizionäre böse traf, die sich in großer Zahl an uns rangearbeitet hatten. Jetzt trieb die wütende Armee des Alten Mannes sie zurück. Ein paar Minuten lang hatten wir Erfolg damit, aber letztlich keine Chance. Sie hatten uns. Sie machten den Deckel zu. Wir waren umzingelt. Ohne Kagi und seine Leute, die uns von der anderen Seite des Hofs deckten, ließ sich keiner mehr rausdrängen. Überall waren sie um uns rum, aber sie hielten sich zurück, stellten das Feuer ein und blieben, wo sie waren, gerade mal außer Schussweite. Kamen nicht näher. Die Armee des Alten Mannes hatte sie gestoppt, aber es strömten immer noch mehr in den Hof, und sie konnten nicht wieder durchs Tor gejagt werden. Sie waren da, etwa hundertachtzig Meter weg. Wir waren geschlagen.

Ich fand jetzt ganz zum Herrn. Es stimmt, dass ich ihn schon früher an diesem Tag gefunden hatte, aber bis zu diesem Moment hatte ich ihn noch nicht komplett angenommen. Mein Pa war einfach ein himmelschreiend schlechter Prediger gewesen, und der Alte Mann hatte mich immer zu Tränen gelangweilt. Aber Gottes Wege sind unerfindlich. Er erfüllte mich voll und ganz mit all seiner Kraft. Wenn du jetzt denkst, dreihundert absolut wutschnaubenden, wahnsinnigen Männern entgegenzublicken, die jeden erdenklichen Hinterlader unter Gottes Sonne auf dich richten und nichts anderes im Sinn haben, als dich zu zerfetzen, ist 'ne Fahrkarte zur Erlösung, triffst du's haargenau. Ich hatte gesehen, was sie mit Newby gemacht hatten, und jeder Farbige im Maschinenhaus wusste, wie teuflisch sie ihn auch zugerichtet hatten, uns würde es schlimmer ergehen. Newby hatte Glück gehabt, sie hatten ihm das alles angetan, als er längst tot war, aber dem Rest von uns drohte es hellwach und bei lebendigem Leib zu widerfahren, wenn es uns denn nicht vorher erwischte. Klar fand ich da Gott. Ich rief Jesus offen an, ein Gefühl kam über mich. Ich saß in einer Ecke, bedeckte meinen Kopf, zog die Großer-Gott-Feder aus meiner Haube und hielt sie fest in der Hand, betete und sagte: »Herr, lass mich Dein Engel sein.«

Der Alte Mann hörte mich allerdings nicht. Er war damit beschäftigt, Ideen auszubrüten, die Männer im Maschinenhaus umringten ihn, als er sich vom Fenster abwandte und nachdenklich über den Bart strich. »Wir haben sie genau da, wo wir sie haben wollen«, verkündete er fröhlich. Er sah Stevens an und sagte: »Nimm Watson und einen Gefangenen mit raus und sagt ihnen, wir fangen an, unsere Geiseln gegen Neger auszutauschen. Cook und die anderen werden mehr Bienen beim Schulhaus und auf der Farm eingesammelt haben. Auf unser Signal hin werden sie von hinten mit den Negern angreifen und so unseren Ausbruch einleiten. Es ist an der Zeit, in die Berge zu ziehen.«

Stevens wollte nicht. »In die Berge hätten wir gegen Mittag gehen sollen«, sagte er. »Gestern.«

»Haben Sie Vertrauen, Lieutenant. Das Spiel ist noch nicht vorbei.«

Stevens murrte, packte sich eine Geisel und nickte dem jungen Watson zu, der ihm pflichtbewusst folgte. Der Eingang zum Maschinenhaus bestand aus drei Doppeltüren, die wir zugebunden hatten. Die beiden lösten das Seil von der mittleren Tür, drückten sie langsam auf und gingen raus.

Der Alte Mann sah aus dem Fenster. »Wir bieten die Herausgabe der Geiseln gegen den freien Abzug meiner Negerarmee an«, rief er und fügte hinzu: »Auf Treu und Glauben.«

Zur Antwort erhielt er eine Ladung Schrot, die ihn vom Fenster zurück zu Boden warf. Das Schwert Friedrichs des Großen, das wir von Colonel Washington hatten, rutschte hinter seinem Gürtel vor und schepperte zur Seite.

Der Alte Mann war nicht schlimm verletzt oder gar tot, aber als er sich den Staub runtergeklopft, das Schwert zurück hinter den Gürtel gesteckt hatte und aus dem Fenster sah, lag Stevens draußen schwer verletzt auf der Erde, und Watson hatte einen Bauchschuss abgekriegt und hämmerte verzweifelt gegen die Tür, tödlich verwundet.

Die Männer machten ihm auf, Watson taumelte rein und verlor Blut und Gedärm. Er fiel auf den Boden, und der Alte Mann ging rüber zu ihm und sah seinen in den Bauch getroffenen, stöhnenden Sohn an. Es schmerzte ihn, das konntest du sehen. Er schüttelte den Kopf.

»Sie verstehen es einfach nicht«, sagte er.

Er kniete sich zu seinem Sohn, legt ihm die Hand auf den Kopf und fühlte den Puls an seinem Hals. Watson hatte die Augen zu, atmete aber noch.

»Du hast deine Pflicht gut erfüllt, mein Sohn.«

»Danke, Vater«, sagte Watson.

»Stirb wie ein Mann«, sagte er.

»Ja, Vater.«

Zehn Stunden brauchte Watson dazu, aber er tat es, wie sein Vater gesagt hatte.

32

Aus dem Staub machen

Die Nacht brach rein. Die Miliz zog sich zurück, diesmal mit ihren Verwundeten und mit Stevens, der noch lebte. Sie zündeten draußen vor dem Tor Laternen an und wurden sterbensruhig. All das Schreien und Schimpfen verschwand über die Straße und war weg, der Mob wurde vom Tor der Arsenals entfernt. Da draußen war eine neue Ordnung entstanden, irgendwas hatte sich geändert. Der Alte Mann befahl Emperor, hoch zum Loch im Dach zu klettern, das da reingeschossen worden war, und mal nachzusehen.

Als er wieder runterkam, sagte Emperor: »Die Bundessoldaten sind da, aus Washington, D.C. Ich hab ihre Flagge und ihre Uniformen gesehn.«

Der Alte Mann zuckte mit den Schultern.

Sie schickten einen Mann, der an eine der verriegelten hölzernen Türen kam. Er hielt ein Auge an ein Schussloch und klopfte. »Ich will Mr Smith!«, rief er. Das war der Name, den der Alte Mann auf der Kennedy-Farm gebrauchte und wenn er verkleidet in Ferry war.

Der Alte Mann ging zur Tür, öffnete sie aber nicht. »Was ist?«

Das große Auge linste nach drinnen. »Ich bin Lieutenant Jeb Stuart von der Kavallerie der Vereinigten Staaten. Ich habe Befehl von meinem Kommandanten, Brevet Colonel Robert E. Lee. Colonel Lee ist draußen vorm Tor und verlangt Ihre Aufgabe.«

»Ich verlange die Freiheit für die Negerrasse, die in diesem Land in Sklaverei lebt.«

Stuart hätte genauso gut einem toten Schwein ein Lied singen können. »Aber was wollen Sie jetzt in diesem Moment, Sir, zusätzlich zu dieser Forderung?«, fragte er.

»Sonst nichts. Wenn Sie das sofort gewähren können, ziehen wir uns zurück. Aber ich glaube nicht, dass das in Ihrer Macht steht.«

»Mit wem spreche ich? Können Sie Ihr Gesicht zeigen?«

Die Holztür hatte eine Klappe, die der Alte Mann öffnete. Stuart blinzelte einen Augenblick überrascht, trat einen Schritt zurück und kratzte sich den Kopf. »Aber sind Sie nicht Old Osawatomie Brown? Der uns so viel Ärger im Kansas-Territorium gemacht hat?«

»Der bin ich.«

»Sie sind von zwölfhundert Bundessoldaten umzingelt. Geben Sie auf.«

»Das tu ich nicht. Ich gebe meine Geiseln frei, wenn Sie mich und meine Leute ungehindert über die B&O-Brücke abziehen lassen. Das ist eine Möglichkeit.«

»Das geht nicht«, sagte Stuart.

»Dann kommen wir nicht ins Geschäft.«

Stuart stand ungläubig einen Moment lang da.

»Also, los doch«, sagte der Alte Mann. »Unser Gespräch ist beendet, es sei denn, Sie selbst können den Neger aus der Sklaverei befreien.« Damit schlug er die Klappe zu.

Stuart ging zum Tor zurück und verschwand, aber die Geiseln im Maschinenhaus begannen eine Wende zu spüren. Bis eben noch hatte das unterste Regalbrett das Sagen gehabt, aber jetzt, da sie das Gefühl hatten, das Blatt wendete sich und der

Alte Mann wär am Ende, fingen die Sklavenbesitzer an, ihre Meinung rauszuzwitschern. Fünf von ihnen saßen nebeneinander an der Wand, darunter auch Colonel Washington, und der fing an, auf den Captain einzureden, was dem Rest den Mut gab, es ebenfalls zu tun.

»Sie begehen Landesverrat«, sagte er.

»Sie werden hängen, alter Mann«, sagte ein anderer.

»Sie sollten aufgeben. Sie bekommen einen fairen Prozess«, meldete sich noch ein anderer.

Emperor ging zu ihnen. »Schnauze«, bellte er.

Sie zuckten zurück, bis auf Colonel Washington. Der Kerl war plötzlich bissig wie nur was. »Das wird gut aussehen, wenn du den Kopf in die Schlinge des Henkers steckst, du unverschämter Nigger.«

»Wenn das so ist«, sagte Emperor, »blas ich dir jetzt gleich das Licht aus, bevor wir dich austauschen.«

»Nichts in der Art wirst du tun«, sagte der Alte Mann. Der Captain stand am Fenster, allein, und starrte nachdenklich raus. Er redete mit Emperor, ohne ihn anzusehen. »Emperor, komm her.«

Emperor ging zu ihm, und der Alte Mann legte dem Farbigen einen Arm um die Schultern und redete flüsternd auf ihn ein. Das dauerte eine ganze Weile. Von hinten sah ich, wie sich Emperors Schultern hoben, und er schüttelte den Kopf mehrmals. Nein. Der Alte Mann flüsterte noch ein bisschen mehr, mit fester Stimme, und trat wieder ans Fenster. Emperor überließ er sich selbst.

Emperor schien geschafft. Er bewegte sich nach ganz hinten in die letzte Ecke des Maschinenhauses, weg von den Gefangenen. Zum ersten Mal wirkte er regelrecht niedergeschlagen. Sein Schwung schien ihn völlig verlassen zu haben, und er starrte aus dem Fenster raus in die Nacht.

Es wurde still.

Bis jetzt war im Maschinenhaus so viel vor sich gegangen, dass kaum Zeit geblieben war, genauer über die Lage nachzudenken, aber jetzt wurde es still und dunkel, draußen wie drinnen, und es gab Zeit, sich über das, was kommen würde, Gedanken zu machen. Es waren ungefähr fünfundzwanzig Farbige im Raum. Von denen, nahm ich an, würden mindestens neun, zehn, vielleicht auch mehr, gehängt werden, und sie wussten es: Phil, der Kutscher, und die drei Frauen und vier Männer, die der Armee alle begeistert halfen, Gewehre luden, Schießscharten freischlugen und Munition holten. Die weißen Geiseln würden sie bestimmt verpfeifen. Allein Gott wusste, wie sie hießen, aber ihre Master kannten sie. Sie steckten in der Klemme, denn sie hatten gleich mit angepackt und um ihre Freiheit gekämpft, als sie kapierten, worum's ging. Sie waren verloren. Für sie war nichts mehr auszuhandeln. Vom Rest, ich würde sagen, noch mal die Hälfte, fünf, sechs, halfen auch, waren aber weit weniger begeistert, was das Kämpfen anging. Sie hatten sich nützlich gemacht, aber es hatte ihnen befohlen werden müssen. Sie wussten, dass ihre Master ihnen zusahen, und verkniffen sich alle Begeisterung. Und dann die Übrigen, die letzten fünf, die würden sie nicht hängen, denn die schleimten sich bis zum Gehtnichtmehr bei ihren Mastern ein und taten nur, wozu sie absolut gezwungen wurden. Ein paar von ihnen waren während der Kämpfe eingeschlafen.

Jetzt, wo das Pendel in die andere Richtung schwenkte, waren diese letzten fünf fein raus, und die in der Mitte, die eher auf der Kippe standen und es vielleicht überleben würden, die wandten sich jetzt auch wieder ganz ihren Mastern zu. Sie krochen ihnen sonst wohin und versuchten, sich reinzuwaschen. Einer von ihnen, ein Bursche namens Otis, sagte: »Master, das hier iss 'n schlechter Traum.« Sein Master ignorierte ihn. Sagte kein Wort. Ich kann's dem Neger nicht vorwerfen, dass er sich so ranschleimte. Er wusste, er war völlig am Arsch, wenn sein

Master auch nur ein schlechtes Wort über ihn verlor. Aber die Master spielten ihre Karten noch nicht aus. *Noch* nicht. Sie waren noch nicht aus 'm Wald.

Der Rest der Neger, die verloren waren, sah zu Emperor rüber. Er war so was wie ein Anführer für sie geworden, sie hatten seinen Mut erlebt, und ihre Augen folgten ihm, nachdem er mit dem Alten Mann gesprochen hatte. Er stand am Fenster, starrte raus und dachte nach. Es war stockdunkel, du sahst fast nichts, nur was der Mond durch die Fenster und Löcher beleuchtete, denn der Alte Mann wollte keine Laternen. Emperor sah starr nach draußen, lief hin und her und starrte wieder raus. Der Kutscher, Phil, und die anderen Neger, die sie sicher hängen würden, folgten ihm mit ihren Blicken. Sie alle folgten ihm, denn sie glaubten an seinen Mut.

Nach einer Weile rief Emperor sie zu sich in die Ecke, und sie drängten sich um ihn. Ich ging auch, weil ich wusste, welche Strafe sie auch immer erwartete, mich würd's genauso treffen. Du konntest ihre Verzweiflung spüren, als sie sich um ihn versammelten und aufmerksam lauschten, denn er flüsterte nur.

»Direkt vorm ersten Licht eröffnet der Alte Mann vorn das Feuer und lässt die Farbigen aus dem hinteren Fenster fliehn. Wer wegwill, kann, wenn's losgeht, nach hinten rausklettern, zum Fluss laufen und verschwinden.«

»Was iss mit meiner Frau?«, fragte der Kutscher. »Sie iss immer noch Sklavin im Haus der Colonels.«

»Ich kann dir nicht sagen, was du da tun sollst«, sagte Emperor. »Aber wenn sie dich fassen, lass dir 'ne Lüge einfallen. Sag, du wars' 'ne Geisel. Sonst hängen sie dich mit Sicherheit.«

Der Kutscher schwieg und dachte über seine Worte nach.

»Der Alte Mann gibt uns 'ne Fluchtchance«, sagte Emperor. »Nehmt sie an oder nicht. Er und die Hiergebliebenen haben ölgetränkte Wergbälle zum Anzünden. Sie werfen sie in den

Hof, wo sie viel Rauch machen, und feuern in alle Richtungen. Dann kann, wer will, aus dem Fenster klettern und rüber über die Mauer. Wer's versuchen will, soll's tun.«
»Probiers' du's auch?«, fragte der Kutscher.
Emperor antwortete nicht. »Ihr solltet alle was schlafen«, sagte er.
Alle dachten, sie würden es probieren, und wollten ein paar Stunden ausruhen, sie hatten seit vierzig Stunden nicht geschlafen. Die Sache lief seit Sonntag, und jetzt hatten wir Montagabend, fast schon Dienstag.
Der Großteil der Leute schlief, aber ich konnte nicht, denn ich wusste, was kam. Emperor schlief auch nicht. Er stand am Fenster, starrte raus und hörte Watsons Todesstöhnen. Von allen Farbigen in der Armee des Alten Mannes gefiel mir Emperor am besten. So gut kannte ich ihn nicht, aber er hatte Mut. Ich ging zu ihm.
»Werden Sie auch versuchen, hier rauszukommen, Emperor? In die Freiheit?«
»Ich bin frei«, sagte er.
»Sie meinen, Sie sind ein freier Neger?«
Er lächelte in die Dunkelheit. Ich konnte seine weißen Zähne sehen, aber er sagte nichts mehr.
»Ich dachte nur«, sagte ich, »ob es vielleicht noch 'n Weg gibt, dass sie mich nicht hängen.«
Er sah mich an. Das Mondlicht, das durchs Fenster fiel, erhellte seine Züge. Er war ein dunkler Bursche, schokoladenfarben, mit breiten Lippen, Locken und einem gleichmäßigen Gesicht. Ich sah seine Umrisse. Sein Kopf zeichnete sich vorm Fenster ab, und der Luftzug, der an ihm vorbeistrich, war kühl und erfrischend. Es war, als teilte er den Wind. Er beugte sich zu mir hin und sagte leise: »Du kapiers' es nicht, oder?«
»Doch.«
»Warum stellst du dann Fragen, auf die du längst die Antwort

weißt? Jeden Farbigen hier drin werden sie hängen. Himmel, wenn du auch nur eine der Geiseln einmal komisch angekuckt hast, hängst du. Und das hast du sicher noch öfter gemacht.«
»Die kennen mich nicht«, sagte ich.
»Die kennen dich so sicher, wie Gott über der Welt steht. Die kennen dich genauso gut wie mich. Du solltest es aufrecht hinnehmen.«
Ich schluckte heftig. Ich musste. Ich ertrug es nicht, aber ich musste.
»Was, wenn einer von uns anders ist, als sie denken?«, flüsterte ich.
»Wir sind alle gleich, was den weißen Mann angeht.«
»Sind wir nicht«, sagte ich, nahm seine Hand und drückte sie im Dunkeln auf mein Geschlecht. Ich ließ ihn mein Geheimnis fühlen und spürte, wie er die Luft einsog. Schon zog er die Hand zurück.
»Sie kennen mich nicht«, sagte ich.
Es gab eine lange Pause. Dann gluckste Emperor. »Großer Gott. Das iss kaum 'n Deffileh«, sagte er.
»Ein was?« Emperor konnte nicht lesen, und er kam manchmal mit Worten, die völlig sinnlos waren.
»Ein Deffileh. Eine Parade. Die Früchtchen reichen ja nicht mal für 'n Fingerhut Saft«, schnaubte er. »Da muss' du ja die ganze Nacht suchen, um die Erdnüsse zu finden.« Er gluckste immer noch und schien gar nicht wieder aufhören zu können.
Ich fand das gar nicht komisch, aber ich hatte mir schon alles überlegt. Ich brauchte ein paar Jungssachen zum Anziehen. Da waren aber nur zwei im Maschinenhaus, deren Sachen ich nehmen konnte, ohne dass es einer merkte. Ein farbiger Sklave, der am Nachmittag erschossen worden war, und Watson, der Sohn des Alten Mannes, der noch nicht ganz tot war, aber fast. Der Sklave war zu groß für mich und dazu noch in die Brust getroffen worden, seine Klamotten waren voller Blut. Aber es

waren schöne Sachen, er war bestimmt ein Haussklave, und sie mussten reichen. Blutig oder nicht.

»Ich frag mich, ob Sie mir einen Gefallen tun könnten«, sagte ich. »Ich meine, ob Sie mir die Hose und das Hemd von dem da drüben besorgen könnten«, flüsterte ich und nickte zu dem Sklaven hin, dessen Umrisse gerade so im Mondlicht zu erkennen waren. »Vielleicht könnte ich sie mit Ihrer Hilfe anziehn und mit dem Rest der Farbigen verschwinden. Wenn der Alte Mann uns rauslässt.«

Emperor dachte eine lange Weile nach.

»Du willst also nicht sterben wie ein Mann?«

»Genau das ist es«, sagte ich. »Ich bin erst vierzehn. Wie kann ich wie ein Mann sterben, wenn ich noch nicht wie einer gelebt hab? Ich bin noch nie mit 'nem Mädchen dem Lauf der Natur gefolgt. Ich hab noch nicht mal eins geküsst, und ich denke, jeder sollte wenigstens einmal auf dieser Welt er selbst sein, bevor er in die nächste wechselt, und wenn nur, um Seinen Namen mit dem eigenen Selbst zu preisen und nicht als 'n andrer. Denn ich hab zum Herrn gefunden.«

Wieder folgte ein langes Schweigen. Emperor rieb sich das Kinn. »Setz dich da hin«, sagte er.

Er ging auf die andere Seite, weckte den Kutscher und Phil und zog sie in eine Ecke. Die drei flüsterten mit'nander, und bei Gott, ich konnte sie glucksen und lachen hören. Sehen konnte ich sie nicht, aber hören, und es ging mir gegen den Strich, wie sie über mich lachten. »Was ist da so komisch!«, zischte ich.

Ich hörte Emperors Stiefel auf mich zukommen, und im Dunkeln flog mir eine Hose ins Gesicht. Und ein Hemd.

»Wenn die Bundessoldaten dir draufkommen, werfen sie dich in den Bach, aber für uns hier drin wär's 'n Riesenspaß, wenn du's schaffst.«

Das Hemd war riesig, genau wie die Hose, und als ich sie anzog, schien sie noch größer. »Von wem ist die?«, fragte ich.

»Vom Kutscher.«

»Und was hat der jetzt an? Klettert der in Unterhosen aus dem Fenster?«

»Was stört es dich?«, sagte er. Jetzt erst merkte ich, dass er kein Hemd mehr anhatte. »Er geht nirgends hin. Phil auch nicht. Und hier …«, er drückte mir eine alte, abgegriffene Feder in die Hand, »das ist die letzte vom Großer-Gott-Vogel. Der Alte Mann hat sie mir gegeben, seine letzte Feder. Ich glaub, ich bin der Einzige, der eine gekriegt hat.«

»Ich hab schon eine. Ich brauch Ihre nicht, Emperor.«

»Behalt sie trotzdem.«

»Was ist mit der Hose? Sie ist riesig.«

»Du passt da schon rein. Dem weißen Mann ist es egal, was du anhast. Für den bist du nichts als 'n weiterer schäbiger Nigger. Tu nur ganz natürlich. Am Morgen, wenn der Captain es befiehlt, feuern wir Wergbälle zu ihnen raus, nach vorn und hinten, und schießen 'n bisschen rum. Dann kletterst du schnell aus dem Fenster da, und wenn du's aus Ferry raus schaffst, beachten dich die Weißen nicht mehr als 'n Loch im Boden. Sag ihnen, du gehörst Mr Harold Gourhand. Mr H. Gourhand, kapiert? Das ist ein Weißer, der bei der Kennedy-Farm lebt. Der Kutscher kennt ihn. Er sagt, Gourhand hat einen Sklavenjungen in deinem Alter, der etwa so groß wie du ist, und die beiden sind verreist.«

»Sie werden ihn kennen.«

»Nein, werden sie nicht. Das sind Bundessoldaten da draußen, die sind nicht hier aus der Gegend. Die kommen aus Washington, D. C. Die werden nichts merken. Die können uns sowieso nicht aus'nanderhalten.«

Am Morgen gab der Alte Mann den Befehl. Sie feuerten die Wergbälle ab, schleuderten sie gegen unsere Belagerer, schossen aus den Fenstern, was die Büchsen hergaben, und ließen die Farbigen hinten aus den Fenstern des Maschinenhauses klettern. Ich war bei ihnen, insgesamt waren wir vier und liefen der US-Kavallerie direkt in die Arme. Kaum, dass wir die Füße auf den Boden stellten, hatten sie uns schon am Kragen und zogen uns vom Maschinenhaus weg, während ihre Kumpel das Feuer mit aller Heftigkeit erwiderten. Am hinteren Tor, unter den Gleisen, drängten sie sich um uns rum, fragten nach den Weißen drinnen, woher wir kamen und wem wir gehörten, und sind die Weißen verletzt? Das war das eine, was sie wirklich wissen wollten, waren die Weißen verletzt? Als wir nein sagten, wollten sie wissen, ob wir zur Armee des Alten Mannes gehörten, und wir schworen Stein und Bein, dass wir's nicht täten. Du hattest noch nie so dämliche Neger gesehen. Mein Gott, wir taten so, als wären sie unsre Retter, fielen auf die Knie, beteten und heulten und dankten Gott, dass er sie zu unsrer Rettung geschickt hatte, und so weiter.

Sie hatten Mitleid mit uns, die Bundesuniformen, und Emperor hatte recht. Sie hatten das ganze Gebiet um das Arsenal von allen örtlichen Bürgerwehren geräumt, und die Soldaten, die uns befragten, waren nicht aus Ferry. Sie waren Bundesleute aus Washington, D.C., und sie kauften uns unsre Geschichte ab, so argwöhnisch sie auch waren. Der Kampf, verstehst du, war noch voll im Gang, während sie uns befragten, und sie wollten zurück und sich den Preis holen, den Alten Mann, und so ließen sie uns gehen. Aber einer von ihnen, der ahnte was. Er fragte mich: »Wem gehörst du?«, und ich benutzte den Namen Master Gourhand und erklärte ihm, wo Master Gourhand lebte, oben den Berg rauf, gleich bei der Kennedy-Farm.

Er sagte: »Ich bring dich hin.«

Ich sprang auf sein Pferd und ließ mich von ihm raus aus der Stadt und hoch zur Farm reiten. Ich wies ihm den Weg und hoffte drauf, dass der Feind noch nicht wusste, dass der

Alte Mann die Farm als sein Hauptquartier benutzt hatte. Zum Glück war es so, denn als wir oben ankamen, war alles ruhig.

Wir preschten auf den Hof, ich hinter dem Soldaten, und wer, wenn nicht O. P. Anderson, stand da gerade und pumpte zusammen mit 'm anderen Farbigen, den er irgendwo aufgetan haben musste, Wasser aus dem Brunnen? Der Kerl lebte noch! Er hatte kein Gewehr und war angezogen wie ein Sklave. Du konntest ihn von dem anderen kaum unterscheiden. Sein Haar war ungekämmt, dazu die Lumpen, die sie trugen, der Dreck, die beiden hätten Brüder sein können.

Mein Anblick, ohne Haube und in Männersachen, der schaffte O. P.

»Wem gehört dieser Nigger?« fragte der Soldat.

»Äh?«

»Er sagt, er lebt hier bei einem Mr Gourhand«, sagte der Soldat. »Der arme Kerl wurde entführt und als Geisel in Ferry festgehalten.«

O. P. schien Schwierigkeiten mit dem Sprechen zu haben, fand dann aber endlich in seine Rolle. »Ich hab davon gehört, Sir«, sagte er, »und ich bin froh, dass Sie den Jungen gebracht haben. Ich weck den Master und sag's ihm.«

»Das ist nicht nötig«, sagte Owen und trat aus der Tür auf die Veranda. »Ich bin der Master, und ich bin wach.« Ich nahm an, er versteckte sich drinnen mit Tidd, einem Burschen namens Hazlett und Cook. Ich wurde nervös, denn ich war sicher, die drei hatten den Soldaten in dem Moment aufs Korn genommen, als er auf den Hof ritt. Dass Owen rauskam, rettete das Leben des Soldaten, denn die Männer hatten nicht mehr als ein paar Stunden geschlafen und wollten möglichst schnell weg von hier.

Owen kam von der Veranda, machte einen Schritt auf mich zu und erkannte mich plötzlich. Er hatte mich nie als Jungen angezogen gesehen und musste sich nicht groß verstellen.

Sein Schreck war echt. »Zwiebel!«, sagte er. »Bei Gott! Bist du das?«

Der Soldat sah, dass es da keine Trickserei gab. Er war eigentlich ein netter Kerl. »Dieser Nigger hat ziemlich was mitgemacht. Er sagt, er gehört Mr Gourhand, der hier oben wohnen muss, aber wenn ich es recht versteh, ist der unterwegs.«

»Das stimmt«, sagte Owen und spielte mit. »Aber wenn Sie den Farbigen hierlassen, werde ich mich für Mr Gourhand um ihn kümmern. Es sind gefährliche Zeiten mit all dem, was hier vorgeht. Ich danke Ihnen, dass Sie sie zurückgebracht haben«, sagte Owen.

Der Soldat verzog das Gesicht. »Sie?«, sagte er. »Das ist ein Junge, Sir«, schimpfte er. »Könnt ihr eure Nigger nicht von'nander unterscheiden? Kein Wunder, dass es hier Aufstände gibt. Ihr behandelt sie so verdammt schlecht, dass es euch nicht mal schert, ob's 'n Junge oder 'n Mädchen ist. Wir in Alabama gehen mit unsern Niggern nicht so um.«

Damit wendete er sein Pferd und ritt davon.

Ich hatte nicht die Zeit, ihnen die Situation des Alten Mannes genau zu erklären, und brauchte es auch nicht. Sie mussten nicht fragen. Sie wussten, was vorging, und sie fragten auch nicht nach meinem neuen Aussehen als Junge. Sie hatten es eilig und machten sich fertig, um ihr Leben zu laufen. Aus purer Erschöpfung hatten sie ein paar Stunden geschlafen, doch jetzt, wo es hell wurde, war es an der Zeit, aufzubrechen. Sie packten schnell alles zusammen, und wir machten uns aus dem Staub, ich, O. P., Owen, Tidd, Cook, Hazlett und Merriam. Direkt den Berg hinter der Kennedy-Farm ritten wir hoch, und die Sonne ging hinter uns auf. Als wir oben ankamen, gab es ein bisschen Gezerre und Gestreite, weil alle bis auf O. P. die Bergstrecke direkt nach Norden nehmen wollten und O. P. sagte, er wüsste einen anderen Weg, der wär sicherer und führte mehr drumrum, erst südwestlich nach Charles Town und dann weiter westlich über die Underground Railway nach Martinsburg und von da nach Chambersburg. Aber die anderen waren dagegen. Sie meinten, Charles Town läge zu weit vom Weg ab und wir wären zu gesucht. O. P. wollte nicht aufhören, und das machte die Sache noch schlimmer, denn wir hatten nicht viel Zeit, nicht, wo jeden Moment eine Patrouille auftauchen konnte. Also ritten die fünf weiter geradeaus, direkt hoch nach Chambersburg, während O. P. sich südwestlich nach Charles Town wandte. Ich beschloss, mit ihm zu reiten.

Das war gut. Cook und Hazlett wurden ein, zwei Tage später in Pennsylvania gefasst. Owen, Merriam und Tidd kamen irgendwie davon. Merriam brachte sich später, wie ich hörte, in Europa um. Owen hab ich nie wiedergesehen, obwohl er ein langes Leben gehabt haben muss.

Ich und O. P. kamen durch Mr George Caldwell und seine Frau Connie frei, die uns durch Charles Town schleusten. Sie sind jetzt tot, also macht es nichts, sie zu verraten. Da arbeiteten viele Leute mit an dem Untergrund-Gospel-Zug, von dem keiner was wusste. Ein farbiger Farmer brachte uns mit seinem Wagen zu Mr Caldwells Barbierladen, und als Mr Caldwell erfuhr, wer wir waren, beschlossen er und seine Frau, uns zu trennen. Wir waren zu nah dran gewesen. Sie schickten O. P. mit einer Wagenladung Särge und zwei methodistischen Abolitionisten nach Philadelphia, und ich weiß nicht, was aus ihm wurde, ob er gestorben ist oder nicht, ich hab nie wieder von ihm gehört. Ich blieb bei den Caldwells. Ich musste bei ihnen bleiben, unter ihrem Haus und hinter Mr Caldwells Barbierladen, vier Monate lang, bevor's weiterging, und während ich da hinter dem Barbierladen schmorte, kriegte ich mit, was mit dem Alten Mann war.

Offenbar stürmten Jeb Stuart und die US-Kavallerie nur Minuten, nachdem ich hinten durchs Fenster raus war, ins Maschinenhaus, um alles niederzumetzeln. Sie überrannten jeden Widerstand, töteten Dauphin, Thompson, Wills Bruder, den Kutscher, Phil und Taylor. Watson und Oliver, die beiden Söhne des Alten Mannes, erwischten sie ebenfalls. Sie töteten alle da drin, gut oder böse, alle bis auf Emperor. Emperor überlebte es irgendwie, wenigstens lang genug, um gehängt zu werden.

Und der Alte Mann?

Nun, John Brown überlebte ebenfalls. Nach dem, was Mr Caldwell sagte, versuchten sie, ihn umzubringen. Als sie durch die Tür reinstürmten, rammte ein Lieutenant sein Schwert in den Kopf des Alten Mannes, der gerade beim Nachladen war. Mr Caldwell sagte, der Herr hätte ihn gerettet. Der Lieutenant war wegen dem Aufstand zum Notfalldienst gerufen worden und hatte sein Haus in aller Eile verlassen. Er war so heiß drauf gewesen, zum Einsatz zu kommen, dass er beim Rauslaufen nach dem falschen Schwert über dem Kamin griff. Statt sein normales Kampfschwert zu nehmen, kriegte er sein Paradeschwert zu fassen. Mit dem richtigen hätte er den Alten Mann sicher getötet. »Aber der Herr wollte nicht, dass er getötet wurde«, sagte Mr Caldwell stolz. »Er hatte noch eine Aufgabe für ihn.«

Das mochte wahr sein, die Vorsehung machte es den Negern in Charles Town in den Tagen nach der Niederlage des Alten Mannes allerdings nicht leicht, denn genau da wurde er eingesperrt und sollte auch in Charles Town vor Gericht kommen. Ich lebte in jenen Wochen versteckt hinter Mr Caldwells Barbierladen und kriegte das alles mit. Charles Town lag nur ein Stück weit von Harpers Ferry weg, und die Weißen waren in einer Art Panik, die an Wahnsinn grenzte. Sie lebten in reiner Angst. Jeden Tag platzte ein Constable in Mr Caldwells Laden und scheuchte ein paar farbige Kunden auf. Zwei oder drei nahm er mit und sperrte sie ein, um sie über den Aufstand zu verhören, behielt einige hinter Gittern und ließ andere frei, und selbst die vertrauenswürdigsten Neger im Haus der Sklavenbesitzer wurden zur Feldarbeit geschickt, weil ihre Master zu argwöhnisch waren, um sie noch im Haus haben zu wollen. Sie dachten, sie könnten sich gegen sie wenden und sie umbringen. Dutzende versklavte Neger wurden in den Süden verkauft, und Dutzende liefen weg, weil sie ihrerseits Angst davor hatten, verkauft zu werden. Ein farbiger Sklave kam in Mr Caldwells Laden und beschwerte sich: Wenn eine Ratte mitten in der Nacht im Haus seines Masters mit dem Schwanz gegen die Wand klackte, wurde alles aufgeweckt, sie griffen nach den Gewehren, und er musste in den Keller runter, um nachzusehen, was los war. Die weißen Zeitungen schrieben, dass die Waffenhändler in Baltimore während des Prozesses gegen John Brown zehntausend Schusswaffen an Virginier verkauften. Ein Neger im Barbierladen scherzte: »Die Colt-Fabrik sollte der Familie von Captain John Brown was Gutes tun.« Auf einigen Plantagen von Charles Town wurde Feuer gelegt, ohne dass einer hätte sagen können, von wem, und in einem Artikel in der örtlichen Zeitung hieß es, Sklavenbesitzer beschwerten sich darüber, dass ihre Pferde und Schafe plötzlich starben, als wären sie vergiftet worden. Das hörte ich auch geflüstert, hinten auf meinem Lauschposten in Mr Caldwells Barbierladen, worauf ich zu Mr Caldwell sagte: »Wenn all die Leute, die heute diese Teufeleien anrichten, nach Ferry gekommen wärn, wär die Geschichte anders ausgegangen.«

»Nein«, sagte er. »Es musste so enden. Old John Brown weiß, was er tut. Wenn sie schlau gewesen wärn, hätten sie ihn gleich getötet. Mit seinen Briefen und seinen Reden jetzt veranstaltet er 'nen größeren Aufruhr, als er es je mit dem Gewehr getan hat.«

Das stimmte. Sie hatten den Alten Mann und seine Männer ins Gefängnis von Charles Town gesteckt (die aus seiner Armee, die den Kampf überlebt hatten: Hazlett, Cook, Stevens und die beiden Farbigen, John Copeland und Emperor), und als der Captain seine Briefe geschrieben und Besuch von seinen Freunden aus Neuengland gekriegt hatte, nun, da stand sein Stern wieder hoch am Himmel. Das ganze Land sprach von ihm. Wie ich gehört hab, hat der Alte Mann in jenen letzten sechs Wochen seines Lebens mehr Menschen in der Frage der Sklaverei auf seine Seite gebracht als mit all seinem Blutvergießen in Kansas und seinen Predigten in Neuengland. Jetzt, wo sein weißes Blut vergossen werden sollte, hörten die Leute zu. Schließlich war es nicht irgendein altes, weißes Blut, John Brown war Christ, und er hatte viele Freunde, weiße wie farbige. Ja, ich glaub tatsächlich, in jenen letzten sechs Wochen hat er mehr gegen die Sklaverei erreicht, als es ihm je mit dem Gewehr oder Schwert gelungen ist.

Der Prozess gegen ihn wurde bald eröffnet, der Alte Mann gleich verurteilt, und sie setzten das Datum für seine Hinrichtung fest, und die ganze Zeit schrieb er seine Briefe, schrie und protestierte gegen die Sklaverei und ließ sich lautstark gegenüber allen amerikanischen Zeitungen aus, die ihm zuhören wollten, und das wollten sie alle, weil solche Aufstände den Weißen zu Tode erschreckten. Der Alte Mann bereitete den Boden für den kommenden Krieg, denn nichts fürchtete der Süden mehr als die Vorstellung von bewaffnet rumlaufenden Niggern, die ihre Freiheit wollten.

Aber diese Gedanken dachte ich damals nicht. Die Herbstabende wurden lang für mich. Und einsam. Zum ersten Mal seit Jahren war ich ein Junge, und es war kurz vor Ende November, was hieß, dass es in fünf Wochen Januar sein würde und ich fünfzehn wurde. Wann ich wirklich geboren wurde, hab ich nie erfahren, und so feierte ich wie die meisten Farbigen an Neujahr meinen Geburtstag. Ich wollte weiter, und fünf Wochen nach dem Aufstand, Ende November, fragte ich

Mr Caldwell eines Abends, als er nach hinten kam, um mir Speck, Brot und Soße zu bringen, ob ich vielleicht nach Philadelphia könnte.

»Du kanns' noch nicht weg«, sagte er. »Es iss zu gefährlich. Sie haben den Captain noch nicht gehängt.«

»Wie geht es ihm? Lebt er noch und fühlt sich gut?«

»So isses. Im Gefängnis. Am zweiten Dezember soll er hingerichtet werden. Das iss in einer Woche.«

Ich stellte es mir einen Moment lang vor, und es tat mir im Herzen weh, und so sagte ich: »Es würde mir guttun, nehm ich an, ihn zu sehen.«

Er schüttelte den Kopf. »Ich versteck dich hier nicht wegen mir, oder weil's mir gefällt«, sagte er. »Es iss gefährlich genug, mich um dich zu kümmern.«

»Aber der Alte Mann dachte immer, ich würde ihm Glück bringen«, sagte ich. »Ich bin vier Jahre mit ihm geritten, war mit seinen Söhnen befreundet, mit seiner Familie und sogar einer seiner Töchter. Ich bin ein vertrautes Gesicht. Vielleicht hilft es ihm, wo er seine Frau und seine Kinder auf dieser Seite nicht mehr wiedersehn wird.«

»Tut mir leid«, sagte er.

Er brütete ein paar Tage drüber nach. Ich hab nicht wieder gefragt, *er* kam damit. Ein paar Tage später sagte er: »Ich hab drüber nachgedacht und meine Meinung geändert. Es wär eine Hilfe für ihn, dich zu sehn. Es wird ihm durch die letzten Tage helfen, wenn er sieht, dass du lebst und es dir gut geht. Ich tu das für ihn. Nicht für dich. Ich werd's arrangieren.«

Er besuchte einige Leute, und wieder ein paar Tage später brachte er einen alten Neger namens Clarence hinter den Laden zu mir. Clarence war ein weißhaariger alter Mann, der sich nur noch langsam bewegte, aber verständig und klug war. Er putzte das Gefängnis, wo der Alte Mann und die anderen eingesperrt saßen. Er setzte sich mit Mr Caldwell zusammen, und die beiden besprachen das Ganze. Der alte Clarence hörte aufmerksam zu.

»Ich versteh mich gut mit dem Leiter vom Gefängnis, Captain John Avis«, sagte Clarence. »Ich kenn ihn seit seiner Kindheit. Er issen guter Mann und hat Old John Brown ins Herz geschlossn. Trotzdem, er lässt den Jungen da nich einfach so reinmarschiern«, sagte er.

»Kann ich nicht mit Ihnen als Ihr Helfer gehn?«, fragte ich.

»Ich brauch kein' Helfer, und auch kein' Ärger.«

»Clarence, denk dran, was der Captain für den Neger getan hat«, sagte Mr Caldwell. »Denk an deine eigenen Kinder. Denk an Captain Browns Kinder. Er hat viele, wird sie und seine Frau in dieser Welt aber wohl nich wiedersehn.«

Der Alte dachte ziemlich lange nach. Sagte kein Wort. Dachte nur nach und rieb die Finger gegen'nander. Mr Caldwells Worte schienen ihn zu rühren. Endlich sagte er: »Im Moment passiert da 'ne Menge, der Alte Mann iss beliebt. Den Tag über kommen und gehn 'ne Menge Leute, und ich hab viel zu tun, weil sie Sachen dalassen, Geschenke, Briefe und alles Mögliche sons'. Der Alte Mann hat im Norden 'ne Menge Freunde. Captain Avis scheint das alles nich zu störn.«

»Kann ich also hin?«, fragte ich.

»Lass mich drüber nachdenken. Vielleicht frag ich Captain Avis.«

Drei Tage später, in den frühen Morgenstunden des zweiten Dezember 1859, kamen Clarence und Mr Caldwell in den Keller des Barbierladens und weckten mich auf.

»Wir gehn heute Nacht«, sagte Clarence. »Morgen wird der Alte Mann gehängt. Seine Frau war aus New York da und iss gerade wieder raus. Avis kuckt weg. Die Sache rührt ihn ziemlich an.«

Mr Caldwell sagte: »Das iss alles gut und schön, aber dann muss' du hier raus, Junge. Es wird zu gefährlich für mich, wenn sie dahinterkommen, wer du bist, und du komms' hierher zurück.« Er gab mir ein paar Dollar, um neu anfangen zu können, eine Zugfahrkarte von Ferry nach Philadelphia, einige alte Sachen zum Anziehen und etwas Proviant. Ich dankte ihm und war weg.

Es war kurz vor Sonnenaufgang, aber noch nicht ganz. Ich und Mr Clarence fuhren mit einem alten Maultierwagen zum Gefängnis. Mr Clarence gab mir einen Eimer, einen Wischmopp und ein paar Putzbürsten, wir grüßten die Milizionäre vorm Eingang und gingen problemlos rein. Es lief wie geschmiert. Die anderen Gefangenen schliefen tief und fest. Captain John Avis war da, saß vorne an einem Schreibtisch, schrieb was, sah zu mir auf und sagte kein Wort. Nickte nur Clarence zu und senkte den Blick wieder auf seine Papiere. Wir gingen in den hinteren Teil des Gebäudes, wo die Gefangenen waren, ganz am Ende des Korridors, und in der letzten Zelle rechts saß der Alte Mann auf seiner Pritsche und schrieb was im Licht eines kleinen gemauerten Kamins.

Er hörte auf zu schreiben und spähte in die Dunkelheit, als ich mit dem Eimer in der Hand draußen vor seiner Zelle stand, denn er konnte mich nicht richtig sehen. Endlich sagte er was.

»Wer ist da?«

»Ich bin's. Zwiebel.«

Ich trat aus dem Schatten, in einer Hose und einem Hemd, mit dem Eimer in der Hand.

Der Alte Mann sah mich lange an. Sagte kein Wort drüber, was er da sah. Starrte mich nur an, und dann sagte er: »Komm rein, Zwiebel. Der Captain schließt seine Tür nicht ab.«

Ich ging rein und setzte mich aufs Bett. Er sah erschöpft aus. Sein Hals und sein Gesicht waren wie verkohlt von 'ner Wunde, und er humpelte, als er ein Stück Holz aufs Feuer legte. Er war wie lahm, ächzte ganz leicht und setzte sich zu mir auf die Pritsche. »Wie fühlst du dich, Zwiebel?«

»Mir geht's gut, Captain.«
»Es tut meinem Herz gut, dich zu sehen«, sagte er.
»Sind Sie in Ordnung, Captain?«
»Mir geht's gut, Zwiebel.«

Ich wusste in dem Moment nicht recht, was ich sagen sollte, und so nickte ich zur offenen Zellentür hin. »Sie könnten hier leicht fliehn, Captain, oder? Es gibt viel Gerede drüber, Männer von überall zusammenzurufen und Sie hier rauszuholen. Könnten Sie nicht einfach rausstürmen, wir stellen 'ne neue Armee auf, und es wird wieder wie früher? Wie in Kansas?«

Der Alte Mann, ernst wie immer, schüttelte den Kopf. »Warum würdest du das wollen? Ich bin der glücklichste Mensch der Welt.«

»Sieht aber nicht so aus.«

»Da liegt eine Ewigkeit hinter uns, Zwiebel, und eine vor uns, und der kleine Fleck in der Mitte, wie lang er auch sein mag, das ist das Leben. Im Vergleich ist es nur eine Minute«, sagte er, »und in dieser Minute habe ich getan, was der Herr mir aufgetragen hat. Das war mein Zweck. Die Farbigen zu versammeln.«

Ich ertrug es nicht. Er hatte versagt. Er hatte niemanden eingesammelt, niemanden befreit, und es drehte mir das Innerste um, ihn so zu sehen, in diesem Zustand, denn ich liebte den Alten Mann, und er starb, ohne die Wahrheit zu erkennen, und das wollte ich nicht. Also sagte ich: »Die Sklaven haben sich nicht versammelt, Captain. Es war mein Fehler.«

Ich fing an, ihm vom Eisenbahn-Mann zu erzählen, aber er hob die Hand.

»Das Einsammeln braucht seine Zeit. Manchmal schwärmen die Bienen jahrelang nicht aus.«

»Sie meinen, sie werden's noch tun?«

»Ich sage, Gottes Gnade wird ihr Licht über die Erde breiten, genau, wie Er Seine Gnade über dich breitet. Es hat meinem

Herz so gutgetan, zu sehen, wie du Gott im Maschinenhaus angenommen hast, Zwiebel. Das allein, das eine Leben, das für unsern König des Friedens befreit wird, ist tausend Kugeln und allen Schmerz der Welt wert. Ich selbst werde den Wechsel, den Gott will, nicht mehr erleben. Aber ich hoffe, du wirst es. Ein Stück davon wenigstens. Bei Gott, ich spüre ein Gebet kommen, Zwiebel.« Und er stand auf, nahm meine Hände und betete eine gute halbe Stunde, hielt meine Hände in seinen zerfurchten Pranken, senkte den Kopf und besprach sich mit seinem Schöpfer zu diesem und jenem, dankte ihm, dass er mich mein wahres Ich hatte erkennen lassen, und für alle möglichen anderen Dinge, betete für seinen Wärter und dass er hoffentlich sein Geld bekam, nicht ausgeraubt wurde und keiner während seiner Wache entfloh, und warf auch noch ein gutes Wort für die ein, die ihn eingesperrt und seine Söhne getötet hatten. Ich ließ ihn los.

Nach einer halben Stunde war er fertig und setzte sich zurück aufs Bett. Er war müde. Draußen zog das erste Licht auf, und ich sah ein Fitzchen Dämmerung durchs Fenster dringen. Es war Zeit für mich, zu gehen.

»Aber, Captain, Sie haben mich nie gefragt, warum ich ... so rumgelaufen bin, wie ich's getan hab.«

Das alte Gesicht, zerknittert und zerdrückt mit Furchen in jeder Richtung, zuckte und kämpfte eine Weile mit sich, bis ein breites, altes Lächeln unter all dem hervorkam, und seine grauen Augen leuchteten hell. Es war das erste Mal, dass ich ihn wirklich lächeln sah, ein ehrliches, offenes Lächeln. Es war, als sähe ich in Gottes Gesicht, und da erkannte ich tatsächlich, es war keine Verrücktheit, dass er der Mann war, der die Farbigen zur Freiheit führte. Es war was, was er wahrhaft in sich wusste. Zum ersten Mal sah ich es, und ich begriff auch, dass er wusste, wer und was ich war, von allem Anfang an hatte er's gewusst.

»Was immer du bist, Zwiebel«, sagte er, »sei es ganz. Gott richtet ohne Ansehen der Person. Ich liebe dich, Zwiebel. Sieh von Zeit zu Zeit nach meiner Familie.«

Er griff in seine Hemdtasche und zog eine Feder vom Großer-Gott-Vogel hervor. »Der Großer-Gott-Vogel lebt nicht im Schwarm. Er fliegt allein. Weißt du, warum? Er ist auf der Suche. Er sucht nach dem richtigen Baum, und wenn er ihn findet, diesen toten Baum, der all die Nahrung und die guten Dinge aus dem Waldboden zieht, fliegt er hin und nagt an ihm. Das tut er, bis der Baum müde wird und fällt, und sein Schmutz nährt die anderen Bäume. Er gibt ihnen etwas Gutes zu essen. Er macht sie stark, schenkt ihnen Leben, und der Kreis schließt sich.«

Er gab mir die Feder, setzte sich auf seine Pritsche und fing wieder an zu schreiben, noch einen Brief, nehm ich an.

Ich öffnete die Zellentür, schloss sie leise hinter mir und verließ das Gefängnis. Ich sah ihn nie wieder.

Die Sonne ging auf, als ich aus dem Gefängnis kam und auf den Wagen vom alten Clarence stieg. Die Luft war klar, es ging ein frischer Wind. Es war Dezember, aber ein warmer Tag für eine Hinrichtung. Charles Town wachte gerade auf. Auf der Straße nach Ferry, wo ich den Zug nach Philadelphia nehmen sollte, kam uns Kavallerie entgegen. In einer langen Zweierkolonne ritten sie auf uns zu, trugen Fahnen und bunte Uniformen, und die Reihe war so lang, wie das Auge reichte. Sie ritten an uns vorbei zum Gefängnis und dem Feld, wo der Galgen errichtet worden war und auf den Alten Mann wartete. Ich war froh, dass ich nicht zurück zu Mr Caldwell musste. Er hatte mir Papiere gegeben, Geld, Proviant und eine Fahrkarte nach Philadelphia. Von da ab war ich auf mich gestellt. Ich blieb nicht, um bei der Hinrichtung dabei zu sein. Es war genug Militär da, um das Feld und die Gegend rundrum zu füllen. Wie ich hörte, war der Bereich im Umkreis von fünf Kilometern für Farbige gesperrt. Offenbar wurde der Alte Mann mit einem Wagen hingefahren, von seinem Kerkermeister Captain Avis, und musste auf seinem Sarg sitzen. Er sagte zu Avis: »Es ist so ein schönes Land, Captain Avis. Ich sehe erst heute, wie schön es ist«, und als sie zum Galgen kamen, sagte er dem Henker, er solle zügig zu Werke gehen beim Aufhängen. Aber wie immer hatte er Pech, und sie ließen ihn eine Viertelstunde warten, mit einer Kapuze über dem Gesicht und gefesselten Händen, während das weiße Militär zu Tausenden antrat, Bürgerwehrn aus den ganzen Vereinigten Staaten, US-Kavallerie aus Washington, D.C., und andere wichtige Leute, die gekommen waren, um ihn hängen zu sehen: Robert E. Lee, Jeb Stuart, Stonewall Jackson. Die letzten beiden sollten in den nächsten Jahren von den Yanks in genau dem Krieg getötet werden, den der Alte Mann mit ausgelöst hatte, Lee würde geschlagen werden, und eine Menge von den anderen, die da angetreten waren, um ihn hängen zu sehen, sollten ebenfalls umkommen. Ich nehm an, wenn sie in den Himmel kommen, werden sie ganz schön überrascht sein, dass der Alte Mann da mit der Bibel in der Hand auf sie wartet, um ihnen einen Vortrag über das Übel der Sklaverei zu halten, und wenn er sie endlich in Ruhe lässt, wünschen sie wahrscheinlich längst, sie hätten auf der anderen Seite gestanden.

Aber es war eine komische Sache. Ich glaube nicht, dass sie so lange hätten warten müssen. Denn als wir Charles Town verließen, kamen wir an einer Farbigen-Kirche vorbei, und drinnen konntest du die Neger singen hören, von Gabriels Trompete. Das war das Lieblingslied des Alten Mannes: *Blast die Trompete*. Die Neger waren weit weg von dem Feld, auf dem der Alte Mann hängen würde, weit weg von allem, aber sie sangen es laut und deutlich ...

»*Blast die Trompete, blast sie.*

Blast die Trompete...«

Du konntest ihre Stimmen weithin hören, als höben sie sich in die Lüfte und schallten bis hinauf in den Himmel. Lange noch schienen sie in der Luft zu schwingen. Und hoch oben über der Kirche kreiste ein seltsamer schwarz-weißer Vogel und hielt nach einem Baum Ausschau, auf dem er sich niederlassen würde. Einem schlechten Baum. Ich denke, um drauf zu landen und sich an die Arbeit zu machen, damit er eines Tages fiel und die anderen nährte.

Dank

Ich bin all denen in tiefer Dankbarkeit verpflichtet, die über die Jahre das Andenken an John Brown wachgehalten haben.

James McBride
Solebury Township, PA